HEYNE <

Das Buch

Kim taucht wieder in die Welt hinter den Träumen ein, doch nichts ist mehr wie früher. Eine neue Generation ist herangewachsen, und die Menschen verachten all das, was für die alten Bewohner von großer Bedeutung ist. Sie glauben nicht an Träume, verurteilen die Magie und versuchen alles zu zerstören, was seit jeher Tradition auf Märchenmond war. Der Streit eskaliert und Kim gerät mitten hinein in den erbitterten Kampf der Generationen. Er weiß, dass Märchenmonds Kräfte versiegen werden, wenn dieser Krieg das Land weiter auszehrt. Nur die Magie von Themistokles kann weiterhelfen, doch Kim erfährt zu seinem Schrecken, dass die Kräfte des Zauberers in einer Glaskugel verschlossen sind. Aber diese Kugel ist verschwunden, und es bleibt nicht mehr viel Zeit sie zu finden: Auch Themistokles' Feind ist hinter ihr her, und wenn er sie in die Hände bekommt, werden seine bösen Kräfte erstarken.

Die Autoren

Wolfgang Hohlbein, 1953 in Weimar geboren, hat sich in kurzer Zeit zu einem der erfolgreichsten deutschsprachigen Autoren emporgeschrieben. Zusammen mit seiner Frau Heike gewann er mit Märchenmond den »Phantastik-Wettbewerb« des Ueberreuter-Verlags. Außerdem erhielt er den »Preis der Leseratten« des ZDF und den »Fantasypreis« der Stadt Wetzlar. Ihre Fantasy-Romane haben längst einen breiten Leserkreis gewonnen.

Lieferbare Titel

Schattenjagd – Dreizehn – Die Bedrohung – Die Prophezeiung – Unterland

Wolfgang und Heike Hohlbein

MÄRCHENMONDS ERBEN

Eine fantastische Geschichte

WILHELM HEYNE VERLAG
MÜNCHEN

FSC
Mix
Produktgruppe aus vorbildlich bewirtschafteten Wäldern und anderen kontrollierten Herkünften
Zert.-Nr. SGS-COC-1940
www.fsc.org
© 1996 Forest Stewardship Council

Verlagsgruppe Random House
FSC-DEU-0100
Das FSC-zertifizierte Papier München Super für Taschenbücher aus dem Heyne Verlag liefert Mochenwangen Papier.

Vollständige Taschenbucherstausgabe 03/2006

Printed in Germany 2006
Umschlagillustration: © Agentur Luserke
Umschlaggestaltung: Nele Schütz Design, München
Druck und Bindung: GGP Media GmbH, Pößneck
ISBN-10: 3-453-59500-9
ISBN-13: 978-3-453-59500-2
http://www.heyne.de

Kim beobachtete eine Gruppe junger Punker, die auf der anderen Straßenseite entlangschlenderte und offensichtlich auf Streit aus war.
Die Burschen fielen ihm schon seit einer geraumen Weile auf, schon seit sie die Imbissbude an der Ecke verlassen hatten und immer heftiger herumstänkerten.
Angefangen hatte es ganz harmlos – soweit man es als harmlos bezeichnen konnte, wenn ein halbes Dutzend Halbwüchsiger, von denen einige schon fast so groß wie Erwachsene waren, mit grün oder orange gefärbtem Haar, nietenbesetzten Lederjacken, auf deren Rücken Totenköpfe aufgenäht waren, sich zusammenrottete und anfing, ihre Umwelt zu terrorisieren.
Zuerst hatte einer von ihnen seine leere Cola-Dose auf den Bürgersteig geworfen; ganz gezielt neben den Papierkorb, der nun wirklich unübersehbar neben dem Eingang der Imbissbude angebracht war. Natürlich waren alle anderen seinem Beispiel sofort begeistert gefolgt.
Dann hatten sie sich eine Weile damit amüsiert, die leeren Getränkedosen über den Gehsteig zu kicken, sodass die Passanten, die das Pech hatten, ausgerechnet in diesem Moment dort entlanggehen zu wollen, ihnen mit hastigen Schritten ausweichen mussten und ein paar Mal sogar an Knöchel oder Waden getroffen wurden.
Bald war auch dieses Spiel den Punkern langweilig geworden. Vielleicht zwei oder drei Minuten hatten sie einfach tatenlos herumgelungert, ohne dass irgendetwas geschehen wäre – abgesehen davon vielleicht, dass sich der Gehweg auf dieser Straßenseite zusehends leerte. Offensichtlich wagten es immer weniger sich den gefährlich aussehenden Burschen auch nur zu nähern. Einige ältere Männer und Frauen hatten sogar die

Straßenseite gewechselt, als sie den bunten Haufen erblickten. Mittlerweile hatten die Burschen entdeckt, wie viel Spaß es machte, leere Cola- und Bierdosen in flachem Winkel auf die Straße hinauszutreten; nicht hoch genug um einen Wagen zu beschädigen, aber schnell genug um mehr als einem Fahrer einen gehörigen Schrecken einzujagen. Die meisten fuhren zwar einfach über die bunt bedruckten Blechdosen hinweg, aber es gab auch genug, die erschrocken auf die Bremse traten oder hastig auswichen, was jedes Mal ein wütendes Hupen zur Folge hatte.

»Wenn sie so weitermachen, dann wird es noch einen Unfall geben.« Sein Vater zog die Wagentür hinter sich zu, steckte den Zündschlüssel ins Schloss und drehte ihn halb herum, ohne den Motor jedoch zu starten. Stattdessen blickte er weiter stirnrunzelnd zu den Punkern hin.

Kim hatte nicht einmal bemerkt, dass er in den Wagen gestiegen war, und war ein wenig erschrocken, als er die Stimme seines Vaters so unversehens neben sich hörte.

»Ich frage mich nur, warum niemand etwas tut«, sagte er. Was die Burschen da drüben trieben, war in ihren Augen vielleicht nicht mehr als ein etwas großer Scherz, der aber sehr schnell ernste Folgen nach sich ziehen konnte.

»Weil die Leute Angst vor ihnen haben.« Sein Vater schüttelte den Kopf und startete den Motor nun doch. Er fuhr aber immer noch nicht los. Der Verkehr war zu dicht, und obwohl er den Blinker eingeschaltet hatte, machte keiner der vorbeifahrenden Wagen auch nur den Versuch, anzuhalten und ihn aus der Parklücke ausscheren zu lassen. Kim, der nun abwechselnd die Punker und das Gesicht seines Vaters betrachtete, hatte den sicheren Eindruck, dass dieser sich fast mehr darüber ärgerte als über das Benehmen der Jungen.

Trotzdem erkannte er, dass sein Vater durchaus Recht hatte. Der Besitzer der Imbissbude, in der die Punker gegessen hatten, war hinter der Scheibe seines Geschäfts erschienen und blickte zu ihnen hin. In einiger Entfernung waren zwei alte Frauen und ein junger Mann stehen geblieben und debattier-

ten heftig. Die Gesten, die ihre Worte begleiteten, ließen keinen Zweifel daran aufkommen, worüber sie sprachen. Allerdings tat niemand auch nur das Geringste, dem Treiben der Punker-Clique Einhalt zu gebieten.
»Und warum unternehmen wir nichts?«, fragte Kim.
Sein Vater nahm den Gang wieder heraus und sah ihn auf eine Weise an, die Kim ganz nervös machte. »Warum fängst du nicht schon einmal damit an?«, fragte er.
Kim war nun vollends verwirrt. »Ich?«
»Es war dein Vorschlag, oder?«, erwiderte sein Vater. »Es ist immer leicht, anderen zu sagen, was sie tun sollen.«
Es verging ein Moment, bis er wirklich begriff, was sein Vater mit diesen Worten sagen wollte. Kim war verblüfft. Er war aus dem Alter heraus, in dem die Kinder noch glaubten, dass ihre Väter einfach alles können und vor nichts auf der Welt Angst hatten – aber er wusste auch, dass sein Vater alles andere als ein Feigling war. Wenn er sich entschied, sich mit dem Haufen dort drüben nicht anzulegen, dann wahrscheinlich nicht, weil er Angst vor den Burschen hatte.
»Warum rufst du dann nicht wenigstens die Polizei?«, fragte Kim mit einer Kopfbewegung auf das Telefon am Armaturenbrett des Wagens.
»Weil ich nicht glaube, dass es nötig ist«, sagte sein Vater. »Siehst du? Ich glaube, sie verlieren bereits das Interesse an ihrem Spiel.«
Tatsächlich hörten die Burschen auf, leere Getränkedosen und anderen Abfall auf die Straße hinauszuschießen, obwohl ihnen die Munition noch lange nicht ausgegangen war. Einige Augenblicke lang sahen sie sich nur noch unschlüssig um, ganz offensichtlich auf der Suche nach jemand anderem, den sie provozieren konnten. Als sie niemanden fanden, drehten sie sich einer nach dem anderen herum und trollten sich.
»Woher hast du das gewusst?«, fragte Kim verblüfft.
Sein Vater blickte kurz in den Rückspiegel und fuhr dann los. Diesmal hatte er offensichtlich keine Schwierigkeiten, eine Lücke im Verkehr zu finden.

»Weil ich auch einmal so war wie sie«, antwortete sein Vater lächelnd.
»Wie bitte?« Kim riss ungläubig die Augen auf.
»Natürlich nicht genauso«, fuhr sein Vater fort. »Ich meine, ich hatte nicht so eine verrückte Frisur und wir haben keine zwei Zentner schweren Lederjacken und Ketten getragen.«
»Und auch keine Bomberjacken und Springerstiefel«, vermutete Kim. Allmählich erwachte in ihm der Verdacht, dass sein Vater ihn auf den Arm nahm – auch wenn er sich beim besten Willen nicht erklären konnte, warum.
»Und auch keine Bomberjacken und Springerstiefel«, bestätigte sein Vater. »Und trotzdem war der Unterschied gar nicht so groß, wie du vielleicht glaubst. Ich meine: Wir haben damals natürlich keine Leute angepöbelt, oder uns einen Spaß daraus gemacht, uns an Schwächeren auszulassen. Ich glaube nur, dass es heutzutage härter geworden ist. Manchmal entschieden zu hart. Aber das Prinzip ist dasselbe. Auch wir haben uns unseren Spaß daraus gemacht, unsere Eltern zu provozieren.«
»Du?«, fragte Kim ungläubig. Seine Großeltern kamen nicht oft zu Besuch, weil sie in einer sehr weit entfernten Stadt lebten, aber er wusste, dass sein Vater ein ausgezeichnetes Verhältnis zu ihnen hatte. »Das kann ich mir nicht vorstellen!«
Sein Vater lachte. »Du hättest mal meinen Vater hören sollen, als ich mich das erste Mal geweigert habe zum Frisör zu gehen und als ich mit Schlaghosen und einer dieser unmöglichen Fellwesten nach Hause kam. Mein Gott, war das ein Krach!«
»Wegen langer Haare?« Kim konnte sich das kaum vorstellen. Er selbst trug die Haare relativ kurz, aber nicht aus irgendeiner Überzeugung oder aus modischen Beweggründen heraus, sondern aus purer Bequemlichkeit. Da er viel Sport trieb, fand er es einfach praktischer, sich nicht ständig die Haare aus dem Gesicht wischen zu müssen oder damit irgendwo hängen zu bleiben. In seiner Klasse gab es alle mögliche Frisuren. Übrigens auch ein paar unmögliche, seiner Meinung nach.

»Das Prinzip war dasselbe«, bekannte sein Vater. »Wir waren erst einmal gegen alles, was unsere Eltern gut fanden, und haben danach darüber nachgedacht. Im Grunde tun diese Rocker –«
»Punker«, verbesserte ihn Kim.
»– tun diese Punker nichts anderes«, fuhr sein Vater fort. »Nur auf ihre Weise. Damit wollte ich nicht gesagt haben, dass ich es gut finde. Das ganz bestimmt nicht. Aber weißt du, was? Ich wette, wenn diese sechs Kanarienvögel da hinten in zwanzig Jahren Fotos von sich sehen, dann ist ihnen das genauso peinlich wie mir heute, wenn ich mir alte Aufnahmen ansehe.«
»An unserer Schule sind vor drei Monaten zwei Jungs verhaftet worden, weil sie einen Lehrer verprügelt und anschließend seinen Wagen in Brand gesetzt haben«, sagte Kim.
»Ich weiß«, antwortete sein Vater. Er lächelte jetzt nicht mehr. »Und ich wollte auch bestimmt nichts verharmlosen. Die Jugend wird immer gewalttätiger und das ist ein großes Problem. Ich frage mich nur, ob es eine Lösung ist, mit immer drakonischeren Strafen darauf zu reagieren.«
»Drakonische Strafen?« Kim zog eine Grimasse. »Die beiden Kerle waren nach einem Tag wieder auf freiem Fuß. Ihr Lehrer ist krankgeschrieben.«
»Das ist das nächste Problem«, bestätigte sein Vater. »Manche sind zu hart und manche zu weich.« Plötzlich lachte er. »He, meinst du nicht, dass wir die Diskussion eigentlich genau andersherum führen sollten? Ich meine: Ich bin hier der verknöcherte Alte und du das rebellische Kind.«
»Sag das noch mal und ich lasse mir die Haare grün färben und steche mir eine Büroklammer durch die Unterlippe!«, drohte Kim.
Sie lachten beide herzhaft über diesen Scherz, aber nicht sehr lange. Das Gespräch hatte einen schlechten Nachgeschmack zurückgelassen, den sich Kim nicht richtig erklären konnte. Vielleicht weil er seinen Vater selten so ernst erlebte. Er wollte es gar nicht, aber er musste noch einmal auf das Thema zurückkommen.

»Es ist anders«, bekannte er. »Ich habe gelesen, dass an manchen amerikanischen Schulen jetzt schon Metalldetektoren wie am Flughafen aufgestellt werden, damit man die Schüler nach Waffen durchsuchen kann.«

»Ich habe doch Recht«, sagte sein Vater. »Du bist erst einmal prinzipiell gegen alles, was ich sage.« Dann wurde er wieder ernst. »Weißt du, ein sehr weiser Mann hat einmal gesagt, dass die junge Generation zweifellos den Untergang der Kultur bedeutet.«

»Der Direktor meiner Schule?«, fragte Kim.

»Plato«, antwortete sein Vater. »Fünfhundert vor Christus ... glaube ich.«

»Sehr komisch.«

»Nein, überhaupt nicht«, widersprach sein Vater. »Was ich damit sagen will, ist, dass diese Diskussion schon so alt ist wie die Menschheit. Jetzt frag ich mich bloß, warum, aber offensichtlich ist es so, dass die Jugend immer gegen alles Alte rebelliert und sich das Alter immer gegen alle Neuerungen sperrt.« Er warf Kim einen raschen Seitenblick zu. »Stark vereinfacht ausgedrückt, versteht sich.«

»Sehr stark vereinfacht«, murmelte Kim. Aus einem Grund, den er sich nicht richtig erklären konnte, begann ihm das Gespräch immer unangenehmer zu werden.

»Vielleicht müssen wir einfach lernen mehr miteinander zu reden«, sagte sein Vater. Dann betätigte er den Blinker und lenkte den Wagen an den rechten Straßenrand. »Wo wir gerade schon einmal dabei sind: Tu mir doch einen Gefallen und ruf deine Mutter an. Ich muss noch einmal in die Buchhandlung und dort nachfragen, ob meine bestellten Bücher schon angekommen sind.«

»Moment mal!«, protestierte Kim. »Mutter wartet mit dem Essen auf uns! Sie reißt mir den Kopf ab, wenn ich ihr erkläre, dass wir zu spät kommen!«

»Deswegen sollst du ja auch anrufen«, erklärte sein Vater grinsend, während er schon seinen Sicherheitsgurt löste und mit der anderen Hand die Tür öffnete.

»Aber du hast doch gerade selbst gesagt, dass wir mehr miteinander reden müssen!«
»Die junge Generation mit der alten und umgekehrt«, grinste sein Vater. Er stieg aus. »Nicht die Alten mit ihresgleichen.«
»Du bist ein Feigling«, grollte Kim.
»Ich habe nie etwas anderes behauptet«, erklärte sein Vater grinsend. »Nicht wenn es um deine Mutter geht. Bis gleich!«
Kim blickte ihm kopfschüttelnd nach, aber dann griff er doch nach dem Telefon, wählte die eingespeicherte Nummer und erklärte seiner Mutter, dass es vielleicht ein bisschen später werden könnte. Er erzählte ihr vorsichtshalber nicht, dass sein Vater in eine Buchhandlung gegangen war. Das hätte dem Gespräch nur eine unnötige Schärfe verliehen.
Sein Vater war nämlich das, was geradehin ein Bücherwurm genannt wurde. Wenn er nur mal schnell in eine Buchhandlung ging – und sei es nur, um ein bestelltes Buch abzuholen wie jetzt –, dann war es so gut wie sicher, dass er nicht unter einer Viertelstunde wieder heraus kam; wahrscheinlich eher einer halben. Er fand immer etwas, in dem zu blättern oder auch ein paar Minuten zu lesen sich lohnte.
Es hatte eine Zeit gegeben – und sie war noch gar nicht so lange her –, da hatte Kim die Leidenschaft seines Vaters für Bücher hundertprozentig geteilt. Die riesige Bibliothek enthielt so ziemlich alles, was sich auf bedrucktes Papier bannen lies, von Reproduktionen ägyptischer Hieroglyphen über Lexika, prachtvolle Bildbände und Fachbücher bis hin zu Romanen und Abenteuergeschichten. Für die hatte sich Kim besonders interessiert. Er hatte damit angefangen, die Bücher von Karl May und Jules Verne zu lesen, später dann auch Bücher von Lovecraft, Poe und Dominik, bis hin zu den fantastischen Geschichten von Tolkien oder Marion Zimmer Bradley. Eine Weile war er sogar regelrecht davon besessen gewesen, in jene fantastische Welten voller Elfen und Kobolden einzutauchen, oder im Geiste auf der Brücke der *Enterprise* zu stehen und neue Galaxien und unbekannte Welten zu erforschen und zweimal war er sogar ...

Kim gestattete sich nicht, diesen Gedanken zu Ende zu denken. Es war vorbei. Was der Vergangenheit angehörte, das sollte man besser auch dort lassen – bevor es ihm am Ende noch so erging wie seinem Vater, dem die Erinnerung an seine eigene Jugend ja regelrecht peinlich zu sein schien.
Kim las heute noch gerne dann und wann einen fantastischen Roman oder sah sich zusammen mit seiner Schwester einen spannenden Fantasy- oder Sciencefiction-Film an, aber er war sich jetzt der Tatsache bewusst, dass all diese Geschichten sehr wenig mit dem wirklichen Leben zu tun hatten.
Wie zu Beispiel das halbe Dutzend Punker, das in diesem Moment im Rückspiegel sichtbar wurde.
Kim blinzelte und sah dann verblüfft auf die Uhr im Armaturenbrett. Mit noch größerer Verblüffung stellte er fest, dass er seit gut zehn Minuten hier saß und auf seinen Vater wartete. Er hatte gar nicht gemerkt, wie schnell die Zeit vergangen war.
Er sah wieder in den Spiegel. Es waren tatsächlich dieselben Punker wie die, die sich vorhin auf dem Gehweg vor der Imbissbude wichtig gemacht hatten. Vor allem einen besonders großen Burschen mit neongrünem Haar, weiten Pluderhosen und einer feuerroten Piratenbluse erkannte er sofort wieder; schon, weil der Bursche in seinem Aufzug durch und durch lächerlich aussah. Allerdings war er so groß und muskulös, dass es so schnell niemand wagte ihm das ins Gesicht zu sagen. Vor allem nicht jetzt, wo er sich in Begleitung von fünf weiteren, kaum weniger gefährlich erscheinenden Gestalten befand.
Die sechs Jungen – keiner von ihnen war auch nur einen Tag älter als Kim, die meisten wahrscheinlich ein oder zwei Jahre jünger – schlenderten gemächlich hinterher. Sie taten eigentlich nichts, außer sich dann und wann ein paar Worte zuzuwerfen oder laut zu lachen, aber der Bürgersteig gehörte ihnen trotzdem fast allein. Die Passanten wichen ihnen in weitem Bogen aus oder wechselten gar die Straßenseite und aus keinem einzigen der Geschäfte, an denen sie vorbeikamen, trat in

diesem Moment ein Kunde heraus, was ganz bestimmt kein Zufall war. Ihr Aufzug und ihr Benehmen taten ihren Dienst. Aber während Kim die langsam näher kommende Gruppe weiter im Rückspiegel betrachtete, wurde ihm auch klar, dass sich sein Vater mindestens in einer Hinsicht geirrt hatte. Was die Jungen taten, war nicht bloß eine Provokation.

Sie verbreiteten Angst.

Als sie die halbe Strecke zurückgelegt hatten, fuhr ein Polizeiwagen vorbei. Während er die Gruppe passierte, wurde er deutlich langsamer. Der Beamte auf dem Beifahrersitz unterzog den wilden Haufen einer kritischen Musterung, gab seinem Kollegen aber dann einen Wink und der Wagen beschleunigte wieder. Einer der Burschen streckte ihm die Zunge heraus, der andere hob die Hand und zeigte dem Streifenwagen den ausgestreckten Mittelfinger. Alle brachen in grölendes Gelächter aus. Kim schüttelte seufzend den Kopf. Vielleicht wären ein bisschen mehr drakonische Strafen in dem einen oder anderen Fall doch nicht die schlechteste Lösung ...

Er verriegelte vorsichtshalber die Tür und sah nervös zu der Buchhandlung hin, in der sein Vater verschwunden war. Vielleicht wäre es gar keine schlechte Idee, ebenfalls dort hineinzugehen und in dem einen oder anderen Buch zu stöbern.

Dann schüttelte er leicht den Kopf. Diese Blöße würde er sich doch nicht geben.

Die Burschen erreichten den Wagen und schlenderten gemächlich daran vorbei ohne auch nur Notiz von ihm zu nehmen.

Kim ließ sich ein kleines Stückchen tiefer im Sitz nach unten rutschen, aber er beging den Fehler, den Punkern wie gebannt hinterherzustarren, als sie am Wagen vorbeigegangen waren. Menschen spüren es manchmal, wenn sie angestarrt werden. Jedenfalls spürte es der Junge mit dem grünen Haar und der Piratenbluse.

Er blieb urplötzlich stehen, drehte sich herum und sah zu Kim herein. Für eine halbe Sekunde, vielleicht weniger, begegneten sich ihre Blicke und in den Augen des Punkers war etwas, was Kim nicht nur abgrundtief erschreckte, sondern ihm auch klarmachte, dass er jetzt nur den Blick zu senken brauchte und die Sache wäre vorbei. Der Pirat hatte die Kraftprobe gewonnen und nichts würde geschehen.

Kims weiterer Fehler war, dass er es nicht tat, sondern dem Blick des Jungen trotzig standhielt.

Auch die fünf anderen Jungen blieben stehen und drehten sich einer nach dem anderem zu ihm herum. Zwei von ihnen blieben zurück, aber die anderen kamen langsam wieder näher, zusammen mit dem Anführer.

»Jetzt seht euch bloß mal diese Angeber an«, sagte ein schmächtiger Bursche mit schwarzen Lederstiefeln und einem gewaltigen Irokesenschnitt, der seinen Kopf lächerlich klein erscheinen ließ.

»Ja, richtig geil«, stimmte ein anderer in zerrissenen Jeans, zwei verschiedenfarbenen und gepiercten Nasenflügeln zu und ein dritter – er trug fast normale Kleidung, hatte aber eine Art umgedrehten Irokesenschnitt, nämlich einen gut fünf Zentimeter breiten, kahl geschorenen Scheitel – grinste: »Und erst das Bürschchen, das darin sitzt.«

Der vierte Junge, er war groß, kräftig und über und über mit Ketten, Metallbändern, Handschellen und klimpernden Metallringen behangen, dass er wahrscheinlich auf der Stelle festrosten würde, wenn er in den Regen kam, trat an den Kotflügel heran und ließ die flache Hand auf die Kühlerhaube klatschen. »Er darf in Papis Auto sitzen«, grinste er. »Bestimmt ist er ganz stolz darauf.«

»Ist ja auch eine geile Karre«, stimmte ihm Nummer fünf zu. Sein Aussehen war so bizarr, dass Kim es gar nicht versuchte es mit irgendetwas zu vergleichen. »Aber ich finde, der Kiste fehlen noch ein paar Ralleystreifen.«

Er hob eine schmale Hand mit einem dafür umso wuchtigeren Siegelring in Form eines Totenkopfes. Mit einem Geräusch, das Kim beinahe Zahnschmerzen bereitete, zog er ihn durch den Lack der Beifahrertür.

»He!«, brüllte Kim – und beging seinen dritten und schwersten Fehler, indem er mit einem Ruck die Tür aufriss und aus dem Wagen sprang. »Bist du wahnsinnig geworden?«
Der Junge wich mit einem Ausdruck von Angst, der nicht echt war, einen Schritt vor Kim zurück. Die Wagentür fiel mit einem dumpfen Laut ins Schloss und Kim sah aus den Augenwinkeln, wie der Junge mit der gepiercten Nase an ihm vorbei und dann hinter ihn trat.
Die Punker hatten ihn umkreist. Mit Ausnahme des Anführers – Kim wusste einfach, dass der Pirat der Rädelsführer der Bande war – grinsten alle schadenfroh und Kims Herz begann schneller zu schlagen. Der Vergleich erschien ihm fast selbst lächerlich, aber er fühlte sich plötzlich, als wäre er einer Gruppe höhnisch grinsender Trolle aus einer der fantastischen Geschichten eingekreist.
»Was willst du, Arsch?«, fragte der Bursche, der die Wagentür zerkratzt hatte.
Kims Gedanken überschlugen sich. Wenn er überhaupt noch eine Chance haben wollte, mit einem blauen Auge aus der Geschichte herauszukommen, dann durfte er jetzt auf keinen Fall Angst zeigen. Auch wenn er innerlich vor Furcht zitterte.
»Seid ihr übergeschnappt?«, fragte er, zwar nicht in ganz so selbstsicherem Ton, wie er es gerne gehabt hätte, aber auch ohne dass seine Stimme vor Angst zitterte. »Der Wagen ist fast neu!«
»Deshalb habe ich ihn ja auch verziert«, antwortete der Bursche.
»Aber ich finde, der Kleine hat Recht«, sagte der Irokese. »Es sieht Scheiße aus, wenn eine Tür verkratzt ist.«
»Du meinst, ich sollte die andere Tür auch verzieren?«
»Mindestens! Am besten alle vier«, sagte der mit den Ketten.
Kim unterdrückte nur noch mit letzter Kraft den Impuls, den Jungen neben sich einfach niederzustoßen und sich in den Buchladen zu retten. Er war nicht einmal sicher, ob ihm die Bande nicht gefolgt wäre.
Der Bursche mit dem Ring ging um den Wagen herum und

zerkratzte gemütlich auch die Tür auf der Fahrerseite. Kim schluckte alles hinunter, was ihm auf der Zunge lag, und wandte sich mit erzwungener Ruhe an den Anführer. »Was soll denn der Quatsch?«, fragte er. »Ihr habt euren Spaß gehabt und jetzt hört auf. – Bitte«, fügte er nach hörbarem Zögern hinzu.

Der Pirat hatte bisher als Einziger kein Wort gesagt und er schwieg auch jetzt. Der Gepiercte lachte: »Jetzt fängt das Bübchen auch noch an zu betteln. Ist das nicht süß?«

»Wahrscheinlich hat er Angst, dass Papi ihm den Hintern versohlt, weil er nicht auf seine Proletenkarre aufgepasst hat«, fügte der Irokese hinzu. Dann versetzte er Kim einen Stoß in den Rücken, der ihn in die Arme des Metallbehangenen stolpern ließ. Der Bursche schnappte ihn, wirbelte ihn herum und stieß ihn gegen den mit dem breiten Scheitel. Kim blieb die Luft weg und er hatte Mühe, sich auf den Beinen zu halten, als er in die Richtung des Irokesen geschubst wurde.

Der nächste Fehler war, dass er sich diese Behandlung nicht gefallen ließ, sondern eine instinktive Bewegung machte, die man zumindest als Angriff auslegen konnte.

Darauf hatte der Irokese nur gewartet. Kim bekam einen harten Schlag in den Magen, taumelte heftig nach Luft japsend gegen den Wagen und sah eine Faust mit einem Siegelring in Form eines Totenkopfes auf sich zu fliegen. Sein Versuch, dem Hieb auszuweichen, kam zu spät.

Es tat so weh, dass er im ersten Augenblick Sterne sah und jeden Gedanken an weiteren Widerstand aufgab. Er duckte sich, hob die Hände vor das Gesicht und wartete auf weitere Schläge.

Stattdessen sagte eine scharfe Stimme: »Was geht hier vor?«

Kim nahm die Hände herunter und sah, wie sein Vater aus der Buchhandlung trat. Er war nicht allein. Der Besitzer des Geschäftes folgte ihm, aber in etwas zu großem Abstand und seine Bewegungen wirkten sehr nervös.

Kims Vater hingegen trat dem Piraten ohne die leiseste Spur von Unsicherheit entgegen und fragte noch einmal: »Was ist

hier los?« Wie Kim schien er den Burschen instinktiv als Anführer der Gruppe ausgemacht zu haben.
»Misch dich lieber nicht ein«, sagte der Punker. »Das hier geht dich nichts an.«
»Ich denke schon«, antwortete Kims Vater ruhig. »Zufällig ist das nämlich mein Auto. Und ebenso zufällig auch mein Sohn.«
»Dein Pech«, erwiderte der Pirat. Er blieb ganz ruhig, aber Kim sah voller Schreck, dass er nicht nur zwei Fingerbreit größer war als sein Vater, sondern auch um einiges muskulöser. Während er sprach, verloren die anderen Punker schlagartig das Interesse an Kim und begannen sich um seinen Vater zusammenzurotten. Der Buchhändler wich rasch wieder in sein Geschäft zurück, vielleicht um die Polizei zu rufen, aber dieser Entschluss kam natürlich zu spät.
Noch während Kim verzweifelt überlegte, was er tun könnte, erklang am Ende der Straße das Heulen einer Sirene. Kim fuhr überrascht herum und sah den Streifenwagen mit zuckendem Blinklicht heranrasen. Offenbar hatten die Beamten dem Frieden doch nicht getraut und waren nur einmal um den Block gefahren.
Die Punker reagierten blitzschnell und rasten in verschiedene Richtungen davon; auf diese Weise konnte der Streifenwagen allerhöchstens einen von ihnen erwischen. Die Bande hatte offensichtlich Erfahrung in dieser Art des strategischen Rückzugs.
Der Streifenwagen raste mit heulender Sirene heran und bremste im letzten Moment ab. »Ist jemand verletzt?«, rief der Beamte auf der Beifahrerseite. »Was ist passiert?«
Kim wollte antworten, aber sein Vater kam ihm zuvor. »Es ist nichts«, sagte er. »Nur ein Missverständnis. Es gibt keinen Grund zur Aufregung.«
Der Polizeibeamte tauschte einen überraschten Blick mit seinem Kollegen, dann sah er den davonrennenden Punkern hinterher.
»Sind Sie sicher?«, fragte er schließlich.

»Ganz sicher«, antwortete sein Vater. Er lachte. »Sie wissen ja, wie diese Kinder sind.«
Die Sirene des Polizeiwagens verstummte. Aber er fuhr keineswegs ab, sondern rollte nur ein paar Meter weiter an die Bordsteinkante und hielt dann an. Kim sah, wie der Beamte hinter dem Steuer nach dem Funkgerät griff und hineinzusprechen begann. Der andere stieg aus und setzte seine Mütze auf, während er sich seinem Vater näherte.
»Vielleicht sollten Sie mir das doch genauer erklären«, sagte er. Sein Blick streifte den frischen Kratzer auf der Wagentür und er runzelte die Stirn. »Und wo wir schon einmal gerade dabei sind, zeigen Sie mir doch bitte auch gleich mal ihre Papiere.«
Es dauerte eine ganze Weile, bis sich der Polizeibeamte endlich zufrieden gab und sie abfahren konnten. Sein Vater hatte es so eilig, dass er sogar vergaß in den Laden zurückzugehen und seine Bücher zu holen. Kim hatte sich die ganze Zeit über nicht aus dem Wagen gerührt und er hütete sich auch in den ersten Minuten nur ein einziges Wort zu sagen oder auch nur mit seinem Vater in Blickkontakt zu treten, sondern wandte den Kopf in die entgegengesetzte Richtung, sah aus dem Fenster und massierte in Gedanken verloren sein Auge.
»Tut's weh?«, fragte sein Vater.
»Ein bisschen«, gestand Kim. Jetzt, wo sein Vater von sich aus das Schweigen gebrochen hatte, fiel es auch Kim leichter zu reden. »Vielen Dank«, sagte er. »Das war sehr mutig von dir.«
»Das war nicht mutig, das war äußerst dumm«, antwortete sein Vater. Er ließ offen, ob er damit sein eigenes Verhalten meinte oder das Kims. »Ich wage gar nicht mir vorzustellen, was hätte passieren können, wenn der Polizeiwagen nicht aufgetaucht wäre. Ich bin innerlich fast gestorben vor Angst.«
»Davon hat man nichts gemerkt.«
»Bin ich aber!«, sagte sein Vater heftig. »Du glaubst wohl nicht, dass ich auch nur die geringste Chance gegen diese Burschen gehabt hätte! Du hast sie doch gesehen, oder?«
»Warum hast du es dann trotzdem getan?«

»Na, du bist vielleicht gut!« Sein Vater blickte ihn giftig an. »Hätte ich vielleicht zusehen sollen, wie sie dich durch die Mangel drehen? Warum bist du überhaupt ausgestiegen?«

»Na, weil ... weil sie den Wagen verkratzt haben«, antwortete Kim verunsichert. Das war nicht ganz die richtige Reihenfolge, spielte aber jetzt auch keine Rolle.

»Wir haben also einen Kratzer in der Autotür«, sagte sein Vater. »Das ist ärgerlich. Und was haben wir jetzt? Jetzt haben wir zwei zerkratzte Türen, du hast ein blaues Auge, ich wäre um ein Haar verprügelt worden und hatte Stress mit der Polizei.« Er warf Kim einen raschen Seitenblick zu und in seinen Augen erschien ein Ausdruck unverhohlener Schadenfreude. »Das ist übrigens ein hübsches Veilchen, wenn ich das richtig sehe.«

»Ich werde es überleben«, sagte Kim. Er war ziemlich ärgerlich. Das klang ja fast so, als ob sein Vater ihn für den Zwischenfall verantwortlich machen würde!

»Aber es war nicht besonders klug«, sagte sein Vater noch einmal. »Ich kann dich ja gut verstehen. Mir kommt auch die Galle hoch, wenn ich sehe, wie sich die Kerle benehmen. Aber manchmal ist es einfach klüger, sich nicht provozieren zu lassen.«

»Wieso hast du den Polizisten nichts gesagt?«, fragte Kim. »Sie hätten sich schon um die Burschen gekümmert.«

»Ach ja?«, erwiderte sein Vater. Sein Ton wurde schärfer. »Sie hätten sie ein bisschen gejagt, vielleicht ein oder zwei von ihnen gefangen und möglicherweise für ein paar Stunden eingesperrt. Ich hätte zum Anwalt gehen müssen, endlose Formulare ausfüllen und Stunden um Stunden auf dem Gericht verbringen müssen. Die Burschen wären vielleicht wegen Sachbeschädigung verurteilt worden und je nachdem, was sie schon alles ausgefressen haben, möglicherweise sogar zu einer Jugendstrafe. Was ihre Chancen nicht unbedingt verbessert hätte, falls sie irgendwann doch noch einmal zur Vernunft kommen sollten. Und so ganz nebenbei: Den Lackschaden hätte ich mir sowieso selber bezahlen müssen, weil bei den

Kerlen garantiert nichts zu holen ist.« Er schüttelte den Kopf. »Fragst du mich wirklich, warum ich die Polizisten weggeschickt habe?«

Natürlich hatte sein Vater mit allem, was er sagte, Recht. Aber das war nicht die ganze Wahrheit. Kim konnte das Gefühl nicht richtig in Worte fassen, aber da war noch mehr. Auch wenn es bestimmt nicht sehr klug gewesen war, sich mit den Burschen anzulegen – wenn er ehrlich zu sich selber war, dann musste er zugeben, dass er vermutlich nicht einmal mit einem von ihnen fertig geworden wäre, geschweige denn mit sechs –, hätte er es einfach nicht ertragen können tatenlos dazusitzen und sich feige vorzukommen.

Der Rest der Fahrt verlief in unangenehmem Schweigen. Vater rief von unterwegs aus noch einmal zu Hause an um ihre Verspätung zu erklären, sodass der erwartete Krach ausblieb. Aber natürlich war der Zwischenfall vor der Buchhandlung auch beim Mittagessen das einzige Gesprächsthema. Kims jüngere Schwester Rebekka konnte die Geschichte gar nicht oft genug hören – vor allem den Teil, in dem Kim eins aufs Auge bekommen hatte – und entwickelte sich zu einer regelrechten Nervensäge, bis es schließlich auch seinem Vater zu viel wurde und er mit scharfen Worten für Ruhe sorgte. Kaum hatten sie zu Ende gegessen, da bat Kim aufstehen zu dürfen und trollte sich in sein Zimmer.

Er musste sich beherrschen um nicht die Tür hinter sich zuzuknallen. Während sich sein Vater im Laufe des Essens wieder beruhigt und am Ende sogar seine Scherze über den Zwischenfall gemacht hatte, war Kim immer wütender geworden, wenn auch ohne es sich anmerken zu lassen. Er wusste gar nicht genau, warum.

Es war nicht das erste Mal, dass er mit einem blauen Auge oder einer anderen Blessur nach Hause kam. In seinem Alter gehörte eine kleine Prügelei dann und wann einfach dazu. Und obwohl er kein Schwächling war, gewann er längst nicht immer.

Aber er war noch nie so ... erniedrigt worden.

Er setzte sich an den Schreibtisch, schaltete den Computer ein und probierte zwei, drei Spiele aus, ohne die richtige Begeisterung zu entwickeln. Sein Gesicht spiegelte sich matt auf dem Bildschirm und er konnte sehen, dass sein Auge bereits jetzt blau anzulaufen begann. Der Augenblick ließ seine Laune noch weiter sinken. Er hämmerte mit solcher Kraft auf die Tastatur ein, dass der Computer ein protestierendes Piepsen von sich gab.

Die Tür ging auf und seine Schwester kam herein, wie üblich natürlich ohne anzuklopfen. Kim drehte sich mit seinem Bürosessel zur Tür herum und blickte ihr finster entgegen. »Was willst du?«

Seine Schwester grinste. »Gut siehst du aus. Soll ich dir vielleicht eine Augenklappe nähen?«

»Du würdest dich höchstens ins den Finger stechen und wie Dornröschen im Schlaf versinken«, knurrte Kim.

»Aber dann würdest du doch bestimmt kommen und mich retten.«

»Ganz bestimmt sogar nicht«, antwortete Kim. »Ich würde die Rosenhecke gießen, damit sie schön dicht wird, verlass dich drauf!«

Rebekka kicherte. »Du bist sauer. Unglaublich. Kim, der Held aus der Schlacht um Gorywynn, ist stinksauer, weil er eins aufs Auge bekommen hat!«

»Hör auf damit«, sagte Kim. »Du weißt, dass ich nichts mehr von diesem Unsinn hören will.«

»Unsinn?« Rebekka zog eine Grimasse. »Themistokles wäre da anderer Meinung. Und Gorg würdest du das nicht ins Gesicht sagen, da wette ich.«

»Du spinnst, Schwesterchen«, antwortete Kim kopfschüttelnd. »Du weißt, dass das alles nur in deiner Fantasie stattgefunden hat.«

»Und in deiner. Ist schon komisch, nicht, dass zwei Leute den gleichen Traum haben?«

»Stimmt«, bestätigte Kim. Er zuckte mit den Schultern. »Aber wahrscheinlich gibt es eine ganz logische Erklärung dafür.«

»Ja, ganz bestimmt«, bestätigte Rebekka spöttisch. Sie schüttelte den Kopf. »Was ist los mit dir? Hat es deine Ehre verletzt, dass du nicht ganz allein mit den Burschen fertig geworden bist? Ich, finde, eins zu sechs ist kein faires Verhältnis. Es hätte schlimmer kommen können.«

»Das ist kein Argument. Schlimmer kann es immer kommen.«

»Was ist es dann?«, wollte Rebekka wissen.

Kim schwieg einen kurzen Moment. Der Computer neben ihm lief immer noch. Plötzlich störte ihn das Flimmern, das er aus den Augenwinkeln wahrnahm. Er schaltete ihn aus, bevor er antwortete.

»Weil ich mich ziemlich dumm benommen habe«, sagte er dann. »Irgendwie war das Ganze meine Schuld. Wenn ich die Burschen nicht provoziert hätte, wäre wahrscheinlich gar nichts passiert. Wenn du so willst, habe ich Vater in eine ganz schön gefährliche Situation gebracht.«

»Es ist ja nichts passiert, oder?«

»Aber es hätte –«, begann Kim, brach aber dann mitten im Satz ab, als es an der Tür klopfte und sein Vater hereinkam.

»Störe ich?«, fragte er.

»Nein«, antwortete Kim hastig. »Kein bisschen. Wir waren gerade dabei mit dem Computer zu spielen.«

»Aha«, sagte sein Vater. Er streifte den ausgeschalteten Monitor mit einem kurzen Blick und griff in die Jeansjacke, während er näher kam.

»Ich habe etwas für dich«, sagte er, an Rebekka gewandt. »In der Aufregung heute Mittag habe ich es ganz vergessen. Hier.«

Er reichte Rebekka einen in Seidenpapier eingepackten, kinderhandgroßen Gegenstand.

Rebekka griff hastig danach und hüpfte vor Aufregung von einem Fuß auf den anderen. Sie liebte es, Geschenke zu bekommen.

»Was ist es?«, fragte sie aufgeregt, während sie mit fliegenden Fingern das Papier herunterfetzte – und die Stücke natürlich auf den Teppich fallen ließ. Kim sparte sich die Frage, wer sie später wieder aufheben durfte.

»Nur eine Kleinigkeit«, antwortete Vater.
Rebekka riss das Papier vollends ab und stieß einen kleinen, überraschten Laut aus, als sie sah, was darunter zum Vorschein kam.
Es war eine vielleicht sechs oder sieben Zentimeter große schimmernde Kugel aus Kunstglas, die von einer goldenen Schlange gehalten wurde, die sich auf den zweiten Blick als kunstvoll ausgeführter Drache herausstellte. Im Inneren der Kugel befand sich ein Gebilde aus pastellfarbigem Glas oder Kunststoff, das vielleicht einen Kristall darstellen mochte, ebenso gut aber auch eine Fantasiestadt mit unzähligen Türmchen und Ecken, Mauerzinnen und Dächern.
»Aber das ist ja fantastisch!«, murmelte Rebekka. Sie klang ein bisschen verwirrt. Ungefähr so, wie Kim sich fühlte.
»Es ist hübsch, nicht wahr?«, sagte Vater. »Ich weiß zwar nicht genau, was es sein soll, aber als ich es in der Buchhandlung sah, konnte ich einfach nicht widerstehen. Gefällt es dir?«
»Ob es mir gefällt?« Rebekka sah erst ihren Vater an, dann mit noch größerer Verwirrung wieder Kim. »Das ... das ist ... Rangarig!«
»Was?«, fragte Vater.
»Großartig«, verbesserte sich Rebekka. »Ich wollte sagen: Großartig.«
»Ich wusste, dass es dir gefällt«, sagte Vater. Er strahlte über das ganze Gesicht, dann wandte er sich an Kim. »Für dich habe ich leider nichts. Außer vielleicht ein rohes Steak.«
»Ein rohes Steak?«
» Das soll angeblich ganz hervorragend wirken, wenn man ein blaues Auge hat«, antwortete sein Vater. Er wandte sich wieder an Rebekka. »Es gefällt dir also?«
» Na und wie!«, versicherte Rebekka.
»Dann kommt jetzt die schlechte Nachricht«, fuhr Vater fort. »Du hast deine Hausaufgaben noch nicht gemacht.«
Rebekka zog einen Schmollmund, aber die Freude über das Geschenk überwog. Sie presste ihren Schatz an sich und ver-

schwand damit. Kim war erleichtert. Es gab keinen logischen Grund dafür, aber der Anblick der Glaskugel hatte ihn ziemlich nervös gemacht.

»Und du?«, fragte sein Vater.

»Alles schon erledigt, Boss«, antwortete Kim. Sie hatten an diesem Tag gar keine Arbeiten aufbekommen, aber das lief ja wohl auf dasselbe hinaus.

»Dann ist ja alles in Ordnung «, sagte sein Vater. Er drehte sich zur Tür, blieb aber dann mit der Hand auf der Klinke stehen und sah zu ihm zurück. »Wegen vorhin ...« Er druckste einen Augenblick herum, dann lächelte er nervös. »Ich war wohl ein bisschen heftig«, fuhr er fort. » Es tut mir Leid. Ich war nervös, weißt du? Auch Väter haben Nerven. Alles okay?«

»Natürlich«, antwortete Kim. »Es war genauso mein Fehler. Wenn wir diese Kerle noch einmal treffen sollten, halte ich bestimmt mein vorlautes Mundwerk.«

»Das werden wir kaum«, erwiderte sein Vater. »Sie kommen so gut wie nie in diese Gegend. Und nach dem Schrecken, den ihnen der Polizeiwagen eingejagt hat, erst recht nicht mehr.«

»Du hast wahrscheinlich Recht«, sagte Kim.

Er konnte es nicht wissen, aber diese Bemerkung passte zu einigen anderen, die er im Laufe des Tages bereits gemacht hatte.

Sie war ein Fehler.

Ihre Eltern hatten Theaterkarten für diesen Abend und wie üblich, wenn sie beide nicht zu Hause waren, brachten sie Rebekka zu Tante Birgit. Im Grunde genommen hätte sie auch mit Kim dableiben können, Kim hielt sich für durchaus alt genug, um für einen Abend den Babysitter zu spielen, und Rebekka glaubte mit ihren neun Jahren auch alt genug zu sein, um ein paar Stunden allein mit ihrem großen Bruder im Haus zu verbringen.

Ihre Eltern sahen das allerdings etwas anders – und Kim war eigentlich ganz froh, nicht den ganzen Abend mit dieser Nervensäge verbringen und sich wenig originelle Bemerkungen über sein blaues Auge und die verlorene Schlacht vor der

Buchhandlung (Rebekka nannte es tatsächlich so!) anzuhören.
Er begleitete seine Eltern bis zur Garageneinfahrt und winkte ihnen nach, als sie abfuhren. Als der Wagen verschwunden war, drehte er sich herum um zum Haus zurückzugehen. Dabei sah er gerade noch, wie jemand hinter einem Gebüsch nur ein paar Häuser weit entfernt verschwand. Jemand mit grünen Haaren und einem feuerroten Hemd.
Kim blieb wie angewurzelt stehen. Sein Herz begann zu hämmern und für die Dauer von ein paar Sekunden starrte er das Gebüsch so konzentriert an, dass seine Augen vor Anstrengung zu brennen begannen.
Dann nannte er sich in Gedanken einen Dummkopf, drehte sich mit einer schnellen Bewegung herum und ging zum Haus zurück. Er hatte sich getäuscht. Jemand trug eine rote Jacke und eine neongrüne Mütze. Die Punker hatten überhaupt keinen Grund, nach ihm zu suchen. Er war ganz sicher.
Immerhin so sicher, dass er nicht nur die Tür hinter sich abschloss, sondern auch die Sicherheitskette vorlegte und gute zwei Minuten durch den Spion auf die Straße hinausspähte.
Nichts rührte sich. Die Straße blieb leer. Er hatte sich also doch nur eingebildet, den Piraten zu sehen.
Einigermaßen beruhigt ging er ins Wohnzimmer zurück, schaltete den Fernseher ein und nahm eine Videokassette aus dem Geheimfach hinter dem Flaschenregal, von dem sein Vater glaubte, er wisse nichts davon, und in dem er die richtig guten Filme aufbewahrte.
Es war jedoch seltsam. Bei Kim kam keine richtige Begeisterung auf, während er Arnold Schwarzenegger als Terminator dabei zusah, wie er Autos in die Luft jagte und feindliche Roboter zu Schrott schoss. Nach weniger als einer halben Stunde schaltete er ab, ging in die Küche und knabberte eine Weile lustlos an dem halben Hühnchen herum, das ihm seine Mutter in den Kühlschrank gestellt hatte.
Er war hungrig, hatte aber keinen Appetit und stellte den Tel-

ler nach ein paar Augenblicken wieder zurück. Was war nur mit ihm los?
Natürlich wusste er die Antwort im Grunde sehr genau.
Es hatte mit dem albernen Kinderspielzeug zu tun, das Vater Rebekka aus der Buchhandlung mitgebracht hatte.
Also tat er das einzig Vernünftige: Er ging in Rebekkas Zimmer hinüber um sich das verdammte Ding noch einmal in aller Ruhe anzuschauen.
Es hatte zu dämmern begonnen, sodass er das Licht einschalten musste. Rebekkas Zimmer war ein riesiges Chaos. Seine Schwester war nämlich darin, Unordnung zu machen, sehr viel talentierter als irgendein Mensch, den Kim kannte. Kim musste mit vorsichtigen Schritten durch das Zimmer staksen um nicht irgendwo draufzutreten oder zu stolpern und der Versuch, in dem Durcheinander in den Regalen ein Objekt von der Größe der Glaskugel zu finden, erschien ihm geradezu lächerlich.
Doch er musste nicht lange suchen. Die Glaskugel stand auf Rebekkas Nachttischchen.
Kim nahm sie vorsichtig in die Hand. Sie war überraschend schwer. Statt aus billigem Plastik wie erwartet, schien sie tatsächlich aus Metall und Glas zu bestehen.
Und das war noch längst nicht alles.
Die Glaskugel fühlte sich sonderbar warm in seiner Hand an. Sie war so kühl und glatt wie Glas, zugleich aber hatte er beinahe das Gefühl, etwas Lebendiges zu berühren. Und das pastellfarbene Etwas in ihrem Inneren sah wirklich wie eine auf fünf Zentimeter verkleinerte Burg aus.
Kim betrachtete den Drachen genauer, der den Schwanz um die Glaskugel geschlungen hatte. Was er vorhin schon einmal bemerkt zu haben glaubte, das bestätigte sich. Die Miniaturen waren perfekt. Jedes noch so winzige Detail stimmte und der Drache wirkte so lebensecht, dass Kim sich kaum noch gewundert hätte, hätte er im nächsten Moment die Flügel ausgebreitet und wäre davongeflogen.
Aber was ihn eigentlich erschreckte, war etwas anderes.

Er kannte diesen Drachen.
Es war genau so, wie Rebekka es gesagt hatte, als sie die kleine Metallskulptur das erste Mal erblickte: Es war Rangarig, der goldene Drache aus dem Lande Märchenmond. Er war diesem Wesen begegnet, hatte zwischen seinen gewaltigen Flügeln gesessen und war auf seinem Rücken weit in das Land geflogen.
Kim stellte die Kugel mit einer fast erschrockenen Bewegung wieder an ihren Platz zurück und lächelte nervös. Heute war nicht sein Tag.
Offenbar hatte er nicht einmal seine Fantasie im Zaum. Natürlich war nichts von alledem wirklich passiert. Er hatte einen Traum gehabt, aber mehr auch nicht.
Unten im Haus polterte etwas und Kim schrak aus seinen Überlegungen hoch. Er verließ das Zimmer, ging zum Treppengeländer und lauschte einen Moment angestrengt. Er hörte nichts mehr, aber sein Herz klopfte ein wenig schneller. Auf Zehenspitzen schlich er die Treppe hinab, warf einen Blick ins Wohnzimmer und dann in die gegenüberligende Küche. Irgendetwas war umgefallen und der Lautstärke nach musste es etwas Großes oder doch zumindest sehr Schweres gewesen sein. Aber er sah nichts.
Kim wollte sich gerade an die Erklärung gewöhnen, dass es wohl doch nur Einbildung gewesen war, als sich das Geräusch wiederholte. Diesmal konnte er die Richtung identifizieren, aus der es kam.
Aus dem Keller.
Kim trat auf die Tür unter der Treppe zu und streckte die Hand nach der Klinke aus, aber dann zögerte er, sie hinunterzudrücken. Vielleicht war es nicht besonders vernünftig in den Keller zu gehen und nachzusehen, was das Geräusch verursacht hatte. Nicht nach allem, was heute geschehen war. Vielleicht wäre es vernünftiger, die Polizei anzurufen oder wenigstens einen Nachbarn um Hilfe zu bitten.
Und was, wenn sie zusammen in den Keller gingen und feststellten, dass nur eine streunende Katze durch ein Fenster he-

reingekommen war? Dann würde er ganz schön dumm dastehen.
Außerdem wollte er sich nicht noch einmal wie ein Feigling vorkommen müssen.
Er drückte die Klinke herunter, öffnete die Tür und schaltete das Licht ein. Der Keller bestand aus einem einzigen, großen Raum, dessen Decke von einer Anzahl starker Betonpfeiler getragen wurde. Die linke Hälfte war mit Kisten und Kästen, ausrangierten Möbeln und jeder Menge Gerümpel voll gestopft, die rechte Hälfte war penibel aufgeräumt und enthielt zwei Werkzeugschränke und eine ziemlich große Werkbank.
Das Kellerfenster unmittelbar über der Werkbank stand offen.
Und auf der Werkbank selbst prangte ein großer, schmutziger Fußabdruck.
Kim stieg mit klopfendem Herzen die steile Kellertreppe hinunter und trat an die Werkbank heran. Es gab nur diesen einen Fußabdruck, und Kim konnte nicht sagen, ob er frisch oder vielleicht schon Wochen alt war. Jedenfalls wies die Spitze des Abdruckes nach innen. Als wäre jemand durch das Fenster hereingeklettert und auf den Tisch gestiegen um den Kellerboden zu erreichen.
Kim ließ sich in die Hocke sinken und suchte den Betonboden nach weiteren Schmutzspuren ab. Es gab keine. Dafür sah er plötzlich einen weißen und roten Turnschuh, die unmittelbar vor ihm standen. Darüber erhoben sich zerschlissene Hosenbeine, ein abgewetztes T-Shirt und ein Gesicht mit einem hämischen Grinsen, gekrönt von einem Irokesenhaarschnitt.
»Hallo, Kleiner«, grinste der Punker. »Suchst du etwa mich?«
Diesmal reagierte Kim sofort – und ausnahmsweise sogar richtig. Er riss die Hände vor das Gesicht und ließ sich auf die Knie fallen. Seine überkreuzten Handgelenke blockierten den gemeinen Fußtritt, den der Irokese nach seinem Gesicht abschoss. Statt Kims Nase einzubeulen, hüpfte der Punker plötzlich auf komische Art auf einem Bein herum und ruderte

mit beiden Armen um sein Gleichgewicht zu behalten. Das musste er auch, denn Kim hatte blitzschnell seinen Fuß gepackt und verdrehte ihn so heftig, dass er den grotesken Tanz nur eine oder zwei Sekunden durchhielt, ehe er nach hinten kippte und ziemlich unsanft auf dem Betonfußboden knallte.

Kim ließ seinen Fuß endlich los, sprang in die Höhe und fuhr herum. Der Irokese begann sich bereits wieder aufzurichten, wirkte aber ziemlich benommen. Kim hatte keine Zeit, sich um ihn zu kümmern. Wo dieser eine war, da waren die anderen fünf garantiert auch nicht weit!

Er raste zur Treppe und sprang mit Riesensätzen die knarrenden Holzstufen hinauf. Unter ihm begann der Irokese Zeter und Mordio zu schreien, aber er hatte es fast geschafft. Noch zwei, drei Stufen – und zwei derbe Hände, von denen eine von einem gewaltigen Siegelring geschmückt wurde, packten ihn an der Brust und zerrten ihn mit einem so festen Ruck nach oben, dass die Nähte seines Hemdes krachten.

Kim ächzte vor Überraschung, versuchte aber trotzdem sofort sich freizumachen. Er riss die Arme nach oben, um den Griff des Punkers auf diese Weise zu sprengen, erreichte damit aber nur, dass der Bursche zurücktaumelte und ihn dabei mit sich riss. Dann versetzte er Kim überraschend einen Stoß, der ihn hilflos nach hinten und in die Arme eines dritten Jungen stolpern ließ, der urplötzlich hinter ihm aufgetaucht war. Das gewaltige Klirren und Scheppern, das dabei erklang, sagte Kim, um wen es sich dabei handelte.

Zwei kräftige Arme voller Eisenringe und Ketten schlossen sich um seinen Oberkörper, hielten seine Arme fest und drückten so fest zu, dass ihm die Luft wegblieb. Kim wand sich wie eine Schlange und versuchte gleichzeitig, nach den Beinen des Burschen hinter sich zu treten, erreichte aber dadurch nichts weiter, als dass dieser seinen Griff noch mehr verstärkte, sodass er nunmehr gar keine Luft mehr bekam und seine Rippen hörbar knackten.

Harte Schritte polterten die Kellertreppe herauf. Der Irokese stürmte aus der Tür, sah sich wild um und hob dann die Faust um Kim zu schlagen – und eine andere, sehr viel kräftigere Hand, die in einem knallroten Ärmel steckte, griff nach seinem Handgelenk und hielt ihn fest.

»Lass das«, sagte der Pirat.

Der Punker hinter Kim lockerte seinen Griff. Zwar nur ein ganz kleines bisschen, aber immerhin weit genug, dass er wenigstens wieder Luft bekam. Kim atmete keuchend und mühsam ein paar Mal ein und aus, blinzelte und sah sich um. Mit Ausnahme des Gepiercten war die ganze Bande anwesend, aber das Klirren und Scheppern aus der Küche machte ihm rasch klar, wo sich der sechste Punker aufhielt.

»He!«, protestierte der Irokese. Er riss sich los, trat einen Schritt zurück und musterte Kim und den Piraten mit ärgerlichen Blicken. »Der Kerl hat mich niedergeschlagen!«

»Selbst schuld!«, antwortete der Pirat. »Wenn du dich von so einer Pfeife niederschlagen lässt, geschieht es dir nur recht.«

»Und was machen wir jetzt mit dem Kleinen?«, fragte der Punker, der Kim festhielt.

»Fesselt ihn«, sagte der Pirat nach kurzem Überlegen. »Und dann schließt ihn irgendwo ein, wo er keinen Ärger machen kann.«

»Aber!«, protestierte der Irokese.

»Halt die Klappe«, unterbrach ihn der Pirat. »Keiner hat gesagt, dass du dich nicht mit ihm amüsieren darfst. Aber im Moment haben wir Wichtigeres zu tun.«

»Hört doch mit dem Unsinn auf!«, keuchte Kim. »Ihr seid ja verrückt!«

»Stimmt«, grinste der Bursche mit dem breiten Scheitel.

»Aber es gefällt uns«, fügte der Irokese hinzu.

»Seid doch vernünftig!«, sagte Kim. »Ich mache euch einen Vorschlag. Wenn ihr mich jetzt loslasst und auf der Stelle verschwindet, dann gebe ich euch mein Wort, dass ich niemandem erzähle, was hier passiert ist.«

»Ach wie süß«, sagte der Irokese.

»Das ist doch vollkommen sinnlos! Hier gibt es nichts, was sich zu stehlen lohnt, wenn ihr deshalb gekommen seid.«
»Verpasst ihm zusätzlich einen Knebel«, sagte der Pirat. »Und dann stellt die Bude auf den Kopf! Wir haben nicht viel Zeit.« Er gab seinen Kumpanen ein Zeichen und sie verteilten sich mit polternden Schritten, mit Ausnahme des Punkers, der Kim festhielt, in die verschiedenen Zimmer. Der Punker schleifte Kim davon und stieß ihn mit roher Gewalt gegen die Wand. Er ließ ihn los, packte die Arme aber sofort wieder und versuchte sie ihm auf den Rücken zu drehen. Doch Kim gelang es, sich halb herumzudrehen und dem Punker beide Hände vor die Brust zu stoßen. Der Bursche verlor das Gleichgewicht und stürzte.
Kim nutzte seine Chance und jagte blitzschnell die Treppe hinauf, wobei er immer zwei oder drei Stufen auf einmal nahm. Unter ihm erschollen wütende Stimmen und hastige Schritte, aber Kim erreichte unbehelligt das Ende der Treppe, raste in sein Zimmer und knallte die Tür zu. Sie erbebte unter einem kraftvollen Schlag, kaum dass er den Schlüssel herumgedreht hatte.
Aber jetzt hatte er eine gute Chance. Seine Tür ging nach außen auf, was es den Punkern wesentlich schwerer machen würde, sie aufzubrechen, und er brauchte nur ein paar Sekunden.
Kim raste zum Fenster, riss es mit zitternden Händen auf und flankte mit einem Satz heraus. Unmittelbar darunter befand sich das Flachdach der Garage und von dort aus war es nicht mehr besonders schwer auf die Straße hinunterzuspringen. Er war in Sicherheit.
Als er auf dem Garagendach landete, erklang in seinem Zimmer das Geräusch von splitterndem Holz und dann ein zugleich wütender wie enttäuschter Schrei. Kim rappelte sich hoch, rannte los – und brach durch das morsche Holz!
Kopfüber stürzte er in die Tiefe, stieß einen gellenden Schrei aus und landete unsanft auf dem Rücken. Das Einzige, was ihn vermutlich vor einer wirklich schweren Verletzung bewahrte,

war die fast meterhohe Strohschicht, die den Boden des Pferdestalls bedeckte. Wäre er nur einen Meter weiter nach links gestürzt, wäre er genau in eine der Boxen gekracht und hätte sich entweder an der Umgrenzung sämtliche Knochen gebrochen oder eine gute Chance gehabt, sich einen Tritt ihres erschrockenen Bewohners einzuhandeln.

In dem zerborstenen Loch in der morschen Holzdecke über seinem Kopf erschien ein rundes, fellbedecktes Gesicht mit riesigen Glubschaugen, spitzen Ohren und unangenehm langen, scharfen Zähnen und Kim begriff schlagartig, dass er keineswegs außer Gefahr war. Hastig sprang er hoch, fuhr zur Tür herum und sah, wie die drei Pferde in den Boxen aufmerksam die Köpfe hoben und die Ohren in seine Richtung drehten –

und erstarrte.

Pferde?

Boxen?

Stroh auf dem Boden?

Wo um alles auf der Welt war er?

Das war nicht die Garage seines Vaters! Das ... das war ...

Hinter ihm erscholl ein schweres Plumpsen; ein Geräusch, als ob man einen Mehlsack aus fünf Meter Höhe auf weichen Sand fallen ließ. Kim drehte sich langsam herum und sah das haarige Gesicht, das ihn gerade durch das Loch im Dach angestarrt hatte, jetzt inmitten des Heuhaufens auftauchen. Der dazugehörige Körper, der sich eine Sekunde später aufrichtete, war auch nicht wesentlich hübscher. Die Kreatur erinnerte Kim an eine Mischung aus einem Schimpansen und einem Neandertaler, war aber viel hässlicher und nicht annähernd so groß.

Ein zweites, ebenso groteskes Geschöpf stürzte sich durch das Dach, dann ein drittes, viertes, fünftes und schließlich ein sechstes. Sofort sprangen sie wieder in die Höhe, flitzten auf Kim zu und kreisten ihn ein, wobei sie ununterbrochen in schrillen Tönen schnatterten und pfiffen und plapperten und mit ihren Fäusten auf den Boden schlugen.

Kim machte einen Schritt auf die Brettertür zu, die den Ausgang bildete, und blieb sofort wieder stehen, denn die Stimmen der grotesken Wesen wurden schriller. Sie begannen wie kleine, lebendige Gummibälle auf und ab zu hüpfen und hämmerten mit den Fäusten auf den Boden. Ihre Arme waren so lang, dass sie sich dazu nicht einmal weit vorbeugen mussten. Allmählich wurde Kim doch ein wenig mulmig. Durch ihre weit nach vorne gebeugte Haltung und die hängenden Schultern war es schwer die wirkliche Größe der Geschöpfe zu schätzen, aber Kim glaubte nicht, dass sie ihm auch nur bis zur Schulter gereicht hätten, selbst wenn sie sich ganz aufrichten würden. Außerdem waren die meisten so dürr, dass schon eine flüchtige Bewegung ausreichen musste um sie in der Mitte durchzubrechen. Kim konnte sich nicht vorstellen, dass von den grotesken Kreaturen eine Bedrohung ausging.

Anderseits waren sie zu sechst und sie hatten wirklich gefährlich aussehende Zähne ...

Er versuchte wieder einen Schritt auf die Tür zuzumachen und erneut verwehrten ihm die Neanderaffen den Weg. Diesmal hatten ihre Bewegungen eindeutig etwas Aggressives. Ihr Schnattern wurde schriller. Eines der Geschöpfe schlug mit der Faust nach ihm und ein zweites packte seine Hand und biss kräftig hinein.

Kim stieß einen leisen Schrei aus, riss seinen Arm zurück und schüttelte ihn hin und her. Das Geschöpf ließ jedoch nicht los, sondern wurde einfach mitgezerrt, flog zwei- oder dreimal hoch in die Luft und knallte ebenso oft ziemlich unsanft auf den Boden. Erst dann kam es auf die Idee, seine Hand loszulassen. Es flog in hohem Bogen durch die Luft, prallte mit einem Geräusch wie ein großer, weicher Gummiball gegen die Wand und verschwand quietschend in einer der Pferdeboxen. Das Pferd begann sofort zornig zu wiehern.

Die verbliebenen fünf Kreaturen umkreisten ihn weiter. Ihre Bewegungen waren so hektisch, als wäre es ihnen gar nicht möglich, auch nur eine einzige Sekunde still zu stehen. Sie schnatterten und quietschten immer aufgeregter durcheinan-

der. Ihre Fäuste hämmerten auf den Boden und ihre Zähne schlugen mit klappernden Geräuschen aufeinander.
Das Pferd in der Box hinter Kim wieherte erneut, trat mit den Hinterläufen aus und ein pelziger Ball flog in hohem Bogen aus der Box heraus und landete unmittelbar vor seinen Füßen. Ein paar Sekunden lang lag er reglos da, sodass Kim schon befürchtete, das der Neanderaffe tot wäre, aber dann richtete es sich benommen auf, schüttelte den Kopf und reihte sich in den randalierenden Kreis ein. Die Knirpse waren zäh, das musste man ihnen lassen.
Er versuchte wieder, den albernen Belagerungsring zu durchbrechen und eines der Geschöpfe senkte die Schultern, nahm Anlauf und rammte Kim den Schädel in den Bauch.
Kim verlor die Balance, fiel nach hinten ins Stroh und japste vor Überraschung und Zorn, als einer der kleinen Teufel auf seinen Bauch sprang und darauf herumzuhüpfen begann, als verwechsele er ihn mit einem Trampolin. Ein zweiter versuchte das Gleiche mit seinem Gesicht und das ging wirklich zu weit.
Kim fegte die beiden kleinen Quälgeister mit einer einzigen, zornigen Bewegung zur Seite, setzte sich mit einem Ruck auf, und diese Bewegung rettete ihm wahrscheinlich das Leben.
Er sah nur einen Schatten aus den Augenwinkeln. Etwas sauste mit einem hässlichen Geräusch um Haaresbreite an seinem linken Ohr vorbei und bohrte sich mit einem dumpfen Laut in den Boden; ziemlich genau da, wo eine halbe Sekunde zuvor noch sein Hals gewesen war.
Kim drehte sich hastig herum – und erschrak bis ins Innerste. Während drei der kleinen Biester ihn abgelenkt hatten, hatten die anderen mit vereinten Kräften eine Mistgabel herbeigeschafft und versuchten ihn damit zu erstechen!
Und sie gaben ihr Vorhaben keineswegs auf. Die Zinken der Mistgabel hatten sich tief in den Boden gebohrt, und die drei Knirpse zappelten und zerrten mit aller Kraft daran. Es sah schon wieder fast hämisch aus.
»Jetzt reicht's«, sagte Kim. »Das ist kein Spaß mehr!«

Er stand auf, pflückte die drei Neandertalerschimpansen von der Mistgabel und warf sie in hohem Bogen davon.
Die restlichen drei der kleinen Scheusale sprangen ihn gleichzeitig von hinten an und rissen ihn zu Boden. Kim stürzte mit dem Gesicht voran zu Boden, versuchte zu schreien, bekam aber den Mund voller Stroh und hustete qualvoll um überhaupt noch Luft zu bekommen. Eines der Biester verbiss sich in seinem linken Ohr. Kim schleuderte es davon und diesmal begann sein Ohr zu bluten und es tat weh.
Er versuchte wieder sich in die Höhe zu stemmen und jetzt gelang es ihm wenigstens, sich auf den Rücken zu wälzen. Sofort trat ihm ein übel riechender haariger Fuß ins Gesicht. Kim verdrehte ihn, brachte seinen Besitzer damit zu Fall und keuchte vor Schmerz, als eines der kleinen Mistviecher ungefähr zwei Meter weit in die Höhe sprang und dann mit angezogenen Knien auf seinem Magen landete. Er bekam nun endgültig keine Luft mehr und der Schlag in seinen Magen war so hart gewesen, dass ihm übel wurde.
Die Tür flog auf und Kim blinzelte geblendet in die Flut grellen Sonnenlichts, die hereinströmte. Seine Augen begannen zu tränen. Für einen Moment sah er nur noch Schatten und rasche Bewegungen rings um sich herum. Schwere schnelle Schritte näherten sich und dann brüllte eine dunkle Stimme: »Was ist denn hier los?! Aufhören! Auf der Stelle!«
Zwei, drei schwere, klatschende Laute erschollen und ein Teil der Füße und Fäuste, die ihn gepeinigt hatten, war plötzlich nicht mehr da.
»Macht, dass ihr rauskommt, ihr Gesindel!«, fuhr die brüllende Stimme fort. »Raus hier! Haut ab! Raus!«
Kim blinzelte die Tränen aus seinen Augen, setzte sich mühsam auf und versuchte etwas zu erkennen.
Ein grauhaariger Mann war durch die Tür hereingekommen. Dem Klang seiner Stimme nach hatte Kim einen wahren Riesen erwartet, aber das Gegenteil war der Fall. Vor ihm stand ein grauhaariger, sicherlich siebzig Jahre alter Mann in zerrissener Kleidung, der trotzdem von beeindruckender Größe

war und sehr schlank. Das hinderte ihn allerdings nicht daran, wie ein Berserker unter den Pelzgeschöpfen zu wüten. Er hatte einen breiten Ledergürtel in der Hand, den er mit großer Kraft schwang und ihn gezielt auf die Rücken und Hinterteile der Kreaturen heruntersausen ließ.

Was Kim nicht gelungen war, schaffte der Alte binnen Sekunden: Die kleinen Monster ließen von ihm ab und ergriffen kreischend und schnatternd die Flucht. Der Alte lief ihnen bis zur Tür nach, drosch weiter mit seinem Lederriemen auf sie ein und versetzte dem Letzten, der nicht schnell genug war, einen Tritt in das verlängerte Rückgrat, der ihn in hohem Bogen nach draußen beförderte.

Der alte Mann blieb unter der Tür stehen, schüttelte drohend die Faust und schrie: »Lasst euch hier bloß nie wieder sehen, verdammtes Gesindel! Das nächste Mal kommt ihr mir nicht so glimpflich davon!«

Kim richtete sich schwankend in eine halb sitzende Position auf und schüttelte benommen den Kopf. Sein Ohr und auch seine Nase bluteten und er begann allmählich zu spüren, dass ihm die haarigen Geschöpfe wohl doch mehr zugesetzt hatten, als er wahrhaben wollte. Es gab nicht viele Stellen an seinem Körper, die nicht wehtaten. Spätestens morgen früh würde er ein einziger großer blauer Fleck sein.

Der Alte blieb unter der Tür stehen, bis das Meckern und Kreischen der Bande in der Ferne verklungen war. Dann drehte er sich langsam herum und trat auf Kim zu. Während er es tat, fädelte er den Gürtel wieder in die Schlaufen seiner abgewetzten Kniehosen ein. Der Blick seiner dunklen Augen musterte Kim aufmerksam. Lag es an seiner Nervosität oder wurde der Ausdruck auf seinem Gesicht kein bisschen freundlicher?

»Haben sie dich verletzt, Junge?«, fragte er.

Kim war nicht ganz sicher, schüttelte aber trotzdem den Kopf. »Es geht schon«, sagte er. »Aber wenn Sie nicht gekommen wären ... vielen Dank.«

Der alte Mann schlurfte weiter auf ihn zu und streckte die

Hand aus. Als Kim danach griff und sich von dem Alten auf die Füße helfen ließ, spürte er die Kraft, die in seinen schmalen Fingern lag.
»Wer bist du?«, fragte der Alte. »Ich habe dich noch nie hier gesehen. Du bist nicht aus dem Tal, habe ich Recht?«
»Mein Name ist Kim«, antwortete Kim. »Vielen Dank, dass Sie mir geholfen haben. Ich glaube, Sie haben mir das Leben gerettet. Die kleinen Biester hätten mich glatt umgebracht.«
»Wer sich von Pack umbringen lässt, hat es nicht besser verdient«, knurrte der Alte. Freundlichkeit schien nicht unbedingt zu seinen Stärken zu gehören. Trotzdem fragte er noch mal: »Ist dir auch wirklich nichts passiert? Du siehst nicht gut aus, Junge.«
Wenn Kim auch nur annähernd so aussah, wie er sich fühlte, dann musste er schrecklich aussehen. Trotzdem schüttelte er den Kopf und sagte: »Mir fehlt nichts, danke.«
»Gut«, knurrte der alte Mann. »Dann kannst du mir jetzt ja vielleicht sagen, wo du herkommst. Und was du in meiner Scheune zu suchen hast.«
Kim trat einen Schritt zurück, legte den Kopf in den Nacken und blinzelte zu dem Loch im Dach dessen hoch, was eigentlich die Garage seines Vaters sein sollte. Darüber spannte sich ein Himmel von einem so strahlenden Blau, wie Kim es noch nie zuvor gesehen hatte.
Aber es stimmte nicht. Es wurde ihm im selben Moment klar, in dem ihm dieser Gedanke kam.
Er *hatte* diesen Himmel schon einmal gesehen.
Es hatte zwar keine Ahnung, wie er hierher kam oder warum, aber er wusste jetzt wenigstens, wo er war.

Kim erlebte die nächste Überraschung, nachdem Turock – wie sich sein Lebensretter vorgestellt hatte – ihn aus der Scheune heraus und zum Haus geführt hatte. Das Haus war nämlich kein Haus, sondern ein aus klotzigen Steinbrocken erbauter Turm, dessen oberes Drittel fehlte. Wo das Dach, die Zinnenkrone oder was immer es auch gewesen sein mochte, sein sollte, ragten nur zerborstene und von Kletterpflanzen und Moos überwucherte Steintrümmer empor. Der Turm erhob sich auf einer großen, allseits von Wald umschlossenen Lichtung, von der zwei schmale Wege ausgingen.

In seinem Inneren war es dunkel und erstaunlich kühl, wenn man die sengende Hitze berücksichtigte, die Kim schon auf den wenigen Schritten draußen gespürt hatte. In dem wuchtigen Kamin, der das Zimmer beherrschte, glommen sogar noch die Reste eines Feuers, das Turock offensichtlich erst vor kurzem angezündet hatte.

Turock bedeutete ihm an dem Tisch Platz zu nehmen und verschwand ohne ein weiteres Wort in einem Nebenzimmer. Kim nutzte die Zeit, bis er zurückkam, um sich in aller Ruhe umzusehen.

Sehr viel gab es allerdings nicht zu entdecken. Wände, Boden und Decke des halbrunden Zimmers waren aus nacktem, unverputztem Stein. Es gab ein Bett, das wenig mehr als ein Brett auf vier Pfosten war, auf dem ein dünner Strohsack lag, einen Tisch, zwei unbequeme Hocker und eine aus groben Brettern gezimmerte Truhe, die vermutlich die wenigen Habseligkeiten des Alten enthielt. Turock war ein armer Kerl und das war noch geschmeichelt. Das einzige, schmale Fenster hoch unter der Decke enthielt kein Glas und ließ nur wenig Licht und so gut wie keine Wärme herein. Im Winter musste es hinter den meterdicken Mauern des Turmes bitterkalt werden.

Turock kam zurück und kredenzte ihm immer noch ohne ein einziges Wort zu sagen einen Becher mit Wasser, einer Schale mit kalter Suppe und ein Stück hartes Brot. Kim verspürte zwar beim Anblick der primitiven Mahlzeit kaum mehr Hunger, aber weil die Mahlzeit, die Turock ihm anbot, so einfach war, vermutete er, dass sie auch alles war, was der alte Mann erübrigen konnte. Es wäre unhöflich gewesen, sie abzulehnen. Es würgte tapfer die halbe Mahlzeit herunter, schob die Schüssel und den Teller mit dem abgeknabberten Brotkanten dann von sich und dachte über eine plausible Ausrede nach,

falls Turock darauf bestehen sollte, dass er aufaß. Der Alte sagte jedoch nichts dergleichen, sondern räumte die Reste ebenso wortlos ab, wie er sie aufgetragen hatte, und ließ sich dann auf dem zweiten Stuhl Kim gegenüber am Tisch nieder.
»Dir ist auch wirklich nichts passiert?«, fragte er.
»Nein«, antwortete Kim. Er bewegte die Beine unter dem Tisch. Er fühlte etwas wie einen leichten Muskelkater, aber mehr auch nicht. Er hatte wirklich noch einmal Glück gehabt.
»Aber ich verstehe immer noch nicht –«
»Das ist gut«, unterbrach ihn Turock. »Dann kannst du ja arbeiten.«
»Arbeiten?«
Turock nickte. »Du hast meine Gastfreundschaft in Anspruch genommen. Du hast mein Essen gegessen und du hast an meinem Herd gesessen.« Er deutete auf das erloschene Kaminfeuer. »Da ist es nur recht und billig, dass du etwas für mich tust.«
Kim widersprach nicht. Die Argumentation seines Gastgebers war ein wenig abenteuerlich, aber er wollte nicht undankbar sein. Außerdem bestand auf diese Weise vielleicht die Möglichkeit, mit Turock ins Gespräch zu kommen, was ziemlich schwierig erschien.
»Was soll ich tun?«, fragte er.
»Ich brauche Feuerholz«, antwortete Turock. »Ich würde es selber machen, aber ich bin alt. Mein Rücken macht mir zu schaffen.«
Kim atmete innerlich auf. Ein paar Holzscheite hereinzuholen war wirklich nicht zu viel verlangt. »Zeig mir, wo es ist«, sagte er.
Turock stand auf und schlurfte zur Tür. Kim folgte ihm nach draußen. Es war kein Feuerholz zu sehen. Vermutlich lag es auf der Rückseite des Turmes, wohin der Alte auch sofort mit hängenden Schultern schlurfte.
Während er Turock folgte, nutzte Kim die Gelegenheit, den Waldrand noch einmal genau in Augenschein zu nehmen. Er wirkte tatsächlich wie eine Mauer. Die Bäume standen so

dicht, dass es an manchen Stellen fast unmöglich erschien, sich zwischen ihnen hindurchzuquetschen, und in den schmalen Lücken dazwischen wucherte dichtes, teilweise mit spitzen Dornen besetztes Buschwerk. Kim brauchte nur einen einzigen Blick um zu wissen, dass es vollkommen unmöglich war, diesen Wald zu durchqueren. Er würde einen der beiden Wege nehmen müssen um die Lichtung zu verlassen.
Dann hatten sie die Rückseite des Turmes erreicht. Kim sah immer noch kein Feuerholz. Nur einen Stapel mannslanger Baumstämme. In einem Holzklotz steckte eine Axt, deren Stiel fast länger war als Kim.
»Wo ... ist denn das Brennholz?«, fragte er vorsichtig.
Er war nicht einmal mehr besonders überrascht, als Turock mit dem Kopf auf die Baumstämme deutete. »Es muss noch gehackt werden«, sagte er. »Ich würde es selber tun, wenn mein Rücken noch zehn Jahre jünger wäre, aber ...«
»Schon gut«, seufzte Kim. »Ich verstehe.«
»Und beeil dich besser«, fuhr Turock fort. »Es wird bald dunkel. Bei Nacht kommen die Pack wieder.«
»Was waren das überhaupt für komische Geschöpfe?«, fragte Kim.
Turock drehte sich herum. »Du solltest lieber anfangen«, knurrte er. »Wenn du noch lange trödelst, dann lernst du sie vielleicht besser kennen, als dir lieb ist.« Er schlurfte davon, rief Kim dann aber noch über die Schulter zu: »Wir reden beim Abendessen darüber.«
Kim sah ihm kopfschüttelnd nach, wandte sich dann aber dem Holzklotz zu, spuckte in die Hände und zog mit einiger Mühe das Beil heraus.
Es war viel schwerer, als er erwartet hatte, aber dafür erwiesen sich die Baumstämme auch als sehr viel härter, als sie aussahen. Kim brauchte eine gute halbe Stunde um genug Scheite davon abzuspalten, mit denen er seine Arme füllte. Als er schwer beladen und unter seiner Last stöhnend ins Haus zurückwankte, war er in Schweiß gebadet.
Turock saß am Tisch und verzehrte eine Mahlzeit, deren

bloßer Anblick ihm schon das Wasser im Munde zusammenlaufen ließ. Bevor Kim auch nur den Mund aufmachen konnte, deutete er mit einer dreizinkigen Gabel, auf der ein saftiges Stück Braten steckte, auf einen geschmiedeten Ständer neben dem Kamin, der offensichtlich dazu bestimmt war Feuerholz aufzunehmen. Er war nicht nur erstaunlich groß, Kim war auch fast sicher, dass er vorhin noch nicht da gewesen war. Schweigend schlurfte er hin, lud seine Last ab und drehte sich mit einem hörbar erleichterten Seufzer herum.

»Das war's«, sagte er. »Welchen der beiden Wege muss ich nehmen?«

»Wege?«

»Um aus diesem Wald herauszukommen«, erläuterte Kim.

Turock ließ das Fleisch zwischen seinen gelben Zähnen verschwinden und antwortete kauend: »Du kannst nicht gehen. Es ist zu spät.«

Kim sah zum Fenster hoch. Selbst durch die schmale Öffnung konnte er erkennen, dass die Sonne noch ziemlich hoch am Himmel stand. »So spät kommt es mir gar nicht vor«, sagte er.

»Der Wald ist groß. Du würdest es nicht vor Einbruch der Dunkelheit schaffen. Und du willst nicht in diesem Wald übernachten, glaub mir.« Er säbelte ein Stück von dem Braten ab und schob es sich in den Mund. »Außerdem ist der Ständer noch nicht voll. Und du willst doch nicht etwa ...«

»... undankbar sein, ich weiß«, seufzte Kim. »Natürlich nicht. Ich hole noch eine Ladung.« Er hatte im Moment ziemlich große Lust *undankbar* zu sein. Aber vielleicht hatte der alte Mann ja Recht und es wäre wirklich besser, wenn er hier übernachtete statt in diesem unheimlichen Wald.

Er ging wieder hinaus, hieb eine weitere halbe Stunde mit der Axt auf die Baumstämme ein und kehrte mit einer zweiten Ladung zurück. Turock hatte den Braten mittlerweile verdrückt und war dabei, ein gewaltiges Stück Obstkuchen in sich hineinzustopfen. Kim lud seine Last ab, schlurfte zum Tisch und ließ sich schwer auf den freien Schemel fallen.

Turock ließ seine Gabel sinken und sah ihn stirnrunzelnd an.

»Worauf wartest du?«
Kim schluckte das Wasser hinunter, das ihm beim Anblick des Obstkuchens im Munde zusammenlief. »Ich verstehe nicht ganz ...«
»Der Stand ist noch nicht voll und wir haben noch etwas Tageslicht, das du ausnutzen kannst.«
Statt des Obstkuchens, dessen letzten Rest Turock gerade herunterschlang, schluckte Kim die wenig freundliche Bemerkung hinunter, die ihm auf der Zunge lag, und fragte: »Kann ich wenigstens einen Schluck Wasser haben?«
Turock deutete mit einer widerwilligen Kopfbewegung auf einen Tonkrug, der neben ihm auf dem Boden stand. Kim sah weder einen Becher noch ein anderes Trinkgefäß, also hob er den ganzen Krug an, löschte seinen Durst und schüttete sich anschließend das kalte Wasser über den Kopf. Es tat sehr gut, denn er war vollkommen verschwitzt und außer Atem von der schweren Arbeit.
Als er das nächste Mal zurückkam, hatte Turock seinen Schemel vor den Kamin geschoben, sodass er sich mit dem Rücken dagegenlehnen konnte, beide Füße auf den Tisch gelegt, und schmauchte ein Pfeifchen. Kim lud das Feuerholz polternd in den geschmiedeten Ständer ab, bedachte Turock mit einem Funken sprühenden Blick und genehmigte sich einen weiteren Schluck Wasser und eine kleine Abkühlung, bevor er wieder hinausging um eine weitere Ladung Feuerholz zu holen.
Vier Schlucke Wasser, ebenso viele Ladungen Holz und zwei aufgeplatzte Blasen an seinen Händen später war der Krug leer. Turock hatte seine Pfeife aufgeraucht und war mit den Füßen auf dem Tisch eingeschlafen. Kim setzte den Krug mit einem solchen Knall auf dem Boden ab, dass Turock erschrocken die Augen aufriss und um ein Haar vom Stuhl gefallen wäre. »Wieso machst du so einen Krach?«
»Das Wasser ist alle«, antwortete Kim. »Und ich habe Durst.«
»Dann musst du wohl zur Quelle gehen und neues holen«, antwortete Turock.
»Ich?!«

»Schließlich hast du den Krug ja auch fast allein ausgetrunken, oder?« Turock gähnte. »Du musst den linken Weg nehmen. Es ist nicht sehr weit. Ich würde es ja selbst tun, aber der Krug ist ziemlich schwer und mein Rücken macht mir zu schaffen.«
Das musste wohl daran liegen, dass er ihm so angestrengt beim Holzhacken zugesehen hatte, dachte Kim ärgerlich. Aber er sprach es nicht aus, sondern hob den leeren Krug auf die Schulter und verließ den Turm. So wie er Turock mittlerweile zu kennen glaubte, bedeutete nicht weit wahrscheinlich, dass er eine Stunde bis zur Quelle brauchen würde. Er brauchte zwei.

Von dem langen Weg und dem Krug auf seiner Schulter, der mit Wasser gefüllt sicherlich einen Zentner wog, vollkommen erschöpft, kehrte Kim mit dem letzten Licht des Tages zurück in den Turm und schaffte es gerade noch, den Krug auf den Boden zu setzten, ehe er auf die Knie herabfiel. Turock war nicht da gewesen, als er hereingekommen war, aber er konnte hören, wie hinter ihm eine Tür aufging und die schlurfenden Schritte des Alten näher kamen.

»Du hast lange gebraucht«, nörgelte der Alte. »Ich dachte schon, du hättest dich verirrt oder wärst weggelaufen. Das hätte mich nicht gewundert. Alle sind so undankbar heute. Alle wollen nur noch nehmen und haben, aber niemand will etwas dafür tun.«

Mühsam stemmte sich Kim wieder in die Höhe, drehte sich herum und riss ungläubig die Augen auf, als er das hölzerne Tablett sah, das Turock auf dem Tisch vor ihm abgestellt hatte. Es enthielt einen Becher mit Wasser, eine halb volle Schale mit kalter Suppe und ein Stück angebissenes Brot.

»Das ... ist der Rest von vorhin«, stammelte er.

»Du hast nicht aufgegessen«, antwortete Turock. »Es wäre zu schade, es wegzuwerfen. Es ist gutes Essen. Aber wenn du nicht hungrig bist, räume ich es wieder weg.«

Aber wahrscheinlich nur, um es mir am nächsten Morgen als Frühstück vorzusetzen, dachte Kim. Er starrte den Alten eine Sekunde lang an, aber dann ließ er sich wortlos am Tisch nie-

der und griff nach dem Tablett. Irgendetwas sagte ihm, dass es vollkommen sinnlos gewesen wäre, mit Turock zu streiten. Außerdem war er mittlerweile so hungrig, dass er einen Bären hätte verspeisen können.
Während er versuchte das Brot zu kauen ohne dabei ein paar Zähne zu verlieren, fragte er: »Diese Wesen von vorhin, diese ... Pack. Was sind das für Geschöpfe? Ich meine: Sind sie gefährlich?«
»Das sind lästige kleine Teufel«, antwortete Turock. »Sie sind schlimmer wie die Ratten. Wenn du nicht aufpasst, zerstören sie deine Ernte und verjagen dein Vieh und drehen dir hinterher noch eine lange Nase. Aber wirklich gefährlich sind sie nicht.«
»Und wo kommen sie her?«
»Aus den Wäldern«, antwortete Turock. »Früher gab es sie nicht. Aber seit ein paar Jahren tauchen sie immer öfter auf. Sie sind eine Plage.«
»Lebst du gern allein hier?«, fragte Kim.
Turock zischte. »Ich habe hier alles, was ich brauche. Es ist ein guter Platz.«
Kim dachte einige Sekunden angestrengt über die nächste Frage nach, die er dem Alten stellen wollte, sprach sie aber dann ohne Umschweife einfach aus: »Das hier ist Märchenmond, nicht wahr?«
»Märchenmond?«
»Dieser Ort.« Kim machte eine umfassende Geste. »Diese Welt. Wie ist ihr Name?«
»Märchenmond«, wiederholte der Alte nachdenklich und runzelte die Stirn. Dann zuckte er mit den Schultern. »Das mag sein oder auch nicht. Die Leute haben viele Namen für viele Dinge.«
»Weißt du, wo Gorywynn liegt?«, erkundigte sich Kim. »Oder Caivallon?«
»Was soll das sein?«, fragte Turock.
»Die Stadt, in der Themistokles lebt«, seufzte Kim. »Ich nehme nicht an, dass du ihren Namen schon einmal gehört hast.«

»Natürlich weiß ich, wer Themistokles, der Zauberer, ist«, sagte Turock scharf. »Jedermann weiß das.«
»Dann kannst du mir sagen, wie ich zu ihm komme?«, fragte Kim hoffnungsvoll.
»Nein«, antwortete Turock. »Er lebt irgendwo, sehr weit weg. Ich weiß nicht, wo. Wir brauchen hier keine Zauberer.«
Kim war zwar enttäuscht, aber er setzte das Gespräch nicht weiter fort. Dazu war er einfach zu erschöpft. Morgen früh war auch noch Zeit mit diesem sonderbaren Einsiedler zu reden.
»Wo kann ich schlafen?«, fragte er.
»Du wirst schnell müde«, sagte Turock spöttisch. »Das ist der Jammer an den Jungen heute. Aber mir soll's recht sein.« Er stand auf und machte eine Kopfbewegung auf den nackten Fußboden vor dem Kamin. »Schlaf dich gut aus. Die Nächte sind kurz hier.«
Kim starrte auf den harten Steinboden und fragte sich, warum um alles in der Welt er sich diese Behandlung gefallen ließ. Respekt vor dem Alter und Dankbarkeit waren ja noch in Ordnung, aber Turock nahm ihn entweder auf den Arm oder er war der unverschämteste Bursche, der ihm jemals untergekommen war.
Aber sogar um das auszusprechen war er viel zu müde.
Ohne weiteres Wort ließ er sich auf dem nackten Steinboden nieder und schlief auf der Stelle ein.

Wie Turock gesagt hatte, waren die Nächte in diesem Teil des Landes kurz. Als Kim am nächsten Morgen erwachte, weil der Alte ihn unsanft an der Schulter rüttelte, hatte er jedenfalls das Gefühl allenfalls eine oder zwei Stunden geschlafen zu haben. Außerdem fror er so erbärmlich, dass er mit den Zähnen klapperte.
»Bist du endlich wach?«, fragte Turock unwillig. Er hörte auf an Kims Schulter herumzuzerren und schüttelte den Kopf. »Es ist eine Schande! Wäre ich nur zehn Jahre jünger –«
»Ja, ja, und würde dein Rücken ein bisschen weniger wehtun,

ich weiß«, unterbrach ihn Kim. Er setzte sich schlaftrunken auf, gähnte hinter vorgehaltener Hand und versuchte sich zu recken, gab aber diese Idee sofort wieder auf. Jeder Knochen in seinem Leib tat von dem unbequemen Liegen auf dem nackten Steinboden weh. Außerdem schien es mit jeder Sekunde kälter zu werden.
»Wieso habe ich eigentlich den halben Wald klein gehackt, wenn du kein Feuer machst?«, fragte er zähneklappernd.
»Die Winter sind lang hier«, antwortete Turock. »Und wer weiß, wann wo jemand kommt, der bereit ist für Gastfreundschaft und Hilfe auch ehrliche Arbeit zu leisten? Die Menschen helfen sich heute nicht mehr so gerne wie zu meiner Jugendzeit.«
Nach allem, was Kim gestern mit dem alten Schlitzohr erlebt hatte, wunderte ihn das kein bisschen. Aber er sparte es sich, Turock darauf hinzuweisen. Es hätte nicht viel Sinn gehabt.
»Willst du frühstücken?«, fragte Turock.
Kim war regelrecht überrascht von so viel Großzügigkeit. Allerdings nur so lange, bis er aufstand und sich auf einem der beiden Hocker am Tisch niederließ. Das Frühstück bestand aus einem Becher Wasser und einem Stück harten Brot.
Er verzehrte es klaglos, stemmte beide Ellbogen auf die Tischplatte und bettete das Kinn auf die zusammengefalteten Hände. Seine Augenlider waren so schwer, dass sie von selbst wieder zufielen. Er hatte ganz eindeutig nicht genug geschlafen.
»Worauf wartest du noch?«, fragte Turock. »In zwei Stunden wird es hell und wir haben viel zu tun.«
Kim öffnete das linke Auge, starrte den Alten geschlagene fünf Sekunden ungläubig an und sagte dann, so ruhig er konnte: »Es tut mir Leid, Turock, aber ich fürchte, ich kann deine Gastfreundschaft nicht länger in Anspruch nehmen.«
»Was soll das heißen?«
»Ich habe dir von Themistokles erzählt«, antwortete Kim geduldig. »Ich muss ihn finden! Ich weiß zwar ehrlich gesagt selbst noch nicht genau, warum, aber es ist sehr wichtig. Ich kann nicht bleiben.«

»Du willst also gehen«, vergewisserte sich Turock. »Einfach so. Das hätte ich mir ja gleich denken können!«
»Was meinst du damit?«, fragte Kim.
»Du schuldest mir noch ein paar Stunden Arbeit«, behauptete Turock.
»Ich schulde dir *was*?«, krächzte Kim.
Turocks Miene verfinsterte sich noch weiter. »Du hast in meinem Haus geschlafen –«
»Auf dem Steinboden!«
»– hast Wasser getrunken –«
»Das ich selbst hierher geschleppt habe!«
»– und mein Essen gegessen«, führte Turock seinen Satz ungerührt zu Ende.
»He, he!«, protestierte Kim. »Dafür habe ich stundenlang geschuftet!«
»Das war für das Mittagsmahl«, sagte Turock. »Du hast noch einmal gegessen. Und gerade Frühstück gehabt. Du bist ein unverschämter fauler Bursche. Wäre ich zehn Jahre jünger, würde ich dir Manieren beibringen.«
»Wärst du *dreißig* Jahre jünger«, antwortete Kim betont, »würde ich dir so antworten, wie du es eigentlich verdienst. Aber da, wo ich herkomme, zollt man alten Leuten Respekt.«
»Ach?«, machte Turock.
Kim stand auf. »Ich glaube, ich gehe jetzt besser.«

Er nahm denselben Weg, den er gestern Abend benutzt hatte und von dem er wusste, dass er direkt zur Quelle führte. Draußen auf der Lichtung war es hell geworden, aber im Inneren des Waldes herrschte beinahe noch Dunkelheit. Außerdem war es hier drinnen so bitterkalt, dass er seinen Atem als grauen Dampf vor dem Gesicht erkennen konnte.
Trotzdem marschierte Kim mit schnellen Schritten los. Bald würde das Licht auch hier hereindringen und dann würde er ausreichend sehen.
Eine halbe Stunde später war er sich dessen nicht mehr sicher. Oben in den Baumwipfeln musste es längst hell geworden

sein, aber alles, was den Weg erreichte, war ein blasser grauer Schimmer. Die Bäume schlossen sich über dem Pfad zu einem nahezu undurchdringlichen Dach. Er konnte kaum weiter als zwanzig Schritte sehen.

Das Schlimmste aber war die Stille. Der Wald ragte beiderseits des Weges so massiv wie eine Mauer auf und Kim hörte nicht den geringsten Laut. Selbst das Geräusch seiner eigenen Schritte schien von der ihn umgebenden Dunkelheit aufgefressen und verschluckt zu werden. Es war unheimlich. Hatte er sich am Anfang noch ein Sorgen darüber gemacht in der Dunkelheit des Waldes auf die Pack zu treffen oder gar auf wilde Tiere, so war er bald so weit, sich beinahe zu *wünschen,* einen der kleinen Quälgeister zu sehen oder wenigstens das Knacken eines Zweiges oder irgendetwas zu hören. Alles wäre besser gewesen als dieses unheimliche, drohende Schweigen. Es war so vollkommen still, als wäre der Wald rechts und links des Weges gar nicht da, sondern nur ein blasser Schatten.

Auch die Quelle ließ auf sich warten. Gestern Abend war ihm der Weg weit vorgekommen, aber heute schien er einfach kein Ende zu nehmen. Er musste schon weit mehr als eine Stunde unterwegs sein und von der Quelle war immer noch nichts zu sehen.

Der Weg nahm kein Ende. Kim schätzte, dass er gute vier Stunden durch diesen unheimlichen Schattenwald marschiert war, ehe es endlich weit vor ihm hell wurde. Der Waldrand! Endlich! Er beschleunigte seine Schritte noch einmal. Auf den letzten zwanzig Metern rannte er beinahe.

Und blieb so abrupt wieder stehen, als wäre er gegen eine unsichtbare Mauer gelaufen.

Vor ihm lag eine kreisrunde, nicht sehr große Lichtung, in deren Mitte sich ein aus grobem Stein erbauter Turm mit einem Pferdestall daran erhob.

Er war wieder da, wo er losmarschiert war!

Kim blieb länger als eine Minute einfach mit offenem Mund stehen und starrte Turocks Turm an. Das war doch völlig unmöglich! Er *konnte* nicht im Kreis gelaufen sein!

Ganz offensichtlich war er es aber, denn als er seine Erstarrung endlich überwand und weiterging, sah er nicht nur den Turm, sondern auch seinen Besitzer. Turock stand in der Mitte der Lichtung, hatte beide Hände in den Hosentaschen vergraben und grinste schadenfroh.
Kim würdigte ihn keines Blickes, sondern marschierte in scharfem Tempo und mit hoch erhobenem Haupt an ihm vorbei, quer über die Lichtung und auf den Pfad auf der anderen Seite zu. Er war sehr durstig, aber er hätte sich in diesem Moment lieber die Zunge abgebissen statt den Alten nach einem Schluck Wasser zu fragen. Er hatte den falschen Weg genommen – und? In einer Stunde würde er die Quelle erreichen, seinen Durst löschen und dann getrost weitermarschieren.

Das geschah nicht. Stattdessen trat er nach drei oder vier Stunden auf der anderen Seite auf die Lichtung hinaus und wankte mit zitternden Knien auf Turock zu. Der sonderbare Mann hatte einen alten Schaukelstuhl aus dem Turm geschafft, döste Pfeife rauchend in der Sonne und öffnete träge ein Auge, als Kim näher kam.
»Der Weg«, keuchte Kim atemlos.
»Was soll damit sein?«, fragte Turock.
»Er führt nicht aus dem Wald hinaus.«
»Nein«, antwortete Turock. »Tut er nicht.«
»Er führt im Kreis und wieder auf die Lichtung zurück«, vermutete Kim.
»Das stimmt«, sagte Turock.
»Das hättest du mir sagen können«, sagte Kim vorwurfsvoll.
»Du hast nicht gefragt«, antwortete der Alte. »Oder?«
»Und was ist mit der Quelle?«, fragte Kim. »Sie ist verschwunden.«
»Nein«, antwortete Turock. »Du hast nur den falschen Weg genommen.«
»Aber da *ist* nur ein Weg«, protestierte Kim. Er deutete auf den Pfad, der auf der anderen Seite in den Wald hineinführte.

»Ich bin *dort* hineingegangen –« Er wies mit dem Daumen über die Schulter zurück auf den Pfad, der auf der anderen Seite im Wald verschwand. »– und dort wieder herausgekommen.«
»Das habe ich gesehen«, bestätigte Turock. »Du gehst gerne spazieren, wie?«
Es fiel Kim schwer ruhig zu bleiben, aber irgendwie schaffte er es. »Wie komme ich aus diesem Wald hinaus?«, fragte er.
»Du musst nur den richtigen Weg nehmen«, antwortete Turock und sog an seiner Pfeife.
»Ich habe *beide* Wege ausprobiert«, antwortete Kim betont. Seine Stimme zitterte vor unterdrücktem Zorn. »Und jedes Mal bin ich wieder hier gelandet. Dieser verdammte Weg führt im Kreis!«
»Nur der eine«, behauptete Turock. »Der andere führt zur Quelle und dann aus dem Wald hinaus.«
Kim schloss die Augen und zählte in Gedanken bis fünf. »Und welcher ist der richtige Weg?«, fragte er, so ruhig er gerade noch konnte.
Turock grinste.
»Kann ich wenigstens einen Schluck Wasser haben?«, fragte Kim.
Turocks Grinsen wurde noch breiter.
»Also gut«, seufzte Kim. »Was muss ich dafür tun?«
Turock sagte es ihm.

Nach drei oder vier Tagen gab er es schließlich auf, jeden Morgen mit dem ersten Sonnenstrahl in den Wald zu gehen und nach zwei, drei oder vier Stunden erschöpft und durstig zurückzukehren. Turock nahm diese Veränderung in seinem Verhalten stillschweigend zur Kenntnis, erwies sich aber in den nächsten Tagen als umso erfindungsreicher, wenn es darum ging, neue Arbeiten für ihn zu finden. Nachdem eine Woche vergangen war, befand sich der Turm in vermutlich besserem Zustand als am Tag seiner Erbauung. Es gab auf der gesamten Lichtung keinen einzigen Halm Unkraut mehr und das kleine

Feld war ordentlich gepflügt. Die Scheune und die Pferde blitzten vor Sauberkeit, die Gemüsesaat war ausgebracht und zwei Vogelscheuchen waren aufgestellt worden. Kim hatte den Keller unter dem Turm aufgeräumt und gesäubert und Turocks Geschirr auf Hochglanz poliert. Seine Möbel waren gereinigt und eingewachst und Kim hatte sogar die Kleider des Alten gewaschen und wieder in Ordnung gebracht. Der geschmiedete Ständer neben dem Kamin war bis unter die Decke mit Holz gefüllt. Es gab einfach nichts mehr zu tun!

»Verrätst du mir jetzt, welchen Weg ich nehmen muss, um aus dem Wald herauszukommen?«, bat er.

»Aber du bist noch nicht fertig«, antwortete Turock.

Kim quollen vor Unglauben schier die Augen aus den Höhlen.

»Aber ... aber es *ist* doch gar nichts mehr zu tun«, ächzte er.

»Die Scheune«, antwortete Turock. »Das Dach hat ein Loch.«

»Aber das ist doch nicht meine Schuld!«, protestierte Kim.

»Du hast es hineingemacht«, antwortete Turock. »Also ist es nur recht und billig, dass du es auch wieder reparierst.«

»Aber ich weiß doch noch nicht einmal, wie –«, begann Kim, schüttelte dann den Kopf und fragte in resignierendem Ton: »Wo ist das Werkzeug?«

Turock erklärte es ihm – und auch, dass er keine Bretter hätte, wodurch Kim nichts übrig blieb, als eine Säge zu nehmen und sich an die mühselige Aufgabe zu machen, passende Stücke aus den Baumstämmen hinter Turocks Turm herauszuschneiden.

Er brauchte zwei Tage.

Als sie am späten Nachmittag zusammen in der Scheune Kims Werk begutachteten, sagte Turock: »Das ist gute Arbeit. Ich hätte gar nicht damit gerechnet, dass du das kannst.«

»Ich auch nicht«, gestand Kim. »Verrätst du mir jetzt, wie ich nach Gorywynn komme?«

»Natürlich«, antwortete Turock. »Sobald du deine Schulden abgearbeitet hast.«

»Aber das habe ich doch!«, protestierte Kim. »Ich habe schließlich das Dach repariert!«

»Und zwei Tage dazu gebraucht«, sagte Turock. »Du hast in dieser Zeit gegessen und geschlafen.«
»Und geatmet, nicht zu vergessen«, knurrte Kim.
Turock zuckte mit den Schultern, wandte sich wortlos um und ging. Kim starrte ihm fast hasserfüllt nach. Er war ja ein geduldiger Mensch, aber was zu weit ging, ging zu weit. Er war nun schon seit über einer Woche hier, und wenn es nach diesem gierigen alten Kerl ging, dann würde er wahrscheinlich noch in einem Jahr hier sein und irgendwelche Arbeiten verrichte, die Turock sich ausdachte.
Es wurde Zeit, dass er einmal ein paar ernsthafte Worte mit Turock wechselte.
Der alte Mann war nicht da, als er die Scheune verließ. Kim nahm an, dass er im Turm sei, aber als er das Gebäude betrat und Turocks Namen rief, bekam er keine Antwort.
Kim rief noch zwei- oder dreimal nach seinem Gastgeber und trat dann an die einzige Tür, die es neben dem Eingang noch gab. Er wusste, dass dahinter einen steile Treppe ins obere Stockwerk das Turmes hinaufführte, war aber in der ganzen Zeit, in der er Turocks Gast war, noch niemals dort oben gewesen. Und er zögerte auch jetzt. Er hatte Turock noch nie gefragt, was dort oben lag – schon weil er keine Lust hatte, für die Antwort auf diese Frage eine Stunde arbeiten zu müssen –, aber Turock mochte seine Gründe haben, nicht von sich aus über das zu reden, was sich dort oben befand. Vielleicht war es besser, wenn er nicht dort hinaufging.
Aber er musste mit Turock reden.
Entschlossen stieg er die knarrenden Stufen empor und öffnete die Tür an ihrem oberen Ende. Er war gespannt, welche Überraschung nun wieder auf ihn wartete.
Helles Sonnenlicht kitzelte seine Nase und ließ ihn blinzeln, als er durch die Tür trat. Er befand sich nicht in einer weiteren Kammer, sondern im zerstörten Teil des Turmes. Die Wände waren teilweise ausgebrochen und eine Menge Schutt bedeckte den Boden. Kim musste sehr vorsichtig gehen um an eine der niedergebrochenen Mauern zu gelangen.

Der Anblick ließ ihn ungläubig die Augen aufreißen. Der Turm ragte ein Stück über die Baumwipfel hinaus. Kim konnte die gesamte Lichtung überblicken und natürlich auch den Wald. Er hatte erwartet eine unendliche wogende, grüne Fläche zu sehen – aber der Wald, der die Lichtung umgab, war nicht einmal einen Steinwurf tief! Es war nicht einmal ein richtiger Wald, sondern eigentlich nur ein Ring aus Bäumen, der den Turm umgab.
Das ist unmöglich! dachte Kim. Das war vollkommen ausgeschlossen! Er war doch Stunde um Stunde durch diesen Wald gelaufen!

»Du hättest nicht heraufkommen sollen«, sagte eine Stimme hinter ihm.
Kim drehte sich herum und erkannte Turock, der ihm lautlos gefolgt war. Vielleicht zum ersten Mal, solange er den Alten kannte, betrachtete ihn Turock nicht mit einem Ausdruck von Herablassung und Misstrauen, sondern mit einem Blick, in dem sich beinahe etwas wie Mitleid spiegelte.
»Was bedeutet das?«, fragte Kim. »Warum hast du mir das nicht gesagt?«
»Was? Dass es keinen Weg aus diesem Wald heraus gibt?«
»Dass es kein *Wald* ist!«, antwortete Kim zornig. »Das ... das ist doch nur eine bessere Baumreihe!«
»Und doch führt kein Weg hinaus«, antwortete Turock. »Du hast es selbst erlebt. Du kannst gehen, so lange und so weit du willst, du wirst niemals irgendwo anders hingelangen als zu dieser Lichtung. Der Schattenwald ist verwunschen. Wer ihn einmal betritt, der kann ihn nie wieder verlassen.«
»Und die Quelle?«
»Der Weg führt zu ihr, wenn du Wasser brauchst«, antwortete Turock. »Sonst nicht.«
»Aber ... aber warum hast du es mir ... nicht gesagt?«, fragte Kim stockend. »Hattest du Angst, dass du meine Arbeitskraft verlierst?« Der letzte Satz tat ihm auf der Stelle wieder Leid, aber Turock schien ihn gar nicht zur Kenntnis zu nehmen.

»Ich wollte dir die Enttäuschung ersparen, Junge«, sagte er. »Ich weiß noch, wie es mir erging, als ich einsehen musste, dass ich an diesem Ort den Rest meines Lebens verbringen würde. Ich wäre vor Schmerz fast gestorben. Das wollte ich dir ersparen.«
»Früher oder später hätte ich es doch sowieso gemerkt«, sagte Kim bitter.
»Ich weiß«, antwortete Turock. »Vielleicht war es ein Fehler. Aber ich bin ein alter Mann. Bitte verzeih mir.«
Das war gar nicht nötig, Kim *konnte* Turock gar nicht böse sein – nicht, nachdem er sich wieder herumgedreht und einen weiteren Blick auf dieses unmöglich schmale, grüne Band geworfen hatte, das zu einem endlosen Wald auswuchs, sobald man es betrat.
»Wie lange bist du schon hier?«, fragte er, ohne zu Turock zurückzusehen.
»Ich weiß es nicht«, antwortete Turock. »Sehr lange. Viele, viele Jahre. Ich habe vor langer Zeit aufgehört sie zu zählen.«
»Und du hast nie versucht herauszukommen?«, fragte Kim.
»Unzählige Male«, antwortete Turock. »Es ist unmöglich. Du hast es doch selbst erlebt.«
»Das ist mir egal«, antwortete Kim. »Ich werde mich bestimmt nicht damit abfinden.«
»Ich höre mich selber reden«, sagte Turock mit einem traurigen Lächeln. »Aber auch du wirst einsehen, dass es keinen Zweck hat, sich gegen das Schicksal aufzulehnen.«
Darauf antwortete Kim nicht. Aber er wusste, dass Turock Unrecht hatte. Er würde sich niemals damit abfinden, für den Rest seines Lebens in diesem verwunschenen Wald gefangen zu sein. Niemals.
Er verbrachte die nächste Woche damit, einen verrückten Fluchtplan nach dem anderen zu ersinnen und wieder zu verwerfen – von der Idee, eine Art Seilbahn in den Wald zu bauen, bis hin zu der, ihn kurzerhand in Brand zu setzen. Turock, der nicht so wortkarg und verschlossen war wie am Anfang, sich aber nun zumindest als geduldiger Zuhörer erwies, rea-

gierte auf die meisten seiner Vorschläge gar nicht oder schüttelte allenfalls dann und wann den Kopf und meinte, dass es sich dabei um Ideen handelte, die er selbst schon einmal gehabt oder vielleicht sogar ohne Erfolg ausprobiert hatte.

Als sie eines Abends beim Essen zusammensaßen, blickte Kim aufmerksam auf seinen Teller, ließ dann die Gabel sinken und fragte in nachdenklichem Tonfall: »Dein Essen, Turock ... wo kommt es her?«

»Ich weiß es nicht«, antwortete Turock.

»Du weißt es nicht?« Es fiel Kim schwer, das zu glauben.

»Aus der Vorratskammer«, sagte Turock. »Du holst es doch selbst heraus.«

»Aber ich habe noch nie etwas *hinein*gebracht«, antwortete Kim betont.

»Es ist immer genügend da«, sagte Turock.

»Du meinst, ohne dass du jemals irgendetwas geerntet hättest?«, vergewisserte sich Kim. »Oder Beeren gesammelt oder Obst gepflückt oder Wild gejagt?«

»Wie könnte ich das?«, fragte Turock. »Ich kann den Wald nicht betreten. Niemand kann das.«

Er klang ein bisschen nervös. Kim wusste aber auch, dass er Recht hatte. Turocks Axt zu nehmen und zu versuchen, sich damit einen Weg durch das dicke Unterholz zu hacken, war so ziemlich seine allererste Idee gewesen. Die ineinander verfilzten Ranken und Äste waren jedoch so zäh wie Draht. Und wenn es ihm schon einmal gelang, eines der dünneren Stücke durchzuhacken, dann wuchs es so schnell nach, dass er dabei zusehen konnte.

»Aber irgendwo muss das Essen doch herkommen«, sagte er. Turock hob die Schultern. Er schwieg. »Und du hast nie versucht herauszufinden, wer dir das Essen schickt?«, bohrte Kim weiter.

»Es ist nicht gut, zu viele Fragen zu stellen«, antwortete Turock ohne ihn anzusehen. »Manche Dinge sind gut, so wie sie sind.«

Kim glaubte das Zögern des alten Mannes sogar zu verstehen.

Vielleicht hatte Turock Angst, dass der Zauber erlosch, wenn er zu hartnäckig versuchte hinter sein Geheimnis zu kommen. Sie aßen schweigend zu Ende, und als die Sonne unterging, streckte sich Turock wie gewöhnlich auf seinem harten Bett aus und schlief auf der Stelle ein. Auch Kim machte es sich auf seinem Platz vor dem Kamin gemütlich, so gut das eben auf dem harten Steinboden möglich war, aber er schlief nicht ein. Er war müde, denn der Tag war ebenso von schwerer Arbeit erfüllt gewesen wie die zuvor, aber er hielt sich mit aller Gewalt wach, bis er ganz sicher sein konnte, dass Turock eingeschlafen war. Dann stand er wieder auf, schlich auf Zehenspitzen aus dem Raum und umrundete den Turm um in die Vorratskammer zu gelangen, die sich in einem winzigen Anbau auf der Rückseite befand.

Wie immer war die Nacht so dunkel, dass er kaum ein paar Schritte weit sehen konnte. In der ersten Nacht hatte er noch geglaubt, dass sich der Himmel einfach mit Wolken bedeckt hatte. Mittlerweile aber kam es ihm eher so vor, als ob Schatten aus dem Wald herauskrochen, sobald die Sonne nicht mehr am Himmel stand, und die gesamte Lichtung und den Turm in eine Aura unheimlicher Finsternis hüllten.

Als er die Vorratskammer betrat, konnte er im ersten Moment überhaupt nichts sehen. Der Raum hatte überhaupt kein Fenster und das schwache Licht, das von draußen hereindrang, war kaum der Rede wert. Er öffnete die Tür, soweit es ging, ließ sich in der Ecke des Raumes sinken und wartete. Worauf, wusste er selbst nicht.

Es musste auf Mitternacht zugehen. Kim fiel es jetzt immer schwerer, die Augen offen zu halten, und er wäre um ein Haar eingeschlafen, als er plötzlich ein Geräusch zu hören glaubte. Erschrocken riss er die Augen auf und erstarrte gleichzeitig zur Reglosigkeit.

Er hörte etwas wie einen vorsichtigen, platschenden Schritt. Im nächsten Moment erschien ein Schemen in der Tür.

Kim hielt gebannt den Atem an. Es war draußen so dunkel, dass er von der Gestalt kaum mehr als den Umriss richtig

erkennen konnte. Trotzdem wusste er sofort, wen er vor sich hatte.
Es war ein Pack.
Die hängenden Schultern, die langen Affenarme und die spitzen Ohren waren unverkennbar. Und jetzt konnte er auch sehen, dass die Augen des Wesens in einem sanften, dunkelroten Licht glühten.
Kim musste sich mit aller Macht beherrschen, um nicht sofort aufzuspringen und das kleine Scheusal zu packen. Er hatte noch eine Rechnung mit diesen Biestern offen. Nach ihrer ersten Begegnung hatten seine Rippen noch tagelang geschmerzt.
Der Pack schlurfte mit hängenden Schultern herein, lud etwas auf einem der Regalbretter ab und humpelte dann wieder hinaus. Kim wartete, bis er verschwunden war, ließ der Sicherheit halber noch einige Sekunden verstreichen und stand dann auf um nachzusehen, was der Pack gebracht hatte.
Es waren eine Speckseite, ein Brot und ein kleiner Beutel mit frischem Obst.
Kim runzelte überaus verwirrt die Stirn. Die dienstbaren Geister, die Turock und mittlerweile auch ihn selbst mit Lebensmitteln versorgten, waren Pack! Dieselben komischen Biester, die Turock am ersten Tag als Ungeziefer beschimpft und mit dem Gürtel aus der Scheune geprügelt hatte!
Aber das ergab doch überhaupt keinen Sinn!
Vorsichtig ging er zur Tür und spähte hinaus.
Es war ein unheimlicher Anblick.
Die Dunkelheit über der Lichtung schien noch intensiver geworden zu sein. Er konnte nicht mehr erkennen, wo die Lichtung aufhörte und der Wald begann, aber er sah fast ein Dutzend winziger, roter Lichter, die in geringer Höhe über der Lichtung schwebten und sich hastig hin und her bewegten. Sie traten immer in Paaren auf.
Es dauerte ein paar Sekunden, bis Kim begriff, dass er nichts anderes als die leuchtenden Augen der Pack sah.
Aber was taten sie?

Ihr hektisches Hin und Her erschien ihm im ersten Augenblick vollkommen sinnlos. Mal glitten sie von rechts nach links oder auch in umgekehrter Richtung, mal senkten sie sich fast bis auf den Boden oder verharrten einige Momente vollkommen reglos und schließlich verschwanden zwei Pack in der Scheune. Kim konnte ihre leuchtenden Augen nicht mehr sehen, hörte aber das unruhige Schnauben eines Pferdes und das Rascheln von Stroh.
Endlich begriff er.
Die Pack suchten etwas. Nur – was?
Die Pack wuselten länger als eine halbe Stunde auf der Lichtung herum, aber schließlich gaben sie es auf und versammelten sich wieder am Waldrand. Kim hatte damit gerechnet, dass sie einen der Wege benutzen würden um im Wald zu verschwinden. Stattdessen sah er plötzlich einen sonderbaren grausilbernen Schimmer, der wie aus dem Nichts zwischen den Bäumen erschien und fast so etwas wie ein Tor bildete, in dem die Pack einer nach dem anderen verschwanden.
Das leuchtende Gebilde erlosch nicht gleich, nachdem der letzte Pack hindurchgegangen war, und Kim raffte all seinen Mut zusammen und lief quer über die Lichtung um einen Blick hineinzuwerfen. Er wagte es nicht, das sonderbare Gebilde zu betreten.
Dahinter lag nicht etwa der Wald, sondern eine gewaltige, bodenlose Schlucht, die von einem unheimlichen, düsterroten Licht erfüllt war. Ihr gegenüberliegender Rand war so weit entfernt, dass Kim ihn mehr erahnte, als er ihn wirklich sah. Über der Schlucht spannte sich ein gewaltiger wolkenloser Sternenhimmel und auf der anderen Seite schien tatsächlich Wald zu sein.
Quer über diese Schlucht zog sich eine kühn geschwungene Brücke aus denselben uralten Steinen, aus denen Turocks Turm erbaut war. Sie war so schmal, dass Kim schon vom bloßen Hinsehen schwindelte – was die Pack aber nicht daran hinderte, mit grotesken Sprüngen und Sätzen darüber zu hüpfen und dabei in schrillen Tönen zu lachen und zu meckern.

Dann taten sie etwas, was so unglaublich war, dass Kim um ein Haar laut aufgeschrien hätte.
Sie sprangen einer nach dem anderen in die Schlucht hinab und verschwanden in der roten, wogenden Tiefe!
Als sich der letzte Pack in dem roten Höllenschlund aufgelöst hatte, begann auch das Tor zu verblassen. Nach kaum einer Minute stand Kim wieder vor den undurchdringlichen Schatten des Waldrandes.
Verwirrt und nachdenklich kehrte Kim in den Turm zurück. Er musste dabei wohl mehr Lärm gemacht haben, als ihm selbst klar war, denn kaum hatte er den Platz vor dem Kamin erreicht, da richtete sich Turock raschelnd auf seinem Lager aus Stroh auf und fragte: »Wo bist du gewesen?«
»Ich konnte nicht schlafen«, antwortete Kim ausweichend. Ohne dass er selbst einen Grund dafür hätte angeben können, erschien es ihm plötzlich besser Turock nichts von seiner unheimlichen Beobachtung zu erzählen. Wenigstens noch nicht.
»Bist du etwa draußen gewesen?«, fragte Turock. Seine Stimme klang scharf.
»Wieso?«
»Ich will nicht, dass du hinausgehst, sobald es dunkel geworden ist, hörst du?«, fuhr Turock fort ohne seine Frage auch nur zur Kenntnis zu nehmen. »Es ist gefährlich. Nachts kommen die Schatten aus dem Wald und wer weiß, was für Dinge sonst noch.«
»Nichts und niemand kommt aus dem Wald«, antwortete Kim, aber Turock ignorierte auch diese Antwort.
»Ich will nicht, dass du nach Dunkelwerden noch einmal aus dem Haus gehst, hörst du?«, sagte er. »Ich verbiete es!«
»Aber warum denn?«, wunderte sich Kim.
»Weil ... weil ...« Turock suchte einen Moment nach Worten. »Weil die Dinge gut sind, wie sie sind«, sagte er schließlich.
»Du meinst, dass du seit zwanzig oder dreißig Jahren hier festsitzt?«, fragte Kim. »Oder dass ich vielleicht auch für den Rest meines Lebens hier festsitzen könnte?«

»Unsinn«, widersprach Turock. »Das eine hat mit dem anderen nichts zu tun. Ich sage nur, dass man die Dinge besser so lassen sollte, wie sie sind.«
»Heißt das, du willst hier nicht weg?«, fragte Kim.
»Weg?« Turock schien einige Augenblicke lang über die bloße Bedeutung dieses Wortes nachdenken zu müssen. Dann zuckte er mit den Schultern. »Aber wohin sollte ich denn gehen?«
»Nach Hause«, antwortete Kim verwirrt. Was für eine Frage!
»Nach Hause«, wiederholte Turock mit sonderbarer Betonung. »Ich erinnere mich kaum, was dieses Wort bedeutet. Es gab einmal einen Ort ... einen Ort mit Häusern und Menschen ... Aber ich habe ihre Gesichter vergessen ... Und auch ihre Namen. Ich bin hier zu Hause. Wohin sollte ich gehen? Alle, die ich gekannt habe, sind tot.«
»Aber das ist noch lange kein Grund aufzugeben!«, protestierte Kim. »Du wirst neue Freunde finden und neue Menschen, die du liebst und die dich lieben!«
»Wozu?«, fragte Turock leise. »Ich habe hier alles, was ich brauche. Und ich bin zu alt um noch einmal ein ganz neues Leben zu beginnen.«
»Aber ich nicht«, murmelte Kim. »Ich habe das erste noch nicht einmal richtig begonnen.«
Darauf antwortete Turock nicht mehr.

Sie sprachen in den nächsten Tagen nicht mehr über dieses Thema, aber Kim war nun weniger denn je bereit, sich einfach so mit seinem Schicksal abzufinden.
Er hatte einen Weg aus dem Schattenwald heraus entdeckt, und das war alles, was zählte. Er wusste zwar nicht, wohin er führte, und er wusste nicht einmal, ob er ihn gehen konnte, aber er würde es herausfinden.
Im Laufe der nächsten Nächte verlegte er sein Versteck immer näher an den Platz, an dem das Nebeltor auftauchte, und beobachtete die Pack ganz genau, während sie verschwanden. Die pelzigen Gnome stürzten sich nicht immer an derselben Stelle in das rote Licht, aber sie taten es *jeden* Abend. Das

schimmernde Tor blieb jedoch immer für dieselbe Zeit bestehen. Kim schätzte, dass es weniger als fünf Minuten waren, bis die Schlucht und der schmale steinerne Bogen, der sich darüber hinweg spannte, endgültig verblasst waren.

Nachdem er die Pack eine Woche lang beobachtet hatte, sah er eine Möglichkeit, wie sie entkommen konnten. Es war ein haarsträubender Plan, von dem er nicht einmal wusste, ob er auch nur die geringste Aussicht auf Erfolg hatte.

Und als er sich endlich entschieden hatte, ihn in die Tat umzusetzen, hörten die Pack auf, ihnen Lebensmittel zu liefern.

»Was tust du da?«, fragte Turock.

Kim, der gerade damit beschäftigt war, eines der drei Pferde zu zäumen, die in den Boxen standen, hatte noch nie eine solche Schärfe in der Stimme des Alten gehört. Er wusste, dass irgendetwas passiert war, noch bevor er die Zügel losließ und sich zu Turock herumdrehte.

Der alte Mann stand unter der Tür und blickte ihn so finster an, als hätte er ihn mit der Hand im Zuckertopf erwischt.

»Ich ... wollte das Pferd ein wenig herumführen«, antwortete er.

»Wozu?«, wollte Turock wissen.

»Nur so«, log Kim. »Die armen Tiere kommen immer nur zum Pflügen aus dem Stall. Ich wollte es nur ein wenig reiten.«

»Reiten? Wohin?«

Kim schwieg. Seine Ausrede war so dünn, dass er sie nicht einmal selbst glaubte.

»Was hast du getan?«, fragte Turock. »Du hast mich belogen. Du warst nachts draußen und hast spioniert. Ich habe dir gesagt, du solltest es nicht tun, aber du hast es trotzdem getan, du dummer, unglückseliger Junge!«

Kim sah ein, dass Leugnen keinen weiteren Zweck mehr hatte. Turock war ihm auf die Schliche gekommen, aber er war beinahe froh darüber. Trotz allem empfand er eine gewisse Sympathie für den alten Mann und hatte sich nicht besonders wohl dabei gefühlt, ihn anzulügen.

»Und wenn?«, fragte er trotzig.

»Ich war gerade in der Vorratskammer um Essen zu holen«, sagte Turock. »Es ist nicht mehr viel da.«
»Wie bitte?«, murmelte Kim.
»Wir haben nur noch für einige Tage zu essen, du dummer Junge!«, antwortete Turock zornig. »Was hast du getan?!«
Kim schwieg einige Sekunden. Es tat ihm jetzt Leid, dass er Turock nicht gleich die Wahrheit gesagt hatte, aber er war auch noch immer ziemlich erschrocken und sehr verwirrt. Während der letzten Woche hatte er die Pack in jeder Nacht beobachtet und sich dabei sehr sicher gefühlt. Vielleicht ein bisschen zu sicher. Er hatte nicht einmal gemerkt, dass ihnen die kleinen Quälgeister keine Vorräte mehr gebracht hatten.
Er erzählte Turock, was er herausgefunden hatte. Der alte Mann hörte ihm schweigend zu, aber sein Gesicht verfinsterte sich mit jedem Wort, das er hörte, weiter. Als Kim mit seinem Bericht zu Ende gekommen war, schüttelte er den Kopf und seufzte tief. »Du weißt ja nicht, was du getan hast«, murmelte er.
»Turock, es tut mir Leid«, sagte Kim. »Ich wollte nicht, dass das passiert, das musst du mir glauben!«
»Es ist passiert«, antwortete Turock. »Warum hast du mir nichts erzählt? Warum hast du mir nichts vorher gesagt?«
»Wozu?«, antwortete Kim. »Du hättest es mir ja doch nur verboten.«
»Mit Recht!«, begehrte Turock auf. »Du siehst ja, was geschehen ist. Jetzt werden wir verhungern!«
»Ach was!«, widersprach Kim. »Du hast es selbst gesagt: Wir haben noch für vier oder fünf Tage zu essen. Das ist mehr Zeit, als wir brauchen.«
»Wozu?«
»Um von hier zu verschwinden!«, antwortete Kim heftig. »Ich habe einen Weg gefunden, der hier hinaus führt. Und ich werde von hier verschwinden.«
»Und dazu mein Pferd stehlen?«
»Ich brauche es«, antwortete Kim. »Und ich hatte nicht vor es zu stehlen.«

»Wie nennst du es dann, etwas zu nehmen, was dir nicht gehört?«, fragte Turock.
»Gehören sie denn dir?«, fragte Kim trotzig. Er *wollte* nicht mit Turock streiten, aber er spürte, dass er eigentlich gar keine andere Wahl hatte. Es war verrückt. Sie wollten im Grunde beide dasselbe, aber es war, als redeten sie in unterschiedlichen Sprachen, die zwar gleich klangen, aber immer das Gegenteil dessen ausdrückten, was der andere hörte. »Sie waren schon hier, als du gekommen bist, habe ich Recht? Sie haben all die Jahre hier im Stall gestanden und du hast sie nur zur Feldarbeit herausgeholt, stimmt es?«
Turock schwieg, aber er tat es auf eine ganz bestimmte Art, die Kim klarmachte, dass es ganz genau so gewesen war.
»Hast du dir jemals überlegt, dass sie den einzigen Weg hier heraus darstellen?«, fuhr er fort. »Nur mit ihnen können wir versuchen über die Brücke zu kommen!«
»Und wenn du dich irrst?«, fragte Turock. Er wirkte verunsichert, aber keineswegs überzeugt. »Was, wenn du dich täuschst? Wenn du es nicht schaffst und ich allein hier zurückbleibe? Ich werde verhungern.«
»Wie kommst du auf die Idee, dass du allein hier zurückbleibst?«, fragte Kim. »Wir gehen zusammen.«
»Wann hast du dir das überlegt?«, fragte Turock. »Jetzt gerade oder schon in dem Moment, in dem ich dich überrascht habe?«
»Von Anfang an«, antwortete Kim. Das war die Wahrheit. Er hatte keine Sekunde lang vorgehabt, Turock einfach hier zurückzulassen. Der Vorwurf des Alten traf ihn hart und Turock schien dies auch zu spüren, denn der Ton in seiner Stimme wurde hörbar sanfter.
»Wann hast du mich gefragt, ob ich das wirklich will?«, fragte er. »Niemals. Du hast einfach für mich entschieden, ohne mich zu fragen. Was gibt dir das Recht dazu?«
»Dasselbe, was dir das Recht gibt, für mich zu entscheiden, dass ich hier bleiben muss«, antwortete Kim. »Vielleicht hast du Recht! Vielleicht kostet mich der Versuch das Leben. Aber

dieses Risiko gehe ich ein. Lieber sterbe ich, ehe ich die nächsten fünfzig Jahre meines Lebens hier verbringe.«
Turock schüttelte traurig den Kopf. »Wir hätten darüber reden können«, sagte er.
»Ja, vielleicht«, gestand Kim. »Ich sagte bereits, dass es mir Leid tut. Aber siehst du denn nicht ein, dass wir jetzt eine Chance haben, hier herauszukommen? Ist das nicht das Risiko wert?«
»Diese Frage kommt zu spät«, sagte Turock. Jeder Vorwurf war jetzt aus seiner Stimme verschwunden. Es klang jetzt nur noch traurig und enttäuscht.
Kim drehte sich wieder herum und ging zur Pferdebox zurück. Der schwarze Hengst blickte ihm aufmerksam entgegen. Seine Ohren waren freundlich aufgestellt und er schnaubte leise. Seine Hinterläufe stampften unruhig auf dem Boden. Kim spürte regelrecht, wie sehr das Tier darauf brannte, nach so langer Zeit endlich aus dem Stall herauszukommen. Wenn er jemals ein Pferd gesehen hatte, auf das das Wort *edel* zutraf, dann war es dieses.
»Kannst du reiten?«, fragte er.
»Ich konnte es einmal«, antwortete Turock. Dann verbesserte er sich. »Ja.«
»Dann brauchen wir nur noch zu warten, bis es dunkel wird«, antwortete Kim.
Turock sagte nichts mehr. Er blickte ihn nur weiter auf diese stumme vorwurfsvolle Art an, die viel schlimmer war, als hätte er ihn angeschrien.
Und nach einer Weile drehte er sich ebenso schweigend herum und ging.

Von all den Tagen, die er auf Turocks Lichtung verbracht hatte, war dieser der längste. Turock verlor kein Wort mehr über ihr Gespräch in der Scheune, er sprach den ganzen Tag nicht mehr mit Kim und antwortete nicht einmal auf direkte Fragen. Als es dunkel wurde, streckte er sich wortlos auf seinem Bett aus um wie jeden Abend auf der Stelle einzuschlafen.

Eine halbe Stunde vor Mitternacht jedoch öffnete er die Augen, stand ebenso wortlos auf und verließ den Turm. Kim war so überrascht, dass er nicht einmal eine entsprechende Frage stellte, sondern ihm einfach folgte.
Turock ging in die Scheune, wo Kim eine Überraschung erwartete: In der Mischung aus Scheune und Pferdestall brannte eine Fackel, in deren flackerndem roten Licht deutlich zu erkennen war, dass Turock nicht nur ein zweites Pferd aufgezäumt, sondern auch das Sattelzeug von Kims schwarzem Hengst neu gerichtet hatte – übrigens sehr viel fachkundiger, als Kim es selbst getan hatte. Von den Satteln der beiden Tiere hingen prachtvolle Packtaschen.
»Wann hast du das getan?«, fragte Kim verblüfft.
»Vorhin, während du Wasser geholt hast«, antwortete Turock.
»Du willst mich also begleiten«, stellte Kim erleichtert fest. Turocks Schweigen und sein abwesendes Verhalten den ganzen Tag über hatten ihn schon ernsthaft befürchten lassen, dass der alte Mann doch nicht mit ihm kommen wollte. Er war nach wie vor fest entschlossen, die Flucht aus dem Schattenwald zu wagen, aber er hätte sich wahrscheinlich immer Vorwürfe gemacht Turock zurückgelassen zu haben ohne zu wissen, ob er nicht durch seine Neugier sein Leben zerstört hatte.
Turock ging zu einer der beiden Boxen, trat hinein und bedeutete Kim mit einer Geste dasselbe zu tun. Als Kim die Packtaschen des Hengstes kontrollierte, stellte er fest, dass Turock offenbar ihre gesamten restlichen Vorräte eingepackt hatte. Eingewickelt in eine Deckenrolle, die hinter dem Sattel befestigt war, fand er noch etwas, dessen Anblick ihn noch mehr überraschte: Einen gut anderthalb Meter langen Bogen aus fein poliertem, nachtschwarzem Holz, dessen Sehne wie Metall glänzte. Dazu gehörte ein aus weichem Leder geflochtener Köcher, aus dem die gefiederten Enden eines halben Dutzend ebenfalls nachtschwarzer Pfeile ragten.
»Woher kommt dieser Bogen?«, fragte er.
»Ich habe ihn gemacht«, antwortete Turock. Er schlug mit der flachen Hand auf eine weitere, gleichartige Deckenrolle, die

hinter seinem eigenem Sattel angebracht war. »Ebenso wie diesen hier.«
»Du?«, staunte Kim. »Warum? Wann?«
»Es ist schon lange her«, antwortete Turock. Dann lachte er leise. »Ich habe sehr lange dafür gebraucht. Vielleicht ein Jahr für einen Pfeil ... und ich glaube, ich weiß selbst nicht mehr, warum. Vielleicht habe ich einmal geglaubt ihn zu brauchen.«
Während er sprach, hatte sich ein sonderbarer, fast melancholischer Ausdruck auf seinen Zügen ausgebreitet. Dann schüttelte er den Kopf und gab sich einen Ruck. »Vielleicht brauchen wir sie ja jetzt«, fuhr er in verändertem Ton fort. »Unsere Vorräte reichen nicht ewig. Es kann lange dauern, bis wir auf Menschen treffen. Und sie könnten feindselig sein.«
»Feindselig?«, wiederholte Kim zweifelnd. Es fiel ihm schwer, das zu glauben. Märchenmond war das friedlichste Land, das man sich nur vorstellen konnte.
»Wie bist du hierher gekommen?«, fragte er.
Turock hob die Schultern. »Ich erinnere mich nicht mehr«, antwortete er. »Früher wusste ich es einmal, aber es ist viel Zeit verstrichen.« Er hob die Hand. »Wir sollten die Fackel löschen. Sie werden bald kommen.«
Kim huschte aus der Box, löschte die Fackel und überzeugte sich, dass auch ja kein Funke ins Stroh hinuntergefallen war, der möglicherweise einen Brand auslösen konnte.
Kaum hatte er es getan, da drang ein mattgrauer Lichtschimmer durch die offene Scheunentür herein. Als Kim in die entsprechende Richtung sah, erblickte er ein Dutzend winziger, rot glühender Funken, die immer paarweise aus diesem nebelartigen Licht herauskamen und sich rasch auf der Lichtung zu verteilen begannen.
»Still jetzt«, fuhr der Alte fort. »Die kleinen Biester haben scharfe Ohren.«
Kim gehorchte und sagte nichts mehr und auch Turock schien wieder mit den Schatten im Inneren der Scheune zu verschmelzen. Endlose Minuten sahen sie gebannt zu, wie die rot glühenden Augen der Pack in scheinbar sinnlosem Hin und

Her über die Lichtung glitten, ehe sie sich langsam entfernten um auch die andere Seite des Platzes zu untersuchen.
»Jetzt ist es bald so weit«, flüsterte Turock. »Sobald sich das Tor öffnet, müssen wir schnell sein. Steig in den Sattel.«
Kim gehorchte, sah aber mit wachsender Verwirrung in Turocks Richtung. »Woher weißt du das alles?«, fragte er.
»Weil es immer so ist«, antwortete Turock. »Sie tun in jeder Nacht dasselbe.«
»Und das wusstest du auch schon, bevor ich es dir erzählt habe«, vermutete Kim.
Turock gab ein leises Lachen von sich. »Wieso glaubt ihr Jungen eigentlich immer, jeder, der älter ist als ihr, wäre deshalb auch dumm? – Vielleicht hatte ich Angst«, fuhr Turock fort. »Ich bin jetzt schon so lange hier, dass es vielleicht einfacher schien, alles so zu lassen, wie es war. Still jetzt. Sie kommen. Wir reiten los, sobald sich das Tor öffnet.«
Trotz dieser Warnung vergingen noch mehrere Minuten, ehe der erste Pack wieder auf dieser Seite der Lichtung auftauchte. Kims Blick glitt nervös in die Richtung, in der das Tor auftauchen musste. Er schickte ein Stoßgebet zum Himmel, dass Turock Recht hatte und sich die Gewohnheiten der Pack tatsächlich niemals änderten. In jeder Nacht, in der er die kleinen Kobolde beobachtet hatte, war das Tor durch den verwunschenen Wald an derselben Stelle erschienen. Wenn es heute nicht so sein sollte, dann war ihre Flucht gescheitert, bevor sie überhaupt angefangen hatte. Sein Herz begann schneller zu schlagen und seine Nervosität musste sich wohl auch auf das Pferd übertragen, denn das Tier begann unruhig mit den Hufen zu scharren. Seine Flanken zitterten.
»Wonach suchen sie eigentlich?«, murmelte Kim.
»Das habe ich nie herausgefunden«, antwortete Turock. »Gib Acht!«
Er hatte die beiden letzten Worte kaum ausgesprochen, da erschien am Waldrand ein matter, silberfarbener Schimmer, als bräche sich Licht auf einem im Nebel verborgenen Stück Metall.

Kim packte die Zügel fester, aber Turock schüttelte den Kopf. »Noch nicht«, flüsterte er. »Warte, bis der letzte Pack hindurchgegangen ist.«
Er wartete mit klopfendem Herzen, bis die Pack sich der zitternden Erscheinung aus Licht näherten und einer nach dem anderen darin verschwanden. Seine Finger schlossen sich fester um die Zügel und seine Füße suchten in den Steigbügeln nach sicherem Halt. Es war lange her, dass er das letzte Mal auf einem Pferd gesessen hatte, aber man sagte ja, dass es mit dem Reiten wie mit dem Radfahren und Schwimmen sei: Einmal gelernt vergaß man nie, wie es ging.
Kim hoffte nur, dass das auch stimmte ...
Das letzte Geschöpf verschwand in dem leuchtenden Nebel und Turock schrie: »Los!«
Sein Pferd fegte wie einer von der Sehne abgeschossener Pfeil aus der Box und Kims schwarzer Hengst folgte ihm ohne nur einen Sekundenbruchteil zu zögern – und auch ganz ohne Kims Zutun, sodass er um ein Haar nach hinten von seinem Rücken geschleudert worden wäre. Verzweifelt klammerte er sich an Zügel und Sattelknauf fest und wurde nur durch Glück und sonst nichts nicht abgeworfen.
Turock galoppierte mittlerweile wie der Blitz auf das Tor zu. Lange vor Kim erreichte er es, tat aber dann etwas völlig Unerwartetes: Im letzten Moment riss er sein Pferd zurück, sodass das Tier mit einem erschrockenen Wiehern auf die Hinterläufe stieg und mit den Hufen ausschlug. Turock blieb dabei so sicher im Sattel sitzen wie ein Dressurreiter, der zeit seines Lebens nichts anderes getan hatte, ließ sogar mit einer Hand den Zügel los und gestikulierte in Kims Richtung.
»Schnell!«, schrie er. *»Jede Sekunde zählt!«*
Kims Pferd reagierte, bevor er selbst dazu in der Lage gewesen wäre, und vielleicht galten die Worte ja in Wahrheit sogar mehr dem Tier als seinem Reiter. Das Pferd griff plötzlich doppelt so schnell aus, raste an Turock vorbei und sprang mit einem gewaltigen Satz in den Nebel hinein.
Kim hatte für den Bruchteil einer Sekunde das Gefühl, von

einer unsichtbaren Hand berührt zu werden, und plötzlich waren der Wald und die Dunkelheit verschwunden und unter ihm lag die gewaltige, von brodelndem roten Licht erfüllte Schlucht.

Sein Herz rutschte mit einem Schlag in die Hose, als er sah, dass die steinerne Brücke noch viel schmaler war, als es von außen betrachtet den Anschein gehabt hatte. Zu allem Überfluss war der Stein nicht nur von unzähligen Jahren, in denen behaarte Pack-Füße darüber gelaufen waren, spiegelglatt poliert worden, sondern das schmale Band fiel an beiden Seiten schräg ab. Unter normalen Umständen hätten Kim keine zehn Pferde auf diese Brücke hinaufbekommen.

In dieser Nacht reichte allerdings ein einziges.

Anders als sein Reiter schien das Tier nicht die geringste Scheu vor dem gähnenden Abgrund zu empfinden, denn es jagte mit solcher Geschwindigkeit los, dass seine Hufe Funken aus dem Fels schlugen und die Pack entsetzt auseinander stoben. Zwei, drei der haarigen kleinen Kreaturen verloren den Halt und stürzten kreischend in die Tiefe, den anderen gelang es, irgendwie den trommelnden Hufen auszuweichen.

Wenigstens so lange, bis Turock dicht hinter Kim durch das Tor geprescht kam. Einer der Pack wurde von den wirbelnden Hufen getroffen und in hohem Bogen ins Nichts hinausgeschleudert. Der andere klammerte sich an Turocks Sattelzeug und versuchte seine langen Fingernägel ins Bein des Alten zu rammen um ihn auf diese Weise aus dem Sattel zu reißen. Turock versetzte ihm einen Fußtritt und der Pack verlor kreischend den Halt und folgte seinen Kameraden in die brodelnde rote Tiefe.

Kim machte sich wenig Sorgen um die kleinen Quälgeister. Schließlich hatte er oft genug gesehen, wie sie freiwillig von der Brücke aus in die Tiefe gesprungen waren – und außerdem hatte er im Moment alle Hände voll damit zu tun, sich auf dem Rücken des Pferdes festzuklammern um nicht abgeworfen zu werden.

Der Hengst wurde immer schneller. Trotzdem schien der

gegenüberliegende Rand nicht näher zu kommen und Kim begriff voller Entsetzen, dass er sich ziemlich verschätzt hatte, was die Breite der Schlucht anging. Die wenigen Minuten, die ihnen blieben, bis sich das Nebeltor schloss, würden niemals reichen um sie zu überqueren.

Mit klopfendem Herzen blickte er nach unten. Die Schlucht war unvorstellbar tief und von rotem, brodelndem Licht wie brodelndem Nebel erfüllt, aber statt der Hitze, die diesen Anblick erwarten ließ, drang ein Hauch so intensiver Kälte aus ihr herauf, dass Kims Finger und Zehen schon nach wenigen Augenblicken steif wurden.

»Schneller!«, schrie Turock hinter ihm. »Schüttle ihn ab!«

Kim verstand gar nicht, was er meinte. Verwirrt drehte er den Kopf – und schrie erschrocken auf.

Er hatte geglaubt, dass sie alle Pack von der Brücke geschleudert hatten, aber das stimmte nicht.

Eines der haarigen kleinen Ungeheuer hatte sich mit beiden Händen im Schwanz des Pferdes festgekrallt. Der Hengst sprengte in solchem Tempo über die Brücke, dass der Pack nicht damit Schritt halten konnte, immer wieder in die Höhe, nach der Seite, aber auch wuchtig zurück auf den Boden geschleudert wurde; wie eine Gummipuppe, das ein Kind an ein Fahrrad gebunden hatte.

Kim sah ein, dass der alte Mann Recht hatte. Durch das kreischende Anhängsel behindert kam das Pferd immer wieder aus dem Tritt; zwar nicht so, dass sie in Gefahr waren abzustürzen, aber es konnte trotzdem nicht seine volle Schnelligkeit entwickeln.

Plötzlich fiel Turocks Pferd zurück. Kim sah, wie der Alte hinter sich griff, den Bogen aus der zusammengerollten Decke zog und einen Pfeil auflegte. Er schoss, noch bevor Kim richtig begriff, was er tat. Der Pfeil traf den Pack genau zwischen die Schulterblätter. Das Wesen kreischte vor Schmerz und Wut und erschlaffte dann, ließ den Pferdeschwanz aber trotzdem nicht los.

Turock fluchte und legte einen zweiten Pfeil auf die Sehne,

doch er kam nicht mehr dazu, zu schießen. Etwas Unheimliches geschah. Die Schlucht, die Brücke, ja selbst das rote Licht in der Tiefe begann plötzlich an Substanz zu verlieren. Alles verblasste, als wäre es nur ein Trugbild gewesen.

Das Tor begann sich zu schließen!

Kim versuchte verzweifelt sein Pferd zu mehr Tempo anzuspornen, ließ die Zügel knallen und beugte sich noch tiefer über seinen Hals. Der Hengst kreischte erschrocken, stieß sich mit aller Gewalt ab und überwand die restliche Distanz in einem einzigen, gewaltigen Satz.

Der Aufprall war so hart, dass Kim aus dem Sattel geschleudert wurde und sich zweimal in der Luft überschlug, bevor er in einem stacheligen Gebüsch landete.

Sofort war er wieder auf den Füßen und zurück am Rande der Schlucht.

Er kam zu spät.

Eben erlosch der letzte Schimmer silbrigen Lichts, die Schlucht und Turock waren verschwunden. Vor Kim lag wieder nichts anderes als undurchdringlicher Waldrand.

Im ersten Moment war er so entsetzt, dass er sich einfach weigerte zu glauben, was er sah.

So grausam *konnte* das Schicksal nicht sein!

Hatte Turock sein Leben geopfert um ihn zu retten?

Der Gedanke traf ihn wie ein Schlag. War die eine Sekunde, die Turock gebraucht hatte, um seinen Bogen hervorzuholen und auf den Pack zu schießen, die entscheidende Sekunde gewesen, in der er den Sprung in die Freiheit geschafft hätte?

Ein klägliches Wimmern drang in seine Gedanken. Kim drehte sich langsam herum. Im ersten Moment glaubte er, es wäre das Pferd, das sich verletzt hatte, aber der schwarze Hengst stand nur ein paar Schritte entfernt da, nervös und aufgeregt, aber offensichtlich unversehrt. Das Wimmern kam aus einer anderen Richtung.

Obwohl der Himmel hier wolkenlos und die Nacht nicht einmal besonders dunkel war, konnte Kim trotzdem nicht sehr weit sehen. Hinter ihm war der Waldrand, der auch auf dieser

Seite so undurchdringlich und schwarz war wie auf der vor Turocks Turm. Vor ihm gab es nur ein paar vereinzelte Bäume und ein wenig niedriges Buschwerk. Was dahinter lag, konnte Kim nicht erkennen.

Er folgte dem wimmernden Geräusch, stolperte über etwas Weiches und wurde mit einem lauten Quieken belohnt. Ungeschickt fiel er auf Hände und Füße herab, wollte sich wieder hochstemmen und starrte erschrocken in ein verzerrtes, haariges Gesicht.

Es war der Pack. Das Geschöpf war in einem dornigen Busch gelandet, der seinem Aufprall die schlimmste Wucht genommen hatte. Es wimmerte vor Schmerz. Turocks Pfeil hatte seinen Körper glatt durchschlagen. Die Spitze ragte eine gute Handbreit aus seiner Brust.

Vorsichtig streckte er die Hand nach dem Pack aus. Das Geschöpf stieß ein klägliches Pfeifen aus, hob eine Hand und deutete auf die Pfeilspitze, die aus seiner Brust ragte.

»Du willst, dass ich den Pfeil herausziehe«, vermutete Kim. Er schüttelte den Kopf. »Das kann ich nicht. Es tut mir Leid, aber es ist unmöglich.«

Es war wirklich unmöglich. Die Pfeilspitze war gute fünf Zentimeter lang und mindestens ebenso breit und sie hatte grausame Widerhaken, die es vollkommen unmöglich machten, den Pfeil herauszuziehen.

Der Pack deutete jedoch wieder auf den Pfeil und mit der anderen Hand auf seine Brust.

»Du weißt, was du da verlangst?«, fragte Kim.

Das Wesen deutete abermals auf die Pfeilspitze und auf seine Brust. Sein Quieken wurde immer kläglicher.

Kim schluckte ein paar Mal, raffte all seinen Mut zusammen und griff mit beiden Händen nach dem Pfeil, der aus dem Rücken des haarigen Geschöpfes ragte. Mit einem kurzen, entschlossenen Ruck brach er das gefiederte Ende des Pfeils ab. Dann – solange er noch den Mut dazu hatte – packte er die vordere Hälfte des Geschosses und zog es mit einer raschen Bewegung heraus.

Der Pack kreischte vor Schmerz, bäumte sich auf und fiel in Ohnmacht. Und als Kim die Hand hob und den Pfeil darin betrachtete, von dem noch das Blut des kleinen Geschöpfes tropfte, da erging es ihm genauso.

Sonnenstrahlen auf seinem Gesicht kitzelten ihn wach. Kim öffnete die Augen, blinzelte in einen wolkenlosen, klaren Himmel und gähnte erst einmal herzhaft, ehe er sich umständlich auf die Ellbogen hochstemmte und sich mit dem Handrücken den Schlaf aus den Augen rieb.
Es war sehr warm. Die Sonne schien hier größere Kraft zu haben als auf Turocks Lichtung, und noch bevor sich Kim umsah, spürte er, dass er an einem sehr friedlichen Ort war. Vögel zwitscherten und er hörte das helle Plätschern eines nahen Baches. Es war vollkommen windstill. Vielleicht empfand er die Wärme der Sonne deshalb so intensiv.
Kim setzte sich ganz auf. Sein erster Gedanke galt dem Pack, aber das kleine Wesen war nicht mehr da. Wo es gelegen hatte, war ein dunkler Fleck im Gras zurückgeblieben und auch die beiden Stücke des zerbrochenen Pfeiles waren noch da, der Pack selbst aber war spurlos verschwunden. Wahrscheinlich hatte sich der kleinen Kerl mit letzter Kraft in den Wald geschleppt um dort zu sterben. Der Pack tat ihm Leid. Er und seine Kumpanen waren alles andere als freundlich zu Kim gewesen, aber seinen Tod hatte er sich nun doch nicht gewünscht. Er verstand auch nicht ganz, warum Turock ihn niedergeschossen hatte. Der Pack war ziemlich lästig gewesen, aber eigentlich keine *wirkliche* Gefahr.
Er stand auf und drehte sich einmal im Kreis um sich einen ersten Überblick zu verschaffen. Seine Umgebung entsprach ungefähr dem ersten Eindruck, den er in der vergangenen Nacht davon gewonnen hatte: Hinter ihm erhob sich der Schattenwald, der auch von dieser Seite ebenso undurchdringlich und finster war wie von der anderen. In die drei anderen Richtungen erstreckte sich eine sanft gewellte, grasbewachsene Ebene, die irgendwo an ein Gebirge grenzte, das

so hoch war, dass es mit dem Himmel zu verschmelzen schien. Das mussten die Schattenberge sein; das gewaltige Massiv, das Märchenmond von Morgon trennte, seinem finsteren Nachbarn. Kim war einmal dort gewesen, vor langer Zeit – aber das war eine andere Geschichte, an die er auch nicht so gerne zurückdachte. Jedenfalls nicht im Moment. Wichtiger war, dass er jetzt wenigstens wusste, wo er sich befand.

Das Schattengebirge begrenzte Märchenmond im Osten und das bedeutete, dass er sehr weit von Themistokles' gläserner Stadt Gorywynn entfernt war. Viele Tagesritte. *Unangenehm* viele Tagesritte.

Aus dem Gedanken resultierte ein anderer, vielleicht noch unangenehmerer. Kim drehte sich im Kreis und dann noch einmal, bevor er bereit war sich die Wahrheit einzugestehen. Das Pferd war nicht mehr da. Während er geschlafen hatte, hatte sich der schwarze Hengst auf und davon gemacht. Vor ihm lagen nicht viele unangenehm Tagesritte, sondern entsetzlich viele *Tagesmärsche.* Er hatte den Weg nach Gorywynn schon zweimal zurückgelegt; einmal auf einem Floß, das andere Mal auf dem Rücken eines Drachen, dessen gewaltige Schwingen die Luft mit der Schnelligkeit eines Pfeils teilten, aber noch niemals zu Fuß. Er wusste nicht einmal, ob es überhaupt *möglich* war.

Nun – so, wie es aussah, würde er es herausfinden ...

Kim folgte dem Geräusch des fließenden Wassers und gelangte schon nach wenigen Dutzend Schritten an einen schmalen, glasklaren Bach, dessen Wasser zwar eiskalt war, seinen Durst aber hervorragend stillte. Leider hatte er nichts zu essen bei sich. Zusammen mit dem Pferd waren auch die Vorräte verschwunden, die Turock eingepackt hatte, und es gab weit und breit nichts, was als Frühstück dienen konnte. Er konnte nur hoffen, dass er auf Menschen traf, ehe sein Hunger zu groß wurde.

Als er sich am Ufer des Baches aufrichtete, hörte er ein Rascheln hinter sich. Kim fuhr herum und starrte mit klopfendem Herzen in den Wald. Er sah nichts und auch das

Geräusch wiederholte sich nicht – und trotzdem hatte er das Gefühl, aus der Schwärze jenseits des Waldrandes angestarrt zu werden.
»Ist ... da jemand?«, fragte er zögernd. »Turock? Bist du das?«
Er bekam keine Antwort und auch das Rascheln wiederholte sich nicht. Kim trat einen Schritt zurück und rief noch einmal Turocks Namen und dann noch mal, erhielt aber wieder keine Antwort.
Schließlich gab er es auf. Wahrscheinlich hatte er sich das Geräusch ohnehin nur eingebildet. In diesem unheimlichen Schattenwald konnte nichts Lebendiges existieren.
Und trotzdem wurde er den furchtbaren Gedanken nicht los: Was, wenn es *doch* Turock gewesen war? Wenn der Alte in diesem unheimlichen Zwischenreich gestrandet war, vielleicht für alle Zeiten gefangen in dieser undurchdringlichen Schwärze, die sich hinter den Bäumen verbarg?
Dann war es seine Schuld.
Er hatte Turock überredet, die Sicherheit seines Turmes aufzugeben, und Turock hatte die entscheidende Sekunde gezögert, um *ihn* zu retten!
Der Gedanke war zu furchtbar, um ihn zu Ende zu denken. Kim spielte noch eine Sekunde mit der Idee, die nächste Nacht abzuwarten. Vielleicht öffnete sich das Tor ja noch einmal und Turock kam heraus.
Aber das würde nicht geschehen.
Der Weg durch den Wald war für alle Zeiten verschlossen. Es gab für die Pack keinen Grund mehr, das magische Tor zu öffnen und Lebensmittel zu einem Turm zu bringen, weil niemand mehr da war, der sie brauchte.
Niedergeschlagen wandte sich Kim um und begann seine nähere Umgebung nach etwas Eßbarem abzusuchen. Er brauchte eine halbe Stunde dazu und die Ausbeute war ziemlich mager. Er fand eine Hand voll Beeren, die zwar äußerst schmackhaft waren, seinen Hunger aber erst richtig entfachten, und eine große Anzahl Pilze, die er nicht zu essen wagte. Möglicherweise waren sie giftig. Ziemlich enttäuscht kehrte er

an den Platz am Ufer des Baches zurück, an dem er seine Suche begonnen hatte, und erlebte eine Überraschung.
Am Ufer lag ein Leinenbeutel, der einen halben Laib Brot, ein Stück Käse und frisches Obst enthielt.
Kim war nun vollends verblüfft, aber sein Hunger überwog. Er frühstückte ausgiebig und beschloss, sich hinterher Gedanken über die Frage zu machen, wer sein Wohltäter war. Kim verputzte Brot, Käse und Obst bis auf den allerletzten Krümel und trank danach noch einmal ausgiebig. Solcherart gestärkt, machte er sich auf den Weg. Er war mittlerweile schon wieder etwas optimistischer – und er machte sich auch nicht mehr allzu viele Gedanken über die Frage, wer ihm das Essen gebracht hatte. Er war schließlich nicht zum ersten Mal in diesem Land und er hatte hier schon erstaunliche Dinge erlebt.
Er wusste nicht, in welcher Richtung Gorywynn lag, aber immerhin wusste er, dass die Schattenberge die östliche Grenze des Landes bildeten. Wenn er also darauf achtete, das Gebirge immer hinter sich zu haben, dann würde er früher oder später in eine Gegend kommen, die er kannte, oder wenigstens auf Menschen treffen.
Wie es aussah, wohl eher später.
Er wanderte eine Stunde, dann noch eine und noch eine, bis er die erste Rast einlegte. Die Sonne war mittlerweile höher gestiegen und es wurde warm. Kim rastete eine halbe Stunde, dann brach er wieder auf und marschierte weiter.
Auf diese Weise verging der ganze Tag. Zweimal stieß er auf schmale Bäche, an denen er seinen Durst löschen konnte, aber er fand nichts zu essen. Als die Sonne zu sinken begann, knurrte sein Magen und seine Waden waren so verkrampft, dass er kaum noch gehen konnte. Morgen früh würde er den schrecklichsten Muskelkater seines Lebens haben. Und das Schlimmste war: Die Silhouetten der Berge schienen sich keinen Zentimeter entfernt zu haben und die sanft gewellte grüne Steppe vor ihm bot noch immer denselben Anblick wie am Morgen. Es war, als wäre er überhaupt nicht von der Stelle gekommen.

Ein Gutes hatte seine Erschöpfung: Kim streckte sich im weichen Gras aus und schlief auf der Stelle ein.
Als er am nächsten Morgen erwachte, lag ein Beutel mit Lebensmitteln neben ihm und nicht weit davon entfernt ein Schlauch, der gut zur Hälfte mit Wasser gefüllt war. Kim nahm beides dankbar an sich, sah sich diesmal aber aufmerksamer um, nachdem er seinen Hunger gestillt hatte. Er verstand nicht allzu viel vom Spurenlesen; trotzdem konnte er sehen, dass das Gras in seiner unmittelbaren Umgebung niedergetrampelt war. Das Essen war nicht vom Himmel gefallen. Jemand war in der Nacht hier gewesen und hatte es ihm gebracht.
Aber wer?
Er verschob die Lösung dieses Rätsels auf später und marschierte in dieselbe Richtung wie am Vortag los. Das Gehen fiel ihm jetzt schwerer. Der erwartete Muskelkater hatte sich eingestellt und er war noch schlimmer, als er befürchtet hatte. Jeder Schritt war eine Qual und dazu kam, dass die Sonne heute mit sehr viel mehr Kraft vom Himmel schien als noch gestern. Und die grüne Einöde vor ihm nahm einfach kein Ende.
Gegen Mittag tauchte ein Schatten vor Kim am Horizont auf. Eine Zeit lang klammerte er sich an den Gedanken, dass es ein Haus sein könnte, und zwang seine schmerzenden Beine, noch schneller auszugreifen. Nach einigen Minuten sah er aber bereits, dass es sich nur um eine kleine Felsgruppe handelte. Trotzdem ging er schneller weiter. Felsen bedeuteten Schatten, in denen er wenigstens die heißesten Stunden des Tages abwarten konnte.
In Schweiß gebadet und auf Beinen, die bei jedem Schritt wehtaten, erreichte er die Felsgruppe und ließ sich erschöpft in den Schatten sinken. Er war so müde, dass er am liebsten auf der Stelle eingeschlafen wäre.
Vielleicht wäre er es sogar, hätte er nicht plötzlich ein leises, verlockendes Plätschern gehört. Wasser. Offensichtlich meinte es das Schicksal ausnahmsweise mal gut mit ihm. Auf der

anderen Seite des Felsens musste eine Quelle entspringen. Kim hob müde den Kopf, zwang sich, die Augen zu öffnen – und blickte in ein haariges Gesicht, das von der Höhe der Felsen auf ihn herabstarrte.

Der Pack hockte mit untergeschlagenen Beinen auf dem Fels, hielt einen grauen Leinenbeutel in der einen und einen appetitlich aussehenden Apfel in der anderen Hand und schmatzte so laut, dass Kim wahrscheinlich allein davon wach geworden wäre, hätte er geschlafen. Saft lief aus seinen Mundwinkeln an seinem fliehenden Kinn herab und tropfte in das Fell auf seiner Brust. Das Wesen rührte sich nicht, aber der Blick seiner kleinen, boshaften Augen verfolgte misstrauisch jede von Kims Bewegungen.

Kim stand ganz vorsichtig auf und sah ihn an. Von der restlichen Bande war jedoch nichts zu sehen. Der Pack bildete entweder nur die Vorhut oder er war tatsächlich allein gekommen. Oder ...

Kim kniff die Augen zusammen, um den Pack gegen das grelle Sonnenlicht besser erkennen zu können. Auf der Brust des kleinen Wesens befand sich ein dunkler Fleck, der gut eingetrocknetes Blut sein konnte.

Kein Zweifel – es war der Pack, den Turock niedergeschossen hatte. Kim hatte geglaubt, dass das Wesen davongekrochen war um irgendwo in Ruhe zu sterben. Stattdessen hatte es sich davongeschleppt um *gesund* zu werden!

Die kleinen Biester waren wirklich hart im Nehmen.

Der Pack hatte den Apfel verputzt und spuckte den Kern in Kims Richtung. Er wich dem Wurfgeschoss hastig aus, spürte aber gleichzeitig wieder das Knurren seines Magens.

Der Pack langte in seinen Beutel, zog eine saftige Birne hervor und biss herzhaft hinein. Kim lief bei dem bloßen Anblick das Wasser im Munde zusammen.

»Hallo«, sagte er zögernd. »Du ... verstehst mich nicht zufällig?«

Der Pack legte kauend den Kopf auf die Seite und starrte ihn aus schmalen Augen an. Er schmatzte lautstark.

Kim kam sich mittlerweile ziemlich blöd dabei vor, dazustehen und mit einem haarigen Kobold zu reden, der über ihm saß und Obst mampfte. Aber er hatte Hunger. Ganz erbärmlichen Hunger.

»Sag mal ... hast du in deinem Beutel vielleicht noch etwas?«, fragte er. »Nur eine Kleinigkeit. Falls du sie erübrigen kannst.«

Der Pack legte den Kopf auf die andere Seite, holte aus und warf ihm die angebissene Birne zielsicher ins Gesicht.

Es kam so überraschend, dass Kim einen Schritt zurückstolperte und auf dem Hosenboden landete. Überrascht hob er die Hände und wischte sich Birnenmus und Saft aus dem Gesicht – und fiel im nächsten Moment vollends nach hinten, als der Pack aufsprang und auch noch den Leinenbeutel hinterherwarf. Was immer er enthielt, es war schwer und so hart, dass er im ersten Moment buchstäblich Sterne sah.

Als er sich aufrichtete, war der Pack verschwunden, aber er hörte sein aufgeregtes Schnattern auf der anderen Seite der Felsen. Halb blind tastete er um sich, bekam den Leinenbeutel zu fassen und richtete sich auf. Sein Kopf dröhnte. Er stolperte mehr, als er ging, um die Felsen herum und riss zum zweiten Mal binnen weniger Minuten ungläubig die Augen auf.

Auf der anderen Seite der Felsen entsprang eine Quelle, ganz wie er vermutet hatte. Das Wasser sammelte sich in einem kleinen See, bevor es im Boden versickerte, aber am Ufer des Wasserloches stand nicht der Pack, sondern ein rabenschwarzes, fertig aufgezäumtes und gesatteltes Pferd!

Und es war nicht irgendein Pferd. Es war der schwarze Hengst. Mit dem er von Turocks Lichtung geflohen war. Seine Vorderläufe waren zusammengebunden, sodass er nicht weglaufen konnte. Sein Gepäck und die Satteltaschen lagen auf der anderen Seite des Sees. Selbst der schwarze Bogen und der Köcher mit den Pfeilen standen an den Felsen gelehnt da.

Kim drehte überrascht den Kopf und sah sich um. Das Meckern des Pack war verstummt, aber er konnte regelrecht spüren, dass der Gnom noch irgendwo in der Nähe war und ihn beobachtete.

»Warum kommst du nicht raus?«, rief er. »Ich tue dir nichts!«

Natürlich bekam er keine Antwort. Außerdem kam er sich ein bisschen lächerlich bei diesen Worten vor. Sein Kopf dröhnte noch immer, so hart hatte ihn der Leinenbeutel getroffen.

Er ging zum See, ließ sich auf die Knie herabsinken und löschte ausgiebig seinen Durst, bevor er den Leinenbeutel inspizierte. Was ihn so hart am Kopf getroffen hatte, war ein Stück steinaltes Brot gewesen; alles, was ihm der Pack übrig gelassen hatte. Mehr noch: Der Leinenbeutel kam ihm plötzlich sehr bekannt vor, genau wie die beiden anderen, die er zuvor gefunden hatte. Die »Geschenke« waren nichts anderes als die Vorräte, die Turock für ihn eingepackt hatte. Oder das, was noch davon übrig war ...

Aber er wollte sich nicht beschweren. Immerhin hatte er jetzt ein Pferd und Pfeil und Bogen um im Notfall ein Stück Wild jagen zu können.

Wie er es sich vorgenommen hatte, wartete er die heißesten Stunden des Tages im Schutze der Felsen ab. Danach badete er ausgiebig in der eiskalten Quelle, trank so viel, bis er glaubte platzen zu müssen – er hatte den Wasserschlauch dummerweise nicht behalten und somit auch keine Möglichkeit, etwas von dem kostbaren Nass mitzunehmen –, verzehrte den Rest seiner spärlichen Vorräte und stieg dann in den Sattel.

Er kam nun sehr viel schneller voran und vor allem leichter. Trotzdem brauchte er noch zwei Tage, bis er das Dorf fand.

Seine Umgebung hatte sich ganz allmählich verändert. Er ritt noch immer über eine scheinbar unendliche Steppe, die vornehmlich mit kniehohem, saftigem Gras bewachsen war, aber es gab jetzt doch immer öfter kleine Ansammlungen von Bäumen und Buschwerk und zweimal traf er sogar auf etwas, was ein aufgegebenes Feld sein konnte: Unkraut und Gras hatten längst begonnen die gerodete Fläche zurückzuerobern, aber man konnte ihre ehemalige Form noch deutlich erkennen.

Am späten Nachmittag des zweiten Tages stieß er auf einen schmalen Trampelpfad, der ebenfalls den Eindruck machte schon seit Jahren nicht mehr benutzt worden zu sein. Obwohl er nicht genau in die Richtung führte, in die er ritt, folgte ihm Kim. Nach einer Stunde oder mehr – die Sonne hatte ihre Wanderung fast beendet und ein Teil des Himmels begann sich schon wieder mit dem Grau der Dämmerung zu überziehen – entdeckte er einen verwaschenen hellen Fleck am Horizont vor sich, der bald zu einer Ansammlung kleiner, strohbedeckter weißer Häuser wurde.

Das Dorf war nicht besonders groß – vielleicht ein Dutzend kleiner Gebäude, das sich um einen zentralen Platz gruppierte. In einiger Entfernung schien es noch einen größeren Bauernhof zu geben und als Kim näher kam, sah er eine schmale Straße, die sich in südöstlicher Richtung aus dem Dorf herauswand.

Was er nicht sah, waren die Einwohner des Dorfes.

Zwischen den Gebäuden rührte sich nichts und obwohl es jetzt immer rascher dämmerte, brannte nirgendwo ein Licht. Aus keinem einzigen Kamin stieg Rauch auf. So enttäuschend er den Gedanken auch fand: Der Ort schien genauso verlassen und aufgegeben zu sein wie die Felder, die er gefunden hatte. Aber wenigstens würde er in dieser Nacht wieder in einem richtigen Bett schlafen können und unter einem richtigen Dach.

Es wurde dunkel, bis er das Dorf erreichte. Kim ritt bis in die Mitte des Dorfplatzes, zügelte das Pferd und drehte sich langsam im Sattel nach rechts und links. Vollkommene Stille umgab ihn. Es war fast so dunkel wie in Turocks unheimlichem Wald, sodass er die Häuser auch aus der Nähe nur als helle Schemen erkennen konnte. Trotzdem sah er, dass die Häuser zwar offensichtlich leer standen, aber nicht verfallen waren. Das Dorf konnte noch nicht allzu lange von seinen Bewohnern verlassen worden sein.

Kim rief zwei- oder dreimal mit lauter Stimme, um sich bemerkbar zu machen, bekam aber nur sein eigenes Echo zur

Antwort. Schließlich stieg er ab, nahm das Pferd am Zügel und näherte sich einem der Häuser.

Die Tür war verschlossen, aber so morsch, dass er nur einmal kurz mit der Schulter dagegen drücken musste um das altersschwache Schloss zu sprengen. Kim zögerte es zu tun. Bisher hatte er nichts getan, was ihm die Leute hier übel nehmen konnten. Wenn sie jedoch zurückkamen und feststellten, dass er gewaltsam in eines ihrer Häuser eingebrochen war ...

Was für ein Unsinn!

Der Ort war seit Wochen verlassen, wenn nicht seit Monaten. Warum sollten seine Einwohner ausgerechnet in dieser Nacht zurückkommen? Und selbst wenn, würden sie bestimmt Verständnis für seine Lage haben.

Kim sprengte die Tür mit einer entschlossenen Bewegung ganz auf und stolperte von seinem eigenen Schwung getragen einen Schritt ins Haus hinein.

Das Erste, was ihm auffiel, war der üble Geruch. Die Luft war trocken und roch nach Alter und Staub, aber auch nach etwas Altem und Faulendem. Kim blieb einen Moment mit klopfendem Herzen stehen und lauschte, rief dann noch einmal und tastete sich schließlich mit weit vorgestreckten Händen durch das Zimmer, als er keine Antwort bekam. Mit einiger Mühe fand er das Fenster, öffnete es und stieß die Läden auf.

Das Zimmer bot einen Anblick des Jammers. Nicht nur auf dem Boden, sondern auch auf den Möbeln lag der Staub zentimeterdick. Auf dem Tisch standen Teller, auf denen die Reste einer Mahlzeit vor sich hin faulten – die Quelle des üblen Geruchs –, und in allen Ecken und Winkeln hingen Spinnweben, die so dick mit Staub verkrustet waren, dass sie wie schmutzige Handtücher wirkten. Neben der Tür lag ein einzelner Schuh und je genauer er sich umsah, desto mehr achtlos liegen gelassene und unter einer fleckigen grauen Staubschicht begrabene Dinge sah er. Wer immer das Haus verlassen hatte, hatte es vor langer Zeit getan und in großer Hast. Das bewies allein die angefangene Mahlzeit, die auf dem Tisch stand.

Der Anblick – so unappetitlich er sein mochte – erinnerte ihn wieder daran, wie hungrig er war. Kim durchsuchte das ganze Haus – das ohnehin nur aus zwei Zimmern bestand –, ohne allerdings mehr zu finden als einen Laib Brot, der so hart war, dass er damit ein Loch in die Wand schlagen konnte. Schließlich gab er es auf, verließ das Haus und wandte sich dem nächsten zu.

Im Laufe der nächsten zwei Stunden durchsuchte er auf diese Weise das ganze Dorf. Er fand überall dasselbe: Der Ort war von seinen Bewohnern verlassen worden, und das vor langer Zeit und offensichtlich in großer Hast.

Was war hier passiert?

Während er noch überlegte, was er nun tun sollte, hörte er ein Klappern hinter sich. Erschrocken drehte er sich um. In dem Haus, das er als Erstes durchsucht hatte, brannte jetzt Licht. Menschen. Licht bedeutete Menschen und Menschen bedeuteten Essen und Wärme.

»Hallo?«, rief Kim. »Ist da jemand?«

Er wartete die Antwort erst gar nicht ab, sondern stürmte los. Während er sich dem Haus näherte, legte er sich in Gedanken schon eine Entschuldigung zurecht, falls der Hausbesitzer sich über die aufgebrochene Tür beschwerte.

Er brauchte sie nicht.

Er stürmte durch die Tür – und blieb wie angewurzelt stehen. Das Haus war immer noch leer. Aber es hatte sich vollkommen verändert!

Im Kamin prasselte jetzt ein behagliches Feuer. Die Spinnweben waren verschwunden. Es gab kein einziges Staubkorn mehr und anstelle der verfaulten Essensreste stand jetzt ein Teller mit einer einfachen, aber appetitlich aussehenden Mahlzeit auf dem Tisch.

Kim sah sich verblüfft um, dann war er mit zwei Schritten bei der Tür zum benachbarten Zimmer und riss sie auf.

Es hatte sich ebenso verändert wie der Wohnraum.

Und es war genauso leer.

Kim ging wieder zum Ausgang und ließ seinen Blick über den

Dorfplatz schweifen. Er sah nichts als Dunkelheit und Schatten. Nicht der mindeste Laut war zu hören. Es blieb dabei: Das Dorf war verlassen.

Und trotzdem hatte jemand das Haus hinter ihm aufgeräumt und ihm etwas zu essen hingestellt ...

Er hörte das Geräusch leiser Schritte, drehte sich herum und sah gerade noch eine schmale, haarige Hand, die unter der Tischkante verschwand und dabei einen Teil seines Abendessens mitgehen ließ.

Grinsend trat er ins Haus zurück, schloss die Tür hinter sich und sagte: »Du kannst ruhig rauskommen. Ich habe dich gesehen.«

Ein paar Sekunden lang geschah nichts, aber dann erschienen zuerst die spitzen Ohren und dann der wuschelige Haarkamm des Pack über der Tischkante.

Schmale, misstrauische Augen sahen Kim mit einer Mischung aus Vorsicht und Ärger an. Selbst wenn er den Pack nicht gesehen hätte – das lautstarke Schmatzen der Kreatur hätte sie verraten.

»Das alles hier warst du, nicht wahr?« Kim machte eine weit ausholende Geste, auf die der Pack mit einem lautstarken Rülpser reagierte. Kim grinste noch breiter und schüttelte den Kopf. »Kannst du mir erklären, was der Unsinn soll? Ich meine: Du musst mich nicht bestehlen. Immerhin hast du das Essen gebracht. Also ist es nur fair, wenn du die Hälfte davon kriegst.«

Er trat näher, nahm den Teller und hielt ihm den Pack hin. Der Kobold kreischte erschrocken und brachte sich mit einem komisch aussehenden Hüpfer in Sicherheit. Kim musterte ihn verwirrt, schüttelte dann den Kopf und ging wieder zum Tisch.

Während er aß, betrachtete er den Pack aufmerksam. Das Geschöpf war viel kleiner, als es ihm bisher vorgekommen war. Selbst auf die Zehenspitzen aufgerichtet hätte es ihm allerhöchstens bis zur Brust gereicht. Und es kam ihm auch nicht mehr annähernd so bedrohlich vor wie bisher. Mit seinen spitzen Ohren, dem affenähnlichen Gesicht und dem wuscheligen Haarkamm wirkte es vielmehr drollig.

»Wenn ich nur wüsste, was mit dir los ist«, sagte Kim. »Du hast mich die ganze Zeit verfolgt, wie? Warum?«

Der Pack legte den Kopf auf die Seite und schien seinen Worten aufmerksam zu lauschen. Offensichtlich konnte das Wesen nicht sprechen, aber Kim war ziemlich sicher, dass er ihn verstand. Und wenn schon nicht den Sinn seiner Worte, so doch wenigstens deren versöhnlichen Ton. Es war schon seltsam, überlegte Kim. Noch vor ein paar Tagen hatten sie versucht, sich gegenseitig umzubringen, und jetzt war er sehr froh, dass das kleine Wesen da war. Die Einsamkeit in den letzten Tagen hatte ihm doch sehr zu schaffen gemacht. Vielleicht hatte der Pack seine Scheu ja mittlerweile weit genug verloren um zu begreifen, dass ihm von Kim keine Gefahr mehr drohte, sodass er auf seinem weiteren Weg nach Gorywynn wenigstens ein wenig Gesellschaft hatte.

Der Pack hatte den Bissen hinuntergeschlungen, den er von Kims Teller stibitzt hatte, und betrachtete gierig den Rest. Er fuhr sich mit der Zunge über die Lippen.

»Willst du noch etwas?«

Kim hielt ihm den Teller hin, aber der Pack wich nur noch ein kleines Stück weiter zurück. Kaum hatte er sich aber herumgedreht und sah in eine andere Richtung, da raste er heran, schnappte sich ein Stück Käse und rannte damit in seine Ecke zurück. Offensichtlich nahm der Pack nichts geschenkt, sondern bestand darauf, sich sein Essen zu stehlen. Kim sollte es recht sein. Sie teilten sich den Rest der Mahlzeit, indem Kim von seinem Teller aß und dem Pack immer wieder Gelegenheit gab, sich seinen Anteil zu stehlen.

Als sie fertig waren, reckte sich Kim ausgiebig. Der Pack rülpste.

»Also deine Manieren lassen zu wünschen übrig«, grinste Kim. »Daran müssen wir noch arbeiten.«

Das Wesen erhob sich und kam mit vorsichtigen Schritten und pendelnden Armen näher. Kim rührte sich nicht. Vielleicht

musste er dem Pack einfach nur Zeit und Gelegenheit geben sein Misstrauen vollkommen zu überwinden.
Er streckte vorsichtig die Hand aus. Der Pack musterte seine Finger misstrauisch, schnüffelte daran und kam dann mit zögernden Schritten noch näher.
»Siehst du?«, sagte Kim. »So schlimm bin ich doch gar nicht.«
Der Pack kam einen weiteren Schritt heran. Er schnüffelte, legte den Kopf auf die Seite, sah Kim fragend an und schlug ihm dann so wuchtig die Faust auf die Nase, dass er rücklings vom Stuhl fiel.
Als sich die wirbelnden Kreise und Lichtpunkte vor seinen Augen verzogen, hockte der Pack wieder in seiner Ecke und starrte ihn mit gebleckten Zähnen an.
Kim richtete sich vorsichtig auf und betastete seine Nase. Sie tat weh, schien aber wenigstens nicht gebrochen zu sein. Er stand auf, maß den Pack mit feindseligem Blick und drehte sich dann wortlos um. Trotz der überraschenden Attacke hatte er nicht das Gefühl, dass ihm vom Pack wirklich *Gefahr* drohte.
Aber das änderte nichts daran, dass er einen Stuhl unter die Klinke stellte, bevor er sich in dem Bett im Nebenzimmer zum Schlafen ausstreckte.

Obwohl Kim nicht damit gerechnet hatte, weckte ihn der Pack tatsächlich am nächsten Morgen, wenn auch auf seine ganz eigene Art: Er trat so wuchtig vor das Bett, dass Kim mit einem Schrei in die Höhe fuhr und um ein Haar aus dem Bett gefallen wäre.
Immerhin hatte der Pack bereits ein reichliches Frühstück vorbereitet, als Kim ins Zimmer kam. Natürlich stahl er wieder gut die Hälfte davon, aber die Portion war so reichlich bemessen, dass sie beide gut davon satt wurden. Kim fragte auch vorsichtshalber nicht, woher das Essen kam. Manchmal war es vielleicht besser, wenn man *nicht* alles wusste.
Nachdem sie fertig gegessen hatten, durchsuchte Kim noch einmal das Haus und fand auch ein paar recht nützliche

Gegenstände, die sich aber allesamt als zu groß und sperrig erwiesen um sie mitzunehmen. Alles, was er schließlich einsteckte, waren ein paar kleine Münzen, die er in einer Schublade fand.

Aus einem unbestimmten Gefühl heraus löste er den Bogen aus seiner Verpackung in der Decke und hängte ihn sich mitsamt des dazugehörigen Köchers über die Schulter, bevor er sich in den Sattel schwang und den Ort verließ. Er folgte der nach Süden führenden Straße. Obwohl auch sie aussah, als wäre sie seit Jahren nicht mehr benutzt worden, kam er auf diesem ebenen Untergrund sehr viel schneller voran als in den vergangenen Tagen. Schon gegen Mittag waren die Berge am Horizont gar nicht mehr zu sehen. Er kam an etlichen Bauernhöfen und einem weiteren Ort vorbei; die von ihren Bewohnern ebenso verlassen waren wie das Dorf, in der er die letzte Nacht verbracht hatte, und am frühen Nachmittag stieß er auf ein Feld, auf dem die Ernte des vergangenen Jahres verfaulte.

Trotz allem stimmte ihn der Anblick optimistisch. Diese Ernte war erst vor wenigen Monaten ausgebracht worden. Die Menschen waren auch von hier vor irgendwas geflohen, aber wie es schien, holte er allmählich zu ihnen auf.

Der Zustand der Straße besserte sich im Verlauf der letzten Stunden immer mehr und bald lag vor ihm eine weitere kleine Ansiedlung. Sie bestand aus fünf oder sechs kleineren und einem etwas größeren Gebäude. Aus dem Kamin dieses größeren, zweistöckigen Gebäudes kräuselte sich Rauch und neben der Tür waren zwei Pferde und ein voll beladenes Maultier angebunden.

Er hatte endlich – endlich! – Menschen gefunden.

Der Anblick erfüllte ihn mit einer solchen Erleichterung, dass er das Pferd für ein paar Sekunden anhalten ließ um den Anblick entsprechend zu genießen. Auch die anderen Häuser waren ganz offensichtlich bewohnt. Jetzt würde er endlich erfahren, warum sich dieses Land auf so unheimliche Weise verändert hatte.

Als er weiterreiten wollte, sprang der Pack aus einem Gebüsch am Straßenrand und vertrat ihm den Weg. Er schnatterte aufgeregt und fuchtelte mit beiden Armen wild in der Luft herum.
»Nein«, sagte Kim. »Bitte nicht. Ich habe jetzt wirklich keine Lust auf deine Späße.«
Er ließ das Pferd wieder antraben, aber der Pack ging ihm nicht aus dem Weg, sondern schnatterte nur noch aufgeregter und versuchte sogar nach den Zügeln zu greifen. Das Pferd biss nach ihm und der haarige Gnom zog seine Hand hastig zurück und klammerte sich stattdessen an Kims Steigbügel. Kim konnte sich gerade noch beherrschen um ihn nicht mit einem derben Tritt davonzuschleudern. Aber seine Geduld mit dem aufdringlichen Geschöpf neigte sich nun wirklich dem Ende zu. Ohne das immer lauter werdende Keifen und Lamentieren des Pack zu beachten, ritt er weiter, stieg vor dem Geländer aus dem Sattel und band das Pferd neben den drei anderen Tieren fest. Der Pack gab immer noch keine Ruhe, zerrte an seinem Arm und versuchte schließlich sogar sich an seine Beine zu klammern. Kim ignorierte ihn, so gut es ging, schüttelte ihn schließlich mit schon deutlich mehr als nur sanfter Gewalt ab und betrat das Gebäude.
Wie er erwartet hatte, handelte es sich um ein Gasthaus. Die Wirtsstube war klein und sehr dunkel, denn sie hatte nur ein einziges, noch dazu hoffnungslos verschmutztes Fenster. Die Einrichtung bestand aus einem halben Dutzend schäbiger Tische und Stühle und einem großen Brett, das über einige Fässer gelegt war und wohl die Theke darstellen sollte. Vier oder fünf ziemlich abenteuerlich aussehende Gestalten lungerten an den Tischen herum und tranken und auch der Wirt, der hinter seiner verschrammten Theke stand, machte keinen sehr viel Vertrauen erweckenden Eindruck.
Als Kim den Raum betrat, geschah etwas Sonderbares: Alle Gespräche verstummten schlagartig. Die Blicke der wenigen Gäste richteten sich auf ihn und auch er erstarrte mitten in der Bewegung, die er gerade ausführte. Für die allererste Sekunde

wäre ihm diese Reaktion vielleicht sogar noch halbwegs normal vorgekommen. Wenn jemand ein Gasthaus betrat, dann sah man ganz automatisch hin und in einer Gegend wie dieser war ein fremdes Gesicht wahrscheinlich nicht gerade etwas Alltägliches.
Aber es blieb nicht bei dieser einen Sekunde und auch nicht bei einem Blick.
Kim blieb für die Dauer eines Herzschlages unter der Tür stehen um seinen Augen Gelegenheit zu geben, sich an das schwache Licht hier drinnen zu gewöhnen. Die Männer starrten ihn weiter an. Und der Ausdruck auf ihren Gesichtern war keineswegs nur Neugier. Auf einem Gesicht las er blankes Entsetzen und auch die anderen Männer sahen ihn alarmiert, misstrauisch oder erschrocken an.
Er schloss die Tür hinter sich, ging langsam zur Theke und versuchte dabei die brennenden Blicke der Männer in seinem Rücken zu ignorieren, so gut es ging.
Kim war ziemlich verwirrt, mahnte sich in Gedanken aber zur Vorsicht. Vielleicht war es nur eine Kleinigkeit. Vielleicht lag es nur an dem Bogen, den er sich über die Schulter gehängt hatte, oder an seiner Kleidung, der man die Anstrengungen der Reise mittlerweile mehr als deutlich ansah.
Der Wirt starrte ihn finster an. Er war ein sehr großer, grobschlächtiger Mann, der wahrscheinlich gar nicht freundlich dreinblicken konnte. Aber er erkundigte sich weder nach Kims Wünschen noch fragte er, wer er war und wo er herkam.
»Guten Tag«, sagte Kim schließlich; nicht besonders geistreich, zugleich aber das Einzige, was ihm einfiel.
Der Wirt starrte ihn weiter an und machte eine Bewegung, die man mit sehr viel gutem Willen als Nicken auslegen konnte.
Kim hörte Geräusche hinter sich, Stühlescharren und Schritte. Er widerstand der Versuchung, sich herumzudrehen, aber er spürte, dass einige der Gäste aufgestanden waren und sich ihm näherten. Vielleicht alle. Gefahr lag plötzlich wie etwas Greifbares in der Luft.
»Ich hätte gerne etwas zu trinken«, sagte Kim. »Einen Saft.

Oder auch Wasser.« Als der Wirt nicht reagierte, griff er in die Tasche und zog eine der Münzen hervor, die er in dem leer stehenden Haus gefunden hatte. Er konnte spüren, wie die Männer näher kamen. Noch immer sagte keiner von ihnen ein Wort.

Der Wirt starrte die Münze an, als hätte Kim ihm irgendein ekeliges Insekt auf die Theke gelegt. Er rührte sie nicht an, zuckte aber nach einem Moment mit den Schultern und knallte einen Krug mit Bier auf die Theke, dass der Schaum spritzte.

»Ein Krug Apfelsaft wäre mir lieber«, sagte Kim kopfschüttelnd. »Oder auch Wasser, wenn Sie nichts anderes haben.« Er kannte die Art Bier, die in den Gasthäusern dieses Landes ausgeschenkt wurde. Das Zeug war sehr viel stärker als normales Bier und er hatte keine Lust, nach dem zweiten Schluck aus den Stiefeln zu kippen.

Jetzt hätte er eigentlich eine spöttische Antwort oder wenigstens ein herablassendes Grinsen erwartet, aber der Wirt griff nur schweigend nach dem Krug, stellte ihn beiseite und verschwand dann immer noch wortlos in einem Nebenzimmer.

Kim drehte sich nun doch herum und stellte ohne sonderliche Überraschung fest, dass nicht nur einige, sondern sämtliche Gäste von ihren Stühlen aufgestanden und hinter ihn getreten waren.

Auch aus der Nähe boten sie keinen sehr viel angenehmeren Anblick. Die Männer waren groß und kräftig. Viele hatten Narben und einer trug einen zerschrammten Brustpanzer, der früher einmal kunstvoll ziseliert gewesen sein mochte, jetzt aber nur noch aus Dellen und rostigen Flecken zu bestehen schien. Drei von ihnen waren mit Schwertern bewaffnet, die an ihren Gürteln hingen, und der mit dem Brustpanzer trug eine gewaltige Klinge auf dem Rücken.

Kim begann sich unter den Blicken der Männer so unwohl zu fühlen, dass er einfach nicht mehr still stehen konnte. Er hätte besser auf die Warnung des Pack gehört, aber nun war es zu spät.

»Was ist hier eigentlich los?«, fragte er in dem schwachen Versuch, einen Scherz zu machen. »Habt ihr alle ein Schweigegelübde abgelegt oder darf man hier nur von acht bis fünf reden?«

Er war nicht einmal sicher, ob die Männer seine Worte verstanden, denn sie antworteten nicht. Der Ausdruck auf ihren Gesichtern zeigte weiterhin Erschrecken, Misstrauen und offene Feindseligkeit. Schließlich fragte der mit dem Zweihänder auf dem Rücken: »Was suchst du hier?«

»Ich habe Durst«, antwortete Kim wahrheitsgemäß. »Und ich suche ein Lager für die Nacht. Und jemanden, der mir den Weg erklären kann.«

»Welchen Weg?«, fragte der Krieger.

»Gorywynn«, antwortete Kim. »Ich bin auf der Suche nach Themistokles.«

Er spürte ganz deutlich, dass diese Antwort nicht klug gewesen war. Die Gesichter der Männer verfinsterten sich weiter. Nach einigen Augenblicken drehte sich einer von ihnen herum und verließ das Gasthaus und der Krieger fragte in scharfem Ton: »Was willst du in Gorywynn?«

»Wir suchen Themistokles«, wiederholte Kim, wurde aber sofort von dem Mann mit dem Zweihänder unterbrochen: »Wir? Wer ist *wir*?«

»Ich«, verbesserte sich Kim. »Es war ein Versprecher, entschuldigen Sie bitte.« Vielleicht war es besser, wenn er nichts von dem Pack erzählte.

»Aber jetzt lasst mich ein paar Fragen stellen«, fuhr er fort. »Wieso seid ihr alle so ... misstrauisch? Was ist hier eigentlich los? Und warum tragt ihr alle Waffen?«

Der Krieger verzog abfällig die Lippen. »Was bist du, Bursche?«, fragte er. »Ganz besonders dumm oder ganz besonders dreist?«

Kim verstand nicht, was diese Antwort bedeutete, doch bevor er eine entsprechende Frage stellen konnte, ging die Tür auf und der Wirt kam zurück. Er hielt einen kleinen Tonkrug in der Hand, den er Kim reichte.

»Dein Traubensaft«, knurrte er unfreundlich.

»Trink«, fügte der Krieger hinzu. »Dann reden wir.«

Kim schnupperte vorsichtig an dem Krug. Was der Wirt als Traubensaft bezeichnet hatte, das roch wie unheimlich starker Wein. Aber er musste den Krug ja nicht völlig leeren.

Etwas anderes aber fiel ihm auf. Die Männer starrten ihn unentwegt weiter an, aber sie wirkten plötzlich auf seltsame Weise gespannt. Zwei von ihnen hatten die Hände auf ihre Schwerter gelegt. Zwei weitere starrten den Krug an, den er in den Händen hielt. Kim ließ ihn wieder sinken.

»Ich glaube, ich möchte doch lieber Wasser«, sagte er.

»Ist dir unser Wein nicht gut genug?«, fragte der Krieger. »Oder verschmähst du unsere Gastfreundschaft?«

Kim hütete sich zu widersprechen. Die Stimmung war schon angespannt genug, auch ohne dass er diese Leute beleidigte. Er konnte ja wenigstens einen kleinen Schluck trinken.

Er setzte den Krug an und eine Sekunde, ehe seine Lippen den Wein berührte, explodierte der Tonkrug regelrecht in seinen Händen. Klebriger Wein spritzte über seine Hände und seine Brust und die Männer sprangen erschrocken zur Seite. Kim starrte eine halbe Sekunde lang verdattert auf den abgebrochenen Henkel, den er noch in der Hand hielt, dann hob er den Blick und sah zur Tür.

Sie war aufgegangen, ohne dass er es bemerkt hatte, und der Pack war in der sonnendurchfluteten Öffnung erschienen.

In der linken Hand hielt er einen runden Kiesel. Ein zweiter, gleichartiger Stein lag zwischen Kims Füßen, wohin er gefallen war, nachdem er den Weinkrug zerschmettert hatte.

Im nächsten Moment brach das reine Chaos los.

Der Wirt duckte sich mit einem erschrockenen Keuchen hinter seine Theke. Zwei Männer begannen vor Angst zu kreischen und duckten sich hinter Tische und Stühle und zwei weitere griffen nach ihren Schwertern, zögerten aber aus irgendeinem Grund noch, sie ganz zu ziehen. Nur der Krieger löste sich mit einer blitzschnellen Bewegung von seinem Platz und griff mit beiden Händen nach Kim.

Er hätte ihn auch zu fassen bekommen, hätte der Pack die Chance nicht genutzt, seinen zweiten Stein zu werfen. Er traf den Krieger zielsicher in den Nacken. Der Mann grunzte vor Schmerz, stolperte an Kim vorbei und fiel über die Theke – und offensichtlich genau auf den Wirt, denn von der anderen Seite erscholl ein zorniges Brüllen.

Kim erwachte endlich aus seiner Erstarrung – und keine Sekunde zu früh!

Einer der anderen Männer hatte sein Schwert aus dem Gürtel gezogen und ging auf ihn los. Aber seine Bewegungen waren seltsam zögernd; fast als hätte er Angst vor seinem eigenen Mut. Als er losstürmte, machte Kim einen Schritt zur Seite, griff instinktiv zu – und war nicht wenig erstaunt, als er plötzlich das Schwert hatte und der Mann verblüfft auf seine leeren Hände starrte.

Unverzüglich griff auch der zweite an. Kim hob automatisch das Schwert um den ersten Hieb zu parieren und etwas fast Unheimliches geschah: Es war, als erwache die Waffe in seiner Hand zu eigenem Leben. Kim verstand überhaupt nichts vom Schwertkampf, aber es war, als sage die Klinge ihm, was zu tun sei. Kim wurde mehr mitgerissen, als er das Schwert wirklich führte. Ohne Mühe parierte er den Schwerthieb, drehte die Klinge blitzschnell in der Hand und entwaffnete den Angreifer mit einem zweiten Hieb. Das Schwert flog scheppernd davon und der Mann stolperte mit einem erschrockenen Keuchen zurück, fiel über einen Schemel und schlug der Länge nach hin.

Während Kim fassungslos auf das Schwert in seinen Händen starrte, hörte er es hinter sich poltern und klirren, und als er sich herumdrehte, sah er, wie der Krieger hinter der Theke aufsprang und nach einem Bierkrug griff um damit nach ihm zu werfen. Kim zerschlug das Wurfgeschoss mit dem Schwert in der Luft, sprang zur Seite und spürte plötzlich, wie sich eine harte Hand um sein Fußgelenk schloss.

Irgendwie gelang es ihm sich loszureißen ohne dabei vollkommen das Gleichgewicht zu verlieren, aber die Zeit, die er dazu brauchte, reichte dem Krieger, um mit einer kraftvollen Bewegung über die Theke zu springen und nach dem Schwert zu greifen, das er auf dem Rücken trug. Mit einem wütenden Schrei zog er die Waffe aus der Scheide.

Der Raum war nicht hoch genug. Der Schwertknauf prallte mit einem dumpfen Laut gegen die Decke, noch bevor er die Waffe halb aus ihrer Umhüllung gezogen hatte. Kalk und kleine Putzbrocken regneten auf ihn herab und für einen Moment erschien ein so verdatterter Ausdruck auf seinem Gesicht, dass Kim fast laut aufgelacht hätte.

Aber nur fast.

Der Krieger griff nämlich mit der zweiten Hand nach ihm und packte ihn so hart an der Schulter, dass er vor Schmerz laut aufschrie. Das Schwert in seiner rechten Hand zuckte und er musste es regelrecht zurückreißen, damit es nicht nach dem Arm des Mannes schlug. Gleichzeitig versuchte er sich loszureißen, hatte aber gegen den viel stärkeren Krieger nicht die mindeste Chance.

Wieder war es der Pack, der ihn rettete. Der Gnom hüpfte mit einem schrillen Kreischen in die Höhe, landete auf den Schultern des Kriegers und begann mit beiden Fäusten auf seinen Schädel einzudreschen. Gleichzeitig biss er den Mann so kräftig ins Ohr, dass dieser mit einem Schmerzensschrei losließ und mit beiden Händen nach oben griff um den kleinen Quälgeist abzustreifen.

Kim riss sich los, stolperte zurück und prallte gegen einen der anderen Männer. Dieser versuchte ihn zu packen, sprang aber hastig wieder zur Seite, als Kim drohend das Schwert hob. Aus den Augenwinkeln sah er, wie der Krieger den Gnom packte und mit solcher Wucht hinter die Theke warf, dass ein ganzes Regal mit Flaschen und Tonkrügen zu Bruch ging. Dann ließ er sich blitzschnell auf ein Knie herabfallen und griff wieder nach oben um sein Schwert zu ziehen.

Wenn es ihm gelang, dann war er verloren, das war Kim klar. Aus einem ihm vollkommen unerklärlichen Grund schienen die Leute hier fast panische Angst vor ihm zu haben – aber das galt nicht für den Mann mit dem Brustpanzer. Und er trug den riesigen Zweihänder gewiss nicht zur Dekoration mit sich herum. Er musste hier heraus!

Kim wandte sich zur Tür – und erlebte eine neue, böse Überraschung. Die Tür stand weit offen und er konnte sehen, dass draußen mindestens ein Dutzend weiterer Männer angerannt kam, manche mit Schwertern oder langen Messern bewaffnet, einige auch mit Mistgabeln, Dreschflegeln oder einfachen Holzscheiten, die sie kurzerhand zu Keulen umfunktioniert hatten. Und an ihrem Ziel gab es nicht den geringsten Zweifel.

Kim wirbelte abermals herum, sah, dass der Krieger mittlerweile seinen Zweihänder gezogen hatte, und überlegte nicht mehr länger. Er raste los, mobilisierte alle seine Kräfte und sprang durch das geschlossene Fenster.

In einem Hagel von Glasscherben und Holzsplittern landete er vor dem Gebäude und kam mehr durch Glück als durch Können wieder auf die Füße. Hinter ihm erscholl ein Chor enttäuschter Schreie. Er war auf der der Tür abgewandten Seite aus dem Gasthaus gekommen, sodass sich sein Vorsprung vor den wütenden Männern ein wenig vergrößert hatte. Aber der Mob schwenkte sofort herum und stürmte johlend und waffenschwingend in seine Richtung und in dem zerborstenen Fenster hinter ihm erschien das wutverzerrte Gesicht des Kriegers.

»Packt ihn!«, brüllte er. »Er darf nicht entkommen!«

Kim rannte verzweifelt los, ohne sich Gedanken über die Richtung zu machen. Jede Richtung war in Ordnung, solange sie weg von dieser blutrünstigen Menge führte.

Er rannte, so schnell er konnte. Trotzdem war seine Lage schier aussichtslos. Der kleine Ort lag inmitten leerer Felder und baumloser Wiesen. Es gab weit und breit nichts, wo er sich hätte verstecken können. Und seine Kräfte begannen allmählich nachzulassen.

Kim rannte noch gute hundert Schritte geradeaus, dann schwenkte er nach links, umso einen großen Bogen zu schlagen und den Ort zu umgehen. Vielleicht konnte er auf diese

Weise den Vorsprung zu seinen Verfolgern weit genug vergrößern um das Gasthaus wieder zu erreichen und sein Pferd zu holen.

Es war keine besonders kluge Idee. Als er im Laufen den Kopf drehte, sah er, dass ein Teil der Verfolger bereits aufgegeben hatte und zum Dorf zurücktrottete. Der Großteil der Männer rannte allerdings nach wie vor hinter ihm her und vor allem der Krieger mit dem Brustharnisch hatte schon wieder deutlich aufgeholt. Der Mann würde nicht aufgeben. Und er zeigte auch nicht die geringste Spur von Erschöpfung, während Kims Beine mit jedem Schritt schwerer zu werden schienen.

»Packt ihn!«, brüllte der Krieger immer wieder. »Wenn er entkommt, sind wir alle verloren!«

Plötzlich erscholl ein schrilles Pfeifen und in der nächsten Sekunde flogen die Reihen der Verfolger regelrecht auseinander. Ein schwarzer Hengst brach in gestrecktem Galopp durch die Menge. In seinem Sattel hockte ein haariger Kobold, der das Pferd mit schrillem Kreischen und derben Hackentritten antrieb.

Der Einzige, der sich dem schwarzen Hengst in den Weg stellte, war der Krieger. Er fuhr herum, hob sein gewaltiges Schwert und spreizte die Beine um festen Stand zu haben. Kim hätte beim besten Willen nicht sagen können, wer weiter flog – der Krieger in die eine oder sein Schwert in die andere Richtung.

Der Hengst raste heran. Kim streckte die Hand aus, hielt sich am Sattelknauf fest und schwang sich in vollem Lauf auf den Rücken des Tieres. Der Pack kreischte und fiel prompt auf der anderen Seite hinunter, klammerte sich aber blitzschnell am Schwanz des Pferdes fest und wurde auf diese Weise mitgeschleift; eine Fortbewegungsmethode, in der er ja bereits eine gewisse Übung hatte.

Kim galoppierte noch gute zwei- oder dreihundert Meter weiter, ehe er den Hengst etwas langsamer traben ließ und schließlich anhielt. Seine Verfolger hatten aufgegeben. Die Männer standen ratlos in kleinen Gruppen zusammen und starrten in seine Richtung, hatten aber wohl begriffen, dass sie mit dem Tempo des Pferdes nicht mithalten konnten. Der Krieger rappelte sich gerade benommen wieder auf, während sich zwei andere Männer mit seinem Schwert abschleppten.

Er stieg aus dem Sattel, lief rasch zwei Schritte zurück und bückte sich um den Pack aufzuheben, der am Ende einer frischen Furche dalag, die er mit seinem Gesicht in den Acker gegraben hatte.

»Bist du verletzt?«, fragte Kim erschrocken.

Das Wesen grunzte eine Antwort, die natürlich unverständlich blieb, spuckte einen Mund voll Erde aus und schlug mit spitzen Krallen nach Kim. Er reagierte einen Sekundenbruchteil zu spät. Auf seinem Handrücken blieben drei lange, blutige Kratzer zurück.

»Ja«, maulte Kim. »Du bist in Ordnung.«

Ein scharfes Zischen erklang und dann bohrte sich keine zwei Meter von ihnen entfernt ein Pfeil in den Boden. Der Pack sprang schimpfend auf die Füße und wollte davonlaufen, aber Kim hielt ihn blitzschnell am Arm zurück.

»Du brauchst nicht zu laufen«, sagte er. »Das Pferd kann uns beide tragen.«

Der Pack trat ihn wuchtig mit der Ferse auf die Zehen und Kim sprang zur Seite. Dann machte er einen weiteren, noch größeren Sprung, als ein zweiter Pfeil heranzischte und sich nur einen halben Schritt neben ihm in den Boden bohrte. Der Krieger hielt jetzt einen Bogen in den Händen und ganz offensichtlich wusste er auch mit dieser Waffe hervorragend umzugehen.

»Das reicht!«, sagte Kim. Ihm standen noch immer die Tränen in den Augen, so hart hatte ihm der Pack auf die Zehen getreten. Wütend raffte er den Pfeil auf, nahm den Bogen von der Schulter und schickte das Geschoss zu seinem Besitzer zurück. Er zielte nicht einmal richtig.

Trotzdem traf er.

Der Pfeil durchschlug den Brustharnisch des Kriegers mit einem hellen, metallischen Laut und warf den Mann hinten-

über. Ein vielstimmiger, gellender Schrei erscholl und Kim ließ seinen Bogen sinken und starrte den gestürzten Krieger an. Der Mann bewegte sich. Wenigstens hatte er ihn nicht umgebracht, sondern nur verletzt.
Aber auch das hatte er nicht gewollt. Er hatte ja nicht einmal richtig gezielt! Es war, als hätte der Pfeil *gewusst*, wohin er fliegen sollte!
Zwei oder drei Männer hoben plötzlich wieder ihre Waffen und begannen in seine Richtung zu laufen. Sie waren zu weit entfernt um wirklich eine Gefahr darzustellen, aber er hatte trotzdem keine Zeit mehr zu verlieren.
Kim hängte sich den Bogen wieder über die Schulter, stieg in den Sattel und ritt davon.

Er verbrachte diese Nacht ebenso wie die vorherigen unter freiem Himmel. Aber das Rätsel der unheimlichen Veränderung, die mit Märchenmond vor sich gegangen war, ließ ihn nicht besonders gut schlafen. Aus einem Land voller freundlicher Menschen, die jedem Fremden mit offenen Armen entgegentraten, war eine Welt geworden, in der Misstrauen und offene Feindschaft regierten und in der man offensichtlich erst zuschlug und dann nachsah, was man eigentlich getroffen hatte. Wäre der Pack nicht gewesen, dann wäre er jetzt vermutlich tot.
Auch das erschien ihm im Nachhinein beinahe absurd. Ausgerechnet das einzige Wesen, das von Anfang an sein Feind gewesen war, hatte sich nun als sein einziger Verbündeter erwiesen. Es war, als wäre alles auf den Kopf gestellt.
Kim erwachte am nächsten Morgen unausgeschlafen und hungrig. Der Pack war nicht da, aber neben ihm lag ein wenig frisches Obst. Sein haariger Schutzengel war also noch in der Nähe.
Er verzehrte das Obst, machte sich auf die Suche nach seinem Pferd und fand den Hengst nur wenige Minuten entfernt und praktischerweise gleich am Ufer eines schmalen Baches, an dem er sich waschen und seinen Durst stillen konnte. Danach

stieg er ohne weitere Verzögerung in den Sattel und setzte seinen Weg fort.

Während der ersten Stunden traf er auf niemanden, aber er sah mehrmals Rauch am Horizont und einmal erblickte er in der Ferne die Silhouette einer Ortschaft, hütete sich aber, ihr auch nur nahe zu kommen. Bevor er sich erneut in menschliche Gesellschaft begab, musste er herausfinden, was hier geschehen war.

Gegen Mittag sah er wieder Rauch vor sich aufsteigen. Er war noch weit entfernt, aber es war viel zu viel, als dass er nur von einem einzigen Gebäude stammen konnte oder auch einer kleinen Ortschaft. Hinter den Hügeln dort vorne musste eine größere Ansiedlung liegen.

Kim dachte einen Moment lang darüber nach, sie in weitem Bogen zu umgehen, entschied sich aber dann dagegen. Er musste mit einem Menschen sprechen, wenn er herausfinden wollte, was hier passiert war. Und diese Ortschaft war so gut wie jede andere. Er würde eben sehr vorsichtig sein müssen.

Der Weg war weiter, als es den Anschein gehabt hatte. Kim ritt gute zwei Stunden, bis er sich der Hügelkette näherte, hinter der die Ortschaft liegen musste. Langsam näherte er sich ihrer Kuppe, sah sich immer wieder suchend um und nahm schließlich sogar noch einen kleinen Umweg in Kauf um die Hügelkuppe im Schutze einiger kleiner Bäume zu erreichen.

Eine Vorsichtsmaßnahme, die sich als überflüssig erwies.

Unter ihm lag ein mittelgroßes Dorf, das aus vielleicht zwei oder drei Dutzend Häusern bestand und von einer mannshohen Palisade umgeben war.

Genauer gesagt das, was davon noch übrig war ...

Der Rauch, den er aus so großer Entfernung gesehen hatte, stammte von fünf oder sechs Häusern am südlichen Rand der Ortschaft, die in hellen Flammen standen. Der Rest des Dorfes war bereits bis auf die Grundmauern niedergebrannt und zu qualmenden Ruinen geworden. Gut die Hälfte der hölzernen Palisade war niedergerissen oder zu schwarzen Stümpfen verkohlt.

Aber es war kein Unglücksfall gewesen, dem dieser Ort zum Opfer gefallen war.
Zwischen den Ruinen lagen zahllose reglose Gestalten. Zerbrochenes Metall schimmerte im Morast und zusammen mit dem Brandgeruch stieg auch der durchdringende Gestank des Todes zu ihm herauf.
Unter ihm lag ein Schlachtfeld.
Für eine geraume Zeit blieb er im Schutz des Unterholzes stehen und ließ seinen Blick über das Bild entsetzlicher Verwüstung schweifen, das sich vor ihm ausbreitete, aber er entdeckte nirgendwo auch nur das geringste Lebenszeichen. So wie es aussah, waren die Angreifer gekommen, hatten den Ort in Schutt und Asche gelegt und waren sofort wieder verschwunden, ohne sich auch nur die Mühe zu machen, ihre Toten zu bestatten.
Sosehr ihn der Anblick auch schockierte, er ließ ihn doch plötzlich vieles sehr viel besser verstehen. Die verlassenen Häuser und Ortschaften, die Furcht, die sein bloßer Anblick bei den Menschen auslöste – all das ergab Sinn, wenn auf Märchenmond Krieg herrschte. Aus einem Grund, den er nicht kannte, aber bald herauszufinden hoffte, hatten ihn die Menschen für ein Mitglied der feindlichen Armee gehalten, die sie bedrohte; wahrscheinlich für einen Späher. Kein Wunder, dass sie versucht hatten ihn gefangen zu nehmen.
Ein Grund für ihn noch vorsichtiger zu sein. Wenn es dort unten noch Überlebende gab, dann würden sie alles andere als froh sein, ihn zu sehen.
Er wartete lange. Erst nachdem er sicher war, dass sich unter ihm nichts mehr rührte, ließ er sein Pferd zwischen den Bäumen hervortreten und lenkte es langsam den Hügel hinab.
Es war ihm nicht möglich, Angreifer und Verteidiger voneinander zu unterscheiden. Auf dem Schlachtfeld lagen Bauern, Handwerker, Krieger und einfache Dorfbewohner nebeneinander, und als er sich dem Tor in der Palisadenwand näherte, stieß er sogar auf zwei Gefallene in den weißen Umhängen der Steppenreiter.

Ihr Anblick traf Kim besonders schmerzlich. Er hatte immer ein besonderes Verhältnis zu den stolzen Kriegern aus Caivallon gehabt und tief in sich hatte er sich wohl auch stets gewünscht, so wie sie sein zu können. Hinzu kam, dass die beiden keinen Tag älter sein konnten als er.
Überhaupt gab es unter den Gefallenen erschreckend viele Jugendliche und Kinder. Manche waren kaum älter als zehn oder elf Jahre, andere waren in seinem Alter oder gerade an der Schwelle zum Mann oder zur Frau. Die Verteidiger mussten in ihrer Verzweiflung jedem Mann, jeder Frau, jedem Jungen und jedem Mädchen, das auch nur in der Lage war ein Schwert zu heben, eine Waffe in die Hand gedrückt haben.
Es hatte ihnen nichts genutzt. Die Angreifer hatten keine Rücksicht auf Geschlecht oder Alter genommen.
Kim brachte es nicht über sich, den Ort zu betreten. Er wusste, dass er dort keine Überlebenden finden würde. Er wollte nur noch weg von diesem Ort des Grauens.
Aber wohin?
Während er das Schlachtfeld in umgekehrter Richtung überquerte, näherte sich seine Stimmung einem Zustand, die purer Verzweiflung ziemlich nahe kam. Wenn sich der Weg, den er eingeschlagen hatte, so fortsetzte, dann würde er als Nächstes vermutlich mitten in eine Schlacht geraten oder Gorywynn in Trümmern vorfinden. Was war nur geschehen? Waren die finsteren Mächte Morgons wieder erwacht oder hatte irgendein schrecklicher Zauber eine neue, furchtbare Gefahr heraufbeschworen?
Sosehr ihn der Gedanke erschreckte, er hatte nur eine Wahl: Er musste der Spur des feindlichen Heeres folgen um sich mit eigenen Augen davon zu überzeugen, wer der Feind war.
Der Spur zu folgen war nicht besonders schwer. Sie führte in westlicher Richtung von dem brennenden Dorf fort, schlängelte sich die sanften Hügel auf der anderen Seite des Tales hinauf und verschwand schließlich hinter einem kleinen Waldstück. Der Breite des zertrampelten Grases nach zu schließen, musste es sich auch nach der verlustreichen

Schlacht noch immer um eine größere Armee handeln; Hunderte von Pferden, deren Hufe den Boden so tief aufgerissen hatten, dass hier und da schon das Grundwasser zutage trat.
Kim hatte kein gutes Gefühl, als er den Hengst dicht neben der Spur den Hügel hinauftraben ließ. Wäre er der Kommandant der unbekannten Armee, dann hätte er garantiert jemanden zurückgelassen, der das niedergebrannte Dorf und die nähere Umgebung noch ein wenig im Auge behielt.
Seine Blicke suchten misstrauisch den Waldrand über ihm ab. Dort oben rührte sich nichts. Der Lärm der Schlacht und das Feuer mussten jedes lebende Wesen in weitem Umkreis verscheucht haben. Trotzdem konnte er nicht sicher sein, dass dort oben nicht jemand im Schutze des Unterholzes saß und jede seiner Bewegungen verfolgte. Oder vielleicht auch schon einen Pfeil auf die Sehne legte ...
Kim zögerte einen Moment, aber dann ritt er noch einmal zum Schlachtfeld zurück und nahm Schwert und Schild eines der Toten an sich. Er war kein Krieger und konnte nicht besonders gut mit diesen Waffen umgehen. Trotzdem fühlte er sich schon wesentlich sicherer, als er zum zweiten Mal den Hang hinaufritt und sich dem Waldrand näherte. Er war sich des Risikos bewusst, das er damit einging, aber er brauchte den Waldrand auch als Deckung. Auf der anderen Seite des Hügels mochte nichts sein, vielleicht aber auch eine Armee von Hunderten von Monstern.
Mit äußerster Vorsicht näherte er sich dem Waldrand. Die Spur der Reiterarmee beschrieb hier einen scharfen Knick nach rechts und führte dann parallel zu den Bäumen weiter. An ihrem Ende, so weit entfernt, dass er nicht sicher sein konnte sie wirklich zu sehen, glaubte er eine gewaltige Staubwolke wahrzunehmen. Trotzdem hielt er sein Pferd noch einmal an, lenkte es dann einige Schritte weit in den Wald hinein und folgte der Spur im Schutz der dicht stehenden Bäume. Auf diese Weise kam er zwar weitaus langsamer voran, als ihm lieb war, aber er wurde wenigstens nicht gesehen.
Der Wald wurde immer dichter, aber die unheimliche Stille,

die Kim aufgefallen war, blieb. Das war nicht in Ordnung. Es war, als lebte hier nichts mehr. Der Lärm und das Feuer mochten ja alle Vögel und die größeren Tiere verjagt haben, aber er hätte trotzdem das Rascheln von Insekten hören müssen, das von Blättern und Ästen, die sich bewegten, oder wenigstens das Flüstern des Windes. Aber es war vollkommen still. Die einzigen Laute, die zu hören waren, waren die, die er selbst verursachte.

Er sah etwas Helles, sehr Kleines vor sich auf dem Waldboden liegen, zügelte sein Pferd und stieg schließlich aus dem Sattel um das letzte Stück zu Fuß weiterzugehen. Sein Herz begann schneller zu pochen, als er allmählich erkannte, was da zwischen abgestorbenen Ästen und totem Laub auf dem Boden lag. Die letzten Meter legte er rennend zurück, löste den Schild von seinem linken Arm und lehnte ihn an einen Baumstamm, ehe er sich auf die Knie herabsinken ließ und die Hände nach dem reglosen Geschöpf ausstreckte. Unendlich behutsam hob er es auf.

Es war eine Elfe.

Sie war tot. Ihre schmalen, zerbrechlichen Glieder waren erschlafft. Die porzellanweiße Haut begann sich hier und da grau zu färben und das kleine Gesicht, das so erstaunlich an das eines Menschen erinnerte, ohne es wirklich zu sein, würde nie wieder jenes fröhliche Lachen zeigen, an dem Rebekka und er sich immer so erfreut hatten, wenn sie in den Wäldern mit den kleinen Naturgeistern gespielt hatten. Die an Libellenflügel erinnernden Schwingen der Elfe hatten ihre Regenbogenfarben verloren.

Kim empfand ein Gefühl unendlich tiefer Trauer. Es gab niemanden auf Märchenmond, der Elfen nicht mochte, und erst recht niemanden, der ihnen etwas zuleide tun würde. Selbst die finsteren Horden aus Morgon, die mit Feuer und Tod über die wehrlose Welt hergefallen waren, hatten diese verspielten, ewig fröhlichen kleinen Wesen verschont.

Vorsichtig drehte er das kleine Geschöpf in den Händen. Ein wenig goldener Elfenstaub blieb auf seinen Handflächen

zurück. Die Elfe konnte noch nicht lange tot sein. Und seltsam war, dass er nicht die mindeste Verletzung sehen konnte.
Er legte die Elfe wieder auf den Boden und häufte einige trockene Blätter über den kleinen Körper. Er hätte sie beerdigt, wusste aber, dass sich das kleine Wesen ohnehin mit dem letzten Licht des Tages in Nichts auflösen würde. Elfen waren im Tode so zerbrechlich wie im Leben.
Als er aufstehen wollte, entdeckte er eine zweite tote Elfe, nur wenige Schritte entfernt, dann eine dritte, vierte und schließlich fünfte.
Kim kämpfte sein Erschrecken nieder, so gut es ging, und zwang sich, auch diese Elfen genau zu untersuchen. Mit Ausnahme eines der kleinen Geschöpfe, dessen Flügel gebrochen waren, als wäre es aus großer Höhe abgestürzt, waren sie alle unverletzt. Es war, als wäre das Leben einfach ohne Grund aus ihnen gewichen.
Oder der Zauber ...
Und dann endlich begriff Kim, was er tief in sich schon die ganze Zeit über gespürt hatte.
Der Zauber war aus Märchenmond gewichen.
Er gab in dieser Welt immer noch tapfere Krieger und gewaltige Schlachten, magische Orte und unerklärliche Kräfte, aber der *wirkliche* Zauber, das, was diesen Ort so sehr von den fantastischen Welten aus seinen Büchern und Filmen unterschied, war nicht mehr da. Es gab keine sprechenden Tiere mehr, keine Elfen und Feen, keine immer zu einem Schabernack aufgelegten Irrlichter, keinen tollpatschigen Riesen und keinen goldenen Drachen, auf dessen Rücken er weit ins Land fliegen konnte.
Lag es an ihm?
Obwohl diese Welt durchaus real und alle Gefahren hier auch sehr greifbar waren, war sie in gewissem Sinne seine Schöpfung. Märchenmond war die Welt seiner Träume. War es seine Schuld, dass aus einer Welt der Märchen und der Fröhlichkeit ein Land geworden war, in dem die Angst und die Gewalt regierten?

Der Gedanke ließ ihn erschauern. Vor allem, weil er so aussichtslos erschien. Dass dieses Land mit all seinen Geschöpfen und Wundern die Schöpfung seiner eigenen Träume war, bedeutete nicht, dass er hier die Macht eines Gottes oder überhaupt *irgendeine* Macht hatte.
Er begrub auch die anderen toten Elfen unter Blättern und suchte den Wald in einigem Umkreis ab, fand zu seiner Erleichterung aber keine weiteren toten Zauberwesen mehr. Schließlich kehrte er zu der Stelle zurück, an der er seinen Schild an den Baum gelehnt hatte.
Es war nicht mehr da.
Kim drehte sich verwirrt einmal im Kreis, dann verfinsterte sich sein Gesicht.
»Hör mit dem Unsinn auf, Pack!«, rief er. »Mir ist im Moment wirklich nicht nach deinen Scherzen zumute.«
Er bekam keine Antwort, aber nach ein paar Augenblicken hörte er das Brechen eines trockenes Zweiges hinter sich und drehte sich herum.
Hinter ihm war tatsächlich eine Gestalt zwischen den Bäumen erschienen. Aber es war nicht der Pack. Es war ein grauhaariger Mann in verschlissener Kleidung, der eine Eisenkeule in der rechten Hand trug und puren Hass in den Augen hatte.
Kim spürte die Gefahr, aber seine Reaktion kam zu spät. Etwas raschelte in den Baumwipfeln über ihm, dann fiel ein schweres, an den Rändern mit Steinen beschwertes Netz auf ihn herab und riss ihn zu Boden. Kim versuchte noch im Fallen sein Schwert zu ziehen, bekam die Waffe aber nicht einmal halb aus dem Gürtel. Praktisch gleichzeitig sprangen zwei, drei Gestalten zwischen den Bäumen hervor und stürzten sich auf ihn.
Kim versuchte trotz der Ausweglosigkeit seiner Lage sein Schwert vollends zu ziehen und sich aus dem Netz herauszuhacken, verstrickte sich aber sofort in den zähen Maschen und einen Augenblick später waren die Angreifer auch schon über ihm. Ein harter Schlag prellte ihm die Waffe aus der Hand, dann wurde er auf die Füße gezerrt und bekam zwei, drei har-

te Hiebe in Nacken und Leib, die ihm die Luft aus den Lungen trieben und ihm fast das Bewusstsein raubten.
Trotzdem versuchte er weiter sich zu wehren, mit dem einzigen Ergebnis allerdings, dass noch mehr Schläge auf ihn herunterprasselten. Hilflos sank er auf die Knie, bekam einen weiteren, harten Schlag in den Nacken und stürzte mehr ohnmächtig als wach auf die Seite. Er bekam kaum noch Luft und in seinem Mund war der Geschmack seines eigenen Blutes. Und noch immer prasselten Schläge auf ihn herab.
»Hört auf!«, befahl eine scharfe Stimme.
Kim wurde noch von zwei, drei weiteren Schlägen getroffen, aber gerade als er glaubte, nun endgültig das Bewusstsein zu verlieren, hörte es auf.
Für einen Moment hatte er nicht einmal mehr die Kraft, die Augen zu öffnen. Er hörte schwere Schritte, dann stieß ihn jemand grob in die Seite und eine andere Stimme sagte: »Warum hängen wir ihn nicht gleich auf? Genug Bäume sind ja hier.«
»Er hat Recht«, sagte eine dritte Stimme. »Hängen wir ihn auf oder schlagen ihn tot. Er hätte es verdient.«
»Das stimmt sogar«, sagte die erste Stimme. »Aber wir brauchen ihn noch. Wolf wird sehr froh darüber sein, endlich einen Gefangenen zu haben. Schickt einen Boten zu ihm und lasst ihm ausrichten, dass wir endlich einen von ihnen gefangen haben.«
»Ihr ... täuscht ... euch«, murmelte Kim. »Ich gehöre nicht ... zu euren Feinden.«
Schnelle Schritte näherten sich, dann traf ihn ein derber Stoß in die Seite und die Stimme herrschte ihn an: »Wer hat dir erlaubt zu reden, Bürschchen?«
Der Stoß war so hart, dass Kim auf den Rücken rollte und einige Sekunden lang qualvoll nach Luft rang. Als sich der pochende Schmerz in seinen Rippen einigermaßen gelegt hatte, öffnete er die Augen und blickte in ein bärtiges, von langem grauem Haar eingerahmtes Gesicht, das mit unverhohlenem Hass auf ihn herabstarrte.

»Ich hoffe, du hast mich verstanden, mein Junge«, fuhr der Mann fort. »Du wirst nur reden, wenn ich dir eine direkte Frage stelle, hast du mich verstanden?«
Kim nickte.
»Gut«, fuhr der Grauhaarige fort. »Wenigstens machst du keine Schwierigkeiten. Ich würde dir auch nicht raten, irgendwelche Dummheiten zu versuchen. Wir werden dich jetzt aus dem Netz holen und dir Hände und Füße fesseln. Wenn du zu fliehen versuchst oder Widerstand leistest, töten wir dich. Ist das klar?«
»Ja«, antwortete Kim. »Aber Sie verwech –«
Ein harter Schlag ins Gesicht ließ ihn verstummen.
»Du sollst nur reden, wenn ich dir eine Frage stelle«, sagte der Grauhaarige.
Kim antwortete nicht laut, sondern nickte nur.
»Gut«, knurrte der Alte. »Wickelt ihn aus und fesselt ihn dann. Aber seid gründlich. Ihr wisst, wie gefährlich diese kleinen Teufel sind.«
Kim wurde grob in die Höhe gerissen und bekam noch einen harten Schlag zwischen die Schulterblätter; wahrscheinlich nur zur Vorsicht. Dabei hätte er sich nicht einmal wehren können, wenn er es gewollt hätte. Seine Hände wurden gepackt und auf dem Rücken zusammengebunden, dann wurde er erneut zu Boden gestoßen und grobe Stricke banden auch seine Füße zusammen.
»So hört mir doch zu!«, stöhnte Kim. »Ich gehöre nicht zu –«
Diesmal wurde er nicht geschlagen. Einer der Männer zwang seine Kiefer auseinander, dann wurde ihm ein schmutziger Lappen in den Mund gestopft.
»Anscheinend versteht er unsere Sprache nicht«, sagte der Mann, der ihn geknebelt hatte.
»Gebt Acht, dass er nicht erstickt«, sagte der Grauhaarige, allerdings mit wenig Mitgefühl in der Stimme. »Wolf braucht ihn lebend.«
Kim wurde hochgehoben und ein kleines Stück durch den Wald getragen, bis sie die Stelle erreichten, an der er sein

Pferd zurückgelassen hatte. Er wurde quer in den Sattel geworfen, dann griff einer der Männer nach den Zügeln und führte das Tier aus dem Wald hinaus.

Sie gingen den Weg zurück, den Kim vor einer halben Stunde gekommen war – quer über das Schlachtfeld und so nahe an der verwüsteten Ortschaft vorbei, dass er die Hitze der noch immer brennenden Häuser auf dem Gesicht spüren konnte. Der Rauch war so dicht, dass er gehustet hätte, hätte ihn der Knebel nicht daran gehindert. So konnte er nur qualvoll würgen und irgendwie versuchen nicht zu ersticken.

»Gefällt dir der Anblick, Junge?«, fragte der Mann, der sein Pferd am Zügel führte. »Ich hoffe, du genießt ihn. Es wird nämlich das letzte Mal sein, dass du überhaupt irgendetwas genießen kannst. Ich hoffe, du bist stolz auf das, was ihr getan habt.«

»Sei still, Harro«, sagte der Grauhaarige. »Du verschwendest deinen Atem.«

»Wir verschwenden alle nur Zeit«, antwortete Harro. »Er wird sowieso nicht reden. Sie reden nie.«

»Sie lassen sich auch nicht gefangen nehmen«, sagte der Grauhaarige. »Trotzdem haben wir den Burschen gefangen. Wolf wird ihn schon zum Reden bringen.«

»Vor allem nach der vergangenen Nacht«, fügte ein anderer hinzu.

»Wieso?«

»Habt ihr es nicht gehört? Ein Verräter hat versucht ihn zu töten. Hätte er seine Rüstung nicht getragen, hätte der Pfeil sein Herz durchbohrt. So ist er mit einer Fleischwunde davongekommen.«

Kim hätte am liebsten laut aufgeschrien. O ja, dachte er. Wolf *würde* sich freuen, ihn in die Hände zu bekommen. Ganz besonders, wenn er ihn wieder erkannte ...

Wenn er wenigstens diesen verdammten Knebel loswerden könnte! Kim war sicher, dass er alles aufklären konnte, wenn es ihm nur möglich wäre, mehr als ein halbes Dutzend zusammenhängender Worte zu reden.

»Ich bleibe dabei«, fuhr Harro fort. »Wir sollten den Burschen auf der Stelle aufhängen. Oder besser noch –«

Kim erfuhr nie, welches Schicksal der Mann ihm zugedacht hatte. Ein scharfes Sirren erklang und plötzlich ließ Harro die Zügel los, griff sich an die Brust und brach in die Knie. Noch während er zur Seite kippte, schlossen sich seine Hände um den Schaft des Pfeiles, der ihn getroffen hatte.

Ein gellender Schrei erklang. Das Pferd scheute, stieg auf die Hinterläufe und warf Kim ab. Er versuchte den Kopf einzuziehen und alle Muskeln anzuspannen, um dem Aufprall die ärgste Wucht zu nehmen. Es gelang ihm auch, aber er blieb mit dem Gesicht nach unten liegen, sodass er nicht sah, was weiter geschah. Schreie und das Klirren von Metall waren zu hören und dann wieder das tödliche Sirren von Pfeilen.

Der Kampf dauerte nur ein paar Augenblicke, dann kehrte wieder fast unheimliche Stille ein, die für ein paar Sekunden anhielt. Danach erklangen Schritte, die sich rasch näherten. Kalter Stahl berührte Kims Handgelenke und seine Knöchel, als die Stricke durchgeschnitten wurden, dann durchtrennte ein noch schnellerer Schnitt seinen Knebel. Kim spuckte den schmutzigen Lappen aus, den man ihm in den Mund gestopft hatte, und wälzte sich auf den Rücken.

Über ihm stand ein junger Bursche mit schulterlangem, blondem Haar und durchdringenden hellblauen Augen. Er war in Weiß gekleidet, doch Hemd und Hose waren wie sein weißer Umhang verdreckt und zerschlissen.

»Lebst du noch?«, fragte der Junge spöttisch.

Kim setzte sich mühsam auf, betastete sein Gesicht und vor allem seine Rippen, die so unliebsame Bekanntschaft mit den Stiefelspitzen Harros gemacht hatten, und zuckte zur Antwort mit den Schultern. Selbst diese kleine Bewegung tat weh.

»Ich bin nicht ganz sicher«, sagte er.

Der Steppenreiter zog die linke Augenbraue hoch. Er lachte nicht. »Im Grunde sollten wir dich hier liegen lassen«, knurrte er. »Wer so dumm ist, sich von ein paar alten Tattergreisen einfangen zu lassen, der hat es nicht besser verdient.«

Kim sah den jungen Steppenreiter verwirrt an. Die Erleichterung, die er bei seinem Anblick verspürt hatte, begann sich schon wieder zu legen.
»Wie ist dein Name?«, fuhr der Steppenreiter fort.
»Kim«, antwortete Kim.
»Kim?« Der Steppenreiter schüttelte den Kopf. »Wie auch sonst? Anscheinend nennt jeder alte Tölpel, der einen Sohn bekommt, ihn nach dem großen Helden!« Er zog eine Grimasse.
Kim sah ihn verwirrt an, zog es aber vor zu schweigen.
»Zu welcher Einheit gehörst du?«, fuhr der Steppenreiter fort.
»Einheit?«
Das Gesicht des blonden Jungen verfinsterte sich. »Was ist los mit dir, Kerl?«, fragte er. »Bist du blöde oder willst du mich auf den Arm nehmen?«
»Lass ihn, Kai.« Ein zweiter Steppenreiter erschien neben dem ersten. Er war keinen Tag älter als dieser, aber ein gutes Stück größer. Trotz des spöttischen Tons in seiner Stimme blickten seine Augen gutmütig auf Kim herab. »Vielleicht ist er nur verwirrt.«
»Vielleicht hat er ja einen Schlag auf den Kopf bekommen«, fügte Kai hämisch hinzu. »Wo kommst du her ... Kim?«
Die Art, wie Kai seinen Namen betonte, gefiel Kim ganz und gar nicht. Aber der junge Steppenreiter hatte ihn auch auf eine Idee gebracht. Er starrte ihn einen Augenblick lang nur verständnislos an, dann zuckte er mit den Schultern und sagte schleppend: »Ich ... erinnere mich nicht.«
Kai schüttelte seufzend den Kopf. »Na, das kann ja heiter werden. Kannst du wenigstens reiten oder hast du auch vergessen, wie es geht?«
Statt zu antworten stand Kim auf und ging zu seinem Pferd. Dabei sah er sich verstohlen um. Zu Kai und dem zweiten Steppenreiter hatten sich noch drei weitere Gestalten gesellt. Sie trugen nicht die weißen Umhänge Caivallons, aber alle hatten eines gemeinsam: Sie waren sehr jung.

Kim griff nach dem Sattel, schwang sich hinauf und tätschelte beruhigend den Hals des Pferdes, als der Hengst nervös zu tänzeln begann.
»Ein prachtvolles Tier«, sagte Kai anerkennend. »Woher hast du es?«
Kim sah ihn nur an und Kai zog eine Grimasse und sagte: »Ach ja, richtig. Du erinnerst dich nicht.« Er trat zurück und wandte sich mit erhobener Stimme an die anderen: »Auf die Pferde! Wir haben noch einen langen Weg vor uns!«

Sie passierten den Wald, in dem Kim die toten Elfen gefunden hatte und in Gefangenschaft geraten war. Er machte keine entsprechende Bemerkung und sagte auch sonst nichts, aber er konnte nicht verhindern, dass sein Blick über den Waldrand glitt. Er lag noch immer so still und undurchdringlich da wie vorhin, aber Kim fragte sich jetzt nicht mehr, welche Gefahren oder auch Wunder sich in den Schatten verbergen mochten. Vielmehr beschlich ihn das unheimliche Gefühl, an einer gewaltigen Gruft vorbeizureiten.
Er hatte seinen Irrtum mittlerweile endgültig begriffen. Seit er Turocks Wald verlassen hatte, hatte er stets geglaubt, irgendetwas zu spüren, eine unterschwellige Gefahr vielleicht oder eine Bedrohung.
Das genaue Gegenteil war der Fall.
Er hatte nichts gespürt, er hatte etwas vermisst. Es war stets die Magie gewesen, die dieses Land zu etwas Besonderem gemacht hatte. Die eigenartige Bedrückung, die er empfand, war die *Abwesenheit* dieses Zaubers.
Seine Gefühle mussten sich wohl ziemlich deutlich auf seinem Gesicht widerspiegeln, denn als er sich schließlich vom Anblick des Waldes losriss und den Kopf drehte, begegnete er Kais Blick und er las in den Augen des jungen Steppenreiters dasselbe Misstrauen, das er in der vergangenen Nacht auf den Gesichtern der Männer im Gasthaus gesehen hatte. Er war längst nicht mehr sicher, ob er wirklich gerettet oder nicht vielmehr vom Regen in die Traufe geraten war.

Kais Blicke begannen ihm immer unbehaglicher zu werden. Eigentlich nur um überhaupt etwas zu sagen, wandte er sich im Sattel um, sah einen Moment zu dem brennenden Dorf zurück und fragte: »Wo kommt ihr überhaupt her? Ich dachte, das Heer wäre weitergezogen.«
»Ist es auch«, antwortete Kai. »Glück für dich, dass wir zurückgeschickt wurden um nach Verfolgern Ausschau zu halten.«
»Habt ihr sie gefunden?«
»Wenn wir das nicht hätten, dann würdest du jetzt nicht neben mir sitzen und eine so dumme Frage stellen können«, antwortete Kai grob. Er schüttelte den Kopf. »Diese alten Tölpel lernen es nie.«
»Wie meinst du das?«, fragte Kim. Im nächsten Moment hätte er sich am liebsten selbst auf die Zunge gebissen, denn das Misstrauen in Kais Augen verstärkte sich.
»Weil sie immer auf dieselbe Weise vorgehen«, antwortete der zweite Steppenreiter, dessen Namen Kim nicht kannte. Er schüttelte lachend den Kopf. »Sie verstecken sich irgendwo im Gebüsch und versuchen uns auszuspionieren. Das haben sie schon immer so gemacht –«
»– und deshalb machen sie es auch jetzt so!«, fügten alle anderen im Chor hinzu. Danach brachen sie in grölendes Gelächter aus.
Nur Kim blieb ruhig. Er verstand den Witz nicht.
»Ihr kommt aus Caivallon?«, fragte er nach einer Weile.
»Wieso fragst du?«, wollte Kai wissen.
»Nur so«, antwortete Kim. »Ich war einmal dort.«
»In Caivallon?«, vergewisserte sich Kai und auch der zweite junge Steppenreiter blickte überrascht in seine Richtung. Kim hatte plötzlich das Gefühl, einen Fehler begangen zu haben.
»Es ist lange her«, fügte er hinzu. »Ich erinnere mich kaum noch.« Er lachte nervös. »Deswegen habe ich ja auch gefragt. Ich dachte, einer von euch könnte mir von Caivallon erzählen. Es war sehr schön dort ... glaube ich.«

»*War* ist das richtige Wort«, sagte Kai. »Es muss zehn Jahre her sein, dass wir es niedergebrannt haben.«
»Das ... wusste ich nicht«, sagte Kim stockend. Er war vollkommen schockiert. Caivallon und niedergebrannt? Das war lächerlich! Er sprach mit zwei Steppenreitern! Caivallon war ihre Heimat!
»Du weißt wirklich eine Menge nicht«, sagte Kai nachdenklich. »Wenn ich es nicht besser wüsste, dann würde ich glauben, dass du uns etwas vormachst.«
»Ich bin ... noch nicht lange dabei«, antwortete Kim und flehte, dass Kai nicht sofort fragte, wobei.
»Und wo warst du vorher?«, wollte Kai wissen.
»Im Osten«, antwortete Kim ausweichend. »Sehr weit im Osten. In der Nähe des Schattengebirges.«
»Das erklärt vieles«, sagte der zweite Steppenreiter. »Es heißt, dass dort seltsame Dinge vorgehen.«
»Was hast du dort erlebt?«, fragte Kai.
»Nichts, was wirklich von Bedeutung ist«, antwortete Kim. Er zog eine Grimasse und griff sich demonstrativ an den Kopf. »Lasst uns später darüber reden – bitte. Ich fühle mich nicht besonders.«
»Du kannst von Glück sagen, dass du noch lebst«, sagte Kai, aber der andere Steppenreiter sagte:
»Er hat Recht. Heute holen wir das Heer sowieso nicht mehr ein. Lasst uns eine Rast einlegen.«
»In diesem Wald?« Kai schüttelte den Kopf. »Das gefällt mir nicht.«
»Was soll schon passieren?«, fragte der Steppenreiter.
»Ich glaube auch, dass es dort drinnen nicht geheuer ist«, sagte Kim. »Ich habe einige tote Elfen gefunden, bevor ich überwältigt worden bin.«
»Elfen!« Kai zog eine Grimasse. »Ich dachte, dieses Ungeziefer wäre ausgerottet.«
Sie ritten noch eine gute Stunde weiter. In dieser Zeit näherten sie sich der Staubwolke, die Kim schon zuvor bemerkt hatte, und als es zu dämmern begann, glaubte er eine dunkle,

formlose Masse an ihrem unteren Ende auszumachen. Wenn das das Heer war, dann war es kein Trupp von ein paar hundert Reitern, wie Kim bisher angenommen hatte, sondern eine gewaltige Armee, die wirklich nach Tausenden zählen musste, wenn nicht mehr.

»Wir rasten hier«, entschied Kai, als die Dämmerung immer rascher hereinbrach. »Dieser Ort gefällt mir nicht, aber es ist immer noch besser als bei Dunkelheit weiterzureiten.«

Kim hütete sich, nach dem Warum dieses Befehles zu fragen. Während der letzten Stunde war er immer schweigsamer geworden und Kai und die vier anderen hatten auch keine weiteren Fragen gestellt. Das allein war schon wieder ein neues Rätsel: Obwohl seine Geschichte streng genommen wenig glaubhaft klang, schienen die fünf Jungen ihn ganz selbstverständlich als einen der ihren akzeptiert zu haben. Ebenso selbstverständlich, wie ihn alle anderen bisher als Feind behandelt hatten. Dabei gab es eigentlich nichts, was er mit diesen Jungen gemeinsam hatte, abgesehen davon vielleicht, dass sie alle ungefähr im selben Alter waren.

Sie saßen ab. Kai und die anderen schlugen ein provisorisches Nachtlager auf, während Kim sich darauf herausredete, noch immer Kopfschmerzen zu haben, und sich am Waldrand niederließ.

Es wurde rasch dunkel. Seine neuen Begleiter entzündeten kein Feuer, sondern zogen trockenes Brot und kaltes Dörrfleisch aus ihren Satteltaschen, das sie mit ein paar Schlucken Wasser verspeisten.

Kim wartete darauf, dass es richtig dunkel wurde. Gegen seine Erwartung stellte Kai keine Wache auf, sondern legte sich ebenso wie alle anderen zum Schlafen hin. Kim würde eine Stunde verstreichen lassen und dann in aller Heimlichkeit verschwinden.

Es fiel ihm sehr schwer nicht einzuschlafen. Die Anstrengungen des zurückliegenden Tages forderten ihren Preis und natürlich verging die Zeit umso langsamer, je mehr er darauf wartete, dass sie verstrich.

Schließlich aber war er der Meinung, dass es genug sei. Neben ihm schnarchten Kai und die vier anderen um die Wette. Tiefer als jetzt würden sie nicht mehr schlafen.
Kim richtete sich lautlos auf und lauschte einen Moment mit angehaltenem Atem. Das Schnarchen der anderen hatte sich nicht verändert. Wenn man bedachte, dass die fünf Angehörige eines Heeres waren, das gerade eine ganze Ortschaft verwüstet hatten, dann hatten sie einen ziemlich guten Schlaf.
Er stand ganz auf, stieg mit einem vorsichtigen Schritt über den schlafenden Steppenreiter hinweg und versuchte das Gebüsch am Waldrand auseinander zu rücken ohne dabei ein verräterisches Geräusch zu verursachen. Er bedauerte es sehr, das Pferd zurücklassen zu müssen, aber das Risiko, quer durch das ganze Lager zu schleichen und den Hengst loszubinden, war einfach zu hoch.
Kim drang drei, vier Schritte weit in den Wald ein, blieb wieder stehen und lauschte. Er hörte nur das Hämmern seines Herzens. Der Wald war noch immer unheimlich still. Mehr denn je hatte er das Gefühl, sich in einer Gruft zu befinden, in der nicht nur nichts mehr lebte, sondern in der seine Gegenwart sogar störend war; schon fast so etwas wie ein Frevel.
»Darf ich fragen, was du hier suchst?«
Kim fuhr so erschrocken herum, dass er um ein Haar das Gleichgewicht verloren hätte. Kai war vollkommen lautlos hinter ihm aufgetaucht. Obwohl er kaum zwei Schritte von ihm entfernt war, konnte er ihn nur als hellen Schemen in der Dunkelheit erkennen.
»Wie?«, fragte Kim hilflos.
Kais Stimme wurde schärfer. »Was du hier tust, will ich wissen.«
»Was wird man schon vorhaben, wenn man im Dunklen allein ein paar Schritte in den Wald geht?«, fragte Kim. »Willst du mitkommen und zusehen?«
Kai machte eine ärgerliche Geste. »Dann beeil dich«, sagte er. »Wir müssen früh weiter. Ich möchte das Heer erreichen, bevor es aufbricht.«

Kim antwortete nur mit einem wortlosen Nicken darauf. Er ging noch ein paar Schritte tiefer in den Wald hinein, zählte in Gedanken bis zwanzig und ging dann zu Kai und den anderen zurück. Kai verlor kein Wort über den Zwischenfall, sah ihn aber mit unverhohlenem Misstrauen an, während Kim sich wieder auf dem Boden ausstreckte und nach seiner Decke griff. Einen Moment später ließ auch er sich wieder zurücksinken, schloss die Augen und schien in derselben Sekunde einzuschlafen.

Seine neuen Weggefährten weckten ihn am nächsten Morgen, lange bevor die Sonne aufging. Er fühlte sich, als hätte er überhaupt nicht geschlafen, und war so benommen, dass er im ersten Moment nicht einmal auf Kais Worte reagierte, sondern ihn nur verständnislos ansah.

Kai sagte noch etwas, in noch schärferem Ton, für Kims schlaftrunkenen Geist aber ebenso unverständlich, schüttelte dann ärgerlich den Kopf und stiefelte davon. Kim rieb sich benommen die Augen, gähnte und setzte sich dann auf. Kai und die anderen waren bereits dabei, die Pferde aufzuzäumen. Freundlicherweise hatten sie seinen schwarzen Hengst bereits gesattelt und auch die Fußfesseln waren schon gelöst.

Hinter ihm raschelte es ihm Gebüsch und für einen kurzen Moment lugte das haarige Gesicht des Pack zu ihm heraus. Das Wesen gestikulierte wild, gab aber nicht den geringsten Laut von sich, sondern verschwand nach einigen Sekunden wieder im Wald. Offensichtlich mochte der Pack seine neuen Freunde genauso wenig wie er.

Kim stand ganz auf, reckte sich ausgiebig und sah sich weiter verstohlen um. Die Jungen waren mit den Pferden fertig und begannen nun das Lager abzubauen. Sie sagten nicht viel, aber Kim entgingen auch nicht die ärgerlichen Blicke, die sie ihm immer wieder zuwarfen. Vermutlich nahmen sie es ihm übel, dass er faul dabeistand, während sie sich abmühten.

Er sah nach Süden. Am Horizont brannten zahlreiche Feuer. Sie waren dem Heer doch schon näher gekommen, als er gehofft hatte. Kim schätzte, dass sie allerhöchstens noch eine Stunde reiten mussten um es zu erreichen. Er ärgerte sich jetzt über sich selbst, dass er in der Nacht keinen zweiten Fluchtversuch unternommen hatte. Im Wald hätte er es nur mit Kai zu tun gehabt. Jetzt musste er gleich fünf misstrauischen Augenpaaren entkommen.

Aber es hatte keinen Zweck, über gemachte Fehler zu jammern.

Eine Bewegung bei den Pferden erweckte seine Aufmerksamkeit. Er sah hin und erkannte gerade noch eine haarige Gestalt mit langen pendelnden Armen, die blitzartig im Unterholz verschwand.

»Was war das?«, fragte Kai alarmiert. Seine Hand senkte sich auf das Schwert, das er am Gürtel trug. Er wirkte angespannt, als hätte er etwas gesehen, wäre aber nicht ganz sicher, was.

Kim zuckte nur mit den Schultern, bückte sich nach seiner Decke und rollte sie zusammen. Mit klopfendem Herzen, aber ohne äußere Hast, ging er zu seinem Pferd, befestigte die Decke hinter dem Sattel und stieg auf.

»Seid ihr so weit?«, fragte er.

Kai blickte ihn böse an. »Du hast einen komischen Humor«, sagte er. »Erst lässt du uns die ganze Arbeit machen und dann drängelst du auch noch.«

»Ich habe es eben eilig«, antwortete Kim. Und damit stieß er dem Hengst mit solcher Kraft die Absätze in die Flanken, dass das Tier mit einem erschrockenen Wiehern lospreschte.

»He!«, brüllte Kai. »Was –? *Er haut ab! Hinterher!*«

Die letzten Worte hatte er geschrien. Der zweite Steppenreiter und einer der anderen Jungen ließen sofort alles fallen, was sie in den Händen hatten, und rannten zu ihren Pferden. Kim erschrak, als er sah, mit welcher Schnelligkeit sie sich auf die Rücken der Tiere schwangen.

Und auf der anderen Seite zusammen mit den Sätteln wieder herunterfielen.

Kai brüllte vor Wut, schwang sich ebenfalls in den Sattel und sprengte los.

Er kam immerhin zwei Schritte weit, bevor er zusammen mit dem Sattel und der dazugehörigen Decke rückwärts vom Pferd rutschte und ziemlich unsanft im Gras landete.
Jetzt wusste Kim, was der Pack bei den Pferden gemacht hatte. Er hatte die Sattelriemen gelöst um ihm auf diese Weise einen gewissen Vorsprung zu verschaffen.
Und Kim gedachte ihn auszunutzen. Obwohl er in der fast vollkommenen Dunkelheit nur wenige Schritte weit sehen konnte, ritt er mit halsbrecherischer Geschwindigkeit weiter und überließ es den schärferen Sinnen des Pferdes einen sicheren Weg zu finden. Er musste das Tier auch kaum antreiben. Der Hengst griff ganz von selbst immer rascher aus und gewann sogar noch an Geschwindigkeit, obwohl das Gelände immer schwieriger wurde. Der Pack war außer ihm offensichtlich nicht der Einzige, der Kai und seine Freunde lieber von weitem sah.
Der Hengst sprengte einen Hang hinab und setzte mit einem gewaltigen Sprung über einen schmalen Bachlauf hinweg. Der Aufprall war so hart, dass Kim aus dem Sattel geworfen wurde und einen zweifachen Salto in der Luft schlug, ehe er reichlich unsanft im Gras landete.
Einige Sekunden lang blieb er mit geschlossenen Augen liegen und lauschte in sich hinein. Jeder einzelne Knochen im Leib tat ihm weh, aber er schien sich wenigstens nichts gebrochen zu haben.
Benommen setzte er auf und schüttelte den Kopf und neben ihm sagte eine dünne, piepsige Stimme: »Autsch! Das hat wehgetan, wie?«
Kim blinzelte und blickte sich erschrocken um. Er war allein. Das Gras, auf dem er gelandet war, war nicht einmal hoch genug um eine Katze darin zu verbergen. Wer also sprach da zu ihm?
»Du bist unhöflich«, fuhr die Stimme fort. »Ich habe mit dir geredet. Normalerweise antwortet man, wenn man etwas gefragt wird.«
Kim sah sich immer verwirrter um. Im Gras glitzerte der erste

Morgentau, aber nirgendwo zeigte sich auch nur die Spur von Leben.

»Entschuldige bitte«, murmelte Kim. »Aber ich ... wer bist du?«

»Ist das bei euch so üblich, auf eine Frage mit einer Gegenfrage zu antworten?«, nörgelte die Stimme.

»Nein«, antwortete Kim. »Es ist nur ... ich kann dich nicht sehen.«

»Du *sitzt* auf mir, um genau zu sein.«

Kim sprang hoch und sah nach unten. Aber da war nichts. Nur feuchtes Gras. »Wer ... bist du?«, fragte er. Dann fügte er – obwohl er sich dabei selbst ein bisschen komisch vorkam – hinzu: »Bist du ... das Gras?«

Es war eine alberne Frage und die Antwort fiel auch entsprechend aus: »Das Gras? Willst du mich auf den Arm nehmen, Kerl? Bin ich grün im Gesicht?«

»Natürlich nicht«, antwortete Kim hastig. »Aber wenn ich ehrlich sein soll, weiß ich es nicht. Wer bist du?«

»Du bist wirklich der begriffstutzigste Langlebige, der mir jemals untergekommen ist«, seufzte die Stimme. »Du trampelst gerade auf mir herum, wenn du es genau wissen willst. Ich bin der Tau.«

»Der Tau?!«

»Der Tau.« Die Stimme seufzte wieder. »Hast du auch was an den Ohren?«

»Tau«, murmelte Kim. Sein Blick tastete verstört über die Millionen glitzernder Tautröpfchen im Gras.

»Offensichtlich stottert er auch noch«, stellte die Stimme fest.

»Nein, das ... das ... das stimmt nicht«, stotterte Kim. »Ich war nur ... nur so überrascht, das ist alles. Ich habe so etwas wie dich noch nie gesehen, weißt du.«

»Du hast noch nie *Tau* gesehen?«

»Doch, sicher, natürlich!«, sagte Kim hastig. »Es ist nur ...«

»Ja?«

»Ach, vergiss es«, sagte Kim. Er massierte sich seinen schmerzenden Rücken und humpelte zu seinem Pferd, das nur noch

ein paar Schritte weitergelaufen und dann stehen geblieben war. »Und entschuldige mich bitte. Ich muss weiter.«
»Weiter, so, so«, sagte der Tau. »Willst du dich mit den anderen treffen?«
Kim blieb stehen. »Welchen anderen?«
»Woher soll ich das wissen?«, nörgelte der Tau. »Du kannst es dir aussuchen: Die drei, vier, die auf der anderen Seite des Hügels warten, oder die beiden, die um den Bach herumgeritten sind und jetzt aus der anderen Richtung herankommen.«
Kim sah sich erschrocken um. Die Dämmerung hatte begonnen den Horizont im Osten grau zu färben, aber das Licht reichte noch lange nicht aus, weiter als ein paar Schritte zu sehen.
»Lass mich raten«, fuhr die Stimme des Taus fort. Sie klang jetzt unüberhörbar spöttisch. »Die fünf sind nicht unbedingt deine Freunde.«
»Das könnte man so sagen«, antwortete Kim. »Wie kommst du darauf?«
»Ich könnte dir verraten, was sie mit dir vorhaben, wenn sie dich zu fassen bekommen«, antwortete der Tau. »Aber ich glaube nicht, dass du das wirklich hören willst.«
»Woher weißt du das?«, wunderte sich Kim.
»Na, woher werde ich das wohl wissen?!«, fauchte der Tau. »Diese Tölpel trampeln genauso auf mir herum wie du. Wie *alle,* nebenbei bemerkt.«
»Ach so«, sagte Kim, machte einen weiteren Schritt auf das Pferd zu und blieb dann wie angewurzelt wieder stehen.
»Moment mal!«, murmelte er. »Soll das heißen, dass du ... dass du alle Menschen überall belauschen kannst? In welcher Entfernung?«
»Entfernung? Ich bin überall.«
»Oh«, sagte Kim.
»Oh – was?« Der Tau lachte spöttisch. »Also, ich nehme an, du *willst* die anderen treffen. Sie sind nämlich gleich da.«
»Lieber nicht«, antwortete Kim. »Du kannst mir nicht zufällig ein gutes Versteck verraten?«

»Natürlich«, antwortete der Tau. »Was bekomme ich dafür?«
»Bekommen?«
»Du willst etwas von mir«, sagte der Tau. »Dafür steht mir doch eine gewisse Gegenleistung zu, oder?«
Kim sah hoch. Wahrscheinlich war es nur seine eigene Nervosität, aber für einen Moment glaubte er tatsächlich bereits das Geräusch eisenbeschlagener Hufe auf dem nassen Gras zu hören. »Können wir das vielleicht später besprechen?«, fragte er. »Ich meine ... es könnte sonst sein, dass dein Angebot nicht mehr von besonderem Wert für mich ist, weißt du?«
»Reite einfach weiter geradeaus«, sagte der Tau. »Nach einer Weile kommt ein Waldstück. Es gibt eine Höhle, nur ein paar Schritte vom Waldrand entfernt. Sie gehen nicht dort hinein. Sie glauben, dass ein Skull darin wohnt.«
Kim ersparte sich die Frage, was ein Skull war. Wenn Kai und seine vier Begleiter sich davor fürchteten, einem solchen Wesen zu begegnen, dann wollte er gar nicht so genau wissen, worum es sich handelte.
»Also gut«, sagte er. »Wo ist diese Höhle?«
»Was ist mit der Gegenleistung?«, fragte der Tau.
Kim wollte antworten, aber in diesem Moment hörte er tatsächlich ein Geräusch. »Du bekommst sie«, sagte er hastig. »Was immer du auch verlangst.«
»Den Tag«, antwortete der Tau.
»Den ... Tag?« Kim verstand nicht, was die körperlose Stimme meinte. Aber die Geräusche, die durch die Dunkelheit zu ihm drangen, wurden immer lauter. Jetzt war nicht die Zeit zum Diskutieren. »Meinetwegen.«
»Reite einfach den Bach entlang«, sagte der Tau. »An der großen Eiche biegst du nach Westen ab. Du kannst die Höhle nicht verfehlen. Der Eingang liegt zwischen zwei Felsen am Waldrand.«
»Weiter am Bach entlang?« Aber genau von dort kamen die Geräusche der sich nähernden Reiter!
»Ich lenke sie ab«, erklärte der Tau. »Denk an dein Versprechen.«

Kim schwang sich in den Sattel, drehte das Pferd in die angegebene Richtung und ritt los. Das Geräusch der Hufschläge wurde jetzt schnell lauter, aber plötzlich hörte er einen Schrei, dann das erschrockene Wiehern eines Pferdes und mehrere Schreie. Nur einen Augenblick später sah er die beiden Jungen, die er bisher nur gehört hatte. Der eine lag auf dem Rücken im Gras, hatte beide Hände schützend über das Gesicht gehoben und versuchte verzweifelt nicht von den trampelnden Hufen des Pferdes getroffen zu werden, das ihn abgeworfen hatte und sich wie toll gebärdete. Das zweite Tier war vollends durchgegangen und schleifte seinen Reiter hinter sich her.

Kim sprengte ohne anzuhalten weiter, erreichte nach wenigen Augenblicken den Baum, von dem der Tau gesprochen hatte, und wandte sich nach Westen. Kaum eine Minute später tauchte der Waldrand vor ihm auf und gleich danach entdeckte er die beiden Felsen. Er beugte sich tiefer über den Hals des Pferdes und jagte in gestrecktem Galopp in die Höhle hinein. Dumpfe Luft umgab ihn und der Lärm der hämmernden Pferdehufe klang auf unheimliche Weise verzerrt.

Er ritt noch ein Stück weiter, glitt dann aus dem Sattel und lauschte mit angehaltenem Atem. Von draußen drangen Lärm und wütende Stimmen herein.

Das Pferd schnaubte nervös und begann dann unmutig mit den Hufen am Boden zu scharren. Der Laut wurde als verändertes, vielfaches Echos zurückgeworfen, aber Kim hatte plötzlich das Gefühl, dass noch etwas Neues hinzugekommen war. Etwas wie ein schweres, rasselndes Atmen. Vielleicht das Schaben von Schuppen auf Stein oder ein Geräusch, wie es gewaltige Krallen verursachen mochten, die über harten Fels schrammten. Er verscheuchte den Gedanken. Es war bestimmt nur Einbildung.

Die zornigen Stimmen draußen jedenfalls kamen näher. »Er muss hier irgendwo sein!«, rief Kai. »Verdammt noch mal! Sucht ihn!«

»Aber er ist verschwunden!«, antwortete eine andere Stimme.

»Ich schwöre, er war gerade noch da!«
Kims Herz schlug schneller, als die Stimmen näher kamen. Einen Augenblick später sah er schattenhafte Bewegungen in der Dunkelheit jenseits des Höhleneingangs.
»Er kann doch nicht vom Erdboden verschwunden sein!«, fuhr die Stimme des zweiten Steppenreiters fort. »Hier sind überhaupt keine Spuren!«
»Aber ich habe ihn doch gerade noch gesehen!«, sagte eine andere Stimme.
Kim fuhr erschrocken zusammen, als einer der verschwommenen Schemen draußen die Hand hob und direkt zu ihm hereindeutete. »Und wenn er dort hineingeritten ist?«
»Dann müssten wir seine Spuren sehen«, antwortete Kai. »Außerdem ist das eine Skull-Höhle. So verrückt kann nicht einmal er sein.«
»Und wenn er es war, dann ist er jetzt schon tot«, fügte die andere Stimme hinzu. »Wenn er Glück hat ...«
»Kommt«, sagte Kai. »Vielleicht ist er doch auf der anderen Seite des Hügels. Wir kriegen ihn schon. Und dann werden wir seinem Gedächtnis ein wenig auf die Sprünge helfen, das garantiere ich euch.«
Die Stimmen und Geräusche entfernten sich. Aber es wurde nicht still. Hinter ihm waren noch immer diese unheimlichen Laute, von denen er nicht wusste, was sie bedeuteten, denen seine Fantasie aber alle möglichen erschreckenden Bedeutungen beimaß. Er brauchte sehr viel mehr Mut, als ihm selbst lieb war, um sich herumzudrehen und wieder in die Dunkelheit zu blicken.
Kim erschrak zutiefst. Das Pferd stand nur einen Schritt hinter ihm und allein sein Anblick ließ Kims Herz noch schneller schlagen. Jeder Muskel des Tieres war angespannt. Seine Ohren waren angstvoll zurückgelegt und es hatte die Augen so weit aufgerissen, dass man fast nur noch das Weiße sehen konnte. Die Dunkelheit dahinter war so vollkommen, dass das schwarze Fell des Tieres regelrecht damit zu verschmelzen schien. Und trotzdem bildete er sich für einen Moment ein,

eine Bewegung in dieser Dunkelheit zu erkennen, etwas wie das Kriechen eines mächtigen, formlosen Schattens ...
Kim schüttelte den Gedanken mit aller Mühe ab, ergriff die Zügel des Pferdes und führte das Tier rückwärts gehend weit genug zurück, bis er es herumdrehen konnte. Das Tier zitterte am ganzen Leib. Es stank regelrecht nach Angst.
Auch Kim zitterte spürbar, als er endlich den Ausgang erreichte. Am liebsten hätte er sich sofort in den Sattel geschwungen um so schnell und so weit davonzupreschen, wie es nur ging. Stattdessen blieb er jedoch noch einen Moment unter dem Höhleneingang stehen und ließ seinen Blick über das Gras schweifen. Er sah etwas höchst Erstaunliches: Die Spuren Kais und der beiden anderen waren im taufeuchten Gras deutlich zu sehen. Sie hatten sich der Höhle bis auf vielleicht zehn Meter genähert. Jenseits dieser imaginären Grenze jedoch war das Gras unberührt. Der Tau glitzerte wie Millionen winziger scharf geschliffener Glassplitter. Kims eigenes Pferd hatte nicht die geringste Spur im Gras hinterlassen.
Er machte zwei weitere Schritte aus der Höhle hinaus, blieb noch einmal stehen und lauschte. Von Kai und den anderen war nichts mehr zu hören. Nur aus der Höhle hinter ihm drangen weiter diese unheimlichen Laute.
»Du hattest tatsächlich Recht, Tau«, sagte er. »Sie haben sich nicht getraut, in die Höhle zu gehen, weil sie sich vor diesem ... Skull gefürchtet haben.« Er stieg in den Sattel. Hinter ihm scharrte etwas. Es klang wie ein Schwert, das über Stein schrammte. »Was ist überhaupt ein Skull?«
»Das weiß ich nicht«, antwortete der Tau. »Ich kann nicht in die Höhle sehen.«
Natürlich nicht, dachte Kim. Es war eine dumme Frage gewesen. Der Boden dort drinnen war staubtrocken und das vermutlich seit einer Million Jahre.
»Aber du solltest dich ein wenig beeilen«, fuhr die körperlose Stimme fort. »Ich meine nur: Falls du nicht unbedingt Wert darauf legst, es selbst herauszufinden.«
»Wie bitte?!«

Das Scharren und Kratzen kam näher und Kim konnte regelrecht *spüren*, wie sich hinter ihm etwas Riesiges, unvorstellbar Gefährliches zum Sprung spannte. Eine halbe Sekunde lang war er vor Schrecken so gelähmt, dass er keinen klaren Gedanken fassen konnte.

Es war sein Pferd, das sie beide rettete. Das Tier schrie in Panik auf, machte einen Satz und sprengte so schnell los, dass Kim sich nur noch ein paar Augenblicke im Sattel halten konnte, ehe er den Halt verlor und zum zweiten Mal an diesem Morgen reichlich unsanft im Gras landete.

»Steigst du eigentlich immer so vom Pferd?«, erkundigte sich der Tau.

»Bist du vollkommen wahnsinnig?«, keuchte Kim. »Du hast gesagt –«

»– dass sie glauben, dass ein Skull in der Höhle lebt«, fiel ihm der Tau ins Wort. »Und das stimmt ja auch, oder? Sie hatten solche Angst, dass sie es nicht gewagt haben, die Höhle zu betreten.«

»Ja, weil in der Höhle auch wirklich ein Skull *ist*!«, keuchte Kim.

»Ich habe niemals behauptet, dass keiner da wäre«, sagte der Tau. »Ich habe lediglich gesagt, dass sie Angst haben, dass einer da sein könnte.«

»Du solltest Politiker werden«, maulte Kim, während er umständlich aufstand. Das Pferd war ein paar Schritte weitergelaufen und wirkte noch immer sehr nervös. Kim näherte sich ihm nur sehr vorsichtig um es nicht zu erschrecken.

»Auf jeden Fall habe ich Wort gehalten«, behauptete der Tau. »Jetzt bist du dran.«

»Was meinst du damit?«, fragte Kim.

»Du hast mir den Tag versprochen.«

»Den Tag.« Kim hatte das Pferd erreicht und stieg in den Sattel. »Also, um ehrlich zu sein, ich ... ich habe gar nicht richtig verstanden, was du gemeint hast.«

»Der Tag«, beharrte der Tau. »Ich höre immer, wie sie davon reden. Von den warmen Mittagsstunden. Den Sonnenunter-

gängen am Abend. Dem Flüstern des Windes in einem Kornfeld an einem Sommernachmittag. Der –«
»Ja, ich hab's kapiert«, sagte Kim. Er schwieg einen Moment, ehe er fortfuhr: »Es gibt da nur ein Problem, weißt du?«
»Wieso? Ich habe meinen Teil des Abmachung gehalten und jetzt –«
»Es geht nicht«, sagte Kim.
»Was soll das heißen?« Die körperlose Stimme klang scharf.
»Es ist meine Schuld«, gestand Kim. »Ich fürchte, ich habe nicht richtig darüber nachgedacht. Was du dir wünscht, ist unmöglich.«
»Wieso?«
»Weil der Morgentau verschwindet, wenn die Sonne aufgeht«, antwortete Kim. »So ist es nun einmal. Ich kann es dir erklären. Tau entsteht, wenn sich die Luftfeuchtigkeit –«
»Deine Erklärungen interessieren mich nicht!«, unterbrach ihm der Tau, »ich weiß, wo ich herkomme. Und ich weiß, dass ich bald sterben muss. Du hast gut reden! Du lebst ganze Tage, vielleicht sogar Wochen! Ich darf nur eine halbe Stunde existieren! Das ist nicht gerecht!«
»Aber es ist nun einmal so«, antwortete Kim. »Es tut mir ja Leid, aber ich kann es nicht ändern!«
»Dass ich niemals den Tag sehen werde? Das ist nicht gerecht! Du weiß ja nicht, wie das ist, wenn man immer nur im Zwielicht existiert. Ich sehe den Morgen, aber immer, wenn das Leben gerade richtig beginnt, dann ist es für mich schon zu Ende.«
»Ich weiß es nicht«, antwortete Kim leise. »Uns Menschen ergeht es genauso.«
»Euch? Aber ihr lebt so lange!«
»Das spielt keine Rolle, glaub mir«, antwortete Kim traurig. »Es macht keinen Unterschied, ob du eine Stunde lebst, einen Tag oder hundert Jahre. Wenn es zu Ende geht, dann ist das Leben immer zu kurz gewesen.«
»Du lügst«, antwortete der Tau. »Du hattest nie vor, dein Wort zu halten. Du bist genau wie alle anderen.«

»Das ist nicht wahr!«, protestierte Kim. »Ich wollte dich nicht belügen, das musst du mir glauben.«
Aber er bekam keine Antwort mehr. Kim rief noch zwei- oder dreimal nach dem Tau, doch es blieb still.

Erst nachdem die Sonne ganz aufgegangen war, ritt er weiter. Sein geheimnisvoller Helfer hatte sich nicht mehr gemeldet, obwohl Kim noch mehrmals nach ihm gerufen und ihm versichert hatte, dass es nicht seine Absicht gewesen war, ihn zu betrügen. Selbst der Pack hatte sich nicht mehr gezeigt. Kim fühlte sich sehr allein.
Er war nach wie vor unschlüssig, wohin er sich wenden sollte. Je weiter er sich Gorywynn und dem ihm vertrauten Teil Märchenmonds näherte, desto bestürzender schienen die Veränderungen zu sein, die mit dieser Welt und vor allem ihren Bewohnern vor sich gegangen waren. Er mußte endlich jemanden finden, der ihm sagen konnte, was hier eigentlich passiert war!
Wenigstens sein treues Pferd war ihm geblieben. Nachdem die Sonne vollends aufgegangen war und mit ihren wärmenden Strahlen die letzten Schatten der Nacht vertrieben hatte, schwang er sich in den Sattel und ritt in westlicher Richtung los. Er kam jetzt nicht mehr so schnell voran wie in den vergangenen Tagen, denn er vermied es nach Möglichkeit, über offene Flächen zu reiten oder in die Nähe menschlicher Ansiedlungen zu kommen – was natürlich für sich genommen ziemlich absurd war: Er konnte kaum damit rechnen von jemandem Aufklärung über die erschreckende Veränderung zu erhalten, wenn er gleichzeitig jedem menschlichen Wesen aus dem Weg ging, und ...
Der Fehler in diesem Gedanken kam ihm mit solcher Plötzlichkeit zum Bewusstsein, dass Kim sein Pferd mitten in der Bewegung verhielt und geschlagene zehn Sekunden lang fassungslos ins Leere starrte.
Er war sehr wohl in der Lage, das Geheimnis zu lüften ohne mit einem Menschen zu sprechen. Schließlich waren Men-

schen nicht die einzigen Bewohner dieser Welt, die des Redens mächtig waren. Es gab ganz im Gegenteil zahllose andere Geschöpfe, mit denen er reden konnte. Er musste sie nur finden ...

Das war allerdings leichter gesagt als getan. Er war jetzt seit guten zwei oder drei Stunden unterwegs ohne auch nur einem einzigen lebenden Wesen begegnet zu sein. Und allein bei dem Gedanken noch einmal in diesen unheimlichen, toten Wald zu gehen, kroch ihm schon wieder ein eisiger Schauer über den Rücken.

Als es Mittag wurde, kam der Pack zurück. Das kleine Wesen tauchte wie üblich wie aus dem Nichts mitten auf der Straße auf, legte einen Leinenbeutel auf den Boden und zog sich dann ein paar Schritte weit zurück, ohne allerdings wieder ganz zu verschwinden. Kim war kein bisschen überrascht, als er aus dem Sattel stieg und feststellte, dass der Beutel frisches Obst und eine Hand voll Beeren enthielt. Er verzehrte beides mit Heißhunger, ließ aber genug übrig, damit sich auch der Pack satt essen konnte. Allerdings war er umsichtig genug, dem bissigen Knirps seinen Anteil zwar hinzuschieben, seine Finger aber nicht in die Reichweite des Pack zu bringen.

»Es ist wirklich zu schade, dass du nicht reden kannst«, sagte er, während er dem Pack beim Essen zusah. »Alles wäre so einfach, wenn du mir nur ein paar Fragen beantworten könntest.«

Der Pack hörte auf, auf einer Birne herumzukauen, und starrte Kim aus seinen hervorstehenden Augen an. Birnensaft lief aus seinen Mundwinkeln und tropfte auf seine Brust, wo er eine glitzerne Spur in dem struppigen Fell hinterließ.

»Wenn ich wenigstens wüsste, ob du mich verstehst«, sagte Kim.

Der Pack legte den Kopf auf die linke Seite und blinzelte.

»Du ... verstehst, was ich sage?«, fragte Kim zögernd.

Der Pack legte den Kopf auf die andere Seite. Er blinzelte wieder.

»Du verstehst mich«, sagte Kim. Plötzlich war er sehr aufge-

regt. Seine Gedanken überschlugen sich schier. Er war fast sicher, dass der kleine Kerl ihn wirklich verstand. Außerdem: Was hatte er zu verlieren?
Trotzdem überlegte er sich seine nächsten Worte sehr genau, ehe er fortfuhr. »Pass auf, Pack«, sagte er. »Ich mache dir einen Vorschlag: Aus irgendeinem Grund scheinst du ja zu glauben, dass du mir etwas schuldig bist. Wenn du mich zu jemandem bringst, mit dem ich reden kann, dann sind wir quitt.«
Der Pack kaute ein einzelnes Mal und starrte ihn dann weiter an.
»Ich meine: Du brauchst danach nicht mehr bei mir zu bleiben«, fuhr Kim fort, »oder mir ständig etwas zu essen zu bringen. Du kannst wieder nach Hause gehen oder wohin du sonst willst. Ich will nur mit jemandem reden, der weiß, was hier los ist. Aber es darf kein Mensch sein, hast du das verstanden?«
Natürlich bekam er keine Antwort. Aber nach einigen weiteren Augenblicken schluckte der Pack den Bissen, den er im Mund hatte, mit sichtlicher Anstrengung hinunter, warf die angebissene Birne in hohem Bogen davon und stand auf. Er trippelte ein paar Schritte davon, blieb stehen um einen auffordernden Blick über die Schulter zurück in Kims Richtung zu werfen und schlurfte dann weiter. Eindeutiger ging es schon kaum noch.
»Also gut«, sagte Kim. »Wir sind im Geschäft.«
Er folgte dem Pack. Das Wesen schlurfte einige Zeit weiter die Straße hinab und bog dann nahezu im rechten Winkel davon ab – wie Kim voller Unbehagen bemerkte in direkter Richtung auf ein kleines Waldstück zu, das vielleicht eine halbe Meile entfernt war. Aber nun konnte er nicht mehr zurück. Die Gegenleistung, die er dem Pack für seine Hilfe versprochen hatte, war reichlich hoch. Es war gut möglich, dass er die nächsten Tage mit knurrendem Magen zubrachte. Wenn, dann sollte es wenigstens nicht umsonst gewesen sein.
Im Inneren des Waldes war es so dunkel und still, wie er erwartet hatte. Er musste nur ein paar Schritte weit sehen um

zu spüren, dass dieser Wald ebenso ausgestorben war wie der, in dem er die toten Elfen gefunden hatte.
Kim blieb stehen und warf einen ärgerlichen Blick zum Waldrand zurück. Warum zum Teufel hatte der Pack ihn hierher geführt? Hier gab es absolut nichts und gar niemanden, mit dem er reden konnte! Nichts als Bäume und abgestorbenes Unterholz.
Und das größte Spinnennetz, das Kim jemals gesehen hatte.
Es war so gewaltig, dass Kim es nicht einmal als das wahrnahm, was es war, sondern die Gefahr erst begriff, als er im wahrsten Sinne des Wortes hineinstolperte. Plötzlich fand er sich in einem Gewirr fingerdicker, klebriger grauer Stränge verstrickt. Kim keuchte vor Schreck und Ekel, riss instinktiv die Hände in die Höhe und versuchte sich aus dem klebrigen Gespinst zu befreien, erreichte damit aber nicht mehr, als sich noch tiefer in das Gewirr einander überschneidender Fäden zu verwickeln.
Für einen Augenblick drohte er in Panik zu geraten. Er schrie laut auf, schlug um sich und riss und zerrte mit aller Gewalt an den dünnen Fäden. Sie erwiesen sich jedoch als nicht annähernd so zerbrechlich, wie sie aussahen. Es gelang ihm nicht einmal einen einzigen davon zu zerreißen. Dafür hinterließ die klebrige Flüssigkeit, mit der sie beschichtet waren, brennende rote Striemen auf seiner Haut und je mehr er sich wehrte, desto enger wickelten sich die Fäden um seine Glieder und seinen Körper. Nach kaum einer Minute hatte er sich so hoffnungslos in das Netz verstrickt, dass er nur noch den Kopf und den rechten Arm bewegen konnte.
Mit heftig hämmerndem Herzen sah er sich um.
Das Netz spannte sich zwischen zwei Bäumen, die mindestens zehn Meter auseinander standen, und es war wirklich perfekt getarnt. Die meisten Stränge verbargen sich zwischen Ästen und Unterholz und viele andere waren mit Moos oder Blättern getarnt. Es musste sehr alt sein, denn ein großer Teil war so staubig, dass er eher wie ein zerrissenes graues Segel aussah, und je länger Kim es betrachtete, desto mehr graue, staubver-

klebte Kokons entdeckte er darin; die Opfer, die die Besitzerin des Netzes eingesponnen hatte. Einige davon waren ziemlich groß, was Rückschlüsse auf die Größe besagter Besitzerin zuließ. Von der Spinne selbst war gottlob nichts zu sehen. Kim legte auch keinen besonderen Wert darauf, die Erbauerin dieses Kunstwerks kennen zu lernen. Vielleicht war sie ja auch gar nicht mehr da. So wie das Netz aussah, war es gut möglich, dass es schon vor langer Zeit aufgegeben worden war.

Das war vielleicht ein kleiner Trost, half ihm im Moment aber nicht viel weiter. Er musste sich befreien, wenn er nicht Gefahr laufen wollte jämmerlich zu verhungern oder zu verdursten. Er zerrte mit aller Gewalt an den Stricken, die sich um sein linkes Handgelenk gewickelt hatten. Es half nicht. Die Fäden waren so fest wie Drahtseile.

»Das hat keinen Zweck«, piepste ein dünnes Stimmchen. »Du tust dir nur selbst weh. Und außerdem könntest du *Sie* anlocken. Das wäre nicht gut.«

Kim verdrehte den Kopf, so weit er konnte. Er sah nirgendwo eine Bewegung, geschweige denn das Wesen, das zu ihm gesprochen hatte.

»Wer bist du?«, fragte er. »Wo bist du?«

»Genau neben dir«, piepste die Stimme.

Kim sah genauer hin, erblickte aber immer noch nichts – abgesehen von einem staubigen grauen Kokon in der Größe zweier nebeneinander gelegter Hände. »Bist du ... da drin?«, murmelte er stockend.

»Ich fürchte«, antwortete die Stimme. »Wenn auch wahrscheinlich nicht mehr sehr lange. Ich kriege nämlich kaum noch Luft. Könntest du vielleicht ...?«

Kim streckte den rechten freien Arm aus. Er konnte den Kokon gerade mit den Fingerspitzen berühren. Die Spinnenseide fühlte sich unter seinen Fingern täuschend zerbrechlich an, aber als er mit den Fingernägeln daran kratzte, spürte er, dass sie in Wirklichkeit so widerstandsfähig wie Stahl war. Irgendetwas bewegte sich im Inneren des Kokons, das konnte er fühlen.

»Gut«, piepste die Stimme. »Mach weiter so.«
Weiter? dachte Kim verblüfft. Aber er tat doch gar nichts. Trotzdem ließ er die Fingerspitzen, wo sie waren. Die Bewegung im Inneren des Kokons schien stärker zu werden. Es vergingen noch einige Augenblicke, dann riss der obere Teil des Kokons plötzlich auf und ein schwacher, goldfarbener Schimmer drang heraus. Kim beobachtete verblüfft, wie die Spinnenseide regelrecht schmolz, als sie von dem goldenen Licht berührt wurde. Nach kaum einer Minute hatte sich das gesamte obere Drittel des Kokons aufgelöst und in der Öffnung erschien eine schlanke, kaum handgroße Gestalt mit silberfarbenem Haar und bunt schillernden Libellenflügeln.
»Du bist ... eine Elfe!«, sagte Kim verblüfft.
»Ja, im Allgemeinen nennt man uns so«, antwortete der Winzling und schüttelte sich. Noch mehr goldenes Licht stob von seinen Flügeln hoch und Kim sah jetzt, dass es nicht wirklich Licht war, sondern ein feiner, goldschimmernder Staub. Überall, wo er die Spinnenseide berührte, löste sie sich in Windeseile auf.
»Aber ich dachte, ihr wärt alle tot!«, sagte Kim verblüfft.
»Beinahe wäre ich das auch gewesen«, antwortete die Elfe. »Wenn du nicht gekommen wärst ... vielen Dank auch noch einmal.«
»Aber was habe ich denn getan?«, fragte Kim.
»Du gibst mir Kraft«, antwortete die Elfe. Sie schüttelte sich wieder und ein weiterer Schwall golden leuchtender Staub senkte sich auf den Kokon und zersetzte die Spinnenseide. Die Elfe war jetzt beinahe frei.
»Das verstehe ich nicht«, sagte Kim.
»Jeder, der an uns glaubt, gibt uns Kraft«, belehrte ihn die Elfe, aber Kim schüttelte nur den Kopf.
»Das meine ich nicht«, sagte er. »Der Staub. Er löst ja das Netz auf!«
»Natürlich löst er das Netz auf«, antwortete die Elfe. »Wir sind Geschöpfe des Guten. Elfenstaub ist gut gegen jede Gefahr. Na ja ... gegen *fast* jede.«

»Und wie bist du überhaupt in dieses Netz geraten?«, fragte Kim.
»Nun ja ... « Die Elfe druckste einen Moment herum. »Ich war anscheinend ... ein bisschen unaufmerksam. Aber Gott sei Dank bist du ja noch im richtigen Moment gekommen. Mein Name ist übrigens Twix, falls es dich interessiert, wem du das Leben gerettet hast.«
Die Elfe hatte sich mittlerweile vollkommen befreit. Jetzt reckte sie sich, bewegte die Flügel und machte ein paar Schritte auf der Stelle, wie um sich davon zu überzeugen, dass ihr Körper auch noch wirklich funktionierte.
»Vielleicht könntest du ja jetzt mich befreien«, schlug Kim vor. »Es ist nämlich nicht besonders bequem. Wenn du zufällig noch etwas von deinem Staub übrig hast ...«
»Klar«, antwortete die Elfe. »Lass mich nur noch einen Moment – *ach du heilige Sch ...!*«
Die letzten dreieinhalb Worte hatte sie geschrien und dann war sie wie der Blitz verschwunden. Kim wollte ihr erbost nachrufen, aber in diesem Moment geschah etwas, was ihn die Elfe augenblicklich vergessen ließ.
Das Netz, in dem er gefangen war, begann zu zittern. Nicht hektisch und unregelmäßig, wie vorhin, als er versucht hatte, sich aus den schier unzerreißbaren Seilen zu befreien, sondern sacht, gleichmäßig und rhythmisch, als käme etwas herangelaufen, etwas mit ziemlich vielen Beinen ...
Kim drehte mit einem Ruck den Kopf und sein Herz machte einen jähen Satz bis in seinen Hals hinauf um dort mit zehnfacher Schnelligkeit weiterzuhämmern.
Die Spinne war nicht ganz so gigantisch, wie es angesichts des Netzes möglich gewesen wäre, aber sie war trotzdem riesig. Jedes ihrer Beine war länger als Kims Unterarm und der Körper, der mit feinem, weißem Fell bewachsen war, war mindestens so groß wie ein Fußball. Trotz ihrer enormen Größe turnte sie mit erstaunlicher Schnelligkeit und verblüffendem Geschick über das Netz heran.
»Nein!«, keuchte Kim in schierer Todesangst. »Verschwinde!

Komm mir bloß nicht zu nahe!« Gleichzeitig ballte er die freie Hand zur Faust und hob den Arm.

Die Spinne verharrte.

Sie war nur noch einen guten Meter von Kim entfernt und somit gerade außerhalb seiner Reichweite. Der Blick ihrer sechs daumennagelgroßen, schwarzen Augen war vollkommen undeutbar, aber es kam Kim so vor, als taxiere sie abwechselnd ihn und seine drohend erhobene Faust.

»Komm mir bloß nicht zu nahe!«, sagte Kim mit zitternder Stimme. Er musste all seine Willenskraft aufbieten um die Spinne auch nur anzusehen. Er hatte keine übermäßig große Angst vor Spinnen und er gehörte auch ganz bestimmt nicht zu denen, die beim Anblick eines solchen Tieres schreiend davonliefen oder auf den nächsterreichbaren Tisch sprangen. Aber er hatte noch nie eine Spinne von *solcher* Größe gesehen!

»Warum nicht?«, fragte eine Stimme.

Für zwei oder drei Sekunden vergaß Kim sogar die Gefahr, in der er schwebte. Vollkommen fassungslos starrte er die weiße Riesenspinne an. »Wie?«, krächzte er.

»Ich habe gefragt: warum nicht«, wiederholte die Spinne.

Sie sprach tatsächlich! Kim hatte sich nicht getäuscht. Aber schließlich hatte er den Pack ja auch gebeten ihn zu jemandem zu bringen, mit dem er reden konnte. Und er hatte sogar ausdrücklich darauf bestanden, dass es *kein* Mensch war.

Trotzdem: Sobald er hier heraus war, würde er ein längeres Gespräch mit dem Pack führen müssen ...

»Ich war nur erschrocken«, antwortete er mit einiger Verspätung. »Du bist ... nicht besonders hübsch, weißt du?«

»Das sagt man mir öfter«, antwortete die Spinne. Ihre Augen taxierten erneut Kims Faust. »Aber man gewöhnt sich an alles. Hör auf an meinem Netz herumzuzerren. Du machst es noch kaputt.«

»Dann mach mich los«, antwortete Kim. Allein bei dem Gedanken, dass das achtbeinige Ungeheuer ihn *berühren* könnte, drehte sich ihm schon der Magen um. Aber er hatte

wohl gar keine andere Wahl. Seine eigenen Kräfte würden nie ausreichen die klebrigen Fäden zu zerreißen.
»Dich losmachen?«, fragte die Spinne. »Aber warum sollte ich so etwas tun?«
»Warum wohl? Weil ich aus eigener Kraft nicht loskomme, darum.«
»Das ist der Sinn meines Netzes«, antwortete die Spinne. »Wie soll ich dich fressen, wenn du so einfach davonlaufen kannst?«
»Fressen?!«
»Fressen, aussaugen, verputzen, verspeisen ... such dir ein Wort aus«, flötete die Spinne.
»Moment mal«, sagte Kim. »Du willst mich fressen?«
»Selbstverständlich«, antwortete die Spinne. Sie klang ein bisschen genervt.
»Aber das geht doch nicht!«, protestierte Kim.
»Wieso nicht? Was in mein Netz gerät, das fresse ich«, antwortete die Spinne. »Und du bist in meinem Netz, oder?«
»Aber ... aber das ist doch etwas anderes«, stammelte Kim. »Ich meine, ich ... ich bin ein Mensch.«
»Und?«
»Ich ... ich kann denken«, sagte Kim. »Und reden. Wir können uns unterhalten.«
»Ach, du meinst, man darf nur Beute fressen, die nicht sprechen kann?«
»Nein«, antwortete Kim. »Oder ... «
»Oder?« Die Spinne kam ein winziges Stückchen näher. Kim sah jetzt, dass unter ihrem Maul zwei winzige, nadelspitze Zähne herausschauten.
»Ich meine, man isst doch nichts, mit dem man sich gerade noch unterhalten hat!«, sagte Kim verzweifelt.
»Vielleicht hast du Recht«, sinnierte die Spinne. »Vielleicht sollten wir lieber aufhören zu reden.«
Sie sprang warnungslos vor, aber Kim reagierte trotzdem schnell genug. Seine Faust sauste herab und traf die Spinne mit solcher Wucht, dass sie ein gehöriges Stück zurückge-

schleudert wurde und glatt aus dem Netz gefallen wäre, hätte sie nicht im letzten Moment einen glitzernden Faden abgeschossen, an dem sie sich festhielt.

»Aua!«, protestierte sie. »Das hat wehgetan!«

»Und es wird noch viel mehr wehtun, wenn du mir zu nahe kommst«, drohte Kim. Seine Gedanken rasten.

»Du bist ziemlich störrisch, wie?«, zischte die Spinne, während sie auf das Netz zurückkletterte und dann in eine sichere Position ein Stück über ihm turnte. »Dabei bin ich nicht einmal ganz sicher, ob ich dich wirklich fressen soll.«

»Ich bin viel zu groß für dich«, sagte Kim. Er zerrte wieder mit aller Kraft an den Seidenfäden, aber es gelang ihm nicht, sie auch nur zu lockern, geschweige denn zu zerreißen.

»Das stimmt«, sagte die Spinne. »Du bist groß. Du reichst für eine Woche. Vielleicht sogar für zwei.« Sie kroch wieder ein Stück näher, hielt aber sofort an, als Kim drohend die Faust ballte.

Sein Hieb hatte sie mit Sicherheit nicht verletzt, ihr aber anscheinend ziemlich wehgetan.

Kims Gedanken rasten noch immer. Er glaubte nicht, dass er sich das Ungeheuer auf Dauer vom Leib halten konnte, jedenfalls nicht so hilflos, wie er nun einmal war. Hätte er die Elfe doch nur einen winzigen Moment früher befreit!

»Hör mal«, sagte er. »Wir sind doch beide zivilisierte Wesen. Wir können doch miteinander reden!«

»Du hast doch selbst gesagt, dass sich das nicht gehört«, sagte die Spinne. »Man redet nicht mit etwas, was man frisst.«

»Man frisst nichts, mit dem man geredet hat«, antwortete Kim. »*Das* habe ich gesagt!«

»Haarspalterei«, antwortete die Spinne.

»Auf jeden Fall müssen wir eine Lösung finden«, beharrte Kim. »Ich meine: Es ist eine blöde Situation, oder? Ich komme hier nicht weg und du kommst nicht an mich heran.«

»Das sehe ich anders«, antwortete die Spinne. »Ich brauche nur zu warten. Ihr kommt nicht sehr lange ohne Essen und Trinken aus, stimmt's? Ich schon.«

»Und welchen Sinn soll das haben?«, fragte Kim. »Wenn ich verhungert bin, ist an mir nicht mehr viel dran.«
»Ich bin genügsam«, sagte die Spinne. Und wie um ihre Worte noch zu bekräftigen, knickte sie die Beine ein und machte es sich offensichtlich gemütlich. »Und ich habe Zeit.«
»Aber ich nicht!«, sagte Kim wütend. Er begann wieder mit aller Kraft an seinen Fesseln zu zerren, diesmal so nachhaltig, dass das gesamte Netz bebte.
»He!«, protestierte die Spinne. »Pass doch auf! Hast du überhaupt eine Ahnung, wie viel Arbeit es ist, so ein Netz zu weben?«
»Mach mich los!«, befahl Kim. »Auf der Stelle oder ich reiße dein wunderschönes Netz in tausend Stücke!«
»Na, da bin ich aber mal gespannt«, sagte die Spinne spöttisch. »Ich glaube, ich werde dich doch fressen. Später. Wenn du eingeschlafen bist. Oder wenn du –«
Es war ein Trick und er hätte um ein Haar sogar funktioniert. Während die Spinne sprach, hatte sie sich ganz langsam herumgedreht und plötzlich schoss ein dünner, seidig glänzender Faden aus ihrem Hinterleib und wickelte sich wie ein Lasso um sein freies Handgelenk.
Kim riss instinktiv den Arm zurück. Die Spinne kreischte erschrocken, als sie jäh den Halt verlor, flog in hohem Bogen davon und landete meterweit entfernt in einem Gebüsch.
»Kein Grund, gleich grob zu werden!«, keifte sie. »Es ist doch nicht persönlich gemeint!«
»Was? Dass du mich fressen willst?«
Das achtbeinige weiße Scheusal kam auf etwas wackeligen Beinen aus dem Gebüsch heraus und schüttelte sich. »Die Zeiten sind schlecht. Man muss nehmen, was man kriegt.«
»Mich kriegst du jedenfalls nicht«, sagte Kim.
»Das werden wir sehen.«
Diesmal kam der Angriff so überraschend, dass Kim ihn nur noch mit allerletzter Mühe abwehren konnte. Die Spinne verwandelte sich in einen wirbelnden Ball aus Beinen und weißem Fell, raste auf ihn zu und schlug einen blitzschnellen

Haken, als Kim nach ihr trat. Er verfehlte sie, aber die Spinne stolperte in ihrer Hast über ihre eigenen Beine und landete ein zweites Mal ziemlich unsanft im Gebüsch. Sie war nicht besonders geschickt.
»He!«, rief Kim. »Komm schon raus.«
»Damit du mich wieder treten kannst?« Die Stimme drang nur gedämpft aus dem Gebüsch und diesmal verging deutlich mehr Zeit, ehe die Spinne zurückkam. Sie humpelte sichtbar.
»Du bist gemein«, nörgelte sie. »Findest du es vielleicht fair, so auf mich loszugehen! Du bist schließlich zehnmal so groß wie ich!«
»Findest du es fair, mich fressen zu wollen?«
»Es tut bestimmt nicht weh«, sagte die Spinne. »Mein Gift wirkt ziemlich schnell.«
»Wie tröstlich.« Kim seufzte. »Wir müssen einen anderen Ausweg finden.«
»Warum?«
Statt zu antworten riss Kim wieder mit aller Kraft an den Fäden. Das Netz bebte und zitterte und die Spinne begann zornig mit einem ihrer vielen Beine auf den Boden zu trommeln. Hätte sie einen Kopf besessen, hätte sie ihn wahrscheinlich missbilligend geschüttelt.
»Wie viel Arbeit, sagtest du, steckt in diesem Netz?«, fragte Kim, während er immer heftiger an den Fäden riss und zerrte.
»Zu viel!« fauchte die Spinne. »Also gut. Wenn du unbedingt Ärger haben willst ...«
Kim war auf den nächsten Angriff vorbereitet, sodass es ihm nicht schwer fiel, die Spinne davonzuschleudern. Sie rappelte sich jedoch sofort wieder auf und stürzte sich auf ihn. Offensichtlich war sie entschlossen die Sache jetzt zu Ende zu bringen.
Kim versetzte ihr einen Hieb, der sie davonkugeln ließ, und zog blitzschnell den Kopf ein, als die Spinne einen Faden auf ihn abschoss. Er griff danach, zerrte mit aller Kraft daran und wurde mit einem Anblick belohnt, der vielleicht sogar komisch gewesen wäre, hätte er sich in der Situation befunden

ihn zu genießen: Die Spinne knickte in den beiden vorderen Beinpaaren ein und wurde ein gutes Stück auf ihn zugezerrt, ehe sie endlich auf den Gedanken kam, ihren Faden loszulassen; leider außerhalb seiner Reichweite.
»Damit kommst du nicht durch!«, zeterte sie, während sie sich aufrichtete und benommen davonwackelte. »Ich lasse mir schon etwas einfallen! Warte nur ab.«
Und es war keine leere Drohung. Die Spinne wackelte eine Weile unsicher umher, hielt dann plötzlich an und drehte sich zu ihm herum. Ihre Augen funkelten tückisch. Plötzlich raffte sie einen Stein vom Boden auf und warf ihn in Kims Richtung. Er ging fehl, aber dem ersten Wurfgeschoss folgten ein zweites und drittes, die Kim schmerzhaft an Schulter und Handgelenk trafen. Er schrie vor Schmerz und Schreck auf und der Steinhagel wurde noch schlimmer.
Schließlich traf einer der gemeinen Wurfgeschosse seine Schläfe und Kim sackte benommen in seinen Fesseln zusammen. Die Spinne stieß ein triumphierendes Zischeln aus, hörte auf mit Steinen nach ihm zu werfen und wetzte auf ihren dünnen Beinen auf ihn zu. Kim trat schwächlich nach ihr, aber die Spinne wich seinem Fuß mit einer mühelosen Bewegung aus und kletterte an ihm empor. Ihre Giftzähne blitzten.
»Jetzt bist du dran!«, keifte sie. »Übrigens: Ich habe gelogen. Mein Gift wirkt sehr langsam!«
Als sie zubeißen wollte, brach das Unterholz hinter ihr auseinander und der Pack stürzte hervor. Er schwenkte einen armlangen Knüppel in der rechten und etwas Kleines, heftig Zappelndes in der linken Hand. Mit einem einzigen Satz war er heran, schwang seinen Knüppel und ließ ihn wuchtig auf den Leib der Spinne hinuntersausen. Die Spinne ächzte, fiel zu Boden und rappelte sich benommen wieder auf. Der Pack schlug ein zweites Mal zu, verfehlte die Spinne aber und das Tier kletterte hastig an seinem Netz empor.
Kims Kopf dröhnte noch immer wie eine Glocke. Er hatte Mühe klar zu sehen, geschweige denn wirklich zu verstehen, was vorging. Wie durch einen grauen, wattigen Nebel hin-

durch sah er, wie der Pack vor ihm einen grotesken Tanz aufzuführen schien. Mit dem Knüppel in seiner rechten Hand hielt er die heftig keifende Spinne auf Distanz, während er mit dem linken Arm schüttelnde Bewegungen machte. Kim begriff nicht, was er tat.

Aber nach einigen Augenblicken spürte er, wie sich seine Fesseln zu lockern begannen. Mit einem Male war auch sein linker Arm frei, dann lösten sich die Fäden auf, die seine Schultern und seinen Brustkorb fesselten, und er stürzte haltlos nach vorne. Der Pack fuhr fort wedelnde Bewegungen mit dem linken Arm zu machen und endlich sah Kim auch, was er in der Hand hielt.

Es war die Elfe. Der Pack schüttelte das kleine Geschöpf wie einen Pfefferstreuer hin und her und bei jeder Bewegung rieselte goldleuchtender Staub von seinen Flügeln. Wo er die Spinnenseide berührte, löste sie sich auf. Nach wenigen weiteren Augenblicken war Kim vollends frei.

Langsam richtete er sich auf, presste die Hand gegen die schmerzende Schläfe und taumelte ein paar Schritte davon, ehe er wieder stehen blieb und sich herumdrehte.

Die Spinne saß hoch oben in der Mitte ihres Netzes, schoss ab und zu einen Seidenfaden auf den Pack ab und zeterte und keifte, was das Zeug hielt. Aber sie wagte es nicht, dem Pack und seinem Knüppel – und vor allem dem goldenen Elfenstaub – nahe zu kommen.

Der Pack ließ die Elfe los. Twix flatterte schimpfend davon, flog aber keineswegs weg, wie Kim erwartet hätte, sondern umkreiste den Pack ein paar Mal, flog dann senkrecht in die Höhe – und begann das riesige Spinnennetz methodisch mit ihrem Staub zu berieseln!

»He!«, brüllte die Spinne. »Aufhören! Bist du wahnsinnig!?«

Twix hörte nicht auf. Ganz im Gegenteil: Sie schoss immer schneller hin und her, bestäubte hier einen Faden, dort einen – und plötzlich fiel das gesamte, riesige Netz in sich zusammen und begrub seine Besitzerin unter sich. Sofort sprang der Pack vor und hob seinen Knüppel.

»Halt!«, sagte Kim scharf.
Der Pack erstarrte mitten in der Bewegung, drehte den Kopf und sah ihn verwirrt an. Kim war mit zwei, drei schnellen Schritten bei ihm, nahm ihm den Knüppel aus der Hand und bedeutete dem Pack mit einer Geste zurückzutreten.
In dem Haufen aus halb zerschmolzenen Spinnfäden vor ihm raschelte es und dann tauchte ein reichlich mitgenommener weißer Ball vor ihm auf.
»Das war nicht fair«, nörgelte die Spinne. »Drei gegen einen!«
»Zusammengenommen haben wir immer noch weniger Beine als du«, antwortete Kim. »Ich habe dir doch gesagt, dass wir eine andere Lösung finden müssen. Mich kann man nicht essen.«
»Jetzt sieh dir an, was ihr mit meinem Netz gemacht habt!«, beschwerte sich die Spinne. »Was soll ich jetzt tun? Ich werde elend verhungern ohne Netz!«
»Kaum«, antwortete Kim. »Wie war das? Du kannst wochenlang ohne Essen auskommen? Dann hast du ja Zeit genug, dir ein neues Netz zu bauen.«
»Pah!«, machte die Spinne.
»Und nimm noch einen guten Rat von mir an«, sagte Kim. „Versuche nicht irgendetwas zu essen, mit dem du dich vorher unterhalten hast.«
Twix landete auf seiner Schulter. »Und leg dich nicht mit Elfen an!«, piepste sie. »Das nächste Mal kommst du nicht so leicht davon!«
»Pah!«, sagte die Spinne noch einmal.
Kim grinste, ließ seinen Knüppel sinken und trat zwei Schritte zurück, ehe er sich zu dem Pack herumdrehte.
»Und jetzt zu dir«, sagte er. »Ich bin dir zwar dankbar, dass du mich gerettet hast, aber wir müssen an unserer Kommunikation arbeiten.«
»Ihr müsst vor allem an euren Manieren arbeiten!«, keifte die Spinne. »Man zerstört nicht das Netz anderer Leute!«
Kim setzte zu einer scharfen Antwort an, überlegte es sich dann aber anders und drehte sich betont ruhig noch einmal zu

der Spinne herum. Das Tier hatte mittlerweile schon wieder einen einzelnen, langen Faden zu den Baumwipfeln hinaufgeschossen.
»Beantwortest du mir trotzdem eine Frage?«
»Klar«, sagte die Spinne feindselig. »So nett, wie du bist, kann ich dir keinen Wunsch abschlagen, das weißt du doch.«
Kim grinste. Er fand die achtbeinige weiße Kreatur noch immer alles andere als hübsch, aber schon lange nicht mehr so abstoßend wie am Anfang. Und im Grunde konnte er ihr ihr Verhalten nicht einmal übel nehmen. Sie tat nur, was ihre Natur ihr vorschrieb.
»Du hast gesagt, die Zeiten sind schlecht«, sagte er. »Wie hast du das gemeint?«
»Es gibt kaum noch was zu essen«, maulte die Spinne. »Ich mache seit Monaten kaum noch Beute.«
»Und was ist deine normale Beute?«, fragte Kim.
Die Spinne schwieg, aber Twix sagte: »Elfen.«
»Oh«, sagte Kim.
»Ja, oh«, giftete die Spinne. »Aber es gibt kaum noch welche. Seit die Magie erlischt, verschwinden sie.«
Kim wurde hellhörig. »Die Magie erlischt?«
»Die Magie erlischt, die Magie erlischt«, keifte die Spinne. »Hast du einen Sprachfehler? Natürlich erlischt die Magie. Wäre es anders, dann würdest du jetzt nicht dastehen und Sprüche klopfen, das kann ich dir sagen! Wenn ich noch meine ganze Kraft hätte, würden wir jetzt schon zusammen zu Mittag essen.«
»Erklär mir das«, bat Kim. »Die Magie erlischt? Wieso?«
»Wieso, wieso, wieso?! Weil dumme Tölpel wie du glauben, sie nicht mehr zu brauchen, darum! Und wo wärst du jetzt ohne Magie?« Sie blinzelte zu Twix hinauf, die grinsend mit den Flügeln schlug. Ein goldener Schimmer stob auf und berührte flüchtig den gerade gesponnen Faden. Er zerschmolz dicht über dem Boden und verschwand mit einem peitschenden Knall in den Baumwipfeln.
»Lustig«, grollte die Spinne. »Sehr, sehr lustig.«

»Twix!«, sagte Kim streng. Dann wandte er sich wieder an die Spinne. »Bitte entschuldige. Aber das ist jetzt wirklich wichtig. Auch für dich. Was geht hier vor?«

»Hab ich doch gesagt«, antwortete die Spinne, während sie Twix feindselig musterte. »Die Jungen kämpfen gegen die Alten. Mehr weiß ich auch nicht. Aber seit es begonnen hat, erlischt die Magie. Sie ist schon fast ganz verschwunden. Geh doch los und frag die Dummköpfe, die schuld daran sind.«

»Und wo finde ich sie?«

»Das weiß ich nicht«, behauptete die Spinne. Kim hatte das sichere Gefühl, dass das nicht die Wahrheit war, aber er spürte auch, dass er nicht mehr erfahren würde. Wenn er bedachte, was sie der Spinne angetan hatten, hatte er ohnehin schon viel mehr erfahren, als er eigentlich erwarten konnte.

Er sah der Spinne noch einige Augenblicke lang dabei zu, wie sie einen neuen Faden in die Baumwipfel hinaufschoss und mit geschickten Bewegungen daran emporzuklettern begann, dann drehte er sich herum und ging zu seinem Pferd zurück.

Er traf weder an diesem noch an den beiden darauf folgenden Tagen auf Menschen. Twix, die Elfe, blieb weiter bei ihm – aus einem Grund, den er nicht ganz nachvollziehen konnte, glaubte sie anscheinend, dass seine Nähe ihr Kraft verlieh. Kim selbst glaubte nicht, dass das wirklich so war, aber er war ganz froh ein wenig Gesellschaft zu haben.

Sehr viele Antworten auf seine Fragen bekam er allerdings nicht, aber das hatte er auch nicht erwartet. Elfen waren dafür bekannt, drollige kleine Kerle zu sein – die manchmal zu ziemlich derbem Schabernack aufgelegt waren – aber sehr viel mehr auch nicht. Twix wusste nicht, was in diesem Land wirklich vorging, und sie wusste erst recht nichts über die *Gründe* dieser unheimlichen Veränderung. Und selbst die Worte der Spinne hatten das Rätsel eher noch vergrößert.

Auch der Pack blieb weiter bei ihm. Kim sah ihn tagsüber nur selten, doch sobald die Sonne unterging, erschien der Gnom pünktlich und brachte auch jedes Mal etwas zu essen mit;

weshalb Kim sich auch hütete ihn noch einmal daran zu erinnern, dass er ihn ja eigentlich freigegeben hatte.
Auf seinem Weg nach Westen stieß er auf immer neue Spuren der Zerstörung und des Krieges, der Märchenmond offensichtlich heimsuchte. Sie waren nicht mehr so dramatisch wie das verheerte Dorf, in dessen Nähe er auf Kai und die beiden anderen getroffen war, aber auf ihre Art fast noch erschreckender. Zwei- oder dreimal fand er niedergebrannte Gehöfte und sehr viel öfter Bauernhöfe oder kleine Ortschaften, die von ihren Bewohnern offensichtlich in aller Hast verlassen worden waren.
Und schließlich, am Abend des vierten Tages, stieß er auf die Ruinen von Caivallon.
Er war gegen Mittag auf einen Fluss gestoßen, dessen Ufer er in westlicher Richtung folgte; der Richtung, von der er wenigstens *hoffte*, dass sie ihn nach Gorywynn führen würde. Das Flussufer war verlassen, aber er fand überall die Spuren von Menschen: kleine Fischerhütten, die von ihren Besitzern verlassen worden waren, aufgegebene Höfe und verwaiste Anlegestellen, an denen noch Boote im Wasser dümpelten.
Dann fand er die Stadt.
Im ersten Moment erkannte er die Festung der Steppenreiter nicht einmal. Es war wenig mehr als ein Schatten, der vor ihm am Flussufer auftauchte, und zuerst glaubte nur einen bewaldeten Hügel zu sehen, der sich inmitten der endlosen Steppe erhob. Doch je näher er kam, desto weniger hielt diese Illusion an. Was wie ein bizarr geformter Hügel aussah, das entpuppte sich bald als ein gigantisches Gewirr zerborstener Mauern und verkohlter Balken, das sich zu schier unvorstellbarer Höhe auftürmte.
Kim wurde langsamer, je mehr er er sich dem näherte, was einmal die stolze Festung der Steppenreiter gewesen war, und schließlich hielt er das Pferd an und stieg aus dem Sattel.
Er hatte gewusst, dass Caivallon zerstört war. Kai und die anderen hatten es ihm gesagt. Aber es war ein Unterschied, etwas zu hören oder es mit eigenen Augen zu *sehen*.

Wie oft war er hier gewesen? Wie viele glückliche Tage hatte er in den Mauern der gewaltigen Festung verbracht? Seine Augen füllten sich mit Tränen, ohne dass er es auch nur merkte. Caivallon war der Stolz Märchenmonds gewesen und seine Bewohner das Sinnbild von Tapferkeit und Stärke. Nichts, rein gar nichts, so hatte er immer geglaubt, vermochte dieser gewaltigen Festung und ihren wehrhaften Bewohnern gefährlich zu werden.

Nun lag sie in Trümmern.

Kim wagte es nicht, sich den Ruinen Caivallons weiter zu nähern, und so schlug er sein Nachtlager am Ufer des Flusses auf, obwohl er noch mehr als genug Tageslicht gehabt hätte um die Stadt zu erreichen.

Er war sehr niedergeschlagen. Twix, die seine Stimmung natürlich spürte, versuchte ihn nach Kräften aufzuheitern, aber Kim nahm die Späße der Elfe gar nicht zur Kenntnis und er registrierte auch kaum, wie der Pack kurz vor Einbruch der Dunkelheit kam und ihm etwas zu essen brachte.

Als es dunkel wurde, entzündete er ein Feuer und rollte sich unter seiner Decke zum Schlafen zusammen, aber es dauerte lange, sicherlich Stunden, bis er wirklich einschlief.

Tief in der Nacht wachte er wieder auf.

Albträume und eine quälende Unruhe hatten ihn geplagt, aber er spürte auch sofort, dass er nicht von selbst erwacht war. Etwas hatte ihn *geweckt*.

Aber was?

Kim richtete sich vorsichtig auf die Ellbogen auf und sah sich um. Es war fast unheimlich still. Das Feuer war heruntergebrannt und zu einem Häufchen dunkelroter Glut geworden, das kaum noch Licht und keine spürbare Wärme mehr abgab. Er sah nach links, dorthin, wo sich der Pack zum Schlafen zusammengerollt hatte. Der Kobold war verschwunden und auch von Twix war nichts mehr zu sehen. Das Gefühl jedoch, dass irgendetwas nicht stimmte, wurde immer stärker. Kim richtete sich ganz auf und lauschte einen Moment mit angehaltenem Atem und schließlich hörte er tatsächlich etwas:

Eine Reihe gedämpfter, nicht genau zu deutender Laute, die aber äußerst beunruhigend wirkten. Er stand auf, bewegte sich ein paar Schritte in die Richtung, aus der die Geräusche kamen, und ging dann noch einmal zu seinem Lagerplatz zurück. Er nahm Turocks Bogen, den dazugehörigen Köcher und hängte sich beides über die Schulter, bevor er sich endgültig auf den Weg machte.
Die Geräusche wurden rasch lauter. Bald identifizierte er hastiges Hufgetrappel, aber auch zwei, vielleicht drei Stimmen. Sie lachten, aber es war kein besonders angenehmes Lachen, fand Kim. Noch vorsichtiger schlich er weiter, nahm den Bogen von der Schulter und legte einen der schwarzen Pfeile auf die Sehne.
Eine Minute später war er sehr froh, so vorsichtig gewesen zu sein.
Vor ihm befanden sich vier Reiter, die mit unübersehbarer Begeisterung dabei waren, einen fünften, unberittenen Mann zwischen sich herumzustoßen. Die vier Reiter waren bewaffnet – zwei mit Schwertern, einer mit einem Speer und der vierte mit einer Armbrust, die er dazu benutzte, sein Opfer zwischen sich und den drei anderen hin und her zu schubsen.
Das Opfer der vier jungen Burschen – keiner von ihnen war älter als Kim – war ein alter, bärtiger Mann in zerschlissener Kleidung. Er war unbewaffnet und die nackte Todesangst stand ihm im Gesicht geschrieben.
Der Anblick erfüllte Kim mit solchem Zorn, dass er nicht einmal auf den Gedanken kam, er könnte sich mit seiner Handlung vielleicht selbst in Gefahr begeben, sondern mit einem entschlossenen Schritt vortrat und rief: »Was geht hier vor?«
Für einen Moment waren die vier Reiter so überrascht, dass sie von ihrem Opfer abließen und sich allesamt in seine Richtung wandten. Der alte Mann nutzte die unerwartete Chance, die sich ihm bot, um auf der Stelle herumzufahren und zu flüchten, kam aber nur wenige Schritte weit, denn einer der Burschen riss sein Pferd herum, gab ihm die Sporen und ritt ihn kurzerhand über den Haufen.

»Aufhören!«, sagte Kim scharf. »Seid ihr wahnsinnig geworden?«
Seine Worte lösten bei den vier Jungen unübersehbare Verwirrung aus. Drei von ihnen lenkten ihre Pferde langsam näher, während der Junge mit der Armbrust in einiger Entfernung stehen blieb und Kim misstrauisch anstarrte.
»Wer bist du?«, fragte einer der Jungen.
»Das spielt keine Rolle«, antwortete Kim zornig. »Seid ihr verrückt geworden? Was hat euch der Mann getan?«
»Wie?«, fragte der Junge mit dem Speer. Kim war sicher, dass er den Sinn seiner Frage wirklich nicht verstanden hatte. Aber er sah, wie der andere verstohlen einen Bolzen auf seine Armbrust legte und die Sehne zu spannen begann. Wenn er die Waffe auf ihn anlegt, dachte Kim entschlossen, dann werde ich ihn ins rechte Bein schießen. Oder es wenigstens versuchen.
»Was mischt du dich ein?«, fragte einer der anderen. »Wer bist du überhaupt und wo kommst du her?«
»Lasst den Mann gehen und wir können reden«, antwortete Kim stur. Seine Gedanken überschlugen sich. Vielleicht hatte er doch etwas vorschnell eingegriffen oder ein wenig zu unüberlegt. Die vier Jungen sahen nicht so aus, als ließen sie sich durch selbstbewusstes Auftreten allein einschüchtern. Und wenn es zu einem Kampf kommen würde, dann standen seine Chancen nicht sehr gut. Immerhin waren sie zu viert.
Er warf einen raschen Blick zu dem alten Mann hin. Der hatte sich aufgesetzt, versuchte aber nicht noch einmal zu fliehen, sondern blickte Kim völlig fassungslos an.
Etwas berührte so sacht wie ein fallendes Blatt seine Schulter und der goldene Schimmer, den er für einen Moment aus den Augenwinkeln heraus wahrnahm, verriet ihm, dass Twix wieder aufgetaucht war – im denkbar ungünstigsten Moment, wie Kim fast im selben Augenblick erkannte.
Auf den Gesichtern der vier Jungen erschien ein Ausdruck, der zwischen Verblüffung und Zorn schwankte. »He!«, schrie einer von ihnen. »Das ... das ist doch eine Elfe!«

»Stimmt«, sagte Kim. »Und?«
»Das muss der sein, von dem Kai erzählt hat«, sagte einer der Jungen. »Schnappt ihn!«
Alles geschah gleichzeitig. Kim spürte einen harten Schlag gegen die Schulter, taumelte zurück und entging so mehr durch Glück als alles andere einem gemeinen Schwerthieb. Gleichzeitig hörte er einen gellenden Schrei und sah, wie der Junge mit der Armbrust seine Waffe fallen ließ und mit schmerzverzerrtem Gesicht aus dem Sattel fiel. Kims Pfeil hatte seine rechte Wade durchbohrt.
Ihm blieb jedoch nicht viel Zeit, sich über seinen Sieg zu freuen. Er hatte es noch immer mit drei Gegnern zu tun und die Jungen schienen es nicht unbedingt darauf angelegt zu haben, ihn unverletzt gefangen zu nehmen. Der Speer stocherte in seine Richtung und hinterließ eine hässliche, heftig brennende Schramme an seiner Seite und ein zweiter Schwerthieb verfehlte ihn buchstäblich um Haaresbreite.
Kim versuchte sich mit einem verzweifelten Satz in Sicherheit zu bringen, wurde von einem Pferd gerammt und fiel hilflos auf die Knie herab. Trotzdem hatte er plötzlich einen neuen Pfeil aufgelegt und es war, als sage der Bogen *ihm*, was zu tun sei, und nicht umgekehrt: Noch während er aufsprang, flog der Pfeil von der Sehne, *beschrieb einen engen Bogen* und nagelte die Wade eines der Jungen an den Sattel. Der Bursche brüllte vor Schmerz, fiel vom Pferd und wälzte sich auf dem Boden und das Schicksal ihrer Kameraden ließ die beiden anderen Jungen einen Moment zögern.
Das brachte die Entscheidung. Hätten sie sofort angegriffen, so hätten sie Kim wahrscheinlich trotz seiner Wunderwaffe niedergemacht. Aber ihr Zögern gab Kim Gelegenheit, einen weiteren Pfeil auf die Sehne zu legen und zu schießen.
Der letzte verbliebene Angreifer riss sein Pferd herum und suchte sein Heil in der Flucht. Kim registrierte mit einem Gefühl hilflosen Entsetzens, wie seine Hand in den Köcher griff und einen weiteren Pfeil hervorzog. Er wollte es nicht. Er versuchte mit aller Macht die Bewegung zurückzuhalten, aber er

konnte nicht anders als den Pfeil aufzulegen und zu schießen. Der Junge war längst in der Dunkelheit verschwunden, aber es nutzte ihm nichts: Aus der Nacht ertönte ein keuchender Schmerzensschrei und erst jetzt war Kim in der Lage seine Finger zu öffnen und den schwarzen Bogen fallen zu lassen.
Erschöpft drehte er sich herum, überzeugte sich mit einem raschen Blick davon, dass die drei Jungen in seiner Nähe zwar verwundet, aber nicht in Lebensgefahr waren und ging dann zu dem alten Mann hinüber.
Der saß noch immer in derselben Haltung wie zuvor da und starrte Kim aus fassungslos aufgerissenen Augen an. »Du ... du ... du hast mir ... geholfen«, krächzte er.
»Ja, das stimmt«, antwortete Kim. Jetzt, als die unmittelbare Gefahr und damit die Anspannung vorüber war, begann er am ganzen Leib zu zittern. Seine linke Schulter pochte.
»Was ist mit Ihnen?«, fragte er. »Sind Sie verletzt?«
»Nein«, murmelte der Alte. Der Ausdruck auf seinem faltigen Gesicht blieb unverändert.
»Was wollten die vier von Ihnen?«, fragte Kim. »Was haben Sie ihnen getan?«
»Nichts«, antwortete der Alte. »Sie wollten, was alle wollen. Aber du ... du hast mir geholfen! Warum hast du das getan?«
»Wie?«, fragte Kim. »Ich verstehe nicht ... ich konnte doch nicht einfach zusehen, wie die vier Kerle Sie quälen.«
»Aber du bist *jung*!«, antwortete der Alte. Dann weiteten sich seine Augen und ein Ausdruck neuerlichen Erschrecken trat in seinen Blick. »Du bist ja verletzt!«
Kim drehte den Kopf um dem Blick des alten Mannes zu folgen. Aus seiner linken Schulter ragte der gefiederte Schaft eines Armbrustbolzens. Sein Hemd hatte sich dunkelrot gefärbt.
»Oh«, sagte er. »Tatsächlich. Das ist komisch. Es tut überhaupt nicht weh.«
Seine Knie wurden weich. Er sah noch, wie der alte Mann aufsprang und hastig die Arme ausstreckte. Dann nichts mehr.

Als er erwachte, lag er in einem weichen Bett und der Duft von frischer Hühnerbrühe stieg ihm in die Nase. Etwas kitzelte seine linke Wange und noch bevor er die Augen aufschlug, drang ein schwacher goldener Schimmer durch seine geschlossenen Lider.
Er öffnete die Augen, versuchte sich aufzusetzen und sank mit einem Aufschrei wieder zurück. Seine linke Schulter schmerzte erbärmlich.
Kim blieb einige Augenblicke lang reglos liegen, wartete darauf, dass der pochende Schmerz abklang, und versuchte dann sehr viel vorsichtiger sich aufzurichten. Es tat immer noch weh, aber das brennende Pochen war wenigstens nicht mehr unerträglich. Und es hatte zumindest *ein* Gutes: Es brachte die Erinnerungen zurück. Er besann sich jetzt wieder auf die vergangene Nacht und er hatte sogar eine Ahnung, wo er war.
Wenigstens *hoffte* er, dass er nicht schon wieder eine unangenehme Überraschung erleben würde ...
Behutsam setzte er sich vollends auf, schwang die Beine aus dem Bett und sah sich um. Das Zimmer, in dem er aufgewacht war, war sehr klein und äußerst spartanisch eingerichtet. Der wenig vorhandene Platz reichte gerade für das Bett und einen wuchtigen, roh gezimmerten Schrank. Die Wände bestanden aus weiß verputztem Lehm und hätten schon vor mindestens zehn Jahren einen neuen Anstrich nötig gehabt und es gab nur ein einziges, schmales Fenster. Durch die Ritzen des vorgelegten Ladens schimmerte helles Sonnenlicht. In seiner Einfachheit erinnerte das Zimmer Kim an Turocks Turm im Schattenwald, aber er verscheuchte den Gedanken hastig. Schließlich konnte er ja nicht *immer* Pech haben.
Als er aufstand, erhob sich auch Twix von ihrem Platz, surrte wie eine zu groß geratene Libelle zweimal um seinen Kopf und ließ sich dann auf seiner Schulter nieder. Die Elfe war buchstäblich federleicht. Trotzdem tat die Berührung so weh, dass er schmerzhaft die Luft zwischen den Zähnen einsog.
»Au!«, sagte Kim. »Pass doch auf!«

»Ja, ich freue mich auch, dich wieder zu sehen«, piepste Twix. »Ich dachte schon, du wirst nie mehr wach. Schläfst du immer so lange?«

»Nur, wenn ich angeschossen worden bin«, antwortete Kim und fügte in Gedanken hinzu: *Woran du nicht ganz unschuldig bist.* Aber er sprach diesen Gedanken nicht laut aus. Es hatte keinen Sinn, der Elfe Vorwürfe zu machen. Sie hatte es ja nur gut gemeint und wahrscheinlich sogar geglaubt, ihm zu helfen. Stattdessen fragte er: »Wo sind wir?«

»In Grendels Haus«, antwortete Twix.

»Grendel? Ist das der Mann, den ich am Fluss getroffen habe?«

Die Elfe nickte so heftig, dass sie fast von seiner Schulter gefallen wäre, und klammerte sich hastig fest. Kim biss erneut die Zähne zusammen um nicht vor Schmerz aufzustöhnen. »Er hat dich hergebracht«, fuhr die Elfe fort, »und dich gepflegt, als du Fieber hattest. Er ist nicht wie die anderen. Die anderen sind schlecht. Er ist gut.«

»Ich hoffe es«, murmelte Kim. »Wenn nicht, sind wir in Schwierigkeiten.«

Twix sah ihn fragend an, aber Kim sparte sich die Mühe der Elfe erklären zu wollen, wie seine Worte gemeint waren. Stattdessen betrachtete er einige Sekunden lang eingehend seine linke Schulter. Sein Arm hing in einer einfachen, aber sehr zweckmäßigen Schlinge und auch seine Schulter war auf ähnliche Weise verbunden. Er konnte den Arm kaum bewegen und die Schulter tat noch immer ziemlich weh. Und trotzdem hatte er wahrscheinlich noch Glück gehabt. Hätte ihn der Bolzen auch nur wenige Zentimeter tiefer getroffen ...

Kim schauderte, als er an die Entschlossenheit der vier Jungen zurückdachte – und vor allem an ihre Brutalität und Rücksichtslosigkeit. Keiner der vier Jungen war älter gewesen als er und doch hätten sie ihn ohne zu zögern getötet. Dabei wusste Kim nicht einmal, wer sie waren!

Aber vielleicht würde Grendel ihm ja helfen endlich Licht in dieses Dunkel zu bringen.

Er sah sich nach seinen Kleidern um, fand aber nur eine zerschlissene Decke, in die er sich notdürftig hüllte, bevor er das Zimmer verließ.

Der angrenzende Raum war sehr viel größer, aber so hoffnungslos mit Möbeln und anderen Dingen voll gestopft, dass er Kim im ersten Moment fast kleiner vorkam. Das Zimmer schien den gesamten Rest des Hauses zu beanspruchen, denn es gab in drei von vier Wänden Fenster. Grendel stand mit dem Rücken zu ihm am Herd und rührte in einem gusseisernen Topf, aus dem der verlockende Duft kam, und noch bevor Kim ein Wort sagen konnte, hob er die freie Hand und deutete auf den Tisch.

»Setz dich hin. Die Suppe ist gleich fertig. Ich habe gehört, wie du aufgestanden bist.«

Kim ersparte sich eine Antwort, sondern näherte sich dem Tisch in einem komplizierten Slalom um dem Durcheinander auszuweichen, mit dem der alte Mann sein Haus voll gestopft hatte. Zum größten Teil war es Mobilar – genug, um mindestens drei Häuser dieser Größe einzurichten, schätzte Kim –, aber es gab auch zahlreiche Kisten und Truhen, in denen sich wohl Grendels restliche Habseligkeiten verbargen.

Als er sich gesetzt hatte, hob der alte Mann den Topf vom Herd und trug ihn ohne sichtbare Anstrengung zum Tisch. Kims Magen knurrte hörbar, als ihm der verlockende Duft in die Nase stieg, was von Grendel mit einem flüchtigen Lächeln quittiert wurde.

»Greif nur zu«, sagte er. »Du musst hungrig sein.«

Das ließ Kim sich nicht zweimal sagen. Er langte kräftig zu, verputzte insgesamt vier Teller der kräftigen, mit kleinen Fleischstückchen verfeinerten Suppe und aß dazu fast einen halben Laib Brot, den Grendel ihm auftischte. Der alte Mann sah ihm wortlos dabei zu, aber das warme Lächeln, das Kim schon vorhin in seinen Augen gesehen hatte, verstärkte sich noch.

Kim seinerseits nutzte die Gelegenheit, seinen Wohltäter etwas genauer zu betrachten. Er war nicht ganz so alt, wie er gestern Abend geglaubt hatte; vielleicht gerade so alt wie Kims Vater. Aber das Leben und Wind und Sonne hatten tiefe Spuren in seinem Gesicht hinterlassen und trotz des Lächelns in seinen Augen glaubte Kim auch einen Ausdruck tiefer Verbitterung darin zu erkennen. Er hatte schulterlanges, graues Haar und kräftige Hände, die von schwerer Arbeit vernarbt und schwielig geworden waren.

Endlich war Kim so satt, dass er beim besten Willen keinen Bissen mehr hinunter bekam. Mit einem zufriedenen Nicken schob er seinen Teller zurück und sagte: »Das war köstlich. Vielen Dank.«

»Es war nichts«, antwortete Grendel, lächelte dabei aber. »Ich hätte dir gerne ein gutes Essen vorgesetzt, aber die Zeiten sind schlecht. Es ist nicht mehr viel da, was ich teilen könnte.«

»Mir hat es hervorragend geschmeckt«, behauptete Kim.

»Das ist mir aufgefallen«, antwortete Grendel grinsend. »Du musst wirklich *sehr* hungrig gewesen sein. Aber das ist ja eigentlich auch kein Wunder, nach all der Zeit.«

»All der Zeit?« Kim sah Grendel fragend an und blickte dann zum Fenster. Auch in diesem Zimmer waren alle Läden vorgelegt, aber er glaubte nicht, dass es schon später als Mittag war.

»Du hast drei Tage und Nächte geschlafen«, sagte Grendel, der seinen Blick bemerkt und richtig gedeutet hatte.

Kim riss erstaunt die Augen auf. »Drei –?«

»Du hattest hohes Fieber«, fuhr Grendel fort. »Ich war für eine Weile in großer Sorge um dich. Ich glaube, der Bolzen war vergiftet.«

»Und Sie haben mich die ganze Zeit über gepflegt?«

»Das war das Mindeste, was ich tun konnte«, antwortete Grendel. »Du hast mir das Leben gerettet. Wenn du nicht gekommen wärst, dann hätten sie mich wahrscheinlich getötet.«

»Und ohne Sie wäre ich jetzt wahrscheinlich tot«, sagte Kim.

Grendel schüttelte den Kopf. »Ich habe nicht viel dazu getan«, sagte er. »Deine kleine Freundin da.« Er deutete auf

Twix. »Ohne sie hätte ich es nicht geschafft. Wie ich bereits sagte: Der Bolzen war vergiftet.«

»Du?« Kim starrte Twix an. Die Elfe kicherte und schlug mit den Flügeln und goldener Staub senkte sich auf Kims linke Schulter. Vielleicht war es Einbildung – aber es kam ihm so vor, als wäre der Schmerz jetzt schon nicht mehr so schlimm.

»Ich sehe es«, fuhr Grendel kopfschüttelnd fort, »und trotzdem fällt es mir schwer, es zu glauben. Ich hätte nie zu hoffen gewagt, so etwas noch einmal zu sehen.«

»Eine Elfe?«, fragte Kim.

Grendel schüttelte abermals den Kopf. »Einen Jungen wie dich, zusammen mit einem magischen Wesen«, sagte er. »Der Zauber ist rar geworden in unserer Welt. Warum hast du mir geholfen?«

Die Frage kam so unvermittelt, dass Kim sie im ersten Moment nicht einmal wirklich verstand. »Wieso?«, murmelte er. Die ehrliche Antwort wäre gewesen, dass er es nicht wusste. Er hatte einfach reagiert, ohne auch nur eine Sekunde nachzudenken. Stattdessen sagte er: »Ich konnte doch nicht einfach zusehen, wie sie ihr grausames Spiel mit Ihnen trieben.«

»Jeder andere an deiner Stelle hätte es getan«, antwortete Grendel düster. »Oder er hätte mitgemacht.«

»Bestimmt nicht jeder«, widersprach Kim, aber Grendel blieb bei seiner Meinung.

»Jeder in deinem Alter«, sagte er. »Du bist jung.«

Zu Kims Enttäuschung machte er keine Anstalten, diese Behauptung irgendwie zu erklären, aber sein Gesicht hatte sich weiter verdüstert, während er sprach. Offensichtlich bereitete ihm das, worüber er redete, großes Unbehagen. Kim lagen mindestens eine Million Fragen auf der Zunge, aber er stellte in diesem Moment keine einzige davon. So schwer es ihm auch fiel, spürte er doch, dass er im Moment sehr vorsichtig sein musste. Grendel war innerlich nicht annähernd so ruhig, wie er sich gab. Statt also noch weiter in den alten Mann zu dringen, zwang er sich zu einem – leicht verunglückten –

Lächeln und fragte betont beiläufig: »Ich hatte ... noch einen Begleiter.«
»Dieses kleine grünhaarige Scheusal?« Grendel sah ihn fragend an. Packs Fell war zwar unbedingt grün, aber ansonsten passte die Beschreibung hundertprozentig.
»Ich habe ihn davongejagt«, fuhr Grendel fort. »Du hast komische Freunde.«
»Manchmal kann man sie sich nicht aussuchen«, antwortete Kim. »Und wir sind auch nicht direkt Freunde.« Er kam sich bei diesen Worten nicht ganz ehrlich vor, aber immerhin war Pack ja nicht da und konnte ihn somit auch nicht hören.
Grendel zog die linke Augenbraue hoch, sagte aber nichts mehr, sondern brach sich ein kleines Stück Brot ab und begann darauf herumzukauen. Kim hatte nicht den Eindruck, dass er wirklich hungrig war. Vielmehr schien Grendel darauf zu warten, dass er nun von sich aus zu erzählen begann. Als eine Minute verstrich, ohne dass dies geschah, und bald darauf noch eine und noch eine, fragte er: »Wie ist dein Name, Junge, und woher kommst du?«
»Kim«, antwortete Kim.
Seltsamerweise lächelte Grendel, als er dies hörte, und Kim fragte: »Was ist daran so komisch?«
»Oh, nichts«, sagte Grendel. »Aber alle nennen ihre Söhne Kim, seit damals.«
»Damals?«
»Jetzt sag nicht, dass du nicht von dem Helden aus der Schlacht um Gorywynn gehört hast«, sagte Grendel. »Immerhin haben deine Eltern dich nach ihm genannt.« Er seufzte und wieder trat dieser sonderbare, bittere Ausdruck in seine Augen. Sehr viel leiser und fast nur an sich selbst gewandt fuhr er fort: »Manchmal wünschte ich mir, er wäre wieder hier. Vielleicht wäre dann alles anders geworden.«
»Ich habe meine Eltern kaum gekannt«, log Kim. »Wer war dieser Junge, dessen Name ich trage?«
»Du musst wirklich von sehr weit her kommen, Junge«, sagte Grendel kopfschüttelnd. »Jeder hier kennt die Geschichte

von Kim und seiner Schwester Rebekka. Sie wurde vom Herrscher des Schattenreiches gefangen gehalten, weißt du? Kim war ein ganz normaler Junge, aber er stellte sich allein den finsteren Heerscharen aus Morgon entgegen. Und er hat sie ganz allein besiegt.«

Es lag Kim auf der Zunge zu antworten, dass er in Wahrheit nicht ganz so allein gewesen war, aber er schluckte die Bemerkung in letzter Minute herunter. Die Verlockung, Grendel zu erklären, dass er die Legende von Kim nicht nur sehr gut kannte, sondern sie am eigenen Leib erlebt hatte, war ziemlich groß, aber er sah auch ein, dass es im Moment wohl klüger war, dieses Geheimnis noch für sich zu behalten.

»Ich glaube, ich ... sollte mich jetzt besser wieder auf die Beine machen«, sagte er zögernd. »Ich habe noch einen ziemlich weiten Weg vor mir.«

Grendel blickte ihn eine Sekunde lang verblüfft an, dann begann er schallend zu lachen.

»Was ist daran so komisch?«

»Du wirst nirgendwo hingehen, Junge«, antwortete Grendel. »Nicht in den nächsten Tagen. Ich bin kein Heilkundiger, aber ich erkenne eine schwere Verletzung, wenn ich sie sehe. Du brauchst mindestens noch eine Woche Ruhe.«

»Das ist unmöglich«, widersprach Kim. »Ich muss nach Gorywynn.«

»Das ist wirklich ein weiter Weg«, bestätigte Grendel. »Aber du wirst es nicht schaffen, wenn du dich überanstrengst. Außerdem streifen immer noch Patrouillen der Jungen durch die Gegend. Ich glaube, sie suchen dich.«

»Mich?«

»Sie waren nicht sehr begeistert darüber, was du mit ihren Kameraden angestellt hast«, antwortete Grendel, wobei sich in seine Stimme ein Ausdruck unüberhörbarer Schadenfreude schlich. »Aber ich glaube, das ist nicht der einzige Grund.«

»Wieso?«

Grendel zuckte mit den Schultern, aber es wirkte irgendwie nicht echt. »Ich rede nicht viel mit ihnen«, antwortete er.

»Aber man hört so das eine oder andere. Es heißt, sie suchen einen Verräter, der aus dem Osten gekommen ist.«
»Oh«, sagte Kim. So schnell änderten sich die Dinge. Vor einer Minute war er noch ein Held gewesen, um dessen Namen sich Legenden rankten. Jetzt galt er als Verräter. »Ein Verräter?«
»Ein Junge, der die neue Ordnung nicht anerkennt«, bestätigte Grendel. Er versuchte möglichst gleichmütig zu klingen, aber Kim entging nicht, dass er ihn bei diesen Worten sehr aufmerksam im Auge behielt. Schließlich fragte er geradeheraus: »Bist du dieser Junge?«
»Vielleicht«, sagte Kim leise. »Ich meine: Wenn ich wüsste, wie diese neue Ordnung aussieht, dann könnte ich die Frage vielleicht besser beantworten.«
Grendel lächelte und brach sich ein weiteres Stück Brot ab. »Du bist der, den sie suchen«, sagte er. »Keine Angst – ich werde dich nicht verraten. Immerhin verdanke ich dir mein Leben. Wenn du nicht gekommen wärst ... Du hast einen Zauberbogen benutzt, nicht wahr?«
Kim nickte. »Ich glaube schon. Aber ich wusste vorher selbst nicht, dass es einer ist.«
»Anscheinend weißt du ohnehin ziemlich wenig«, sagte Grendel mit gutmütigem Spott, aber Kim blieb ernst.
»Das stimmt«, sagte er. »Ich komme von sehr weit her, wissen Sie? Ich weiß nicht, was hier geschieht. Als ich Sie getroffen habe, da war ich ehrlich gesagt auf der Suche nach jemandem, der es mir erklären könnte.«
»So einfach ist das nicht«, sagte Grendel. »Aber ich werde es gerne versuchen. Nur jetzt nicht. Wir haben viel Zeit.« Er stand auf. »Ich muss arbeiten. Es wird einige Stunden dauern, bis ich zurück bin. Fühl dich wie zu Hause – aber geh bitte nicht nach draußen. Es wäre nicht gut, wenn man dich hier sieht.«
Kim schwieg. Grendels Worte erfüllten ihn mit jäh aufkeimendem Misstrauen, aber er sagte nichts. Nach dem, was er mit Turock erlebt hatte, war es nur verständlich, dass er so rea-

gierte. Wahrscheinlich tat er Grendel damit bitter Unrecht. Immerhin hatte der alte Mann ihn drei Tage lang gepflegt, ihm vielleicht sogar das Leben gerettet.

All dies hinderte Kim jedoch nicht daran, das zu tun, wovon Grendel ihm so dringlich abgeraten hatte, kaum dass er allein war: Er ging zur Tür, zögerte noch einmal und drückte dann mit einer entschlossenen Bewegung die Klinke hinunter.

Kim wusste selbst nicht genau, was er eigentlich erwartet hatte, doch vor ihm lag eine ganz normale, wenn auch sehr kleine Ortschaft.

Und eine sehr *verlassene* Ortschaft dazu. Das halbe Dutzend kleiner Gebäude, das er von seinem Standort aus sehen konnte, war von seinen Bewohnern verlassen und stand leer. Türen standen offen, in vielen Fenstern fehlte das Glas und in einigen der kleinen Katen hatte es gebrannt; die Strohdächer waren verschwunden und die Dachsparren zu einem schwarzen Gerippe verkohlt. Die Stille war schon fast unheimlich. Kim konnte regelrecht spüren, dass es in weitem Umkreis nichts Lebendes mehr gab. Grendels Warnung kam ihm plötzlich fast absurd vor. Wer sollte ihn sehen, wenn es weit und breit niemanden *gab*, der ihn sehen konnte?

Aber er sah auch etwas, was ihn ungemein beruhigte: Hinter den verlassenen Häusern erstreckte sich nichts als die endlose wogende Steppe, die typisch für diesen Teil des Landes war. Kein magischer Wald, in dem er eingesperrt war, und auch keine andere Barriere. Sein Misstrauen war unbegründet gewesen.

Derart beruhigt ging Kim wieder ins Haus zurück und legte sich hin; eigentlich nur, um ein wenig auszuruhen, aber natürlich schlief er praktisch auf der Stelle ein. Als er wieder erwachte, war es draußen dunkel geworden. Nur der schwache, goldfarbene Schimmer, der von Twix' Flügeln ausging, erfüllte noch den Raum. Es war aber nicht still: Er konnte Grendel im Nebenzimmer rumoren hören, und als er sich aufsetzte, sah er einen dünnen leuchtenden Streifen, der unter der Tür hindurchschimmerte.

Kim war immer noch müde. Trotzdem stand er vollends auf, wickelte sich wieder in seine Decke und verließ das Zimmer. Grendel war nebenan damit beschäftigt, hektisch durch das Zimmer zu stapfen, hier und da etwas in die Hand zu nehmen und wieder wegzulegen, Schubladen zu öffnen, Truhendeckel hochzuheben und wieder zuzuwerfen.
Kim sah ihm eine Weile verständnislos bei seinem Treiben zu, dann fragte er: »Was tun Sie?«
Grendel hielt mitten in der Bewegung inne und drehte mit einem Ruck den Kopf. Als er sich wieder aufrichtete, hielt er einen Stapel säuberlich zusammengelegter Kleider im Arm. »Hier«, sagte er und reichte sie Kim. »Die müssten dir eigentlich passen. Ihr hattet ungefähr die gleiche Größe.«
Kim sah Grendel fragend an, griff aber wortlos nach den Kleidern und faltete sie auseinander. Es handelte sich um schmal geschnittene Hosen aus braunem, seidenweichem Leder, dazu passende Stiefel aus demselben Material, ein weißes Hemd und eine dünne lederne Weste – abgesehen von dem fehlenden weißen Umhang die typische Kleidung eines Steppenreiters. Sie hatten tatsächlich nicht nur ungefähr, sondern perfekt seine Größe. Als Kim hineinschlüpfte, hatte er das Gefühl, als wären diese Kleider ganz allein für ihn gemacht.
»Vielen Dank«, sagte er, während er die Schlinge wieder überstreifte und seinen verletzten Arm vorsichtig hineinlegte. »Das sind wunderschöne Kleider.«
Grendel sah ihn auf sonderbare Weise an. »Sie haben meinem Sohn gehört«, sagte er leise. »Er ist fort, schon seit langer Zeit.«
Die Art, auf die er das sagte, machte Kim klar, dass er nicht weiter über das Thema reden wollte. Kim respektierte das. Er spürte den Schmerz, den Grendel allein bei diesem Anblick empfand.
»Ich habe Neuigkeiten«, fuhr Grendel nach einer Weile und mit festerer Stimme fort. »Sie suchen dich tatsächlich, aber du bist nicht in Gefahr. Sie glauben, dass du bereits weitergezogen bist.«

»Und wenn sie hierher kommen?«, fragte Kim. »Ich möchte nicht, dass Sie in Gefahr geraten ... meinetwegen.«
»Niemand wird mir etwas tun«, behauptete Grendel. »Du bist hier sicher. Kurier deine Wunde aus und in einer Woche oder zwei, wenn du wieder zu Kräften gekommen bist, kannst du weiterreisen. Du willst nach Gorywynn, sagst du?«
»Ja.«
»Das ist ein weiter Weg.« Grendel machte ein nachdenkliches Gesicht. »Zwei Wochen, mit einem schnellen Pferd, wenn nicht drei. Und auch das nur, wenn du den Strapazen einer solchen Reise überhaupt gewachsen bist.«
»Deshalb kann ich ja nicht so lange bleiben«, antwortete Kim eindringlich. »Ich muss in die gläserne Stadt, so schnell wie möglich.«
Grendel schüttelte seufzend den Kopf. »Warum könnt ihr Jungen nicht einfach einmal zuhören?«, fragte er. »Ich wollte dir gerade erklären, dass in einer Woche ein Fährschiff hier vorbeikommt, das nach Gorywynn fährt. Sie nehmen eigentlich keine Passagiere mit, aber wenn ich ein gutes Wort für dich einlege, werden sie sicher eine Ausnahme machen. Du kannst morgen bei Sonnenaufgang losreiten, wenn du das willst. Vielleicht schaffst du es wirklich bis Gorywynn, aber vielleicht stirbst du auch unterwegs oder fällst denen in die Hände, die nach dir suchen. Oder du bleibst hier, bis das Schiff kommt, und erreichst Gorywynn in derselben Zeit, nur viel sicherer und bequemer.« Er hob die Schultern. »Es ist deine Entscheidung. Heute Nacht kannst du jedenfalls nicht weiter.«
Grendel öffnete einen Schrank, nahm ein hölzernes Tablett mit Brot und nicht mehr ganz frischem, aber noch genießbarem Obst hervor und bedeutete Kim mit einer Kopfbewegung, am Tisch Platz zu nehmen. Kim gehorchte, doch als auch sein Gastgeber selbst Platz nehmen wollte, erscholl an der Tür ein scharrendes Geräusch.
Grendel richtete sich alarmiert auf, machte eine rasche Geste in Kims Richtung, sich nicht zu rühren, und eilte mit raschen

Schritten zur Tür. Ohne auch nur eine Sekunde zu zögern drückte er die Klinke herunter und riss die Tür auf.
Draußen stand der Pack, der gerade die Hand gehoben hatte um erneut an der Tür zu kratzen und offensichtlich ebenso überrascht war wie sein Gegenüber. Aber Grendel überwand seine Verblüffung weit schneller; wenn auch auf eine Art, mit der Kim am allerwenigsten gerechnet hätte.
Der alte Mann schrie wütend auf, prallte einen halben Schritt zurück und trat nach dem Pack. Der Kobold versuchte dem Angriff zwar auszuweichen, aber er war viel zu langsam. Er wurde getroffen und flog in hohem Bogen und kreischend davon.
»Nein!«, schrie Kim. »Grendel! Nicht!«
Grendel schien seine Worte gar nicht zu hören. Mit einem Wutschrei stürzte er aus dem Haus und hinter dem Pack her. Kim hörte ihn draußen brüllen, unterbrochen vom wütenden Keifen und Schnattern des Pack.
Er sprang auf, eilte um den Tisch herum, kam aber nur zwei oder drei Schritte weit, denn plötzlich schoss ein jäher, so heftiger Schmerz durch seine Schulter, dass ihm übel wurde und er hastig an der Tischkante Halt suchte.
Mit letzter Kraft schleppte er sich zu seinem Platz zurück, ließ sich darauf niedersinken und atmete konzentriert ruhig und tief ein und aus. Alles drehte sich um ihn. Für einige Augenblicke hatte er ernsthaft Angst, wieder das Bewusstsein zu verlieren.
Als sich seine Gedanken wieder klärten, da war Grendels Geschrei draußen verstummt und im Haus herrschte eine fast unheimliche Stille. Er war vollkommen allein. Nicht einmal Twix war zu sehen.
Kim richtete sich behutsam auf, wartete darauf, dass die Übelkeit zurückkam, und stellte erleichtert fest, dass das nicht geschah. Seine Schulter tat allerdings immer noch weh. Als die Elfe in seiner Nähe gewesen war, war es nicht so schlimm gewesen. Er hätte fast Twix' Namen gerufen, besann sich aber dann doch eines Besseren. Nach jemandem zu rufen, der ihm

eigentlich gehörig auf die Nerven ging, wäre ihm selbst albern vorgekommen.
Er richtete sich weiter auf, schwang die Beine aus dem Bett und wollte gerade ganz aufstehen, als er das Kratzen hörte, einen sachten, aber durchdringenden Laut; und einen von der unangenehmen Sorte. Wie Kreide auf einer Schiefertafel oder eine Gabel auf einem Topfboden.
Das Geräusch kam vom Fenster. Kim drehte sich herum und runzelte verwirrt die Stirn. Ein langer, ein wirklich sehr langer, dünner weißer Finger mit entschieden zu vielen Gelenken kratzte von außen an der Scheibe. Er war länger als Kims Arm und nur einen Moment später gesellten sich ein zweiter und dritter Finger hinzu, die mit scharrenden Geräuschen über das Glas fuhren.
Und natürlich waren es keine Finger.
Kim stand auf, öffnete mit einem Ruck das Fenster und starrte mit dem finstersten Gesichtsausdruck hinaus, den er zustande brachte. »Was willst du?«
»Na, du kannst vielleicht Fragen stellen!«, keifte die Spinne. »Ist das deine Art, alte Freunde zu begrüßen? Da renne ich mir fast die Beine in den Hintern um dich einzuholen und dein einziger Kommentar ist: Was willst du?!«
»Wir sind keine Freunde«, sagte Kim.
»Stimmt«, antwortete die Spinne. »Freunde lassen einander nicht verhungern. Und schon gar nicht erfrieren. Lass mich rein!«
Sie wartete seine Antwort auf dieses Ansinnen gar nicht erst ab, sondern begann unverzüglich an der Wand emporzukrabbeln. Kim prallte zurück. Griff rasch nach dem Fensterflügel und knallte ihn so heftig zu, dass die Spinne entsetzt die Beine zurückzog und zu Boden fiel. Was Kim schon einmal festgestellt hatte, bestätigte sich: Sie war wirklich nicht besonders geschickt.
»Kommt nicht in Frage«, sagte er, nachdem er das Fenster wieder geöffnet hatte. »Du kannst hier nicht rein.«
Die Spinne antwortete nicht gleich. Sie war voll und ganz

damit beschäftigt, ihre Beine zu entwirren. Während sie das tat, nutzte Kim die Gelegenheit, sie genauer zu betrachten. Es war sonderbar: Früher hatte er sich vor Spinnen immer ein wenig geekelt, aber davon war nun nichts mehr geblieben. Im Gegenteil. Ob er es wollte oder nicht, er musste zugeben, dass die langen, schlanken Beine und das seidig glänzende Fell dem Tier eine gewisse Eleganz verliehen – auch wenn sie sich alles andere als elegant bewegte. Er fragte sich nur, wer sich verändert hatte: Die Spinne oder seine Art, sie zu sehen.

»Du bist *nicht nett*«, sagte die Spinne, nachdem sie endlich wieder auf allen acht Beinen stand und zu ihm heraufstarrte.

»Was willst du?«, fragte Kim zum wiederholten Mal.

»Na, du bist gut!«, sagte die Spinne. »Das fragst du im Ernst? Ich bin fast verhungert!«

»Und was kann ich dafür?«

»Immerhin hast du zusammen mit deinen sauberen Freunden mein Netz zerstört«, sagte die Spinne. »Also ist es deine Schuld, dass ich mir nichts mehr zu Essen fangen kann.«

»Wenn du gekommen bist um *mich* zu essen, muss ich dich enttäuschen«, seufzte Kim.

»Dich?« Die Spinne klang regelrecht empört. »Na hör mal! Was hältst du von mir?«

»Willst du das wirklich wissen?«

Die Spinne blinzelte mit drei oder vier Augen zugleich und wechselte das Thema. »Tatsache ist, dass ihr mein Netz zerstört habt«, beharrte sie. »Und ich kann mir auch kein neues bauen. Also bist du schuld, dass ich hungern muss.«

»Du kannst mich trotzdem nicht fressen«, sagte Kim.

»Das habe ich auch gar nicht vor! Ich fresse doch niemanden, mit dem ich mich unterhalten habe ... Aber du könntest mir die Elfe geben.«

»Wie bitte?«, fragte Kim überrascht.

»Ich hatte sie schon«, sagte die Spinne. »Du hast sie mir gestohlen. Wo ist sie überhaupt?« Ihre Stimme wurde lauernd. »Hast du sie am Ende etwa selbst gegessen? Das wäre hundsgemein!«

»Das wäre allerhöchstens Mundraub«, grinste Kim. »Aber ich kann dich beruhigen. Ich esse keine Elfen. Und außerdem –« Er hörte ein Geräusch im Nebenzimmer, warf einen hastigen Blick über die Schulter zurück und fuhr leise und in gehetztem Ton fort: »Grendel kommt! Verschwinde! Er darf dich nicht sehen!«

»Aber ich habe –«

Kim knallte das Fenster zu und ließ sich wieder aufs Bett sinken und im selben Moment ging die Tür auf und Grendel kam herein. Er sah sehr müde aus, fragte aber übergangslos: »Mit wem hast du geredet?«

»Geredet?«

Grendel nickte bekräftigend. Er sah sehr misstrauisch drein. »Ich habe es ganz genau gehört. Du hast mit jemandem gesprochen.«

»Ach so«, sagte Kim. »Das. Es war nur eine Spinne.«

»Eine Spinne?« Grendel blinzelte.

»Es ist ziemlich langweilig hier«, sagte Kim achselzuckend. Er musste sich beherrschen um nicht zum Fester hochzusehen und schickte gleichzeitig ein Stoßgebet zum Himmel, dass die Spinne nicht ausgerechnet jetzt wieder an der Scheibe kratzte. Grendel würde glatt der Schlag treffen, wenn plötzlich eine medizinballgroße, weiße Riesenspinne an sein Fenster klopfte und um etwas zu essen bat.

»Ja, das kenne ich«, sagte Grendel. »Manchmal ist es wirklich sehr einsam hier.« Er lachte leise. »Ich habe mich schon dabei ertappt, mit den Möbeln zu reden.«

»Wieso bleiben Sie hier?«, fragte Kim impulsiv. »Ich meine: Wenn doch alle weggegangen sind?«

»Jemand muss schließlich die Arbeit tun«, sagte Grendel achselzuckend, erklärte aber nicht, um was für eine Art von Arbeit es sich handelte, sondern wechselte übergangslos das Thema: »Ich habe Neuigkeiten vom Handelsboot. Es kommt in genau sechs Tagen vorbei. Zeit genug für dich deine Schulter auszukurieren. Ich bin jetzt müde und muss ein wenig schlafen, aber morgen früh können wir uns unterhalten. Du hast doch bestimmt eine Menge interessanter Geschichten zu erzählen.«

»Es geht«, sagte Kim ausweichend. Irgendetwas stimmte nicht mit Grendel. Der alte Mann war ungewohnt redselig. Sein Blick irrte unentwegt durch den Raum, suchte jeden Winkel, jede noch so kleine Ecke ab. Er sah wirklich in jede Richtung. Nur nicht zum Fenster ...

Hatte er etwas gemerkt?

»Also, ich geh jetzt zu Bett«, sagte Grendel noch einmal. »Gute Nacht.«

Kim antwortete mit einem Kopfnicken und wartete, bis Grendel den Raum verlassen und die Tür hinter sich zugezogen hatte. Dann aber sprang er auf und war mit einem einzigen Satz am Fenster. Hastig riss er es auf.

»Spinne«, flüsterte er. »Wo bist du?«

»Wo soll ich schon sein?«, nörgelte eine Stimme aus der Dunkelheit. »Ich sitze hier und habe Hunger! Eigentlich hättest du das Knurren meines Magens hören –«

»Hör mit dem Unsinn auf!«, unterbrach sie Kim. »Du musst dich verstecken! Schnell! Grendel kommt!«

»Ist er groß?«, fragte die Spinne hoffnungsvoll.

»Nein«, antwortete Kim. »Aber sehr alt und ziemlich zäh. Versteck dich! Er darf dich auf keinen Fall sehen!«

Er bekam keine Antwort, aber er hatte kaum zu Ende gesprochen, da näherten sich Schritte und Grendel kam in raschem Tempo um die Ecke gebogen. In der rechten Hand hielt er einen armlangen Knüppel.

»Dachte ich es mir doch!«, sagte er in einem Ton, der zwischen Triumph und Ärger schwankte. »Du hast also nur mit einer Spinne gesprochen, wie?«

»Aber ich –«

»Lüg mich nicht an, verdammter Bengel!«, unterbrach ihn Grendel. »Es war dieses kleine haarige Scheusal, das ständig um das Haus schleicht, habe ich Recht?«

»Du meinst den Pack?« Kim war erleichtert. Grendel hatte die Spinne offenbar nicht gesehen.

»Es ist mir egal, wie du ihn nennst«, grollte Grendel. »Ich will ihn hier nicht haben. Diese kleinen Scheusale bringen nur Ärger!«

»Pack ist mein Freund«, widersprach Kim. »Er hat mir das Leben gerettet und –«

Grendel schnitt ihm mit einer herrischen Bewegung das Wort ab: »Unsinn! Solange du unter meinem Dach wohnst, wirst du tun, was ich sage. Wenn ich deinen haarigen *Freund* noch einmal hier sehe, schlage ich ihm den Schädel ein, basta!«

Und damit ging er. Kim sah ihm verdattert nach, bis er wieder hinter der Hausecke verschwunden war. Grendels Wutausbruch war nicht nur vollkommen überraschend gekommen, er verstand ihn auch nicht. Soweit er wusste, hatte der Pack dem alten Mann nichts getan.

Die Spinne trippelte aus der Dunkelheit heran und blickte versonnen in die Richtung, in der Grendel verschwunden war.

»Du hast gelogen«, sagte sie.

»Wie?«

»Er sieht nicht zäh aus. Er reicht mindestens für zwei oder drei Wochen.«

Kim seufzte. »Spinne«, sagte er, »du kannst nicht ... wie heißt du eigentlich? Ich finde es lästig, dich immer nur Spinne zu nennen.«

„Heißen?«

»Dein Name«, erklärte Kim.

»Name?« Die Spinne überlegte einen Moment. »Ich habe keinen Namen«, sagte sie dann.

»Quatsch«, behauptete Kim. »Jeder hat einen Namen.«

»Ich nicht«, sagte die Spinne. »Wozu brauche ich einen Namen? Niemand spricht mit mir.«

Der letzte Satz klang ein wenig traurig, fand Kim. »Also gut, dann eben nicht«, sagte er. »Aber das ändert nichts daran, dass du nicht jeden auffressen kannst, den du siehst.«

»Jeden? Jetzt übertreib aber mal nicht!«

»Ich gebe dir nachher etwas zu essen«, sagte Kim. »Ich finde bestimmt ein Stück Brot oder etwas Obst –«

»Brot?«, kreischte die Spinne. Sie klang eindeutig entsetzt. »Ich bin doch kein Karnickel! Ich brauche *Fleisch*!«

Die Tür ging auf und Grendel streckte den Kopf herein. »Also doch!«

»Ich ... ich sage ihm nur, dass er dem Haus fernbleiben soll!«, stotterte Kim erschrocken. »Ehrlich!«

Grendel blickte eine Sekunde lang zum Fenster und Kim fürchtete schon, dass er zu ihm kommen und einen Blick nach draußen werfen würde, aber dann nickte er nur grimmig und sagte: »Also gut. Aber er täte besser daran, auf dich zu hören. Was das angeht, verstehe ich keinen Spaß!«

Er knallte die Tür zu. Kim atmete erleichtert auf, dann drehte er sich noch einmal zum Fenster. »Du hast ihn gehört.«

»Komische Freunde hast du«, sagte die Spinne.

»Ja«, seufzte Kim. »Da hast du Recht. Du ahnst ja nicht, wie.«

Er schloss das Fenster, ließ sich wieder auf das Bett fallen und versuchte das soeben Erlebte irgendwie zu verstehen. Dass Grendel ein alter Sonderling war, war ihm schon lange klar. Trotzdem hatte er ihn bisher für einen recht freundlichen Mann gehalten. Aber das ...

Konnte es sein, dass er ... *Angst* vor dem Pack hatte?

Und wenn ja, warum?

Mit diesem Gedanken schlief er ein.

Er erwachte kurz vor Sonnenaufgang, weil irgendetwas auf seiner Schulter zappelte. Der sanfte, goldene Schimmer, der durch seine geschlossenen Augenlider drang, verriet ihm, dass Twix zurückgekommen war. Als er die Augen öffnete, sah er, dass die Elfe auf seiner verletzten Schulter saß.

Sie zappelte jedoch nicht herum, sondern blickte aus erschrocken aufgerissenen Augen zum Fenster hoch und zitterte am ganzen Leib.

Als Kims Blick dem der winzigen Elfe folgte, verstand er auch, warum.

Die Spinne hockte vor dem Fenster, presste sich das Gesicht an der Scheibe platt und sabberte vor Gier. »Fleisch!«

»Lass den Quatsch«, murmelte Kim verschlafen. Er setzte sich auf, unterdrückte ein Gähnen und fuhr an die Elfe gewandt fort: »Keine Angst. Sie tut dir nichts.«
»Du hast gut reden«, piepste die Elfe. »Du hast ja auch noch nicht in ihrem Kokon gesessen.«
Kim zog es vor, die Diskussion nicht fortzusetzen, sondern stand ganz auf. Es war kalt. Seine Schulter tat nicht mehr so weh wie am Abend, was wahrscheinlich an Twix' Anwesenheit lag.
»Wo ist Grendel?«, fragte er gähnend.
»Der ist schon zur Arbeit«, antwortete Twix mit einem nervösen Blick zum Fenster empor. »Aber das Frühstück ist fertig.«
»Wie schön«, murmelte Kim. Er stand auf und setzte die Elfe behutsam auf das Bett um sich anzuziehen. Es war wie gestern: Die Kleider passten hervorragend, aber er fühlte sich nicht wirklich wohl dabei, die Kleidung von Grendels verschwundenem Sohn zu tragen. Er fragte sich, wie sich Grendel dabei fühlen mochte ihn darin zu sehen.
Er verließ das Zimmer, verzehrte das reichliche Frühstück, das Grendel für ihn bereitgestellt hatte, und überlegte, wie er den Tag hinter sich bringen konnte. Sein Erlebnis in der vergangenen Nacht hatte ihm gezeigt, dass Grendel vollkommen Recht hatte: Er war eindeutig nicht in der Verfassung, einen Ritt von einer Woche zu bewältigen. Er würde wohl oder übel auf das Schiff warten müssen.
Was wahrscheinlich nichts anderes hieß, als dass er sich eine Woche lang schier zu Tode langweilen würde.
»Grendel ist zur Arbeit?«, wandte er sich an Twix.
Die Elfe nickte nervös und sah zum Fenster.
»Kannst du mir sagen, wo das ist?«
»Schon«, antwortete Twix. »Aber dann müssten wir ... raus. Und ich glaube nicht, dass Grendel das möchte.«
»Er wird dir schon nicht den Kopf abreißen«, sagte Kim lächelnd. »Und die Spinne tut dir auch nichts, keine Angst.«
Er stand auf, setzte die Elfe vorsichtig auf seine Schulter und ging zur Tür.

Die Sonne war noch nicht ganz aufgegangen, aber es war bereits hell, wenn auch noch kalt. Wieder fiel ihm die Stille auf. Der kleine Ort lag vollkommen ausgestorben da und mit seinen Bewohnern schienen auch alle Geräusche gegangen zu sein. Selbst die Laute, die seine Schritte verursachten, kamen ihm irgendwie ... falsch vor. Als verschlucke etwas ihre Echos. Kim hatte eigentlich vorgehabt, sich noch einmal in aller Ruhe in den leerstehenden Häusern umzusehen, aber mit einem Mal hatte er es sehr eilig, den Ort zu verlassen.

Twix dirigierte ihn in Richtung Fluss. Er fand Grendel nicht am Ufer, aber das lag nicht etwa daran, dass die Elfe die Unwahrheit gesagt hätte: Grendel befand sich nahezu auf der anderen Seite des Flusses.

Er hatte Kim nie verraten, was er arbeitete, aber nun sah er es: Quer über den Fluss war ein fast handgelenkstarkes Tau gespannt, an dem entlang Grendel ein großes, plump aussehendes Floß hangelte. Trotz der großen Entfernung konnte Kim sehen, wie schwer die Arbeit dem alten Mann fiel.

Es dauerte fast eine Stunde, bevor Grendel das Floß wieder ans diesseitige Ufer gehievt hatte. Er war am ganzen Leib in Schweiß gebadet und atmete schwer.

»Was tust du hier?«, fragte er. »Ich hatte dich gebeten, im Haus zu bleiben. Was, wenn dich jemand sieht?«

»Es ist niemand in der Nähe«, antwortete Kim. »Und im Haus sterbe ich vor Langeweile.«

»Besser als mit einem Pfeil im Rücken«, antwortete Grendel. Er schien noch mehr sagen zu wollen, beließ es aber dann bei einem bloßen Kopfschütteln. Kim hatte das Gefühl, dass Grendel einfach zu müde war um den Streit fortzusetzen.

»Du bist der Fährmann hier«, sagte er. »Deshalb tut dir auch niemand etwas zuleide.«

»Fast niemand«, verbesserte ihn Grendel. »Aber du hast Recht. Jede Seite braucht dann und wann meine Dienste. Ich mische mich nicht ein und sie lassen mich dafür in Frieden.«

Kim betrachtete nachdenklich die Fähre. Das plumpe Gefährt verdiente diesen Namen im Grunde gar nicht. Es war kaum mehr als ein roh zusammengezimmertes Floß mit einem brusthohen Geländer an den beiden langen Seiten, das mittels eines Taues über den Fluss gezogen wurde. Es musste Tonnen wiegen. Kim schauderte allein bei der bloßen Vorstellung, dieses Floß Tag für Tag – womöglich mehrmals – von einem Ufer zum anderen ziehen zu müssen.

»Das ist ein ziemlich schwerer Beruf«, sagte er.

Grendel hob die Schultern. »Man gewöhnt sich daran«, sagte er. »Ich habe mein Leben lang nichts anderes getan, so wie mein Vater vor mir und dessen Vater vor ihm.« Er atmete hörbar ein. »Aber nun solltest du wirklich wieder ins Haus gehen. Ich muss mich auf den Weg machen. In einer Stunde kommt eine Karawane am anderen Ufer an.«

»Eine Karawane?«

Grendel schüttelte den Kopf. »Sie zieht nicht in deine Richtung.« Und damit trat er auf das Floß, griff nach dem Tau und begann mit aller Kraft zu ziehen. Kim sah, wie sich die Muskeln unter seinem Hemd spannten und sich sein Gesicht vor Anstrengung verzerrte. Trotzdem setzte sich das Floß nur zentimeterweise in Bewegung.

Er sah gute zehn Minuten lang zu, wie sich Grendel damit abmühte, das tonnenschwere Floß gegen die Kraft der Strömung auf den Fluss hinauszuziehen.

Dann wusste Kim, was zu tun war.

Er brauchte drei Tage, um seinen Plan in die Tat umzusetzen, und er gestaltete sich wesentlich schwieriger, als er es sich vorgestellt hatte – zumal er ständig auf der Hut war, um nicht von Grendel überrascht zu werden. Schließlich wollte er sich nicht den Spaß verderben lassen.

Kim nutzte jede Minute, in der Grendel nicht da war oder schlief, um die verlassenen Häuser zu durchstöbern und nach passenden Materialien zu suchen. Dieser Teil seines Planes erwies sich sogar als leichter als erwartet, denn die früheren Bewohner hatten ihre Häuser wirklich Hals über Kopf verlassen und offenbar nur mitgenommen, was sie am Leib trugen. Er fand sowohl eine Werkstatt als auch eine Schmiede und ausreichend Zimmermannswerkzeug; und somit alles, was er brauchte.

Danach begannen die Schwierigkeiten aber erst. Es war eine Sache sich eine höchst komplizierte Gerätschaft wie die, die er brauchte, auszudenken, aber eine ganz andere, sie dann auch zu bauen.

Kim war nicht gerade ungeschickt, aber während der zwei Tage, die er heimlich in der Werkstatt verbrachte, war er mehr als einmal nahe daran einfach aufzugeben. Seine verletzte Schulter machte die Sache auch nicht gerade leichter.

Schließlich aber hatte er es geschafft. Ein paar Stunden vor Sonnenaufgang des vierten Tages schlich er aus dem Haus und zum Fluss und machte sich an die Arbeit. Twix hockte wie fast immer auf seiner Schulter und selbst die Spinne hatte sich bereit erklärt sie zu begleiten und darauf Acht zu geben, dass Grendel sie nicht überraschte; auch wenn Kim argwöhnte, dass sie wohl eher mitkam um die Elfe im Auge zu behalten. Den Pack hatte er seit dem Abend, an dem Grendel ihn davongejagt hatte, nicht mehr gesehen.

Kim beeilte sich, so gut er konnte. Als die Spinne auf ihren langen Beinen herangeflitzt kam um ihn vor Grendels Herannahen zu warnen, war er nicht nur fertig, sondern fand sogar noch Zeit, sich gemächlich am Ufer auszustrecken und einen Grashalm zwischen die Lippen zu nehmen, so als läge er schon eine ganze Weile hier herum und langweile sich.

Grendel kam in gewohnt scharfem Tempo heran, verhielt dann plötzlich mitten im Schritt und runzelte überrascht die Stirn. Eigentlich sah er sogar ein bisschen erschrocken drein, fand Kim.

»Was ... machst du denn hier?«, fragte er.

Kim stemmte sich auf die Ellbogen hoch, nahm den Grashalm aus dem Mund und schauspielerte ein Gähnen. »Ich konnte nicht schlafen«, sagte er, »deshalb habe ich ein wenig gebastelt um mir die Zeit zu vertreiben.«

Er stand auf, schlenderte an Grendel vorbei und sprang mit einem kurzen Satz auf das Floß. Grendel sah ihm nach und

zog überrascht die Augenbrauen hoch, als er die Konstruktion sah, die Kim in den letzten Stunden angebracht hatte.
»Was ist das?«, fragte er scharf.
Kim grinste und legte die linke Hand auf den einfachen Flaschenzug, den er an Grendels Floß angebracht hatte. »Also, ich gebe zu, die Konstruktion sieht ein bisschen abenteuerlich aus, weil ich sie aus dem Gedächtnis nachbauen musste, aber sie funktioniert.«
»Was ist das, habe ich gefragt«, sagte Grendel.
Sein Ton überraschte Kim. Er klang nicht verblüfft oder gar *erfreut*, sondern beinahe ... wütend!
»Das ist ein Flaschenzug«, antwortete Kim leicht verwirrt. »Da, wo ich herkomme, benutzt man sie um schwere Lasten zu heben, aber sie funktionieren auch in der Horizontalen. Du kannst damit –«
»Wer hat dir erlaubt, das anzubringen?«, unterbrach ihn Grendel. »Mach es ab!«
»Ich wollte dir nur helfen«, sagte Kim verständnislos.
»Indem du mein Floß zerstörst?«
»Ich habe nur beobachtet, wie schwer es dir gefallen ist, das Floß über den Fluss zu ziehen«, antwortete Kim. »Ich habe nichts kaputt gemacht, wenn du das meinst. Damit geht es viel leichter. Warte, ich zeige es dir!«
Er griff nach dem Seil und zog mit nur einer Hand daran und das Floß setzte sich zwar langsam, aber auch beinahe mühelos in Bewegung. »Siehst du?«, fragte er triumphierend.
»Hör sofort auf!«, schrie Grendel. Außer sich vor Wut sprang er zu Kim auf das Floß. »Verschwinde!«, schrie er. »Verschwinde sofort von meiner Fähre und nimm deinen ... neumodischen Kram mit!«
Er riss und zerrte mit aller Kraft an der Konstruktion aus Seilrollen und Kabeln, die Kim am Floß angebracht hatte, war aber so aufgeregt, dass es ihm nicht gelang, sie ernsthaft zu beschädigen.
»Aber ...«, begann Kim hilflos. »Aber ich wollte dir doch nur –«

»Es ist mir gleich, was du wolltest!«, fuhr Grendel ihn an. Er hörte auf an Kims Flaschenzug herumzuzerren, fuhr plötzlich herum und versetzte Kim einen Stoß, der ihn rücklings über das Floß taumeln und beinahe stürzen ließ.
»Runter von meinem Floß!«, schrie er außer sich vor Zorn. »Diese Fähre hat schon meinem Urgroßvater gehört! Sie hat seinen Lebensunterhalt gesichert, den meines Großvaters und meines Vaters und auch meinen und nie musste irgendetwas daran verändert werden! Ich dulde es nicht! Geh ins Haus zurück! *Sofort!*«
Aus seinem Zorn war mittlerweile rasende, kaum noch zu bezähmende Wut geworden und in seinen Augen flackerte etwas, was beinahe an Hass grenzte. Auf jeden Fall hielt es Kim nachhaltig davon ab, das Gespräch fortzuführen oder Grendel gar noch einmal darauf hinzuweisen, dass er ihm nur einen Gefallen tun wollte. Stattdessen zog er es vor, sich rasch herumzudrehen und an das Ufer zu springen.
Bevor er über die Deichkrone stürmte, sah er noch einmal zur Fähre hinab. Das Floß war bereits ein gutes Stück auf den Fluss hinausgetrieben und Grendel war noch immer dabei, wie von Sinnen an der Flaschenzug-Konstruktion herumzureißen, die Kim so mühsam angebracht hatte.
Was um alles in der Welt hatte er nur falsch gemacht?
Grendel kam erst am späten Nachmittag zurück. Er sagte kein Wort, sondern maß Kim nur mit finsteren Blicken und trat dann immer noch wortlos an den Herd um eine Mahlzeit zuzubereiten. Kim konnte den Groll, den der alte Mann ausstrahlte, regelrecht fühlen – aber er verstand ihn einfach nicht. Den ganzen Tag lang hatte er sich den Kopf darüber zerbrochen, was er denn falsch gemacht haben konnte, aber er konnte es sich einfach nicht erklären.
Grendels Laune war auf jeden Fall noch immer so miserabel, dass er es nicht wagte, ihn anzusprechen, sondern es vorzog, nach ein paar Minuten aufzustehen und sich in sein Zimmer zu trollen.
Eine weitere halbe Stunde verging, in der er Grendel draußen

in einer Lautstärke hantieren hörte, die mehr als genug über seine Laune aussagte. Dann aber öffnete Grendel – noch immer wortlos – die Tür und bedeutete Kim zum Essen zu kommen.

Kim hatte überhaupt keinen Appetit, aber er wollte Grendel nicht noch mehr verärgern. Also stand er auf, folgte seinem sonderbaren Wohltäter und nahm an dem bereits gedeckten Tisch Platz.

Sie aßen schweigend, aber schließlich hielt es Kim nicht mehr aus. »Grendel, ich möchte dir etwas sagen«, begann er.

Grendel starrte ihn über den Rand seines Löffels hinweg an, schwieg aber.

»Ich werde gehen«, sagte Kim geradeheraus. »Meine Schulter ist schon wieder ganz in Ordnung, sodass ich reisen kann. Ich habe deine Gastfreundschaft lange genug in Anspruch genommen.«

»Das ist dumm«, sagte Grendel. »Das Boot kommt in zwei Tagen. Mit dem Pferd würdest du eine Woche brauchen um Gorywynn zu erreichen.« Er legte den Löffel aus der Hand und sah Kim durchdringend und nicht sehr freundlich an. »Es ist wegen heute Morgen, nicht wahr?«

Kim nickte. »Ich weiß nicht, was ich falsch gemacht habe«, begann er. »Der Flaschenzug funktioniert. Er hätte dir deine Arbeit sehr erleichtert.«

»Und wer sagt dir, dass ich das will?«, fragte Grendel. Seine Miene verfinsterte sich noch mehr. »Woher nehmt ihr Jungen euch das Recht, die Welt nach euren Vorstellungen zu gestalten, ganz egal, ob es uns gefällt oder nicht?«

»Aber so war das doch nicht gemeint!«

»O doch, das war es!« Grendel schlug mit der geballten Faust auf den Tisch, sodass Kim erschrocken zusammenfuhr. »Du hast mich nicht einmal gefragt, ob ich das will. Ich wette, du hast nicht einmal darüber nachgedacht, ob ich es möchte! Du hast es einfach getan!«

»Aber doch nur, um dir zu helfen!«

»Ich brauche keine Hilfe!«, sagte Grendel finster. »Ich tue

meine Arbeit, wie ich sie immer getan habe, und ich bin zufrieden damit. Man muss nicht alles verändern, nur weil man es kann!«

»Und man muss etwas nicht für alle Ewigkeiten weiter so machen, nur weil man es immer schon so gemacht hat!«, konterte Kim. »Wenn die Menschen immer so gedacht hätten, würden wir heute noch in Höhlen leben!«

Grendel seufzte. »Du bist wie alle anderen«, sagte er. »Ich dachte, du wärst anders, aber ich habe mich wohl geirrt.«

»Dann ist es vielleicht besser, wenn ich gehe«, sagte Kim. Er machte Anstalten aufzustehen und seine Ankündigung auf der Stelle in die Tat umzusetzen, aber Grendel streckte plötzlich die Hand aus und hielt ihn fast grob zurück.

»Warte!«

Kim hätte sich leicht losreißen können, aber Grendel sah ihm auf eine so sonderbare Weise an, dass er sich nach einer Sekunde wieder auf seinen Stuhl sinken ließ.

»Es ... es tut mir Leid«, sagte Grendel. Sein Blick wich dem Kims aus und Kim spürte, wie schwer ihm dieses Eingeständnis fiel.

»Ich war vielleicht ein bisschen heftig«, fuhr Grendel fort. »Aber du musst das verstehen. So ... so hat es angefangen.«

»Was?«, fragte Kim.

»Die Veränderung. Es ist ... es *war* normal, dass die Jugend ungestüm ist und nach Veränderung strebt und dass die Alten an ihren Werten festhalten. Aber dann fingen sie an die Veränderungen mit Gewalt durchsetzen zu wollen. Und wir umgekehrt ...«

»Ihr habt euch mit Gewalt dagegen gewehrt«, vermutete Kim, als Grendel nicht weitersprach.

Der alte Mann nickte.

»Und dann?«

»Du hast es erlebt«, sagte Grendel.

»Ich habe erlebt, dass sie Krieg gegeneinander führen«, sagte Kim ungläubig. »Aber das ... das ist doch nicht möglich! Was ich gesehen habe, das war ein ausgewachsener Krieg! Ich habe niedergebrannte Städte gesehen und Heere, die sich bis auf den letzten Mann niedergemacht haben! Und das alles völlig grundlos? Das kann nicht sein!«

»Vielleicht gibt es einen Grund«, antwortete Grendel. »Wenn ja, kenne ich ihn nicht. Alle sind geflohen, als der Sturm auf Caivallon begann. Die, die geblieben sind, wurden getötet. Alle außer mir. Weil sie mich brauchen.«

Und endlich verstand Kim. »Niemand will als Fährmann arbeiten, weil die Arbeit so schwer ist«, vermutete er.

Grendel nickte.

»Und mit meinem Flaschenzug –« *Könnte jeder die Fähre selbst über den Fluss ziehen*, führte er den Satz in Gedanken zu Ende. Er sprach ihn nicht aus, aber er las die Antwort überdeutlich in Grendels Augen. Um ein Haar hätte er mit seiner Hilfe etwas wirklich Schlimmes angerichtet.

»Ich muss wirklich dringend mit Themistokles reden«, sagte er.

»Dann solltest du hier bleiben«, sagte Grendel. »Das Handelsboot ist die schnellste Verbindung von hier nach Gorywynn. Und du könntest mir noch zwei Tage Gesellschaft leisten. Es ist wirklich sehr einsam hier, weißt du?«

Kim überlegte einige Sekunden, aber schließlich nickte er.

Obwohl sie sich mehr oder weniger versöhnt hatten, verlief der Rest des Tages in einer so unangenehmen, angespannten Atmosphäre, dass Kim regelrecht froh war, sich am Abend schlafen legen zu können. Bevor er es tat, warf er noch einen langen, forschenden Blick aus dem Fenster, aber weder von der Spinne noch von dem Pack war auch nur eine Spur zu sehen. Kim fragte sich, ob er den Pack überhaupt noch einmal zu Gesicht bekommen würde. Vielleicht hatte Grendel seinen sonderbaren kleinen Weggefährten ja endgültig verscheucht. Zu seiner eigenen Überraschung empfand er bei dieser Vorstellung ein heftiges Bedauern. Irgendwie hatte er sich mittlerweile an den kleinen Kerl gewöhnt.

Da er sehr früh aufgestanden war, war er müde genug um

praktisch auf der Stelle einzuschlafen. Aber auch diese Nacht war sehr viel kürzer als erwartet.
Er erwachte lange vor Sonnenaufgang, weil er einen üblen Traum hatte, in dem er unter einer Steinlawine begraben worden war, deren Tonnengewicht ihm den Atem abschnürte. Ein Teil dieses Traumes folgte ihm hinüber in die Wirklichkeit: Er glaubte jetzt nicht mehr unter Felsmassen begraben zu sein, aber er bekam immer noch kaum Luft. Mit einen Keuchen öffnete er die Augen – und blickte in ein haariges Gesicht mit hässlichen Glubschaugen, einem vorspringenden Unterkiefer und spitzen Ohren.
»Pack!«, murmelte er verschlafen, aber auch angenehm überrascht. »Was machst du denn hier?«
Der Pack legte den Kopf auf die Seite und blinzelte ihn aus seinen kleinen, boshaften Augen an. Kim verstand jetzt immerhin den Grund seines Traumes. Auf seiner Brust lagen keine Felsbrocken, aber das Gewicht des Pack allein reichte schon aus um ihm den Atem abzuschnüren.
»Würdest du vielleicht freundlicherweise von mir runtergehen?«, fragte er kurzatmig. »Am besten, *bevor* ich erstickt bin?«
Natürlich reagierte der Pack nicht sofort, sondern blieb noch ein paar Sekunden lang reglos auf seiner Brust hocken, ehe er gemächlich von ihm herunterstieg. Er bewegte sich irgendwie ... sonderbar, fand Kim.
Gähnend stemmte er sich auf die Ellbogen hoch, blinzelte ein paar Mal und musterte den Pack aus verschlafenen Augen.
»Ich hätte zwar nicht geglaubt, dass ich das noch einmal sage«, sagte er, »aber ich freue mich, dich zu sehen. Du bist ...«
Er brach ab und riss die Augen auf. Wenigstens sah er jetzt, warum sich der Pack so sonderbar bewegt hatte ...
»He!«, fragte er. »Was willst du mit der Bratpfanne?«
Es war eine ziemlich dumme Frage.
Nachdem sein Kopf aufgehört hatte wie eine Glocke zu dröhnen, stemmte er sich zum zweiten Mal aus dem Kissen hoch und versuchte die wirbelnden Funken vor seinen Augen weg-

zublinzeln. Der Pack war um sein Bett gehüpft und hatte sich vorsichtshalber bis zur Tür zurückgezogen. Die Bratpfanne, mit der er ihn geweckt hatte, hielt er noch immer in der rechten Hand.

»Sehr witzig«, maulte Kim. »Das war wirklich ungeheuer komisch. Was sollte das?«

Der Pack warf die Bratpfanne in die Ecke, öffnete die Tür und trippelte hinaus, kam aber nach einem Moment schon zurück und starrte ihn herausfordernd an. Nachdem er dieses Manöver insgesamt dreimal wiederholt hatte, begriff Kim endlich.

»Du willst, dass ich mit dir komme«, sagte er. »Warum? Willst du mir etwas zeigen?«

Der Pack trippelte abermals aus dem Zimmer und kam zurück. Kim, der noch immer leichte Kopfschmerzen hatte, stand auf, schlüpfte rasch in seine Kleider und verließ das Zimmer. Er war nicht besonders überrascht, dass Grendel nicht da war. Wäre der alte Mann zu Hause gewesen, hätte sich Pack vermutlich nie hereingetraut.

»Und jetzt?«, fragte Kim.

Der Pack durchquerte rasch das chaotische Zimmer, öffnete die Haustür und huschte hinaus, nur um gleich darauf wieder zurückzukommen.

»Ich verstehe«, seufzte Kim. »Was hast du da draußen? Eine Fallgrube voller spitzer Stöcke, in die ich hineinstolpern soll?«

Trotz dieser Worte folgte er dem Pack nach draußen. Es war wirklich noch *sehr* früh und entsprechend kalt. Kim schätzte, dass bis zum Sonnenaufgang noch mindestens drei, wenn nicht vier Stunden vergehen würden. Er konnte sich kaum vorstellen, dass Grendel um diese Zeit schon zur Arbeit gegangen war. Wer um alles in der Welt brauchte mitten in der Nacht eine Fähre?

Der Pack führte ihn jedoch geradewegs zum Fluss. Erst als sie nur noch einen Steinwurf vom Deich entfernt waren, blieb er stehen, gestikulierte einen Moment lang heftig zum Fluss hin und verschwand dann in der Dunkelheit.

Durch das sonderbare Verhalten des Pack gewarnt, legte Kim den Rest der Strecke sehr vorsichtig zurück. Auf den letzten Metern ließ er sich sogar auf Hände und Knie nieder, bis er die Deichkrone erreichte.
Er war sehr froh, so vorsichtig gewesen zu sein.
Grendel stand auf der anderen Seite des Deiches am Ufer und er war nicht allein. Im Schein einer blakenden Fackel, die am Geländer seines Floßes befestigt war, zählte Kim vier schlanke Gestalten in weißen Hemden und eng anliegenden, wildledernen Hosen. Keiner von ihnen war älter als Kim.
Und zumindest einen der Jungen kannte Kim.
»Du bist also sicher, dass er nichts gemerkt hat?«, fragte Kai in diesem Moment. »Unterschätz den Burschen nicht. Er ist ziemlich raffiniert.«
»Bestimmt nicht«, versicherte Grendel. Er schien nicht in der Lage, länger als eine Sekunde still zu stehen. Kim konnte sein Gesicht nicht erkennen, aber seine Stimme verriet Grendels Nervosität umso deutlicher.
»Ich will es hoffen«, sagte Kai. »Für dich, alter Mann. Du weißt, was passiert, wenn er uns wieder entwischt.«
»Dann siehst du deinen Sohn nie wieder«, fügte einer der anderen Jungen hinzu.
»Wie geht es ihm?«, fragte Grendel rasch. »Wo ist er?«
»Bei uns«, antwortete Kai. »Und da bleibt er auch, bis du deinen Teil der Abmachung eingehalten hast. Es bleibt also dabei: Du sorgst dafür, dass er auf das Schiff geht. Sobald wir ihn haben, schicken wir deinen Sohn zu dir zurück.«
Kim hatte genug gehört. Vorsichtig schob er sich rücklings die Böschung hinab, richtete sich auf und lief schnell, aber so gut wie lautlos, weit genug davon um vor einer zufälligen Entdeckung sicher zu sein.
Seine Gedanken waren in hellem Aufruhr. Er weigerte sich einfach zu glauben, dass Grendel ihn derartig hintergangen haben sollte. Aber was er gehört hatte, das ließ keinen Zweifel aufkommen: Das Fährboot, von dem Grendel seit einer Woche sprach, war eine Falle.

Er ging zum Haus zurück, war aber viel zu aufgeregt um sich wieder schlafen zu legen. Er hätte es gar nicht gewagt, schon aus Angst, dass Grendel es sich vielleicht anders überlegen und auf Nummer sicher gehen könnte, indem er etwa gleich mit Verstärkung zurückkam oder ihn fesselte und knebelte, damit er nicht im letzten Moment noch floh.
Vielleicht sollte er genau das machen, überlegte er. Er sollte einfach seine Sachen packen und verschwinden, am besten, noch bevor Grendel von seinem konspirativen Treffen zurückkam.
Er war zutiefst enttäuscht. Er hatte Grendel gewiss nicht für einen Freund gehalten, aber von ihm derart verraten zu werden, das war hart. Trotzdem konnte er Grendel sogar verstehen. Ganz offensichtlich hielten Kai und die anderen Grendels Sohn als Geisel zurück; Kim hätte sich an seiner Stelle nicht anders entschieden.
Seine Sachen waren rasch zusammengesucht. Mit Ausnahme des Zauberbogens und seiner Satteltaschen hatte er ja praktisch nichts mitgebracht. Er trug alles in den Stall, zäumte sein Pferd auf und hatte eigentlich vor, dann wieder ins Bett zu gehen und den Schlafenden zu spielen, bis Grendel zurückkam und anschließend wieder ganz normal zur Arbeit ging. Die fünf oder sechs Stunden, die dann bis zu seiner abermaligen Rückkehr vergehen mochten, mussten als Vorsprung eben reichen.
Doch es kam anders.
Er befand sich gerade wieder auf dem Rückweg zum Haus, als Grendel plötzlich wie aus dem Boden gewachsen vor ihm auftauchte. Ein einziger Blick in sein Gesicht machte Kim klar, dass es vollkommen sinnlos war, ihm irgendetwas vormachen zu wollen.
Trotzdem versuchte er es. »Oh, hallo!«, sagte er, den Ahnungslosen spielend; allerdings konnte er es nicht sehr gut. »Ich konnte nicht schlafen und da dachte ich mir –«
»Dass du klammheimlich deine Sachen packst und verschwindest«, unterbrach ihn Grendel mit steinernem Gesicht.

»Warum?«
»Ich wollte nicht verschwinden«, behauptete Kim. »Ich wollte nur –«
»Lüg mich nicht an«, fiel ihm Grendel ins Wort. »Ich habe dich in mein Haus aufgenommen. Ich habe mein Essen mit dir geteilt, dir Kleider gegeben und dich vor deinen Feinden versteckt und zum Dank willst du dich bei Nacht und Nebel davonschleichen.«
Kim sah ein, dass es keinen Sinn mehr hatte zu lügen. Und er hatte auch gar keine Lust dazu. »Ich war am Fluss«, sagte er.
Grendel antwortete nicht sofort. Er sah Kim nur an und eine Mischung aus Trauer und Resignation machte sich auf seinem Gesicht breit.
»Warum?«, fragte Kim schließlich.
»Wenn du am Fluss warst, dann hast du das ja auch gehört«, antwortete Grendel. »Es geht um meinen Sohn. Ich verrate dich nicht gerne, aber ich habe keine Wahl. Ich bekomme ihn zurück, wenn ich dich ausliefere.«
»Haben sie ihn entführt?«, fragte Kim.
»Entführt?« Grendel schüttelte den Kopf. »O nein. Er ist mit ihnen gegangen, nachdem sie Caivallon niedergebrannt hatten. Er ist jetzt bei dem großen Heer.«
»Und du glaubst wirklich, er wird freiwillig zu dir zurückkommen?«, fragte Kim.
»Er wird es tun, wenn Kai es ihm befiehlt«, antwortete Grendel und der Ton, in dem er es tat, machte Kim klar, wie sinnlos es war, ihm erklären zu wollen, dass Kai wahrscheinlich nicht Wort halten würde; und wenn, dass Grendels Sohn wahrscheinlich nicht zurückkommen *wollte*. Grendel glaubte daran, weil er es glauben wollte.
»Wer ist dieser Kai eigentlich?«, fragte er.
»Er war der beste der jungen Steppenreiter«, antwortete Grendel. »Und ein guter Freund meines Sohnes – *bevor* sich alles verändert hat. Heute ist er einer der Heerführer. Und die rechte Hand des Magiers der Zwei Berge.«
»Der Magier der Zwei Berge?«

Grendel hob die Schultern. »Man sagt, dass er die Armee aufgestellt und den Krieg vom Zaun gebrochen hat. Niemand weiß, wer es wirklich ist. Und ich schon gar nicht.« Er seufzte. »Du willst also gehen. Aber das wäre vollkommen sinnlos. Sie durchstreifen die ganze Gegend, weißt du? Du kämst keine Stunde weit.«
»Ich werde es trotzdem versuchen«, sagte Kim.
»Nein«, antwortete Grendel. »Ich fürchte, das kann ich nicht zulassen.«
Seine Bewegung kam so schnell, dass Kim nicht einmal eine Chance hatte ihr auszuweichen. Grendels Rechte schoss vor und schloss sich mit solcher Kraft um sein Handgelenk, dass er vor Schmerz aufschrie.
»Es tut mir Leid«, sagte Grendel. »Aber ich habe keine Wahl.«
Kim wehrte sich mit aller Gewalt, aber Grendels Griff war wie ein Schraubstock. Der alte Mann war stärker, als er aussah. Die harte Arbeit, die er ein Leben lang ausgeführt hatte, war nicht spurlos an ihm vorbeigegangen.
Kim zerrte und riss mit aller Kraft, aber es war aussichtslos. Schließlich ließ er alle Rücksicht fahren und versuchte nach Grendel zu schlagen und zu treten, aber auch das erwies sich als zwecklos. Grendel wich seinen Hieben geschickt aus, ergriff ihn schließlich ohne sichtbare Mühe und hob ihn einfach hoch. Ohne Kims verzweifelte Gegenwehr oder sein lautes Schreien auch nur zur Kenntnis zu nehmen, trug er ihn zum Pferdestall zurück, warf ihn in hohem Bogen auf einen Heuhaufen und knallte die Tür zu. Der Riegel wurde polternd vorgelegt, noch bevor Kim sich aufrappeln konnte.
Wütend rannte er zur Tür zurück und hämmerte mit den Fäusten dagegen. Die Tür bebte, gab aber keinen Millimeter nach.
»Gib dir keine Mühe«, drang Grendels Stimme von draußen herein. »Wir haben früher wilde Pferde dort drinnen gehalten. Du kommst nicht heraus.«
Kim musste zugeben, dass Grendel vermutlich Recht hatte.

Die Tür war massiv genug, um selbst dem Ansturm eines wütenden Stieres standzuhalten, und die Fenster waren so schmal, dass selbst der Pack Mühe gehabt hätte, sich hindurchzuquetschen. Der einzige Schwachpunkt schien die Decke zu sein, die nur aus einfachen Holzschindeln bestand. Aber sie befand sich gute drei Meter über ihm und es gab keine Möglichkeit hinaufzuklettern. In seiner Verzweiflung versuchte Kim sogar sich einen Weg unter der Tür hindurchzugraben, aber der Boden war hart wie Stein. Er saß in der Falle.

Es verging eine gute halbe Stunde, bis er draußen wieder Geräusche hörte. Kim rief Grendels Namen, bekam aber keine Antwort. Die Geräusche hielten jedoch an und nach ein paar weiteren Sekunden identifizierte er sogar die Richtung, aus der sie kamen: von oben. Jemand war auf dem Dach.

Kim hatte diesen Gedanken kaum gedacht, da musste er sich auch schon mit einem hastigen Satz in Sicherheit bringen, weil es von oben zerbrochene Holzschindeln regnete. Binnen weniger Augenblicke entstand auf diese Weise ein gut meterbreites Loch im Dach, durch das ein pelziges Gesicht auf ihn herabblickte.

»Pack!«, rief er erleichtert. »Dich schickt der Himmel! Schnell! Besorg ein Seil!«

Der Pack schnatterte eine unverständliche Antwort und nutzte die Gelegenheit um Kim eine Dachschindel an den Kopf zu werfen, verschwand dann aber prompt und gleich darauf wurde ein dünnes, weißes Seil durch das Loch herabgelassen.

Eigentlich war es gar kein richtiges Seil, sondern nur eine Art Faden, dünn wie ein Haar und seidig glänzend. Noch während Kim es verdattert anstarrte, erschien ein weißes Gesicht mit zwei nadelspitzen Fangzähnen und einem halben Dutzend glänzender Knopfaugen in der Öffnung im Dach und eine dünne Stimme sagte ungeduldig: »Worauf wartest du? Auf einen roten Teppich?«

»Du?«, sagte Kim verwirrt. Dann blickte er wieder zweifelnd auf den Spinnfaden.

»Jetzt stell dich nicht so an«, keifte die Spinne. »Es hält schon. Vor allem ein Fliegengewicht wie dich!«

Kim war da nicht so sicher, aber welche Wahl hatte er schon? Er griff nach dem Faden und zog ein paar Mal daran und zu seiner Überraschung stellte er fest, dass es sein Gewicht tatsächlich zu halten schien. Also kletterte er daran empor – was sich allerdings als gar nicht so einfach erwies. Der Seidenfaden war zwar so stabil wie ein Drahtseil, aber einfach zu *dünn*, um vernünftig daran emporklettern zu können. Er zerschnitt sich übel die Hände und war vollkommen außer Atem, als er endlich oben auf dem Dach war.

Die Spinne betrachtete ihn spöttisch. »Geschickt«, sagte sie hämisch. »Ich frage mich, wie es eure Rasse jemals von den Bäumen herunter geschafft hat.«

»Das kann ich dir sagen«, knurrte Kim. Er richtete sich ärgerlich auf, verlor auf dem abschüssigen Dach prompt den Halt und schlitterte hilflos mit den Armen rudernd über den Rand. Mit einem Schrei stürzte er in die Tiefe, schlug schwer auf dem Boden auf und verletzte sich nur wie durch ein Wunder nicht schwer.

Als er sich benommen wieder aufrichtete, lugte die Spinne über den Rand des Daches zu ihm herab.

»Aha«, sagte sie. »So also.«

Kim schenkte ihr einen bösen Blick, beließ es aber dabei und rappelte sich hoch um zur Tür zu humpeln. Grendel hatte gottlob nur einen Riegel vorgelegt, den er mit einiger Mühe zur Seite wuchten konnte.

Als er die Tür öffnete, kam Twix auf wirbelnden goldenen Flügeln herangesaust und piepste in höchster Panik: »Schnell! Sie sind gleich da!«

»Fleisch!«, krächzte die Spinne vom Dach aus. Die Elfe erschrak so sehr, dass sie für einen Moment nicht Acht gab und in vollem Tempo gegen die Wand flog.

Kim fing sie auf, steckte sie in die Hemdtasche und rannte in den Stall. Mit einem Satz war er im Sattel, beugte sich tief über den Hals des Pferdes und sprengte aus der Tür.

So schnell er auch war – möglicherweise war er doch nicht schnell genug. Im selben Moment, in dem er den Stall verließ, tauchten Kai und zwei andere junge Steppenreiter am Ende der kurzen Straße auf.

Kai reagierte sofort, während die beiden Jungen Kim nur verblüfft anstarrten. Der junge Steppenreiter trieb seinem Pferd rücksichtslos die Absätze in die Flanken, worauf das Tier erschrocken aufschrie und einen regelrechten Satz in Kims Richtung machte.

Die beiden Tiere prallten mit solcher Wucht zusammen, dass Kim beinahe und Kai tatsächlich den Halt verlor. Er kippte mit einem überraschten Schrei aus dem Sattel, schlug aber noch im Fallen einen Salto und landete mit artistischer Geschicklichkeit auf den Füßen, während Kim noch damit beschäftigt war, um sein Gleichgewicht zu kämpfen und sein bockendes Pferd wieder unter Kontrolle zu bekommen.

Kai zog sein Schwert, schwang die Waffe mit beiden Händen und hieb nach Kims linkem Bein. Im allerletzten Moment riss Kim den Fuß aus dem Steigbügel und entging dem gemeinen Hieb, aber die Schwertspitze streifte die Flanke des Pferdes und fügte ihm eine tiefe, heftig blutende Wunde zu.

Das Pferd bäumte sich mit einem Schmerzensschrei auf und schlug mit den Vorderläufen aus. Kai wurde getroffen, stolperte ein paar Schritte nach hinten und ließ sein Schwert fallen und Kim stürzte endgültig aus dem Sattel.

Sofort war er wieder auf den Füßen. Aber er sah, dass nun auch die beiden anderen Jungen ihre Überraschung überwunden hatten und herangesprengt kamen. Er hatte nicht die geringste Chance, rechtzeitig wieder auf sein Pferd zu kommen. Die beiden Jungen mussten in zwei oder drei Sekunden hier sein.

Sie hätten ihn auch garantiert erwischt, hätten sie in ihrer Hast nicht den dünnen, glitzernden Faden übersehen, der sich plötzlich quer über die Straße spannte.

Kim zog erschrocken den Kopf zwischen die Schultern, als die beiden plötzlich reiterlosen Pferde rechts und links an ihm vorbeipreschten. Die beiden Jungen lagen drei oder vier Meter entfernt auf dem Boden und versuchten vergeblich zu verstehen, was eigentlich passiert war.

Trotzdem hatte er keine Zeit zu verlieren, denn auch Kai richtete sich bereits wieder auf und tastete benommen nach der gewaltigen Beule, die mitten auf seiner Stirn wuchs.

Kim bückte sich hastig nach dem Schwert, das Kai fallen gelassen hatte, schob es unter seinen Gürtel und humpelte zu seinem Pferd. Das Tier tänzelte unruhig auf der Stelle und stieß schnaubende, schmerzerfüllte Laute aus. Die Wunde an seiner Seite war wirklich tief und sie blutete heftig.

»Gib auf, du Dummkopf!«, stöhnte Kai hinter ihm. »Du kannst nicht entkommen.«

Kim drehte sich zu ihm herum. Kai hatte sich auf Hände und Knie erhoben, aber offensichtlich fehlte ihm die Kraft, ganz aufzustehen. Trotzdem grinste er, als er Kim ansah.

»Du bist wirklich gut, das muss man dir lassen«, sagte er. »Du machst deinem Namen alle Ehre.«

Für einen kurzen Moment empfand Kim beinahe Hass auf den blonden Jungen und er hätte nichts lieber getan als seinen Bogen vom Sattel zu lösen und Kai einen Pfeil mitten in sein hämisches Grinsen zu schießen. Aber in derselben Sekunde schämte er sich dieses Gedankens auch schon wieder.

»Du wirst dich noch wundern, wie sehr!«, sagte er grimmig, griff nach den Zügeln und schwang sich in den Sattel. Das Pferd keuchte vor Schmerz, hielt aber trotzdem gehorsam still, bis er aufgestiegen war.

»Das hat doch keinen Sinn!«, rief Kai. »Du hast nichts zu befürchten! Unser Herr will mit dir sprechen, das ist alles!«

Kim ignorierte ihn. Vorsichtig drehte er das Pferd herum und ließ es lostraben. Das Tier zitterte heftig, setzte sich aber trotzdem gehorsam in Bewegung. Doch er spürte, wie schwer ihm jeder Schritt fiel. Seine Kraft würde nicht mehr lange vorhalten. Langsam ritt er aus dem winzigen Dorf und wandte sich nach Westen. Die Ruinen Caivallons ragten riesenhaft und irgendwie bedrohlich vor ihm empor, aber vermutlich war die niedergebrannte Stadt die einzige Chance, die er hatte. Mit diesem verwundeten Tier würde er nicht weit kommen. Und wenn Kai und die anderen erst einmal anfingen nach ihm zu suchen, dann musste sein Vorsprung rasch dahinschmelzen. Er brauchte ein Versteck, in dem er sich um die Verletzung des Pferdes kümmern – und vor allem einen Plan entwickeln konnte.

Kim war erst wenige Minuten unterwegs, als er eine Staubwolke vor sich sah. An ihrem Beginn, noch winzig klein, aber deutlich zu erkennen, schimmerte ein halbes Dutzend weißer Punkte.

Es gehörte nicht besonders viel Fantasie dazu, sich auszurechnen, was sie darstellten.

Kim hielt an, griff in die Hemdtasche und zog die Elfe hervor. Sie wirkte noch immer benommen. Ihre Flügel waren zerknittert.

»O Mann«, murmelte sie. »Das war vielleicht ein –«

»Dafür ist jetzt keine Zeit, Twix«, sagte Kim rasch. »Kannst du fliegen?«

»Natürlich kann ich fliegen«, piepste Twix. »Ich bin eine Elfe!«

»Ich meine, ob du *jetzt* fliegen kannst«, sagte Kim.

»Jetzt?« Twix schlug prüfend mit den Flügeln, erhob sich ein paar Zentimeter von seiner Hand und plumpste zurück.

»Es wird schon gehen«, behauptete sie. »Wohin soll ich denn fliegen?«

»Nicht weit.« Kim deutete steil nach oben. »Sag mir nur, aus welcher Richtung sie kommen.«

»Wird gemacht, Chef«, antwortete die Elfe. Ein wenig wackelig, aber schneller werdend, schraubte sie sich in engen Spiralen in die Höhe und verschwand schon nach zwei Sekunden aus Kims Gesichtsfeld.

Die Staubwolke vor ihm war noch nicht sehr viel näher gekommen, aber das lag wahrscheinlich nur daran, dass die Jungen ihn noch nicht entdeckt hatten. Kim machte sich nichts vor: Auch mit einem gesunden Pferd hatte er keine Chance, ein Wettrennen gegen ein oder zwei Dutzend Verfolgern zu gewinnen. Zurück konnte er auch nicht, denn dort warteten Kai und zwei vermutlich höchst miserabel gelaunte Steppenreiter auf ihn, und zur Rechten befand sich der Fluss, der eine unüberwindliche Barriere bildete. Im Grunde konnte er nur nach Norden.

Trotzdem wartete er, bis Twix zurückkam und sich wieder auf seiner Schulter niederließ. »Nun?«

»Also, der Pack schleicht gar nicht weit entfernt heran und diese widerwärtige verfressene ungehobelte Spinne kriecht irgendwo durchs Gras und denkt wohl, dass ich –«

»*Twix!*«

»Ja?«

»Die anderen«, sagte Kim. »Kai und seine Kumpanen! Wo sind sie?«

»Oh«, machte Twix. »Darauf habe ich nicht geachtet. Du hast nichts von ihnen gesagt.«

Kim schloss die Augen, zählte in Gedanken langsam bis drei und sah dann nach Norden. Dieser eine Blick machte jede weitere Frage überflüssig.

Durch das hüfthohe Gras kam ein halbes Dutzend Reiter herangejagt und diese Reiter hatten ihn gesehen, daran bestand gar kein Zweifel. Nun blieb ihm nur noch der Weg zum Fluss. Kim fluchte lautlos in sich hinein, wendete das Pferd und ließ es antraben. Der Weg war nicht weit. Er würde das Ufer wahrscheinlich erreichen, ehe die Verfolger ihn einholten, aber er hatte nicht die geringste Ahnung, was er dann tun sollte. In der reißenden Strömung war an Schwimmen gar nicht zu denken; ganz davon zu schweigen, dass er viel zu breit war. Selbst Grendels Fähre brauchte fast eine Stunde, um ...

Die Fähre!

Warum hatte er denn nicht gleich daran gedacht? Es gab ja einen Weg über den Fluss!

Von diesen Gedanken mit neuer Hoffnung erfüllt, ritt Kim schneller und erreichte binnen weniger Minuten den Deich.

Bevor er ihn in Angriff nahm, drehte er sich noch einmal im Sattel herum und sah zu seinen Verfolgern zurück.
Was er sah, gefiel ihm ganz und gar nicht! Die Reiter waren doch viel schneller näher gekommen, als er gehofft hatte. Er konnte sich nicht mehr einbilden auf die Fähre zu kommen, ohne dass sie es merkten. Und als wäre das allein noch nicht genug, hatte mittlerweile auch die zweite Gruppe, die sich ihm von Caivallon her näherte, gehörig an Tempo zugelegt. Sie mussten ihn entdeckt haben. Kim schätzte, dass sie ungefähr gleichzeitig wie die anderen eintreffen würden.
Er lenkte das Pferd die Böschung hinauf und stellte fest, dass er zumindest in einem Glück gehabt hatte: Er war nicht sehr weit von der Anlegestelle entfernt und die Fähre lag auf dieser Seite des Ufers. Grendel war nicht da.
Kim unterdrückte den Impuls, noch einmal zu seinen Verfolgern zurückzusehen, sondern lenkte das Pferd in raschem Tempo den Deich hinab und auf die Fähre zu.
Am liebsten hätte er laut gejubelt, als er die Fähre genauer sah. Grendel hatte sich zwar enorm über seinen Flaschenzug aufgeregt, ihn aber trotzdem nicht komplett abgebaut, sondern einfach nur ausgehängt.
Kim sprang aus dem Sattel, kaum dass die Hufe des Pferdes das Holz berührten. Mit fliegenden Fingern machte er sich an die Arbeit.
Die Zeit schien plötzlich zu rasen. Er würde nicht lange brauchen um den Flaschenzug wieder einzuhängen und mit dem Führungsseil der Fähre zu verbinden. Aber vielleicht würde er diese wenige Augenblicke nicht mehr haben, denn auf der anderen Seite des Deiches wurde das Dröhnen zahlreicher Pferdehufe laut.
Als er den Blick hob, sah er, dass seine schlimmsten Befürchtungen wahr wurden: Nicht nur eine, sondern *beide* Verfolgertruppen erschienen gleichzeitig auf dem Kamm der Düne. Aber etwas stimmte nicht. Bei der Gruppe, die er zuerst entdeckt hatte, handelte es sich um Jungen – aber auch etliche Mädchen –, die vornehmlich die weiße Kleidung der Step-

penreiter trugen. Der zweite, kleinere Trupp jedoch bestand aus wesentlich älteren Männern. Kriegern, um genau zu sein. Sie trugen ausnahmslos Rüstungen und Schilde. Angeführt wurden sie von dem bärtigen Mann, den Kim bereits in der Gastwirtschaft kennen gelernt hatte.
Kaum hatten sich die beiden unterschiedlichen Gruppen erblickt, da brandete auch schon auf beiden Seiten ein wütendes Gebrüll auf; sie zogen ihre Waffen und gingen unverzüglich aufeinander los.
»He!«, piepste Twix. »Sind das Freunde von dir?«
Kim schwieg gute fünf Sekunden, ehe er antwortete; leise und beinahe zögernd. »Ich fürchte, nein«, sagte er.
»Aber sie greifen sich doch gegenseitig an!«
»Das stimmt«, gab Kim zu. »Aber ich fürchte, sie prügeln sich darum, wer mich umbringen darf ...«
Trotzdem war das unerwartete Auftauchen dieses zweiten Heeres vielleicht genau die Chance, die er brauchte. Vor seinen Augen entbrannte eine regelrechte Schlacht, bei der die Chancen nur scheinbar ungleich verteilt waren. Die Reiter aus Caivallon waren ihren Gegnern an Zahl zwar hoffnungslos überlegen, aber sie waren trotz allem *Kinder,* und ihre Feinde waren viel besser bewaffnet – und sie nahmen nicht besonders viel Rücksicht auf die Jugend ihrer Gegner. Der Ausgang der Schlacht war völlig offen.
Kim sah nicht weiter zu, sondern beeilte sich, den Flaschenzug anzubringen und das Seil wieder einzuhängen. Als er fast damit fertig war, gewahrte er eine Bewegung aus den Augenwinkeln und griff erschrocken zur Waffe. Aber es war nur der Pack. Er sah ziemlich mitgenommen aus. Er verzichtete sogar darauf, Kim einen Tritt in die Kniekehlen zu versetzen, als er an ihm vorbeiging. Kim arbeitete mit fliegenden Fingern weiter.
Beinahe hätte er es sogar geschafft. Der Kampf wogte hin und her, ohne dass eine Seite einen entscheidenden Vorteil erringen konnte, und Kim beendete unbehelligt seine Arbeit und griff nach dem Seil. Das Floß setzte sich zitternd in Bewegung.

Als er zwei oder drei Meter vom Ufer entfernt war, lösten sich ein halbes Dutzend Gestalten aus dem Kampf und stürmten in seine Richtung. Es waren zwei Männer aus dem Heer der Erwachsenen und vier Jungen.
Kim zerrte mit verzweifelter Kraft am Seil, griff mit der anderen Hand nach Turocks Bogen – und zog die Hand wieder zurück. Die Bewegung fiel ihm unendlich schwer und er hatte das Gefühl, dass der schwarze Bogen am Sattel zitterte, als könne er es gar nicht erwarten, in seine Hand zu springen und seine Arbeit zu tun.
Er wagte es nicht, den Zauberbogen zu benutzen, denn er musste daran denken, was das letzte Mal passiert war. Er hatte nur flüchtig daran gedacht, seinem Gegner ins Bein zu schießen, und die Pfeile hatten mit unheimlicher Präzision ihr Ziel getroffen, selbst als er es gar nicht mehr wollte.
Vorhin, als er in Kais Gesicht geblickt hatte, hatte er nicht an sein *Bein* gedacht ...
Statt die Waffe zu benutzen, griff er mit beiden Händen nach dem Seil und zerrte mit aller Gewalt. Der Fluss wurde schneller, zumal er jetzt in die Strömung geriet.
Aber nicht schnell genug.
Seine Verfolger waren ins Wasser gewatet und begannen nun mit raschen Zügen zu schwimmen. Mindestens zwei oder drei würden die Fähre erreichen, erkannte Kim. Er zerrte und zog weiter, griff aber mit einer Hand nach dem Schwert.
Zwei Verfolger gaben auf und schwammen zum Ufer zurück, dann noch zwei: Die beiden übrig gebliebenen jedoch schwammen weiter. Und sie kamen näher.
Kim zog das Schwert, schwang die Waffe mit beiden Händen hoch über dem Kopf und schlug mit aller Gewalt zu. Das Führungsseil des Fährfloßes zersprang mit einem peitschenden Knall. Das Floß zitterte, schien einen Moment lang still zu stehen und begann sich auf der Stelle zu drehen. Die beiden Schwimmer kamen rasch näher und Kim bereitete sich innerlich darauf vor, nun doch um sein Leben kämpfen zu müssen.
Er war jetzt gute zehn Meter vom Ufer entfernt und bewegte

sich immer schneller, aber auch die Schwimmer wurden von der Strömung erfasst und holten weiter auf.

Sie hatten die Fähre beinahe erreicht, als am Ufer ein gut fußballgroßer weißer Ball auftauchte, der auf mehr als einem halben Dutzend wirbelnder Beine durch das Gras flitzte – und ohne innezuhalten einfach über das Wasser lief!

Die Spinne verlor nicht einmal an Geschwindigkeit, sondern rannte einfach über die Wasseroberfläche, sprang auf den Rücken eines der Schwimmer und schoss einen glitzernden Faden nach den Beinen des anderen ab. Zielsicher wie ein Lasso wickelte er sich um das Fußgelenk des Mannes und die Spinne kappte den Faden, wirbelte blitzschnell herum und knotete das andere Ende um das Handgelenk des anderen Mannes.

Der Schwimmer begann vor Entsetzen zu kreischen, als er sah, was auf seinem Rücken saß, vergaß prompt zu schwimmen und ging unter und die Spinne lief weiter und krabbelte dicht neben Kim auf das Floß. Twix kreischte erschrocken und verschwand nahezu mit Lichtgeschwindigkeit in Kims Brusttasche und der Pack klappte aufmerksam die Ohren hoch und zog sich ans andere Ende des Floßes zurück.

Kim machte eine beruhigende Geste, konzentrierte sich aber ganz auf die beiden Schwimmer. Die Männer hatten ihren Rhythmus wieder gefunden, aber sie hatten jetzt ein anderes Problem als ihn zu verfolgen. Aneinander gebunden, wie sie waren, würden sie von Glück sagen können, wenn sie das Ufer wieder erreichten.

Kim atmete erleichtert auf. Der Kampf am Ufer neigte sich seinem Ende zu, aber er konnte noch immer nicht sagen, welche Seite gewonnen hatte. Vielleicht keine. Und selbst wenn – die Schlacht war vollkommen sinnlos geworden. Der Preis, um den es ging – *er* –, war nicht mehr da.

»Das war verdammt knapp«, murmelte er.

»Ja, gerne geschehen«, sagte die Spinne. »Freunden tut man doch gerne einen Gefallen.«

»Freunden?!«, piepste eine Stimme aus seiner Tasche.

»So ein Stück harte Arbeit macht hungrig«, fuhr die Spinne fort. Sie kam unauffällig näher und linste zu Kims Brusttasche hoch. »Meinst du nicht, dass du mir einen kleinen Happen schuldig bist?«
»Ich habe nichts«, sagte Kim. Er drehte sich einmal im Kreis und versuchte die Richtung abzuschätzen, in der sich das Floß bewegte, aber es gelang ihm nicht.
»Du lügst«, sagte die Spinne.
»Du hörst doch, er hat nichts!«, piepste Twix aus seiner Tasche heraus.
»Tut mir Leid«, antwortete die Spinne. »Aber ich darf nicht mit dir reden.« Sie berührte Kim mit drei Beinen am Fuß. »Fleisch?«
»Nein«, sagte Kim.
»Fang dir doch einen Fisch«, fügte Twix hinzu.
»Ach, und womit? Habe ich etwa eine Angel in der Tasche?«
»Web dir doch ein Netz«, riet Twix. Sie streckte vorsichtig den Kopf ins Freie, sah auf die Spinne hinab – und blies eine Wolke von goldfarbenem Staub auf sie. Die Spinne kreischte, war mit einem einzigen Hüpfer am anderen Ende der Fähre und handelte sich prompt einen Fußtritt des Pack ein.
»Schluss jetzt!«, sagte Kim streng. »Das ist ja schlimmer als im Kindergarten. Ihr benehmt euch oder ihr könnt hinterher schwimmen.«
»Ich kann nicht schwimmen«, sagte die Spinne übellaunig. »Nicht mit leerem Magen.«
Kim zog es vor, nichts mehr zu sagen.

Das Floß trieb im Laufe der folgenden Stunden bis in die Flussmitte hinaus und geriet dabei immer mehr in den Sog der Strömung. Es wurde immer schneller, bis es regelrecht dahinschoss, aber es machte keine Anstalten sich etwa dem jenseitigen Ufer zu nähern.
Kim begann sich zu fragen, wie er seine Fahrt beenden sollte. Es gab an Bord der Fähre weder ein Ruder noch irgendeine andere Möglichkeit, den Kurs des Floßes zu beeinflussen.

Aber diese Frage hatte Zeit. Wenn er sich richtig erinnerte, dann waren es fast drei Tage bis zu Themistokles' gläserner Stadt. Schlimmstenfalls konnte er Twix vorausschicken, damit sie den Zauberer alarmierte und er Hilfe schickte.

Heute hatte er eine andere Aufgabe für die Elfe.

Nachdem er sich davon überzeugt hatte, dass die Spinne in sicherer Entfernung dahockte, nahm er die Elfe aus der Brusttasche und ging mit ihr zu seinem Pferd. Die Wunde in der Flanke des Tieres hatte aufgehört zu bluten, aber sie sah sehr schlimm aus.

»Kannst du ihm helfen?«, fragte er.

Twix legte die winzige Stirn in noch winzigere Falten und betrachtete die hässliche Schnittwunde eine ganze Weile. Dann erhob sie sich auf wirbelnden Flügeln in die Luft und ließ goldenen Elfenstaub auf das Tier herabrieseln.

Die Wirkung war nicht so dramatisch, wie Kim erwartet hatte. Das Tier tänzelte weiter nervös auf der Stelle und die Wunde schloss sich auch nicht. Nach einer guten halben Stunde ließ sich Twix wieder auf seine Schultern sinken. »Mehr kann ich nicht tun«, sagte sie erschöpft. »Jedenfalls heute nicht. Ich habe all meinen Zauberstaub aufgebraucht. Vor morgen früh kommen meine Kräfte nicht zurück.«

Die Spinne öffnete zwei oder drei Augen und spannte sich ein bisschen. Kim warf ihr einen drohenden Blick zu und wandte sich dann wieder an die Elfe. »Aber du hast ihm helfen können?«

»Das Pferd wird wieder gesund«, sagte Twix müde. »Aber es wird eine Weile dauern. Wäre ich noch im Vollbesitz meiner Kräfte ...«

»Und ich erst«, murmelte die Spinne.

Kim ignorierte sie. »Wieso hast du sie eigentlich nicht mehr?«, fragte er.

»Das weiß niemand«, antwortete Twix. »Die Magie erlischt eben. Keiner weiß, warum.«

»Wann hat es angefangen?«, erkundigte sich Kim.

Twix sah ihn fragend an. »Wann?«

Kim hatte ganz vergessen, dass Elfen so gut wie kein Zeitgefühl hatten. »Das große Sterben«, sagte er. »Alle deine Schwestern sind gestorben, nicht wahr?«
»Die meisten«, sagte Twix. »Ich glaube, ich wäre auch gestorben, wenn du nicht gekommen wärst.« Sie warf der Spinne einen schrägen Blick zu. »Seit du da bist, fühle ich mich besser.«
»Und warum?«
Kim rechnete nicht wirklich mit einer Antwort, aber er bekam sie. »Vielleicht, weil du an mich glaubst«, sagte Twix.
»Wie?«
»Ja weißt du denn nicht, wie Magie funktioniert?«, fragte die Elfe blinzelnd.
»Nein«, sagte Kim. Woher auch? »In meiner Welt gibt es keine Magie.«
»Weil ihr nicht an sie glaubt«, sagte Twix. »So einfach ist das. Ihr glaubt an eure Technik und an eure Wissenschaft und deshalb funktionieren sie auch. Würdet ihr an Zauberei glauben, dann würde sie auch funktionieren.«
»Kaum«, sagte Kim lächelnd. »Bei uns funktionieren die Dinge etwas anders.«
»Ihr steigt ja auch anders von den Dächern«, meinte die Spinne. Kim ignorierte ihre Bemerkung.
»Ich muss dringend mit Themistokles reden«, murmelte er.
»Themistokles, der Zauberer?« Die Spinne kicherte. »Bist du sicher, dass er noch zaubern kann?«
»Klar«, antwortete Kim. »Schließlich glaube ich an ihn.«
Die Spinne machte ein abfälliges Geräusch. »Du spinnst doch«, sagte sie.

Den ganzen Tag über schoss das Floß in der stärker werdenden Strömung dahin. Einige Male glitt eine Stadt am Flussufer vorbei und mindestens eine davon stand in hellen Flammen.
Sie kamen dem Ufer niemals nahe genug um Menschen zu sehen, sodass Kim nicht sagen konnte, ob die Städte und

Gehöfte, an denen sie vorüberkamen, von ihren Bewohnern verlassen worden waren oder nicht. Kim war aber davon überzeugt.

Und noch etwas fiel ihm auf. Es war vollkommen windstill. Die sanfte Brise, die ihm ins Gesicht blies, war nur der Fahrtwind. Nicht nur die Magie Märchenmonds hatte sich geändert. Diese ganze *Welt* schien anders geworden zu sein.

Als die Sonne sank, rollte sich Kim in der Mitte des Floßes zusammen und schlief auf der Stelle ein.

Kurz nach Einbruch der Dämmerung wachte er auf, weil ihn etwas sanft wie eine Feder an der Schulter berührte. Kim stellte sich weiter schlafend, öffnete aber die Augen einen halben Millimeter.

Der Anblick, der sich ihm bot, war verblüffend.

Die Spinne balancierte auf nur vier Beinen neben ihm. Zwei weitere Beine benutzte sie dazu, Kims Brusttasche aufzuhalten, und mit den restlichen beiden versuchte sie hineinzugreifen.

»Guten Morgen«, sagte Kim.

Die Spinne machte einen erschrockenen Satz, stolperte über ihre eigenen Beine und fiel nicht zum ersten Mal, seit Kim sie kennen gelernt hatte, aufs Gesicht. Vielleicht war es ja deshalb so flach.

In seiner Tasche raschelte es, dann tauchte ein verschlafenes Gesicht von der Größe eines Fingernagels darüber auf. Twix gähnte, rieb sich die Augen und blinzelte in das graue Licht des erwachenden Tages.

»Wieso bist du denn schon wach?«, fragte sie gähnend.

»Ich weiß auch nicht«, antwortete Kim, während er der Spinne einen schrägen Blick zuwarf. »Ich glaube, wir haben einen Frühaufsteher unter uns.«

»Pfff«, machte die Spinne und trollte sich.

Twix krabbelte umständlich aus seiner Tasche, richtete sich auf und begann sich ausgiebig zu recken. »Wenn ich schon mal da bin, dann kann ich genauso gut einen kleinen Rundflug machen.«

»Tu das«, maulte die Spinne. »Aber verflieg dich nicht. Wir brauchen dich noch.«
Auch Kim stand auf. Er war alles andere als ausgeschlafen, aber er war nun einmal wach und konnte ruhig aufstehen. Auch wenn er selbst nicht sagen konnte, wozu eigentlich. Vor ihm lagen noch gute anderthalb Tage Floßfahrt, in denen er zu nichts anderem als eben Nichtstun verdammt war. Er trat an die einfache Reling des Floßes und blickte gelangweilt in die Strömung hinab. Sie schien seit gestern noch zugenommen zu haben und für einen Moment ... erinnerte ihn der Anblick an etwas.
Der Gedanke entschlüpfte ihm, bevor er ihn richtig fassen konnte. Aber er hinterließ ein leises, ungutes Gefühl. Es war einfach zu lange her, dass er das letzte Mal auf diesem Fluss gefahren war.
Der Pack lag auf der anderen Seite des Floßes und schnarchte, was das Zeug hielt, und die Spinne hockte reglos da und suchte mit gierigen Blicken den Himmel ab. Schon jetzt begann sich Langeweile breit zu machen. Und der weitaus längere Teil der Reise lag noch vor ihnen!
Er sah wieder auf den Fluss hinab. Er war jetzt sicher, dass die Strömung zugenommen hatte. Dann fiel ihm noch etwas auf: In der Luft lag ein ganz schwaches, aber hörbares Geräusch. Ein sonderbares, dunkles Vibrieren und Grollen; wie die Atemzüge eines gigantischen Drachen, der dicht hinter dem Horizont schlief.
Kim verscheuchte den Gedanken und suchte den Himmel ab. Es verging noch eine gute Viertelstunde, ehe die Elfe zurückkam, sichtlich wach und im Vollbesitz ihrer Kräfte. Sie raste im Tiefflug heran, sauste dicht über den Kopf der Spinne hinweg und bestäubte sie dabei ganz aus Versehen mit ihrem Gold, bevor sie sich auf Kims Schulter niederließ.
»Das hat gut getan«, sagte sie. »Ich bin schon lange nicht mehr so toll geflogen! Danke.«
»Aber ich habe doch gar nichts getan«, sagte Kim.
»Doch«, behauptete die Elfe. »Du bist hier.«

»Fragt sich nur, wie lange noch«, sagte die Spinne giftig.
Kim verdrehte seufzend die Augen. Das konnte ja noch heiter werden.

»Hast du irgendetwas Interessantes entdeckt?«, wandte er sich an die Elfe.

»Nichts«, antwortete Twix. »Eine Stadt, ein Stück flussabwärts. Aber sie ist verlassen. Wie es aussieht, schon lange.«

Kim sah hoch. Das Grollen schien stärker geworden zu sein. Nicht unbedingt lauter, aber ... machtvoller.

»Keine Möglichkeit, ans Ufer zu kommen?«, fragte er ohne besondere Hoffnung.

Die Elfe schüttelte so heftig den Kopf, dass der goldene Staub nur so flog. »Nein. Die pure Langeweile, kann ich dir sagen. Es ist noch ein weiter Weg bis Gorywynn.«

»Jaja«, sagte die Spinne.

Kim wollte auch diese Bemerkung ignorieren, entschied sich aber dann doch anders. »Jetzt hört mir mal zu«, sagte er ernst. »So geht das nicht weiter.«

»Was?«, fragte die Spinne.

»Das mit euch beiden.« Kim sah zuerst Twix, dann die Spinne mahnend an. »Du solltest endlich begreifen, dass du Twix nicht essen kannst. Und du –« Er wandte sich an die Elfe. »– hörst auf, sie zu ärgern.«

»Ich tue doch gar nichts!«, protestierte Twix. »Sie ärgert uns die ganze Zeit!«

»Wir müssen die nächsten Tage miteinander auskommen, ob uns das nun passt oder nicht«, fuhr Kim unbeeindruckt fort. »Also wäre es hilfreich, wenn ihr euch benehmen würdet.«

»Tue ich doch«, behauptete die Spinne. »Hätte ein gewisser Jemand nicht mein Netz demoliert, dann wäre ich gar nicht hier.«

»Pah«, machte Twix. »Fang gefälligst Fliegen, wie es jede anständige Spinne tut.«

»Mit dir rede ich nicht«, konterte die Spinne. »Außerdem *bist* du für mich nicht mehr als eine Fliege. Klein, mit Flügeln und ziemlich beschränkt.«

»Immerhin schlau genug um dir –«
»Schluss!«, brüllte Kim.
Zu seiner eigenen Überraschung verstummten die ungleichen Streithähne augenblicklich. Für zwei oder drei Sekunden wurde es fast unnatürlich still. Alles, was zu hören war, waren das Rauschen des Wassers und dieses unheimliche, grollende Geräusch, das abermals an Intensität zugenommen hatte.
»Was um alles in der Welt ist das nur?«, murmelte Kim.
»Was meinst du?«, fragte Twix. »Das Geräusch der Wasserfälle?«
Kim starrte sie an. »Was?«
»-serfälle«, sagte Twix. »Nicht nur was.«
»Wasserfälle?«, krächzte Kim. »Hier? Auf diesem Fluss?« Er sprang mit einem Ruck auf und starrte nach Westen. »Aber es gibt hier keine Wasserfälle! Ich bin schon einmal auf diesem Fluss gefahren! Ich weiß das! Hier hat es niemals einen Wasserfall gegeben!«
»Jetzt schon«, sagte Twix gleichmütig. »Das hier ist der alte Teil des Flusses, weißt du? Weiter vorne hat er sich ein neues Bett gesucht. Und der liegt ein Stück tiefer.«
»Ein Stück?«, fragte Kim. »Was heißt: ein Stück?«
Twix betrachtete ihn einen Moment lang nachdenklich. »Vielleicht fünfzig.«
»Fünfzig was?«, fragte Kim nervös. »Zentimeter?«
»Fünfzigmal so hoch wie du«, sagte Twix. »Kann aber auch ein bisschen mehr sein.«
»Und wie weit ... ist es noch?«, fragte Kim mit klopfendem Herzen.
Wieder zuckte die Elfe mit den Schultern. »Nicht weit«, sagte sie. »Zehn Minuten. Vielleicht auch nur fünf.«
»Und das sagst du mir erst jetzt?!«
»Du hast nicht danach gefragt«, antwortete Twix beleidigt.
»Ich habe gerade eben gefragt –«
»Ob ich etwas Interessantes entdeckt habe«, fiel ihm die Elfe ins Wort. »Du hast nicht nach einem Wasserfall gefragt.«
»Gib es auf«, sagte die Spinne. »Elfen sind blöd.«

»Aber nicht blöd genug um sich von Spinnen fangen zu lassen«, konterte Twix.
»Hört auf!«, sagte Kim. »Seid ihr verrückt? Begreift ihr eigentlich nicht, dass wir in Lebensgefahr sind?«
»Wir?«, fragte die Spinne.
»Wieso wir?«, wollte auch Twix wissen.
Kim war beinahe in Panik. Das Floß wurde nun spürbar schneller und das Grollen des Wasserfalls war längst zu einem Dröhnen und Donnern geworden. Er musste irgendetwas tun! Sie mussten irgendwie von diesem Fluss herunter!
Er sah nach Westen. Der Fluss hatte sich nicht verändert, aber dicht vor dem Horizont glaubte er nun eine Nebelbank zu erkennen. Aber es war kein Nebel. Es war eine gigantische Gischtwolke, die vom unteren Ende des Wasserfalls emporstieg.
»Spinne!«, sagte er. »Kannst du das Ufer erreichen?«
»Klar«, sagte die Spinne.
»Dann lauf so schnell wie möglich hin. Wir brauchen einen deiner Fäden!«
»Wozu?«
»Um das Floß daran festzubinden!«, antwortete Kim. »Du und Twix, ihr seid ja vielleicht nicht in Gefahr, aber der Pack, das Pferd und ich werden ertrinken oder uns alle Knochen brechen! Wir brauchen deinen Faden!«
»Auf die Entfernung?«, fragte die Spinne. »Und bei dieser Strömung? Keine Chance. Wenn ich nicht halb verhungert und vom Fleisch gefallen wäre, könnte ich es ja vielleicht versuchen, aber so ...«
»Bitte!«, sagte Kim. »Es ist unsere einzige Chance!«
Er sah wieder nach vorne. Die Wolke aus brodelnder Gischt war näher gekommen. Sie hatten allerhöchstens noch fünf Minuten.
»Ich kann es ja mal versuchen«, sagte die Spinne. »Aber garantieren kann ich nichts.«
Kim nickte nervös. Mittlerweile war auch der Pack aufgestanden und blickte aus weit aufgerissenen Augen nach Westen

und selbst das Pferd begann unruhig auf der Stelle zu tänzeln. Die Spinne produzierte einen Faden und verknotete ihn sorgfältig am Geländer. Dann trippelte sie zum Rand des Floßes, sah einen Moment lang prüfend ins Wasser und meinte: »Die Strömung ist *wirklich* stark.«

»Du bist ja angeseilt«, flötete Twix. »Keine Angst. Zur Not retten wir dich.«

Die Spinne warf ihr einen bösen Blick zu, setzte vorsichtig vier oder fünf Beine aufs Wasser – und wurde von der Strömung ergriffen und wie der Blitz davongetragen.

»Ui!«, kreischte sie überrascht. »Das ist – *au verdammt!*«

Die beiden letzten Worte hatte sie geschrien, aber Kim verstand sie über dem Grollen des Wasserfalls kaum noch. Außerdem entfernte sie sich immer schneller vom Floß, wobei sie sich ständig wie ein Kreisel um ihre eigene Achse drehte und sich dabei in ihren eigenen Faden verstrickte, den sie ja noch immer hinter sich herzog. Innerhalb weniger Sekunden nur hatte sie sich gute zwanzig oder dreißig Meter vom Floß entfernt.

Kim griff hastig nach dem Faden und hielt ihn fest und selbst der Pack sprang auf und packte kräftig mit zu. Die Spinne kreischte und tobte vor ihnen, stolperte ein paar Mal über ihren eigenen Faden und versank nur wie durch ein Wunder nicht in den Fluten.

»Festhalten!«, schrie Kim. »Wir ziehen dich rein!«

Er bezweifelte, dass die Spinne seine Worte überhaupt hörte. Sie war mittlerweile gute vierzig Meter vom Floß entfernt und Kim registrierte voller Entsetzen, dass er sich verschätzt hatte. Der Wasserfall war viel näher, als er geglaubt hatte. Die Gischtwolke ragte wie eine grauweiße Mauer vor ihnen empor, die unmittelbar bis zum Himmel zu reichen schien, und der Lärm war zu einem Dröhnen und Poltern angewachsen, als fiele ein ganzes Gebirge zusammen.

Kim und der Pack zogen mit aller Kraft. Der Seidenfaden war so straff gespannt wie ein Stahlseil und er surrte wie eine Gitarrensaite in ihren Händen. Trotzdem gelang es ihnen nicht, die Spinne wieder auf das Floß zu ziehen. Die Kraft der Strömung war unvorstellbar. Das Wasser schoss mittlerweile so schnell dahin, dass seine Oberfläche wie Glas aussah.

Und dann war die Spinne plötzlich verschwunden.

Der Faden in Kims Händen war nach wie vor straff gespannt, aber die Spinne war einfach nicht mehr da. Und Kim begriff beinahe zu spät, was diese Beobachtung wirklich bedeutete ...

»*Festhalten!*«, schrie er.

Eine Sekunde später war nicht nur die Spinne, sondern der ganze Fluss verschwunden, und vor ihnen gähnte ein gewaltiger Abgrund, über dessen Rand das Wasser mit solcher Gewalt schoss, dass es sich in Staub zu verwandeln schien. Kim klammerte sich mit verzweifelter Kraft am Geländer fest und wartete darauf, den Boden unter den Füßen zu verlieren und den tödlichen Sturz in die Tiefe zu beginnen.

Stattdessen wurde das Floß von einem so heftigen Schlag getroffen, dass Kims Stirn gegen das Geländer krachte und er für einen Moment nur Sterne sah. Alles schien gleichzeitig zu geschehen: Das Floß bäumte sich auf. Holz splitterte. Der Pack kreischte und wurde gegen das Pferd geschleudert, das ebenfalls erschrocken aufschrie und auf die Hinterläufe stieg. Twix war einfach verschwunden und Kim taumelte benommen zurück und fiel unsanft zu Boden.

Als er wieder einigermaßen klar denken konnte, bot sich ihm ein geradezu bizarrer Anblick: Das Floß war nicht in die Tiefe gestürzt, sondern hatte sich in einer Ansammlung spitzer Felsen verkeilt, die nur Zentimeter unter der Wasseroberfläche lauerten. Vier oder fünf Balken waren geborsten und ein Teil des Geländers war ebenfalls weggebrochen. Das Floß ragte schräg aus dem Wasser, das sich schäumend an seinem Heck brach, und die ganze Fähre zitterte und bebte ununterbrochen, als würde sie von Hammerschlägen getroffen.

Kim richtete sich behutsam auf, kroch auf Händen und Knien nach vorne und spähte in die Tiefe.

Er schauderte.

Elfen verstanden wirklich nichts von Zahlen. Der Wasserfall

war nicht fünfzig, sondern mindestens *fünfhundert* Meter tief. Der mächtige See, der sich an seinem unteren Ende gebildet hatte, war so weit entfernt, dass er nur wie eine winzige silberne Münze glänzte, aber Kim konnte selbst über die große Distanz die Gewalt spüren, mit der das Wasser unten aufschlug. Das Floß zitterte und ächzte. Eines der fingerdicken Taue, mit dem die Balken zusammengebunden waren, zersprang knallend, gleich darauf ein zweites. Kim fragte sich, wie lange das Floß diese Belastung noch aushalten konnte.

Aus der Tiefe wehte ein dünner, vom Grollen des Wasserfalls nahezu übertönter Schrei zu ihm empor. Kim schob sich behutsam noch ein kleines Stück weiter vor, bis er senkrecht nach unten sehen konnte.

Die Spinne pendelte am Ende ihres Fadens gute dreißig Meter weit unter ihm hin und her. Sie versuchte immer wieder, mit ihren dünnen, geschickten Beinen Halt an ihrem eigenen Faden zu finden, schaffte es aber einfach nicht, weil sie von den auf sie niederprasselnden Wassermassen so gebeutelt wurde, dass es Kim schon fast wie ein Wunder vorkam, dass sie nicht schon längst mitgerissen worden war. Wie es ihre Art war, zeterte und keifte sie dabei so wütend, dass ihre Stimme selbst über das Dröhnen des Wasserfalls hinweg noch zu hören war.

»Halt aus!«, schrie Kim. »Ich ziehe dich hoch!«

Er griff nach dem Faden und versuchte die Spinne daran in die Höhe zu ziehen, aber seine Kraft reichte nicht aus dazu. Erst als der Pack an seine Seite trat und ebenfalls mit zugriff, gelang es ihnen, die Spinne zu sich heraufzuziehen, wenn auch buchstäblich zentimeterweise. Sie brauchten fast zehn Minuten, um die Spinne ganz nach oben zu ziehen.

Kim war so erschöpft, dass er beinahe zusammenbrach, und selbst der Pack wankte für einen Moment. Die Spinne zog sich keifend und lauthals fluchend über den Rand des Floßes, schoss einen weiteren Faden ab und wickelte ihn an einem Dutzend Stellen um die Reling, bis sie sich nahezu selbst eingesponnen hatte.

»Das wurde aber auch Zeit!«, nörgelte sie. »Muss man denn hier alles selbst machen?«
»Immerhin wissen wir jetzt, dass wir so nicht von hier wegkommen«, sagte Kim niedergeschlagen. Er sah einige Sekunden lang konzentriert nach rechts, dann in die entgegengesetzte Richtung. Das Ergebnis dieser Musterung war niederschmetternd.
Der Fluss schien an dieser Stelle ganz besonders breit zu sein. Das Ufer war auf beiden Seiten mindestens zweihundert Meter entfernt, wenn nicht noch mehr. Nicht einmal der beste Schwimmer der Welt hätte eine Chance zum Ufer zu schwimmen. Nicht bei dieser Strömung.
»Und was tun wir jetzt?«, fragte die Spinne. »Ich meine: Hast du noch mehr so geniale Ideen?«
Bevor Kim antworten konnte, tauchte die Elfe aus der stäubenden Gischt auf, ließ sich auf Kims Schulter herab und schüttelte sich das Wasser aus den Flügeln.
»Sie ist nicht da«, sagte sie schwer atmend. »Ich habe den ganzen See abgesucht, aber es gibt keine Spur von ihr. Sie muss ertrunken sein.«
»Wer?«, fragte die Spinne.
Twix drehte sich herum um zu antworten, starrte die Spinne aber dann nur wortlos und aus aufgerissenen Augen an.
»Hat sich da jemand vielleicht zu früh gefreut?«, fragte die Spinne.
»Bitte!«, sagte Kim müde. »Nicht schon wieder. Wir haben im Moment wirklich andere Sorgen!«
»Meine größte Sorge ist und bleibt mein leerer Magen«, sagte die Spinne.
Kim ging gar nicht darauf ein, sondern wandte sich mit ernstem Gesichtsausdruck an Twix. »Hör zu«, sagte er. »Wir brauchen deine Hilfe. Du bist die Einzige, die von diesem Floß herunterkommt. Du musst losfliegen und irgendwo Hilfe holen.
»Hilfe?« Twix schüttelte den Kopf. »Aber hier in der Gegend lebt niemand.«

»Versuch es trotzdem«, bat Kim. »Aus eigener Kraft kommen wir nie hier weg – und ich weiß nicht, wie lange das Floß noch durchhält.«
Die Elfe wirkte nicht überzeugt. Trotzdem zuckte sie nach einem Moment mit den winzigen Schultern, schüttelte die letzten Tropfen Wasser von ihren Flügeln und verschwand dann ohne ein weiteres Wort.
Kim sah noch einen Augenblick in die Richtung, in der sie davongeflogen war, und ließ seinen Blick dann nachdenklich über das Floß schweifen. Das Ergebnis dieser Bestandsaufnahme war alles andere als ermutigend. Das Floß hatte sich in einem Winkel von gut dreißig Grad zwischen den Felsen verkeilt. Trotz der schweren Schäden, die es davongetragen hatte, schien es relativ fest zu sitzen, sodass im Moment wenigstens nicht die Gefahr bestand, dass sie vollends abstürzen würden. Das vordere Drittel der Fähre hing buchstäblich im Nichts.
»Ich stelle ja ungern zweimal dieselbe Frage«, sagte die Spinne. »Aber hast du vielleicht eine Idee, was wir jetzt tun sollen?«

Erst als die Sonne fast im Zenit stand, kehrte die Elfe von ihrer Rettungsaktion zurück. Erschöpft ließ sie sich auf Kims Schulter nieder. Ihre Flügel hatten viel von ihrem goldenen Schimmer verloren und sie zitterte vor Schwäche am ganzen Leib.
Kim ließ ihr gute fünf Minuten lang Zeit um wieder zu Kräften zu kommen. Erst dann stellte er die Frage, die nicht nur ihm, sondern wohl auch den beiden anderen auf der Zunge brannte.
»Hast du jemanden getroffen?«
»Getroffen?«, murmelte die Elfe. Sie schien Mühe zu haben, nicht auf der Stelle einzuschlafen.
»Menschen«, sagte Kim geduldig. »Jemanden, der uns helfen kann!«
Twix machte eine Bewegung, die man mit einigem guten Wil-

len als Kopfschütteln deuten kann. »Niemand«, murmelte sie. »Ich habe ein paar Häuser gefunden, aber sie waren alle leer. Nur Spuren.«

»Spuren?«

»Von denen, vor denen du geflohen bist«, sagte Twix. »Ich glaube nicht, dass ich sie alarmieren sollte.«

Vielleicht würden sie das sogar müssen, überlegte Kim. Ihre Verfolger würden ihn wenigstens nicht auf der Stelle umbringen, während sie hier auf dem Fluss nur der sichere Tod erwartete.

Aber noch war es nicht so weit.

»Ruh dich ein bisschen aus«, sagte er. »Du hast es immerhin versucht.«

Ohne weiteres Wort rollte sich die Elfe auf dem Boden neben ihm zusammen und schlief ein.

Der Tag verging. Kim war längst hungrig geworden, denn er hatte bei seiner überstürzten Flucht am Morgen natürlich nicht daran gedacht, Proviant mitzunehmen. Aber das war noch ihr geringstes Problem. Viel schlimmer war die drückende Enge auf der Fähre. Da das Floß schräg zwischen den Felsen verkeilt war, konnten sie sich praktisch nur auf seinem hinteren Drittel aufhalten. Bisher hatte sie die Angst und die gemeinsame Gefahr, in der sie sich befanden, zusammengeschweißt, aber wie lange würde das so bleiben?

Als die Sonne unterging, versuchte Kim einen einigermaßen trockenen Platz zum Schlafen zu finden und kurz danach sah er sich mit einem weiteren Problem konfrontiert: Es wurde erbärmlich kalt. Die Gischt, die sich am Heck der Fähre brach, überschüttete sie mit einem ununterbrochenen, feinen Sprühregen, den er in der warmen Sonne kaum zur Kenntnis genommen hatte. Nach Einbruch der Dunkelheit aber wurde die Kälte rasch zur Qual. Kim fand kaum Schlaf in dieser Nacht. Immer wieder wachte er zitternd und vor Kälte mit den Zähnen klappernd auf. Und als er am nächsten Morgen resignierte und aufstand, hatte er das Gefühl, so gut wie gar nicht geschlafen zu haben. Wenigstens würden sie auf diesem

Floß nicht verhungern, dachte er sarkastisch. Sie würden lange vorher an Erschöpfung und Kälte sterben.
»Ich könnte es noch einmal versuchen«, schlug Twix vor. »Vielleicht habe ich ja etwas übersehen. Oder jemand ist zurückgekommen.«
Kim zog fröstelnd die Knie an den Körper und schüttelte den Kopf. Die Sonnenstrahlen waren trotz der noch frühen Stunde schon kräftig, aber die Kälte hatte die ganze Nacht Zeit gehabt sich in seinen Knochen einzunisten. Er klapperte mit den Zähnen.
Der Vorschlag der Elfe war gut gemeint, aber sinnlos. Twix hatte gestern schon mehr gegeben, als er eigentlich verlangen konnte. Er glaubte nicht, dass es der weite Flug gewesen war, der Twix so erschöpft hatte.
»Du musst nicht bei uns bleiben«, sagte er unvermittelt.
Die Elfe sah ihn fragend und verständnislos an und Kim fuhr leise, aber in sehr ernstem Ton fort: »Du kannst von hier wegfliegen. Wenn kein Wunder geschieht, dann werden wir hier wahrscheinlich nicht mehr wegkommen. Aber es gibt keinen Grund für dich auch zu sterben.«
»Aber das werde ich sowieso«, sagte Twix leise. »Ohne dich sterbe ich auch. So wie alle anderen.« Sie richtete sich auf Kims Schulter auf, reckte sich ausgiebig und sah auf die Spinne hinab.
»Außerdem lasse ich mir doch nicht den Spaß verderben, dabei zuzusehen, wie ein gewisser Jemand hier absäuft.«
»Da kannst du lange warten«, sagte die Spinne. »Den Gefallen tue ich dir nicht. Und wenn, dann erst nachdem ich noch einmal gut gegessen habe.«
Kim setzte dazu an, die beiden Streithähne zur Ordnung zu rufen, ließ es aber dann bleiben. Warum sollten sie sich nicht auf ihre ganz persönliche Weise die Zeit vertreiben?
»Dazu müsstest du mich erst einmal kriegen«, sagte Twix. Sie kicherte, schwang sich in die Luft und stieß spielerisch auf die weiße Riesenspinne hinab.
Die Spinne duckte sich, schoss dann aber plötzlich einen

Faden nach der Elfe ab, der sich zielsicher um ihre Beine wickelte. Twix stieß ein erschrockenes Piepsen aus, schoss steil in die Höhe und wurde in gut drei oder vier Metern Höhe ziemlich abrupt von dem dünnen seidenen Faden gestoppt. Wütend schlug sie mit den Flügeln und versuchte den Faden mit ihrem Elfenstaub aufzulösen, aber die Spinne ließ ihn so plötzlich länger werden, dass Twix erneut ein Stück in die Höhe schoss und die Attacke ins Leere ging.
Der Anblick brachte Kim auf eine Idee. »Hört auf!«, sagte er.
»Aber sie hat angefangen!«, behaupteten Twix und die Spinne so synchron, dass ihre Stimmen wie eine einzige klangen.
»Das ist jetzt völlig egal!«, sagte Kim plötzlich sehr aufgeregt. Da die beiden keineswegs aufhörten ihr albernes Spielchen zu spielen, griff er kurzerhand nach oben, hangelte die Elfe an dem Spinnfaden zu sich herab und hielt sie fest, während er mit dem anderen Arm die Spinne auf Distanz hielt; nur damit sie nicht auf die Idee kam, ein zweites Frühstück einzulegen, bei dem die Elfe eine ziemlich wichtige Rolle spielte.
»Hört mir zu!«, sagte er eindringlich. »Vielleicht haben wir doch noch eine Chance.« Er wandte sich direkt an die Spinne. »Wenn du einen Faden von hier bis zum Ufer spannen könntest, wäre er stark genug, damit wir uns daran entlanghangeln könnten?«
Die Spinne begriff sofort, was er meinte. »Einer wohl nicht«, sagte sie. »Aber drei oder vier zusammen schon.«
»Und du könntest sie spinnen? Sie müssten wirklich sehr lang sein.«
»Kein Problem«, behauptete die Spinne großspurig.
»Aber wie willst du sie am Ufer befestigen?«
»*Ich* überhaupt nicht«, sagte Kim. Er sah die Elfe an.
Twix ächzte. »Nein! Niemals!«
»Aber du könntest es schaffen. Ohne Probleme.«
»Nein!«, beharrte Twix. »Ich werde mich ganz bestimmt nicht von diesem Viech einspinnen lassen!«
»Davon redet ja auch niemand«, sagte Kim. »Aber du könntest einen Faden nehmen und damit zum Ufer fliegen. Du

musst ihn nur sicher an einem Baum oder einem Felsen festbinden –«

»Und den Rest erledige ich«, fügte die Spinne hinzu.

»Das kann ich mir vorstellen«, sagte Twix.

»Sie wird dir nichts tun«, sagte Kim. Er sah die Spinne an. »Nicht wahr?«

»Ha«, machte die Spinne.

»Da hörst du es!«, sagte Twix. »Du glaubst doch nicht, dass ich freiwillig auch nur eine Sekunde mit ihr allein bleibe!«

»Also gut«, sagte die Spinne. »Du hast mein Wort. Ich tue dir nichts. Jedenfalls jetzt nicht«, fügte sie nach ein paar Sekunden und deutlich leiser hinzu.

Twix war nicht überzeugt. Ihr Blick wanderte misstrauisch zwischen Kim und der Spinne hin und her. Aber schließlich nickte sie, wenn auch mit sichtbarem Widerwillen.

Sie machten sich unverzüglich ans Werk. Die Spinne produzierte einen kurzen Faden, an dessen Ende sie mit erstaunlichem Geschick eine Art Lassoschlinge knüpfte, die Kim um Twix' Hüfte schlang.

»Du musst vorsichtig sein«, sagte sie eindringlich. »Der Faden wird schwerer, je länger er wird, und es ist ein ziemlich langer Weg zum Ufer. Ich spinne immer nur so viel, wie nötig ist. Wenn du das Ufer erreichst, bindest du den Faden um einen Baum und kommst dann zurück.«

Twix nickte wortlos. Sie war sehr nervös. Aber sie protestierte nicht noch einmal, sondern erhob sich wortlos in die Luft.

Sie flog sehr langsam und die Spinne ließ den Faden im gleichen Maße weiter wachsen, wie die Elfe an Höhe gewann. Eine Zeit lang war Twix noch sichtbar. Sie hing wie ein winziger Kinderdrachen am Ende des Fadens und schwankte leicht hin und her, obwohl es nach wie vor völlig windstill war. Nach ein paar Augenblicken war die Elfe verschwunden und sie sahen nur noch den Faden, der sich scheinbar schwerelos in die Höhe erhob.

Kim versuchte sich in Geduld zu fassen, aber es fiel ihm sehr schwer. Twix brauchte nicht einmal lange um das Ufer zu erreichen. Wahrscheinlich vergingen nur zehn Minuten, allenfalls eine Viertelstunde, aber für Kim wurde es zu einer Ewigkeit.

Endlich hörte der Faden auf länger zu werden. Die Spinne stieß einen erleichterten Seufzer aus, griff mit vier Beinen nach dem Faden und zog ihn wieder zurück. Kim und der Pack halfen ihr, so gut sie konnten, den Faden stramm zu ziehen und an der Reling festzubinden.

Kim betrachtete die Konstruktion misstrauisch. Der Faden war dünn wie ein Haar. Er hatte zwar schon mehrmals erlebt, wie enorm fest die Fäden waren, die die Spinne produzierte, aber dieser Faden war gut und gerne dreihundert Meter lang ...

»Und du glaubst, er trägt dein Gewicht?«, fragte er.

Die Spinne machte eine Bewegung, die vermutlich ein menschliches Schulterzucken nachahmen sollte. »Wenn nicht, bin ich die Erste, die es erfährt«, sagte sie.

Kim trat zur Seite, als sich die Spinne auf die Reling schwang und dann auf ihren eigenen Faden hinauszubalancieren begann. Kim hatte erwartet, dass sie einfach darauf zum Ufer laufen würde, aber stattdessen begann sie den Faden in engen Spiralen zu umkreisen. Sie wickelte ein zweites Seidenband um das erste, um dessen Stabilität zu erhöhen.

Auf diese Weise brauchte sie natürlich wesentlich länger als Twix um das Ufer zu erreichen. Und noch länger um zurückzukommen.

Während sie neben ihm saß und sich ein wenig erholte, zog Kim prüfend an dem Seil. Es fühlte sich nun wirklich so massiv wie eine Stahltrosse an, aber die Spinne beharrte darauf, sich mindestens noch zweimal zum Ufer und zurückzuhangeln um das Seil zu verstärken. Kim widersprach nicht. Immerhin ging es um ihr Leben. Und sie hatten nur diesen einen Versuch.

Auf diese Weise verging die Zeit. Es wurde Mittag, bis die Spinne von ihrer fünften Tour zurückkam und mit vor Erschöpfung zitternder Stimme erklärte, dass er es jetzt riskieren könnte. Außerdem sei sie sowieso nicht in der Lage auch nur noch einen einzigen Zentimeter Faden zu spinnen.

Kim betrachtete das Seil misstrauisch. Vermutlich würde es sein Gewicht tragen. Aber er konnte nicht sagen, ob er es sich zutraute an diesem Seil die ganze Strecke bis zum Ufer zu klettern.

Der Pack nahm ihm die Entscheidung ab.

Ohne zu zögern griff er nach dem Seil, klammerte sich mit beiden Händen daran fest und schlug die Beine über dem Seil zusammen. Kopfunter schob er sich auf diese Weise ein kurzes Stück auf den Fluss hinaus, kam dann auf dieselbe Weise zurück und sah Kim auffordernd an.

»Du lässt mir den Vortritt«, murmelte Kim. »Das ist nett. Wirklich.«

»Wartest du darauf, dass ich dir noch eine Sänfte webe?«, fragte die Spinne.

»Nein«, murmelte Kim. »Ich denke nur gerade darüber nach, dass es auch gewisse Nachteile hat, ein Held zu sein.«

Bevor er es sich noch anders überlegen konnte, griff er nach dem Seil, klammerte sich auf dieselbe Weise daran fest wie der Pack zuvor und begann den langen Weg zum Ufer.

Auf dem ersten Stück ging es sogar besser, als er erwartet hatte. Hand über Hand und mit dem Kopf nach unten hängend bewegte er sich auf das Ufer zu. Das Seil war wirklich stabil. Es hing nicht einen Zentimeter durch und da die Spinne es mehrfach verstärkt hatte, schnitt es auch nicht sehr in seine Hände ein.

Aber er begann sein eigenes Körpergewicht mit jedem Meter deutlicher zu spüren. Schließlich legte er die erste Pause ein, weil er sich seine Kräfte für den langen Weg einteilen wollte.

Er sah zum Floß zurück.

Und bedauerte es sofort.

Er hatte sich bisher allerhöchstens dreißig Meter von der havarierten Fähre entfernt. Neun Zehntel der Strecke lagen noch vor ihm. Und seine Hände und Kniekehlen taten schon jetzt so weh, dass er am liebsten laut aufgestöhnt hätte.

Als er weiterkletterte, kam die Elfe herangeflattert. »Das machst du gut!«, piepste sie. »Nur noch ein kleines Stück und du hast es geschafft.«
Kim sparte sich die Kraft, dem Winzling, der wie ein lebendiger Hubschrauber reglos neben seinem Gesicht in der Luft hing, einen bösen Blick zuzuwerfen, und konzentrierte sich stattdessen darauf, immer eine Hand über die andere zu heben und sich an dem straff gespannten Seil entlangzuhangeln.
Sehr bald begann er zu spüren, dass er es nicht schaffen würde. Er hatte noch nicht einmal ein Drittel der Strecke zum Ufer zurückgelegt, aber seine Muskeln waren schon jetzt so verkrampft, dass es wehtat und sein eigener Körper schien immer schwerer und schwerer zu werden.
Das Wasser rauschte nur wenige Zentimeter unter ihm dahin und der Abgrund befand sich weniger als einen halben Meter neben ihm. Ein einziger Fehlgriff, eine einzige Unachtsamkeit und es war um ihn geschehen.
Die Elfe flatterte die ganze Zeit neben ihm her und versuchte ihm Mut zu machen, aber jede Bewegung fiel ihm jetzt schwerer. Seine Hände waren mittlerweile so verkrampft, dass er die Finger nur noch mühsam öffnen konnte, und das Seil schien wie ein Messer in seine Kniekehlen und seine Waden einzuschneiden.
Und schließlich geschah, war geschehen musste: Kim löste die linke Hand vom Seil um wieder nach vorne zu greifen und seine Muskeln versagten ihm einfach den Dienst. Mit einem keuchenden Schrei verlor er endgültig den Halt und stürzte ins Wasser.
Der Aufprall war so hart, dass er fast das Bewusstsein verloren hätte. Sein Hinterkopf knallte gegen einen Stein, dass er Sterne sah, und unzählige weitere, spitze Steine und Felszacken stachen in seinen Rücken.
Kim schrie vor Schreck und Schmerz laut auf, schluckte prompt Wasser und richtete sich hustend und qualvoll nach Luft ringend auf.

Es dauerte eine geraume Weile, bis er überhaupt begriff, was geschehen war. Das Wasser schlug wie mit Hämmern auf ihn ein. Es war eiskalt und die Strömung war wirklich reißend. Aber der Fluss war an dieser Stelle allerhöchstens dreißig Zentimeter tief ...
Kim wandte fassungslos den Blick nach rechts und links, setzte sich behutsam weiter auf und tastete mit den Händen über den Flussgrund. Dann richtete er sich, zögernd und sehr vorsichtig, um auf den glitschigen Steinen nicht auszurutschen, vollends auf, drehte sich noch einmal im Kreis und machte einen ersten, vorsichtigen Schritt.
Es blieb dabei. Der Fluss war reißend, sodass er nicht einmal zu gehen wagte, sondern bei jedem Schritt mit dem Fuß aufstampfte und erst nach sicherem Halt suchte, ehe er zum nächsten Schritt ansetzte, aber die Wassertiefe nahm nicht zu, sondern im Gegenteil eher noch ab, als er wieder zum Floß zurückging. Die Fähre war nicht auf einem Riff aufgelaufen, das zufällig an der richtigen Stelle aus dem Wasser ragte. Es war auf Grund gelaufen. Der Fluss war hier vielleicht vierzig Zentimeter tief.
Es war sehr still. Die Spinne starrte ihn nur an und auch der Pack glotzte, dass Kim wahrscheinlich laut aufgelacht hätte, wäre ihm nach Lachen zumute gewesen. Selbst die Elfe verhielt sich mucksmäuschenstill.
Und auch Kim sagte kein Wort, sondern griff schweigend nach den Zügeln des Pferdes, zog das Tier vom Floß herunter und ging langsam auf das Ufer zu. Pack und die Spinne folgten ihm, schweigend und in einigem Abstand.
Zehn Minuten später erreichten sie mit nassen Füßen, aber ansonsten unversehrt das Ufer und wandten sich nach Westen. Niemand gab auch nur einen Laut von sich.
Erst nach ungefähr einer halben Stunde piepste Twix: »Sagt mal – wie viele Stunden genau habt ihr jetzt auf dem Floß gehockt?«
Die Spinne schoss einen Faden auf sie ab und der Pack fauchte und begann mit Steinen nach der Elfe zu werfen.

Beide Angriffe gingen fehl, aber Twix flog erschrocken davon und selbst Kim war irgendwie froh, dass sich die Elfe für den Rest des Tages nicht mehr blicken ließ.

Im Verlauf der nächsten Stunde wurde ihre Gruppe noch kleiner. Der Pack verschwand schon nach ein paar Minuten wieder in dem fast hüfthohen Gras, das den Fluss auch hier noch an beiden Seiten flankierte. Als wenig später die ersten Bäume vor ihnen auftauchten, da trollte sich auch die Spinne. Sie hatte es zwar nicht zugegeben, aber Kim vermutete, dass sie sich in offenem, deckungslosem Gelände ebenso wenig wohl fühlte wie ihre kleineren Verwandten aus seiner Heimat.
Es gab keinen Grund mehr, weiter zu Fuß zu gehen, sodass Kim in den Sattel kletterte und der Elfe einen Wink gab, wie gewohnt auf seiner Schulter Platz zu nehmen.
Den ganzen Tag über und bis weit in den Abend hinein ritt er nach Westen. Der Fluss würde ihn sicher bis in die Nähe der gläsernen Stadt führen, aber nach allem, was sie erlebt hatten, wagte es Kim nicht mehr, sich ihm anzuvertrauen. Er hätte es gekonnt. Im Laufe des Tages stieß er auf mehr als eine Anlegestelle, an der er Boote und ein einfaches Floß fand. Aber er hatte genug vom Bootfahren und seine beiden Begleiter mit Sicherheit auch. Kim war sich darüber im Klaren, dass er auf diese Weise wahrscheinlich weitere drei Tage brauchen würde um Gorywynn zu erreichen. Es war ihm mittlerweile fast egal. Auch wenn er im Innersten inzwischen so weit war, über seine eigene Ungeschicklichkeit lachen zu können, hatte ihm der Zwischenfall auf dem Fluss doch gezeigt, wie aussichtslos sein Vorhaben war. Das war kein Gegner, gegen den er antreten konnte, niemand, den er überlisten oder überzeugen musste. Diesmal war es, als hätte sich die Natur dieser ganzen Welt gegen ihn gesandt.
Am Abend sah er Licht in der Ferne, aber er dachte nicht einmal ernsthaft daran in diese Richtung zu reiten. Bisher hatte jede Begegnung mit einem anderen Menschen entweder beinahe oder *wirklich* in einer Katastrophe geendet.

Er verbrachte die Nacht frierend und ohne ein Feuer anzuzünden im Schutze einiger Felsen und als er bei Sonnenaufgang wach wurde, lag ein Leinenbeutel mit Obst und frisch gepflückten Beeren neben ihm. Der Pack war zwar nicht zu sehen, aber ganz offenbar noch immer in seiner Nähe.

Kim verzehrte das einfache Frühstück, trank einen Schluck Wasser aus dem Fluss und ritt dann weiter. Twix, die die Nacht zusammengerollt in seiner Hemdtasche verbracht hatte, flog davon um die nähere Umgebung zu inspizieren, und als sie nach einer halben Stunde zurückkam, brachte sie beunruhigende Neuigkeiten mit. Sie hatte eine größere Anzahl von Reitern entdeckt, die noch ein gutes Stück entfernt waren, sich aber in dieselbe Richtung bewegten wie sie. Die Elfe hatte es nicht gewagt, sich ihnen weit genug zu nähern um ihre genaue Identität zu klären, aber im Grunde spielte es auch gar keine Rolle, welche der beiden Parteien nun hinter ihm her war. Wahrscheinlich waren es sowieso beide.

Kim dachte über die unterschiedlichsten Taktiken und Tricks nach um seine Verfolger abzuschütteln oder sie irgendwie in die Irre zu führen und entschied sich dann für die einfachste Lösung: Auf direktem Wege und so schnell wie überhaupt nur möglich nach Gorywynn zu reiten. Wenn es überhaupt noch einen sicheren Platz auf dieser Welt für ihn gab, dann war es Themistokles' Zauberturm.

Er ritt den ganzen Tag fast ohne Pause, bis das Pferd schließlich nicht mehr konnte und sich einfach weigerte weiterzugehen. Kim machte sich mittlerweile schwere Vorwürfe, das Tier so anzutreiben. Twix' Elfenstaub hatte die Wunde zwar schnell heilen lassen, aber er verlangte wirklich das Letzte von ihm. Doch er hatte keine Wahl. Seine Verfolger würden ihre Tiere ganz bestimmt nicht schonen.

Und ihn auch nicht, wenn sie ihn zu fassen bekamen ...

Er legte eine viel zu kurze Schlafpause ein, stieg lange vor Sonnenaufgang wieder in den Sattel und ritt weiter. Als es hell wurde, schickte er Twix los um nach seinen Verfolgern Ausschau zu halten.

Die Elfe kam viel schneller zurück, als er gehofft hatte. »Sie sind nicht mehr sehr weit weg.« Twix kam ohne Umschweife zur Sache. »Vielleicht eine Stunde. Vielleicht zwei: Wenn du hier bleiben und auf sie warten würdest, heißt das.«
Das hatte Kim natürlich nicht vor. Aber die Worte der Elfe bedeuteten, dass seine Verfolger ihn auf jeden Fall einholen würden, sicher nicht in einer oder zwei Stunden, aber auf jeden Fall im Laufe dieses Tages.
Wie weit war es noch bis Gorywynn?
Er konnte nun keine Rücksicht mehr auf den Zustand des Pferdes nehmen und ritt, so schnell es nur ging. Trotzdem schmolz sein Vorsprung immer rascher dahin. Twix flog noch zwei- oder dreimal los, und als sie zum letzten Mal zurückkam, brauchte sie gar nichts mehr zu sagen. Am Horizont hinter ihr zitterte eine graue Staubwolke.
Schließlich wurde es zu einem wirklichen Rennen. Die Mittagsstunde war gerade angebrochen und die Reiter waren nun so nahe herangekommen, dass Kim sie bereits selbst sehen konnte, nicht nur die Staubwolke, die die Hufe ihrer Pferde aufwirbelte. Vor ihm lag ein sanfter Hügel, auf dem das Gras nicht mehr ganz so hoch war wie bisher. Vielleicht würde er auf der anderen Seite ein Versteck finden. Aber seine Verfolger würden ihn auch spätestens dann sehen, wenn er über diesen Hügel ritt und sich seine Silhouette deutlich vor dem Himmel abzeichnete.
Er hatte keine Wahl. Der Hügel zog sich in beiden Richtungen, so weit er sehen konnte, und wenn er hier blieb, dann würden sie ihn noch schneller einholen.
»Also gut«, murmelte er. »Es tut mir wirklich Leid, aber ich muss noch einmal alles von dir verlangen.«
»Mit wem sprichst du?«, erkundigte sich Twix.
»Mit dem Pferd«, antwortete Kim lächelnd. »Aber das verstehst du wahrscheinlich nicht.«
»Das verstehe ich wirklich nicht«, bestätigte Twix. »Niemand spricht mit Pferden. Pferde sind dumm.«
Der Hengst wieherte leise, stellte die Ohren auf und schlug

mit dem Schweif nach einer Fliege, stellte sich dabei aber so ungeschickt an, dass er die Elfe erwischte. Twix wurde in hohem Bogen davongewirbelt, landete mit einem protestierenden Piepsen im Gras und Kim lächelte flüchtig und tätschelte dem Pferd den Hals.

»Also *los*!«

Der Hengst setzte sich mit einem gewaltigen Sprung in Bewegung und sprengte den Hügel hinauf und, genau wie er erwartet hatte, erscholl praktisch im gleichen Moment hinter ihm ein vielstimmiger, wütender Aufschrei. Kim widerstand der Versuchung, zu seinen Verfolgern zurückzusehen, sondern sprengte weiter den Hügel hinauf – und hätte im nächsten Moment beinahe selbst aufgeschrien; wenn auch vor Freude.

Auf der anderen Seite des Hügels lag Gorywynn. Die gläserne Stadt war noch weit entfernt. Ihre Zinnen und Türme schimmerten wie ein Gebilde aus erstarrtem Sternenlicht in der Sonne, und obwohl er schon auf den allerersten Blick sah, dass die Verheerung auch an Gorywynn nicht spurlos vorübergegangen war, war es doch einer der schönsten Anblicke, die er seit langer Zeit genossen hatte.

Mit einem kleinen Schönheitsfehler: Bei normaler Geschwindigkeit hätte er mindestens noch eine Stunde gebraucht um die rettenden Mauern der Stadt zu erreichen, die am Flussufer unter ihm aufragten. Selbst wenn er das Pferd bis zum Zusammenbruch antrieb, würden ihn die Verfolger wahrscheinlich einholen, lange bevor er in Gorywynn war.

Er brauchte ein Versteck.

So weit das Auge reichte, sah Kim nur leere, abgeerntete Felder und einige kleine Gehöfte. Aus dem einem oder anderen Kamin kräuselte sich Rauch, aber er konnte es nicht wagen, dorthin zu reiten. Entweder ihre Bewohner waren ihm feindlich gesonnen, dann geriet er nur vom Regen in die Traufe, oder sie standen auf seiner Seite, dann konnte er es erst recht nicht wagen, sie um Hilfe zu bitten; nicht mit einer kleinen Armee auf den Fersen.

Er ritt, so schnell er konnte, aber sein Vorsprung schmolz

immer rascher zusammen. Lange bevor er auch nur die halbe Entfernung zur Stadt zurückgelegt hatte, waren die Verfolger nahe genug heran, dass er sie zweifelsfrei identifizieren konnte.

Wie es aussah, hatten Kai und sein Kinderheer die Schlacht am Fluss am Ende doch gewonnen. Der blonde Junge sprengte ein gutes Stück vor dem Rest der Truppe heran, tief über den Hals seines Pferdes gebeugt und dem Tier so rücksichtslos die Sporen gebend, dass Kim sich fragte, wie lange das Pferd dieses mörderische Tempo wohl noch durchhalten würde.

Vermutlich lange genug um mich einzuholen, dachte Kim düster. Er konnte regelrecht *sehen*, wie der Abstand zwischen ihnen kleiner wurde. Und zu allem Überfluss wurde sein eigenes Tier nun auch noch immer langsamer. Seine Kräfte waren erschöpft.

Er lenkte sein Pferd nach rechts, weiter auf den Fluss zu, trieb das Tier noch einmal zu größerer Schnelligkeit an, stieß sich in vollem Galopp ab und tauchte mit einem kraftvollen Hochsprung ins Wasser. Zehn oder zwölf Meter vom Ufer entfernt erst tauchte er wieder auf, nahm einen tiefen Atemzug und glitt wieder ein gutes Stück weit unter Wasser dahin, bis ihn die Atemnot ein weiteres Mal zum Auftauchen zwang.

Etwas streifte ganz sacht seine Schulter und verschwand im Wasser und nur einen Augenblick später zischten ein zweiter und dritter Pfeil heran, die ihn aber noch mehr verfehlten.

»Aufhören!«, schrie eine Stimme hinter ihm. »Seid ihr verrückt? Wir brauchen ihn lebend!«

Kim drehte schwimmend den Kopf und erblickte genau das, was er befürchtet hatte: Kai und einige der anderen hatten das Ufer erreicht und waren aus den Sätteln gesprungen. Drei oder vier Jungen hatten ihre Bogen gehoben und veranstalteten offensichtlich ein Wettschießen auf ihn. Kai aber war bereits ins Wasser gewatet und kam schnell näher.

»Warum gibst du nicht auf?«, schrie er. »Du kannst nicht entkommen!«

Statt Atem für eine Antwort zu verschwenden, griff Kim noch kräftiger aus. Die Strömung wurde stärker, je weiter er sich vom Ufer entfernte, und er gewann nun zusehends an Tempo. Aber als er noch einmal zurückblickte, erkannte er, dass Kai bereits aufgeholt hatte. Der Junge war ein viel besserer Schwimmer als er.

Trotzdem gab er nicht auf, sondern sah in die entgegengesetzte Richtung, nach Gorywynn. Die Stadt schien noch unendlich weit entfernt. Selbst ohne Kai und die anderen auf den Fersen würde er sie auf diesem Wege kaum erreichen.

»Kim, verdammt noch mal, komm zurück!«, schrie Kai. »Willst du ertrinken, du Idiot?«

Kim schwamm nur noch schneller, obwohl das gar nicht mehr nötig erschien. Die Strömung war mittlerweile so stark geworden, dass er nicht einmal mehr sicher war, sich aus eigener Kraft daraus befreien zu können.

Kai schrie irgendetwas, das er nicht mehr verstand, schwamm schneller und holte ihn so mühelos ein, dass es schon fast lächerlich war. Seine rechte Hand schloss sich um Kims Fuß. Kim trat mit dem anderen Bein nach ihm, verfehlte ihn aber und kam durch diese Bewegung vollends aus dem Takt. Er ging unter, schluckte Wasser und geriet in Panik. Wild mit den Armen um sich schlagend wirbelte er durch die Strömung, gelangte durch pures Glück noch einmal an die Oberfläche und sog sich die Lungen voller Luft. Dann war Kai vollends über ihm, umschlang ihn mit den Armen und drückte ihn wieder unter Wasser.

Kim kämpfte mit verzweifelter Kraft, aber er hatte keine Chance. Kai war viel stärker als er. Erst als seine Lungen zu platzen schienen und er nur noch einen Sekundenbruchteil davon entfernt war, den Mund zu öffnen und einen tödlichen Atemzug zu nehmen, ließ Kai ihn los, stieß ihn an die Wasseroberfläche und gestattete ihm Luft zu holen. Während Kim würgend und hustend nach Atem rang, drehte er ihm den Arm auf den Rücken, schlang den anderen Arm von hinten um seinen Hals und bog ihm brutal den Kopf in den Nacken;

der typische Rettungsschwimmergriff, der es Kim vollkommen unmöglich machte, sich zu befreien.
»Du blöder Trottel!«, schrie Kai. »Was hast du vor? Willst du uns beide umbringen? Wenn ja, dann stehen deine Aussichten nicht schlecht!«
Kim verstand im ersten Moment nicht, wovon er sprach. Kai hatte sich auf den Rücken gedreht und versuchte bereits wieder in Richtung Ufer zu schwimmen.
Als Kims Atem sich einigermaßen beruhigt hatte und er wieder zu halbwegs klarem Denken fähig war, wurde ihm bewusst, dass sie sich keineswegs dem Ufer näherten. Ganz im Gegenteil wurden sie langsam, aber unerbittlich immer weiter in die Flussmitte hinausgezogen.
»Die Strömung!«, japste er. »Sie ist zu stark!«
»Was du nicht sagst, Schlaumeier!«, antwortete Kai.
»Du schaffst das nicht allein«, keuchte Kim. »Lass mich los. Zu zweit schaffen wir es vielleicht!«
Kai schwieg einen Moment, aber dann ließ er seinen Arm tatsächlich los.
Doch es war zu spät.
Die Strömung wurde buchstäblich mit jeder Sekunde stärker. Kim drehte sich herum und legte jedes bisschen Kraft, das er aufbringen konnte, in seine Schwimmbewegungen.
Ohne Erfolg. Ebenso wie Kai wurde er immer schneller und schneller mitgerissen.
»Was ist das?«, schrie Kim. Die Panik war wieder da. Noch konnte er sie niederhalten, aber er wusste nicht, wie lange.
»Der Strudel!«, schrie Kai zurück. »Niemand kann ihm entkommen! Wir werden beide ertrinken!«
Noch bevor Kim etwas antworten konnte, griff die Strömung mit plötzlich vervielfachter Kraft nach ihm, riss ihn regelrecht zurück und wirbelte ihn wild hin und her. Kai erging es nicht besser.
Kim begann sich immer schneller und schneller zu drehen. Er wurde unter Wasser gezogen, wieder ausgespien und erneut in die Höhe gewirbelt. Der Fluss schien sich in irrsinnigem Tem-

po um sie herum zu drehen. Der Strudel, von dem Kai gesprochen hatte, hatte sie nunmehr vollends ergriffen. Die Wasseroberfläche war plötzlich *über* ihnen und Kim begriff voller Entsetzen, dass sie sich nun beide in einem Trichter aus Wasser befanden, der sie mit erbarmungsloser Kraft und immer schneller werdend in die Tiefe riss.

Im allerletzten Moment nahm er noch ein tiefen Atemzug. Dann waren Kai und er im Zentrum des Trichters und wurden unter Wasser gezerrt.

Die schiere Kraft der Strömung riss sie auseinander. Kim sah noch ein flüchtiges helles Aufblitzen neben sich, dann war Kai verschwunden und er verschwendete auch keinen Gedanken mehr an den jungen Steppenreiter, denn auch er wurde immer rascher herumgewirbelt und weiter und weiter in die Tiefe gezerrt. Dies musste nun das Ende sein. Die Wasseroberfläche lag scheinbar unendlich weit über ihm wie ein zerbrochener, in hellem Aufruhr begriffener Spiegel. Selbst wenn es ihm gelang irgendwie aus dem Sog zu entkommen, würde das bisschen verbliebene Luft in seinen Lungen wahrscheinlich nicht mehr reichen um nach oben zu kommen.

Als wäre dieser Gedanke ein Stichwort gewesen, spie der Strudel ihn aus. Kim wurde wie ein Kreisel durch das Wasser gewirbelt und kämpfte immer verzweifelter gegen den Drang Luft zu holen. Er wollte schwimmen, irgendwie nach oben kommen, aber seine Kräfte reichten nicht mehr.

Seine Sinne begannen sich bereits zu verschleiern. In seiner Brust tobte ein fast unerträglicher Schmerz und er konnte kaum noch irgendetwas erkennen.

Wie durch einen immer dichter werdenden Nebel sah er etwas auf sich zugleiten; eine riesige, silberne Kugel, die mit ruckhaften kleinen Bewegungen aus der Höhe auf ihn herabstieß und bei der es sich zweifellos nur um eine Halluzination handeln konnte. Er würde jetzt sterben. Seine Fantasie begann ihm bereits Dinge vorzugaukeln, die nicht da waren. Seine Bewegungen wurden schwächer. Seine Lungen drohten zu platzen.

Dann war die silberne Kugel heran, stülpte sich über ihn und Kim konnte atmen.
Er fiel auf die Knie, rang keuchend nach Luft und sah einen weißen Schemen aus den Augenwinkeln. Lange, dürre Beine streckten sich in seine Richtung, hielten ihn fest und richteten ihn halbwegs wieder auf. Kim begriff nicht wirklich, was die Spinne tat – schon gar nicht, als sie mit zwei Beinen nach seiner Hemdtasche tastete und dann hineinlugte.
»Kai«, würgte er mühsam hervor. »Wo ist ... Kai?«
»Der ist gerade beschäftigt«, antwortete die Spinne. »Mit Ertrinken.«
»Hol ihn«, keuchte Kim.
»Fällt mir nicht ein«, antwortete die Spinne. »Der Kerl wollte dich umbringen.«
»Bring ihn her!«, wollte Kim befehlen, brachte aber kaum mehr als ein Husten und Keuchen zustande. Die Spinne starrte ihn noch eine Sekunde lang störrisch an, drehte sich aber dann herum und war verschwunden.
Kim sah sich schwer atmend um. Er hockte im Zentrum einer gut anderthalb Meter messenden luftgefüllten Kugel, deren Wände wie ein gekrümmter Spiegel schimmerten, trotzdem aber halb durchsichtig waren. Die Luft roch scharf, streng und ein bisschen nach Chemie, war aber sehr sauerstoffreich. Aber wo war sie hergekommen?
Ein Schrei und ein dumpfer Aufprall ließen ihn herumfahren. Die Spinne war zurückgekommen und sie hatte Kai tatsächlich mitgebracht. Der junge Steppenreiter lag auf dem Boden und hatte offensichtlich das Bewusstsein verloren, lebte aber noch. Seine Brust hob und senkte sich in schnellen Stößen.
»Du hattest völlig Recht«, sagte die Spinne. »Es war richtig, ihn zu retten.«
»Gut gemacht«, lobte Kim, während er neben Kai niederkniete und seinen Kopf in den Nacken bog, damit er besser atmen konnte.
»Ich mag kein totes Fleisch«, fuhr die Spinne fort. »Es hat einen so strengen Beigeschmack.«

»Du kannst ihn nicht essen«, sagte Kim.
»Wie bitte?« Die Spinne plusterte sich auf. »Das kann doch nicht wahr sein! Wie kommt es eigentlich, dass ich jedes Mal die Dumme bin, wenn ich etwas für dich tue?«
Kai erwachte hustend, wälzte sich auf die Seite und öffnete blinzelnd die Augen.
Eine Sekunde später setzte er sich kerzengerade auf und starrte die Spinne an. Er gab keinen Laut von sich, aber er wurde noch blasser und seine Augen quollen vor Entsetzen fast aus den Höhlen.
»Keine Angst«, sagte Kim rasch. »Sie ist harmlos.«
»Sie ist vor allem *hungrig*«, fügte die Spinne hinzu. Sie tippte Kai mit einem Bein an und klapperte mit den Giftzähnen. »Viel dran ist an dem Bürschen ja nicht, aber für zwischendurch ...«
Kai ächzte und Kim hatte trotz des Ernstes der Situation alle Mühe, ein Lachen zu unterdrücken.
»Wirklich, keine Sorge«, sagte er. »Sie hat manchmal eine komische Art von Humor, aber sie ist schon in Ordnung.«
»Wieso ...« Kai schüttelte den Kopf, rückte so weit von der Spinne fort, wie es in der Enge der Luftblase möglich war, und sah sich dann um. »Wo sind wir?«
»Das wüsste ich auch gerne«, sagte Kim, nun direkt an die Spinne gewandt. »Wie hast du das gemacht?«
»Die Luftblase?« Die Spinne machte eine Bewegung, die vielleicht ein Achselzucken sein sollte, bei einem Geschöpf mit acht Beinen aber einigermaßen komisch aussah.
»Ich habe es eben gemacht. Ehrlich gesagt, ohne viel darüber nachzudenken. Allerdings hätte ich mir ein wenig mehr Dankbarkeit erwartet.«
Kim ignorierte den letzten Satz. Er hatte sogar eine ungefähre Vorstellung davon, was passiert war. Auch in seiner Heimat gab es gewisse Arten von Spinnen, die mit einer selbst gemachten Luftblase tief unter Wasser tauchten um Beute zu fangen. Natürlich keine von so enormer Größe ...
»Wie lange reicht die Luft hier drinnen?«, fragte er.

»Nicht sehr lange«, antwortete die Spinne. »Für mich allein eine halbe Stunde. Aber für uns drei ...«
»Dann sollten wir allmählich auftauchen«, sagte Kim. Er wandte sich an Kai. »Fühlst du dich kräftig genug?«
Kai wollte antworten, aber die Spinne kam ihm zuvor. »Das ist unmöglich. Der Strudel würde die Luftblase zerreißen.«
Kim sah sich um. Das Wasser in ihrer unmittelbaren Umgebung war relativ ruhig.
»Wir sind direkt unter dem Strudel«, sagte die Spinne, die seinen Blick bemerkt hatte. »Sozusagen im toten Winkel. Ein paar Meter weiter nach rechts oder links und es reißt uns in Stücke.«
Es dauerte einen Moment, bis Kim die ganze Tragweite ihrer Worte begriff. »Das heißt, du kannst auch keine neue Luft holen, wenn die hier drinnen verbraucht ist.«
»Ich fürchte, du hast Recht«, gestand die Spinne kleinlaut. »Die Luft wird nicht lange reichen. Nicht für drei.« Sie deutete mit zwei Beinen auf Kai. »Wenn du mir gestattet hättest ihn zu essen, hätte wir viel mehr Luft.«
Kai griff nach seinem Schwert, aber Kim machte eine rasche, abwehrende Bewegung und der junge Steppenreiter zog die Hand wieder zurück. Sein Blick ließ die Spinne jedoch keinen Sekundenbruchteil los.
»Irgendwie müssen wir hier heraus«, sagte er. »Aber das schaffen wir nur, wenn wir zusammenarbeiten.«
»Warum?«, fragte Kai spitz. »Du hast uns doch auch ganz allein in diese Situation gebracht.«
»Woher sollte ich von diesem Strudel wissen?«, fragte Kim. »Als ich das letzte Mal hier war, gab es ihn noch nicht.«
»Das letzte Mal?« Kai sah ihn misstrauisch an. »Du warst schon einmal in Gorywynn?«
»Ja«, antwortete Kim, während er sich im Stillen für die Worte verfluchte, die ihm unabsichtlich herausgerutscht waren. Kai wusste immer noch nicht, wer er *wirklich* war, und er hatte das sichere Gefühl, dass es besser war, wenn das auch noch eine Weile so blieb.

»Es ist lange her«, fügte er mit einem Achselzucken hinzu.
»Es muss sehr lange her sein«, sagte Kai mit sonderbarer Betonung. »Dieser Strudel ist seit dem großen Erdbeben hier, bei dem auch die Wasserfälle entstanden sind. Und das war vor meiner Geburt.«
Er sah Kim nachdenklich an und es war nicht besonders schwer zu erraten, was in diesem Moment hinter seiner Stirn vorging. Wahrscheinlich fragte er sich, wie sich ein Junge, der kaum älter sein konnte als er, an etwas erinnern konnte, das lange vor seiner Geburt passiert war.
»Das spielt jetzt keine Rolle«, sagte Kim. »Mich interessiert der Strudel. Wohin fließt das Wasser?«
»Woher soll ich ...« Kais Augen wurden groß. »Du hast doch nicht etwa vor noch einmal dort hinauszuschwimmen?«
»Hast du eine bessere Idee?«, fragte Kim. »Wir können natürlich auch hier bleiben, bis die Luft aufgebraucht ist und wir ersticken.« Er drehte sich zur Spinne herum. »Wir brauchen ein Seil um uns aneinander festzubinden.«
»Du spinnst ja«, sagte die Spinne.
»Kannst du es oder nicht?«, fragte Kim. Irrte er sich oder war die Luft in der Blase schon schlechter geworden?
»Niemand weiß, wohin das Wasser fließt«, antwortete die Spinne. »Der Strudel könnte einen Kilometer tief nach unten führen. Oder auch zehn.«
»Probieren wir es aus«, schlug Kim vor. »Es sei denn, du ziehst es vor zu ersticken. Noch dazu mit leerem Magen.«
Das gab den Ausschlag. Die Spinne nörgelte noch einen Moment herum, begann dann aber gehorsam einen Faden zu spinnen. Während sie damit beschäftigt war, ihn zu einem stabilen Seil zu flechten, trat Kim ganz an den Rand der luftgefüllten Blase heran.
Schon auf den ersten Blick sah er, wovon die Spinne gesprochen hatte: Sie befanden sich tatsächlich nur wenige Meter von dem Strudel entfernt, der sie in die Tiefe gerissen hatte. Er ragte wie ein silberner, mitten in der Bewegung erstarrter Tornado vor ihnen empor, eine bizarre Säule, die sich hoch über

ihnen trichterförmig erweiterte. Die Spinne hatte Recht: wenn sie die Luftblase verließen, mussten sie unweigerlich wieder in diesen tobenden Hexenkessel hineingezogen werden. Die Wasseroberfläche lag mindestens dreißig Meter über ihnen. Keine Chance sie zu erreichen.
»Ich bin fertig«, nörgelte die Spinne.
Kim drehte sich herum und fing das Ende des mehrfach geflochtenen Spinnenfadens auf, den sie ihm zuwarf. Die Spinne hatte in den wenigen Augenblicken, die er dagestanden und hinausgesehen hatte, ein Seil von mindestens zehn oder zwölf Metern Länge fabriziert, dessen eines Ende er sich um die Hüften schwang und sorgsam verknotete, während Kai mit dem anderen ebenso verfuhr.
»Eine seltsame Art Selbstmord zu begehen«, sagte die Spinne. Mit einem Seitenblick auf Kai und einem hörbaren Seufzen fügte sie hinzu: »Was für eine Verschwendung!«
Kim ignorierte den letzten Satz und wandte sich an Kai. »Bist du so weit?«
Der junge Steppenreiter verknotete das Seil, nickte und sagte mit einer Geste auf die Spinne: »Sie hat Recht, weißt du – es *ist* Selbstmord.«
»Du kannst ja hier bleiben«, sagte Kim. »Ich bin sicher, ihr beide werdet eine Menge Spaß miteinander haben. Kann ich mich auf dich verlassen?«
Kai warf der Spinne einen schrägen Blick zu und nickte dann.
»Halt das Seil straff«, sagte Kim. »Ich ziehe zweimal daran, wenn du nachkommen kannst.«
»Und wenn nicht?«, fragte Kai nervös.
Kim beließ es bei einem humorlosen Grinsen als Antwort, holte noch einmal tief Luft und trat mit einem entschlossenen Schritt aus der Luftblase hinaus.
Wie er erwartet hatte, wurde er sofort von der Strömung ergriffen und auf den Strudel zugezerrt. Diesmal jedoch kämpfte er nicht dagegen an, sondern unterstützte die Bewegung im Gegenteil noch mit kräftigen Schwimmstößen, die ihn rasch auf den silbernen Wirbelsturm zutrieben. Nicht ein-

mal eine Sekunde, nachdem er die Luftblase verlassen hatte, erreichte er den Strudel und tauchte hinein.

Er hatte das Gefühl, in Stücke gerissen zu werden. Das Wasser packte ihn. Schleuderte ihn wie ein Spielzeug herum und immer schneller im Kreis. Das Seil um seine Hüften straffte sich und Kim konnte sich lebhaft vorstellen, wie Kai jetzt mit in den Boden gestemmten Beinen dastand und ihn zu halten versuchte. Natürlich reichten seine Kräfte nicht aus. Kim wurde einfach weitergezerrt.

Gerade als er glaubte gleich ersticken zu müssen, konnte er wieder atmen. Um ihn herum war plötzlich nichts mehr.

Und nicht nur um ihn herum, sondern auch und vor allem *unter* ihm.

Kim schrie voller Entsetzen auf, als er begriff, wie Recht die Spinne mit ihrer Vermutung gehabt hatte.

Er befand sich in einer gigantischen Höhle, durch deren Decke das Wasser in einem brüllenden Strom hineinschoss, ehe es sich zu einem feinen Nebel verteilte, der weiter in die Tiefe stürzte. Der Boden der Höhle – wenn es überhaupt einen gab –, war nicht zu erkennen. Unter ihm war nur endlose, vollkommene Schwärze.

Kim pendelte wild am Ende des Seiles hin und her. Das Wasser stürzte noch immer mit solcher Wucht auf ihn herab, dass er kaum atmen konnte. Trotzdem erkannte er, dass er nur ein kleines Stück von der Höhlenwand entfernt war. Vielleicht drei oder vier Meter weiter weg gähnte ein fast kreisrundes Loch in der Höhlenwand. Wenn es ihm irgendwie gelang es zu erreichen, dann waren sie zumindest vorerst in Sicherheit. Die Luft in der Blase würde nicht mehr lange halten. Ganz davon zu schweigen, dass Kai ihn bestimmt nicht mehr lange würde festhalten können. Statt also gegen seine wilden Pendelbewegungen anzukämpfen, verstärkte Kim sie noch um sich auf diese Weise dem Loch in der Höhlenwand zu nähern. Seine beiden ersten Versuche, sich an dem glitschigen Fels festzuklammern, schlugen fehl, aber beim dritten Mal fanden seine weit vorgestreckten Hände Halt. Kim klammerte sich mit zusammengebissenen Zähnen fest, zog sich vollends in den Schacht hinein und gönnte sich ein paar Sekunden um wieder zu Atem zu kommen. Erst dann löste er das Seil von seiner Hüfte, schlang es um einen Felsvorsprung und zog zweimal kurz und hart daran. Im selben Moment wich alle Spannung aus dem geflochtenen Spinnfaden. Kai hatte die Luftblase verlassen. Kim griff mit beiden Händen nach dem Seil, stemmte die Füße in den Boden und versuchte sich auf den bevorstehenden Ruck vorzubereiten.

Er musste nicht lange warten. Kai tauchte wie ein fallender Stein inmitten des sprühenden Wassers auf, stürzte schreiend an ihm vorüber und verschwand in der Tiefe. Eine halbe Sekunde später wurde das Seil mit einem solchen Ruck gespannt, dass Kim nach vorne gerissen wurde und um ein Haar selbst das Gleichgewicht verloren hätte. Nur mit äußerster Kraft gelang es ihm, nicht selbst aus der Höhle gerissen zu werden, sondern Kai Zentimeter für Zentimeter zu sich hereinzuziehen. Schließlich war er nahe genug, dass Kim die Hand ausstrecken und ihn mit einem letzten Ruck heraufziehen konnte.

Kai sank erschöpft auf die Knie und auch Kim ließ sich keuchend zu Boden sinken. Seine Hände bluteten. Das Seil hatte tiefe, heftig schmerzende Schnitte darin hinterlassen.

»Wo ist die Spinne?«, fragte Kim.

»Sie wollte nicht mitkommen«, antwortete Kai. »Sie sagte, sie würde schon einen Weg finden und du sollst dir keine Sorgen um sie machen.« Er sah Kim kopfschüttelnd an. »Du bist wirklich mit dieser widerwärtigen Kreatur befreundet? Mir dreht sich schon der Magen herum, wenn ich sie nur sehe.«

»Ich wette, es geht einer Menge Leute bei deinem Anblick genauso«, sagte Kim böse. Er hob die Hand, als Kai auffahren wollte, und fuhr in verändertem Tonfall fort: »Lassen wir das. Ich schlage vor, wir schließen einen Waffenstillstand. Wenigstens so lange, bis wir hier heraus sind.«

Kai hob die Schultern. »Wie du meinst. Falls wir wieder he-

rauskommen, heißt das.« Er sah sich um. »Hast du eine Ahnung, was das hier ist?«
Das fragte Kim sich auch. Während sie geredet hatten, hatte er sich flüchtig in ihrer neuen Umgebung umgesehen. Sie befanden sich in einem kreisrunden, gemauerten Schacht, dessen Wände bis auf halbe Höhe von einer schmierigen Schicht bedeckt waren. Die Luft war verbraucht und roch schlecht und sehr alt.
»Keine Ahnung«, sagte er achselzuckend. »Ich weiß nur, dass es künstlich zu sein scheint. Also gibt es wahrscheinlich einen Ausgang.« Er stand auf. »Suchen wir ihn.«

Zwei Stunden später war er nicht mehr so felsenfest davon überzeugt, dass dieses unterirdische Labyrinth tatsächlich einen Ausgang hatte – und schon gar nicht mehr davon, dass sie ihn *finden* würden.
Und es *war* ein Labyrinth. Die Tunnel, die von unterschiedlichem Durchmesser waren – von mächtigen Stollen mit fünf oder sechs Meter hohen Wänden bis hin zu schmalen Röhren, durch die sie nur auf Händen und Knien kriechen konnten –, verzweigten sich immer und immer wieder, sodass Kim nicht einmal sagen konnte, in welche Richtung sie sich bewegten, ob nach oben oder vielleicht gar immer weiter in die Tiefe. Oft mussten sie durch knöcheltiefes Wasser waten und einmal gingen sie ein gutes Stück am Ufer eines unterirdischen Flusses entlang.
Trotz allem kam ihm ihre Umgebung auf sonderbare Weise vertraut vor. Er hatte so etwas schon gesehen, wenn auch noch nie selbst, sondern immer nur auf Bildern. Sie marschierten durch ein gewaltiges, unterirdisches Kanalisationssystem.
»Darf ich dir eine Frage stellen?«, fragte Kim nach einer Weile.
»So viele du willst«, antwortete Kai. »Ich weiß nur nicht, ob ich sie beantworte.«
»Du hast von eurem Herrn gesprochen«, sagte Kim. »Dem Magier der Zwei Berge.«

Kai sah ihn mit einem Ausdruck leiser Überraschung an. »Woher kennst du diesen Namen?«

»Ich kenne ihn eben«, antwortete Kim ausweichend. Es hatte keinen Sinn, Grendel noch mehr Schwierigkeiten zu bereiten. »Wer ist er und was will er von mir?«

»Das weiß ich nicht.«

»War das jetzt die Antwort auf meine erste oder auf meine zweite Frage?«, fragte Kim in etwas schärferem Ton. Er hatte keine Lust auf Wortklaubereien.

»Auf beide«, antwortete Kai ruhig. »Ich habe ihn niemals gesehen. Keiner von uns hat das. Und ich weiß nicht, was er von dir will. Ich habe nur den Befehl bekommen, dich zu ihm zu bringen.«

»Und du führst ihn aus ohne dich zu fragen, welchen Sinn er hat?«, fragte Kim kopfschüttelnd. »Ich verstehe dich nicht, Kai. Ich kenne Caivallon, weißt du? Die Steppenreiter waren immer das stolzeste und tapferste Volk Märchenmonds. Sie hätten sich niemals einem Herrscher angeschlossen, von dem sie nicht einmal wissen, wer er ist – geschweige denn, welche Ziele er verfolgt.«

»Die Zeiten ändern sich eben«, sagte Kai mürrisch.

»Ja, das habe ich gemerkt«, sagte Kim.

»Du weißt gar nichts!«, fuhr Kai auf. »Du kommst hierher, weißt überhaupt nicht, wer wir sind oder was wir wollen, und erdreistest dich noch über uns zu urteilen?«

»Dann erklär mir, was ihr wollt«, sagte Kim.

»Nichts anderes als das, was auch du willst!« Kai sprach jetzt eindeutig im Tonfall einer Verteidigung. »Wir wollen nur über unser eigenes Leben bestimmen können!«

»Mit Waffengewalt?«

»Wenn es sein muss, ja«, sagte Kai. »Würdest du nicht um deine Freiheit kämpfen?«

»Nicht so«, behauptete Kim, aber Kai lachte nur hart.

»O ja, das habe ich gemerkt!«, spottete er. »Vor allem meine Leute haben es gemerkt, als du sie vom Pferd geschossen hast.«

»Das war etwas anderes«, behauptete Kim – aber er kam sich dabei selbst etwas lächerlich vor. Als er weiterreden wollte, blieb Kai abrupt stehen und hob die Hand.

»Still! Da ist etwas!«

Auch Kim blieb stehen und lauschte. Über dem Plätschern des Wassers war ein neues, regelmäßiges Geräusch zu hören: Ein helles Klingen und Scheppern, das zu gleichmäßig war um natürlichen Ursprungs zu sein.

Sie gingen schneller weiter. Der Tunnel führte noch gute hundert Meter geradeaus und endete dann nach einem scharfen Knick in einer sehr großen Halle, die fast knietief unter Wasser stand. Der Grund dafür war leicht zu erkennen: Es gab mindestens ein Dutzend unterschiedlich großer Stollen, durch die Wasser hereinströmte. Den Abfluss bildete ein einzelner, breiter Kanal, der aber zum Großteil verstopft war: Die Wand, durch die er floss, war zusammengebrochen. Tonnen von Ziegelsteinen und Felsen blockierten den Tunnelausgang. Dann erkannten sie auch den Grund des Lärms, der sie hierher geführt hatte. Eine Anzahl kleiner, in dunkle Kapuzenumhänge gehüllter Gestalten war emsig damit beschäftigt, dem Hindernis mit Hämmern, Spitzhacken und Meißeln zu Leibe zu rücken.

»Zwerge!«, sagte Kim. »Das sind Zwerge!«

»Zum Teufel«, murmelte Kai. Es klang nicht sehr erfreut. Seine Hand senkte sich nervös auf das Schwert an seiner Seite und zog sich dann hastig wieder zurück, als ihm wohl klar wurde, dass Kim die Bewegung bemerkt hatte. Seltsam ...

Kim ging rasch weiter. Kai folgte ihm, aber erst nach deutlichem Zögern und in einigem Abstand. Offensichtlich mochte er keine Zwerge. Und nach allem, was Kim selbst mit dem kleinen Volk erlebt hatte, konnte er das fast verstehen ...

Die Zwerge bemerkten ihre Annäherung erst, als sie sie fast erreicht hatten. Und ihre Reaktion überraschte Kim: Einer von ihnen stieß einen warnenden Ruf aus, woraufhin alle ihre Werkzeuge sinken ließen und herumfuhren.

Es war schwer, in den Gesichtern von Zwergen zu lesen.

Trotzdem konnte man nicht übersehen, dass die Zwerge nicht gerade begeistert über ihr Erscheinen waren. Einige von ihnen sahen regelrecht erschrocken drein.
»Hallo«, sagte Kim zögernd.
Einer der Zwerge trat auf ihn zu und auch die anderen bewegten sich. Sie nahmen in einem weiten Halbkreis um Kim und Kai herum Aufstellung und ergriffen ihre Werkzeuge fester. Kim konnte ihre Feindseligkeit regelrecht fühlen.
»Wer seid ihr?«, fragte der Zwerg. Er hatte die schrille, unangenehm keifende Stimme aller Zwerge und sein Blick irrte misstrauisch und unstet zwischen ihren Gesichtern hin und her. »Was habt ihr hier zu suchen?«
»Wir haben uns verirrt«, antwortete Kim schnell, bevor Kai etwas sagen konnte, was die Situation vielleicht noch verschlimmerte. »Ich bin froh, dass wir euch getroffen haben.«
»Verirrt?« Die Augen des Zwerges wurden schmal. »Was soll das heißen?«
»Wir suchen den Ausgang«, sagte Kai. »Wisst ihr, wo er ist?«
»Klar«, antwortete der Zwerg. »Aber der taugt nur für uns. So große Tölpel wie ihr würden einfach stecken bleiben.«
Kai wollte auffahren, aber Kim hob rasch die Hand und zog die Aufmerksamkeit des Zwerges so wieder auf sich. »Vielleicht könnt ihr uns wenigstens sagen, wo wir überhaupt sind«, sagte er. »Das würde uns schon helfen.«
Der Zwerg tauschte einen bezeichnenden Blick mit einigen seiner Begleiter und lachte dann meckernd. »Ihr wisst nicht einmal, wo ihr seid?«
»Nicht genau«, sagte Kim. »Sonst hätten wir uns ja nicht verirrt, nicht wahr?«
Die Augen des Zwerges wurden noch schmaler. »Was bist du, Kerl?«, fragte er. »Ein Klugscheißer, wie?«
Kim zählte in Gedanken bis drei. Er würde sich nicht von diesem Zwerg provozieren lassen und er würde sich schon gar nicht auf einen Streit mit ihnen einlassen. Er wusste aus langer, schmerzhafter Erfahrung, wie sinnlos das war.
»Wir haben uns wirklich verirrt«, sagte er noch einmal. »Ihr

würdet uns sehr helfen, wenn ihr uns sagt, wo wir sind und wie wir hier herauskommen.«
»Ihr seid in Gorywynn«, antwortete der Zwerg. »Genauer gesagt, *unter* Gorywynn.«
»Die gläserne Stadt?«, fragte Kim fassungslos.
Der Zwerg lachte meckernd. »Ja, ja«, sagte er. »Nur in einem Teil der Stadt, den feine Pinkel wie ihr nicht kennen. Die Teile, in denen euer Dreck und eure Abfälle gesammelt werden.«
»Und was tut ihr hier?«, fragte Kai.
»Was geht dich das an?«, schnappte der Zwerg.
»Du hast Recht«, sagte Kim rasch. Außerdem war die Frage überflüssig. Die Zwerge versuchten den beschädigten Kanal zu reparieren, das war kaum zu übersehen. »Entschuldige. Und wie kommen wir nun hier heraus?«
Der Zwerg antwortete nicht gleich, sondern sah Kai und ihn wieder aus misstrauisch zusammengepressten Augen an. Kim konnte die Nervosität der Zwerge immer deutlicher spüren. Sie benahmen sich wie Ganoven, die auf frischer Tat ertappt worden waren.
»Der zweite Tunnel links«, knurrte der Zwerg schließlich. »Immer geradeaus, bis ihr zu einer runden Höhle mit vielen Zuflüssen kommt. Den, aus dem das meiste Wasser kommt, müsst ihr nehmen. Er führt direkt nach oben.«
»Wenn das nicht stimmt, kommen wir wieder«, drohte Kai.
Der Zwerg kicherte. »Kaum, Tölpel. Ihr findet nicht zurück.«
Kim sah sich ein zweites Mal und etwas genauer um. Die Zwerge – es waren mindestens ein Dutzend – starrten Kai und ihn mit mittlerweile offenkundiger Feindseligkeit an. Nicht alle hatten nur Werkzeuge in den Händen. Viele hielten auch kleine oder größere Steinbrocken, die sie aus den Trümmern im Kanal herausgebrochen hatten.
»Was ist hier eigentlich passiert?«, fragte Kim. »Wieso ist die Wand zusammengebrochen?«
»Wieso stellst du so dumme Fragen, Tölpel?«, fragte der Zwerg. »Sie ist eben zusammengebrochen, basta.«
»Und ihr versucht sie zu reparieren«, sagte Kai höhnisch.

»Eine große Aufgabe für so kleine Leute.«
»Ihr solltet jetzt gehen«, knurrte der Zwerg. »Wir haben viel zu tun.«
»Das stimmt«, sagte Kim rasch. »Ich danke euch für eure Hilfe.«
Er drehte sich herum, gab Kai einen entsprechenden Wink und steuerte rasch den Stollen an, den der Zwerg ihnen bezeichnet hatte. Erst als sie gute hundert Schritte weit in den Kanal eingedrungen waren und er sich mit einem aufmerksamen Blick davon überzeugt hatte, dass die Zwerge sie auch nicht verfolgten, blieb er stehen und wandte sich in zornigem Ton an Kai.
»Bist du verrückt geworden?«, schnappte er. »Was ist in dich gefahren? Wolltest du die Zwerge provozieren?«
»Ich kann Zwerge nicht ausstehen«, antwortete Kai trotzig. »Außerdem hast du ihnen diesen Unsinn doch nicht etwa geglaubt, oder?«
»Welchen Unsinn?«, fragte Kim.
»Dass sie den Kanal reparieren«, sagte Kai verächtlich. »Sie waren dabei, die Stollenwände *einzureißen*, du Narr!«
»Einzureißen?«, wiederholte Kim ungläubig. »Aber warum sollten sie das tun?«
»Woher soll ich das wissen?« Kai machte ein abfälliges Geräusch. »Warum brauchen Zwerge einen Grund um etwas zu tun? Ich konnte diese Kriecher noch nie leiden. Aber auch damit hat es bald ein Ende.«
»Wieso?«
»Weil all dieses magische Kroppzeug nicht mehr da sein wird, wenn wir erst einmal das Sagen haben«, antwortete Kai. »Die Zeiten der Magie sind vorbei. Und die magischer Wesen auch.«
»Das werden wir sehen«, sagte Kim grimmig.
»Ja«, antwortete Kai. »Das werden wir. Verlass dich darauf.«
Sie sprachen kein Wort mehr miteinander, bis sie die Oberfläche erreichten.

Der Zwerg hatte ihnen den Weg durchaus richtig beschrieben. Was er nicht gesagt hatte, war, dass sie weit über eine Stunde brauchten, um die Abzweigung zu erreichen, und noch länger, um den Ausstieg zur Oberfläche zu bewerkstelligen.

Vollkommen erschöpft und so verdreckt, dass vermutlich selbst ihre besten Freunde Mühe gehabt hätten sie zu erkennen, krochen sie am späten Nachmittag hintereinander aus einem Abflussschacht.

Kim ließ sich einfach da, wo er war, zu Boden sinken, drehte sich auf den Rücken und tat für Minuten nichts anderes als einfach dazuliegen, die Wärme des Sonnenlichts auf dem Gesicht zu spüren und die herrliche, frische Luft zu genießen, die er in tiefen Zügen in die Lungen sog. Er spürte erst jetzt wirklich, wie dunkel und feucht es dort unten gewesen war und wie schlecht und verbraucht die Luft.

Erst nach einer geraumen Weile öffnete er wieder die Augen, setzte sich auf und sah sich um.

Sie befanden sich in Gorywynn, der gläsernen Stadt, ganz wie der Zwerg gesagt hatte, und doch hatte er fast Mühe, sie zu erkennen.

Gorywynn war immer die Zierde Märchenmonds gewesen, eine gewaltige Stadt aus verschiedenfarbigem Glas, die funkelte wie Kristalle und deren Schönheit und Pracht selbst im entlegensten Winkel des Landes gerühmt wurden.

Nun lag sie in Trümmern.

Im allerersten Moment glaubte Kim, dass der Krieg auch die gläserne Stadt erreicht hätte, aber er sah bald, dass es nicht die Spuren gewaltsamer Zerstörung waren, die er sah.

Gorywynn war verlassen. Die Häuser, Türme und Paläste standen leer und der Verfall hatte nach Gorywynn gegriffen. Doch es sah aus, als wäre die gläserne Stadt schon vor Jahrhunderten verlassen und aufgegeben worden, nicht erst vor kurzer Zeit.

»Was ist denn hier nur passiert?«, murmelte er fassungslos.

Er hörte, wie Kai hinter ihm aufstand, drehte sich aber nicht nach ihm herum. Sein Blick irrte mit immer größerem Entsetzen über die leer stehenden Gebäude, die geborstenen Wände und eingesunkenen Dächer, das gesprungene Straßenpflaster und den Staub und Unrat, der sich überall angesammelt hatte. Der schimmernde Kristall, aus dem die Stadt erbaut war, hatte fast überall seinen Glanz verloren und wirkte schmutzig und alt.

Gorywynn konnte jedoch nicht ganz verlassen sein. Kim hörte undeutlich ferne Laute, die ihn zumindest hoffen ließen, hier noch auf menschliches Leben zu stoßen.

Er hörte ein Geräusch, dem er im ersten Moment keine Beachtung schenkte. Dann aber drehte er sich doch herum.

Kai hatte sein Schwert gezogen. Die Spitze der Waffe deutete drohend auf Kims Herz.

»Was soll das?«, fragte Kim ruhig. »Wir haben eine Abmachung getroffen.«

Kai nickte. Sein Gesicht starrte so sehr vor Schmutz, dass der Ausdruck darauf kaum zu erkennen war. Dafür war das entschlossene Funkeln in seinen Augen umso deutlicher.

»Waffenstillstand, bis wir aus der Kanalisation heraus sind«, bestätigte er. »Wir sind heraus.«

Kim betrachtete Kai abschätzend. »Ich habe aber keine Waffe«, sagte er.

Kai grinste. »Pech für dich. Und ich bin ganz bestimmt nicht so dumm, mein Schwert einzustecken und mich auf eine Prügelei mit dir einzulassen – falls du darauf spekulierst.«

Das hatte Kim tatsächlich – auch wenn er ganz und gar nicht sicher war Kai tatsächlich überwältigen zu können. Er zuckte mit den Achseln.

»Du wirst mich nicht niederstechen«, sagte er. »Dein Herr will mich lebendig.«

»Aber nicht unbedingt unverletzt«, sagte Kai – und machte einen blitzschnellen Ausfall, mit dem er Kim einen zwar harmlosen, aber heftig schmerzenden Stich im Oberschenkel beibrachte.

Kim fiel mit einem mehr überraschten als wirklich schmerzerfüllten Schrei auf ein Knie herab, presste die rechte Hand auf seinen Oberschenkel und starrte sekundenlang verblüfft auf das hellrote Blut, das zwischen seinen Fingern hervorquoll.

»Warum hast du das gemacht?«, fragte er.

Kai stieß sein Schwert in die Scheide, trat mit einem Schritt neben ihn und riss ihn grob in die Höhe.

»Nur damit du nicht auf dumme Ideen kommst«, sagte er hart. »Aber mach dir keine Sorgen – draußen vor der Stadt wartet ein gutes Pferd auf dich.«

Er stieß Kim vor sich her, musste ihn aber zugleich auch stützen, damit er nicht zusammenbrach. Der Stich in seinem Oberschenkel tat kaum noch weh, aber in seinem Bein war auch keine Kraft mehr.

»Bitte, Kai!«, sagte Kim. »Das ist doch verrückt! Wir sind doch keine Feinde!«

»Ach nein?«, fragte Kai. »Sind wir nicht?«

»Feinde retten sich nicht gegenseitig das Leben, oder? Keiner von uns wäre hier, wenn wir nicht zusammengearbeitet hätten!«

»Das war etwas anderes«, sagte Kai. Seine Stimme klang bei diesen Worten nicht ganz überzeugt. Trotzdem fügte er hinzu: »Außerdem sind wir nur durch deine Schuld überhaupt erst in Gefahr geraten.«

»Das klingt ziemlich nach einer Entschuldigung, meinst du nicht selbst?«, fragte Kim.

Kai ließ einen zornigen Laut hören und stieß ihn ein bisschen heftiger an, als nötig gewesen wäre. »Hör auf zu quatschen«, sagte er grob. »Ich an deiner Stelle würde mich ein wenig beeilen. Dein Bein blutet ganz schön, weißt du?«

»O ja, und ihr habt bestimmt einen alten und erfahrenen Arzt bei euch, wie?«

»Wir haben Verbandszeug«, knurrte Kai. »Das wird reichen.«

Kim humpelte mühsam weiter – mühsamer, als eigentlich notwendig gewesen wäre. Sein Bein schmerzte jetzt kaum noch und auch das Schwächegefühl war nicht mehr so schlimm wie bisher. Trotzdem machte er sich nichts vor. Die Verletzung

war vielleicht nicht schwer, ließ aber jeden Fluchtversuch von vornherein aussichtslos werden. Kais Angriff war sicher heimtückisch gewesen, hatte seinen Zweck aber erfüllt.
Die Geräusche, die er vorhin schon gehört hatte, wurden nun lauter. Sie erreichten das Ende der Straße und standen plötzlich vor einem großen, halbrunden Platz, auf dem sich ihnen ein Anblick bot, der Kim im ersten Moment vollkommen überraschte.
Mehrere Dutzend Männer, Frauen, aber auch Kinder und Alte waren damit beschäftigt, einen kleinen Markt auf dem Platz aufzuschlagen. Nichts an diesem Anblick war irgendwie ungewöhnlich – aber Kim hätte kaum noch zu hoffen gewagt, etwas so Normales noch einmal zu Gesicht zu bekommen.
»Was ist denn hier los?« Kai runzelte überrascht die Stirn.
»Sieht so aus, als wäre eure kleine Revolution noch nicht überall ausgebrochen«, sagte Kim. Er wollte weitergehen, aber Kai hielt ihn grob an der Schulter zurück.
»Du bleibst hier!«, sagte er. »Es gibt noch andere Wege aus der Stadt!«
»Kaum«, antwortete Kim und griff nach Kais Arm.
Der junge Steppenreiter reagierte genauso, wie er erwartet hatte: Er versuchte seinerseits nach Kims Arm zu greifen und machte gleichzeitig einen Schritt zurück und Kim folgte ihm blitzschnell nach, verdrehte seinen Arm und brachte ihn mit einem harten Ruck aus dem Gleichgewicht. Kai machte ein ziemlich überraschtes Gesicht, als er plötzlich den Boden unter den Füßen verlor und einen fast albern aussehenden halben Salto schlug.
Kim wartete nicht ab, bis er auf den Boden knallte, sondern fuhr herum und humpelte los, so schnell er konnte. Sein Bein begann augenblicklich wieder zu schmerzen und die Stichwunde blutete heftiger. Trotzdem biss er die Zähne zusammen und versuchte sein Tempo sogar noch zu erhöhen; wenn auch nur mit mäßigem Erfolg.
Hinter ihm begann Kai zornig zu brüllen und Kim konnte hören, wie er sich aufrappelte und zur Verfolgung ansetzte.

Aber der kurze Zwischenfall war auch auf dem Markt nicht unbemerkt geblieben. Fast alle hatten ihre Arbeit unterbrochen und sahen fragend oder auch verärgert in ihre Richtung.
»Bleib stehen!«, schrie Kai. »Du sollst stehen bleiben, verdammt!«
Kim blieb nicht stehen, sondern humpelte im Gegenteil sogar noch schneller und begann zu schreien und mit den Armen zu winken.
»Hilfe!«, brüllte er. »Er will mich umbringen!«
Möglicherweise klangen seine Worte nicht besonders glaubhaft – aber sein heftig blutendes Bein wirkte dafür umso überzeugender. Einige Männer ließen von ihrer Arbeit ab und liefen auf ihn zu. Kim legte noch einen letzten, fast verzweifelten Endspurt ein, stolperte und fiel schmerzhaft auf die Knie. Aber er war in Sicherheit. Kai hatte ihn zwar beinahe eingeholt, aber auch die Männer waren heran.
»Was ist hier los?«, herrschte einer von ihnen. »Was soll der Unsinn?«
»Helfen Sie mir!«, keuchte Kim. »Er will mich umbringen! Er ist völlig verrückt geworden!« Er übertrieb hoffnungslos, aber seine Worte taten ihre Wirkung. Zwei der Männer traten mit raschen Schritten zwischen ihn und Kai und auch die Übrigen nahmen eine eindeutig drohende Haltung an.
»Was geht hier vor?«, fragte der Mann, der zuerst gesprochen hatte. »Seid ihr übergeschnappt?«
»Misch dich nicht ein!«, antwortete Kai trotzig. In seinen Augen funkelte es kampfeslustig und seine rechte Hand lag auf dem Schwertgriff.
»Wie bitte?«, fragte der Mann. Sein Gesicht verfinsterte sich. »Was fällt dir ein, Bürschchen? Hüte deine Zunge oder ich ziehe dir den Hosenboden stramm!«
»Der Kerl lügt!« Kai deutete anklagend auf Kim. »Ich habe ihm nichts getan. Er hat –«
»Er«, unterbrach ihn der Mann scharf, »blutet. Und du hast ein Schwert, das ziemlich locker zu sitzen scheint. Also erzähl mir nicht, dass er lügt, sondern sag mir lieber, was hier los ist!«

»Das geht euch gar nichts an«, antwortete Kai trotzig. »Ich sage es euch nicht noch einmal: Mischt euch nicht ein!«
Und damit legte er die Hand um den Griff seines Schwertes.
Die Reaktion des Mannes war jedoch ganz anders, als Kim – und auch Kai – erwartet hatte. Er starrte Kai eine Sekunde lang aus aufgerissenen Augen an – und begann dann schallend zu lachen.
»Mach dich nicht lächerlich, Jungchen«, sagte er. »Geh nach Hause und leg das Schwert zurück, ehe dein Vater merkt, dass du es genommen hast.«
Kais Miene verdüsterte sich noch mehr. Er hatte das Schwert halb aus der Scheide gezogen, doch angesichts der Übermacht, der er gegenüberstand, war er allerdings klug genug die Bewegung nicht zu Ende zu führen.
»Sei vorsichtig, Derk«, sagte einer der anderen Männer. »Vielleicht ist das einer von ihnen.«
»Glaube ich nicht«, sagte Derk. Trotzdem spannte sich seine Erscheinung sichtbar und er betrachtete Kai mit neuer Aufmerksamkeit. »Ist das wahr?«, fragte er. »Gehörst du zu diesen Verrückten?«
»Und wenn?«, fragte Kai patzig.
»Dann solltest du lieber machen, dass du wegkommst«, grollte Derk. »Ihr habt in der Stadt nichts zu suchen.« Er fuhr auf dem Absatz herum und funkelte Kim an. Alle Freundlichkeit war aus seinem Blick gewichen – und auch jede Spur von Mitleid. »Und das gilt auch für dich. Verschwinde von hier. Wir haben mit eurem Streit nichts zu schaffen.«
»Ich gehöre nicht zu ihm«, beteuerte Kim. »Und außerdem kann ich kaum laufen. Ich bin verletzt!«
Derk gab einem der anderen einen Wink. »Verbindet sein Bein«, sagte er. »Und dann jagt ihn davon!«
Kim schwieg vorsichtshalber. Derk und die anderen waren sehr zornig, das spürte er. Offensichtlich hatten sie mit Kais Leuten keine besonders guten Erfahrungen gemacht. Und auch ihm war klar, dass es sinnlos sein musste, seine Unschuld weiter zu beteuern. Er war in Kais Alter und unter all dem

Schmutz trug er sogar die gleiche Art von Kleidung. Wie konnten sie ihm also glauben? Er an ihrer Stelle hätte es auch nicht getan.

Kai zögerte noch einen letzten Moment, aber dann stieß er das Schwert mit einem Ruck in die Scheide zurück, warf ihm noch einen Unheil verheißenden Blick zu und drehte sich dann mit einer abrupten Bewegung herum um zu gehen. Doch er würde wiederkommen. Und wahrscheinlich eher, als Kim lieb war.

Kim stand auf, humpelte zu einem der Marktstände und ließ es zu, dass eine der Frauen ein Messer nahm und sein Hosenbein vollends auftrennte. Drei oder vier Kinder standen wortlos dabei und gafften, während die Frau mit schnellen, aber nicht besonders sanften Bewegungen einen Verband an seinem Oberschenkel anlegte.

»Der Stich ist nicht schlimm«, sagte sie, als sie fertig war. »Es wird wehtun, aber wenn du die Wunde sauber hältst, wird sie gut heilen.«

»Danke«, murmelte Kim.

Die Frau schüttelte seufzend den Kopf. »Das kommt davon, wenn Kinder Krieg spielen«, sagte sie.

»Ich habe nichts mit dem Magier der Zwei Berge zu schaffen«, sagte Kim.

Die Frau wollte antworten, aber Derk rief von weitem: »Sprich nicht mit ihm! Er soll verschwinden!«

Kim wollte der Frau keine Schwierigkeiten bereiten und so nickte er nur dankbar, stand auf und humpelte los.

Er war kaum fünf Schritte weit gekommen, als hinter ihm schon wieder Lärm aufkam: Schreie, ein Scheppern und Bersten und das Geräusch eisenbeschlagener Hufe. Erschrocken fuhr er herum, darauf gefasst, Kai zu erblicken, der mit Verstärkung zurückkam.

Es war nicht Kai.

Es war viel schlimmer.

Mindestens ein Dutzend Reiter in schweren Kettenhemden und Helmen sprengte rücksichtslos über den Platz heran, wobei sie alles und jeden niederritten, der ihnen im Weg war.

Männer und Frauen sprangen entsetzt beiseite, Marktstände und Karren stürzten um und gingen zu Bruch und immer mehr und mehr Reiter tauchten am Ende des Platzes auf, eine regelrechte kleine Armee. Angeführt wurde sie von einem riesenhaften, bärtigen Reiter, der sein Schwert auf dem Rücken trug. Kim kannte ihn. Es war der Mann, mit dem er im Wirtshaus aneinander geraten war und der sich mit Kai die Schlacht bei der Fähre geliefert hatte.

Kim begann zu rennen. Hinter ihm wurde ein ganzer Chor wütender Stimmen laut, dazu Geräusche wie von einem Kampf, aber er sah nicht zurück, sondern rannte, so schnell er konnte.

Er hatte den Platz schon zu einem Gutteil überquert und beinahe die Seitenstraße erreichte, als ihn der erste Reiter einholte. Unmittelbar hinter ihm dröhnten plötzlich eiserne Pferdehufe auf Glas. Kim spürte die Bewegung mehr, als er sie sah, warf sich instinktiv zur Seite und entging so um Haaresbreite einer riesigen Hand, die nach ihm griff. Er verlor durch die abrupte Bewegung aber auch das Gleichgewicht, sodass er ungeschickt gegen die Wand fiel, während der Reiter an ihm vorüberpreschte und dabei versuchte sein Pferd wieder herumzureißen.

Die Gasse, in die sich Kim geflüchtet hatte, war so schmal, dass der Mann damit einige Schwierigkeiten haben würde, aber dieser Vorteil nutzte Kim nicht viel. Hinter ihm jagten bereits weitere Reiter heran.

Ohne nachzudenken, was er tat, raste Kim quer über die Straße und stürzte durch die erstbeste offen stehende Tür. Das Haus dahinter war dunkel und so leer, dass seine Schritte lange, unheimlich nachhallende Echos aus den gläsernen Fliesen schlugen. Kim blickte im Laufen zurück und sah, dass einer der Reiter ihm folgte. Aber der Mann hatte die Höhe der Tür falsch eingeschätzt. Er prallte wuchtig gegen den Türsturz, wurde rücklings aus dem Sattel geschleudert und riss im Fallen noch zwei seiner Begleiter aus den Sätteln.

Die Ungeschicklichkeit seiner Verfolger verschaffte ihm wieder einige Sekunden Vorsprung. Er raste durch die Eingangshalle, sprang durch die erste Tür, die er sah, und durchquerte drei, vier Räume, jagte eine Treppe hinauf und eine zweite wieder hinab und erreichte schließlich die Rückseite des Gebäudes. Ohne auch nur eine Sekunde zu zögern, sprang er aus dem Fenster und fand sich in einer noch schmaleren, düsteren Gasse wieder. Er hörte noch immer aufgeregte Rufe und das helle Klappern zahlreicher Pferdehufe, allerdings ein gutes Stück entfernt. Die Verfolger würden außen um den gesamten Block herumreiten müssen, sodass sein Vorsprung wieder ein gutes Stück größer geworden war.

Allerdings war er nicht sicher, dass es reichte. Die Verfolger waren in gewaltiger Überzahl. Sie waren beritten und wussten ziemlich genau, wo sie nach ihm zu suchen hatten, während er verletzt und am Ende seiner Kräfte war und noch dazu völlig desorientiert. Er wusste, wohin er wollte – nämlich zu Themistokles' Palast –, aber er hatte nicht die geringste Ahnung, in welcher Richtung er lag.

Kim wandte sich nach links und humpelte auf das Ende der Gasse zu. Er erreichte es unbehelligt, trat auf einen weiteren, allerdings wesentlich kleineren Platz hinaus und sah nach oben. Im ersten Moment erkannte er nichts als ein scheinbar sinnloses Durcheinander aus Erkern, Zinnen, Dächern und Türmen, die bizarr geformte, aber trotzdem charakteristische Spitze von Themistokles' Zauberturm.

Sie schien unendlich weit entfernt.

Kim stöhnte innerlich vor Enttäuschung, biss aber die Zähne zusammen und versuchte nicht auf den immer heftiger werdenden Schmerz in seinem Bein zu achten, sondern stattdessen in einen gleichmäßigen, möglichst kräftesparenden Trab zu verfallen. Trotz allem kannte er sich in Gorywynn aus, was auf seine Verfolger vermutlich nicht zutraf; wenigstens nicht auf alle. Mit ein bisschen Glück konnte er die innere Mauer und damit den Palast des Zauberers erreichen.

Er überquerte den Platz und brachte weitere vier oder fünf Straßen hinter sich ohne entdeckt zu werden, doch als er sich

dem inneren, weit höheren Mauerkreis Gorywynns näherte, sah er ein, dass all seine Mühe umsonst gewesen war.
Seine Verfolger warteten bereits auf ihn.
Gorywynn war eine wunderschöne, aber auch äußerst wehrhafte Burg. Die Straßen der Stadt endeten gute hundert Schritte vor dem inneren Verteidigungskreis mit seinen Mauern und Wassergräben. Der Bereich dazwischen war vollkommen leer um möglichen Feinden im Falle eines Angriffs keine Deckung zu bieten.
Aber er bot auch keine Deckung vor den gut zwei Dutzend Reitern, die vor dem offen stehenden Tor Aufstellung genommen hatten und offenbar auf ihn warteten.
Für einen Moment war Kim der Verzweiflung nahe. Es war vorbei. Er war am Ende seiner Kräfte, er war verletzt und es gab nichts mehr, wohin er noch fliehen konnte. Vor ihm befand sich eine Menge Reiter, aber es waren noch lange nicht alle von denen, die er auf dem Marktplatz gesehen hatte. Er konnte sich lebhaft vorstellen, wo die anderen gerade waren: Sie durchkämmten die Stadt und suchten nach ihm.
Das Schlimmste war, dass er der Rettung schon so nahe gewesen war! Lächerliche hundert Schritte weiter und er wäre in Sicherheit gewesen!
Ein goldener Funke senkte sich vom Himmel herab und landete zielsicher auf seiner Schulter.
»Kim?«, piepste Twix. »Bist du das?«
»Wer soll es denn sonst sein?«, fragte Kim. Trotz des Ernstes seiner Lage entlockte ihm die Frage der winzigen Elfe ein Lächeln.
»Ich frage ja nur«, sagte Twix. »Du sprichst wie er und du siehst auch fast so aus wie er ... aber du riechst nicht wie er. Ehrlich gesagt, riechst du wie –«
»Ich weiß, wie ich rieche«, unterbrach sie Kim hastig. »Das ist eine lange Geschichte. Erzähl mir lieber, wie du mich gefunden hast.«
»Keine Ahnung«, gestand Twix. »Vielleicht hatte ich nur Glück. Du warst sehr lange weg. Ich dachte schon, ich schaf-

fe es nicht mehr. Meine Kräfte versagen schnell, wenn du nicht in der Nähe bist.«
Kim musterte die Elfe mit einer Mischung aus Sorge und einer neu aufkeimenden, wenn auch schwachen Hoffnung.
»Kannst du fliegen?« Er deutete auf die Festung. »Nur bis dorthin.«
»Klar«, antwortete Twix großspurig. »Überhaupt kein Problem. Was soll ich tun?«
»Du musst Themistokles, den Zauberer suchen. Du hast doch schon von ihm gehört, oder?«
»Jeder hat schon von dem berühmten Themistokles gehört«, antwortete Twix in einem Ton, als hätte Kim gefragt, ob die Sonne am Morgen eigentlich auf- oder unterging. Dann fügte sie hinzu: »Wer ist das?«
»Such ihn einfach«, seufzte Kim. »Jedermann dort drinnen kennt ihn. Es ist *sein* Palast, weißt du? Sag ihm, dass ich hier draußen bin und seine Hilfe brauche.«
»Wozu?«, fragte Twix.
»Sag es ihm einfach«, bat Kim. »Und bitte: beeil dich.«
»Klar«, versicherte Twix, machte aber trotzdem keine Anstalten, Kims Bitte nachzukommen, sondern hüpfte stattdessen aufgeregt auf seiner Schulter auf und ab. »Dieser Themistokles ist wirklich ein leibhaftiger Zauberer? Ich meine, ich habe noch nie einen *richtigen* Zauberer getroffen. Keinen, der wirklich zaubern konnte, weißt du? Viele produzieren ein bisschen Blitz und Donner und machen allen möglichen Hokuspokus, aber –«
»Twix!«
Twix schwieg, aber nur für einen kurzen Moment, dann fuhr sie fort: »Du glaubst ja nicht, wer sich so alles Zauberer nennt! Ich habe Typen erlebt, die –«
»Lass dir ruhig Zeit«, sagte Kim. »Ich warte übrigens noch auf Pack und die Spinne. Ich schätze, sie sind auf dem Weg hierher.«
Twix verschwand so schnell, dass Kim ihr kaum mit Blicken zu folgen vermochte.

Er wartete. Natürlich musste er sich in Geduld fassen. Twix würde Zeit brauchen um Themistokles zu finden und vermutlich noch sehr viel mehr Zeit um dem Zauberer zu erklären, was er überhaupt von ihm wollte – falls sie es bis dahin nicht vergessen hatte.

Er wich noch ein Stück weiter in den Schutz der letzten Häuser zurück, sah sich nach allen Seiten um und duckte sich schließlich in einen Hauseingang.

Keinen Moment zu früh. Hinter ihm wurde Hufschlag laut, dann sprengte fast ein halbes Dutzend Reiter an ihm vorbei; nahe genug, dass er nur die Hand auszustrecken brauchte um sie zu berühren.

»Habt ihr ihn?«, drang eine Stimme vom Platz herüber.

»Nein«, schrie einer der Reiter in vollem Galopp zurück. »Die Stadt ist einfach zu groß! Wir haben einen Boten nach draußen geschickt, um die Hunde aus dem Lager zu holen!«

Die Reiter gerieten rasch außer Hörweite, aber Kim hatte auch genug gehört. Hunde! Das war genau das, was ihm jetzt noch fehlte! Wenn sie mit Hunden nach ihm suchten, dann nutzte ihm das beste Versteck der Welt nichts mehr!

Voller Ungeduld sah er zur Festung hin. Wo blieb Themistokles?

Kim wartete eine gute Dreiviertelstunde, ohne dass sich hinter den weit offen stehenden Toren irgendetwas rührte, und er musste sich in dieser Zeit zweimal tiefer in seine Deckung zurückziehen, weil weitere Reiter an ihm vorüberjagten. Seine Verfolger meinten es wirklich ernst.

Schließlich aber änderte sich die Situation – wenn auch ganz und gar nicht so, wie Kim es sich gewünscht hätte.

Er hörte wieder Hufschläge und wich tiefer in den Schutz der Toreinfahrt zurück, deren Schatten ihn schon dreimal vor der Entdeckung bewahrt hatten.

Diesmal jedoch sprengten keine weiteren Reiter an ihm vorüber. Trotzdem wurde der Hufschlag lauter. Kim wartete einen Moment, dann bewegte er sich vorsichtig aus seinem Versteck heraus und lugte um die Ecke.

Die Anzahl der Reiter auf dem Platz hatte sich mehr als verdoppelt. Kai war zurückgekommen. Und er hatte eine Menge Freunde mitgebracht.
Die beiden ungleichen Heere – Kais weiß gekleidete Reiter waren den anderen an Zahl mindestens um das Dreifache überlegen und sie erhielten noch immer laufend Verstärkung – standen sich an zwei Seiten des Platzes gegenüber. Kai und der bärtige Anführer der anderen Truppe hatten sich in der Mitte des Platzes getroffen und stritten offenbar heftig miteinander. Die Feindseligkeit, die in der Luft lag, war fast greifbar. »Gleich schlagen sie sich die Schädel ein«, sagte eine Stimme hinter Kim. »Wer weiß – vielleicht wäre das nicht die schlechteste Lösung.«
Kim fuhr erschrocken herum und blickte in ein Gesicht, das ihm unter etwas weniger dramatischen Umständen wahrscheinlich zum Lachen gereizt hätte.
Der Junge musste ungefähr in seinem Alter sein. Er war ein gutes Stück größer als Kim. Dabei aber so dürr, dass Kim sich fragte, wieso er eigentlich nicht bei der ersten unvorsichtigen Bewegung in der Mitte durchbrach. Sein Gesicht war blass und schmal, aber über und über mit Sommersprossen gesprenkelt und er schielte ein bisschen. Seine Kleider bestanden nur aus Fetzen, machten aber sonderbarerweise trotzdem einen fast vornehmen Eindruck. Das Eigenartigste aber waren seine Haare. Sie waren feuerrot, fast schon leuchtend, und standen buchstäblich in allen Richtungen von seinem Kopf ab; wie bei einer Comicfigur, die in eine Steckdose gegriffen hat, dachte Kim.
»Wer ... wer bist du?«, fragte er, sah sich hastig um und fügte hinzu: »Und wo kommst du her?«
»Mein Name ist Sturm«, antwortete der sommersprossige Junge. Kims zweite Frage ließ er unbeantwortet. Stattdessen stellte er seinerseits eine Frage:
»Was tust du hier? Falls du es noch nicht gemerkt hast: Hier wird es gleich ziemlich ungemütlich. Mit den Burschen da ist nicht zu spaßen.«

»Ich weiß«, antwortete Kim. »Und ich fürchte sogar, es ist meine Schuld, dass sie überhaupt hier sind.«
Sturm sah ihn einen Moment verständnislos an, aber dann hellte sich sein Gesicht auf. »Du bist der, den sie suchen.«
»Woher weißt du das?«, fragte Kim.
Sturm lachte. Ein plötzlicher Windstoß fauchte durch die Straße und riss Kim beinahe von den Füßen. »Du bist gut!«, sagte er. »Die ganze Stadt spricht über nichts anderes. Sie haben den Burgfrieden gebrochen, nur um dich in die Hände zu bekommen! Was ist an dir eigentlich so verdammt wichtig?«
Kim schwieg und Sturm nickte, als hätte er nichts anderes erwartet. »Und was hast du jetzt vor?«
»Ich muss zu Themistokles«, sagte Kim.
Sturm ächzte. *»Dort hinein?«*
Er deutete auf das Tor. Kai und der Bärtige standen sich noch immer hoch zu Ross gegenüber und schrien sich wild gestikulierend Drohungen zu. Auf der einen Seite des Platzes standen mindestens fünfzig, auf der anderen Seite an die zweihundert Reiter, bereit beim geringsten Anlass ihre Waffen zu ziehen und übereinander herzufallen.
Kim nickte und Sturm sagte kopfschüttelnd: »Dann hast du ein Problem!«
»Ja«, sagte Kim leise. »Aber ich will dich nicht mit hineinziehen. Verschwinde lieber.«
»Wieso?«
»Du hast es doch selbst gesagt«, antwortete Kim. »Es könnte gefährlich werden.«
»Gefahr ist mein Lebenselixier«, behauptete Sturm großspurig. »Wenn du unbedingt in die Festung willst, dann bringe ich dich hinein.«
Kim sah den sommersprossigen Burschen spöttisch an. »Ach, und wie, wenn ich fragen darf?«
»Gib mir einen Moment Zeit«, sagte Sturm. »Ich lasse mir etwas einfallen.«
Kim schüttelte den Kopf, aber er sagte nichts, sondern sah

sich mit wachsender Nervosität um. Der Wind hatte nicht nachgelassen, sondern eher noch an Kraft zugenommen; eigentlich zum ersten Mal, seit Kim in Märchenmond angekommen war. Sturms Fetzenkleider befanden sich in ununterbrochener flatternder Bewegung, sodass es fast aussah, als lebten sie. Und die Brise flaute nicht etwa ab, sondern schien im Gegenteil beständig zuzunehmen.

»Also gut«, sagte Sturm. »Gehen wir.«

Er deutete auf die schmale Gasse zwischen den beiden Heeren und Kim starrte ihn fassungslos an. »Ist *das* etwa dein famoser Plan?«, ächzte er.

»Die einfachsten Ideen sind oft die besten«, antwortete Sturm, deutete grinsend nach oben und wurde dann schlagartig wieder ernst. »Hier wird es gleich ziemlich ungemütlich. In ein paar Minuten werden deine Freunde ganz andere Sorgen haben als nach dir zu suchen.«

Damit hat er wahrscheinlich Recht, dachte Kim. Der Wind wurde immer heftiger, sodass er schon fast Mühe hatte, ruhig auf der Stelle zu stehen. Der Himmel über Gorywynn bezog sich mit fast unheimlicher Schnelligkeit mit schweren, dunklen Regenwolken. Über der gläsernen Stadt braute sich ein Unwetter zusammen.

»Also los!« Sturm versetzte ihm einen Stoß, der ihn aus der Straße heraus und ein paar Schritte auf den Platz hinaus taumeln ließ, bevor er sein Gleichgewicht wieder fand, und das reichte. Zahlreiche Köpfe auf beiden Seiten wandten sich in ihre Richtung und Kim hätte Kais überraschten Ausruf nicht einmal mehr hören müssen um zu begreifen, dass er entdeckt worden war.

Eine neuerliche, noch stärkere Windböe traf ihn wie ein Faustschlag im Rücken und ließ ihn weitertaumeln, zu seinem eigenen Entsetzen auf die beiden verfeindeten Heere zu.

Er konnte nicht mehr zurück, also hörte er auf gegen den Wind anzukämpfen, sondern setzte alles auf eine Karte und rannte auf die Reiter zu. Die Verblüffung über diese so offensichtlich irrsinnige Aktion verschaffte ihm eine weitere Sekunde, in der ihm die Reiter einfach nur verwirrt anstarrten, dann aber setzten sich zahlreiche Männer und Jungen in Bewegung und sprengten auf ihn los.

Nicht einer kam ihm auch nur nahe.

Ein gewaltiger Donnerschlag ließ die gesamte Stadt erbeben und gleichzeitig heulte ein Sturmböe über den Platz, wie Kim sie noch nie erlebt hatte. Er wurde von den Füßen gerissen und schlitterte hilflos meterweit über das gläserne Pflaster, aber er war nicht der Einzige, dem es so erging. Etliche Reiter wurden einfach aus den Sätteln geblasen, viele andere stürzten zu Boden, als sich ihre Pferde aufbäumten und sie abwarfen.

Und der Sturm wurde mit jeder Sekunde stärker. Kim stemmte sich mühsam auf Hände und Knie hoch, aber nur um sofort von einer weiteren Böe gepackt und noch härter zu Boden geschleudert zu werden. Das Brüllen des Sturmes wurde zu einem Kreischen und Heulen, das jeden anderen Laut erstickte und fast in seinen Ohren wehtat. Er konnte kaum noch sehen. Rings um ihn herum herrschte das reinste Chaos. Pferde bäumten sich auf und warfen ihre Reiter ab, Männer und Jungen torkelten mit hilflos wirbelnden Armen vorüber oder schlitterten über den spiegelglatten Boden, losgerissenes Sattelzeug und Waffen flogen wie tödliche Geschosse durch die Luft. Aus dem Sturm war ein Orkan geworden und seine zerstörerische Gewalt nahm mit jeder Sekunde noch mehr zu.

Dann sah er etwas, was ihn für einen Moment an seinem Verstand zweifeln ließ.

Seit der Orkan losgebrochen war, waren allerhöchstens fünf Sekunden vergangen. Trotzdem war auf dem großen Platz weder Mensch noch Tier auf den Beinen.

Niemand – außer Sturm.

Der Junge marschierte hoch aufgerichtet und fast gemächlich heran. Seine Kleider umflatterten ihn, als wollten sie sich von ihm losreißen, aber ihn selbst schien der höllische Wind nicht einmal zu berühren. Vielleicht ist er so dünn, dass der Wind einfach durch ihn hindurchpfeift, dachte Kim.

Grinsend und mit tief in den Hosentaschen vergrabenen Hän-

den ging Sturm an ihm vorüber. »Worauf wartest du?«, schrie er über das Heulen des Sturmes hinweg. »Auf eine schriftliche Einladung?«
Kim stemmte sich erneut in die Höhe und irgendwie gelang es ihm sogar, auf die Füße zu kommen und auch nicht gleich wieder zu Boden geschleudert zu werden. Schräg nach vorne gebeugt und mit schützend vor das Gesicht gehobenen Armen taumelte er auf das Festungstor zu.
Der Sturm nahm immer noch an Gewalt zu. Überall entstanden winzige Windhosen und Wirbel, die diejenigen, die das Pech hatten in ihrer Bahn zu sein, manchmal meterweit in die Höhe schleuderten. Trotzdem war Kim mittlerweile nicht der Einzige, der wieder auf den Füßen war. Nur ein Stück entfernt kämpfte sich Kai heran und auch der Bärtige trotzte dem Orkan und näherte sich, zwar taumelnd und mit verzerrtem Gesicht, aber beharrlich.
Kim erreichte das Tor, torkelte hindurch – und verlor mit einem überraschten Schrei das Gleichgewicht und fiel der Länge nach hin, als die unsichtbare Gewalt, gegen die er ankämpfte, mit einem Mal nicht mehr da war. Im selben Moment, in dem er das Tor durchschritten hatte, hatte der Sturm wie abgeschnitten aufgehört.
Kai und dem Bärtigen erging es nicht anders, aber sie waren beide eher wieder auf den Beinen als er. Als Kim sich aufrappelte, richteten sich gleich zwei Schwerter auf ihn.
»Toller Trick!«, knurrte Kai. »Bei Gelegenheit musst du mir einmal erzählen, wie du das gemacht hast.«
»Verschwinde!«, sagte der Bärtige. Sein Schwert richtete sich für einen Moment drohend auf Kai und schwenkte dann wieder in Kims Richtung. »Er gehört mir!«
»Fällt mir nicht ein«, antwortete Kai trotzig. »Überleg dir lieber, was du tust, Wolf. Ich weiß, dass ich dir nicht gewachsen bin, aber wir sind in der Überzahl. Ihr kommt nicht aus der Stadt heraus.«
»Das kommt auf einen Versuch an«, knurrte Wolf.
»Ähem ... entschuldigt, wenn ich mich einmische«, sagte Kim.

»Aber könnte ich vielleicht gehen, während ihr euch darüber einigt, wer mir den Schädel einschlagen darf?«
»Du verstehst offenbar immer noch nicht«, sagte Kai nervös. »Wir wollen dir nichts tun. Unser Herr will nur mit dir reden, das ist alles. *Sie* –« Er deutete auf Wolf. »– werden dich töten.«
»Hier wird niemand getötet«, sagte eine dröhnende Stimme hinter ihm. »Außer euch dreien vielleicht. Was habt ihr hier zu suchen?«
Kim drehte sich herum. Eine riesenhafte Gestalt war auf dem Hof erschienen. Der Mann war viel, viel größer als jeder andere Mensch, dem Kim je begegnet war, und so breitschultrig, dass sich zwei Männer von Wolfs Gestalt hinter ihm hätten verstecken können. Sein Gesicht war verwittert und von unzähligen Runzeln und Falten durchzogen, die zum Teil so tief waren, dass sie wie Narben wirkten. Er hatte einen bis auf die Brust reichenden grauen Bart und schulterlanges grauweißes Haar. Das Beeindruckendste an ihm waren die Hände: Sie waren so groß wie Schaufeln.
»Verschwindet!«, brüllte er. »Alle! Ihr habt hier nichts verloren!«
»Ich muss unbedingt zu –«, begann Kim.
»Du musst verschwinden!«, schrie ihn der Riese nieder. »Keiner von euch darf hier sein! Ich warne euch nicht noch einmal!«
Kai starrte den Giganten noch einen Herzschlag lang an, aber dann senkte er sein Schwert und tat das wohl einzig Vernünftige: Er suchte sein Heil in der Flucht. Wolf hingegen schürzte kampflustig die Lippen und hob seine Waffe.
Der Riese versetzte ihm mit der linken Hand eine Ohrfeige, die ihn heulend zurücktaumeln ließ, entriss ihm mit der anderen das Schwert und brach es ohne sichtbare Anstrengung entzwei. Wolf ächzte, fuhr herum und rannte davon und der Riese setzte ihm nach und verpasste ihm einen so kräftigen Tritt in den Hintern, dass der Bärtige mehr aus dem Tor flog, als er ging. Dann fuhr der Riese herum und wandte sich mit finsterem Gesichtsausdruck an Kim.

»Und nun zu dir«, grollte er. »Du hast anscheinend besonders schlechte Ohren oder bist noch starrsinniger als deine beiden Freunde. Aber ich werde dir schon Manieren beibringen!«
»Aber ich muss wirklich –«
Er kam auch diesmal nicht dazu, zu Ende zu sprechen. Der Riese streckte den Arm aus, hob ihn ohne die geringste Mühe mit nur einer Hand hoch und warf ihn sich wie einen nassen Sack über die Schulter. Kim schrie, schlug um sich und strampelte wild mit den Beinen, aber der Griff des Riesen war wie Stahl.
»Nun hör mir doch wenigstens zu!«, schrie Kim verzweifelt. »Ich will dir ja erklären, warum ich hier bin!«
»Wirst du wohl still sein, du vorlauter Bengel!«, sagte der Riese. »*Ich* werde dir erklären, warum du besser nicht hierher gekommen wärst!«
»Aber ich –«
Der Riese versetzte ihm eine Kopfnuss und Kim verstummte endgültig. Ihm brummte der Schädel. Mit dem grauhaarigen Giganten war anscheinend nicht gut Kirschen essen, aber er würde ihn schon nicht gleich umbringen. Außerdem *war* er nun in der Festung und somit in Themistokles' Nähe. Früher oder später würde er dem Riesen schon klarmachen, wer er war, und vor allem, warum er hier war.
Kim hatte eine gewisse Erfahrung im Umgang mit Riesen. Sie waren ein lautes, polterndes Volk, das zwar im Grunde herzensgut und sehr friedfertig war, aber zu derben Scherzen neigte. Gorg, sein alter Freund und Kampfgefährte, war ein Paradebeispiel dafür. Er liebte es, den Feigling zu spielen, neigte aber ebenso dazu, mit seinen Kräften zu prahlen und so zu tun, als fräße er mit Vorliebe kleine Kinder zum Frühstück. Wäre der Bursche, der Kim überwältigt hatte, dreißig oder vierzig Jahre jünger gewesen, dann hätte er glatt sein Bruder sein können.
Sie – eigentlich der Riese – betraten das Haus und stürmten eine Treppe hinauf, die allerdings nicht für Riesen gemacht war, sodass der Gigant immer fünf oder sechs Stufen auf ein-

mal nahm und Kims Zähne bei jedem seiner Schritte schmerzhaft aufeinander schlugen.

»Ich muss zu Themistokles«, keuchte er.

»Themistokles?« Der Riese lachte dröhnend. »O ja, er wird dich sehen. Heute Abend, auf seinem Teller, knusprig gebraten und mit einer scharfen Sauce!«

»Hör mit dem Quatsch auf!«, sagte Kim. »Ich weiß, dass ihr Riesen keiner Fliege etwas zuleide tun könnt.«

»Das mag stimmen«, antwortete der Riese. »Dummerweise bist du keine Fliege.«

»Ich muss wirklich mit Themistokles reden«, sagte Kim. »Es ist wichtig!«

»Also gut«, knurrte der Riese. »Dann bringe ich dich zu ihm. Aber zuerst stecke ich dich in einen Zuber mit heißem Wasser. Du stinkst wie eine Kloake!«

Trotz dieser Worte schlug er den direkten Weg zu Themistokles' Zauberturm ein: Quer durch die große Halle und die lange, gewendelte Treppe zur Turmkammer des Magiers hinauf.

Die Treppe schien kein Ende zu nehmen. Sie war Kim niemals auch nur annähernd so lang vorgekommen wie heute.

Aber er hatte die Festung auch noch niemals so erlebt wie heute. Gorywynn war immer voller Leben gewesen und er hatte niemals auch nur einen Tag erlebt, an dem seine gläsernen Mauern nicht Lachen und fröhliche Stimmen zurückgeworfen hätten.

Jetzt herrschte hier eine vollkommene, fast unheimliche Stille. Die Schritte des Riesen schienen der einzige Laut zu sein, den es in der gesamten inneren Festung gab. Selbst das Heulen des Sturmes, das draußen noch laut genug gewesen war um ihm schier das Trommelfell zu zerreißen war hier drinnen nicht mehr zu hören.

Der Riese stürmte weiter die Treppe hinauf, öffnete schließlich eine Tür, indem er grob mit dem Fuß dagegen trat, und marschierte in eine winzige Kammer. Mit Ausnahme eines einzigen Möbelstückes war sie vollkommen leer.

Dieses Möbelstück war ein gewaltiger hölzerner Waschzuber: eine hölzerne Badewanne, die große Ähnlichkeit mit einem in der Mitte durchgesägten Bierfass hatte, aber viel größer war. Sie war fast bis zum Rand mit Wasser gefüllt.
Der Riese stopfte ihn ohne viel Federlesens hinein.
Das Wasser war so kalt, dass Kim im ersten Moment glaubte einen Herzschlag zu bekommen. Er hätte geschrien, aber er konnte es nicht, weil der Riese ihn immer wieder hochhob und untertauchte, genau so, als wäre er ein Wäschestück, das er auswaschen musste. Es dauerte mindestens fünf Minuten, bis er endlich von ihm abließ, sodass Kim wenigstens wieder halbwegs zu Atem kam.
»Bist du ... verrückt?«, japste er atemlos. »Wolltest du mich ... umbringen?«
»Warte ab, bis ich dich auswringe«, knurrte der Riese. Er trat einen Schritt zurück und musterte Kim kritisch.
»Du stinkst immer noch«, sagte er. »Aber du siehst jetzt wenigstens nicht mehr aus wie ein Stück von dem, wonach du riechst. Jetzt können wir zu Themistokles gehen.«
»Das wird aber auch Zeit!«, maulte Kim. »In spätestens zehn Minuten wirst du dich bei mir entschuldigen, das versichere ich dir.«
Er versuchte aus dem Waschzuber zu klettern, aber dem Riesen ging das offensichtlich nicht schnell genug, denn er packte ihn und warf ihn sich erneut über die Schulter. Kim sparte sich den Atem, gegen die grobe Behandlung zu protestieren. Er wusste, dass es ohnehin sinnlos gewesen wäre.
Sie gingen eine weitere Treppe hinauf und betraten einen runden Raum, der das gesamte obere Stockwerk des Turmes einnehmen musste, denn es gab Fenster an allen Seiten. Die Wände waren mit Regalen voll gestellt, auf denen sich eine Unmenge von Büchern, Pergamentrollen und Folianten, aber auch Tiegel, Töpfe und Glaskolben, Säcke und hölzerne Schachteln und tausend andere Dinge stapelten. Themistokles saß an einem riesigen Schreibtisch, der genauso unordentlich war wie seine Regale, und schrieb mit einer Feder in ein riesiges

Buch, das aufgeschlagen vor ihm lag. Obwohl er ihnen den Rücken zudrehte, erkannte Kim ihn sofort.
»Was gibt es denn?«, fragte Themistokles ohne sich herumzudrehen oder im Schreiben innezuhalten.
»Ich habe einen von ihnen geschnappt«, polterte der Riese. »Die Burschen werden immer vorwitziger. Sie halten sich nicht einmal mehr an den Burgfrieden. Der hier scheint ein ganz besonders dreistes Früchtchen zu sein.« Er setzte Kim mit einem Ruck zu Boden.
Themistokles seufzte. »Gorg«, sagte er. »Wie oft habe ich dich schon gebeten, dein Spielzeug nicht mit hier herauf zu bringen?«
Er ließ seine Feder sinken, drehte sich in seinem Stuhl herum und lächelte freundlich.
»Hallo, Kim«, sagte er. »Ich muss schon sagen, diesmal hat es ziemlich lange gedauert.«

Geschlagene zehn Sekunden lang stand Kim einfach da und starrte den Zauberer an. Dann drehte er sich langsam herum und maß den bärtigen, grauhaarigen Giganten hinter sich mit einem langen Blick.
»Gorg«, sagte er und schüttelte den Kopf. »Ich hätte eigentlich gleich darauf kommen können. Ich kenne nur einen Menschen mit einem so sonderbaren Sinn für Humor.«
»Humor?« Gorg grinste. »Man braucht keinen besonderen Sinn für Humor um zu erkennen, wenn jemand ein Bad nötig hat.«
»Auswringen«, erinnerte Kim.
Gorg grinste noch ein bisschen breiter und zuckte mit den Achseln und dann musste auch Kim lachen. Trotzdem kostete es ihm einige Mühe, sich sein Erschrecken nicht zu deutlich anmerken zu lassen. Es fiel ihm noch immer schwer, zu akzeptieren, dass der uralte Mann vor ihm tatsächlich Gorg sein sollte. Er war noch immer ein Riese. Unter all den Falten und Runzeln in seinem Gesicht waren noch immer die vertrauten Züge und in seinen Augen glitzerte nach wie vor der Schalk.

Und wie stark er trotz allem noch war, das hatte Kim vor wenigen Augenblicken am eigenen Leib gespürt.
Das alles änderte aber nichts daran, dass Gorg ein uralter Mann geworden war. Kim schätzte ihn auf mindestens siebzig oder achtzig Jahre und das war noch eine sehr freundliche Schätzung.
Zögernd drehte er sich wieder zu Themistokles herum und unterzog auch ihn einer ausführlicheren Inspektion.
Auch Themistokles hatte sich verändert, allerdings war Kim nicht so leicht in der Lage, diese Veränderung in Worte zu fassen. Themistokles war schon ein uralter Mann gewesen, als sie sich das erste Mal begegnet waren, aber das musste nichts bedeuten; schließlich gebot Themistokles über die geheimen Kräfte der Magie, die auch die Zeit zu beeinflussen vermochten. Trotzdem hatte er sich verändert.
So wie ja überhaupt alles hier irgendwie anders war ...
»Ihr habt also gewusst, dass ich hier bin«, sagte er nach einer Weile.
»Auf dieser Welt geschieht nicht viel, ohne dass ich davon erfahre«, antwortete Themistokles. »Das solltest du wissen.«
»Dann frage ich mich, warum ihr mir nicht entgegengekommen seid«, sagte Kim. »Es war nicht gerade leicht, hierher zu kommen.«
»Ich weiß«, antwortete Themistokles. »Und ich verstehe deinen Ärger. Aber gewisse ... Umstände haben es uns leider unmöglich gemacht, diesen Palast zu verlassen.«
»Gewisse Umstände«, wiederholte Kim. »Sitzen sie auf Pferden, haben Schwerter und Bogen und sind ziemlich streitlustig?«
»So könnte man es ausdrücken«, bestätigte Themistokles mit einem angedeuteten Lächeln. »Aber Gorg und ich waren uns sicher, dass du einen Weg findest um zu uns zu kommen. Wir haben uns nicht getäuscht.«
»Ja«, sagte Kim säuerlich. »Das stimmt. Aber ich hatte Hilfe. Wo wir schon einmal bei diesem Thema sind: Ist die Elfe nicht gekommen?«

»Welche Elfe?«, fragte Themistokles stirnrunzelnd.
»Twix«, antwortete Kim. »Ich hatte sie zu euch geschickt.«
»Es gibt keine Elfen mehr«, sagte Themistokles traurig. Dann deutete er mit dem Daumen über die Schulter zurück und fügte hinzu: »Außer dieser einen da vielleicht.«
Kims Blick folgte der Geste. Auf Themistokles' überquellenden Regalen entdeckte er ein simples Einmachglas, in dem Twix gefangen war. Die Elfe presste das Gesicht gegen das Glas, schlug wild mit den Flügeln und hämmerte mit den winzigen Fäusten gegen die durchsichtigen Wände ihres Gefängnisses.
»Aber das ist sie ja!«, rief Kim.
Themistokles blinzelte. »Oh, tatsächlich? Sie flatterte vor ein paar Minuten durch das Fenster herein. Ich habe sie eingefangen, weil ich dachte, sie würde sich gut auf einem Regal machen.«
Kim trat rasch hin, nahm das Einmachglas vom Regal und öffnete den Deckel. Twix flatterte lauthals schimpfend heraus und landete nach ein paar Schleifen und Kehren auf seiner Schulter.
»Die Kerle haben mich einfach eingefangen!«, beschwerte sie sich. »Sie haben mich nicht einmal zu Wort kommen lassen.«
»Schade«, sagte Gorg enttäuscht. »Sie hätte eine hübsche Lampe abgegeben.«
»Elfen leuchten nicht im Dunkeln, du großer Tölpel!«, belehrte ihn Twix.
»Wenn man sie anzündet, schon«, sagte Gorg ernst.
Twix wurde kreidebleich und Kim drehte sich rasch herum und wandte sich wieder an Themistokles, bevor Gorgs Scherze noch geschmackloser werden konnten.
»Was ist hier nur geschehen, Themistokles?«, fragte er. »Sind hier denn alle verrückt geworden?«
»Das ist eine lange Geschichte, Kim«, antwortete der Zauberer. »Vieles davon weißt du bereits, aber die genauen Zusammenhänge sind nicht so leicht zu erklären. Ich werde es gern versuchen, aber es wird seine Zeit dauern. Du musst müde

sein. Warum ruhst du dich nicht erst einmal aus und wir reden heute Abend beim Essen darüber? Ich habe im Moment noch einige wichtige Arbeiten zu erledigen.«

Er deutete auf das aufgeschlagene Buch hinter sich. Kims Blick folgte der Bewegung und er entdeckte etwas wirklich Eigenartiges: Die aufgeschlagene Seite war vollkommen leer.

Verwirrt streckte er die Hand aus und blätterte ein paar Seiten zurück. Auch sie waren leer. Das ganze Buch war vollkommen leer.

»Eine wichtige Arbeit?«, fragte er stirnrunzelnd.

Themistokles nickte heftig. »Ich bin der letzte Zauberer Märchenmonds«, sagte er. »Wenn ich irgendwann nicht mehr da bin, dann wird es niemanden mehr geben, der sich auf die alte Kunst der Magie versteht. Deshalb habe ich begonnen all mein Wissen in dieses Buch niederzuschreiben.«

Kim blickte nachdenklich auf die jungfräulichen weißen Blätter hinab.

»Aber es ist völlig leer«, sagte er zögernd.

Themistokles lachte voller gutmütigem Spott. »Das scheint nur so«, sagte er. »Du kannst dir vorstellen, wie gefährlich ein solches Buch wäre, geriete es in die falschen Hände. Aus diesem Grund habe ich natürlich gewisse Vorsichtsmaßnahmen getroffen.«

Er tippte mit dem Zeigefinger gegen das Tintenfass, in das er seine Feder gesteckt hatte. Kim beugte sich vor und stellte fest, dass es ebenfalls leer war.

»Keine Tinte?«, fragte er.

»Unsichtbare Tinte«, verbesserte ihn Themistokles. »Es macht das Schreiben zugegebenermaßen etwas schwierig, aber es verhindert auch, dass jemand meine Zaubersprüche missbraucht.«

»Aha«, sagte Kim. Er war nicht ganz sicher, ob Themistokles ihn nicht einfach auf den Arm nehmen wollte.

»Und wie macht man sie wieder sichtbar?«

»Das habe ich vergessen«, gestand Themistokles, machte aber gleichzeitig eine besänftigende Geste. »Ich weiß, was du sagen willst. Aber keine Sorge. Natürlich habe ich es aufgeschrieben. Gleich auf einer der ersten Seiten.«

Er begann in seinem Zauberbuch zu blättern, warf einen ziemlich ratlosen Blick auf die erste Seite, blätterte weiter, runzelte die Stirn und schlug die nächste Seite auf. Der Ausdruck auf seinem Gesicht schwankte dabei zwischen Ratlosigkeit und Bestürzung.

»Sieht so aus, als hättest du ein Problem«, piepste Twix.

»Nun«, begann Themistokles zögernd. »Ganz so würde ich das vielleicht nicht ausdrücken. Ich sehe es eher als ... intellektuelle Herausforderung.«

»Als *was*?«, fragte Twix.

»Davon verstehst du nichts«, sagte Kim rasch und wandte sich an Gorg. Der Riese hatte ihnen bisher schweigend zugesehen, aber tief in seinen Augen glaubte Kim einen Ausdruck von Sorge zu erkennen, der ihn erschreckte.

»Ich sollte dir jetzt viel besser dein Zimmer zeigen«, sagte der Riese, als er Kims Blick spürte. »Obwohl du dir eigentlich aussuchen kannst, wo du schlafen willst. Es sind genug Zimmer frei.«

Kim blickte ihn fragend an und Gorg fuhr in erklärendem Tonfall fort: »Der Palast steht zum allergrößten Teil leer. Außer Themistokles und mir sind nicht mehr viele hier.«

Kim drehte sich wieder zu Themistokles um, aber der alte Zauberer war so sehr damit beschäftigt, hektisch in seinem Buch zu blättern, dass er ihn gar nicht mehr zur Kenntnis zu nehmen schien.

Gorg warf ihm einen bezeichnenden Blick zu und Kim verließ zusammen mit ihm die Turmkammer. Kaum aber waren sie draußen, da hielt er es nicht mehr aus. »Um Himmels willen, Gorg!«, platzte er heraus. »Was geht hier vor? Was ist mit Themistokles geschehen?«

»Er wird alt«, sagte Gorg. »Aber keine Sorge – er ist nicht immer so. An manchen Tagen ist er ganz der Alte.«

»Und an den anderen?«, fragte Kim.

Gorg schwieg.

Aber im Grunde war das schon Antwort genug.
Trotz allem hatte er das Gefühl, nach Hause gekommen zu sein. Gorg führte ihn in ein luxuriös ausgestattetes Gästezimmer, das er zu seiner großen Freude als das wieder erkannte, das Rebekka und er während ihres Aufenthalts in Gorywynn bewohnt hatten. Kim verband mit diesen Räumen eine Menge schöner und angenehmer Erinnerungen, sodass er sich fast augenblicklich wieder ein gutes Stück wohler fühlte. Er erhob keine Einwände, als Gorg fragte, ob er ihn für eine Weile allein lassen könne, da noch gewisse Vorbereitungen zu treffen seien, und sich daraufhin zurückzog.
Die behagliche Umgebung, das Gefühl, vielleicht zum ersten Mal *wirklich* in Sicherheit und bei Freunden zu sein, und nicht zuletzt die Strapazen, die er an diesem Tage überstanden hatte, forderten ihren Preis. Er begann müde zu werden und streckte sich auf dem breiten, frisch bezogenen Bett aus; eigentlich nur um ein wenig auszuruhen.
Natürlich schlief er trotzdem fast auf der Stelle ein. Als er erwachte, war die Sonne untergegangen. Im Zimmer war es trotzdem nicht dunkel, denn jemand hatte mehr als ein Dutzend Kerzen aufgestellt, die ein beruhigendes gelbliches Licht verströmten. Im Kamin brannte ein Feuer, dessen Wärme der durch die offen stehenden Fenster hereinströmenden Kühle des Abends Einhalt gebot, und vermutlich dieselben dienstbaren Geister, die auch die Kerzen aufgestellt und das Feuer im Kamin entfacht hatten, hatten auf einem Schemel neben seinem Bett auch frische Kleider bereit gelegt.
Kim lächelte dankbar und zog sich um, ging aber nicht aus dem Zimmer um Themistokles oder Gorg zu suchen, sondern trat nach kurzem Zögern an eines der Fenster heran. Er hatte fast Angst vor dem, was er sehen würde.
Dabei war es im ersten Moment eigentlich so gut wie nichts. Das Zimmer lag in einem Turm, der zwar nicht ganz so hoch war wie der des Zauberers, ihm aber trotzdem einen guten Ausblick über den Palast und auch einen großen Teil der Stadt gewährte. Früher hatte er oft hier gestanden und auf das bun-

te Treiben im Burghof und in den Straßen Gorywynns hinabgesehen. Nun gab es nicht mehr viel, was er betrachten konnte. Im Burghof unter ihm brannten zwar zahlreiche Fackeln, aber dieses Licht schien die Dunkelheit auf der anderen Seite der trotzigen Mauern nur noch zu betonen.
Die Stadt lag wie ausgestorben da. Hier und da brannte zwar ein Licht, flackerte ein Feuer oder leuchtete das helle Rechteck eines Fensters, aber es waren nur sehr wenige, verlorene Inseln aus Licht in dem erstarrten Ozean aus Schwärze, zu dem Gorywynn nach Einbruch der Nacht geworden war.
Der Anblick stimmte ihn traurig. Gorywynn war noch nicht tot wie viele Städte und Dörfer, durch die er auf dem Weg hierher gekommen war, aber es lag im Sterben.
Und er wusste nicht einmal, warum.
Die Tür ging auf und Gorg steckte den Kopf herein. »Oh, du bist wach«, sagte er. »Das ist gut. Da ist Besuch für dich.«
»Besuch?«, wiederholte Kim überrascht. »Für mich?«
Gorg zuckte mit den Achseln. »Jedenfalls nehme ich es an«, sagte er. »Ich kann mir nicht vorstellen, dass sie zu uns wollen.«
»Sie? Wer?«
»Das solltest du dir besser selbst ansehen«, antwortete Gorg ausweichend. »Davon abgesehen will Themistokles mit dir reden.«
Kim verstand immer weniger, wovon der Riese überhaupt sprach, folgte ihm aber gehorsam. Gorg führte ihn durch einen schier endlos langen Gang und eine Treppe hinab, bis sie in eine Art kleinen Saal gelangten. Er war von Kerzen und einem halben Dutzend Kohlebecken behaglich erleuchtet und auf einer langen Tafel in seiner Mitte war das verschwenderischste Festmahl aufgebaut, das Kim jemals gesehen hatte. Themistokles saß am Kopfende dieser Tafel und redete mit einem Bediensteten. Auf der anderen Seite des Saales standen vier Männer in den farbenprächtigen Uniformen der Palastwache, die ihre Speere drohend auf eine kleinwüchsige, fellbedeckte Gestalt mit langen Affenarmen und Glubschaugen

richtete und auch auf den viel kleineren, achtbeinigen Pelzball, der neben ihr stand.
»Diese beiden da behaupten, dass sie zu dir gehören«, begrüßte ihn Themistokles. »Ist das wahr?«
»So könnte man es nennen«, antwortete Kim. Er wunderte sich ein bisschen über sich selbst – aber er fühlte eine große Erleichterung, seine beiden treuen Weggefährten wieder zu sehen, noch dazu unversehrt. »Wir sind einen Teil des Weges zusammen gereist.«
Themistokles wirkte ehrlich überrascht, hob aber dann die Schultern und gab den Soldaten einen entsprechenden Wink. Die Männer senkten hastig ihre Waffen und zogen sich so schnell zurück, dass es einer Flucht gleichkam.
»Dann seid willkommen an meiner Tafel«, sagte Themistokles. »Kims Freunde sind auch meine Freunde. Nehmt Platz und genießt das Essen.«
Der Pack ließ sich das nicht zweimal sagen, sondern sprang mit einem Satz auf den nächsten Stuhl und begann wahllos Obst, Fleisch, Käse und Brot in sich hineinzustopfen. Die Spinne hingegen wuselte sofort auf Kim zu und begann mit ihrer schrillen, unangenehmen Stimme zu keifen: »Das wurde aber auch Zeit! Ich weiß wirklich nicht, wie lange ich mich noch hätte beherrschen können! Diese groben Klötze! Sie haben mir nicht einmal Gelegenheit gegeben in Ruhe zu erklären, warum wir hier sind!«
»Genauso geht es mir auch«, piepste die Elfe. »Stell dir nur vor, sie wollten mich in eine Lampe stecken und flambieren!«
»Was für eine Verschwendung«, sagte die Spinne. Sie sah Twix an und Kim konnte regelrecht sehen, wie ihr das Wasser im Munde zusammenlief. Twix wirkte plötzlich spürbar nervöser und verkroch sich schließlich in seine Hemdtasche.
»Nur noch einen Moment Geduld«, sagte er. »Du kannst dich jetzt so richtig satt essen.«
»Satt essen? Womit denn?«
»Aber es ist doch nun wirklich genug da!«, sagte Gorg. Kim nahm ein wenig überrascht zur Kenntnis, dass der Riese einen

guten Schritt vor der Spinne zurückgewichen war. Er schluckte ununterbrochen und er war ziemlich blass geworden.
»Genug da?!«, kreischte die Spinne. »Sehe ich aus, als würde ich totes Fleisch essen? Oder vielleicht Obst?!«
»Was können wir dir denn sonst anbieten?«, fragte Themistokles.
»Nun«, antwortete die Spinne, »da hätte ich schon ein paar Vorschläge ...«
»Nicht jetzt«, sagte Kim rasch. »Das ist eine andere Geschichte.« Er steuerte den Stuhl direkt neben dem Pack an und registrierte zu seiner Erleichterung, dass die Spinne ihm nachkam. Vielleicht folgte sie auch nur seiner Hemdtasche.
Nachdem sie Platz genommen hatten, gab Themistokles den Bediensteten einen Wink, woraufhin die meisten den Raum verließen. Sie blieben jedoch nicht unter sich. Nach einigen Augenblicken gesellte sich ein gutes Dutzend weiterer Gäste zu ihnen. Fast alle waren prachtvoll gekleidet und das eine oder andere Gesicht kam Kim sogar bekannt vor, auch wenn er nicht genau wusste, woher.
Die Gäste nahmen der Reihe nach Platz. Nur der Stuhl unmittelbar neben der Spinne blieb frei.
Als sich der letzte Neuankömmling gesetzt hatte, ging die Tür noch einmal auf und ein eiskalter Windzug fauchte herein und ließ die Kerzen auf dem Tisch flackern.
Sturm kam herein. Der Junge trug noch immer dieselben zerfetzten Kleider wie am Nachmittag und auch seine Haare standen noch nach allen Richtungen zu Berge. Er grinste, als er Kims Blick begegnete, kam mit raschen Schritten näher und nahm ohne zu zögern auf dem freien Stuhl neben der Spinne Platz.
»Ihr kennt euch ja bereits«, sagte Themistokles.
»Wir sind uns heute Nachmittag zufällig begegnet«, antwortete Kim. »Kurz bevor das Unwetter losgebrochen ist.«
»Zufällig?« Themistokles schüttelte lächelnd den Kopf. »Das war kein Zufall. Ich hatte Sturm gebeten dich hereinzuholen.«
»Dann hat er aber –«, begann Kim und brach dann mitten im

Satz ab, als ihm das spöttische Funkeln in Sturms Augen auffiel. Dann hatte er das Gefühl, dass es hinter seiner Stirn deutlich hörbar *klick* machte.

»Sturm ...«, murmelte er nachdenklich. »Ist das wirklich dein Name oder ...?«

»Auch«, grinste Sturm.

»Dann war das Unwetter ... kein Zufall?«

»Unwetter?« Sturm lachte, dass die Kerzen auf dem Tisch erneut flackerten. »Das war doch kein Unwetter. Willst du einmal einen *wirklichen* Sturm erleben?«

»Nicht jetzt«, mischte sich Themistokles hastig ein. »Wir haben viel zu besprechen und ich fürchte, nur sehr wenig Zeit.«

Sturm wirkte ein bisschen enttäuscht, beließ es aber bei einem wortlosen Achselzucken und Themistokles wandte sich wieder direkt an Kim, der mittlerweile bereits kräftig zulangte. Der Anblick der in Massen aufgetischten Köstlichkeiten ließ ihn erst richtig spüren, *wie* hungrig er war. Der Pack stopfte weiter wahllos in sich hinein, was immer er erreichen konnte, und selbst die Spinne hatte sich aufgerichtet und berührte mit ihren langen Beinen prüfend das eine oder andere, ohne wirklich etwas zu essen.

Kim ließ seinen Blick verstohlen in die Runde schweifen. Nur die wenigsten Gäste aßen ebenfalls. Die meisten sahen ihn oder seine beiden Begleiter auf schwer zu deutende Weise an. Eine Atmosphäre angespannter Nervosität lag in der Luft.

Der Einzige, der außer dem Pack wirklich mit großem Appetit aß, war Gorg. Er verschlang mit einem einzigen Bissen einen halben Braten, streckte die Hand nach einer zweiten Portion aus, zog sie dann aber wieder zurück, als die Spinne dasselbe Bratenstück prüfend betastete und dann fallen ließ. Stattdessen deutete er auf eine silberne Schüssel mit Grütze, die unmittelbar vor dem Pack stand.

»He, Kleiner!«, sagte er. »Könntest du mir die Schale geben?«

»Gorg, tu das lieber –«, begann Kim erschrocken. Aber es war zu spät.

Während Gorg sich mit steinernem Gesicht die Grütze aus dem Gesicht wischte und etliche der Gäste in leises Kichern ausbrachen – das aber sofort aufhörte, wenn sie ein Blick aus Gorgs Augen traf –, sagte er ganz leise:

»– nicht.«

Themistokles betrachtete den Pack einen Moment lang lächelnd, aber dann erschien ein sehr überraschter Ausdruck auf seinem Gesicht.

»Ich habe noch nie einen gesehen«, sagte er, »aber ich glaube fast, das ... das ist ein Pack!«

»Ich fürchte, du hast Recht«, sagte Kim kleinlaut. »Ich muss mich für sein Benehmen entschuldigen.« Er wagte es nicht, Gorg bei diesen Worten anzusehen – schon weil er Angst hatte dann vor Lachen laut herauszuplatzen.

»Ein leibhaftiger Pack!«, sagte Themistokles kopfschüttelnd. »Das ist erstaunlich. Selbst in meinem Alter lernt man doch immer wieder etwas dazu.«

»Was ist denn daran so außergewöhnlich?«, fragte Kim.

»Sie gelten als sehr scheu«, antwortete Themistokles. »Tatsächlich habe ich noch nie gehört, dass einer mit einem Menschen Freundschaft geschlossen hätte.«

»Freundschaft würde ich das auch nicht gerade nennen«, sagte Kim mit einem schrägen Seitenblick auf den Pack. »Es ist eher so, dass ich ihn nicht mehr loswerde.« Er erzählte Themistokles mit knappen Worten, wie er den Pack kennen gelernt hatte und was er mit ihm erlebt hatte. Themistokles hörte schweigend und mit scheinbar ernstem Gesichtsausdruck zu, aber Kim hatte das Gefühl, dass es ihm immer schwerer fiel, ein schadenfrohes Grinsen zu unterdrücken.

»Du hast ihm also das Leben gerettet«, sagte Themistokles, als er zu Ende erzählt hatte. »Ich fürchte, dann hast du ein Problem. Zwei Probleme, um genau zu sein.«

»Wieso zwei?«, erkundigte sich Kim misstrauisch.

»Weil dein hässlicher kleiner Freund dich belogen hat«, sagte Gorg und *seine* Stimme klang eindeutig schadenfroh. »Pack sterben nicht.«

»Wie bitte?«, entfuhr es Kim.
Themistokles nickte. »Gorg sagt die Wahrheit«, bestätigte er. »Pack können nicht sterben. Sie altern nicht und man kann sie auch nicht töten.«
Kim starrte den Pack an, aber der hatte von dem Gespräch anscheinend gar nichts mitbekommen, sondern aß mit großem Appetit ungerührt weiter.
»Und was ist mein zweites Problem?«, fragte Kim.
»Dass du ihn wohl nicht mehr loswirst«, erklärte Gorg schadenfroh. »Er kann zwar nicht sterben, aber er ist einfach zu dumm um das zu wissen. Solange er *glaubt*, dass du ihm das Leben gerettet hast, wird er dir auf ewig dankbar sein.«
»Oh«, sagte Kim.
»Tja!« Gorg wischte sich einen Rest Grütze aus dem Bart und grinste unverhohlen. »Immerhin wird dir wohl so schnell nicht mehr langweilig werden. Ich habe gehört, sie haben wirklich schlechte Manieren. Nicht nur bei Tisch.«
»Vielleicht findet sich ja eine Lösung«, sagte Themistokles. »Im Augenblick gibt es aber Wichtigeres zu besprechen. Ich kann mir vorstellen, dass du tausend Fragen hast, Kim, aber ich möchte dich trotzdem bitten, zuerst von dir zu erzählen. Wie bist du hierher gekommen und was hast du auf dem Weg erlebt?«
Kim war tatsächlich ein wenig enttäuscht. Er hatte gehofft, nun endlich Antworten auf all die Fragen zu bekommen, die ihn quälten. Aber er sah ein, dass Themistokles' Vorschlag vernünftig war. Das Dutzend Gäste, das mit ihnen am Tisch saß, war sicher nicht nur gekommen um ihn zu begrüßen. Dieses Treffen war aus irgendeinem Grund, den er noch nicht kannte, sehr wichtig.
Er begann zu erzählen, sehr ausführlich und ohne irgendetwas zu beschönigen, zu übertreiben oder wegzulassen. Themistokles unterbrach ihn zwei- oder dreimal um eine Zwischenfrage zu stellen oder ihn irgendein Detail wiederholen zu lassen, die meiste Zeit aber herrschte gespanntes Schweigen.
Nur ein einziges Mal, als er von seiner Begegnung mit den

Zwergen berichtete, wurde er von einem der anderen Gäste unterbrochen, einem bärtigen, grauhaarigen Mann in der Kleidung eines Kriegers. »Diese verdammten Zwerge!«, grollte der Mann. »Ich habe gleich gesagt, wir sollten sie aus der Stadt jagen!«

»Aber warum?«, wunderte sich Kim. »Sie waren doch dabei, den Stollen zu reparieren!«

»Ganz im Gegenteil!«, sagte der Mann zornig. »Dieses diebische Gesindel wird uns noch alle umbringen!«

»Das verstehe ich nicht«, sagte Kim.

»Sie stehlen die Runensteine!«, fuhr der Mann in zorniger Erregung fort.

»Unsere Baukunst folgt anderen Regeln als die eure«, erklärte Themistokles. »Ihr habt eure Ingenieure und Statiker. Unsere Baumeister vertrauen mehr auf die Magie. Es sind magische Runen, die die Stollen unter der Stadt vor dem Einsturz bewahren.«

»Und die Zwerge –«

»– stehlen diese Runensteine, ja«, sagte Themistokles besorgt. »Ich fürchte, dass es so ist. Diese Runensteine sind sehr alt und ihre Magie ist sehr mächtig. Vor allem jetzt, wo der Zauber überall im Lande erlischt.«

»Aber wissen sie denn nicht, was sie damit anrichten?«, fragte Kim.

»Das ist diesen elenden Kerlen doch vollkommen gleich!«, behauptete der Krieger. Doch auch diesmal mischte sich Themistokles besänftigend ein.

»Vielleicht haben sie ihre Gründe«, sagte er. »Oder meinen zumindest sie zu haben. Wir werden uns um das Problem kümmern, doch nun erzähl bitte weiter, Kim.«

»Sehr viel mehr gibt es nicht zu erzählen«, sagte Kim. »Wir kamen nach oben und nur kurze Zeit darauf habe ich Sturm getroffen. Den Rest hat er euch sicher schon erzählt.«

Themistokles blickte ihn zweifelnd an. Kim hatte ganz bewusst nichts von Kais Verrat erzählt und auch nichts von seiner verzweifelten Flucht vor Wolf und seinen Reitern. Er war sicher, dass Themistokles davon wusste, aber der Magier nahm seine Antwort ohne weitere Reaktion hin.

»Du hast eine Menge auf dich genommen um hierher zu kommen«, sagte er nur.

»Ja«, bestätigte Kim. Er sah wieder in die Runde. Abgesehen von Gorg starrten ihn alle an, selbst die Bediensteten, die ein paar Schritte abseits standen um die Wünsche der Gäste zu erfüllen. Zu seiner Verwunderung glaubte er auf mehr als einem Gesicht den Ausdruck von Enttäuschung zu entdecken, den er sich nicht erklären konnte. »Aber nun sag mir, Themistokles: Was ist hier geschehen? Märchenmond ...«

»... verändert sich«, bestätigte Themistokles traurig. »Das ist wahr.«

»Aber es ist eine schreckliche Veränderung!«, sagte Kim.

Themistokles wiegte den Kopf. »Vielleicht kommt sie dir nur schrecklich vor, weil die Dinge plötzlich nicht mehr so sind, wie du sie gekannt hast«, sagte er. »Anderen mag sie nicht so schrecklich erscheinen. Wahr ist, dass die Magie erlischt.«

»Aber warum denn nur?«

»Vielleicht, weil die Menschen nicht mehr an sie glauben«, antwortete Themistokles mit einem traurigen Lächeln. »Vielleicht ist die Zeit verrückter alter Männer, die komische Hüte tragen und nachts im Mondlicht in ihre Bärte brabbeln, einfach vorüber.«

»Hier geschieht sehr viel mehr als das«, sagte Kim ernst. »Die Menschen bekämpfen einander, Themistokles. Es herrscht Krieg! Ich habe Tote gesehen und brennende Städte!«

»Die Menschen sind nun einmal ein kriegerisches Volk«, sagte Themistokles.

»Das sind wir nicht!«, protestierte Kim, aber Themistokles erhielt Schützenhilfe von einer völlig unerwarteten Seite.

»Sind sie doch«, behauptete die Spinne. »Ich weiß, ihr haltet euch für etwas Besseres. Die Krone der Schöpfung! Pah! Wisst ihr, was der einzige wirkliche Unterschied zwischen euch und allen anderen Spezies ist?«

»Die Sprache«, sagte Kim, aber die Spinne machte nur eine

merkwürdige Geste mit einigen ihrer dünnen Beine, die man mit ein wenig Fantasie als Verneinung deuten konnte.

»Ja, ja, ganz sicher«, sagte sie spöttisch. »Nein, der einzige wirkliche Unterschied ist der, dass ihr *Kriege* führt. Kein anderes Lebewesen im Universum ist dazu in der Lage. Kein anderes weiß überhaupt, was dieses Wort bedeutet.«

»Erklär das Twix«, sagte Kim, aber die Spinne ließ auch dieses Argument nicht gelten.

»Wir töten einander, das ist wahr«, sagte sie. »Ich habe nicht gesagt, dass die Natur friedlich ist oder auch nur fair. Das sind Erfindungen eurer Sprache, die keine wahre Bedeutung haben. Wir töten einander aus Hunger oder um unser Revier zu verteidigen oder unsere Brut. Aber hast du je gehört, dass wir uns zu einer Armee zusammenschließen und uns gegenseitig bekämpfen, weil uns die Ideen der anderen nicht gefallen? Oder um ihnen unsere Art zu leben aufzuzwingen?«

»Das ist nicht als Vorwurf gemeint, Kim«, sagte Themistokles. »Und schon gar nicht als Rechtfertigung. Aber die Menschen sind nun einmal so, wie die Natur sie geschaffen hat: ein kriegerisches, gewalttätiges Volk. Es nutzt nichts, es zu leugnen. Und es wäre auch nicht schlimm. Nicht, solange man sich dessen bewusst ist und danach lebt. Erinnerst du dich, was das erste Mal geschehen ist, als du hier warst?«

»Natürlich«, antwortete Kim.

»Du hast erkannt, dass Gut und Böse in jedem Menschen ist«, sagte Themistokles. »Kein Mensch ist vollkommen gut, so wie kein Mensch vollkommen schlecht ist. Auch du nicht. Auch in dir ist eine dunkle Seite, so wie auch in mir – wie in jedem Menschen. Und doch hast du dich für die richtige Seite entschieden. Es hilft nichts, mit dem Schicksal zu hadern. Dieser Krieg ist furchtbar, doch er wird nicht enden, nur weil wir darüber jammern!«

»Ich weiß ja noch nicht einmal genau, warum er angefangen hat«, murmelte Kim.

»Aus dem Grund, aus dem alle Kriege beginnen«, antwortete Gorg. »Weil keine der beiden Seiten bereit ist nachzugeben.«

»Dann müssen wir ihn beenden!«, protestierte Kim. »Wenn es sein muss, mit Gewalt! Ich weiß, dass das verrückt klingt, aber ... aber wenn Wolf und Kai und die anderen nicht von sich aus vernünftig werden, dann müssen wir sie eben dazu zwingen!«
»Und wie?«, fragte der Mann in der Kriegerkleidung. »Sollen wir vielleicht ebenfalls ein Heer aufstellen? Und wenn ja, gegen wen sollen wir kämpfen? Gegen unsere eigenen Brüder und Schwestern? Oder lieber gegen unsere Söhne und Töchter? Dann wären wir nicht besser als sie.«
»Ich fürchte, er hat Recht, Kim«, sagte Themistokles. »Diesmal ist es nicht damit getan, ein Heer aufzustellen und einen Feind zu besiegen, denn der Feind, der uns bedroht, sind wir selbst.«
»Das ist nicht wahr!«, widersprach Kim. Seine Stimme klang nicht einmal in seinen eigenen Ohren überzeugend, aber er fuhr trotzdem fort: »Eure Welt unterscheidet sich gar nicht so sehr von der, aus der ich komme, wisst ihr? Fragt mal meine Eltern, was sie unter dem Wort *Generationskonflikt* verstehen.«
»Es ist normal, dass die Jugend gegen das Alter aufbegehrt«, sagte Themistokles. »Deine Eltern haben das getan, als sie jung waren, und auch du tust es. Und in gar nicht allzu langer Zeit wirst du alt sein und deine Kinder werden sich weigern so zu leben, wie du es für richtig hältst. Nichts anderes geschieht hier.«
»Nur dass wir uns nicht gegenseitig umbringen«, sagte Kim.
»Das ist wahr«, gestand der Krieger. »Und es ist der Grund, aus dem wir hier zusammengekommen sind.« Er deutete auf Themistokles. »Themistokles hat dir nicht alles erzählt. Märchenmond ist nicht wie deine Heimat. Es ist eine magische Welt. Eine Welt, in der die Magie lebt und die *durch* die Magie lebt. Die Jungen glauben die alte Magie nicht mehr zu brauchen. Aber das ist nicht wahr. Märchenmond wird untergehen, wenn die Magie vollkommen erlischt.«
Kim starrte Themistokles an. »Ist das wahr?«
Statt direkt zu antworten, sagte Themistokles: »Und sie wird

erlöschen. Im selben Moment, in dem das letzte Wesen auf dieser Welt aufhört an sie zu glauben.«

Kim wusste, dass er Recht hatte. Er dachte an die toten Elfen, an Twix, die nur leben konnte, solange sie in seiner Nähe war, und an hundert andere vermeintliche Kleinigkeiten, die er auf dem Weg hierher erlebt hatte.

»Dann sollte man es ihnen sagen«, murmelte er. »Kai ist doch nicht dumm! Er muss das begreifen.«

»Vielleicht könnte er es«, sagte Themistokles, »gäbe es nicht den Magier der Zwei Berge.«

»Alles begann, nachdem er aufgetaucht ist«, bestätigte der Krieger.

»Und wie kann das sein?«, fragte Kim. »Wie kann ein Magier euer Feind sein, wenn die Magie erlischt?«

»Ich dachte schon, du stellst diese Frage nie!«, nörgelte die Spinne.

»Wir hatten gehofft, die Antwort von dir zu bekommen«, sagte Themistokles. »Niemand hier weiß es. Vielleicht ist er gar kein Magier, sondern nennt sich nur so. Vielleicht ist seine Magie von einer Art, die wir nicht verstehen. Niemand weiß, wer er ist oder wo er herkommt.«

»Und ihr glaubt, ich wüsste mehr über ihn?«, fragte Kim. »Wieso?«

»Offensichtlich weiß *er* eine Menge über dich«, sagte der bärtige Mann. »Er hat seine zuverlässigsten Krieger ausgeschickt, damit sie dich zu ihm bringen. Du scheinst von großer Wichtigkeit für ihn zu sein. Möglicherweise hat er auch Angst vor dir.«

»Vielleicht geht es ihm auch nur genau wie euch«, sagte Kim. »Vielleicht weiß er einfach nur, wer ich bin, und *glaubt* sich vor mir fürchten zu müssen.« Er seufzte tief. »Kai hat mir erzählt, dass viele Eltern ihre Söhne nach mir genannt haben. Das ist eine große Ehre, aber ich fürchte, ihr überschätzt mich. Ich bin kein Held.«

»Du hast unsere Welt gerettet«, sagte der Krieger.

»Zweimal«, fügte ein anderer hinzu.

»Das war etwas anderes«, sagte Kim. »Ich hatte Glück. Ich kann euch nicht dabei helfen, gegen euch selbst zu kämpfen!«
»Kannst du nicht oder willst du nicht?«, fragte der Krieger scharf.
Kim wollte auffahren, aber bevor er dazu kam, auch nur ein Wort zu sagen, wurden draußen vor der Tür aufgeregte Stimmen laut. Kaum einen Atemzug flog die Tür auf und Kai, Wolf und ein gutes Dutzend Bewaffneter stürmten herein, direkt gefolgt von den Männern der Palastwache, von deren drohend erhobenen Schwertern sie sich aber nicht sonderlich beeindruckt zeigten.
Themistokles sprang mit einem solchen Ruck auf, dass sein Stuhl über die Fliesen scharrte und beinahe umgestürzt wäre. »Was bedeutet das?!«, donnerte er. »Kai! Wolf! Was erdreistet ihr euch?«
Seine Stimme war wie Donnerhall. Von einer Sekunde auf die andere war er kein greiser alter Mann mehr, sondern ein mächtiger, Ehrfurcht gebietender Magier, dessen Augen vor Empörung sprühten. Nicht nur Kai und Wolf, sondern auch ihre Begleiter, ja selbst die Männer der Palastwache erstarrten für einen Moment in der Bewegung und blickten ihn mit Furcht auf den Gesichtern an.
»Was bedeutet das?«, fragte Themistokles noch einmal. »Was soll dieser Auftritt?«
»Wir müssen euch sprechen«, sagte Kai trotzig. »Aber man wollte uns nicht vorlassen.«
»Mit gutem Grund«, grollte Gorg. Auch er war aufgestanden und hatte einen Schritt in Richtung der Eindringlinge getan. Er war unbewaffnet, aber er machte dieses Manko durch seine Kraft leicht wieder wett. »Was fällt euch ein, mit Waffengewalt hier einzudringen? Ihr kennt die Regeln!«
»Regeln?« Kai schürzte geringschätzig die Lippen. »Ich kann mich nicht erinnern sie jemals anerkannt zu haben.«
Wolf sagte nichts, sondern sah Gorg nur abschätzend an. Der Riese wollte zornig antworten, aber Themistokles brachte ihn mit einer raschen Geste zum Schweigen.

»Steckt die Waffen ein und wir werden reden«, sagte er. »Und eure Männer werden die Burg verlassen, auf der Stelle!«
Zwei oder drei Sekunden lang geschah gar nichts und Kim konnte fast körperlich fühlen, wie die Spannung wuchs. Ein falsches Wort, eine winzige, unbedachte Bewegung konnte zu einer Katastrophe führen.
Dann fragte Wolf: »Garantiert Ihr für unsere Sicherheit?«
Themistokles' Miene verdüsterte sich noch weiter. »Wollt Ihr mich beleidigen, Wolf?«
»Natürlich nicht«, antwortete Wolf. »Verzeiht.« Er wandte sich zu seinen Begleitern um und nickte, worauf die Männer rasch und ohne den geringsten Widerspruch den Saal verließen. Nur einen Augenblick später folgten ihnen auch Kais Begleiter.
Themistokles gab der Palastwache einen Wink. »Ihr könnt ebenfalls gehen.«
Die Soldaten zögerten, aber dann wiederholte Themistokles seine Geste und sie zogen sich gehorsam zurück. Nachdem sich die Tür hinter ihnen geschlossen hatte, steckten endlich auch Kai und Wolf ihre Schwerter ein.
»Gorg, bitte!«, sagte Themistokles.
Der Riese warf ihm einen fast trotzigen Blick zu, ging dann aber zu seinem Stuhl zurück und setzte sich. Nur Themistokles blieb stehen. Das zornige Funkeln war aus seinen Augen gewichen, aber er wirkte noch immer verärgert. Nicht die geringste Spur eines Lächelns war auf seinem sonst so freundlichen Gesicht zu sehen.
»Also?«, fragte er. »Was wollt ihr?«
»Ich denke, das weißt du genau, alter Mann«, sagte Kai verächtlich. Er deutete auf Kim. »Ihn.«
»Hüte deine Zunge, vorlauter Bengel«, sagte Gorg. »Du wirst Themistokles mit dem gehörigen Respekt gegenübertreten oder ich bringe dir Manieren bei!«
Kai streifte den Riesen mit einem verächtlichen Blick. Dann grinste er und verneigte sich übertrieben spöttisch in Themistokles' Richtung. »Verzeiht, großehrwürdiger Meister der Illu-

sion und des faulen Zaubers«, sagte er höhnisch. »Aber hättet Ihr vielleicht die Güte, uns Euren Gast auszuliefern – bevor wir uns gezwungen sehen Eure Bude kurz und klein zu schlagen?«

Gorgs Gesicht lief puterrot an. Er wollte aufspringen, aber Themistokles brachte ihn erneut mit einer schnellen Geste zur Ruhe.

»Ich fürchte, das geht nicht«, sagte er kühl. »Du hast es ja selbst gesagt: Kim ist unser Gast und somit steht er unter dem Schutz des Gastrechts. Ich kann ihn euch nicht ausliefern.«

»Dann –« begann Kai wütend.

Wolf hob rasch die Hand. »Bitte, Themistokles«, sagte er. »Ich will nicht respektlos erscheinen, aber auch ich bestehe auf der Auslieferung des Jungen.«

Seiner Stimme ging der aggressiv-fordernde Ton Kais vollkommen ab, aber er klang beinahe noch entschlossener. Kais provozierendes Auftreten war wohl zu einem guten Teil nur Angst, die er auf diese Weise zu überspielen versuchte. Wolf hingegen wirkte nur vorsichtig.

»Und wie stellt ihr euch das vor?«, fragte Kim. »Wollt ihr mich auseinander schneiden, damit jeder die Hälfte bekommt?«

»Wir einigen uns schon«, sagte Kai feindselig. Dann wandte er sich wieder an Themistokles. »Also?«

»Du weißt, wie meine Antwort lauten muss, Kai«, sagte Themistokles. Seine Stimme klang fast freundlich. »Das Gastrecht ist heilig. Niemand darf es brechen. Ich kann Kim nicht an dich ausliefern. Genauso wenig wie an Euch, Wolf.«

Wolfs Gesicht verdüsterte sich. »Ich habe befürchtet, dass Ihr so antworten würdet, Themistokles«, sagte er. »Und es tut mir sehr Leid. Ich respektiere Euch und ich respektiere diesen Ort. Aber wir können nicht zulassen, dass sich dieser Junge in unser Schicksal einmischt.«

»Was genau meint Ihr damit?«, erkundigte sich Gorg lauernd.

Wolf sah den Riesen nicht einmal an. »Gorywynn hat Neutralität geschworen«, sagte er. »Ihr habt euch nie in den Krieg eingemischt und wir haben Gorywynn umgekehrt nicht angegriffen. Ihr habt diese Regel gebrochen, als ihr diesem Jungen Unterschlupf gewährt habt. Wir verlangen seine Auslieferung.«

»An wen?«, fragte Gorg. »Kims Frage ist nicht ohne Berechtigung. Wer von euch beiden soll ihn bekommen?«

»Wir werden diese Frage zu gegebener Zeit klären«, antwortete Wolf. »Bitte zwingt uns nicht, Gewalt anzuwenden.«

»Ihr würdet uns angreifen, nur um Kim zu bekommen?« Themistokles schüttelte den Kopf. »Das glaube ich Euch nicht, Wolf.«

»Ihr solltet es besser wissen«, antwortete Wolf. Er straffte sich. Seine Stimme wurde eine Spur lauter. »Wir geben Euch Zeit bis zum nächsten Sonnenuntergang. Liefert Ihr ihn bis dahin nicht aus, dann holen wir ihn mit Gewalt.«

Das Festbankett war vorbei, nachdem Wolf und Kai gegangen waren. Gorg und einige der Krieger begleiteten die ungebetenen Besucher aus dem Palast, und noch bevor sie zurückkamen, verabschiedeten sich die Gäste, sodass Kim allein mit Themistokles und Sturm zurückblieb.

Kim wartete, bis auch der letzte Bedienstete auf einen Wink des Zauberers hin den Saal verlassen hatte, dann wandte er sich an Themistokles.

»Es tut mir Leid«, sagte er leise. »Das wollte ich nicht.«

»*Was* wolltest du nicht?«, fragte Themistokles.

»Ich bringe euch in Gefahr«, sagte Kim. »Wenn sie angreifen –«

»– werden wir mit ihnen fertig«, fiel ihm Themistokles ins Wort; allerdings in einem Ton, der den Worten augenblicklich das meiste ihrer Glaubwürdigkeit nahm. »Außerdem werden sie uns nicht angreifen. Das wagen sie nicht.«

Davon war Kim ganz und gar nicht überzeugt, aber er wollte jetzt nicht mit Themistokles über diesen Punkt diskutieren.

»Was ist so wichtig an mir, Themistokles?«, fragte er.

Der alte Zauberer hob die Schultern. »Ich wollte, ich wüsste es«, sagte er und diesmal klangen seine Worte überzeugend.

»Kai ist ein ungestümer junger Narr, von dem nichts anderes zu erwarten war. Aber Wolf ...« Er wiegte den Kopf. »Ich kenne ihn von früher. Er war eigentlich immer sehr besonnen.«

»Vielleicht liegt es daran, dass du nicht wie die anderen bist«, sagte Sturm. Kim blickte ihn fragend an und er fügte mit einer erklärenden Geste hinzu: »Du hast erlebt, wie es draußen ist. Das Volk hat sich in zwei Lager gespalten. Niemand steht zwischen den Fronten – außer dir. Du bist der Einzige, der weder zu der einen noch zu der anderen Seite gehört.«

»Weil sie beide verrückt sind!«, sagte Kim mit Nachdruck.

»Aber du bist der Einzige, der das erkennt«, beharrte Sturm.

»Um nicht zu sagen: der Einzige, der dem unheilvollen Einfluss nicht erlegen ist, der ganz Märchenmond ergriffen hat«, sagte Themistokles nachdenklich. »Vielleicht ist es das.«

Kim führte den Gedanken zu Ende. »Du meinst, der Zauberer der Zwei Berge fürchtet sich vor mir.«

»Weil er nicht weiß, was es ist, das dich seinem Einfluss entzieht«, bestätigte Themistokles. »Und bei Wolf ist es genau anders herum. Vielleicht glaubt er mit dir den Schlüssel zum Sieg zu haben.«

»Hat er ihn denn?«, fragte Sturm.

»Ich weiß es nicht«, sagte Themistokles seufzend. »Es ist nur eine Idee. Vielleicht nicht einmal eine besonders gute. Man greift nach jedem Strohhalm, wenn man verzweifelt ist.« Er stand auf. »Bitte entschuldigt mich jetzt. Ich muss ... über vieles nachdenken.«

Er ging. Kim wollte ihn zurückhalten, aber Sturm berührte ihn am Arm und deutete ein Kopfschütteln an. Kim ließ sich wieder zurücksinken und wartete, bis Themistokles die Tür hinter sich geschlossen hatte, dann fragte er: »Was willst du?«

»Mit dir reden«, antwortete Sturm ernst. Er deutete auf den Pack, auf Twix und die Spinne. »Sind sie vertrauenswürdig?«

»Keine Sorge«, sagte die Spinne. »Du bist viel zu dünn.«

Kim lächelte flüchtig, als er Sturms verdutzten Gesichtsausdruck sah, nickte dann sehr ernst und sagte: »Ich würde ihnen mein Leben anvertrauen.«

»Gut«, sagte Sturm. »Ich muss dir ... etwas erklären. Themistokles wollte nicht, dass ich es dir sage, und er würde es auch bestimmt abstreiten, aber ... es ist meine Schuld.«
Kim verstand nicht, was er meinte. »Was?«
»Das alles hier.« Sturm machte eine weit ausholende Geste. Ein plötzlicher Luftzug löschte einige der Kerzen auf dem Tisch und ließ die Fackeln flackern. »Alles, was passiert ist.«
»Der Krieg zwischen den Alten und den Jungen?«, fragte Kim überrascht.
»Nein, das natürlich nicht«, antwortete Sturm und Gorg fügte von der Tür aus hinzu:
»Und alles andere ebenso wenig.«
Sturm fuhr erschrocken herum und auch Kim drehte überrascht den Kopf. Der Riese war so lautlos hereingekommen, dass sie ihn nicht einmal bemerkt hatten. Gorgs kolossale Erscheinung ließ ihn nur zu leicht vergessen, dass sich der Riese so lautlos wie eine Katze bewegen konnte.
»Themistokles hat vollkommen Recht, dir diesen Unsinn zu verbieten«, fuhr der Riese fort. »Du wirst nichts ändern, wenn du dir die Schuld an allem gibst.«
»Aber es *ist* meine Schuld!«, protestierte Sturm.
»Wovon redet ihr eigentlich?«, fragte Kim. »Was ist seine Schuld?«
»Dass die Magie erlischt«, sagte Sturm. »Themistokles weiß seit langem, dass Märchenmond in Gefahr ist. Schon als ich hier ankam, war er in großer Sorge. Was er sagt, ist wahr. Er ist der letzte lebende Zauberer. Abgesehen von uns, die wir hier in diesem Raum sind, vielleicht der einzige auf dieser Welt, der noch an die Kraft der Magie glaubt. Also machte er den mächtigsten Zauber, den jemals ein Zauberer versucht hat, um Märchenmond und seine Bewohner zu schützen. Er bannte beinahe all seine Zauberkraft in eine Kugel um ihn an einem sicheren Ort aufzubewahren.«
Kim tauschte einen fragenden Blick mit Gorg, den der Riese mit einem Nicken beantwortete. »Das ist der Grund, aus dem er so ... sonderbar ist. Themistokles besitzt nur noch einen

Bruchteil seiner Zauberkraft. Er hat fast all seine Macht in die Kugel gebannt.«
»Damit sie nicht in falsche Hände gerät, falls ihm etwas zustößt«, vermutete Twix. »Aber das ist doch eine gute Idee.«
»Und was ist passiert?«, fragte Kim, als weder Sturm noch Gorg von sich aus weitersprachen, sondern betreten die Blicke senkten.
»Die Glaskugel ging verloren«, sagte Gorg.
»Verloren? Aber wie?«
»*Ich* habe ihn verloren«, gestand Sturm kleinlaut.
Kim starrte ihn an. Sturm blickte weiter zu Boden und begann mit den Füßen zu scharren. Er fuhr erst nach einer geraumen Weile fort. »Ich habe damit gespielt. Ich wusste nicht, was ich tat. Ich dachte, es wäre nur ein hübscher Gegenstand. Ich habe damit herumgespielt und ... und ihn verloren.«
»Verloren«, murmelte Kim verständnislos. »Aber er muss doch wieder zu finden sein.« Er sah den sommersprossigen Jungen fragend an. »Wo hast du ihn denn verloren?«
»Er ist mir ... hinuntergefallen«, sagte Sturm ausweichend.
»Hinuntergefallen? Wo?«
»Über den Rand«, sagte Sturm.
Kim seufzte. »Bitte, Sturm! Mach es doch nicht so spannend! Über welchen *Rand*?«
»Den Rand der Welt«, sagte Gorg.
Kim blinzelte. »Wie?«
»Er ist über den Rand der Welt gefallen«, sagte Sturm ganz leise. »Wie gesagt: Ich war ... unvorsichtig.«
»Du wusstest es nicht«, sagte Gorg. Er beugte sich vor und langte nach einer Schale, in der ein halbes Dutzend gesalzener Fische lagen. Er war jedoch nicht schnell genug. Die Spinne hatte den Fisch im selben Moment entdeckt wie er, schoss mit einem Satz vor und griff mit vier Beinen danach. Gorg grunzte ärgerlich und nahm die zweite Hand zu Hilfe um sich den Fisch zu angeln, aber offensichtlich hatte er die Kräfte der Spinne unterschätzt. Sie stemmte sich mit den beiden hinteren Beinpaaren gegen den Tisch und zerrte und zog mit den bei-

den anderen. Keiner der beiden war jedoch stark genug um sich seine Beute zu sichern.
»Das spielt doch gar keine Rolle!«, sagte Sturm. »Die Kugel ist weg und es ist meine Schuld. Es wäre nie passiert, hätte ich nicht damit herumgespielt!«
»Hätte! Wäre! Wenn!« Gorg stand nun auf und spannte seine gewaltigen Muskeln an um der Spinne den Fisch zu entreißen, schaffte es aber nicht. Der ganze Tisch begann unter dem Gerangel zu zittern. »Es ist aber nun einmal passiert und es wird nicht besser, wenn du dir Vorwürfe machst!«
»Warum habt ihr denn nie gesucht?«, wunderte sich Kim.
»Hast du mir nicht zugehört?«, fragte Sturm. »Die Kugel ist fort! Sie ist über den Rand der Welt gefallen. Niemand kann dorthin gehen und sie wieder holen!«
»Ich schon«, sagte Kim. »Ich war schon einmal dort.«
Sturm blickte ihn zweifelnd an, aber Kim nickte heftig und deutete auf Gorg, der mittlerweile nur noch mit einer Hand an dem Fisch zerrte. Die andere benutze er um sich an der Tischkante abzustützen und auf diese Weise mehr Kraft zu entwickeln. Die Spinne ihrerseits hatte ein halbes Dutzend Fäden um die Tischkante gewickelt, mit denen sie sich sicherte.
»Gorg kann es dir bestätigen«, fuhr er fort. »Ich war schon einmal am Rand der Welt.«
»Das war etwas anderes«, sagte Sturm traurig. »Themistokles hat mir davon erzählt. Es gibt die Regenbogenbrücke nicht mehr, so wenig wie Burg Weltende und die Klamm der Seelen. Der Weg, den du gegangen bist, existiert schon lange nicht mehr. Es war ein magischer Weg. Und die Magie ...«
»... ist fast erloschen«, führte Kim den Satz zu Ende. »Ich verstehe. Aber es muss doch einen anderen Weg geben.«
»Lass endlich los, du achtbeiniges Scheusal!«, keuchte Gorg. »Der Fisch gehört mir!«
»Wieso?«, keifte die Spinne. »Steht dein Name drauf?«
»Es gibt keinen anderen Weg«, sagte Sturm. »Glaube mir. Ich habe lange danach gesucht. Wenn ich ihn nicht finde, dann findet ihn niemand. Die Zauberkugel ist verloren.«

»Gibst du immer so schnell auf?«, fragte Kim.
»Nein«, antwortete Sturm. »Aber ich vergeude auch nicht meine Kräfte, indem ich das Unmögliche versuche!«
»Und es würde auch nichts nutzen«, keuchte Gorg. Sein Gesicht war vor Anstrengung rot angelaufen und er hatte Mühe überhaupt zu reden. »Ob die magische Glaskugel nun hier ist oder sonst wo, ändert nichts an dem Krieg der Generationen.«
»Vielleicht doch«, sagte Kim. »Wäre Themistokles im Vollbesitz seiner Kräfte, könnte er ihn vielleicht beenden.«
»Ja, vielleicht«, piepste Twix. »Aber wer sagt dir denn, dass er das überhaupt will?«

Kim hatte sich nicht mehr die Mühe gemacht abzuwarten, wer den Kampf um den Fisch gewann, sondern war in sein Zimmer gegangen. Nicht um zu schlafen. Er war viel zu aufgewühlt um auch nur ein Auge zuzubekommen und darüber hinaus auch nicht im Geringsten müde. Aber er brauchte einfach ein wenig Zeit für sich um zur Ruhe zu kommen und seine Gedanken zu ordnen. Weder die Spinne noch der Pack folgten ihm, aber Twix blieb auf seiner Schulter sitzen. Die Elfe war jedoch ungewohnt still. Sie sagte nichts. Selbst das goldene Leuchten ihrer Flügel schien blasser geworden zu sein.
Es musste lange nach Mitternacht sein, als er wieder ans Fenster trat und auf die Stadt hinabsah. Viele der Lichter, die er vorhin noch gesehen hatte, waren nun erloschen. Gorywynn lag fast vollkommen dunkel unter ihm. Nirgendwo rührte sich etwas und er hörte so gut wie keinen Laut.
Aber das bedeutete nicht: gar keinen.
Kim hörte ein ganz sachtes, metallisches Scharren und dazu ein Geräusch, als glitte Stoff über etwas Hartes. Kim stützte sich auf die Fensterbank ab und beugte sich vor um einen Blick in den Hof hinab zu werfen. Irgendwo, sehr tief unter ihm, schien sich etwas zu bewegen, aber er konnte es nicht genau erkennen.

Er bat die Elfe loszufliegen und nach dem Rechten zu sehen. Twix summte gehorsam davon und kam nach wenigen Augenblicken zurück, behauptete aber nichts Außergewöhnliches entdeckt zu haben. Sie wirkte jedoch etwas ängstlich.
Kim hakte nicht noch einmal nach, sondern verließ das Zimmer und lief die lange Treppe zum Erdgeschoss hinunter. Auf halber Strecke traf er Gorg. Der Riese sah müde aus und ein wenig benommen, als wäre er jäh aus dem tiefsten Schlaf gerissen worden.
»Du hast es auch gehört«, begrüßte er Kim.
»Ja. Aber ich weiß nicht, was.«
»Ich auch nicht«, sagte Gorg. »Sehen wir nach. Bleib immer dicht hinter mir.«
Sie legten rasch die restliche Strecke zurück und erreichten die große, vollkommen leere Halle, wo sie wieder stehen blieben.
Hier waren die Geräusche deutlicher zu hören. Es war ein unheimliches Schleifen und Scharren, nicht sehr laut, aber auf eine schwer in Worte zu fassende Weise *mächtig.* Und es machte Kim Angst. Er konnte nicht sagen, warum, aber das Gefühl wurde mit jeder Sekunde stärker.
»Was ... ist das?«, fragte Gorg. Er hatte die Stimme zu einem Flüstern gesenkt.
Kim zuckte mit den Schultern, aber diese Bewegung war nicht ganz echt. Er wusste die Antwort auf Gorgs Frage nicht, aber dieses unheimliche Gefühl, das ihn beschlichen hatte, war ihm auch nicht vollkommen fremd. Er hatte es schon einmal gefühlt: Die Anwesenheit von etwas Fremdem, etwas so unglaublich *Altem* und *Anderem*, dass ihn schon seine bloße Nähe erschauern ließ. Er wusste nur nicht mehr, wo er das gespürt hatte.
Noch langsamer gingen sie weiter. Das Geräusch kam von draußen und es wurde deutlicher, mit jedem Schritt, mit dem sie sich der Tür näherten. Mittlerweile war ein neuer, noch unheimlicherer Laut hinzugekommen, ein dumpfes Knirschen und Mahlen, das Kim zwar nicht richtig einordnen

konnte, aus dem seine Fantasie aber das Geräusch machte, mit dem gewaltige Zähne Felsen und Glas zermalmen mochten. Nur mit Mühe konnte er diese Vorstellung abschütteln. »Unsinn«, murmelte er.

Gorg blieb stehen und sah ihn fragend an, aber Kim schüttelte rasch den Kopf. »Nichts«, sagte er. »Ich hatte nur einen verrückten Gedanken.«

»Das sind manchmal die besten«, sagte Gorg.

Sie traten aus der Tür. Drinnen in der Halle hatten noch einige wenige Fackeln für dämmriges Licht gesorgt; hier draußen schlug die Dunkelheit wie eine erstickende Woge über ihnen zusammen. Im ersten Moment hatte Kim das Gefühl, kaum noch atmen zu können. Außerdem war er so gut wie blind.

Dann bemerkte er eine Bewegung, irgendwo links von sich auf der anderen Seite des Hofes.

»Was zum Teufel –?«, keuchte Gorg.

Kim bekam nun tatsächlich keine Luft mehr. Angst griff wie eine lähmende Klaue nach ihm, und obwohl er Gorg nicht genau sehen konnte, spürte er doch, dass es dem Riesen ganz genauso erging. Es war keine Furcht vor irgendeiner körperlichen Bedrohung, nicht das eisige Frösteln, das pure Todesangst oder der Anblick eines überlegenen Gegners auslöst, sondern etwas viel Schlimmeres: Angst. Nackte, reine Angst, die ihre Seelen erfüllte und ihre Gedanken und Glieder lähmte; ein Gefühl, das keinen Grund und keine Erklärung nötig hatte, sondern einfach da war, gewaltig und allumfassend.

Dann sah er, was Gorg so erschreckt hatte.

Auf der anderen Seite des Hofes war ein Loch entstanden. Die pastellfarbenen Glasfliesen, mit denen der Hof gepflastert war, waren aufgebrochen. In der Mitte des an einem riesigen Maulwurfshügel erinnernden Loches schimmerte etwas Helles, Großes, fast ohne erkennbare Konturen. Die Angst, die Kim gepackt hielt, steigerte sich durch den bloßen Anblick des fahlen Schattens nahezu zur Panik.

Trotzdem bewegten sich Gorg und er weiter auf das Loch im Boden zu, mit klopfendem Herzen und kleinen abgehackten

Schritten, die die Angst ihnen diktierte. Der Schemen bewegte sich weiter, schien für einen winzigen Moment beinahe zu einem Körper zu werden und verschwand dann ebenso plötzlich, wie er aufgetaucht war. Im selben Moment verschwand auch der erstickende Druck, der sich auf ihre Seelen gelegt hatte. Kim atmete hörbar auf und beschleunigte dann ebenso wie der Riese seine Schritte. Nur einen Augenblick später standen Gorg und er am Rande eines gut fünf Meter messenden, bodenlosen Lochs, aus dem eine Mischung aus Moder und dem Geruch frischen Erdreichs zu ihnen heraufdrang.
Sicherlich eine Minute lang standen sie einfach da und starrten schweigend in die Tiefe. Dann murmelte Gorg: »Was um alles in der Welt war das?«
Kim konnte nur mit den Schultern zucken. Er versuchte sich den Schemen in Erinnerung zu rufen, den er gesehen hatte, doch es gelang ihm nicht. Dabei hatte er das ... Etwas eigentlich ganz deutlich gesehen. Es war, als hätte irgendetwas in ihm sich *geweigert* mehr als ein helles Aufblitzen von Knochenweiß und den flüchtigen Eindruck gewaltiger Klauen und Furcht einflößender Zähne wahrzunehmen.
»Sieh mal da«, sagte Gorg. Er ließ sich in die Hocke sinken und deutete mit der ausgestreckten Hand auf den Rand des Loches.
Es dauerte einen Moment, bis auch Kim auffiel, was der Riese bemerkt hatte, doch dann lief ihm ein eisiges Frösteln über den Rücken.
Die meisten Fliesen waren einfach nach oben und beiseite gedrückt worden, als hätte sich irgendetwas mit unvorstellbarer Kraft geradewegs aus dem Erdinnern nach oben gearbeitet. Etliche waren auch zerbrochen – und in mehr als einer waren unverkennbare Spuren zu sehen.
»Mein Gott«, murmelte Kim. »Das sind ...«
»Zähne«, führte Gorg den Satz zu Ende. Er streckte die Hand weiter aus, löste mit einiger Mühe eine der zerborstenen Fliesen aus dem Boden und hielt sie ins Licht. Kim sah die Spuren gewaltiger, stumpfer Zähne jetzt ganz deutlich. Trotzdem wei-

gerte er sich, für einen Moment einfach zu glauben, was er sah. Wie die gesamte Festung bestand auch die Fliese aus pastellfarbenem Glas. Sie wirkte in Gorgs Hand klein, war aber gute zehn Zentimeter dick und maß mehr als einen Meter im Quadrat. Kim bezweifelte, dass er in der Lage gewesen wäre, sie auch nur anzuheben.
»Aber das ist Glas!«, murmelte er ungläubig. »Es ist härter als Stahl! Welches Geschöpf kann so etwas tun?«
»Keines, das ich kenne«, antwortete Gorg besorgt. »Nicht einmal ein Drache wäre dazu imstande.« Er stand auf, drehte die zerbrochene Fliese nachdenklich in der Hand und drehte sich um. »Wir müssen Themistokles wecken.«
»Glaubst du, er weiß, welches Geschöpf das war?«
»Ich glaube, dass wir dieses Loch schließen müssen«, antwortete Gorg. Der Ernst in seiner Stimme erschreckte Kim weit mehr als das, was er sagte. »Was immer diesen Tunnel gegraben hat, könnte wiederkommen. Wir brauchen einen mächtigen Zauberspruch um ihn zu schließen.«
Sie mussten nicht lange nach dem Zauberer suchen. Sowohl Themistokles als auch Sturm kamen ihnen auf halbem Wege entgegen, Sturm in seiner schon vertrauten Fetzenkleidung, Themistokles in einem rosafarbenen Nachthemd mit grünen Blümchen. Dazu trug er eine Schlafmütze mit einer rosa Bommel und Filzpantoffeln, die mindestens fünf Nummern zu groß waren. In der linken Hand trug er einen Kerzenständer aus Kupfer. Unter allen anderen Umständen hätte der Anblick Kim vor Lachen laut herausplatzen lassen. Jetzt erschreckte er ihn zutiefst.
»Was ist los?«, begann Themistokles. »Irgendetwas hat mich geweckt. Ein Gefühl.«
»Angst«, sagte Sturm geradeheraus. »Ich bin wach geworden und hatte furchtbare Angst. Und ich weiß nicht einmal, wovor.«
Kim und der Riese tauschten einen bezeichnenden Blick. Die anderen hatten es also auch gemerkt.
Gorg erklärte Themistokles und Sturm mit wenigen, sachli-

chen Worten, was geschehen war. Der Zauberer hörte schweigend zu, während Sturm neugierig nach der Fliese griff. Gorg reichte sie ihm.
»Das ist unheimlich«, sagte Themistokles kopfschüttelnd. Er musste lauter als gewohnt reden, um Sturms Gebrüll zu übertönen. Der Junge hüpfte abwechselnd auf dem einen und dann auf dem anderen Bein herum und massierte fluchend und brüllend seine Zehen.
Gorg bückte sich und hob die Fliese wieder auf. »Das ist es«, bestätigte er. »Aber wir sollten uns später den Kopf darüber zerbrechen, was das für ein Wesen war. Ich habe Angst, dass es zurückkommen könnte. Wir sollten den Tunnel versiegeln.«
»Ja, da hast du wohl Recht«, sagte Themistokles. Er schloss die Augen, murmelte einen Zauberspruch und unmittelbar vor Sturms Füßen materialisierten sich eine Schaufel und eine Spitzhacke. Sturm, der noch immer wild fluchend herumsprang, trat prompt auf die Schaufel, woraufhin der Stiel hochklappte und ihm zu allem Überfluss auch noch die Nase blutig schlug.
»Das ... wird vielleicht nicht reichen«, sagte Gorg vorsichtig. »Ich dachte eher an einen Zauberspruch.«
»Ein Zauberspruch.« Themistokles wiegte nachdenklich den Kopf. »Ja. Das klingt nach einer guten Idee. Zeigt mir doch, wo –« Er brach ab, sah auf seine rechte Hand hinab und machte ein bestürztes Gesicht. »Ich muss mir die Hände waschen. Ich sehe ja aus wie ein Ferkel, mit all diesen Tintenflecken an den Fingern!«
Kim betrachtete Themistokles' Hände. Sie waren vollkommen sauber. »Also, ich sehe nichts.«
»Es ist ja auch unsichtbare Tinte«, sagte Themistokles.
»Das Loch«, erinnerte Gorg.
»O ja, das Loch.« Themistokles nickte heftig. »Zeigt es mir.«
Er, Kim und Gorg gingen. Sturm folgte ihnen in einigem Abstand, aber er ging nicht, sondern hüpfte fluchend von einem Bein auf das andere. Kim fiel auf, dass weder die Spinne noch Pack zu sehen waren, obwohl die beiden ihm norma-

lerweise nie von der Seite wichen. Selbst Twix war nicht wieder aufgetaucht. Offensichtlich hatten auch sie den Odem des Fremden und Unheimlichen gespürt, der das Auftauchen des unbekannten Wesens begleitet hatte.
Aber so *unbekannt* war es ja vielleicht gar nicht. Kim hatte wieder das Gefühl, dass er ein solch unheimliches Erlebnis schon einmal gehabt hatte. Aber auch diesmal entglitt ihm der Gedanke wieder, bevor er wirklich Gestalt annehmen konnte.
Sie traten wieder auf den Hof hinaus und Gorg führte Themistokles zu dem Loch, das das Ungeheuer in den Boden gerissen hatte. Themistokles beugte sich neugierig darüber und stellte sich dabei so ungeschickt an, dass er vermutlich kopfüber hineingestürzt wäre, hätte Gorg nicht blitzschnell zugegriffen und ihn festgehalten.
»Danke, Gorg«, sagte er. »Das ist wirklich tief! Erstaunlich! Wer mag es wohl gemacht haben? Und wozu?«
»Warum versiegelst du es nicht einfach?«, fragte Gorg geduldig. »Wir können später darüber nachdenken.«
»Vielleicht«, sagte Themistokles. »Andererseits: Jemand hat sich viel Mühe gemacht es zu graben. Er hatte bestimmt einen Grund dazu. Er könnte verärgert sein, wenn wir seine Arbeit einfach so zunichte machen.«
Kim wollte etwas sagen, aber Gorg warf ihm einen beinahe beschwörenden Blick zu und so schwieg er.
»Das geht schon in Ordnung«, sagte Gorg. »Tu es einfach – bitte.«
Themistokles sah den Riesen zweifelnd an, zuckte aber dann mit den Schultern und trat gehorsam an den Rand des Loches. Umständlich stellte er den Kerzenständer zu Boden, hob die Arme und begann leise vor sich hin zu murmeln. Zaubersprüche. Wenigstens hoffte Kim, dass es Zaubersprüche waren.
Er trat ein paar Schritte zurück und sah sich nach Sturm um. Der sommersprossige Junge kam langsam näher. Er hüpfte nicht mehr von einem Fuß auf den anderen, humpelte aber sichtbar und hatte die Lippen schmerzhaft verzogen.

»Wenn du jetzt lachst«, sagte er drohend, »dann bricht hier ein mittlerer Wirbelsturm los.«
»Ich lache ja gar nicht«, grinste Kim. Sturms Miene wurde noch finsterer und Kim drehte sich hastig wieder zu Themistokles und Gorg herum.
Der Zauberer hatte die Arme weiter erhoben und seine Stimme war zu einem monotonen Singsang geworden. Kims Sorge nahm ein wenig ab. Während der letzten Minuten hatte er ernsthaft daran zu zweifeln begonnen, dass Themistokles überhaupt noch dazu in der Lage war, zu zaubern, aber offensichtlich hatte er sich getäuscht. Vielleicht musste man Themistokles einfach nur ein wenig fordern.
Themistokles' Fingerspitzen begannen in einem sanften, bläulichen Licht zu glühen. Das Leuchten breitete sich rasch über seine Hände aus und kroch in die weiten Ärmel seines Nachthemds und plötzlich lag ein Knistern wie von elektrischer Spannung in der Luft.
Über dem Loch entstand ein Glühen. Eine sonderbar geformte, leuchtende Wolke bildete sich, aus der erste, vereinzelte Tropfen fielen und in der Tiefe des Loches verschwanden. Das Tröpfeln nahm rasch zu und wurde zu einem prasselnden Regen.
Gorg beugte sich vor, hielt die Hand in die Regentropfen und zog die Finger stirnrunzelnd zurück. Auf seiner Hand war ein brauner, zähflüssiger Belag zurückgeblieben.
Zögernd führte er die Hand zum Mund, berührte den braunen Belag mit der Zungenspitze und leckte sich dann zu Kims maßloser Überraschung genüsslich die Finger ab.
»Gut«, sagte er. »Wirklich ganz ausgezeichnet. Die beste Karamellschokolade, die ich je gegessen habe.«
»Schokolade?!«, krächzte Kim.
»Hast du schon einmal ein richtig hartes Karamellbonbon gegessen?«, fragte Themistokles. »An dem Zeug kann man sich die Zähne ausbeißen, so hart wird es!«
Kim starrte den Zauberer fassungslos an. Einen Moment lang konnte er sich noch selbst einreden, dass Themistokles viel-

leicht nur einen Scherz machte, aber ein einziger Blick in Gorgs besorgtes Gesicht machte ihm klar, dass es nicht so war. Gorg deutete ihm mit einer verstohlenen Geste zu schweigen, dann trat er neben Themistokles, legte ihm die Hand auf die Schulter und begann mit leiser Stimme auf ihn einzureden. Kim konnte nicht verstehen, was er sagte, aber nach einigen Augenblicken wurde der Schokoladenregen schwächer und hörte schließlich ganz auf.

Kim ging zu Sturm zurück. »Wie lange ist er schon so?«, murmelte er schockiert.

»Themistokles?« Sturm zuckte mit den Schultern. »Ich kenne ihn nicht anders. Er ist manchmal etwas seltsam.«

»Etwas seltsam? Großer Gott, Sturm – Themistokles ist eine Witzfigur geworden!«

»Lass ihn das bloß nicht hören«, sagte Sturm. »Sonst verwandelt er dich in einen Grashüpfer.«

»Ich meine es ernst, Sturm!«, sagte Kim. »Du kennst Themistokles nicht, wie er früher war! Er war ein beeindruckender Zauberer. Eine königliche Gestalt! Jetzt ist er ...«

»Ein alter Mann«, unterbrach ihn Sturm. »Wir alle werden einmal alt. Auch du.«

»Aber nicht so«, beharrte Kim. »Und nicht so schnell!«

Sturm sagte nichts mehr und Kim drehte sich wieder um und sah zu Themistokles und dem Riesen hin. Das Bild hatte sich geändert: Themistokles stand noch immer mit hoch erhobenen Armen am Rande der Grube, aber er ließ nun keine Schokolade mehr in das Loch hinabregnen. Vielmehr zuckten aus seinen Fingerspitzen blauweiße, grelle Funken, die sich zu dünnen Blitzen verästelten und mit einem hellen Zischen in dem Loch in der Erde verschwanden. Nach einer Weile wandte sich Gorg um und kam mit schnellen Schritten auf sie zu.

»Anscheinend hat er wieder zu sich gefunden«, sagte er. »Für einen Moment war ich wirklich in Sorge.«

»Was war denn los?«, fragte Kim.

Gorg seufzte. »Themistokles wird alt«, sagte er. »Und vergesslich.«

»Themistokles doch nicht!«, protestierte Kim. »Er ist ein Zauberer.«
»– dessen Zauberkraft erlischt«, unterbrach ihn Gorg. »Irgendwann musste es einmal passieren. Niemand ist unsterblich. Auch Zauberer nicht. Nur ist der Zeitpunkt denkbar ungünstig.«
Er seufzte wieder tief und sah dann erneut zu Themistokles hin. Der Zauberer schleuderte noch immer blaues Feuer in die Tiefe des Lochs. Die Luft roch scharf, wie nach einem heftigen Gewitter, und Kim hatte das Gefühl, dass der Boden unter ihren Füßen ganz sacht zu zittern begonnen hätte.
Offensichtlich bildete er sich das auch nicht nur ein, denn nach einer Weile sagte Gorg: »Übertreib es nicht, Themistokles.«
»Ich bin das nicht«, sagte Themistokles. »Aber ich bin auch gleich so weit. Nur noch ein Augenblick und nichts von dieser Welt kann noch durch diesen Tunnel gelangen.« Seine Stimme war wieder ganz klar und so kräftig und selbstbewusst, wie Kim es gewohnt war. Vielleicht war ihre Sorge doch übertrieben gewesen.
Das Zittern des Bodens nahm jedoch nicht ab, sondern ganz im Gegenteil noch zu. Aus dem sanften Vibrieren wurde ein Beben, das sich rasch zu einer Folge gleichmäßiger, fast rhythmischer Stöße steigerte, so als ...
»Da stimmt was nicht«, murmelte Gorg. Und plötzlich schrie er: *»Themistokles! Hör auf! Du lockst es damit an!«*
Es war zu spät. Etwas Blasses, ungeheuer Großes tauchte aus dem Loch im Boden auf, stieß ein mächtiges Brüllen aus und griff mit fürchterlichen Klauen nach Themistokles. Der Magier taumelte zurück, hatte die Arme aber noch immer erhoben und schleuderte Blitz um Blitz auf die Kreatur, die hoch aufgerichtet und in blaues Feuer gebadet dastand und vor Schmerz und Wut brüllte, sonderbarerweise aber immer noch nicht wirklich zu erkennen war. Kim sah nur gewaltige Klauen, schimmernde Panzerplatten und riesige, mitleidlose Insektenaugen. Und auch die Angst war wieder da, das

Gefühl, einem ... Ding gegenüberzustehen, das nicht Teil der Schöpfung, sondern eine Kreatur aus einem vollkommen anderen, feindseligen und unverständlichen Universum war. Kim krümmte sich wie unter Schmerzen und auch Sturm und Gorg rissen schreiend die Arme vor das Gesicht und taumelten zurück. Themistokles stürzte zu Boden. Seine Finger schleuderten noch immer blauweißes Feuer auf die Kreatur und Kim konnte selbst über die große Entfernung hinweg die unvorstellbare Hitze fühlen, die in den Energieblitzen des Zauberers steckte. Das Toben des Ungeheuers nahm jedoch keineswegs ab. Es schien, als würde Themistokles' Angriff die Kreatur noch stärken statt sie zu schwächen.
Gorg schrie wie unter unerträglichen Schmerzen auf und rannte los. Themistokles lag hilflos auf dem Rücken. Die Kreatur beugte sich über ihn, streckte die schrecklichen Klauenhände aus und hatte ihn fast erreicht, als Gorg heran war und den Zauberer einfach in die Höhe riss. Themistokles' Hände sprühten noch immer blaues Feuer. Ein Teil davon streifte Gorg und setzte sein Haar und seinen Bart in Brand. Gorg schlug die Flammen mit einer Hand aus, riss Themistokles mit der anderen in die Höhe und zerrte ihn rücksichtslos mit sich. Die Kreatur brüllte vor Enttäuschung und bäumte sich noch weiter auf, groß, ungeheuer groß und so unvorstellbar hässlich, dass Kims Verstand sich einfach weigerte seine genaue Gestalt zu erkennen.
Endlich erwachte auch Kim aus seiner Erstarrung. Er hatte nicht die geringste Ahnung, was er tun sollte, aber er rannte trotz seiner panischen Angst einfach los um Themistokles und Gorg irgendwie zu helfen.
Er schaffte nicht einmal die halbe Strecke. Ein plötzlicher, unvorstellbar heftiger Windstoß traf ihn und ließ ihn nach vorne fallen. Er stürzte, schlug instinktiv die Arme über den Kopf und presste sich flach auf den Boden um dem Sturm möglichst wenig Angriffsfläche zu bieten. Zwischen den Fingern hindurch sah er zu Gorg und Themistokles hin.
Selbst der Riese war durch die plötzliche Sturmböe von den

Füßen gerissen worden. Themistokles und er schlitterten hilflos über den Hof.
Die allergrößte Wucht des Sturmes aber traf das Ungeheuer. Der Sturm wuchs in Sekundenschnelle zu solcher Gewalt an, dass Kim kaum noch etwas sehen konnte. Die Kreatur schrie und tobte vor Wut, aber das Heulen des Orkans verschluckte jeden anderen Laut.
Eine Windhose bildete sich, begann sich schneller und schneller und immer schneller zu drehen und raste plötzlich im Zickzack auf das Ungeheuer zu.
Die Kreatur wurde regelrecht in den Boden gestampft. Die Windböe ergriff sie, wirbelte sie immer schneller herum und presste sie dabei mit unwiderstehlicher Gewalt in das Loch zurück, aus dem sie herausgekommen war. Nach nur wenigen Sekunden war alles vorbei. Der rasende Mini-Tornado verschwand in dem Tunnel, riss die Kreatur mit sich und entwickelte trotz allem noch genug Kraft, um die Ränder der Grube zum Einstürzen zu bringen.
Selbst als wieder Ruhe eingekehrt war, blieb Kim noch etliche Sekunden mit angehaltenem Atem liegen. Erst dann wagte er es, die Arme herunterzunehmen und aufzustehen. Sofort lief er zu Gorg und dem Zauberer hin.
Gorg hatte sich auf Hände und Knie erhoben und wirkte benommen. Sein Haupthaar und ein Teil seines Bartes waren angesengt und hatten sich gekräuselt und die Flammen hatten auch auf seiner Haut Spuren zurückgelassen. Trotzdem kümmerte er sich als Erstes um Themistokles.
Der Zauberer setzte sich umständlich auf und schüttelte benommen den Kopf, machte aber eine abwehrende Geste, als Gorg nach ihm greifen wollte.
»Bist du verletzt?«, fragte Kim besorgt.
»Ich ... glaube nicht«, murmelte Themistokles. »Nein ... mir fehlt nichts.«
»Was um alles in der Welt *war* das?«, fragte Gorg.
»Ich weiß es nicht«, sagte Themistokles. »Ich habe so etwas noch nie gesehen und auch nicht davon gehört. Diese Kraft!

Diese unvorstellbare Wut. Ich war vollkommen hilflos! Wenn Sturm nicht den Tornado geschickt hätte ...«

Er sah mit einem Ruck auf. »Sturm!«

Auch Gorg und Kim fuhren erschrocken herum. In ihrer Erleichterung, dem Ungeheuer entkommen zu sein und vor allem Themistokles lebend und unverletzt zu sehen, hatten sie Sturm für den Moment einfach vergessen.

Der Junge lag auf der anderen Seite des Hofes, dort, wo Kim ihn das letzte Mal gesehen hatte. Er war auf die Seite gefallen und regte sich nicht mehr. Sofort sprangen sie auf und eilten zu ihm.

Sturm hatte das Bewusstsein verloren. Sein Atem ging so flach, dass Kim im ersten Moment nicht einmal sicher war, dass er noch lebte. Nachdem Themistokles ihn jedoch flüchtig untersucht hatte, schüttelte er erleichtert den Kopf und sagte: »Er ist nicht verletzt. Ich glaube, er ist nur vollkommen erschöpft.« Er warf einen raschen, unsicheren Blick zu der Stelle zurück, an der das Loch gewesen war. »Ich wusste bisher nicht einmal, dass er zu so etwas fähig ist.«

»Ich bringe ihn in sein Zimmer«, erbot sich Gorg. Er nahm Sturm auf die Arme, ohne Themistokles' Antwort abzuwarten, und trug ihn zum Haus zurück. Themistokles und Kim sahen ihm besorgt nach.

»Bist du sicher, dass ihm nichts passieren wird?«, fragte Kim.

»Ja«, antwortete Themistokles. »Er hat sich überanstrengt, das ist alles. Ein paar Stunden Schlaf und eine kräftige Mahlzeit und er ist wieder ganz der Alte.« Er seufzte. »Ich mache mir trotzdem Vorwürfe. Ich habe einen schrecklichen Fehler gemacht.«

»Du konntest nicht wissen, dass das Ding ganz wild auf Schokolade ist«, sagte Kim. Es sollte ein Scherz sein, ein schwacher Versuch, die Situation zu entspannen, aber der Ausdruck von Schmerz in Themistokles' Augen wurde nur noch stärker.

»Ich wollte es gerade nicht sagen«, sagte er, »weil Gorg sich so große Sorgen um mich macht. Aber die Wahrheit ist, dass dieses Geschöpf nicht immun gegen meine Kräfte war.«

»Es hat sie aufgesaugt«, vermutete Kim.
»Du hast es gespürt«, sagte Themistokles düster. »Ja. Mit jedem magischen Hieb, den ich ihm versetzte, habe ich es nur stärker gemacht.«
»Aber das konntest du doch nicht wissen!«
»Es ist noch viel schlimmer, Kim«, sagte Themistokles. »Es hat mir nicht nur meine Kräfte entzogen! Ich habe es durch meine Zaubersprüche überhaupt erst *angelockt*! Ich hätte es spüren müssen. Ich glaube, ich habe es sogar gespürt. Aber ich war unfähig etwas zu tun.«
»Und was hättest du tun sollen?«, fragte Kim.
Darauf antwortete der Zauberer nicht mehr. Er sah Kim nur noch einen Moment lang traurig an. Dann drehte er sich herum und ging langsam und mit hängenden Schultern zum Palast zurück.

An Schlaf war in dieser Nacht natürlich nicht mehr zu denken. Kim folgte Gorg in Sturms Zimmer um sich um den Jungen zu kümmern, aber es gab nichts, was er für ihn tun konnte. Es war wohl so, wie Themistokles gesagt hatte: Sturm war nicht verletzt, sondern nur am Ende seiner Kräfte. Kim blieb mehr als eine Stunde an Sturms Bett sitzen, dann verließ er leise das Zimmer und machte sich auf die Suche nach Themistokles.
Er fand ihn in seiner Studienkammer im Turm, doch der alte Zauberer hatte keine Zeit für ihn. Er hatte sein albernes Nachthemd gegen sein gewohntes, weißes Gewand getauscht und zu Kims Erleichterung auch die Mütze und die närrischen Pantoffeln abgelegt. Auf seinem Tisch stapelten sich mindestens ein Dutzend Bücher, in denen er abwechselnd blätterte. Er schickte Kim nicht direkt fort, aber Kim spürte selbst, dass er störte, und zog sich nach wenigen Augenblicken wieder zurück.
Also ging er in sein Zimmer in der schwachen Hoffnung, wenigstens Twix oder die Spinne zu treffen. Von der Elfe zeigte sich jedoch keine Spur und die Spinne hatte sich hoch unter der Decke ein Netz gewoben und schlief.

Am Ende einer langen, zäh und endlos dahintröpfelnden Nacht ging draußen endlich wieder die Sonne auf und mit dem ersten grauen Schimmer des Tages trat Kim wieder ans Fenster und sah auf den Hof hinab. Das Loch, das die Kreatur in das Pflaster gerissen hatte, sah aus der Entfernung betrachtet regelrecht harmlos aus. Der künstliche Tornado, den Sturm ausgelöst hatte, hatte es nachhaltiger verschüttet, als wohl selbst ein Dutzend Bauarbeiter es in einer Woche gekonnt hätten. Kim vermutete, dass der Stollen auf ganzer Länge zusammengebrochen war. Was immer ihn gegraben hatte, würde auf diesem Wege nicht noch einmal hier hereinkommen.
Er wollte sich gerade wieder abwenden, als er eine Bewegung am Tor bemerkte. Eine einzelne, in dunkle Baumwollhosen und ein grobes Kettenhemd gekleidete Gestalt betrat den Hof. Der Mann trug einen gewaltigen Schild am linken Arm und ein noch gewaltigeres Schwert auf dem Rücken. Es war von kräftiger Statur und hatte einen schwarzen, kurz geschnittenen Bart.
Wolf.
Kim runzelte die Stirn. Der Krieger hatte ihnen Zeit bis zum nächsten Sonnenuntergang gegeben um sich zu entscheiden, und was immer Kim auch von ihm hielt, hatte er ihn bisher doch stets für einen Mann gehalten, der zu seinem Wort stand. Wieso also kam er jetzt hierher, mehr als zwölf Stunden vor Ablauf des Ultimatums?
Er drehte sich rasch herum und ging zur Tür und die Spinne, die bis jetzt perfekt die Schlafende gemimt hatte, ließ sich an einem Faden blitzschnell zu Boden gleiten und trippelte neben ihm her.
»Machst du einen Morgenspaziergang?«, erkundigte sich Kim. »Wenn du auf die Elfe wartest, muss ich dich enttäuschen. Ich habe sie seit gestern Nacht nicht mehr gesehen.«
»Sie wird schon kommen«, antwortete die Spinne. »Ich habe Zeit.«
Kim lächelte flüchtig. Es fiel ihm immer schwerer zu glauben,

dass die Spinne Twix *wirklich* fressen würde. Aber es tat gut, nicht ganz allein, sondern einen Freund bei sich zu haben. Selbst wenn es nur eine streitlustige, ständig schlecht gelaunte Spinne war.

Sein Lächeln erlosch sofort, als er die Halle betrat und Wolf erblickte. Der Krieger war tatsächlich allein gekommen, stand aber nun schon wieder in einen heftigen Streit mit Gorg verwickelt da. Offensichtlich hatte der Riese Wolf hier unten in der Halle bereits erwartet.

»Aber ich muss mit ihm sprechen!«, sagte Wolf gerade.

»Wenn du nicht auf der Stelle verschwindest, Wolf, dann wirst du mit niemandem mehr sprechen!«, antwortete Gorg drohend. »Ich scherze nicht! Es ist das zweite Mal, dass du mit einer Waffe in der Hand hierher kommst. Jeder andere an deiner Stelle wäre jetzt bereits tot! Ich habe dich nur um unserer alten Freundschaft willen bisher verschont, aber du solltest den Bogen nicht überspannen!«

Kim wurde hellhörig. Das war eine neue Information, die vielleicht noch einmal von Wichtigkeit sein konnte. Er ging weiter ohne etwas zu sagen. Gorg und Wolf waren so sehr damit beschäftigt, zu streiten, dass sie ihn bisher noch nicht bemerkt hatten. Vielleicht erfuhr er ja noch mehr Einzelheiten.

»Was ist nur aus dir geworden, Gorg?«, sagte Wolf kopfschüttelnd. »Es gab eine Zeit, da hätte man dich nicht zweimal bitten müssen dich für die richtige Seite zu entscheiden.«

»Das habe ich längst«, knurrte Gorg. »Und meine Seite ist dies hier. Wir werden nicht Partei ergreifen. Gorywynn ist neutral.«

»Die liebste Ausrede aller Feiglinge zu allen Zeiten«, sagte Wolf.

»Feigling?« Gorgs Gesicht färbte sich rot. »Ich werde dir gleich zeigen, wer –«

»Gorg!«, sagte Kim.

Der Riese fuhr erschrocken herum und musterte ihn finster, während auf Wolfs Gesicht ein Ausdruck deutlicher Erleichterung erschien.

»Kim!«, rief er. »Du bist es! Das ist gut!«
»Das wird sich noch herausstellen«, sagte Kim kühl. »Du bist zwölf Stunden zu früh. Oder ist dir der Unterschied zwischen Sonnenauf- und -untergang nicht geläufig?«
»Ich bin gekommen um euch zu warnen«, sagte Wolf. »Dich und diesen starrköpfigen großen Tölpel da!«
Die Spinne marschierte mit gemächlichen Schritten an Kim vorbei und begann einen langsamen Kreis um Wolf zu schlagen. Wolf sah nervös auf sie herab, riss sich dann aber mit sichtbarer Anstrengung von ihrem Anblick los und wandte sich wieder an Kim.
»Keiner von meinen Männern weiß, dass ich hier bin«, sagte er. »Tatsächlich wären die meisten nicht damit einverstanden, dass ich euch warne. Gorywynns Neutralität steht auf schwachen Füßen, Kim. Ich persönlich glaube, dass Themistokles gute Gründe hat, sich nicht in den Krieg einzumischen – auch wenn ich sie wohl nie verstehen werde. Viele aus meinem Heer halten euch jedoch einfach für feige. Ihr könnt nicht auf unsere Hilfe zählen, wenn Kais Heer die Festung wirklich angreift.«
»Wer braucht schon eure Hilfe?«, höhnte Gorg.
»Du«, antwortete Wolf ernst. Dann sah er stirnrunzelnd an sich herab. Die Spinne hatte ihre ruhelose Umkreisung unterbrochen und war näher gekommen. Ihre beiden vorderen Beine tasteten prüfend über Wolfs Wade, glitten über das Knie und weiter seinen Oberschenkel hinauf.
»Nicht schlecht«, sagte sie nachdenklich. »An ihm ist sehr viel mehr dran als an der halben Portion, mit der du das letzte Mal zusammen warst.«
»Beachte sie gar nicht«, sagte Kim. »Also, Wolf: Was willst du?«
»Euch warnen«, antwortete Wolf. »Kais Heer hat während der Nacht Verstärkung erhalten. Sie sind uns zwanzig zu eins überlegen. Selbst wenn wir es wollten – wir könnten euch nicht beschützen. Ich bin ziemlich sicher, dass er Gorywynn angreifen wird, wenn du dich ihm nicht stellst.«

»Damit werden wir schon fertig«, sagte Gorg.

»Zwei Wochen«, murmelte die Spinne. »Wenn nicht sogar drei.«

»Ihr haltet keine zwei Stunden gegen sie durch!«, sagte Wolf zornig. »Und jetzt hör endlich auf an mir herumzufummeln, du hässliches Vieh!«

»Ich bin nicht hässlich!«, protestierte die Spinne. »Ich bin vielleicht zu dünn, aber das kommt nur, weil –«

»Ich glaube, das hat sie nicht gemeint«, sagte Kim rasch. »Jedenfalls danken wir dir für deine Warnung, Wolf.«

Der Krieger starrte ihn fassungslos an. »Hast du denn nicht verstanden?«, fragte er. »Sie werden dich holen! Kais Heer wartet nur auf einen Vorwand um Gorywynn in Schutt und Asche zu legen! Willst du zusehen, wie all deine Freunde sterben? Deinetwegen?«

»Und was soll ich deiner Meinung nach jetzt tun?«, fragte Kim.

»Komm mit mir«, sagte Wolf. »Du hast nichts zu befürchten. Im Gegenteil. Wir sind deine Freunde.«

Gorg lachte schrill und auch Kim schüttelte den Kopf und zog eine Grimasse. »Als wir uns das letzte Mal begegnet sind, hatte ich nicht das Gefühl, dass du mich in dein Herz geschlossen hast.«

»Das war etwas anderes«, behauptete Wolf. »In jenem Gasthaus wusste ich nicht, wer du warst. Ich hielt dich für einen Spion! Du hast gesehen, was Kais Heer angerichtet hat!«

Kim glaubte ihm sogar. Allein sein Alter hatte ihn ganz automatisch zu einem Todfeind der Männer gemacht, die er in jenem Gasthof getroffen hatte. Streng genommen konnte er von Glück sagen, dass er überhaupt noch lebte.

»Und warum habt ihr mich später verfolgt?«, fragte er. »Nur um mich vor Kai und seinem Heer zu schützen?«

»Ich könnte jetzt ja sagen«, antwortete Wolf, »aber das wäre nicht die Wahrheit. Der eine Grund war, dass der Magier der Zwei Berge alles unternimmt um dich in seine Gewalt zu bekommen. Du musst unglaublich wichtig für ihn sein.«

»Das habe ich mir auch schon gedacht«, sagte Kim. »Aber ganz ehrlich, Wolf: Ich weiß nicht, warum. Und was ist der andere Grund?«

»Du«, antwortete Wolf ohne Umschweife. »Ganz einfach, weil du du bist.«

»Das verstehe ich nicht«, sagte Kim.

»Du hast unsere Welt schon zweimal vor dem sicheren Untergang bewahrt«, antwortete Wolf.

»Das mag ja alles sein, aber das war auch etwas völlig anderes«, beharrte Kim. »Bitte, Wolf – ich weiß nicht, wofür ihr mich haltet, aber was immer es sein mag: Es stimmt nicht. Ich bin ein ganz normaler Mensch.«

»Du bist ein Held«, beharrte Wolf. »Dein Name ist eine Legende. Ich persönlich halte dich nicht für etwas Besonderes. Du hast Mut und du bist nicht dumm, aber das gilt auch für viele andere. Doch was ich glaube, das spielt keine Rolle. Ich kann dich aus der Stadt bringen. Kai wird Gorywynn nicht angreifen, wenn du nicht mehr da bist.«

»Wie nobel«, spottete Gorg.

»Und was hättest du davon?«, wollte Kim wissen.

»Dich«, antwortete Wolf mit unerwarteter Offenheit. »Ich will ehrlich sein: Wir sind dabei, diesen Krieg zu verlieren: Viele meiner Männer sind des Kämpfens müde. Väter wollen nicht mehr gegen ihre Söhne kämpfen und Brüder nicht mehr gegen ihre jüngeren Brüder. Noch gewinnen wir die meisten Schlachten, aber das wird nicht mehr lange so bleiben. Ich brauche etwas um meinen Kriegern wieder Mut zu geben.«

»Mich.«

»Dich«, bestätigte Wolf. »Mit dir an unserer Spitze können wir gewinnen.«

»Ich weiß nicht einmal, an welcher Seite man ein Schwert anfasst«, behauptete Kim.

»Selbst wenn das die Wahrheit wäre – was es nicht ist –«, antwortete Wolf, »wäre es egal. Du musst nicht kämpfen. Schließ dich uns an, mehr verlange ich nicht. Das allein würde uns die Kraft geben weiterzukämpfen.«

Kim antwortete nicht gleich. Wolfs Worte waren ehrlich gemeint, das spürte er. Und vermutlich hatte er sogar Recht. Er war nicht irgendwer. Er hatte diese Welt zweimal gerettet, wenn auch unter Umständen, die mit diesen hier nicht zu vergleichen waren. Trotzdem rankten sich um seinen Namen Legenden. Eltern nannten ihre Söhne nach ihm und wahrscheinlich wurden an langen Winterabenden seine Taten immer und immer wieder erzählt.
Vielleicht könnte er Wolf und seinen Kriegern tatsächlich zum Sieg verhelfen, ganz einfach, indem er sich ihnen anschloss. Und die Verlockung war für einen Moment sehr groß. Allein der Gedanke, noch einmal an der Spitze eines gewaltigen Heeres in die Schlacht zu reiten, in dem sicheren Wissen auf der richtigen Seite zu stehen und eine ganze Welt vor dem Untergang zu bewahren, hatte etwas ungemein Verlockendes.
Aber dann schüttelte er den Kopf. »Es tut mir Leid«, sagte er. Wolf war enttäuscht, aber er musste wohl spüren, wie wenig Sinn es hatte, weiter in ihn zu dringen. »Mir auch«, sagte er. »Ich wünsche dir und deinen Freunden viel Glück. Ich werde nun gehen und meine Männer sammeln.«
»Wozu?«, fragte Gorg misstrauisch.
»Kai hat eine Menge Truppen vor den Toren«, antwortete Wolf. »Truppen, die ihm nun an einer anderen Stelle fehlen. Vielleicht können wir einen Vorteil daraus ziehen.«
Er ging ohne ein weiteres Wort.
Erst als er schon lange außer Hörweite war, fragte Gorg leise: »Warum hast du sein Angebot abgelehnt?«
»Warum bist du noch hier?«, gab Kim zurück.
»Um Themistokles zu schützen«, antwortete Gorg. »Ich weiß nicht, was ich an deiner Stelle getan hätte. Vielleicht wäre ich mit ihm gegangen.«
Kim sagte nichts mehr dazu. Gorg hatte im Grunde nur laut ausgesprochen, was er selbst vor wenigen Augenblicken erst gedacht hatte. Und wären die Umstände nur ein wenig anders gewesen, dann hätte er sich vielleicht tatsächlich für Wolf entschieden.

Aber irgendetwas sagte ihm, dass dieser Kampf nicht mit Gewalt entschieden werden würde.
»Ich werde jetzt gehen und Themistokles berichten, was Wolf uns mitgeteilt hat«, sagte Gorg, wandte sich um, machte einen Schritt und blieb dann noch einmal stehen um in fast beiläufigem Ton hinzuzufügen: »Und komm erst gar nicht auf die Idee.«
»Auf was für eine Idee?«, fragte Kim.
Gorg zog eine Grimasse. »Gib dir keine Mühe«, sagte er. »Ich kenne dich zu gut, Kim. Ich weiß, dass du mit dem Gedanken spielst dich heimlich aus der Stadt zu schleichen um uns zu schützen. Aber dieses Opfer wäre sinnlos.«
»Ach?«, fragte Kim.
»Ich kenne Kai und sein Heer«, antwortete Gorg. »Es würde nichts nutzen, glaube mir. Sie würden uns trotzdem alle töten und Gorywynn niederbrennen, schon aus Wut, weil du ihnen entkommen bist.«
»Ich verstehe dich nicht, Gorg«, sagte Kim kopfschüttelnd. »Versteh mich nicht falsch. Ich würde nie so weit gehen wie Wolf –«
»– und mich einen Feigling nennen?«, fragte Gorg.
»Ich weiß, dass du das nicht bist«, sagte Kim erst. »Aber ich frage mich, was mit dir geschehen ist. Warum machen wir es nicht wie früher? Lass uns unsere alten Freunde zusammensuchen und zu diesem Magier der Zwei Berge gehen!«
»Unsere alten Freunde?«
»Kelhim und Rangarig«, antwortete Kim. »Und meinetwegen auch den Tatzelwurm und –«
»Kelhim ist tot«, unterbrach ihn Gorg.
»Tot?!«
Gorg machte eine besänftigende Geste. »Er starb eines ganz normalen Todes«, sagte er. »Und er wurde sehr alt für einen Bären. Und Rangarig wurde seit einem Menschenalter von niemandem mehr gesehen. Niemand weiß, ob er noch lebt und wenn ja, wo.« Er seufzte. »Die Dinge ändern sich, Kim. Sieh mich an. Auch ich bin alt. Für einen Riesen bin ich sogar

gebrechlich, auch wenn du es vielleicht nicht glaubst. Und ich muss hier bleiben um Themistokles zu beschützen.«
»Du willst einfach so aufgeben«, sagte Kim fassungslos.
»Keineswegs«, antwortete Gorg. »Aber wir können nicht einfach losrennen. Themistokles wird eine Lösung finden, da bin ich sicher.«
»Und wenn nicht er, dann Kai«, grollte Kim. »Allzu viel Zeit bleibt ihm aber dafür nicht mehr.«
»Mach dir keine Sorgen um ihn«, antwortete Gorg. »Kais Heer mag uns überlegen sein, aber ich denke, ich habe noch die eine oder andere Überraschung für ihn. Viele haben es versucht, aber Gorywynn wurde noch nie erobert.«
»Irgendwann ist immer das erste Mal«, sagte Kim.
»Möglicherweise«, antwortete Gorg achselzuckend. »Wer weiß ... vielleicht haben die anderen ja Recht und wir sind es diesmal, die sich irren. Irgendwann verliert man auch zum ersten Mal, weißt du?«

Wenn Gorg erwartet hatte, dass Kim ihm zu Themistokles folgte, dann sah er sich getäuscht. Kim war viel zu erregt um jetzt mit dem Zauberer zu reden – und sei es nur, weil er tief in sich die nagende Angst verspürte, dass Themistokles und Gorg vielleicht Recht haben könnten und ihn möglicherweise sogar davon überzeugen würden.
Er wollte nicht zugeben, dass diesmal vielleicht alles ganz anders sein konnte. Märchenmond war niemals eine ungefährliche Welt gewesen, aber den Gefahren, die ihnen hier drohten, hatte er immer auf die eine oder andere Weise begegnen können. Diesmal gab es nichts, wogegen er kämpfen konnte, denn beide Seiten waren zugleich im Recht wie Unrecht und es gab auch nichts, wohin er gehen und Hilfe holen konnte, denn alle Wege, die aus Märchenmond herausführten, waren verschlossen.
Wahrscheinlich gab es jetzt nur noch einen, der ihm helfen konnte.
Wenn er es wollte.

Er ging in das Zimmer, in dem Sturm schlief, zögerte noch einen letzten Moment und berührte ihn dann vorsichtig an der Schulter um ihn aufzuwecken.
Sturm erwachte schon bei der ersten flüchtigen Berührung. Seine Augen flogen mit einem Ruck auf und Kim fühlte sich von einem Windstoß gepackt, der wie aus dem Nichts plötzlich da war, und wurde mit solcher Wucht gegen die Wand geworfen, dass ihm der Schädel dröhnte.
»Oh«, sagte Sturm. »Das tut mir Leid. Entschuldige.«
»Schon gut«, murmelte Kim benommen. »Ich sollte mir angewöhnen dich nicht zu erschrecken. Wie fühlst du dich?«
»Ein wenig erschöpft«, antwortete Sturm. Seinem Aussehen nach war das glatt gelogen.
»Du hast uns alle gerettet«, sagte Kim. »Na ja – wenigstens Themistokles, Gorg und mich.«
»Halb so wild«, antwortete Sturm. »Ich schätze, das Ding hätte mich auch nicht verschont.« Er schauderte sichtbar. »Was war das für ein Geschöpf?«
Kim hob die Schultern. »Ich weiß es nicht. Niemand weiß es, nicht einmal Themistokles. Irgendein Ungeheuer.«
»Hauptsache, es ist weg«, sagte Sturm. Er schlug die Decke zurück und setzte sich auf. Seine Bewegungen waren unsicher und fahrig und verrieten mehr von seinem wirklichen Zustand, als ihm wahrscheinlich klar war.
»Ich brauche deine Hilfe«, sagte Kim leise.
»Hilfe?« Sturm zog eine Grimasse. »Im Prinzip gerne. Komm in einer Woche wieder oder besser in zwei. Ich bin froh, wenn ich aus eigener Kraft stehen kann. Ich bin vollkommen erschöpft.«
»Wir haben keine zwei Wochen«, sagte Kim ernst. »Wir haben nicht einmal zwei Tage.«
Er erzählte Sturm mit knappen Worten von Wolfs Besuch und dem anschließenden Gespräch mit Gorg. Sturm hörte schweigend zu und machte ein sehr besorgtes Gesicht.
»Das ist übel«, sagte er. »Aber was erwartest du jetzt von mir? Dass ich einen kleinen Wirbelsturm heraufbeschwöre und

Kais Armee in alle Winde zerstreue?« Er schüttelte den Kopf. »Das kann ich nicht. Und ich würde es auch nicht tun, selbst wenn ich es könnte. Es könnten Menschen dabei zu Schaden kommen.«

»So wie gestern?«

»Das war etwas anderes«, behauptete Sturm. »Es war nur ein bisschen Wind. Niemand wurde verletzt. Um eine ganze Armee zu verjagen, wäre mehr nötig. Aber wie gesagt: Ich kann es auch gar nicht.«

»Und ich wollte es auch gar nicht«, sagte Kim.

»Was willst du dann?«

»Die Zauberkugel«, antwortete Kim. »Die Kugel, in die Themistokles seine Magie gebannt hat. Wir müssen sie wieder finden.«

Sturms Gesicht verdüsterte sich noch weiter. »Das ist unmöglich«, sagte er. »Bist du gekommen um mich daran zu erinnern, wessen Schuld das alles hier ist? Es ist dir gelungen.«

»Nein, Sturm«, sagte Kim. »Niemand will dir Vorwürfe machen! Was würde es denn auch nutzen? Ich möchte nur, dass du mir zeigst, wo es passiert ist. Vielleicht finden wir ja doch eine Möglichkeit ihn zurückzuholen.«

»Nein«, sagte Sturm. »Ganz davon abgesehen, dass wir Gorywynn dazu verlassen müssten. Der Weg ist viel zu weit. Weißt du, wo dieses Ende der Welt ist?«

»Nein«, antwortete Kim ehrlich.

»Weit jenseits des Landes Morgon«, sagte Sturm. »Du würdest Wochen brauchen, selbst mit dem schnellsten Pferd – und ohne dass die ganze Welt hinter dir her wäre.«

»Ich kann es mir vorstellen«, sagte Kim. »Aber wir sollten es zumindest versuchen.«

Sturm stand mit einem Ruck auf und trat ans Fenster.

Kim spürte einen Kloß im Hals. Er war nicht gekommen um Sturm zu verletzen, sondern um ihn um Hilfe zu bitten.

»Es war meine letzte Chance«, sagte Sturm leise und ohne sich zu ihm herumzudrehen. »Es war nicht der erste Fehler, den ich gemacht habe, weißt du?«

»Wie meinst du das?«

Sturm lachte bitter. »Ich bin ein Versager«, sagte er. »Eine vollkommene Niete! So meine ich das!«

Kim verstand kein Wort, aber er sagte nichts, sondern fasste sich in Geduld, bis Sturm von sich aus weitersprach.

»Ich bin ... noch kein richtiger Sturm«, sagte er leise. »Vielleicht werde ich es auch nicht. Meine Brüder und Schwestern lachen über mich. Was immer ich anfange, es geht schief. Soll ich einen lauen Frühlingswind erzeugen, wird ein Sturm daraus, der Bäume entwurzelt und Felder verwüstet. Wird ein Sturm gebraucht, so wird es eine sanfte Brise, und brauchen die Menschen Wind um über das Meer zu segeln, so verschlingt ein Unwetter ihre Schiffe. Ich wurde hierher geschickt, damit Themistokles mich unterweist und mir beibringt meine Kräfte richtig zu beherrschen. Du hast ja gehört, was passiert ist.«

»Aber das ist doch nicht deine Schuld!«, sagte Kim.

»Wessen sonst?«, fragte Sturm bitter.

Kim sagte nichts mehr. Er war verwirrt, sowohl über das, was er gerade erfahren hatte, als auch über den unerwarteten Ernst in Sturms Stimme. Er hatte bisher weder genau gewusst, wer Sturm war, noch weshalb er hier war. Er hatte sich eine andere Erklärung erhofft.

Er traf Themistokles an diesem Morgen nicht wieder.

Er hatte zwei- oder dreimal versucht zu ihm vorzudringen, war aber immer abgewiesen worden. Vor der Tür zu Themistokles' Studierzimmer standen zwei Männer der Palastwache, die ihm zwar sehr freundlich, aber auch vollkommen unnachgiebig den Zutritt verwehrten; der Zauberer habe zu studieren und hätte sich jede Störung aufs Schärfste verboten.

Auch Gorg war für Stunden verschwunden. Kim sah ihn nur einmal in Begleitung zweier Bewaffneter über den Hof eilen, war aber nicht schnell genug um ihn einzuholen. Wahrscheinlich versuchte Gorg die Verteidigung des Palastes vorzubereiten. Zumindest Twix tauchte wieder auf: Als er von seinem

Besuch bei Sturm zurückkehrte, saß die Elfe auf seinem Bett und beäugte misstrauisch das dreieckige Netz, das die Spinne in einen Winkel der Zimmerdecke gesponnen hatte. Kims Frage, wo sie die ganze Nacht gewesen sei, überhörte sie geflissentlich.

Gegen Mittag kam der Pack in sein Zimmer, knallte wortlos einen Beutel mit Nahrungsmitteln auf den Tisch und zog sich dann in die entfernteste Ecke des Raumes zurück. Kim war eigentlich nicht hungrig, öffnete den Beutel aber trotzdem. Zu seiner Überraschung stellte er fest, dass er im Großen und Ganzen das Gleiche enthielt, was der Pack ihm die ganze Zeit über gebracht hatte: frisch gepflücktes Obst, ein paar Beeren und Wurzeln und einige schmackhafte Pilze.

»Das ist sonderbar«, murmelte er.

»Was?«, fragte Twix.

Kim biss in einen Apfel und deutete auf die übrigen Lebensmittel. »Das ist alles frisch«, sagte er. »Ich kann mir nicht vorstellen, woher es kommt. In Gorywynn leben nur noch wenige Menschen. Ich glaube nicht, dass auf dem Markt noch viel frisches Obst angeboten wird. Er kann doch unmöglich aus der Stadt gegangen sein, nur um ein paar Beeren zu pflücken!«

»Zuzutrauen wäre es ihm«, spöttelte die Spinne von der Höhe ihres Netzes aus. »Es wäre ja auch wohl *viel zu leicht*, einfach in die Speisekammer hinunter zu gehen.«

»Du verstehst mich nicht«, sagte Kim. »Wenn der Pack die Beeren wirklich draußen im Wald gepflückt hat, dann gibt es einen Weg aus der Stadt!«

»Und wer hat je behauptet, dass es den nicht gibt?«, fragte die Spinne. »Immer vorausgesetzt, du kannst dich vollkommen lautlos bewegen, klettern wie ein Affe und dich von Ast zu Ast schwingen.«

Kim setzte zu einer Antwort an, biss aber vorher noch einmal in den Apfel. In der nächsten Sekunde spuckte er den Bissen in hohem Bogen aus und starrte erschrocken auf den fast kleinfingerdicken Wurm, der aus dem Apfel herauskroch.

»Ja, ja«, kicherte die Spinne. »Ein Wurm. Der zweitschlimmste Anblick, nachdem man in einen Apfel gebissen hat.«
»Und was ist der schlimmste?«, erkundigte sich Kim.
»Ein *halber* Wurm«, antwortete die Spinne.
Kim legte den angebissenen Apfel behutsam aus der Hand, wischte sich die Hände an den Hosenbeinen ab und wandte sich an die Elfe.
»Du musst mir einen Gefallen tun«, sagte er. »Wenn es einen Weg aus der Stadt heraus gibt, dann kannst du ihn finden. Du fällst nicht auf und du bist schnell genug um im Notfall jedem zu entkommen.«
»Na ja ...«, sagte die Spinne. »Wenn sie Hilfe hat ...«
Twix funkelte zu ihr empor, enthielt sich aber jeden Kommentars. »Wozu?«, fragte sie nur.
»Ich will nicht weglaufen«, antwortete Kim. »Ich weiß, was passiert, wenn Kai und seine Krieger hier auftauchen. Aber vielleicht finden wir ja einen Weg, auf dem wir alle hier herauskommen.«
»Wie du meinst«, sagte Twix. Sie wirkte nicht überzeugt, schwang sich aber gehorsam in die Luft und flog in einem weiten Bogen auf das Fenster zu. In einem *sehr* weiten Bogen – weit genug um ganz dicht über dem Netz hinwegzugleiten und es dabei – natürlich rein zufällig – mit goldenem Staub zu besprühen. Die Spinne kreischte empört und versuchte einen Faden abzuschießen um sich irgendwo festzuklammern, aber es war zu spät. Mit hilflos ausgebreiteten Beinen schlitterte sie an der Wand hinunter und landete ziemlich unsanft auf dem Rücken.
Twix verschwand kichernd aus dem Fenster und auch der Pack begann in seiner Ecke schadenfroh zu schnattern. Die Spinne richtete sich mit einiger Mühe wieder auf und funkelte ihn an.
»Ich an deiner Stelle würde die Klappe nicht so weit aufreißen«, zischte sie. »An dir ist zwar nicht viel dran, aber ein kleiner Appetithappen zwischendurch ist schließlich auch nicht zu verachten.«

»Hört auf, ihr beiden«, sagte Kim müde. »Mir ist wirklich nicht nach Scherzen zumute.«
Er hatte mit einer patzigen Antwort gerechnet, aber zu seiner Überraschung schwiegen sowohl der Pack als auch die Spinne und blickten ihn mit einem sonderbaren Ausdruck an.
Kim hatte keine Lust mehr zum Reden. Er ging wieder zum Tisch, untersuchte die übrigen Mitbringsel des Pack und aß weiter, nachdem er sicher war, keinen weiteren ungebetenen Gast zu haben. Die ersten Bissen weckten seinen Appetit erst richtig. Er aß den gesamten Inhalt des Beutels leer, hatte aber hinterher das Gefühl, hungriger als zuvor zu sein.
»Ich glaube, ich werde die Küche noch einmal inspizieren«, sagte er. »Kann ich euch beide allein lassen, ohne dass ihr euch gegenseitig abmurkst?«
Er bekam keine Antwort, aber die Spinne hatte sich bereits wieder herumgedreht und war auf dem Rückweg zur Wand; vermutlich um ein neues Netz zu bauen. Sie humpelte ein bisschen.
Kim verließ das Zimmer und lief die Treppe hinab in den Teil des Palastes, in dem sich die Küche, die Vorratskammern und die anderen Hauswirtschaftsräume befanden. Auch hier wirkten die großen Räume, in denen manchmal für die Bedürfnisse von tausend Gästen oder mehr gesorgt worden war, wie ausgestorben. Es dauerte fast zehn Minuten, bis er das erste Mal den Klang einer menschlichen Stimme hörte.
Er beschleunigte seine Schritte in die entsprechende Richtung, stürmte durch eine Tür und sah sich urplötzlich einem vielleicht zehnjährigen Jungen und einem etwas älteren blondhaarigen Mädchen gegenüber. Die beiden erschraken bei seinem Anblick so sehr, dass der Junge nahezu vom Stuhl fiel. Kim hatte alle Mühe ein Grinsen zu unterdrücken.
»Hallo«, sagte er. »Entschuldigt bitte. Ich wollte euch nicht erschrecken.«
»Das hast du nicht«, sagte der Junge – allerdings mit einem Gesichtsausdruck, der mehr als deutlich das Gegenteil behauptete. Das Mädchen fragte: »Wer bist du?«

»Mein Name ist Kim«, antwortete Kim. »Ich bin –«
»Kim?«, unterbrach ihn der Junge. Seine Augen wurden groß. »Du bist Kim? Ich ... ich meine: *der* Kim?«
»Natürlich ist er das«, sagte das Mädchen und versetzte seinem Begleiter einen derben Ellbogenstoß in die Rippen. »Schau ihn dir doch an! Er sieht genauso aus, wie man sich erzählt!« Sie wandte sich direkt an Kim. »Bitte verzeiht meinem Bruder, dass er Euch nicht gleich erkannt hat, Herr!«, sagte sie.
Und dann machte sie tatsächlich Anstalten, vor Kim auf die Knie zu sinken!
»He, he!«, sagte Kim erschrocken. »Lass das sein! Was soll denn das?«
Das Mädchen hielt verwirrt mitten in der Bewegung inne, sah Kim einen Moment lang fast erschrocken an und richtete sich dann zögernd wieder auf. Ihr Blick glitt unsicher über Kims Gesicht und senkte sich dann hastig wieder.
»Verzeiht«, flüsterte sie. »Ich wollte Euch nicht beleidigen, Herr.«
»Wenn du noch ein einziges Mal Herr zu mir sagt, dann bin ich beleidigt«, antwortete Kim mit übertrieben gespielter Strenge. Er sah jedoch sofort, dass er das besser nicht getan hätte, denn das Mädchen wurde noch blasser und sein Bruder begann immer unruhiger auf seinem Stuhl hin und her zu rutschen und sah aus wie jemand, der sich am liebsten in das nächste Mauseloch verkriechen würde.
»Was soll das?«, fragte er noch einmal, jetzt allerdings in sehr viel sanfterem Ton. »Wieso behandelt ihr mich so ehrerbietig?«
»Nun, weil Ihr ... eben Ihr seid«, antwortete der Junge verwirrt.
»Aha«, sagte Kim.
»Du ... du bist doch Kim, oder?«, fragte der Junge mit einer Spur von Misstrauen in der Stimme. »Ich meine: der Bezwinger der Schwarzen Reiter? Der Held aus der Schlacht um Gorywynn?«

»Nun ja«, sagte Kim. »So könnte man es nennen. Aber das ist doch noch lange kein Grund, vor mir auf die Knie zu fallen.«

»Aber du bist ein Held!«, sagte das Mädchen. Ihre Stimme bebte vor Ehrfurcht und Kim musste zu seiner Überraschung feststellen, dass er das Gefühl, bewundert zu werden, durchaus genoss. Vor allem, als der Junge mit großen Augen hinzufügte:

»Wir kennen alle deine Abenteuer! Unsere Eltern haben uns von deinen Heldentaten erzählt. Ohne dich wäre Märchenmond verloren gewesen!«

»Zweimal«, sagte seine Schwester.

»Wahrscheinlich ist das meiste hoffnungslos übertrieben«, sagte Kim mit schlecht geschauspielerter Bescheidenheit. »Glaubt nur die Hälfte von dem, was ihr hört ... Wo sind eure Eltern überhaupt?«

»Mutter ist auf den Markt gegangen um Lebensmittel zu kaufen«, sagte das Mädchen. »Falls es noch welche gibt. Es kommen nicht mehr viele Händler in die Stadt.«

»Unser Vater ist Hauptmann der Palastwache«, fügte der Junge mit hörbarem Stolz hinzu. »Ist es wahr, dass es eine große Schlacht geben wird?«

»Wer sagt das?«, fragte Kim.

»Alle«, antwortete der Junge. »Vater hat erzählt, dass Kais Krieger den Palast stürmen werden. Aber sie werden sich blutige Köpfe holen!« In seinen Augen erschien ein kampflustiges Funkeln. »Wir werden sie in die Flucht schlagen, ganz egal, wie viele sie sind!«

Kim zog fragend die Augenbrauen zusammen. »Euer Vater weiß, dass ein Kampf bevorsteht?«, fragte er zweifelnd. »Und er erlaubt trotzdem, dass ihr hier im Palast bleibt? Weiß er denn nicht, wie gefährlich das ist?«

»Aber wohin sollten wir denn gehen?«, fragte das Mädchen. »Nur Gorywynn ist vor dem unheimlichen Einfluss sicher. Wenn wir die Stadt verlassen, dann würden wir uns sofort Kais Armee anschließen.«

»Und wir wollen nicht gegen unsere Eltern kämpfen«, fügte

der Junge hinzu. »Außerdem werden wir gewinnen, jetzt, wo Ihr ... ich meine, wo du bei uns bist! Ganz egal, wie groß die Übermacht auch ist! Wir werden den Feind schlagen, genau wie damals bei der ersten Schlacht um Gorywynn!«

»In dieser Schlacht sind viele meiner Freunde gestorben«, sagte Kim traurig. »Manche waren kaum älter als du. Und wir haben diese Schlacht nicht gewonnen, weißt du? Wir haben sie verloren und den Krieg deshalb gewonnen.«

»Das verstehe ich nicht«, antwortete der Junge.

»Gewalt ist niemals eine Lösung«, sagte Kim. »Manchmal geht es nicht ohne Gewalt, so traurig das ist, aber am Ende richten sich die Waffen fast immer gegen die, die sie erhoben haben.« Er schüttelte rasch den Kopf, als der Junge etwas sagen wollte. »Geht und sucht eure Eltern. Sagt ihnen, dass ihr mit mir gesprochen habt und dass ich sie bitte, euch aus der Stadt zu bringen, solange sie es noch können. Oder wenigstens aus dem Palast.«

»Aber wir wollen nicht davonlaufen!«, protestierte der Junge.

»Sagt es ihnen einfach«, sagte Kim. Dann drehte er sich auf dem Absatz herum und ging. Er war plötzlich nicht mehr hungrig. Aber er wusste endlich, was er zu tun hatte.

Den ganzen Tag über herrschte ein hektisches Kommen und Gehen im Palast. Gorywynns Einwohnerzahl mochte auf einen Bruchteil dessen zusammengeschmolzen sein, was Kim gewohnt war, aber der allergrößte Teil dieser wenigen Zurückgebliebenen musste sich im Laufe des Tages im Palast des Zauberers eingefunden haben.

Kims Freude darüber währte jedoch nicht lange. Fast alle Stadtbewohner, die er sah, kamen in Waffen. Die Zahl der Posten, die hinter den Zinnen der Wehrmauer patrouillierten, nahm beständig zu, und auch im Hof waren immer mehr Bewaffnete zu sehen; Männer, Frauen, aber auch sehr viele Jungen und Mädchen, von denen etliche noch jünger zu sein schienen als die, mit denen Kim am Morgen gesprochen hatte. Auch Twix brachte keine guten Nachrichten. Die Situation

war noch viel schlimmer, als Kim nach Wolfs Worten erwartet hatte. Vor Gorywynns Mauern musste eine ganze Armee lagern, die nach Tausenden zählte; wenn nicht nach Zehntausenden.
Es war bereits später Nachmittag – vielleicht zwei Stunden bis Sonnenuntergang –, als er Themistokles wieder traf. Kim war in den Hof hinuntergegangen um noch einmal die Stelle zu inspizieren, an der das Ungeheuer aufgetaucht war. Das gewaltige Loch in den gläsernen Fliesen war mittlerweile vollkommen geschlossen. Sturms Wirbelwind hatte seine Wände einbrechen lassen und Gorg hatte einen Teil seiner Männer angewiesen, den verbliebenen Trichter mit Schutt zu füllen und ein provisorisches Pflaster darüber anzubringen. Natürlich war die Stelle noch deutlich zu erkennen. Und noch viel deutlicher zu *spüren.*
Kim hätte den Ort selbst mit verbundenen Augen wieder gefunden. Es war, als hätte das Geschöpf irgendetwas zurückgelassen. Er konnte nicht sagen, was. Es gab für das Gefühl, das ihn erfüllte, kein Wort in seiner Sprache; vielleicht in *keiner* Sprache. Aber es war da, zu deutlich um es zu ignorieren oder auch nur als bloße Einbildung abzutun. Das Gefühl war so intensiv, dass es fast wie etwas körperlich Greifbares in der Luft zu hängen schien. Es kostete ihn enorme Mühe, sich aus dem Bann dieser unheimlichen Empfindung zu lösen und herumzudrehen.
Themistokles stand hinter ihm. Kim konnte nicht sagen, wie lange schon, denn der Zauberer hatte sich entweder vollkommen lautlos bewegt oder Kim hatte sich so auf die Erinnerung an die letzte Nacht konzentriert, dass er ihn gar nicht wahrgenommen hatte.
»Du kannst es auch nicht vergessen, wie?«, fragte Themistokles. Seine Stimme war sehr leise, fast nur ein Flüstern, und in seinen Augen stand ein Ausdruck, den Kim eindeutig für Angst gehalten hätte, hätte er nicht zugleich ganz genau gewusst, dass Themistokles vor nichts und niemandem Angst hatte.

»Nein«, antwortete Kim. »Hast du etwas herausgefunden?«
Themistokles machte eine Geste zu der versiegelten Stelle im Boden. »Über das Geschöpf?« Er schüttelte den Kopf. »Nein. Ich habe die ganze Nacht über geforscht. Ich habe die ältesten Aufzeichnungen gelesen, die geheimsten Bücher und selbst die verbotenen Schriften aus Morgon, doch ich habe nirgends auch nur den geringsten Hinweis gefunden. Niemand hat je von einem solchen Wesen gehört, geschweige denn es gesehen.«
»Vielleicht hat es nur nie jemanden gegeben, der eine Begegnung mit einem solchen Ungeheuer überlebt hat um davon zu berichten«, sagte Kim. Er schauderte schon wieder, selbst bei der bloßen Erinnerung an die vergangene Nacht. »Es war fürchterlich. Ich habe nie etwas Schrecklicheres gesehen.«
»Ich auch nicht«, gestand Themistokles. »Und doch frage ich mich, ob wir ihm nicht unrecht tun.«
»Diesem ... Ungeheuer?«, murmelte Kim.
»Vielleicht kommt es uns nur wie ein Ungeheuer vor«, sagte Themistokles leise, »weil es so vollkommen fremd ist. So gänzlich anders als alles, was wir kennen. Die Menschen fürchten nichts so sehr wie das Unbekannte, weißt du?«
Er lächelte, machte eine rasche Handbewegung und fuhr in verändertem Ton fort: »Doch ich bin nicht gekommen um zu philosophieren. Gorg hat mich gebeten mit dir zu reden. Er meint wohl, dass du eher auf mich als auf ihn hören wirst.«
»Und was will er von mir?«, fragte Kim.
»Der Tag neigt sich«, antwortete Themistokles, »und damit läuft auch Kais Ultimatum ab. Wir müssen damit rechnen, dass er seine Drohung wahr macht und uns angreift. Du hast gesehen, dass fast alle Einwohner Gorywynns schon hier sind, und die, die sich noch in der Stadt aufhalten, werden wohl auch noch kommen. Gorg glaubt, dass wir Kais Angriff standhalten können. Trotzdem möchte er – und ich auch –, dass du dich an einen sicheren Ort begibst.«
»Ich soll mich verstecken, während ihr –«, begann Kim, wurde aber sofort wieder von Themistokles unterbrochen.

»Gorg sagte mir, dass du so reagieren würdest«, sagte der Zauberer. »Du hast gesehen, dass viele Kinder und Alte unter den Flüchtlingen sind. Sie können nicht kämpfen und es gibt auch nichts, wohin sie flüchten können. Jemand muss auf sie Acht geben.«

»Eine elegante Methode, mich loszuwerden«, sagte Kim böse.

»Es tut mir Leid, wenn du es so siehst«, erwiderte Themistokles. »Ich werde versuchen noch einmal mit Kai zu reden. Vielleicht lässt sich der Kampf doch noch verhindern – auch wenn ich keine große Hoffnung mehr habe, wenn ich ehrlich bin. Kai will den Kampf. Er hat nur auf einen Vorwand gewartet.«

Kim antwortete nicht mehr. Er hatte das Gefühl, dass Themistokles ihm etwas verschwieg. Er war nicht hergekommen um mit ihm über die vergangene Nacht zu reden und auch nicht um ihm Gorgs Wunsch mitzuteilen, sondern aus einem vollkommen anderen Grund.

Aber er wartete vergeblich darauf, dass Themistokles ihm diesen mitteilte.

»Gorg erwartet dich in einer Stunde in der großen Halle«, sagte der Zauberer nur. »Bitte sei pünktlich. Wir haben nicht viel Zeit.«

Damit wandte er sich um und ging. Kim wartete, bis er außer Hörweite war, dann warf er einen aufmerksamen Blick in die Runde. Der Hof war voller Menschen, aber weder Gorg noch sonst jemand, den er gekannt hätte, war in der Nähe. Das massive Tor stand weit offen. Kim blickte es einen Moment lang nachdenklich an, dann drehte er sich herum und ging mit schnellen Schritten in sein Zimmer zurück.

Ungefähr zu dem Zeitpunkt, zu dem Gorg in der großen Halle des Palastes stehen und auf ihn warten musste, näherte sich Kim der Stadtmauer Gorywynns.

Die Stadt war mittlerweile wirklich ausgestorben. Wie Themistokles gesagt hatte, waren die wenigen Menschen, die noch in Gorywynn lebten, ausnahmslos in den Schutz des Palastes

geflohen. Selbst der Markt, auf dem er die freundlichen Menschen getroffen hatte, war nun verlassen.
Kim war allein. Er hatte weder dem Pack noch der Spinne etwas von seinem Plan verraten, sondern in aller Heimlichkeit seine Sachen gepackt, sich in einen einfachen Umhang gehüllt und war aus dem Palast geschlichen – was ihm erstaunlich leicht gefallen war, denn es herrschte noch immer ein reges Kommen und Gehen. Wahrscheinlich war sein Fehlen bisher noch nicht einmal aufgefallen.
Trotzdem hatte er sich wie ein Dieb auf der Flucht durch die Stadt geschlichen. Er hatte breite Straßen und erst recht Plätze gemieden und war durch Hinterhöfe und schmale Gassen geschlichen, wo es nur ging, und immer wieder hatte er Twix losgeschickt um nach Verfolgern Ausschau zu halten. Er hatte auch sie nicht in seinen Plan eingeweiht, die Elfe aber trotzdem mitgenommen. Sie zurückzulassen hätte schließlich nicht weniger als ihren sicheren Tod bedeutet.
Nun hatte er das Tor fast erreicht. Es begann zu dämmern und er hätte Twix nicht gebraucht um zu wissen, wo Kais Armee zu finden war. Er konnte den Lärm des Lagers bereits hören, und über der zinnengekrönten Mauer vor ihm war der Himmel dunkel vom Rauch zahlloser Feuer.
Seine Schritte wurden immer langsamer, je weiter er sich dem Tor näherte. Er hatte Angst vor dem, was vor ihm lag, und was viel schlimmer war: Er war ganz und gar nicht sicher, die richtige Entscheidung getroffen zu haben.
Was, wenn Gorg und Themistokles mit ihrer Befürchtung Recht hatten und Kai den Palast trotzdem stürmte?
Er verscheuchte den Gedanken und wandte sich an Twix, die wie üblich auf seiner Schulter saß. »Flieg los«, sagte er. »Ich warte hier.«
»Bist du sicher, dass sie mir nichts tun werden?«, piepste die Elfe ängstlich. »Sie hassen alles, was mit der alten Magie zu tun hat. Und ich bin ein magisches Wesen.«
Es wäre leicht gewesen, Twix zu belügen. Die Elfe vertraute ihm bedingungslos. Aber er brachte es nicht übers Herz.

»Nein«, antwortete Kim ehrlich. »Ich bin nicht sicher. Aber wir haben keine andere Wahl. Sag ihm, dass er ohne Begleitung kommen soll.«
»Bist du denn sicher, dass er *dir* nichts tut?«, fragte Twix.
»Nein«, antwortete Kim.
»Dann gehen wir ja beide dasselbe Risiko ein, nicht wahr?«, sagte Twix achselzuckend. Sie schwang sich in die Luft und verschwand in Richtung Stadtmauer. Kim sah ihr nach, bis sie zu einem Punkt zusammengeschrumpft und schließlich ganz verschwunden war. Dann zog er sich in den Schutz einer Toreinfahrt zurück und wartete.
Es dauerte ungefähr eine halbe Stunde, bis er endlich wieder ein Geräusch hörte.
Nur war es nicht das Geräusch, auf das er gewartet hatte.
Er hörte Hufschlag.
Kim runzelte ärgerlich die Stirn. Das metallische Klappern war noch weit entfernt, aber er konnte trotzdem nicht überhören, dass es das Geräusch einer großen Anzahl Pferde war; ein Dutzend, wenn nicht mehr. Er hatte zur Bedingung gemacht, dass Kai allein kam.
Vorsichtig spähte er aus seiner Deckung heraus und stellte überrascht fest, dass der Bereich vor dem offen stehenden Stadttor leer war.
Das Geräusch kam aus der entgegengesetzten Richtung.
Kim begriff gerade noch rechtzeitig, was dieser vermeintliche Widerspruch bedeutete. Er bemerkte eine Bewegung aus den Augenwinkeln, duckte sich hastig wieder in den Schatten des gemauerten Torgewölbes und sah mit klopfendem Herzen und angehaltenem Atem zu, wie mindestens ein Dutzend schwer bewaffneter Reiter an seinem Versteck vorübersprengten. Angeführt wurden sie von niemand anderem als Gorg, dem Riesen.
Kims Herz begann noch heftiger zu schlagen, als er sah, wie die Reiter praktisch unmittelbar vor seinem Versteck ihre Pferde zügelten.
»Wir können nicht weiter!«, rief einer der Männer. »Kais

Truppen lagern auf der anderen Seite der Mauer! Wenn sie uns bemerken, werden sie glauben, dass wir sie angreifen!«

Gorg starrte einige Augenblicke mit finsterem Gesicht ins Leere. »Vielleicht sollten wir das sogar tun«, grollte er. »Das wäre wahrscheinlich das Letzte, womit sie rechnen.«

»Wir müssen zurück, Herr«, sagte einer seiner Begleiter. »Die Sonne sinkt! Sie werden bald die Palasttore schließen.«

»Aber er muss irgendwo hier sein!«, beharrte Gorg. »Ich kann ihn fast fühlen! Dieser dumme Junge! Er hat ja nicht einmal eine Ahnung, was er anrichtet!«

»Vielleicht hat ihn ja einer der anderen Suchtrupps gefunden«, antwortete der Krieger. »Er kann nicht entkommen. Alle anderen Stadttore sind geschlossen.«

Gorg zögerte einige Augenblicke und als er schließlich nickte und sein Pferd herumdrehte, da konnte Kim aus seinem Versteck heraus deutlich sehen, wie schwer ihm die Bewegung fiel. Gorg hasste es, aufzugeben.

»Also gut«, knurrte er. »Zurück zum Palast!«

Die Reiter zogen ab, aber Kim blieb in seinem Versteck, bis der Hufschlag ihrer Pferde nicht mehr zu hören war. Und selbst dann schlich er auf Zehenspitzen vor und trat nur ganz behutsam aus seinem Versteck heraus. Er kannte Gorg gut genug um ihm zuzutrauen, dass er seinen Rückzug nur vorgetäuscht und einen Posten zurückgelassen hatte.

Aber der Platz war leer. Die Verfolger waren tatsächlich abgezogen.

Kim atmete hörbar auf. Seine Hände und Knie zitterten noch immer. Die Situation kam ihm irrwitzig vor. Er hatte sich gerade vor den Menschen versteckt, denen er auf der ganzen Welt am allermeisten vertrauen konnte!

Seine Zeit reichte gerade aus, dass sich das Zittern seiner Glieder legen konnte, da hörte er schon wieder Hufschlag. Diesmal kam er aus der erwarteten Richtung, vom Tor her. Kim drehte sich herum und sah etwas, was er erhofft, aber nicht wirklich *erwartet* hatte: Kai war tatsächlich allein gekommen. Er trabte langsam auf einem mächtigen weißen Schlachtross durch das offen stehende Tor und führte ein zweites, nicht minder prachtvolles Pferd am Zügel mit sich. Er trug noch immer die weiße Kleidung der Steppenreiter, dazu aber einen gewaltigen weißen Schild, auf dem zwei dunkelgrüne Dreiecke prangten: das Symbol des Magiers der Zwei Berge. An seinem Gürtel hing ein gewaltiges Schwert und über den Rücken hatte er eine Armbrust geschnallt. Der Junge sieht nicht mehr aus wie ein Junge, dachte Kim, sondern wie ein Krieger. Er fragte sich, was Kai nächste Woche, nächsten Monat oder spätestens nächstes Jahr tun würde, wenn er feststellte, dass er plötzlich zum Mann geworden war. Würde er die Seiten wechseln und in Wolfs Armee gegen seine ehemaligen Freunde kämpfen?

Kai kam langsam näher, viel langsamer, als nötig gewesen wäre. Sein Blick irrte unstet umher, tastete über jede Gasse und jede Tür, über jeden Schatten. Offensichtlich vermutete er einen Hinterhalt.

Kim löste langsam den Bogen von seiner Schulter, legte einen Pfeil auf die Sehne und dachte an Kais Herz. Der Pfeil zitterte ganz sacht und Kim senkte die Waffe, bis die Pfeilspitze auf den Boden wies.

»Du bist tatsächlich allein gekommen«, sagte Kai, nachdem er auf Hörweite herangekommen war und sein Pferd gezügelt hatte. Er deutete auf den Bogen in Kims Hand.

»Was soll das?«

»Wo ist Twix?«, fragte Kim an Stelle einer Antwort.

»Die Elfe? In unserem Lager. Sie wartet auf dich ... Ich frage dich noch einmal: Was soll das?«

»Nur eine kleine Vorsichtsmaßnahme«, antwortete Kim. »Du weißt, was das für eine Waffe ist?«

»Ein Zauberbogen«, sagte Kai ruhig. »Er passt zu dir.«

»Dann weißt du ja auch, dass der Pfeil dich auf jeden Fall treffen würde«, sagte Kim, »selbst wenn du mich vorher tötest.«

»Das habe ich nicht vor.« Kais Blick löste sich mit einiger Mühe von Turocks schwarzem Bogen und richtete sich auf Kims Gesicht. »Du wolltest mit mir reden. Ich bin hier. Jetzt rede. Ich habe nicht viel Zeit. Ich muss einen Angriff vorbereiten.«

»Genau darüber wollte ich mit dir sprechen«, sagte Kim. »Du wirst den Palast nicht angreifen.«

»Werde ich nicht?«, fragte Kai lauernd. »Wer sollte mich daran hindern?«

»Dein Wort«, antwortete Kim. »Ich mache dir einen Vorschlag, Kai: Ich werde dich begleiten. Ich werde widerstandslos mit dir gehen und dich zu deinem Herrn begleiten. Unter der Bedingung, dass dein Heer abzieht und ihr den Palast nicht angreift.«

»Ich glaube nicht, dass du in der Situation bist, Bedingungen zu stellen«, sagte Kai kühl. »Was sollte mich daran hindern, jetzt ja zu sagen und meinem Heer später trotzdem den Befehl zum Angriff zu geben?«

»Dein Wort«, antwortete Kim. Er machte eine knappe Bewegung mit dem Bogen. »Und das hier. Wenn du mich belügst, töte ich dich. Selbst wenn es mich auch das Leben kostet.«

Kai musterte ihn eine geraume Weile durchdringend. »Du meinst das ernst«, sagte er schließlich.

»Todernst«, bestätigte Kim. »Ich habe nichts zu verlieren.«

Wieder vergingen Sekunden, in denen Kai ihn einfach nur anstarrte. Natürlich hatte er damit gerechnet, dass Kim mit ihm verhandeln wollte, sonst wäre er nicht allein gekommen und hätte wohl auch kein zweites Pferd mitgebracht. Womit er mit Sicherheit nicht gerechnet hatte, das war Kims Entschlossenheit.

»Du bist ein zäher Verhandlungspartner«, sagte er schließlich. Er machte eine Kopfbewegung auf das Pferd neben sich. »Steig auf.«

»Heißt das, du akzeptierst meine Bedingungen?«

»Sieht so aus«, sagte Kai. Er verdrehte die Augen, als Kim sich immer noch nicht rührte. »Also gut, wenn du auf diesen albernen Firlefanz bestehst: Ich gebe dir mein Wort, dass wir den Palast und deine närrischen Freunde nicht angreifen werden. Weder jetzt noch später. Es ist ohnehin nicht nötig.«

»Wieso?«
»Sie sind doch schon tot«, antwortete Kai abfällig. »Dieser närrische alte Magier und seine Freunde gehören schon der Vergangenheit an. Sie haben es nur noch nicht gemerkt.«
Die Worte trafen Kim wie ein Schlag ins Gesicht und viel mehr noch der *Ton*, in dem Kai sie ausgesprochen hatte. Aber er sagte nichts von alledem, was ihm auf der Zunge lag, sondern ging schweigend los und kletterte auf das Pferd. Kai sah ihm aufmerksam dabei zu, lenkte dann sein Pferd auf der Stelle herum und ritt zum Tor. Kim folgte ihm.
Als sie das Stadttor passierten, sah Kim, dass Kais Vertrauen doch nicht ganz so groß gewesen war, wie es bisher den Anschein gehabt hatte. Beiderseits des Tores waren mindestens ein Dutzend großer Leitern an die Mauer gelehnt worden, auf denen mit Bögen und Armbrüsten bewaffnete Krieger standen. Zweifellos hatten sie zwischen den Zinnen hindurch auf ihn gezielt. Hätte er auf Kai geschossen, so hätte er wahrscheinlich nicht einmal mehr lange genug gelebt um zu sehen, ob sein Pfeil traf.
Kai entgingen seine Blicke natürlich nicht. Er sagte auch weiter nichts, aber in seinen Augen blitzte es spöttisch auf.
Langsam näherten sie sich dem Heerlager. Kim erschrak trotz Twix' und Wolfs Warnung, als er sah, wie groß das Heer war, das der Magier der Zwei Berge aufgeboten hatte um seiner habhaft zu werden. Auf der Ebene vor Gorywynns Toren waren Tausende von Zelten aufgeschlagen worden.
Wusste Gorg, mit wie vielen Gegnern er es zu tun hatte? Wenn ja, dann verstand Kim seine Reaktion immer weniger. Selbst mit einem Bruchteil der Armee, die Kai bei sich hatte, hätte er den Palast im ersten Anlauf genommen!
»Deine Entscheidung war klug«, sagte Kai plötzlich. »Deine Freunde hätten ihr Leben vollkommen sinnlos weggeworfen, wie du siehst.« Er deutete auf den Bogen. »Den brauchst du jetzt nicht mehr.«
Kim überhörte den letzten Satz. »Was ist so wichtig an mir?«, fragte er.

»Woher soll ich das wissen?«, gab Kai achselzuckend zurück. »Ich führe meine Befehle aus, das ist alles.«
»Und das reicht dir?«, fragte Kim. »Du fragst dich nicht einmal, welchen Sinn diese Befehle haben?«
Kai seufzte. »Man hat mich vor dir gewarnt«, sagte er. »Anscheinend zu Recht. Ich werde mich nicht mit dir auf eine Diskussion einlassen ... *und tu endlich diesen verdammten Bogen weg!* Er macht mich nervös.«
»Später«, sagte Kim mit fester Stimme. »Sobald wir aufgebrochen sind.«
Kai zügelte mit einem Ruck sein Pferd. »Später?«, fragte er. »Wenn wir aufgebrochen sind? Was soll das heißen?«
»Sobald deine Krieger das Lager abgebaut haben und das Heer abzieht«, sagte Kim.
Kais Augen wurden groß. »Bist du verrückt? Das da ist eine Armee! Das größte Heer, das Märchenmond jemals gesehen hat! Glaubst du, wir können einfach in die Sättel steigen und losreiten? Es dauert Stunden, das Lager abzubauen, vielleicht die ganze Nacht!«
»Ein Grund mehr, keine Zeit zu verlieren«, sagte Kim. »Ich weiß nicht, was passiert, wenn ich den Pfeil einfach loslasse. Aber ewig werde ich den Bogen nicht halten können. Meine Hand wird allmählich schon lahm.«
»Dann schieß doch!«, sagte Kai trotzig. »Was du verlangst, ist unmöglich!«
Womit er vermutlich Recht hat, dachte Kim. Niemand konnte ein Heer dieser Größe binnen weniger Augenblicke in Bewegung setzen. Wahrscheinlich würde es allein eine Stunde dauern, bis auch nur der letzte Krieger die entsprechenden Befehle bekommen hatte.
»Dann reiten wir allein«, sagte er. »Nur du und ich und eine kleine Gruppe deiner ... *Krieger.*«
»Du traust mir immer noch nicht«, stellte Kai beleidigt fest.
»Ich würde es ja gerne«, antwortete Kim. »Aber immer, wenn ich es versuche, tut mir mein Bein wieder weh!«
»Ich habe dich nicht belogen«, sagte Kai. »Unser Waffenstill-

stand galt, solange wir in den Katakomben waren. Ich habe mich daran gehalten.«

»Ich dachte, du wolltest nicht mit mir diskutieren.«

Kai starrte ihn finster an, aber dann strich sein Blick noch einmal mit deutlicher Nervosität über den Zauberbogen in Kims Hand und er gab seinem Pferd die Sporen.

Nebeneinander ritten sie in das Heerlager. Es war ein unheimliches Gefühl. Kim verspürte eine ganz handfeste Furcht beim Anblick all dieser Bewaffneten, die ja schließlich seine Feinde waren. Und es spielte auch keine Rolle, dass es nur eine Armee aus Kindern war. Allein ihre gewaltige Zahl würde jeden Widerstand einfach hinwegfegen und was ihnen vielleicht noch an Kraft und Erfahrung fehlte, das machten sie durch Entschlossenheit wieder wett, wie ein einziger Blick in ihre Gesichter bewies.

Aber Kim bemerkte auch etwas anderes: Mindestens so oft wie grimmige Entschlossenheit und Kampfeslust sah er auch dasselbe wie in den Augen der beiden Kinder heute Morgen. Bewunderung und Ehrfurcht. Er war auch für diese Kinder nicht irgendwer. Dass sie – seiner Meinung nach – kollektiv den Verstand verloren hatten, änderte nichts daran, dass sie sich an ihn erinnerten. Er war auch für sie eine lebende Legende. Der Retter der Welt. Der Held aus der Schlacht um Gorywynn. So bizarr ihm dieser Gedanke auch selbst vorkam: All diese Jungen und Mädchen waren nicht seine Feinde.

Vor einem unerwartet kleinen, schmucklosen Zelt in der Mitte des Heerlagers hielten sie an. Kai schwang sich aus dem Sattel, machte aber eine abwehrende Geste, als Kim ebenfalls absteigen wollte.

»Ich bin sofort zurück«, sagte er. »Ich muss nur noch ein paar Befehle erteilen. Schließlich hast du es ja eilig.«

»So sehr nun auch wieder nicht«, sagte Kim freundlich. »Aber meine Hand schläft allmählich ein.«

Kai spießte ihn mit Blicken regelrecht auf, sagte aber nichts, sondern drehte sich auf dem Absatz herum und lief zu seinem Zelt.

»Und vergiss Twix nicht!«, rief Kim ihm noch nach. »Wie ich sie kenne, legt sie keinen großen Wert auf deine Gastfreundschaft!«

Er musste tatsächlich nicht lange warten, bis Kai zurückkam. Nach kaum zwei Minuten tauchte der junge Steppenreiter wieder auf und schwang sich wortlos in seinen Sattel.

»Twix«, erinnerte Kim.

Kai starrte ihn finster an, griff an seine Seite und reichte Kim einen kleinen Lederbeutel, in dem es kräftig zappelte. Kim ergriff ihn ungeschickt mit der linken Hand, zog die Schnur mit den Zähnen auf und Twix flatterte schimpfend heraus und besprühte Kai mit ihrem goldenen Staub.

»Ungehobelter Flegel!«, keifte sie. »Weißt du, was er mit mir vorhatte? Soll ich dir sagen, was sie mit mir tun wollten?!«

»Nein«, sagte Kim. »Ich kann es mir ohnehin denken.« Er ließ den Beutel fallen, griff mit der frei gewordenen Hand nach dem Zügel und warf Kai einen auffordernden Blick zu.

Sie ritten los und verfielen bald in einen raschen Trab. Je weiter sie kamen, desto mehr Reiter schlossen sich ihnen an. Viele hielten nur eine Weile mit ihnen Schritt, sodass Kai ihnen weitere Befehle und Anweisungen geben konnte, aber ihre Gruppe wuchs doch immer weiter an. Als sie das Heerlager zur Gänze durchquert hatten und sich dem Hügel im Westen Gorywynns näherten, war ihre Zahl auf mindestens hundert angewachsen; und dazu kam noch eine große Anzahl Packpferde.

»Wie lange willst du dieses alberne Spielchen noch treiben?«, fragte Kai nach einer Weile. »Dieser Bogen macht mich ziemlich nervös!«

»Bis wir die Hügel erreicht haben«, antwortete Kim.

»Du hast mein Wort, verdammt noch mal!«, knurrte Kai. »Das sollte dir genügen!«

Im Grunde tat es das sogar. Kim hatte in Wahrheit ein ganz anderes Problem: Der Pfeil zitterte noch immer ganz sacht in seiner Hand. Er wusste einfach nicht, was passieren würde, wenn er losließ oder versuchte ihn wieder in den Köcher zu stecken. Und seine Hand begann tatsächlich lahm zu werden. Allzu lange konnte er den Pfeil nicht mehr halten. Aber bis zu den Hügeln war es auch nicht mehr sehr weit.

Die Katastrophe geschah, kurz nachdem die Sonne untergegangen war. Die Pferde sprengten weiter in scharfem Tempo dahin, aber das Licht wurde immer schwächer und plötzlich stolperte Kims Pferd. Es war nur ein kleiner Fehltritt, nach dem es seinen gewohnten Takt fast sofort wieder fand.

Aber die plötzliche Erschütterung reichte um Kims Hand von der Bogensehne abrutschen zu lassen.

Kim schrie entsetzt auf, ließ den Bogen endgültig los und versuchte mit beiden Händen nach dem Pfeil zu greifen. Er bekam ihn tatsächlich zu fassen, doch der Pfeil glitt einfach zwischen seinen Fingern hindurch, jagte im spitzen Winkel dem Boden entgegen und beschrieb dann einen engen Bogen.

Auch Kai schrie auf, duckte sich und versuchte seinen Schild in die Höhe zu reißen. Kim wusste, wie sinnlos es war. Kais Bewegung war viel zu langsam, und selbst wenn es nicht so gewesen wäre, hätte der verzauberte Pfeil einfach einen Bogen um den Schild geschlagen um sein Ziel zu treffen.

Das genaue Gegenteil war der Fall.

Vor Kims ungläubig aufgerissenen Augen wich der Pfeil abermals von seinem Kurs ab und bohrte sich mit solcher Wucht genau zwischen die beiden grünen Dreiecke auf Kais Schild, dass der Junge beinahe aus dem Sattel geschleudert wurde. Im allerletzten Moment klammerte er sich am Sattelknauf fest, griff mit einem Fluch nach dem Pfeil, der in seinem Schild zitterte, und brach ihn wütend entzwei.

»Du verdammter Narr!«, brüllte er. »Ist das deine Art, dein Wort zu halten?«

»Es ... tut mir Leid«, stammelte Kim. »Ehrlich! Ich wollte das nicht! Es war ein Unfall!«

»Der mich fast das Leben gekostet hätte!«, ereiferte sich Kai. Wütend riss er auch noch die Pfeilspitze aus dem Schild und schleuderte sie zu Boden.

»Jetzt hätte ich jeden Grund, unsere Abmachung für null und

nichtig zu erklären und Gorywynn dem Erdboden gleichmachen zu lassen!«
»Bitte, tu das nicht!«, flehte Kim. »Ich wollte dich nicht angreifen! Wenn du jemanden für meinen Fehler büßen lassen willst, dann mich!«
Kai funkelte ihn an. »Keine Angst, du Dummkopf!«, sagte er hämisch. »Ich werde deinen Freunden nichts tun. Ich glaube dir nämlich.«
Er gab einem seiner Begleiter einen Wink. Der Junge sprang aus seinem Sattel, hob den Bogen auf, den Kim fallen gelassen hatte, und reichte ihn Kai.
Der junge Steppenreiter befestigte den Bogen an seinem Sattel und zog eine Grimasse. »Den behalte ich lieber«, grollte er. »Bevor du dich am Ende noch ganz aus Versehen selbst erschießt!«

Erst lange nach Mitternacht hielten sie an und schlugen ein provisorisches Lager auf. Kim rechnete damit, gefesselt oder wenigstens scharf bewacht zu werden, doch weder das eine noch andere war der Fall. Während Kais jugendliche Krieger damit beschäftigt waren, das Lager zu errichten und die Wachen zu organisieren, schien niemand auch nur Notiz von ihm zu nehmen.
Da er das Gefühl hatte, nur im Weg zu stehen, ging er zum westlichen Ende des Lagers zurück. Sie hatten auf der Kuppe eines Hügels angehalten, sodass er den Weg, den sie bisher zurückgelegt hatten, zur Gänze überblicken konnte. Gorywynn lag wie ein Berg aus schwarzen Diamanten unter ihm, auf dessen Flanken sich das Sternenlicht brach. In der Stadt brannte kein einziges Licht, aber die Ebene davor war hell erleuchtet. Zehntausende Leuchtkäfer krochen in einem verwirrenden Hin und Her durcheinander.
»Wie du siehst, habe ich mein Wort gehalten«, sagte Kai hinter ihm. »Das Heer zieht ab. Deinen Freunden wurde kein Haar gekrümmt.«
»Wohin ziehen sie?«, fragte Kim ohne Kai direkt anzusehen.

Er hatte nicht das Gefühl, dass sich der Großteil der Lichter in ihre Richtung bewegte.
»Einige werden uns folgen, aber die meisten werden ... anderenorts gebraucht.«
»Anderenorts«, wiederholte Kim. Er nickte. »Ich verstehe. Du meinst, sie müssen noch die eine oder andere Stadt niederbrennen, ein Dorf plündern, ein paar Familien auslöschen ...«
»Ich werde diese Diskussion mit dir nicht führen«, sagte Kai. »Habe ich das nicht schon einmal gesagt?«
»Wie bequem«, sagte Kim spöttisch. »Von wem hast du diese Ausrede? Von deinem geheimnisvollen *Meister*?«
»Wir haben diesen Krieg nicht angefangen!«, protestierte Kai. »Wir haben lange genug still gehalten! Viel zu lange! Aber irgendwann war es genug und wir haben angefangen uns zu wehren! Tun die Leute das da, wo du herkommst, vielleicht nicht?«
Kim seufzte. Langsam drehte er sich zu Kai herum und sah ihn an. Der junge Steppenreiter hielt seinem Blick problemlos stand, aber das Funkeln in seinen Augen war mehr Trotz als etwas anderes.
»Glaubst du denn, ich weiß nicht, wovon du sprichst?«, fragte Kim. »Ich bin nicht älter als du, vergiss das nicht. Auch ich habe Eltern mit Regeln und Vorstellungen, die mir nicht immer gefallen. Es ist bei uns nicht anders als bei euch.«
»Dann seid ihr Schwächlinge, die es nicht besser verdienen!«, antwortete Kai verächtlich. »Wir waren lange genug wie ihr! Aber wir sind es leid uns immer nur anzuhören, was gut für uns ist und was nicht, wie wir zu reden haben, wie wir uns zu kleiden haben und was wir zu tun und zu lassen haben! Diese Welt gehört uns genauso wie den Alten – noch viel mehr sogar, denn wenn es sie schon lange nicht mehr gibt, dann werden wir immer noch hier sein! Wir lassen uns nicht vorschreiben, wie wir zu denken haben!«
»Und du glaubst, zu den Waffen zu greifen und alles Alte zu zerschlagen wäre eine Lösung?«, fragte Kim. Er sprach

absichtlich ein wenig lauter, als nötig gewesen wäre. Etliche von Kais Anhängern befanden sich in ihrer Nähe, und obwohl keiner von ihnen auch nur in ihre Richtung sah, war Kim doch sicher, dass sie ihrem Gespräch mit gespitzten Ohren lauschten.

»Wir haben es versucht!«, beharrte Kai. »Immer und immer wieder. Aber sie wollten nicht hören. Am Ende hatten wir keine andere Wahl.«

»Es gibt immer eine andere Wahl als Gewalt und Tod«, sagte Kim.

Kai machte ein abfälliges Geräusch. »Und von wem hast du diese Antwort?«, fragte er. Er drehte sich auf dem Absatz herum und stapfte davon.

Sie brachen nicht gleich bei Sonnenaufgang auf, wie Kim erwartet hatte, sondern erst nach zwei oder drei Stunden. Der Teil des Heeres, der sie begleiten würde, war erst lange nach Mitternacht zu ihnen gestoßen und Kai wollte Mensch und Tier offenbar noch eine kleine Rast gönnen, bevor sie weiterzogen.

Ihre Zahl war auf annähernd tausend angewachsen und im Laufe des Tages stießen noch weitere Reiter und Packpferde zu ihnen. Was an diesem Nachmittag und auch noch bis spät in die Nacht nach Osten zog, das war für sich genommen schon eine Armee, beeindruckend genug, dass es niemand wagte, sich ihr in den Weg zu stellen. Sie stießen weder an diesem noch am darauf folgenden Tag auf Widerstand.

Kai hielt sich fast die ganze Zeit in Kims Nähe auf und er schien ihm ihren kleinen Streit in der ersten Nacht auch nicht übel zu nehmen. Sie sprachen viel miteinander. Kim erfuhr einiges über Kais Leben in Caivallon und er erzählte umgekehrt von seinen früheren Abenteuern. Nur wenn Kim versuchte die Rede auf den Ausbruch des Krieges oder den Magier der Zwei Berge zu bringen, wurde Kai ungewöhnlich schweigsam und wechselte abrupt das Thema.

Am zweiten Tag wechselten sie die Richtung.

Sie folgten nun nicht mehr dem Fluss, sondern ritten direkt

nach Osten; beinahe genau in die Richtung zurück, aus der Kim gekommen war. Er hoffte, dass sie nicht den ganzen Weg bis zu dem Punkt zurückreiten würden, an dem er zum ersten Mal auf Kai getroffen war. Sie würden eine Woche dafür brauchen, wenn nicht länger.

Auch in der dritten Nacht wurde er viel mehr wie ein Gast als ein Gefangener behandelt. Er bekam ein eigenes Zelt zugewiesen und durfte sich innerhalb des Lagers frei bewegen. Als er versuchte das Tor in dem provisorisch aufgestellten Palisadenzaun zu durchschreiten, wurde ihm dies zwar höflich, aber mit Nachdruck verwehrt, aber das galt auch für alle anderen. Niemand durfte das Lager verlassen. Obwohl sie in den letzten Tagen auf keine lebende Seele gestoßen waren, verwandelten Kais Krieger das Lager jeden Abend in eine Festung.

Auf dem Weg zurück zu seinem Zelt begegnete ihm Kai. Er wirkte nervös, angespannter als sonst. Als Kim sich ihm näherte, war er in ein Gespräch mit zwei anderen Jungen vertieft, das er aber sofort unterbrach. Er schickte seine Gesprächspartner weg und wandte sich direkt an Kim.

»Du hast versucht das Lager zu verlassen.«

»Niemand hat mir gesagt, dass es verboten ist«, antwortete Kim. »Lässt du mich beobachten?«

»Hier passiert nicht viel, von dem ich nichts wüsste«, sagte Kai ausweichend. »Ich wäre ein schlechter General, wenn es anders wäre.«

»Ich dachte, ich wäre euer Gast, nicht euer Gefangener«, sagte er geradeheraus.

»Das bist du auch«, sagte Kai gelassen. »Und gerade deshalb sind wir für deine Sicherheit verantwortlich.«

»Lässt du deine Leute deshalb jeden Abend eine kleine Festung bauen?«, fragte Kim spöttisch. »Damit mir nichts passiert?«

»Unter anderem«, sagte Kai. »Ich würde dir nicht raten zu fliehen. Die Gegend ist gefährlich.«

»Für wen? Für mich oder für euch?«

»Wenn du auf Wolf und seine Männer anspielst, muss ich dich

enttäuschen«, sagte Kai. »Sie würden es nicht wagen, uns anzugreifen. Und was deine Freunde aus Gorywynn angeht, so wäre ich an deiner Stelle nicht so sicher, ob sie es wirklich wert waren, das Leben für sie zu riskieren.«
»Wieso?«, fragte Kim.
»Keiner von ihnen ist uns gefolgt«, antwortete Kai. »Das ist doch, womit du insgeheim gerechnet hast, oder? Ich muss dich enttäuschen. Sie sind alle noch in Gorywynn.«
»Woher ... woher willst du das wissen?«, fragte Kim stockend. Tatsächlich hatte er insgeheim darauf gehofft, dass Gorg oder auch Themistokles ihnen folgen würden um ihn zu befreien.
»Ich weiß es eben«, sagte Kai. »Wie gesagt – es gibt nicht vieles, wovon ich nichts weiß.«
Er wollte noch mehr sagen, doch in diesem Moment kam ein junger Krieger herbeigeeilt und raunte ihm ein paar Worte zu, die Kim nicht verstand. Kais Gesicht blieb ausdruckslos, aber Kim spürte, dass ihm das, was er erfuhr, nicht besonders gefiel. Er nickte nur knapp und schickte den Jungen mit einer fast herrischen Handbewegung fort.
»Schlechte Nachrichten?«, fragte Kim.
»Ja«, antwortete Kai. »Aber du solltest dich nicht so sehr darüber freuen.«
»Wieso?«
»Nichts«, sagte Kai. »Ich habe jetzt keine Zeit mehr. Geh in dein Zelt und versuche ein paar Stunden zu schlafen, wir haben morgen einen anstrengenden Tag vor uns.«
Er drehte sich so schnell herum, dass es fast einer Flucht gleichkam.
Twix, die wie üblich auf seiner Schulter saß, piepste: »Er hat Angst.«
Kim verdrehte sich fast den Hals um die Elfe anzusehen. »Angst?«
Twix nickte so heftig, dass sie fast von seiner Schulter fiel. »Alle hier haben Angst. Hast du das etwa noch nicht gemerkt?«
Das hatte Kim tatsächlich nicht. Natürlich war ihm die

Anspannung aufgefallen, die über den jungen Kriegern lag, aber er hatte dieses Gefühl für normal gehalten. Es war nicht das erste Mal, dass er mit einem Heer ritt. Eine gewisse Anspannung und Nervosität gehörte einfach dazu, wenn so viele Menschen zusammen waren.

»Angst?«, fragte er noch einmal. »Aber wovor?«

»Das Land ist nicht gut«, antwortete Twix.

»Danke für diese wirklich erschöpfende Auskunft«, sagte Kim. »Und was genau soll das bedeuten?«

»Es ist tot«, antwortete Twix. »Wie der Wald, in dem du die toten Elfen gefunden hast. Nur schlimmer. Toter, sozusagen.«

Kim blieb ernst. »Du meinst ...«

»Keine Magie. Der Zauber ist gestorben.«

Kim blickte konzentriert in die Dunkelheit hinter dem Palisadenzaun. Ihm war, als bewege sich dort draußen etwas, das er weder sehen noch hören, aber dafür umso deutlicher fühlen konnte. Es war, als fühle er die Dunkelheit näher kriechen.

Und offensichtlich ging es nicht nur ihm so. Auch die jugendlichen Wächter, die hinter der provisorischen Palisade Aufstellung genommen hatten, blickten mit wachsender Nervosität in die Nacht hinaus. Ihre Bewegungen waren fahrig und es war nicht einer unter ihnen, der nicht angespannt oder verkrampft wirkte.

Kim spürte es eine Sekunde, bevor es geschah. Es war wie vor drei Tagen im Hof des Palastes, nur ungleich intensiver: Etwas kam. *Schnell.*

Die Dunkelheit explodierte regelrecht. Etwas Riesiges, Bleiches tauchte lautlos aus der Nacht auf, zerschmetterte die Palisade und schleuderte die jugendlichen Verteidiger in alle Richtungen. Ein Chor gellender Schreie wurde laut, aber nur für weniger als eine halbe Sekunde, dann wurde es von einem ungeheuerlichen Brüllen und Kreischen verschluckt, das die gigantische Kreatur ausstieß. Fürchterliche Klauen schnappten. Riesige starre Augen glotzten auf der Suche nach Beute. Zähne wie Messer blitzten in der Nacht.

Die Stämme der hastig errichteten Palisade zerbrachen wie

Streichhölzer. Waren die Jungen und Mädchen des Kinderheers im ersten Moment noch durch den bloßen Anblick des Ungeheuers vor Schreck wie erstarrt gewesen, so setzte nun einen allgemeine panische Flucht ein.

Auch Kim wurde von der Menge mitgerissen, ob er wollte oder nicht. Er brauchte plötzlich all seine Kraft um nicht zu Boden geschleudert und womöglich zu Tode getrampelt zu werden. Trotzdem versuchte er das tobende Ungeheuer weiter im Auge zu behalten.

Es war zweifellos dieselbe Kreatur, die vor drei Tagen im Hof des Palastes aufgetaucht und Themistokles angegriffen hatte. Obwohl sie nun nur wenige Schritte vor ihm emporragte und zusätzlich vom Licht Dutzender Fackeln hell erleuchtet wurde, konnte er sie trotzdem nicht richtig erkennen. Kim hatte nur einen vagen Eindruck von etwas Gewaltigem, Bleichem, das viel zu viele Glieder, Stacheln und Scheren, Panzerplatten Klauen und Zähne hatte, aber etwas in ihm schien sich immer noch zu weigern, es richtig zu erkennen. Er hätte das Ungetüm nicht beschreiben können, nicht einmal jetzt, als er es direkt ansah.

Die Kreatur stampfte brüllend weiter in das Lager hinein. Sie hatte eine Bresche in die Palisade geschlagen, die breit genug war, ein halbes Dutzend Reiter nebeneinander hindurchzulassen. Unter ihren riesigen Füßen explodierten Lagerfeuer in Funkenschauern, Zelte wurden niedergetrampelt, von dem peitschenden Schwanz davongewirbelt oder gerieten in Brand, wenn sie von fliegenden Funken oder Holz getroffen wurden. Eine riesige Klaue zerschmetterte einen Teil der Pferdekoppel, woraufhin die Tiere, die beim Anblick des Ungeheuers ohnehin schon in Panik geraten waren, ausbrachen und das allgemeine Chaos noch vergrößerten. Obwohl seit dem Auftauchen des Ungeheuers erst wenige Augenblicke vergangen waren, befand sich praktisch das gesamte Heer in Panik und die Bestie hatte bereits eine Spur der Verwüstung durch das Lager gezogen. Kim wagte sich nicht die Anzahl der Opfer auszumalen, die der Angriff bereits gekostet hatte.

Nicht alle Jungen und Mädchen flohen allerdings vor dem Ungeheuer. Niemand wagte ihm nahe zu kommen, aber schon flogen die ersten Speere und Pfeile in seine Richtung. Ein gutes Dutzend älterer Jungen hatte sich in die Sättel geschwungen und sprengte mit angelegten Lanzen auf die Kreatur los.

Nicht ein Einziger vermochte die knochenweißen Panzerplatten zu durchdringen. Die Speerspitzen zerbrachen nutzlos an dem bleichen Bein, und die Reiter, die nicht schon durch den Anprall zu Boden gestürzt waren, wurden von einem wütenden Hieb aus den Sätteln gefegt. Die meisten richteten sich hastig auf und krochen oder humpelten davon, aber zwei oder drei blieben auch liegen und rührten sich nicht mehr.

Kim erkannte entsetzt, dass auch Kai unter ihnen war.

Der junge Steppenreiter war bei Bewusstsein, aber benommen. Er versuchte sich auf Hände und Knie hochzustemmen, fiel zurück und versuchte es erneut, aber er war viel zu langsam und schien Schwierigkeiten zu haben, sich zu orientieren. Das Ungeheuer raste heran. Unter seinen Schritten bebte die Erde. Die fürchterlichen Fänge blitzten. Kai hatte nicht die geringste Chance ihm zu entkommen.

Kim rannte los ohne zu überlegen. Während alles um ihn herum vor dem heranstürmenden Ungeheuer floh, setzte er sich ohne zu zögern in Bewegung und rannte los, direkt auf Kai zu – und damit auch auf die Kreatur!

Twix, die noch immer auf seiner Schulter hockte, kreischte entsetzt und jagte auf schwingenden Flügeln senkrecht nach oben und Kim fegte mit wahren Riesensätzen direkt auf Kai los. Im buchstäblich allerletzten Moment erreichte er ihn, griff im Rennen nach seiner Schulter und riss ihn einfach in die Höhe. Kai war noch immer benommen und begriff augenscheinlich gar nicht so recht, wie ihm geschah. Trotzdem reagierte er ganz instinktiv richtig: Er sprang in die Höhe, machte einen ungeschickten, stolpernden Schritt um sein Gleichgewicht wieder zu finden und fiel wie durch ein Wunder in einen immer schneller werdenden gleichmäßigen Trab.

Kim drehte im Laufen den Kopf und wünschte sich im selben Moment es nicht getan zu haben. Das Ungeheuer raste heran, so schnell wie ein Güterzug und nicht viel kleiner. Die gewaltigen Kieferzangen schnappten gierig und Kim begriff voller Entsetzen, dass das Monster auf seinen zahlreichen Beinen *schneller* lief als Kai und er! Ihr Vorsprung wuchs nicht. Er wurde kleiner!

Er versuchte noch schneller zu rennen und kam prompt aus dem Tritt, als Kai, der immer noch halb benommen war, hinter ihm ins Stolpern kam. Verzweifelt kämpfte er um sein Gleichgewicht, ruderte wild mit dem freien Arm und kippte in einer hilflosen Bewegung nach vorne.

Als er wieder halbwegs Herr seiner Sinne war, war das Ungeheuer über ihnen.

Kai kreischte vor Entsetzten, als ein riesiges Maul nach ihm schnappte und sich wie eine stählerne Zange um seine Hüften schloss. Mühelos riss ihn das Ungetüm in die Höhe. Kais Schreie wurden zu einem Quietschen und dann zu einem erstickten Keuchen, als der Druck der Scheren so weit zunahm, dass er keine Luft mehr bekam. Noch eine Sekunde und die Kreatur würde ihn einfach zerquetschen!

Kim sprang auf die Füße, sah sich verzweifelt nach irgendeiner Waffe um und griff schließlich nach Kais eigenem Schwert, dessen Griff aus seinem Gürtel ragte. Mit beiden Händen zerrte er die Waffe heraus, schwang sie hoch über den Kopf und schlug mit aller Gewalt zu.

Funken sprühten, als die Klinge gegen den stahlharten Panzer des Ungeheuers prallte. Kim taumelte zurück. Das Schwert vibrierte so heftig in seinen Händen, dass er Mühe hatte es festzuhalten. Er hatte das Gefühl, gegen massives Eisen geschlagen zu haben, nicht gegen etwas Lebendiges.

Trotzdem schien das Ungeheuer den Hieb gespürt zu haben, denn es ließ Kai fallen und wirbelte mit einem zischenden Laut zu ihm herum. Kim sah aus den Augenwinkeln, wie sich einer seiner krallenbewehrten Füße auf Kais Brust setzte und ihn mit gnadenloser Kraft zu Boden drückte. Aber ihm blieb keine Zeit, Kai abermals zu Hilfe zu eilen, denn nun war er selbst in Gefahr. Mit seinem Schwerthieb hatte er es endgültig geschafft, die Aufmerksamkeit des Ungeheuers auf sich zu ziehen.

Kim schwang seine Waffe zu einem weiteren Hieb, der sein Ziel jedoch nie traf. Der gewaltige Schädel des Ungeheuers stieß mit einer schlangengleichen Bewegung auf ihn herab. Die Scheren schnappten zu, bissen die Schwertklinge ohne die geringste Mühe dicht über dem Griff ab und schleuderten Kim gleichzeitig zu Boden.

Er versuchte vor der Kreatur davonzukriechen, aber der riesige Schädel zuckte weiter vor und dicht vor seinem Gesicht klafften Kiefer auseinander, die mit mehr als fingerdicken, nadelspitzen Zähnen besetzt waren. Kim fühlte sich plötzlich dem Blick gigantischer, gnadenloser Insektenaugen ausgesetzt, der ihn zu lähmen schien. Ein Gefühl unwirklicher, eisiger Kälte breitete sich in ihm aus, als reiche allein der Blick der Kreatur aus, alles Leben und jede Menschlichkeit in seiner Seele zum Erlöschen zu bringen. Langsam senkten sich die Kiefer weiter auf ihn herab. Kim schlug und trat mit aller Gewalt auf den mächtigen Unterkiefer der Bestie. Aus allen Richtungen senkten sich Pfeile und Speere auf den Koloss, die mit einem Geräusch wie harte Hagelkörner von seinem Panzer abprallten. Nichts von alledem vermochte die Bewegung der Bestie auch nur zu verlangsamen.

Dann, plötzlich, erschien ein blasser goldener Schimmer in den Augen des Giganten. Das Ungeheuer erstarrte mitten in der Bewegung, schien zu zögern, als wäre es verwirrt, erschrocken. Der goldene Schimmer nahm weiter zu und wurde zum Widerschein eines geflügelten, kaum handgroßen Wesens, das sich in engen Spiralen direkt auf Kim zubewegte!

Twix!

Die Elfe piepste vor Angst und Panik, schoss aber trotzdem weiter auf Kim hinab und landete zielsicher auf seiner Hand. Zitternd vor Angst richtete sie sich auf, streckte dem Ungeheuer die winzigen Ärmchen entgegen und schlug wild mit

den Flügeln. »Hau ab, du Scheusal!«, piepste sie. »Mach bloß, dass du wegkommst! Verpiss dich!«
Der Gigant zögerte tatsächlich. Kim bezweifelte, dass die Kreatur Twix' Worte überhaupt hörte, geschweige denn verstand, aber ihm fiel etwas anderes auf: Die Elfe schlug noch immer wie wild mit den Flügeln. Goldener Staub wirbelte hoch und die Berührung des Staubes schien der Kreatur sehr unangenehm zu sein. Sie zitterte, bewegte den Kopf unruhig hin und her – und nieste plötzlich laut und herzhaft!
Wieder reagierte Kim ohne lange nachzudenken. Er stemmte sich hoch, umschloss Twix behutsam mit der rechten Hand und reckte dem Ungeheuer den ausgestreckten Arm entgegen.
Die Kreatur nieste noch heftiger, warf den Kopf zurück und fuhr sich mit hektischen Bewegungen mit den Vorderläufen durch das Gesicht. Sie nieste jetzt ununterbrochen. Dicke, zähflüssige Tränen liefen aus ihren Augen. Kim sprang in die Höhe, stieß dem Geschöpf die Elfe beinahe ins Gesicht und registrierte befriedigt, wie sich die Geräusche des unheimlichen Wesens zu einer Mischung aus Niesen, Husten und qualvollem Würgen steigerten.
Das Ungeheuer bäumte sich auf. Es bekam offensichtlich kaum noch Luft, und Twix, die wohl endlich auch begriffen hatte, was geschah, schlug immer heftiger mit den Flügeln und überschüttete das Wesen geradezu mit goldenem Elfenstaub. Die Laute, die das Ungeheuer ausstieß, klangen jetzt eindeutig qualvoll. Seine Augen tränten ununterbrochen und waren so zugeschlossen, dass es wahrscheinlich kaum noch etwas sehen konnte, und es zitterte am ganzen Leib. Plötzlich fuhr es herum, stieß ein ungeheuerlichen Brüllen aus und ergriff auf wirbelnden Beinen die Flucht.
Kim rannte ihm drei, vier Schritte hinterher und blieb dann wieder stehen. Er zitterte am ganzen Leib. Sein Atem ging so schnell, dass er pfeifende Geräusche von sich gab. Sein Herz hämmerte, als wollte es jeden Moment zerspringen. Auch Twix schien sich völlig verausgabt zu haben. Die Elfe brach

auf seiner Handfläche zusammen und wäre zu Boden gestürzt, hätte Kim nicht im letzten Moment mit der anderen Hand zugegriffen. Behutsam schob er sie in seine Hemdtasche, wo sie ja ohnehin die meiste Zeit verbrachte.

Erst dann fiel ihm die Stille auf.

Das Ungeheuer war fort. Als Kim den Blick hob, sah er es gerade taumelnd in der Lücke des Palisadenzauns verschwinden. Das Prasseln zahlreicher Feuer war zu hören und das Wiehern und Schnauben verängstigter Pferde.

Davon abgesehen jedoch war es fast unheimlich still.

Kim sah auf und erkannte im selben Moment den Grund für dieses unnatürliche Schweigen.

Kai und er waren von jungen Kriegern und Kriegerinnen umringt. Sie hielten einen respektvollen Abstand ein, als wagten sie es selbst jetzt noch nicht, auch nur den Platz zu betreten, an dem das Ungeheuer gestanden hatte, und alle starrten ihn an. Der Ausdruck auf ihren Gesichtern schwankte zwischen Unglaube, Faszination und Bewunderung.

»Was ist denn jetzt schon –«

Weiter kam er nicht. Der Klang seiner Stimme hatte die Starre durchbrochen, in die all diese Jungen und Mädchen verfallen waren. Plötzlich wurde ein Jubelgeschrei aus Hunderten von Kehlen laut. Wie auf ein gemeinsames Kommando hin stürmten sie los. Kim wurde gepackt, hochgehoben und jubelnd und unter unaufhörlichem »Hurra«- und »Hoch«-Gebrüll immer wieder in die Luft geworfen und aufgefangen, bis ihm ganz schwindelig wurde.

Er begriff erst nach einigen Sekunden, was überhaupt geschehen war.

Er hatte das Ungeheuer vertrieben. Und für die meisten der jungen Krieger musste es so ausgesehen haben, als hätte er es ganz allein getan. Sie konnten Twix, die ja halb in seiner Hand verborgen war, kaum gesehen haben. Für sie musste es so aussehen, als hätte er die Kreatur ganz allein in die Flucht geschlagen, nur kraft seines Willens!

Selbst wenn er den Irrtum hätte aufklären wollen, so hätte er es in den nächsten Minuten gar nicht gekonnt. Die jungen Krieger waren vollkommen außer Rand und Band. Kim wurde von tausend Händen über die Köpfe der Menge weitergereicht und unter Jubelrufen und Hurrageschrei gedrückt und umarmt. Es dauerte mindestens fünf Minuten, bis sich die Jungen und Mädchen so weit beruhigt hatten, dass Kim sich mit einiger Mühe frei machen konnte.

Mit noch mehr Mühe gelang es ihm, sich seinen Weg zurück zu Kai zu erkämpfen.

Der junge Steppenreiter saß auf dem Boden und starrte ihm finster entgegen. Er war sehr blass. Seine Kleider waren zerrissen und Blut lief über sein Gesicht.

»Bist du verletzt?«, fragte Kim erschrocken.

Kai ignorierte seine Frage kurzerhand. »Jetzt bist du ein richtiger Held, wie?«, fragte er feindselig. »Bist du auch gehörig stolz darauf?«

Kim schrieb diese plötzliche Feindseligkeit Kais Zustand zu, streckte die Hand aus und wiederholte seine Frage: »Ist dir etwas passiert?«

Kai ignorierte seine Hand ebenso wie seine Worte und stemmte sich aus eigener Kraft in die Höhe. Während er sich mit dem Handrücken Blut aus dem Gesicht wischte, sah er sich aus zornig zusammengekniffenen Augen um.

»Scheint, als hättest du mir das Leben gerettet«, knurrte er. »Aber bilde dir bloß nicht zu viel ein, du Held. Vielleicht war das Ganze ja ein abgekartetes Spiel. Noch niemandem ist es gelungen, einen Skull zu besiegen.«

Kim starrte ihn an. Wie hatte Kai das Geschöpf genannt? »Ein ... *Skull*?«, murmelte er.

Kai nickte. »Jetzt spiel nicht den Unwissenden«, sagte er feindselig. »Wenn ich so richtig darüber nachdenke, dann wird mir plötzlich so einiges klar ...«

Kim erging es nicht anders. Mit einem Mal fiel es ihm wie Schuppen von den Augen. Plötzlich war alles ganz einfach. Er wusste jetzt, woher das unheimliche Gefühl gekommen war, einem Wesen wie diesem schon einmal begegnet zu sein.

Er hatte es niemals selbst gesehen, wohl aber seine unheimliche Ausstrahlung gespürt – in jener Höhle im Wald, in der er sich nach seiner ersten Begegnung mit Kai versteckt hatte. Auch da war es gewesen, als hätte etwas Fremdes, durch und durch Feindseliges seine Seele berührt.

»Ich habe ein solches Wesen noch nie zuvor gesehen«, versicherte er – was nicht der ganzen Wahrheit entsprach. Aber er wollte Kai in diesem Moment nicht von seiner ersten Begegnung im Hof des Palastes erzählen. Das hätte alles nur unnötig komplizierter gemacht. Stattdessen fuhr er fort: »Ich habe mich in dieser Höhle im Wald vor euch versteckt ohne zu wissen, was darin lebt. Ich habe auch nichts gesehen. Nur gespürt. Ich weiß nicht einmal, was ein Skull ist.«

»Niemand weiß das«, knurrte Kai. Er musterte Kim weiter mit unverhohlenem Misstrauen, nun aber auch mit einer Spur von Zweifel. Offensichtlich überlegte er angestrengt, ob er ihm glauben konnte oder nicht.

»Wo kommen sie her?«

»Auch das weiß niemand«, antwortete Kai. »Sie tauchen manchmal auf. Und fast immer in Landstrichen, in denen es nur sehr wenige Menschen gibt. Sie zerstören alles Menschenwerk: Häuser, Straßen, ganze Städte. Sie verwüsten Felder, reißen Brücken und Wehre nieder und schleifen ganze Festungen. Ist das getan, dann verschwinden sie so spurlos wieder, wie sie aufgetaucht sind.«

Kim schauderte. Er zweifelte keine Sekunde an Kais Worten. Was er erzählte, das passte zu dem Odem von Feindseligkeit, den der Skull verströmt hatte wie einen üblen Geruch. »Und warum hindert ihr sie nicht daran?«, fragte er.

»Hast du mir nicht zugehört?«, fragte Kai. »Oder keine Augen im Kopf? Niemand hat je einen Skull besiegt! Sie sind unverwundbar! Keine von Menschenhand geschaffene Waffe kann sie verletzten!«

Kim hatte die Kreatur ja auch nicht mit einer von Menschenhand geschaffenen Waffe angegriffen. Genau genommen hatte er sie überhaupt nicht mit einer Waffe angegriffen und *ganz genau* genommen hatte er sie überhaupt nicht angegriffen, sondern ...

Nein, das sprach er lieber nicht aus. Sollte Kai sich ruhig noch ein bisschen den Kopf zerbrechen, wie er dieses Kunststück fertig gebracht hatte.

»Jedenfalls ist es weg«, sagte er. »Und ich glaube auch nicht, dass es so schnell wiederkommt.

»Ich hoffe es«, sagte Kai. »Und jetzt wäre ich dir dankbar, wenn du mir endlich verraten würdest, wie du es gemacht hast.«

»Das glaube ich dir gern«, sagte Kim, grinste fröhlich und drehte sich herum um zu seinem Zelt zurückzugehen.

Seine Rolle im Lager änderte sich von dieser Nacht an. War er bisher schon wie ein willkommener Gast behandelt worden, so begegneten ihm die jungen Krieger ab sofort mit Ehrerbietung und Unterwürfigkeit. Sein Zelt zum Beispiel gehörte zu denen, die dem Angriff des Skull zum Opfer gefallen waren, aber er musste keinen Finger rühren um es wieder aufzustellen und zu reparieren. Kais Krieger stritten sich um die Ehre ihm zu Diensten sein zu dürfen.

Auch am nächsten Morgen ging es so weiter. Als Kim erwachte, fand er ein überreiches Frühstück neben seinem Bett, und als er das Zelt verließ, da war sein Pferd bereits frisch gestriegelt und aufgezäumt. Ringsum waren die Krieger bereits damit beschäftigt, das Lager abzubauen und alles für den Aufbruch fertig zu machen, für Kim gab es nichts zu tun, denn er sah sich ständig von einer kleinen Gruppe Jungen und Mädchen umgeben, die sich darin überboten ihm jeden Wunsch von den Lippen abzulesen.

Anfangs genoss er dieses neue Gefühl, bald begann es ihm unangenehm zu werden und dann regelrecht peinlich. Für Kais Krieger war er nun endgültig zum Helden geworden, eine lebende Legende, nur unwesentlich unter einem Gott rangierend. Fuhr er sich auch nur mit der Zunge über die Lippen, wurde ihm aus einem Dutzend Richtungen Wasser gereicht, suchte er nach einem Platz um sich zu setzen, wurde er mit Kissen und Decken regelrecht bombardiert, und als er auf sein Pferd steigen wollte, kugelte er sich fast das Bein aus, weil sich die Jungen darum stritten, ihm die Steigbügel zu halten. Kim war regelrecht froh, als Kai nach einer Stunde auftauchte und verkündete, dass sie nun weiterziehen würden.

»Wie fühlt man sich denn so als lebende Sagengestalt?«, fragte Kai abfällig, während sie nebeneinander zur Spitze des Heerzuges ritten.

Die unverhohlene Feindseligkeit in seiner Stimme überraschte Kim. Gestern Abend hatte er sie Kais Zustand zugeschrieben, seinem Schrecken und den Schmerzen, die er vermutlich gehabt hatte.

Der zornige Klang in Kais Stimme ärgerte ihn und so antwortete er anders, als vielleicht klug gewesen wäre: »Prima«, sagte er. »Deinen Kriegern scheint es ebenso zu gefallen, glaube ich. Vielleicht probiere ich einmal aus, auf wen sie mehr hören – auf dich oder den legendären Kim, den Retter Märchenmonds und Helden aus der Schlacht gegen die schwarzen Reiter.«

Die Worte taten ihm fast sofort wieder Leid, denn Kais Kopf flog mit einem Ruck herum und in seinen Augen loderte für einen Moment der blanke Hass.

»Das würde ich an deiner Stelle nicht versuchen«, zischte er. »Ich habe Vorsorge getroffen, dass das nicht passiert, glaube mir.«

Bevor Kim antworten konnte, gab er seinem Pferd die Sporen und sprengte los um zu seinen Platz an der Spitze des Heerzuges zu gelangen.

Kim blickte ihm mit einem Gefühl leisen Bedauerns nach. Er hätte sich gern bei Kai entschuldigt und ihm gesagt, dass seine Worte nicht so gemeint gewesen waren, wie Kai sie offensichtlich verstanden hatte. Andererseits verwirrte ihn die Heftigkeit von Kais Reaktion auch. War er der Wahrheit vielleicht näher gekommen, als ihm selbst bewusst gewesen war?

In seiner Hemdtasche raschelte es und Twix strecke den Kopf heraus. »Eingebildeter Kerl!«, schimpfte sie. »Wenn er dir noch einmal droht, bekommt er es mit mir zu tun!«
Kim lachte. »Überschätzt du dich da nicht ein bisschen?«
»Wieso?« Twix klang beleidigt. »Immerhin habe ich den Skull besiegt.«
»Also, ich würde eher sagen, dass er allergisch gegen dich war«, antwortete Kim lachend.
»A- was?«, fragte Twix.
Kim lachte erneut. »Vergiss es einfach«, sagte er. »Sagen wir – er mag deinen Elfenstaub nicht.«
»Sie hassen Magie«, bestätigte Twix. »Wo sie sind, kann keine Magie sein und umgekehrt.«
Kim wurde hellhörig. »Du weißt etwas über die Skull?«, fragte er.
»Jeder weiß etwas über die Skull«, antwortete Twix spöttisch. »Außer euch, versteht sich.«
»Aha«, sagte Kim. Er hütete sich eine weitere Frage zu stellen, obwohl er innerlich vor Neugier fast platzte. Er wusste, dass es besser war, die Elfe einfach reden zu lassen.
»Sie sind die Alten«, fuhr Twix prompt fort. »Ich meine: die ganz Alten. Sie waren hier, bevor wir da waren und ihr gekommen seid.«
»Die Menschen und die Elfen?«, fragte Kim.
»Die Menschen und die magischen Wesen«, seufzte Twix in einem Ton, als zweifle sie an seinem Verstand. »Nicht dass ihr irgendwie wichtig wärt –«
»– außer dass ihr uns braucht um zu existieren«, fügte Kim hinzu und Twix verbesserte sich mit einem giftigen Blick:
»– außer dass es ganz nützlich ist, wenn es jemanden gibt –«
»– der durch seinen Glauben an die Magie magische Wesen am Leben erhält, nicht wahr?«, meinte Kim freundlich.
Twix verdrehte die Augen. »Also gut, manchmal ist es ganz praktisch, dass ihr da seid«, gestand sie. »Die Skull gehören jedenfalls zu den Wesen, die vor uns allen hier waren. Bevor es auch *Menschen* gab.«

»Ich wusste gar nicht, dass Märchenmond schon vorher bewohnt war«, sagte Kim.

»Dummkopf!«, schimpfte Twix. »Es gibt immer ein Vorher, so wie es auch immer ein *Nachher* gibt. Vor uns aber waren die Skull und die anderen da und vor den Skull wieder andere. Und wenn wir schon lange nicht mehr da sind, werden wieder andere da sein, denen wir vielleicht ebenso fremd und erschreckend erscheinen mögen wie die Skull uns.«

»Aber wieso sind sie plötzlich wieder hier«, wunderte sich Kim, »wenn ihre Zeit doch schon so lange vorbei ist?«

»Woher soll ich das wissen?«, fragte Twix. »Vielleicht weil die Magie erlischt? Die Skull sind gegangen, als die Menschen kamen, denn sie ertragen keine Magie.«

»Menschen sind keine magischen Wesen«, sagte Kim, aber Twix reagierte mit einem unerwartet heftigen Kopfschütteln.

»O doch«, antwortete sie, »das seid ihr, die meisten von euch wissen es nur nicht.«

Kim wollte jetzt nicht über diese sonderbare Antwort nachdenken. »Du sagst also, sie kommen zurück, weil die Magie erlischt«, sagte er. »Aber das ist unmöglich! Ich meine, wenn sie nicht mehr da sind und das seit so langer Zeit, dann sind sie doch ausgestorben!«

»Nichts stirbt wirklich«, antwortete Twix, »so wie nichts wirklich unsterblich ist. Jedenfalls tauchen sie überall auf, wo sich die Magie zurückzieht und damit die Menschen.«

»Weiß Kai davon?«, fragte Kim.

»Natürlich«, antwortete Twix. »Er will es bloß nicht wahrhaben. Er ist wie ihr alle. Was euch nicht gefällt, das nehmt ihr einfach nicht zur Kenntnis!«

»Da wäre ich nicht so sicher«, sagte Kim. »Ich werde auf jeden Fall mit ihm reden.«

»Er wird dir gar nicht zuhören«, prophezeite Twix.

Und damit sollte sie Recht behalten.

Zwei Tage ritten sie nach Osten. Da sie so viele waren, kamen sie nicht annähernd so schnell voran, wie Kim es auf dem Weg

hierher möglich gewesen war. Trotzdem legten sie ein gehöriges Stück zurück, denn Kai trieb seine Leute unbarmherzig an und gönnte ihnen nur die allernotwendigsten Pausen.
Nach ihrem kurzen Streitgespräch am Morgen war Kai noch einsilbiger geworden. Er sprach nur noch das Nötigste mit Kim, beharrte aber trotzdem darauf, dass er an seiner Seite an der Spitze des Heers blieb. Zudem wurde er immer nervöser. Oft sah Kim, wie er sich im Sattel herumdrehte und aus eng zusammengepressten Augen den Horizont absuchte, als erwarte oder befürchte er etwas oder jemanden zu sehen.
Und auch die Landschaft, durch die sie ritten, wurde immer abweisender.
Kahle, blattlose Bäume wechselten sich mit verdorrten Wiesen und steinigen Feldern ab. Die wenige Vegetation, die sie überhaupt noch zu Gesicht bekamen, bestand meist aus dürrem, blassem Gras und dornigen Büschen, die kaum Blätter trugen. Wenn es in diesem Teil des Landes jemals schon Menschen gegeben hatte, so mussten sie es vor langer Zeit verlassen haben, da nicht einmal die geringste Spur zurückgeblieben war.
Und trotzdem kam ihm ihre Umgebung mehr und mehr bekannt vor. Kim war ziemlich sicher, noch nie hier gewesen zu sein, und trotzdem hatte er in immer stärkerem Maße das Gefühl, sie einfach kennen zu müssen.
Am Abend des dritten Tages nach dem Zwischenfall mit dem Skull erreichten sie die Kuppe einer flachen Hügelkette. Kai hielt sein Pferd an um sich wieder einmal im Sattel herumzudrehen und den Horizont hinter ihnen abzusuchen, während Kim weiter nach Osten blickte, in die Richtung, in die sie zogen.
Um ein Haar hätte er laut aufgeschrien.
Endlich begriff er, woher das unheimliche Gefühl gekommen war, schon einmal hier gewesen zu sein.
Er war es tatsächlich. Nur hatte sich das Land auf so furchtbare Weise verwandelt, dass er es kaum wieder erkannt hatte. Ein bisschen hatte er sich tatsächlich so verhalten, wie Twix es

von den Menschen behauptet hatte: Er hatte einfach die Augen vor der Wahrheit verschlossen.
Nun aber konnte er es nicht mehr.
Vor ihm erstreckte sich eine weite, baumbestandene Ebene, auf dem die zerborstenen Überreste des gewaltigsten Baumes lagen, den ein Mensch jemals zu Gesicht bekommen hatte. Allein der auseinander gebrochene Stumpf war so hoch wie ein Berg und sein Umfang so groß, dass eine Stunde nicht ausreichen würde um ihn herum zu reiten.
Ja, er *war* schon einmal hier gewesen. Damals hatte der Baum noch unversehrt und in seiner gewaltigen Pracht dagestanden, groß genug um auf seinen weit gespannten Ästen einer ganzen Stadt mit Hunderten und Aberhunderten von Menschen Platz zu bieten.
Nun war dieses Wunderwerk der Natur zerstört. Die riesigen Äste lagen zersplittert am Boden, Häuser und Brücken waren in Brüche gegangen, all die Wunderwerke, an denen Mensch und Natur gemeinsam über unendliche Zeit hinweg gearbeitet hatten, unwiederbringlich zerstört. Sie waren noch viel zu weit entfernt um etwas von der Größe eines Menschen zwischen den umherliegenden Trümmern ausmachen zu können, aber Kim spürte einfach, dass dort unten kein Leben mehr war.
»Habt ... ihr das getan?«, fragte er stockend.
»Wir?« Kai sah ihn regelrecht schockiert an. »Natürlich nicht! Wofür hältst du uns? Aber wir haben sie gewarnt, dass das passieren würde. Sie wollten nicht auf uns hören. Es gab sehr viele Opfer, als der Baum zusammenstürzte.«
»Gewarnt? Wieso? Woher konntet ihr wissen, was passiert?«
»Weil es unnatürlich ist!«, sagte Kai heftig. »Es war Magie, die dieses ... Gebilde überhaupt erst ermöglichte! Sie musste eines Tages versagen!«
»Weil ihr aufgehört habt an sie zu glauben«, sagte Kim.
Kai schürzte verächtlich die Lippen. *»Magie!«* Er sprach das Wort aus wie eine Beschimpfung. »Wir brauchen eure verdammte Magie nicht!«

»Ohne sie wärt ihr alle gar nicht hier!«, sagte Kim.

»Ja«, gab Kai unumwunden zu. »Das ist wahr. Und ich gestehe auch gerne, dass sie früher ihren Sinn hatte und gut und wichtig war. Aber die Dinge ändern sich. Die Zeit bleibt nicht stehen. Was früher gut war, das ist heute nicht mehr von Nutzen. Vielleicht wird, was heute gut ist, irgendwann auch nicht mehr gebraucht. Aber für uns zählt das Jetzt. *Unser* Leben, Kim. Und wir brauchen keine Zauberer mehr.«

»Wenn du dich da nur nicht irrst«, sagte Kim.

»Kaum«, antwortete Kai. »Und außerdem habe ich gar keine Lust, mit dir darüber zu streiten. Steig ab, wir lagern hier.«

»Hier?« Kim war überrascht. Es waren noch gute zwei Stunden bis Sonnenuntergang und Kai hatte an den vorherigen Tagen keine Minute Tageslicht verschenkt.

Da Kai nicht reagierte, sondern sich aus dem Sattel schwang, drehte er sich noch einmal herum und blickte in die Richtung, in die Kai vorhin so konzentriert gestarrt hatte.

Der Horizont war nicht mehr leer. Eine Anzahl winziger dunkler Punkte bewegte sich auf sie zu, zwei, drei ... vielleicht ein halbes Dutzend. Zweifellos die, auf die Kai gewartet hatte. Kim hatte plötzlich ein sehr ungutes Gefühl.

Was hatte er vor drei Tagen gesagt? *Ich habe Vorsorge getroffen, dass das nicht passiert.*

Kim hatte plötzlich das fast sichere Gefühl, dass es ein schwerer Fehler wäre, hier zu bleiben, bis das halbe Dutzend Gestalten eingetroffen war.

»Worauf wartest du?«, fragte Kai ungeduldig. »Auf einen roten Teppich?«

Kim wies auf die dunklen Punkte am Horizont. »Wer ist das?«, fragte er.

»Nur ein paar Reiter, die den Kontakt zum Rest des Heeres aufrecht erhalten«, antwortete Kai. Seine Stimme klang überzeugend, aber der Ausdruck seiner Augen strafte seine Worte Lügen. »Steig endlich ab. Wir haben viel zu tun. Als unser tapferer Ehrengast musst du zwar keinen Finger rühren, aber steh wenigstens nicht im Weg herum. Also *steig endlich ab!*«

»Ich glaube nicht, dass ich das möchte«, antwortete Kim zögernd.

»So?« Kai lächelte spöttisch. »Und was *möchtest* du, du Held?«

Kim blickte verstohlen in die Runde. Die Krieger hatten ihre Diskussion natürlich mitbekommen und sahen neugierig oder alarmiert in ihre Richtung. Aber sie bildeten noch immer die Spitze des Heeres. Zwischen ihnen und den Übrigen war ein gewisser Abstand.

Kai folgte seinem Blick und plötzlich erschien ein Ausdruck jähen Erschreckens auf seinem Gesicht. Er hatte verstanden, was sich hinter Kims Stirn abspielte.

»O nein!«, sagte er. »Das wirst du nicht tun! *Wache! Legt ihn in Ketten!*«

Die letzten Worte hatte er geschrien, aber es geschah genau das, womit Kim insgeheim gerechnet hatte: Seine Krieger zögerten dem Befehl nachzukommen. Nur für die Dauer eines Atemzuges – aber mehr als dieses kurze Zögern brauchte er auch nicht.

Warnungslos ließ er die Zügel knallen. Sein Pferd machte einen erschrockenen Satz nach vorne. Kai versuchte sich mit einer hastigen Bewegung in Sicherheit zu bringen, aber er war nicht schnell genug und wurde einfach zu Boden geschleudert. Das Pferd jagte weiter und beschleunigte sein Tempo noch, als es den abschüssigen Hang hinunterjagte.

Kim sah über die Schulter zurück. Kai hatte sich wieder aufgerappelt und deutete heftig gestikulierend in seine Richtung. Zwei, drei seiner Krieger stiegen auch tatsächlich in die Sättel und begannen in seine Richtung zu reiten. Aber nicht besonders schnell. Sie hatten nicht *wirklich* vor, ihn einzuholen. Und schon gar nicht ihn zurückzubringen.

Trotzdem nahm Kim sein Tempo nicht zurück. Er konnte Kais zorniges Gebrüll selbst über die größere werdende Entfernung hinweg deutlich hören. Kai würde nicht so leicht aufgeben – und er war immer für eine Überraschung gut.

Immer schneller werdend galoppierte Kim den Hügel hinab.

Er sah nur von Zeit zu Zeit zurück. Ungefähr ein Dutzend Reiter hatten sich aus dem Heer gelöst und hielten auf ihn zu, aber keiner von ihnen war auch nur annähernd schnell genug um eine Gefahr darzustellen. Kai war nicht unter den Verfolgern, aber das beruhigte Kim kein bisschen. Ganz im Gegenteil. Wenn Kai darauf verzichtete ihm nachzureiten, sondern diese Aufgabe seinen Kriegern übertrug, von denen er ganz genau wissen musste, dass sie ihn gar nicht einholen *wollten*, dann konnte das nur einen einzigen Grund haben: Er hatte etwas Besseres vor.

Beunruhigt blickte er zu den Reitern hin, die sich dem Heer von Westen näherten. Sie hatten ihre Richtung geändert und hielten nun genau auf ihn zu. Und sie ritten schnell. Selbst über die große Entfernung hinweg konnte Kim erkennen, dass sie viel schneller waren als er.

Kim wandte seine Aufmerksamkeit dem vor ihm liegenden Gelände zu. Er würde dieses scharfe Tempo nicht mehr lange durchhalten können. Obwohl er noch nicht sehr weit von dem umgestürzten Baum entfernt war, war der Boden vor ihm bereits mit Trümmern nur so übersät – zerfetzten Brocken von der Größe eines Hauses, Splitter, die die Dimensionen hundertjähriger Eichen hatten, aber auch armlange Äste, riesige Gebilde aus ineinander verflochtenen Wurzel und zähen Strängen – kurz: ein wahres Labyrinth, durch das auf den ersten Blick gar kein Durchkommen zu sein schien. Dieses schwierige Gelände würde sein Tempo gehörig bremsen. Da das aber auch für seine Verfolger galt, machte sich Kim darüber keine besonderen Sorgen.

Viel schwieriger war die Frage: Wohin sollte er sich wenden? Er konnte seinen Verfolgern nicht auf Dauer davonreiten. Sein Pferd musste irgendwann müde werden und er war allein, während sie über eine große Anzahl frischer Tiere verfügten und mehr als tausend waren. Er brauchte ein Versteck.

»Twix!«

Die Elfe streckte den Kopf aus der Hemdtasche und sah ihn mit schräg geneigtem Kopf an. »Das wurde aber auch Zeit!«,

sagte sie. »Ich dachte schon, du hättest ernsthaft Gefallen an diesem Burschen gefunden.«
»Ich habe nur auf den richtigen Moment gewartet«, antwortete Kim.
»Ach, und du glaubst, das wäre ausgerechnet jetzt?«
»Ich brauche deine Hilfe«, seufzte Kim. »Diskutieren können wir später.«
»Meine Hilfe? Wie originell! Was würdest du eigentlich ohne mich –«
»Flieg voraus«, unterbrach sie Kim. »Ich brauche ein Versteck. Ein *gutes* Versteck!«
»Pfft!«, machte Twix, schwang sich aber trotzdem gehorsam in die Luft und war wenig später verschwunden.
Sie hatten mittlerweile den Fuß des Hügels erreicht und Kim ließ das Pferd ein wenig langsamer traben. Wieder sah er zu seinen Verfolgern zurück. Sein Vorsprung war noch weiter gewachsen. Etliche Reiter bewegten sich nur noch im Schritttempo und zwei oder drei hatten ihre Pferde sogar gewendet und trabten langsam zu Heer zurück. Er selbst wollte im Moment um nichts in der Welt in der Haut der jungen Krieger stecken. Immerhin hatten sie einen direkten Befehl ihres Heerführers verweigert.
Anders sah es bei den Reitern aus, die von Westen kamen. Sie waren mittlerweile weit genug heran, dass Kim erkennen konnte, dass es nur vier waren – bei den Übrigen musste es sich wohl um Packpferde handeln, denn sie waren weit zurückgefallen. Diese vier näherten sich jedoch nach wie vor in scharfem Tempo. Wenn sie diese mörderische Geschwindigkeit durchhielten, würden sie ihn in längstens einer halben Stunde eingeholt haben. Er brauchte dringend ein Versteck. Wo blieb Twix?
Er hielt so intensiv nach der Elfe Ausschau, dass er den armdicken Ast, der urplötzlich vor ihm im Gras auftauchte, viel zu spät sah. Sein Pferd registrierte die Gefahr im letzten Moment und setzte mit einem gewagten Sprung über das Hindernis hinweg, aber Kim, der auf diese jähe Bewegung nicht vorbe-

reitet war, wurde nach vorne und beinahe aus dem Sattel geschleudert. Im buchstäblich allerletzten Moment hielt er sich am Sattelknauf fest – mit dem Ergebnis, dass sich sein Pferd erschrocken auf die Hinterläufe erhob und ihn nun endgültig abwarf. Kim stürzte der Länge nach ins Gras und blieb einen Moment lang benommen liegen.

Als er sich aufrichtete, blickte er in ein pelziges Gesicht mit vorspringendem Unterkiefer, riesigen Glubschaugen und spitzen Ohren, aus denen kleine Haarbüschel wuchsen.

»Pack?«, murmelte er verblüfft.

Die Kreatur sprang einen halben Schritt zurück, grinste ihn an – und schlug ihm ohne Vorwarnung und so fest die Faust auf die Nase, dass er im wahrsten Sinne des Wortes Sterne sah.

Kim hob die Hand ans Gesicht, betastete mit spitzen Fingern sehr vorsichtig seine Nase und sagte noch einmal, aber diesmal überzeugt: »Pack!«

Der Gnom sprang zwei oder drei Schritte zurück und begann aufgeregt mit den Armen herumzufuchteln und zu schnattern.

»Ja, ich freue mich auch dich wieder zu sehen«, sagte Kim. »Aber ich habe im Moment keine Zeit für deine Späße. Da sind ein paar ziemlich unangenehme Burschen hinter mir her, weißt du?«

Er stemmte sich hoch, griff nach dem Sattelknauf und wollte den Fuß in den Steigbügel setzen, aber der Pack lamentierte immer lauter, sodass er mitten in der Bewegung innehielt und den haarigen Kobold erneut anblickte.

»Willst du mir etwas sagen?«, fragte er.

Der Pack schnatterte und wies dabei auf einen Punkt hinter sich, an dem Kim absolut nichts Außergewöhnliches erkannte. Hinter dem Pack ragte irgendetwas empor, das auf den ersten Blick eine verwilderte Felswand hätte sein können, in Wahrheit jedoch das Bruchstück eines gewaltigen Astes war. Als Kim genauer hinsah, erkannte er einen schmalen, dreieckigen Riss in der steinharten Borke.

»Ein Versteck!«, rief Kim. »Du hast ein Versteck für mich gefunden!«

Der Pack kreischte noch lauter, sprang plötzlich auf das Pferd zu und versetzte ihm einen so derben Tritt, dass es mit einem erschrockenen Wiehern davonschoss. Kim war im ersten Moment erschrocken, sah aber dann ein, dass der Pack sehr klug gehandelt hatte. Das Pferd würde seinen Rückweg zum Lager sicher finden und hier stellte es im Moment nur eine Gefahr für sie da.

Er eilte zu dem Riss in der Baumrinde, ließ sich davor in die Hocke sinken und spähte hindurch. Der Riss setzte sich auch dahinter fort, so weit das Licht reichte und vermutlich noch weiter. Schmal und unbequem, aber trotzdem ein perfektes Versteck.

Als er sich jedoch hineinquetschen wollte, ergriff der Pack ihn so derb am Arm, dass er das Gleichgewicht verlor und stürzte.

»He!«, beschwerte sich Kim. »Was soll das?«

Der Pack begann wieder zu kreischen und wild mit den Armen zu fuchteln, griff plötzlich nach Kims Hand und riss einen Streifen Stoff aus dem Saum seines Hemdärmels. Unter heftigem Schnattern und Keifen stopfte er den Fetzen in den Riss im Baum, sprang zurück und fuchtelte wieder wild mit den Armen.

Und endlich begriff Kim.

Der Pack hatte keineswegs den Verstand verloren oder trieb wieder seine üblen Scherze mit ihm – er legte eine falsche Spur! Wer über diesem Fetzen stand, musste annehmen, dass Kim in den Riss hineingekrochen war, und würde ihm folgen – und damit wertvolle Zeit verlieren.

»Alle Achtung!«, sagte Kim anerkennend. »So viel Raffinesse hätte ich dir ja gar nicht zugetraut.«

Der Pack reagierte auf das Kompliment auf seine ganz persönliche Art – er bückte sich, raffte einen Stock vom Boden auf und warf damit nach ihm. Kim wich dem Wurfgeschoss aus, sprang in die Höhe und folgte dem Pack tiefer in den Wald hinein.

Schon nach wenigen Augenblicken verlor er in dem dichten

Unterholz die Orientierung. Was von der Höhe des Bergkamms aus wie schütterer Wald ausgesehen hatte, das entpuppte sich aus der Nähe betrachtet als fast undurchdringlicher Dschungel. Ohne die Hilfe des Pack hätte er sich schon nach wenigen Augenblicken hoffnungslos verirrt oder wäre in einem dornigen Busch oder einem Gewirr aus Ranken und Wurzeln hängen geblieben.

Auch so bereitete es ihm immer größere Mühe, dem Pack zu folgen, denn sein haariger Führer vermochte sich mühelos durch Lücken und Geäst zu quetschen, für die Kim eine Machete gebraucht hätte. Tiefer und tiefer drangen sie auf diese Weise in den Wald ein.

Plötzlich blieb der Pack stehen, legte den Kopf auf die Seite, und noch bevor Kim richtig begriff, wie ihm geschah, wirbelte er herum, trat ihm die Füße unter dem Leib weg und warf sich auf ihn. Kims erschrockener Schrei wurde von einer haarigen Hand erstickt und natürlich nutzte der Pack die Gelegenheit, um ihn mit der anderen Hand so kräftig zu kneifen, dass ihm die Tränen in die Augen schossen. Kim wehrte sich mit aller Kraft, aber der Pack war viel zu stark für ihn. Das kleine Wesen entwickelte Kräfte, die er ihm niemals zugetraut hätte.

Erst als Kim schon glaubte, im nächsten Moment ersticken zu müssen, zog der Pack die Hand wieder zurück. Kim japste – und hielt sofort wieder erschrocken die Luft an.

Durch das Gebüsch drangen dumpfe Hufschläge und das Murmeln mehrerer Stimmen.

Kim stemmte sich umständlich hoch, kroch auf Händen und Knien ein Stück weit ins Gebüsch hinein und bog vorsichtig die Äste auseinander.

Sein Herz stockte, als er die Reiter auf der anderen Seite des Gebüsches sah.

Es waren fünf. Angeführt wurden sie von Kai, der mit finsterem Gesicht im Sattel hockte und das blankgezogene Schwert vor sich über den Knien liegen hatte. Seine vier Begleiter jedoch unterschieden sich so sehr von ihm, wie es nur ging.

Keiner von ihnen war größer als Kai, aber Kim konnte weder ihr Alter noch ihre genaue Größe oder ihr Aussehen erkennen, denn sie trugen wuchtige Rüstungen aus schwerem Eisen, die ihren Körper von Kopf bis Fuß einhüllten. Im allerersten Moment glaubte Kim fast, den schwarzen Reitern aus Morgon gegenüberzustehen, aber dieser Gedanke hielt wirklich nur einen flüchtigen Blick stand. Die vier Reiter waren anders. Sie wirkten primitiver, wilder, auf eine schwer in Worte zu fassende Weise *gefährlicher.* Kim konnte nicht einmal sagen, warum.

»Er muss hier irgendwo sein!«, sagte Kai wütend. »Verdammt, er kann sich doch nicht einfach in Luft aufgelöst haben!«

Kim erstarrte, als Kai in seine Richtung sah und sich sein Blick für einen Moment direkt in seinen zu bohren schien. Auch der Pack wagte es nicht, sich zu rühren, aber Kim sah aus den Augenwinkeln, wie auf seinem Gesicht ein hasserfüllter Ausdruck erschien. Dann wanderte Kais Blick weiter und Kim atmete auf.

»Er muss hier irgendwo sein!«, sagte Kai noch einmal. »Sucht ihn! Er darf nicht entkommen! Aber denkt daran: Ich brauche ihn unversehrt!«

Kim hatte genug gesehen und gehört. Vorsichtig ließ er die Äste los, kroch wieder ein gutes Stück in seine Deckung zurück und sah sich mit klopfendem Herzen um. Er brauchte wirklich dringend ein Versteck. Seine Verfolger waren nur zu fünft, aber obwohl er die Gesichter der Reiter nicht gesehen hatte, spürte er doch, wie gefährlich sie waren. Sie hatten etwas von Bluthunden an sich – einmal auf eine Fährte gesetzt, würden sie so schnell nicht aufgeben.

Er sah den Pack an und erschrak erneut. Sein haariger Freund zitterte am ganzen Leib. Er hatte die Ohren zurückgelegt wie eine gereizte Katze und seine Augen waren dunkel vor Furcht. Wenn es noch eines Beweises für die Gefährlichkeit der Reiter in Schwarz bedurft hätte, dann wäre es der Anblick des Pack gewesen. Er hatte sogar vergessen die Gunst des Augenblicks zu nutzen und Kim kräftig zu kneifen oder ihm vor die Waden zu treten.

Als Kim sich zum dritten Mal in der Runde umsah, erhob sich ein Stück weiter hinter ihm ein dürres weißes Bein aus dem Gras und winkte ihm zu. Kim runzelte überrascht die Stirn, setzte sich aber unverzüglich in Bewegung und huschte geduckt und so leise wie möglich in die Richtung, in der er das Spinnenbein gesehen hatte. Nur Sekunden später stand er auch dem Rest der weißen Kreatur gegenüber und atmete erleichtert auf.

»Gott sei Dank. Du kannst dir ja gar nicht vorstellen, wie –«

»Still!«, zischte die Spinne. »Die Schwarze Garde ist noch in der Nähe! Die Burschen haben Ohren wie Fledermäuse!«

Kim warf einen raschen Blick in die Richtung, in der er auf Kai und seine unheimlichen Begleiter gestoßen war. Von den Reitern war nichts mehr zu hören. Aber dass er sie nicht hörte, bedeutete nicht, dass sie umgekehrt ihn nicht bemerkten. Als er weitersprach, senkte er die Stimme unwillkürlich zu einem Flüstern.

»Wir brauchen ein Versteck!«

»Was du nicht sagst«, sagte die Spinne. »Was glaubst du wohl, wieso ich hier bin? Wärst du nicht wie ein blindes Huhn stundenlang durch die Gegend gestolpert, dann wären wir längst in Sicherheit!«

»Soll das heißen, du hast ein Versteck gefunden?«

»Natürlich habe ich das«, antwortete die Spinne in eindeutig beleidigtem Ton. »Komm mit. Und keinen Laut!«

Nach einem letzten, sichernden Blick über die Schulter zurück folgte Kim der Spinne. Wenigstens versuchte er es, hatte aber alle Mühe, auch nur halbwegs mit ihr Schritt zu halten. Die Spinne bewegte sich auf ihren acht langen, dünnen Beinen so elegant und mühelos durch das hüfthohe Gras, dass Kim und der Pack sie mehr als einmal aus den Augen verloren und sie immer wieder stehen bleiben musste, damit sie wieder zu ihr aufschließen konnten.

Endlich erreichten sie wieder einen der riesigen abgebrochenen Äste. Er hatte die Dimensionen eines sechsstöckigen Hauses, das auf die Seite gefallen war, und seine Flanke war an zahlreichen Stellen durchbrochen.

Die Spinne blieb stehen und sah ihn forschend an. »Kannst du klettern?«

Kim wollte instinktiv nicken, zögerte dann aber. Er war nicht sicher, ob er unter dem Wort *klettern* dasselbe verstand wie ein Wesen, das ohne sonderliche Mühe kopfunter an der Decke entlang zu laufen imstande war ...

»Also nicht«, seufzte die Spinne, als er nicht antwortete. »Dann muss es eben anders gehen. Kommt!«

Sie lief nicht weiter geradeaus um einfach an der Wand aus halb vermodertem Holz entlang zu krabbeln, wie sie es ursprünglich vorgehabt haben mochte, sondern machte einen scharfen Knick nach links und verschwand nach wenigen Schritten in einer fast regelmäßig geformten Öffnung im Holz. Sie lag allerdings so hoch über dem Boden, dass Kim sie gerade mit dem ausgestreckten Arm erreichen konnte und nur mühsam und unter Aufbietung aller Kräfte in der Lage war sich hineinzuziehen.

Als er es getan hatte und sich umsah, verstand er den Sinn der Frage, ob er klettern konnte, schlagartig besser.

Das Innere des Astes war hohl, aber der Gang, in dem er sich befand, war keineswegs auf natürliche Weise entstanden. Die Wände waren geglättet und so sorgfältig poliert, dass sich Kims Gestalt verzerrt darauf spiegelte. In regelmäßigen Abständen zweigten weitere Türen von dem Gang ab, die in andere Räume führen mochten, und ganz am Ende des gekrümmten Tunnels entdeckte er sogar die ersten Stufen einer eng gewendelten Treppe. Er befand sich in einem Teil der alten Baumstadt. Das Volk, das auf dem Riesenbaum gelebt hatte, hatte seine Behausungen nicht nur auf, sondern auch *in* die gewaltigen Äste hineingebaut. Vor ihm musste ein ganzes Labyrinth von Räumen, Kammern, Treppenschächten und Sälen liegen; mehr als genug Platz, um eine ganze Armee zu verbergen.

Das Ganze hatte nur einen klitzekleinen Schönheitsfehler.
Es stand auf dem Kopf.
Der Ast hatte sich um hundertachtzig Grad gedreht, als er abgebrochen und zu Boden gestürzt war. Die Decke über seinem Kopf war in Wirklichkeit der Fußboden und umgekehrt ...
»Wenn du genug gegafft hast, können wir dann weitergehen?«, erkundigte sich die Spinne.
Kim ersparte sich eine Antwort, streckte den Arm aus um dem Pack hereinzuhelfen und verbiss sich einen Schmerzlaut, als der Pack die Gelegenheit nutzte, ihm kräftig den Daumen herumzudrehen.
Hintereinander drangen sie tiefer in das gewaltige Baumhaus ein. Kim überließ sich ganz der Führung der Spinne, warf aber im Vorbeigehen einen raschen Blick in den einen oder anderen Raum. Der Anblick war im Prinzip überall gleich: Chaos. Als der Ast abgestürzt war, hatte sich die gesamte Einrichtung von ihrem Platz gelöst und war auf die zum Fußboden gewordene Decke gestürzt. Zu seiner Erleichterung sah er nirgendwo Spuren der ehemaligen Bewohner der Baumstadt. Vielleicht hatten sie ja doch noch Gelegenheit gefunden, sich in Sicherheit zu bringen, bevor die Katastrophe geschah.
Sie gingen eine Treppe hinunter – was nichts anderes bedeutete, als dass Kim eine spiegelglatte gekrümmte Rutschbahn hinunterschlitterte, während sich über seinem Kopf hölzerne Stufen aneinander reihten – und durchquerten einen gewaltigen Saal, der wohl einmal eine Art Waffenkammer gewesen sein musste. Der Boden war fast knietief mit einem Gewirr aus verbeulten Rüstungen, Schwertern, Schilden, Äxten, Speeren und anderen Mordinstrumenten bedeckt. Selbst der Spinne fiel es schwer, auf ihren langen Beinen über dieses Chaos zu stelzen ohne sich zu verletzen. Wie es Kim gelungen war, den Saal zu durchqueren, ohne sich ein paar Finger abzuschneiden oder ein Auge auszustechen, konnte er hinterher selbst nicht sagen. Trotzdem folgten er und der Pack ihrer achtbeinigen Führerin ohne Klagen. Sie würde schon wissen, was sie tat.

Wenigstens hoffte Kim das.

Die Spinne führte sie zu einem kleinen Raum auf der gegenüberliegenden Seite des Saales. Der Eingang lag gut fünf oder sechs Meter hoch unter dem zur Decke gewordenen Fußboden, war aber trotzdem gut zu erreichen, weil zerbrochene Möbel und ineinander gekeilte Rüstungsteile eine Art natürlicher Leiter bildeten, über die sie hinaufklettern konnten.

Die Kammer selbst war nicht besonders groß, aber praktisch leer, sodass Kim es sich auf dem Boden bequem machen konnte, während sie auf den Pack warteten. Das Gesicht des spitzohrigen Kobolds erschien nach wenigen Sekunden über dem Eingang. Er klammerte sich mit der linken Hand fest, streckte Kim die andere entgegen und sah ihn so herzzerreißend an, dass Kim um ein Haar geglaubt hätte, dass er nicht mehr die Kraft hätte sich hereinzuziehen. Alles, was ihn letztendlich davon abhielt, war sein schmerzender Daumen.

Der Pack stieß ein jämmerliches Piepsen aus. Kim schüttelte den Kopf, zeigte ihm einen Vogel und wandte sich an die Spinne.

»Bist du sicher, dass sie uns hier nicht finden?«, fragte er.

»Sicher ist gar nichts«, antwortete die Spinne. Kim sah aus den Augenwinkeln, wie sich der Pack ohne die geringste Mühe über die Türschwelle schwang und sich in der entferntesten Ecke zusammenkauerte um ihn und die Spinne abwechselnd mit feindseligen Blicken regelrecht aufzuspießen. »Man darf die Schwarze Garde nicht unterschätzen. Es heißt, dass ihnen noch niemand entkommen ist.«

Es war das zweite Mal, dass die Spinne diesen Begriff benutzte. Kim schauderte allein bei der Erinnerung an die unheimlichen, ganz in schwarzes Eisen gehüllten Gestalten. »Die Schwarze Garde ... wer sind sie?«

»Die Leibwache des Magiers der Zwei Berge«, antwortete die Spinne. »Wenn du wissen willst, *was* sie sind, dann musst du sie schon fragen. Niemand hat je einen Blick hinter ihre Visiere getan ... wenigstens niemand, der hinterher lange genug gelebt hätte um davon zu berichten.«

»Die Leibwache?«
»Anscheinend hat er sie an Kai ausgeliehen«, vermutete die Spinne. »Er ist sich wohl seiner eigenen Leute nicht mehr ganz sicher. Nach deinem kleinen Kunststück mit dem Skull wundert mich das überhaupt nicht mehr.«
Eine gute Sekunde verging, ehe Kim überhaupt begriff, was die Spinne gerade gesagt hatte. »Du *weißt* davon?«
»Natürlich weiß ich davon«, antwortete die Spinne.
»Ihr wart also die ganze Zeit über in unserer Nähe«, sagte Kim.
»Klar. Hast du gedacht, wir lassen dich allein?« Die Spinne lachte. »Du konntest mal wieder nicht die Zeit abwarten. Deine Flucht war eigentlich erst für morgen oder übermorgen geplant. Andererseits, jetzt, wo die Schwarze Garde hier ist ...«
»Meine Flucht war geplant?«, vergewisserte sich Kim. »Von wem?«
»Na von uns!«, antwortete die Spinne. »Wir haben nur noch auf diese pickelige Pusteblume gewartet.«
»Du meinst Sturm?«
»Meinetwegen auch das«, sagte die Spinne. »Er will in ein paar Tagen zu uns stoßen.«
Kim war nicht ganz sicher, ob er wütend werden oder sich freuen sollte. Natürlich war es ein gutes Gefühl zu wissen, dass seine Freunde ihn nicht im Stich gelassen hatten. Andererseits mochte er es gar nicht, wenn über seinen Kopf hinweg über ihn entschieden wurde. Der Gedanke machte ihn regelrecht wütend. Er hatte beinahe Lust –
Plötzlich begriff er, dass er jetzt kaum noch anders dachte als Kai und seine Krieger. Er schämte sich seiner eigenen Gedanken, war zugleich aber auch zutiefst beunruhigt. So leicht war es also, die Seiten zu wechseln, ohne es eigentlich selbst zu merken ...
»Wir bleiben am besten hier, bis es dunkel wird«, fuhr die Spinne fort. »Irgendwann werden sie schon aufgeben, nach dir zu suchen ... vorausgesetzt, dass uns mein knurrender

Magen nicht verrät.« Sie seufzte, wartete einen Moment vergeblich darauf, dass Kim etwas dazu sagte, und fuhr dann in beiläufigem Ton fort: »Wo ist eigentlich deine entzückende kleine Freundin, die Elfe?«

Kim antwortete auch darauf nicht, grinste aber breit und die Miene der Spinne verfinsterte sich zusehends. »Was ist daran eigentlich so komisch, wenn jemand unter deinen Augen verhungert?«, erkundigte sie sich.

Bevor Kim antworten konnte, stieß der Pack ein warnendes Meckern aus und sie eilten alle geduckt zum Eingang. Kim hielt erschrocken den Atem an, als er die in Wildleder und helles Leinen gekleidete Gestalt sah, die den Saal betreten hatte. Offensichtlich hatte Kai doch ein paar junge Krieger gefunden, die bereit waren seinen Befehlen zu folgen.

Der Pack schob kampflustig den Unterkiefer vor und ballte die Fäuste, aber Kim schüttelte rasch den Kopf. »Nicht!«, sagte er warnend. »Vielleicht bemerkt er uns ja gar nicht!«

»Wenigstens dann nicht, wenn ihr beiden die Klappe haltet«, zischte die Spinne. »Die Schwarze Garde ist in der Nähe! Ich kann sie spüren!«

Kim duckte sich noch ein wenig tiefer und betrachtete die einsame Gestalt in der Halle. Der Junge, der ein Stück größer war als er und kurz geschnittenes schwarzes Haar hatte, fühlte sich sichtbar unwohl in seiner Haut. Das hinderte ihn allerdings nicht daran, langsam durch den Saal zu gehen und hinter jedes Versteck zu spähen, das auch nur annähernd groß genug gewesen wäre einen Menschen zu verbergen.

Auf diese Weise kam er langsam näher und blieb schließlich am Fuß des Trümmerberges stehen, an dessen oberen Ende sich die Tür befand. Einen Moment lang spähte er konzentriert zu ihnen herauf, aber dann zuckte er mit den Schultern und drehte sich herum. Der Anblick der mit gefährlichen Spitzen gespickten Trümmer hatte ihn anscheinend davon überzeugt, dass es sich nicht lohnte, hinaufzuklettern und einen Blick in einen Raum zu werfen, der ohnehin leer sein musste.

Kim atmete innerlich auf und im selben Moment sauste ein

faustgroßer goldener Lichtball zur Tür herein und schoss zielsicher in ihre Richtung.
»Na, das wurde auch Zeit!«, protestierte Twix. »Findest du das in Ordnung? Zuerst schickst du mich weg, um ein Versteck zu suchen, und kaum habe ich es gefunden und komme zurück, da bist du nicht mehr da und ich kann stundenlang nach dir suchen!«
»O nein!«, murmelte Kim. »Twix, sei still!«
Twix war natürlich nicht still, sondern schoss weiter aus Leibeskräften schimpfend auf ihn zu. Und es wäre ohnehin viel zu spät gewesen. Der Junge war stehen geblieben und folgte der Elfe mit interessierten Blicken. Als sie an Kim vorbei durch die Tür flog, begann er vorsichtig, aber entschlossen den Trümmerberg hinaufzuklettern.
Twix schimpfte noch immer wie ein Rohrspatz. »Das war wirklich nicht nett von dir! Ich riskiere Kopf und Kragen um für dich – oh!«
Sie hielt so abrupt an, als wäre sie gegen ein unsichtbares Hindernis geprallt, als sie die Spinne erblickte.
»Das hast du wirklich gut hingekriegt, Kleine«, säuselte die Spinne. »Meinen Glückwunsch! Warum kommst du nicht ein bisschen näher, damit ich dir die Hand schütteln kann?«
»Bin ich so dumm, wie du aussiehst?«, fragte Twix.
»Hört auf!«, sagte Kim. »Bitte!«
Die beiden Streithähne verstummten tatsächlich auf der Stelle und Kim spähte weiter auf den jungen Krieger hinab. Seine Gedanken rasten. Der Junge kletterte langsam, aber beharrlich nach oben. Kim traute sich durchaus zu, ihn zu besiegen, aber er hatte gar keine Lust, mit ihm zu kämpfen. Es war so sinnlos. Im Grunde standen sie doch auf derselben Seite!
Aber vielleicht gab es ja noch eine andere Möglichkeit ...
Er wartete, bis der Junge die Hälfte des Hindernisses überwunden hatte, dann richtete er sich auf. Wie er erwartet hatte, erstarrte der Junge mitten in der Bewegung.
»Suchst du mich?«, fragte Kim.
Auf dem Gesicht des jungen Steppenreiters erschien ein gera-

dezu unglücklicher Ausdruck. Es war, wie Kim vermutet hatte: Er folgte Kais Befehl, aber er war ganz und gar nicht glücklich dabei.

»Ich ... ja, Herr«, antwortete er unbehaglich.

»Du hast mich gefunden«, antwortete Kim. »Und jetzt?«

Der junge Krieger antwortete nicht, aber der Ausdruck auf seinem Gesicht wurde noch gequälter.

»Sieht so aus, als hätten wir ein Problem«, fuhr Kim fort. »Kai hat dir sicher den Befehl gegeben mich zurückzubringen.«

»Das ... stimmt, Herr«, antwortete der Junge.

»Ich habe aber nicht vor zu ihm zurückzugehen«, sagte Kim. »Warum kehrst du nicht einfach zum Heer zurück und sagst ihm, du hättest mich nicht gefunden?«

»Das ... kann ich nicht machen«, antwortete der junge Krieger stockend. »Er würde es merken, wenn ich ihn belüge.«

Kim seufzte. »Ich werde nicht mitkommen. Nicht freiwillig. Also, was sollen wir tun? Warum schließt du dich nicht einfach uns an?«

»Ich habe einen Eid geschworen«, sagte der Junge gequält. »Ich kann ihn nicht brechen.«

»Dann haben wir *wirklich* ein Problem«, sagte Kim. »Ich glaube nämlich nicht, dass du wirklich gegen mich kämpfen willst, mein Freund.«

»Damit hast du wahrscheinlich sogar Recht«, sagte eine andere Stimme. »Aber *ich* will es. Ich freue mich sogar darauf.«

Kim sah hoch und erblickte niemand anderen als Kai, der die Halle betreten hatte, während er mit dem jungen Krieger sprach. Hinter ihm drängten vier in schwarzes Eisen gekleidete Gestalten herein.

Kai machte eine befehlende Geste zu dem jungen Krieger. »Verschwinde! Den Rest übernehmen wir. Und ruf die anderen herbei!«

Während der Junge hastig wieder nach unten kletterte und verschwand, kamen Kai und die Schwarze Garde näher. Sie hatten es nicht besonders eilig. Wozu auch? Kim saß hier oben in der Falle. Es gab nur einen einzigen Ausgang aus dem Saal.

Seine Gedanken rasten. Seine Lage schien vollkommen aussichtslos. Er hatte noch einen winzigen Vorteil auf seiner Seite, nämlich den, dass Kai wahrscheinlich nichts von der Anwesenheit der Spinne und des Pack wusste. Hätte Kai vier ganz gewöhnliche Krieger zu seinem Schutz mitgebracht, hätten sie sogar durchaus eine Chance gehabt, sie zu überwinden. Aber so ...

»Zeigt euch nicht«, flüsterte er, beinahe ohne die Lippen zu bewegen. »Vielleicht können wir sie überrumpeln!«

Kai und die vier gepanzerten Gestalten kamen allmählich näher und Kims Mut sank noch weiter, als er sah, dass Kai keineswegs als Erster herankam. Stattdessen bildeten zwei der schwarzen Krieger die Vorhut. Trotz ihrer zentnerschweren Rüstungen und ihres so plump anmutenden Äußeren kletterten sie mit einer erschreckenden Behändigkeit in die Höhe.

Binnen weniger Augenblicke war der Erste herinnen, richtete sich auf und machte Platz für die Nachfolgenden. Die Spinne schoss einen Faden auf ihn ab, der sich zielsicher um seinen Helm wickelte, und Twix umkreiste den Eindringling schimpfend und bestäubte ihn mit flirrendem Gold, was allerdings vollkommen nutzlos war. Der Krieger fegte die Elfe mit einem nachlässigen Schlag mit der flachen Hand aus der Luft und zerriss mit der anderen den Spinnfaden, ohne sich in irgendeiner Weise anzustrengen.

Jetzt waren auch die beiden anderen Gardisten und Kai angekommen. Die vier Krieger zogen ihre Waffen; hässliche, plumpe Schwerter mit gezackten Klingen, die viel mehr dazu geschaffen schienen, Schmerzen zu bereiten und zu verletzen als einen schnellen Sieg zu erringen.

»Schön, dass wir uns wieder sehen«, sagte Kai grinsend. »Ich war schon in Sorge um dich. Dieses Gelände hier ist das reinste Labyrinth. Man kann sich leicht verirren – oder sogar zu Schaden kommen.« Er deutete auf den Pack, die Spinne und schließlich Twix, die sich mühsam wieder hochrappelte und in taumelnden Spiralen auf Kims Schulter zuhielt. »Wie prak-

tisch, dass ich euch alle zusammen habe. Das spart eine Menge Zeit.«
Der Pack sprang ihn an. Wenigstens versuchte er es. Aber einer der Krieger vertrat ihm mit einem blitzschnellen Schritt den Weg und versetzte ihm einen Hieb mit der gepanzerten Hand, der ihn hilflos davonkugeln ließ.
Kai seufzte. »Können wir jetzt mit den Albernheiten aufhören?«
»Was willst du?«, fragte Kim und die Spinne zischte: »Ich hätte ihn auffressen sollen, als ich die Gelegenheit dazu hatte.«
Kai blickte angewidert auf sie herab. »Das wäre vermutlich wirklich klüger gewesen«, sagte er. »Eine bessere Gelegenheit wirst du nicht mehr bekommen, fürchte ich.«
»Undankbarer Kerl!«, schimpfte die Spinne. »Immerhin habe ich dir das Leben gerettet.«
»Und?«, fragte Kai verächtlich. »Was erwartest du jetzt von mir? Dass ich dir vor lauter Dankbarkeit die Füße küsse? Das sind mir zu viele.«
»Eine Chance«, antwortete die Spinne. »Ein fairer Kampf, zwischen euch und uns!«
»Fair?!« Kai hatte Mühe, ein Lachen zu unterdrücken, und Kim starrte die Spinne fassungslos an und fragte sich, ob sie nun vollends den Verstand verloren hatte.
»Er hat nicht einmal eine Waffe!« Die Spinne deutete mit einem Bein auf Kim. »Lass mich ein Schwert für ihn holen – oder hast du Angst, er könnte deine Hampelmänner in einem fairen Kampf besiegen?«
»Äh ...«, begann Kim, kam aber nicht weiter, denn Kai begann schallend zu lachen. Er warf den Kopf in den Nacken, lachte noch lauter und deutete dann mit einer einladenden Geste zur Tür.
»Nur zu!«, sagte er. »Aber beeil dich! Wir haben schon genug Zeit verloren.«
Die Spinne verschwand auf wirbelnden Beinen und Kai wandte sich mit einem hämischen Grinsen an Kim. »Zehn zu eins, dass sie die Gelegenheit nutzt um wegzulaufen«, sagte er.

»Verloren, Blödmann!«, keifte die Spinne von draußen. »Der Tag, an dem ich feige weglaufe, ist noch nicht gekommen!« Nur einen Augenblick später kam sie wieder und legte Kim ein zweischneidiges Schwert mit einem kunstvoll geschmiedeten Griff vor die Füße. Kim bückte sich danach und sah der Spinne aus unmittelbarer Nähe in die Augen.

»Bist du verrückt geworden?«, flüsterte er. »Ich kann doch nicht –«

»Halt die Klappe!«, zischte die Spinne. »Ich weiß, was ich tue.« Viel lauter und in keifendem Ton fügte sie hinzu: »Was soll das heißen, es gefällt dir nicht? Stellst du jetzt auch noch Ansprüche?« Gleichzeitig blinzelte sie Kim mit drei oder vier Augen zu.

Kim hatte zwar keine Ahnung, was das alles sollte, spielte aber wenigstens für den Moment mit. »Es ist zu schwer!«, sagte er laut. »Ich brauche eine leichtere Waffe, nicht so ein plumpes Stück Eisen.«

Kai setzte dazu an, etwas zu sagen, aber die Spinne war bereits wieder herumgewirbelt und sauste an ihm vorbei. Nur einen Moment später kam sie zurück, diesmal mit gleich zwei Schwertern beladen.

»Die gefallen dir auch nicht«, flüsterte sie.

»Was soll ich denn mit diesem Schrott?«, fragte Kim laut. »Ich dachte, das da draußen wäre eine Waffenkammer, keine Müllkippe!«

»Es reicht«, sagte Kai ärgerlich. »Ihr wollt nur Zeit gewinnen, aber das nutzt euch nichts. Niemand wird euch zu Hilfe kommen.«

»Noch einen Versuch«, sagte die Spinne, während sie bereits losraste. »Ich werde schon etwas finden, was unserem hochwohlgeborenen Herrn Superhelden passt!«

Während sie draußen lautstark herumsuchte, wandte sich Kai kopfschüttelnd an Kim. »Ich bestehe nicht auf diesem Kampf«, sagte er. »Und es ist keine Schande, nicht gegen eine fünffache Übermacht antreten zu wollen.«

»Nur keine falsche Hektik!« Die Spinne kam ächzend zurück.

Diesmal schleppte sie gleich vier Schwerter mit sich, unter deren Last sie sichtbar wankte. »Diesmal wird sicher etwas Passendes dabei sein.«
Sie lud die Waffen scheppernd und klirrend vor Kim ab. »Such dir eins aus«, flüsterte sie.
»Das ist albern«, sagte Kai.
»Hast du vielleicht Angst, wir könnten gewinnen?«, keifte die Spinne. Während Kim zögernd nach einem der Schwerter griff, drehte sie sich wieder vollends zu Kai herum und blinzelte zu ihm hoch. »Wir sind uns einig? Ihr lasst uns gehen, wenn ihr den Kampf verliert?«
Kai hatte mittlerweile Mühe, nicht vor Lachen laut herauszuplatzen. »Mein Wort darauf«, sagte er. Dann wandte er sich an Kim. Das Lachen verschwand wie weggeblasen von seinem Gesicht. Er zog sein Schwert. »Also? Machen wir es kurz.«
»Aber nicht unbedingt schmerzlos«, kicherte die Spinne.
Im nächsten Moment zweifelte Kim ernsthaft an seinem Verstand, denn was er sah, das war ganz und gar unglaublich.
Die Spinne richtete sich auf die beiden hinteren Beine auf, wodurch sie nun annähernd so groß wie Kai wurde. Mit den übrigen sechs Gliedmaßen griff sie nach jeweils einem Schwert und ließ die Klingen prüfend durch die Luft zischen.
Kai ächzte. »Aber das ist –«
»Genau das, was wir abgesprochen haben«, fiel ihm die Spinne ins Wort. »Ein fairer Kampf, wir gegen euch. Zusammengenommen habt ihr genauso viele Arme wie wir. Und viel mehr Beine. *Attacke!*«
Sie sprang vor. Die sechs Schwerter in ihren Armen verwandelten sich in flirrende Schemen, die sich so schnell bewegten, dass das Auge ihnen kaum noch zu folgen vermochte.
»En garde!«, brüllte die Spinne. Metall kreischte. Funken stoben auf, als sie die Schwarze Garde angriff und ihre Schwerter auf vier Rüstungen gleichzeitig prallten. Kai blickte verblüfft auf seine plötzlich leeren Hände, als sein Schwert davonflog, und einer der schwarzen Krieger wurde von den Füßen gerissen und verschwand kopfüber aus der Tür.

Endlich erwachte auch Kim aus seiner Erstarrung. Während die Spinne so schnell hin und her sprang, dass sie beinahe selbst zu einem Schemen zu werden schien, und die drei verbliebenen Krieger nach Strich und Faden verdrosch, sprang er auf Kai zu, trieb ihn mit dem Schwert vor sich her und setzte die Klinge schließlich an seine Kehle, als der junge Steppenreiter mit dem Rücken gegen die Wand stieß und es nichts mehr gab, wohin er fliehen konnte.
»Tja, so schnell wendet sich das Blatt manchmal«, sagte er fröhlich.
Kai starrte ihn trotzig an. »Was willst du?«
»Nur dein Wort«, sagte Kim. »Ruf deine Krieger zurück und lass uns gehen, dann passiert dir nichts.«
Kai riss die Augen auf. »*Ich* soll meine Krieger zurückrufen? Warum siehst du dich nicht erst einmal um?«
Kim tat, was Kai verlangte, und verstand dessen ungläubigen Ton plötzlich besser. Die drei übrig gebliebenen Krieger hatten nicht die geringste Chance gegen die Spinne. Sie schien sich nicht einmal besonders anzustrengen und hatte sogar noch Luft, ein aufreizendes Lied zu pfeifen, während sie die schwarzen Rüstungen ihrer Gegner methodisch zu Schrott schlug. Keiner der Schwerthiebe vermochte die massiven Eisenplatten zu durchschlagen, aber Kim konnte sich lebhaft vorstellen, wie sich die Krieger im Inneren ihrer Rüstungen fühlten. Ihnen mussten im wahrsten Sinne des Wortes die Ohren klingeln. Und nicht nur das ...
»Also gut«, sagte er. »Ich verlange einen Tag Vorsprung.«
»Und wenn nicht?«, fragte Kai trotzig. »Bringst du mich dann um? Das glaube ich nicht.«
Damit hatte er sogar Recht. Obwohl er gegen die Wand gelehnt dastand und Kim eine Waffe gegen seine Kehle drückte, kam er sich für einen Moment regelrecht hilflos vor. Dann aber verstärkte er den Druck der Klinge ein wenig. Kai wurde noch blasser und Kim fuhr in grimmig-entschlossenem Ton fort: »Vielleicht tue ich dir nichts. Aber ich könnte einfach gehen und dich ihr überlassen.«

»Riposte!«, brüllte die Spinne. Etwas schepperte und ein weiterer Gardist flog in hohem Bogen aus der Tür. Auf die beiden anderen prasselten umso heftigere Schwerthiebe herab.
»Also gut«, sagte Kai gepresst. »Ich gebe euch Vorsprung bis zum nächsten Sonnenuntergang. Keine Sekunde länger. Aber es ist vollkommen zwecklos. Es spielt keine Rolle, in welche Richtung ihr flieht. Wir sind schon überall.«
»Dann braucht ihr uns ja auch nicht zu verfolgen«, sagte Kim.
»Parade!«, keifte die Spinne. Der vorletzte Krieger verließ unfreiwillig die Kammer und der als Letzter zurückgebliebene duckte sich verzweifelt unter den jetzt sechs Klingen, die in immer rascherer Folge auf ihn niederfuhren.
»Ich habe dein Wort?«, vergewisserte sich Kim.
Kais Augen sprühten Feuer, aber in diesem Moment schrie die Spinne: *»Pas de deux!«*, und einen Augenblick später folgte ein gewaltiges Scheppern und Poltern.
»Also gut, meinetwegen«, sagte Kai hastig. »Ja. Du hast mein Wort. Mein Ehrenwort. Wir werden bis morgen Abend oben auf dem Hügel lagern. Niemand wird euch verfolgen.«
»Sein Ehrenwort, pah!« Die Spinne kam näher. Sie jonglierte mit ihrem halben Dutzend Schwertern und maß Kai mit abschätzenden und alles andere als freundlichen Blicken. »Was das wohl wert sein mag!«
Kim machte eine abwehrende Geste. »Ich glaube ihm«, sagte er. Er wusste selbst nicht genau, warum, aber er war tatsächlich davon überzeugt, dass Kai sein Wort halten würde. Zumal er vermutlich Recht hatte. Es gab im Grunde nichts, wohin sie noch fliehen konnten. Der Kampf der Alten gegen die Jungen hatte längst von ganz Märchenmond Besitz ergriffen.
Mit einer entschlossenen Bewegung stieß er das Schwert in die leere Scheide an seinem Gürtel und trat einen Schritt zurück. »Gehen wir.«

Kai und seine Krieger hatten ihnen noch ein weiteres (wenn auch sicher unfreiwilliges) Geschenk dagelassen: fünf aufgezäumte, mit prall gefüllten Satteltaschen ausgestattete Pferde,

die am Eingang des hölzernen Labyrinths festgebunden waren. Zu seiner großen Freude entdeckte er am Sattelzeug eines der Pferde sogar Turocks Zauberbogen.
Im Grunde hatte er nur für ein einziges Pferd Verwendung. Trotzdem lud er alle Vorräte auf zwei weitere Tiere und band ihre Zügel zusammen; die beiden verbliebenen jagte er davon. Auf diese Weise würden sie in den nächsten Tagen wenigstens keine Zeit damit verlieren, nach Nahrung zu suchen.
Sie brachen sofort auf. Der Pack verschwand wie üblich im hohen Gras, blieb aber in der Nähe. Manchmal hörte Kim ihn rascheln und dann und wann tauchte ein spitzes Ohr oder ein Haarkamm über dem Gras auf. Auch die Spinne kletterte auf den nächst erreichbaren Baum und war dann zwischen den Blättern verschwunden. Trotzdem war Kim sicher, dass auch sie in der Nähe blieb.
Er ritt bis tief in die Nacht hinein, nicht nur um einen möglichst großen Abstand zwischen sich und Kais Heer zu legen. Seine Umgebung wurde ihm in zunehmendem Maße unheimlich. Jetzt, wo er wusste, wo er war, schienen ihn die Bilder der Zerstörung auf Schritt und Tritt regelrecht anzuspringen. Nirgendwo während seiner langen Reise durch Märchenmond war ihm die Verheerung so deutlich vor Augen geführt worden wie hier. Nicht einmal das fast verlassene Gorywynn hatte ihn mit einem solchen Schrecken erfüllt wie dieser schweigende, zerbrochene Wald. Der Gedanke inmitten der Trümmer einer ganzen Zivilisation zu übernachten, war ihm fast unerträglich. Er hielt erst an, als er Gefahr lief schlichtweg im Sattel einzuschlafen und die Pferde immer öfter aus dem Tritt kamen und strauchelten.
Trotz seiner Müdigkeit entzündete er ein Feuer und bereitete sich mit den erbeuteten Vorräten ein einfaches Abendmahl. Er war nicht hungrig, sondern musste im Gegenteil jeden Bissen mühsam hinunterwürgen. Trotzdem zwang er sich dazu, ausgiebig zu essen. Morgen war mit Sicherheit ein anstrengender Tag. Er hatte vor mit den ersten Strahlen der aufgehenden Sonne loszureiten und nach Möglichkeit bis tief in die

Nacht hinein nicht Halt zu machen; wenn er und die Pferde es durchhielten, vielleicht sogar erst am darauf folgenden Morgen. Kai würde eine gnadenlose Jagd auf ihn veranstalten lassen, sobald seine Frist abgelaufen war. Jeder Meter, den er in dieser Zeit zurückbrachte, zählte.

»Das klingt logisch«, meinte die Spinne in nörgeligem Ton, nachdem er ihr sein Vorhaben erklärt hatte. Nachdem er sein Lager aufgeschlagen und das Feuer entzündet hatte, waren sie und der Pack wieder zu ihm gestoßen. Der Pack hatte sich ganz am Rande des Lichtkreises zusammengerollt und schnarchte, dass die Bäume wackelten, aber die Spinne war näher gekrochen und genoss sichtlich die Wärme des halb heruntergebrannten Feuers. Sie hatte die Beine unter den Körper geschoben und stieß von Zeit zu Zeit ein wohliges Schnurren aus; wie eine große, zufriedene Katze. Und tatsächlich hatte Kim sich ein- oder zweimal dabei ertappt, die Hand auszustrecken und ihr seidiges Fell streicheln zu wollen. Aber es gab Grenzen. Immerhin war es eine *Spinne*.

Wenn auch eine recht hübsche.

»Und was willst du mit all diesen gutgemachten Metern anfangen, wenn du sie hast? Ich meine: Gerne gebe ich diesem Angeber Kai ja nicht Recht, aber ich fürchte, er sagt die Wahrheit. Sie sind schon überall.«

»Ich weiß«, seufzte Kim. Er hob einen Stock auf und warf ihn ins Feuer. Ein wirbelnder Funkenschauer stob auf und verbreitete für Augenblicke tanzende Helligkeit, nach der sich die Nacht mit noch tieferer Dunkelheit über das Lager zu senken schien. »Ich habe darüber nachgedacht, weißt du? Ich glaube, es gibt noch eine Möglichkeit. Wir müssen die Magie nach Märchenmond zurückbringen. Wenn Kais Krieger sehen, dass sich das Land erholt, sobald der Zauber zurück ist, dann werden sie Vernunft annehmen.«

»Kais Krieger und Vernunft annehmen!«, spottete die Spinne. »Eher heirate ich eine Elfe.«

»Nur über meine Leiche!«, piepste es ängstlich aus Kims Hemdtasche.

»Darüber lässt sich reden«, meinte die Spinne. »Habe ich dir eigentlich schon von unseren Hochzeitsbräuchen erzählt?«
»Das musst du auch nicht«, sagte Kim hastig. »Ich weiß, was Spinnen nach der Hochzeitsnacht mit ihrem Bräutigam tun.«
»Ach?«, fragte Twix. »Und was?«
»Das willst du nicht wissen«, behauptete Kim. Er wandte sich wieder an die Spinne. »Außerdem täuschst du dich. Ich war lange genug bei Kais Heer. Sie wollen nicht wirklich Krieg, glaube mir. Ein Wort von mir hätte genügt und sie hätten sich gegen Kai erhoben und wären mir gefolgt.«
»Deshalb hat er also die Schwarze Garde gerufen«, sagte die Spinne. »Aber warum hast du es nicht getan?«
»Wozu?«, fragte Kim. »Was wäre damit gewonnen?«
»Du hättest ihnen einfach befehlen können die Waffen niederzulegen.«
Kim schüttelte traurig den Kopf. »Es tut mir Leid, aber in diesem Punkt muss ich dir widersprechen. Ich kenne die Menschen besser als du. Ein Frieden, der ihnen aufgezwungen wird, hält nicht lange. Du kannst einem Menschen nicht befehlen, seinen Nachbarn zu lieben. Freundschaft bekommt man geschenkt oder gar nicht.«
»Und was willst du also tun?«, erkundigte sich die Spinne.
»Wie bereits gesagt: Wir müssen die Magie des Landes wieder beleben.«
»Prima Idee«, sagte die Spinne. »Und sie wäre sogar noch besser, wenn Sturm nicht die Zauberkugel verloren hätte. Du kannst schwerlich etwas zurückbringen, was nicht mehr da ist.«
»Stimmt nicht«, antwortete Kim. »Es gibt noch Zauberkraft auf Märchenmond. Wir müssen zu den Zwergen.«
Die Spinne fuhr erschrocken zusammen. Der Pack richtete sich mit einem Ruck auf und starrte ihn an und selbst die Elfe steckte ihr kreidebleiches Gesicht aus seiner Tasche.
»Habe ich ... etwas Falsches gesagt?«, fragte Kim zögernd.
»Die Zwerge?«, vergewisserte sich die Spinne.
»Ja«, bestätigte Kim. »Wieso bin ich eigentlich der Einzige,

der auf die Idee gekommen ist? Eigentlich ist es doch ganz klar. Erinnert euch, was ich über die Zwerge in der Kanalisation erzählt habe! Sie haben die magischen Runen aus dem Stein gebrochen. Wozu wohl, wenn nicht um sich ihre Zauberkraft zu sichern?«

»Du hast es erfasst«, sagte die Spinne. »Sie stehlen überall auf der Welt magische Artefakte. Schon seit langer Zeit.«

»Umso größer muss die Zauberkraft sein, die sie in ihrem Reich bereits angehäuft haben«, sagte Kim. »Mit ihrer Hilfe kann Themistokles vielleicht seine alte Macht zurückerlangen!«

»Zweifellos«, antwortete die Spinne. »Doch was bringt dich auf die Idee, dass sie uns helfen *wollen*?«

»Warum sollten sie das nicht tun?«

»Zwerge sind ein eigenbrötlerisches Völkchen«, sagte die Spinne. »Niemand mag sie und sie mögen niemanden. Sie leben in ihrem finsteren Reich tief unter der Erde oder in den unwegsamen Bergen im Osten und sie kommen nur in die Welt der Menschen um einen Streit anzuzetteln oder etwas zu stehlen. Unser Schicksal kümmert sie nicht.«

»Dann werde ich zu ihnen gehen und sie um Hilfe bitten«, sagte Kim.

»Du?!« Die Spinne lachte leise. »Prima Idee.«

»Was ist daran so komisch?«, wollte Kim wissen. »Ich kenne den Weg. Ich war schon einmal dort.«

»Ich weiß«, antwortete die Spinne. »Das ist ja gerade das Problem.«

»Was soll das heißen?«

»Du bist den Zwergen nicht gerade in guter Erinnerung geblieben«, belehrte ihn die Spinne. »Um nicht zu sagen: Sie hassen dich. Du kannst von Glück sagen, dass die Zwerge in den Katakomben von Gorywynn nicht gewusst haben, wer du bist. Sonst hätten sie ihre Spitzhacken und Hämmer nicht nur benutzt um ein paar Runensteine aus der Wand zu brechen.«

»Aber ... aber warum denn?«, murmelte Kim verständnislos.

»Das solltest du besser wissen als wir«, antwortete die Spinne. »Nach deinem letzten Besuch bei den Zwergen ging ihr Reich unter. Sie sind nur noch ein Schatten dessen, was sie einmal waren. Du hast die Zukunft der Menschen hier gerettet, aber der Preis dafür war die Zukunft der Zwerge. Man bekommt eben nichts geschenkt.«

»Aber das kann doch nicht sein«, murmelte Kim.

»Glaube es lieber«, piepste Twix. »Sie sagt die Wahrheit. Die Zwerge hassen dich so sehr, wie dich die Menschen in diesem Teil des Landes bewundern. Sie würden dich ohne zu zögern töten.«

»Sie würden dich sogar in der Luft zerreißen«, bestätigte die Spinne. In leicht wehleidigem Ton fügte sie hinzu: »Wahrscheinlich bliebe rein gar nichts von dir übrig.«

»Ich muss es trotzdem versuchen«, beharrte Kim. »Wenn der einzigste Weg Märchenmond zu retten, darin besteht, mein Leben zu riskieren, dann habe ich keine Wahl.«

»Was bist du?«, erkundigte sich die Spinne gereizt. »Besonders dumm, besonders tapfer oder beides? Nun, falls dir das hier nicht klar sein sollte: Wenn du in dieser Welt dein Leben verlierst, dann könntest du auch in der, aus der du kommst, ziemlich tot sein.«

»Ich weiß«, murmelte Kim. Die Spinne sagte ihm nichts Neues. Märchenmond mochte ein Reich der Fantasie sein, eine Welt, die nur er ganz allein kraft seiner Einbildung erschaffen hatte. Aber er war hier längst kein Gott und schon gar nicht unsterblich. Die Regeln, die er selbst aufgestellt hatte, galten auch für ihn, und die Gefahren, die ihm hier drohten, waren durchaus real.

»Trotzdem!«

»Was für eine Verschwendung«, maulte die Spinne. »Wenn du unbedingt Selbstmord begehen willst, dann mache ich dir einen Vorschlag: Ich fresse dich auf. Dann hast du deinen Willen und ich bekomme endlich mal wieder etwas in den Magen.«

Kim würdigte sie nicht einmal einer Antwort, sondern warf

ein wenig Erde in das Feuer um es zu löschen, drehte sich auf die Seite und schlief auf der Stelle ein.

Ganz wie er es vorgehabt hatte, ritt er mit dem ersten Licht des neuen Tages weiter. Eines der Packpferde lahmte, sodass er sich schweren Herzens von einem Teil seines Proviants trennte und das Tier laufen ließ. Aber auch mit nur einem Pferd am Zügel kam er nicht annähernd so rasch voran, wie er es sich erhofft hatte, sodass er gegen Mittag Halt machte, das Allernötigste an Vorräten in die Packtaschen seines eigenen Pferdes umlud und auch dem zweiten Tier die Freiheit gab. Nun hatte er allerhöchstens noch Nahrung für zwei oder drei Tage. Schlimmstenfalls würde er sich darauf verlassen müssen, dass ihn der Pack wieder mit Beeren und Obst versorgte.
Kim war bei seinem Entschluss geblieben, zu den Zwergen zu gehen. Er nahm die Warnung der Spinne durchaus ernst, aber er wusste auch, dass ihm gar keine andere Wahl mehr blieb, als das Risiko einzugehen. Märchenmond ging unter. Alles, was diese Welt und ihre Bewohner noch retten konnte, war Magie. Und der einzige Ort, an dem es noch Magie gab, war das Reich der Zwerge. So einfach war das.
Sturm stieß an diesem Tag nicht zu ihnen, wie die Spinne es vorhergesagt hatte, und auch nicht am nächsten und am übernächsten. Kim gab die Hoffnung schließlich auf, den sommersprossigen Jungen zu treffen. Vermutlich hatten sie sich verfehlt.
Er ritt beharrlich weiter nach Osten. Am Morgen des vierten Tages tauchten die Schattenberge als verschwommene Silhouette am Horizont vor ihnen auf und er ritt weiter in diese Richtung, Stunde um Stunde, Tag um Tag. Die Landschaft ringsum wurde zunehmend karger und lebensfeindlicher, aber Kim wich keinen Schritt von seinem einmal eingeschlagenen Weg ab: zu den Schattenbergen und damit ins Reich der Zwerge. Die Spinne versuchte noch zwei- oder dreimal ihn von seinem Vorhaben abzubringen und hüllte sich danach in beleidigtes Schweigen.

Nach einem Ritt von einer guten Woche erreichten sie den Fuß des Schattengebirges und Kim hielt an und stieg vom Pferd.
Schaudernd sah er sich um. Schon seit zwei Tagen waren sie durch eine graue Felswüste geritten, in der es nur noch wenige dornige Büsche und blasses Gras gab. Nun erstreckte sich ringsum eine regelrechte Mondlandschaft. Er sah nur grauen Fels und toten, sandigen Boden. Vor ihnen stieg die Strecke steil an und war zudem mit Geröll und scharfen Felsbrocken nur so übersät. Von hier an würde er zu Fuß weitergehen müssen.
Er löste Turocks Bogen vom Sattelgurt, stopfte sich die Taschen mit gesalzenem Fleisch und hartem Brot voll und nahm dem Pferd dann Sattel und Zaumzeug ab. »Lauf nach Hause«, sagte er. »Du hast mir treu gedient, aber jetzt wird es Zeit, dass du zu deinem Herrn zurückkehrst. Dort, wo ich hingehe, kannst du mir sowieso nicht folgen.«
Das Pferd sah ihn an, als hätte es seine Worte tatsächlich verstanden, wieherte noch einmal und trabte dann davon und Kim drehte sich zu Pack und der Spinne herum.
»Und das gilt auch für euch«, sagte er. »Ich weiß, dass ich ohne euch nie so weit gekommen wäre, aber von jetzt an ... sollte ich allein weitergehen.«
»Was für eine rührende Abschiedsszene«, sagte die Spinne. »Es bricht mir das Herz. Schnief!«
»Ich meine es ernst«, sagte Kim. »Ich gehe zu den Zwergen. Vielleicht töten sie mich ja wirklich. Es gibt keinen Grund, euch auch in Gefahr zu bringen.«
»Wenn dir etwas zustößt, dann sterbe ich doch sowieso«, sagte Twix.
»Ich weiß«, murmelte Kim. »Und ich wollte, es gäbe einen anderen Weg. Aber ich habe keine Wahl.«
»Jammer, schnief, heul!«, spöttelte die Spinne. »Das könnte dir so passen, wie? Am Ende braten sie dich am Spieß und ich gehe leer aus. Nix da! Ich komme mit!«
Kim war insgeheim froh über diese Entscheidung, sagte aber

nichts, sondern wandte sich mit einem fragenden Blick an den Pack.

Der spitzohrige Kobold warf einen Stein nach ihm.

»Du kommst also mit«, stellte Kim fest. »Also gut. Aber wenn es gefährlich wird oder die Lage aussichtslos erscheint, dann bringt ihr euch in Sicherheit, das müsst ihr mir versprechen.«

»Klar«, sagte die Spinne. »Heiliges Ehrenwort.«

Kim tat so, als bemerke er gar nicht, dass sie dabei vier Beine hinter ihrem Rücken kreuzte.

»Dann wollen wir mal versuchen einen Eingang in die Zwergenhöhlen zu finden«, sagte Kim.

»Soll das heißen, du weißt nicht einmal genau, wo die Zwerge sind?«, fragte Twix.

»Nur keine Sorge«, unkte die Spinne. »Sie werden uns schon finden.«

Wie schon beim ersten Mal, als er das Schattengebirge überquert hatte, war Kims Zeitgefühl vollkommen durcheinander geraten – so wie übrigens auch alle seine anderen Sinne. So war es nun einmal mit diesen Bergen, die die Grenze des von Menschen bewohnten Teils Märchenmonds markierten: Sie waren bereits zum Teil ein Stück der Welt dahinter, der endlosen Sümpfe und Steinwüsten, die von der finsteren Festung Morgon überragt und von Zwergen, Lindwürmern und vielleicht noch anderen, unheimlicheren Geschöpfen bewohnt wurden. Und so wie diese Berge nicht mehr ganz zur Welt der Menschen gehörte, funktionierten auch menschliche Sinne hier nicht mehr zuverlässig. Kim wusste längst nicht mehr, in welche Richtung sie gingen oder wie lange sie schon unterwegs waren.

Er wusste nicht einmal mehr, ob sie überhaupt im richtigen Teil der Schattenberge suchten. Das Reich der Zwerge bestand aus einem gewaltigen Labyrinth unterirdischer Gänge, Stollen und miteinander verbundener Höhlen und er wusste, dass es zahllose Ein- und Ausgänge besaß. Aber das Schattengebirge war auch unvorstellbar groß. Zwischen den

einzelnen Pforten mochten durchaus ganze Tagesmärsche liegen.
Weder die Spinne noch Twix hatten während der vergangenen Stunde auch nur ein einziges Wort gesprochen. Der Pack hielt sich ununterbrochen in ihrer Nähe auf und sogar in Sichtweite, was ungewöhnlich genug war.
Nicht zum ersten Mal, seit sie aufgebrochen waren, ließ sich Kim auf einen Felsen sinken um Atem zu schöpfen und sich zu orientieren. Beides gelang ihm nur teilweise. Die Luft schmeckte bitter nach Metall und ein ganz kleines bisschen nach Fäulnis, und wohin er auch blickte, sah er nichts außer grauem Fels, zwischen dem Nebel und ein farbenverschlingender grauer Dunst lastete. Aus dieser Höhe herab sollten sie eigentlich einen Ausblick über einen Großteil des Landes haben, vielleicht sogar hin bis zum Fluss und den Ruinen Caivallons, doch alles, was er sah, war eine unheimliche graue Ödnis. Sie waren in einen ewigen Nebel eingedrungen, der in Wahrheit gar kein Nebel zu sein schien, sondern ... etwas anderes. Kim wollte gar nicht genau wissen, was.
»Da ist etwas«, sagte Twix plötzlich. »Dort oben. Der Pack hat etwas entdeckt.«
»Kann man es essen?«, fragte die Spinne.
Kim blickte in die Richtung, in die Twix deutete. Der Pack war ein Stück vorausgeeilt und deutete nun heftig gestikulierend auf etwas, das er zwischen den Felsen entdeckt haben musste. Kim erhob sich rasch und kletterte zu ihm hinauf.
Was ihm nicht gelungen war, das hatte der Pack geschafft: Er hatte den Eingang zum Zwergenreich gefunden. Vor ihm befand sich eine gut anderthalb Meter hohe, mit Runen und verschlungenen Symbolen übersäte Steinplatte, die einen der für Zwerge typischen dreieckigen Durchgänge verschloss.
Kim betrachtete die Schriftzeichen misstrauisch. Er erkannte sie ganz ohne Zweifel als Zwergenrunen, konnte ihre Bedeutung aber nicht einmal erraten. Trotzdem bereitete ihm allein ihr Anblick Unbehagen. Sie schienen etwas Düsteres, fast Feindseliges auszustrahlen.

»Kann jemand lesen, was da steht?«, fragte er. Er erwartete nicht wirklich eine Antwort. Die Frage war nur Ausdruck seiner eigenen Unsicherheit gewesen.
Umso überraschter war er, als sich die Spinne an ihm vorbeidrängte. »Lass mal sehen!«
»Du kannst die Zwergensprache lesen?«, wunderte sich Kim.
»Ein paar Brocken«, antwortete die Spinne. »Wir hatten ... dann und wann miteinander zu tun. Gelegentlich.«
»Wie viele von ihnen hast du gegessen?«, fragte Twix geradeheraus.
»Nicht viele«, knurrte die Spinne. »An den Burschen ist nichts dran. Nur Haut und Knochen. Außerdem sind sie zäh. Und jetzt lass mich lesen. Das ist eine sehr alte Schrift. Sehr schwierig.«
Sie schwiegen gehorsam, während die Spinne konzentriert auf die Runenschrift starrte und dann und wann eine der tief in den Fels gemeißelten Linien betastete, als könnte sie ihre Bedeutung auf diese Weise schneller erkennen. Auf diese Weise vergingen gut fünf Minuten.
»Nun?«, fragte Kim schließlich.
»Es ist sehr schwierig«, sagte die Spinne.
»Ich wusste, dass sie nur angibt«, sagte Twix.
»Ich sagte, *schwierig*, nicht *unmöglich*. Das meiste kann ich entziffern, wenigstens dem Sinn nach ...«
»Und was bedeutet es – sinngemäß?«, seufzte Kim, als die Spinne verstummte und auch keine Anstalten machte, von sich aus weiterzusprechen.
»Zwergengewäsch!«, antwortete die Spinne. »Sie sind ein Volk von Angebern und Aufschneidern.«
»Sind sie mit dir verwandt?«, fragte Twix.
»Es ist eine Warnung«, fuhr die Spinne ungerührt fort. »Wer hier eintritt und nicht zum Zwergenvolk gehört, dem wird Schreckliches widerfahren. Er wird in den Feuern der Hölle brennen und in die tiefen Schlünde der Unterwelt geschleudert werden und bla, bla, bla ... Wie schon gesagt: Zwergengeschwätz, das man nicht zu ernst nehmen darf.«

»Es *klingt* aber ernst«, sagte Kim. Er hatte genug Erfahrungen mit Zwergen gesammelt um zu wissen, dass man das Kleine Volk besser nicht unterschätzte. Die Zwerge mochten wirklich ein Volk von Angebern und Aufschneidern sein, aber sie vermochten mangelnde Körpergröße und Kraft leicht durch Verschlagenheit, Tücke und einem gehörigen Maß an Gemeinheit wieder wettzumachen.

»Das soll es ja schließlich auch«, meinte die Spinne. »Um leichtgläubige Dummköpfe wie dich abzuschrecken. Außerdem: Wer von uns wollte denn unbedingt hierher?« Sie bewegte unruhig den Hinterleib. »Nur das hier kann ich nicht lesen. Wieso warnt diese Inschrift vor einem Dach?«

»Einem Dach?«

»Steht hier«, sagte die Spinne. »Jedenfalls ... glaube ich es.«

»Wie beruhigend«, sagte Twix. »Kannst du die Tür nun aufmachen oder nicht?«

Die Spinne berührte eine bestimmte, besonders auffällige Rune. Ein scharfes Klicken erscholl, dann versank die gesamte Steinplatte rumpelnd im Boden. Kim sah, dass sie mindestens einen halben Meter dick war. Sie musste eine Tonne wiegen, wenn nicht mehr.

Dahinter kam eine finstere, allem Anschein nach jedoch vollkommen leere Höhle zum Vorschein. Kim zog sein Schwert, gab der Spinne einen Wink zurückzubleiben und trat geduckt durch den niedrigen Eingang.

Sein Herz klopfte. Ein unangenehmer, aber vertrauter Geruch schlug ihm entgegen: ein Gemisch aus feuchtem Stein, Moder und uralter verbrauchter Luft, das in allen Zwergenhöhlen vorherrschte. Ein sachter, silbergrauer Glanz lag in der Luft, in dem man überraschend weit, aber nicht sehr klar sehen konnte.

»Es ist alles in Ordnung«, sagte Kim. »Ihr könnt hereinkommen.«

»Also, das würde ich nicht so sagen«, sagte Twix. »Sieh mal nach unten ...«

Kim gehorchte. Und das Blut gerann ihm schier in den Adern.

Was ihm auf dem ersten – flüchtigen – Blick wie ein massiver Boden vorgekommen war, stellte sich bei genauerem Hinsehen als ein Gitterwerk aus geschmiedetem schwarzen Eisen heraus. Darunter, vielleicht zwei, drei Meter unter ihren Füßen, schimmerte eine ölige Flüssigkeit, von der ein leicht stechender Geruch ausging.

Kim ließ sich in die Hocke sinken und fuhr prüfend mit den Fingern über das Gitter. Es fühlte sich äußerst massiv an, aber als er die Hand wieder zurückzog, blieb flockiger Ruß an seinen Fingerspitzen kleben.

Trotzdem verging noch eine Sekunde, bis er den Geruch wirklich identifizierte.

Petroleum.

Die Grube, die unter ihnen lag, war mit Petroleum gefüllt.

»Twix hat Recht«, sagte er hastig. »Hier stimmt etwas nicht! Bleibt draußen!«

Doch es war zu spät. Noch während er sprach, hatten der Pack und die Spinne die Höhle betreten, und kaum hatten sie es getan, da senkte sich mit einem Knall ein massives Eisengitter vor den Eingang. Sofort fuhren der Pack und die Spinne herum und zerrten und rüttelten mit vereinten Kräften daran, aber das Gitter rührte sich nicht einen Millimeter. Es zitterte nicht einmal.

»Na wunderbar!«, nörgelte die Spinne. »Ihr könnt kommen. Es ist alles in Ordnung! Toll! Ein wirklich guter Rat!«

»Still!« Kim hob warnend die Hand. »Hört ihr nichts?«

Die Spinne verstummte tatsächlich und es wurde still.

Aber nicht vollkommen.

Ein ganz leises Zischen war zu hören – und noch bevor Kim auch nur darüber nachdenken konnte, was dieser Laut wohl bedeuten mochte, glomm unter ihren Füßen ein winziger, greller Funke auf.

Dann schien die ganze Welt rings um sie herum zu explodieren.

Das Petroleum unter ihren Füßen fing mit einem einzigen, gewaltigen Schlag Feuer. Eine Woge intensiver Hitze raste zu ihnen herauf, ließ sie alle vor Schmerz und Schrecken aufschreien und raubte ihnen zugleich den Atem. Die Hitzewelle raste so schnell an ihnen vorbei, wie sie gekommen war, aber Kim taumelte trotzdem und wäre um ein Haar gestürzt. Von einer Sekunde auf die andere hatte sich der Raum in einen Vorhof der Hölle verwandelt. Rotes, zuckendes Flammenlicht durchstieß die Luft wie Millionen spitzer Speere. Twix, die Spinne und der Pack schrien in Panik durcheinander und obwohl die Hitze jetzt nicht mehr so schlimm war wie im ersten Moment, begann das Eisen unter ihren Füßen bereits unangenehm warm zu werden. Bald würde es heiß werden. Und kurz darauf wurden sie wahrscheinlich bei lebendigem Leibe gegrillt.

»Nichts wie weg hier!«, schrie er. »Lauft!«

Sie stürmten los, aber im Grunde hätte er sich denken können, dass es nicht so einfach war. Sie kamen nicht einmal ein Dutzend Schritte weit, bis sie gegen ein weiteres Gitter prallten, das sich auch vor ihnen aus der Decke gesenkt hatte.

Sie waren gefangen. Und die Gitterstäbe unter ihren Füßen wurden immer heißer. Kim wurde noch ein wenig durch seine Stiefel geschützt, aber der Pack und besonders die Spinne hüpften bereits von einem Fuß auf den anderen.

Kim ergriff die Elfe, ignorierte ihr protestierendes Zappeln und schob sie kurzerhand durch die Gitterstäbe. »Bring dich in Sicherheit!«, stieß er keuchend und hustend hervor.

»Ich lasse dich nicht –«, begann Twix, aber die Spinne schnitt ihr herrisch das Wort ab.

»Verschwinde gefälligst! Gegrillt schmeckst du nicht.«

»Und ihr?!«

»Ich lasse mir schon etwas einfallen«, antwortete die Spinne. Sie begann unverzüglich an dem Gitter nach oben zu klettern, hatte aber unerwartet viel Mühe damit. Als Kim ebenfalls nach den Gitterstäben griff, verstand er auch, warum. Das Eisen war mit irgendetwas eingerieben, was es so glitschig wie Schmierseife machte. Für den Pack und ihn musste es vollkommen unmöglich sein, daran emporzuklettern.

Das Gitter unter ihnen wurde heißer.
Hastig warf er den Kopf in den Nacken. Die Spinne hatte das obere Ende der Barriere erreicht und rannte kopfunter an der Decke entlang, wobei sie einen langen, glitzernden Faden hinter sich herzog. Rasch befestigte sie ihn an einem Felszacken, der aus der Decke wuchs, rannte den Weg zurück und spann dabei einen weiteren Faden. Und noch einen. Und noch einen. Sie baute ein Netz, und das in einer Geschwindigkeit, die Kim noch einen Moment zuvor für unmöglich gehalten hätte.
Trotzdem war Kim bis zuletzt nicht sicher, ob sie auch schnell genug sein würde. Die Hitze, die aus dem brennenden Petroleumbecken emporstieg, war unerträglich geworden und das Eisen unter seinen Füßen so heiß, dass er trotz der dicken Stiefelsohlen vor Schmerz stöhnte. Der Pack wimmerte vor Pein. Das Wesen mochte unsterblich sein, wie Themistokles behauptet hatte, aber es war keineswegs immun gegen Schmerz. Und die Hitze stieg weiter.
Etliche Sekunden nach dem Moment, an dem Kim davon überzeugt war, es einfach nicht mehr ertragen zu können, senkte sich eine dünne weiße Seilschlinge von der Decke, wickelte sich zielsicher um seine Hüfte und zog sich dann mit einem Ruck zusammen. Kim wurde rasch nach oben gezerrt und konnte endlich wieder atmen.
Die Spinne zerrte ihn weiter in die Höhe, bis er das improvisierte Netz erreicht hatte und sich mit beiden Händen daran festklammerte. Dann produzierte sie einen weiteren Faden um auch den Pack in die Höhe zu ziehen.
Kim atmete mit tiefen, gierigen Zügen ein und aus. Die Luft hier oben wäre ihm unter normalen Umständen als unerträglich vorgekommen; jetzt schien sie das Köstlichste zu sein, was jemals seine Lungen erreicht hatte. Minutenlang lag er einfach nur da, hielt sich mit beiden Händen an den klebrigen Fäden fest und tat nichts anderes als einfach ein- und auszuatmen. Erst dann wagte er es, die Augen wieder zu öffnen und sich aufzusetzen.

»Nicht so hastig!«, warnte sie Spinne. »Ich weiß nicht, wie stabil das Netz ist. Ich hatte nicht besonders viel Zeit, mir Gedanken über die Statik zu machen, weißt du?«
Ihre Warnung wäre gar nicht nötig gewesen. Schon bei der ersten, vorsichtigen Bewegung begann das gesamte Netz so bedrohlich zu schwanken, dass er für einen Moment erstarrte, ja, es nicht einmal wagte, den Kopf zu bewegen. Erst nach etlichen Sekunden verlagerte er langsam sein Gewicht und sah sich um.
Auch der Pack hatte das rettende Netz erreicht. Er hockte nicht weit neben ihm und massierte wimmernd seine angesengten Füße, schien aber im Großen und Ganzen unverletzt zu sein. Das Feuer tief unter ihnen brannte noch immer und da Hitze es nun einmal an sich hatte, nach oben zu steigen, wurde es auch hier immer wärmer. Aber noch war die Hitze zu ertragen – und Kim hatte das Gefühl, dass die Flammen tief unter ihnen bereits an Kraft eingebüßt hatten.
Twix kam herangeflogen. Sie hatte offensichtlich Mühe, sich in den aufsteigenden heißen Luftströmungen zu halten, denn sie taumelte mehr, als sie flog, lachte aber trotzdem laut und unüberhörbar schadenfroh, während sie die Spinne umkreiste.
»Zwergengeschwätz, wie?«, fragte sie. »Nichts, worüber wir uns Sorgen zu machen brauchen, was?«
»Soll ich dir sagen, worüber du dir *wirklich* Sorgen machen solltest?«, knurrte die Spinne.
»Bitte, Twix«, sagte Kim. »Das ist jetzt wirklich nicht der richtige Moment dafür. Wie sieht es weiter vorne aus? Warten dort noch mehr Überraschungen auf uns?«
»Kaum«, kicherte Twix. »Allenfalls noch ein bisschen *Zwergengeschwätz.* Aber wirklich nichts, worüber ihr euch Sorgen machen müsstet.« Sie kicherte erneut, drehte sich mit einer halben Pirouette in der Luft herum und verschwand.
Kim blickte ihr mit finsterer Miene hinterher. »Also manchmal ...«
»Ich verstehe, was du meinst«, seufzte die Spinne. »Ich werde

ein ernsthaftes Gespräch mit ihr führen müssen. Vielleicht beim Essen.«
»Ich glaube, das Feuer lässt allmählich nach«, sagte Kim.
»Das ist eine wirklich teuflische Falle«, sagte die Spinne. »Aber was kann man von Zwergen schon viel anderes erwarten?«
»Als die Feuer der Hölle?«, fragte Kim. »Oder die tiefsten Schlünde der Unterwelt? Keine Ahnung ...«
Die Spinne funkelte ihn an und sagte vorsichtshalber gar nichts mehr.
Die Flammen unter ihnen sanken jetzt tatsächlich rasch in sich zusammen. Es vergingen nur noch wenige Minuten, bis das Feuer unter ihnen ganz erloschen war. Nur einen Augenblick später begann sich das Gitter knirschend und rumpelnd in die Decke zurückzuziehen. Da das Netz an einer Seite daran befestigt war, zerriss es natürlich, aber es zeigte sich, dass die Spinne es äußerst umsichtig konstruiert hatte: Als es zerriss, stürzten sie nicht etwa ab, sondern schwangen in einem weiten Bogen zu Boden und setzten beinahe sanft auf.
Hastig entfernte sich Kim von dem Gitter. Das Metall war immer noch heiß, sodass auch die Spinne und der Pack es sehr eilig hatten, wieder festen Boden unter die Füße zu bekommen. Erst als sie ein gutes Stück jenseits des Fallgitters waren, wagte Kim es, stehen zu bleiben und sich noch einmal nach der hinterhältigen Falle umzusehen.
Es war in der Tat die gemeinste Konstruktion, die er jemals zu Gesicht bekommen hatte. Nicht einmal den Zwergen hätte er eine solche Falle zugetraut – und er hatte schließlich am eigenen Leibe erfahren, wozu das Kleine Volk fähig war. Was immer sich in diesen Höhlen verbarg, musste für die Zwerge von ungeheurem Wert sein, wenn sie sich solche Mühe gaben, es vor unbefugtem Zutritt zu schützen. Kim fragte sich, welche weiteren unangenehmen Überraschungen noch auf sie warten mochten.
Sie waren gute hundert Schritte weiter in die Höhle vorgedrungen, als der Boden vor ihnen plötzlich nicht mehr da war.

Wo er sein sollte, gähnte ein mindestens hundert Meter breiter bodenloser Abgrund.
Kim ließ sich auf Hände und Knie herabsinken und legte die letzten Meter kriechend zurück. Er erschrak bis ins Mark, als er in die Tiefe blickte. Wenn die Schlucht einen Boden hatte, dann war er so weit entfernt, dass er nicht mehr zu erkennen war. Alles, was Kim sah, war vollkommene, saugende Schwärze. Aber er konnte die gewaltige Tiefe regelrecht spüren. Auch wenn ihm sein Verstand sagte, dass es vollkommen unmöglich war, so war er in diesem Moment doch felsenfest davon überzeugt, dass dieser Abgrund bis ins Zentrum der Welt hinunterreichen musste.
»Was siehst du?«, fragte die Spinne.
»Nur ... Zwergengeschwätz«, antwortete Kim zögernd. »Allerdings ein ziemlich tiefes.« Sein Blick suchte aufmerksam den gegenüberliegenden Rand der Schlucht ab. Er schien ein gutes Stück tiefer zu liegen als der hiesige und war – zumindest über die große Entfernung betrachtet – vollkommen glatt. Es gab nicht die geringste Unterbrechung, nicht die kleinste Unebenheit. Nicht einmal die Andeutung einer Möglichkeit, den Abgrund zu überwinden.
»Das gibt es doch nicht«, murmelte er. »Es muss doch einen Weg auf die andere Seite geben. Schließlich können die Zwerge doch nicht fliegen!«
»Wahrscheinlich irgendeine verborgene Mechanik, die nur Zwerge und Eingeweihte verstehen«, sagte die Spinne.
»Vermutlich«, sagte Kim. Er kroch ein Stück vom Rand des Abgrundes zurück, richtete sich auf und machte einen Schritt nach hinten. Er hatte sich bisher immer für vollkommen schwindelfrei gehalten, aber in diesem Abgrund schien irgendetwas zu sein, was ihn hinunterzuziehen trachtete.
»Wir brauchen ein Seil«, sagte er mit einem bezeichnenden Blick auf die Spinne. »Ein *langes* Seil.«
»Wenn du eine Idee hast, wie wir es auf die andere Seite bekommen«, antwortete die Spinne. »Ich kann nämlich auch nicht –« Sie stockte, drehte sich ganz zu Kim herum und sah

die Elfe auf seiner Schulter an, ehe sie in verändertem Ton schloss: »– *fliegen*.«

»O nein!«, sagte Twix entschlossen. »Vergiss es. Ich werde mich bestimmt nicht freiwillig –«

»Du hast es doch schon einmal getan«, unterbrach sie Kim. »Außerdem haben wir keine andere Wahl. Wir können nicht zurück.«

»Und keiner von uns weiß, was da drüben noch auf uns wartet.« Twix zog eine Grimasse. »Also gut. Fang schon an.«

Die Spinne produzierte einen Faden, aus dem Kim eine Schlinge knüpfte, die er behutsam um Twix' Hüfte schlang. Als er damit fertig war, schwang sich die Elfe Flügel schlagend in die Luft und die Spinne griff mit dem vorderen Beinpaar nach dem Faden und zog kurz und hart daran. Twix piepste entsetzt und wäre um ein Haar abgestürzt, hätte Kim sie nicht im letzten Moment aufgefangen.

»Lass das!«, sagte er streng. »Dafür ist jetzt wirklich nicht der richtige Moment!«

»Man wird ja wohl noch einmal einen kleinen Spaß machen dürfen«, nörgelte die Spinne.

Twix erhob sich flatternd wieder in die Luft, warf der Spinne einen giftigen Blick zu und flog los. Sie schmolz schon nach wenigen Augenblicken zu einem Punkt zusammen und war dann verschwunden. Der dünne Faden jedoch, den die Spinne abspulte, blieb weiter straff gespannt.

Die Schlucht musste weitaus breiter sein, als Kim angenommen hatte, denn es dauerte lange, bis der Zug an dem Seil aufhörte. Und danach vergingen noch einmal endlose Sekunden, ehe die Elfe zurückkam und verkündete, dass das Seil sicher befestigt sei. Die Spinne band das andere Ende um einen Felsen und rannte mit traumwandlerischer Sicherheit ein halbes Dutzend Mal über den Abgrund um den Faden zu verstärken. Kim und der Pack überwanden die Schlucht auf dieselbe Art, auf die sie versucht hatten den Wasserfall zu überwinden. Durch schlechte Erfahrung schlauer geworden, brachte die Spinne diesmal einen zusätzlichen Sicherheitsfaden an, der verhinderte, dass sie abstürzten. Trotzdem stand Kim Todesängste aus, während er sich Hand über Hand und mit dem Kopf nach unten hängend über den Abgrund hinweghangelte. Er brauchte länger als eine halbe Stunde dazu, und als er endlich auf der anderen Seite angekommen war, war er so erschöpft, dass er auf der Stelle zusammenbrach und minutenlang keuchend nach Atem rang. Selbst der Pack schien am Ende seiner Kräfte zu sein und sank zu einem zitternden Häufchen Elend zusammen.

Kim gönnte sich selbst zwei oder drei Minuten um wieder zu Kräften zu kommen, dann zwang er sich aufzustehen und eine auffordernde Geste zu machen.

Der Gang setzte sich vor ihnen in sanfter Neigung nach unten fort. Sein Ende war nicht zu erkennen, aber der Faden, den Twix über die Schlucht gezogen hatte, zog sich in knapp einem Meter Höhe weiter neben ihnen entlang. Die Elfe musste tatsächlich noch ein gutes Stück weit in den Stollen hineingeflogen sein, bis sie eine passende Stelle gefunden hatte, um ihn festzubinden.

»Was ist dort vorne, Twix?«, fragte Kim.

»Dort?« Twix hob die Schultern. »Eigentlich nichts Besonderes. Eine Menge Nichts mit noch mehr Stein drumherum. Wieso?«

»Da war noch eine dritte Warnung auf der Tür«, erinnerte Kim. »Wie lautete sie doch gleich? Irgendetwas mit einem ... Dach?«

»Ich glaube«, antwortete die Spinne unbehaglich.

»Vielleicht fällt uns ja gleich die Decke auf den Kopf«, sagte Twix.

»Wahrscheinlich bedeutet es gar nichts. Diese zwei Hindernisse waren mehr als ausreichend jeden normalen Eindringling aufzuhalten.«

»Willst du etwa behaupten, du wärest normal?«, fragte Twix.

»Meistens schon. Aber in letzter Zeit werde ich immer reizbarer. Das macht der Hunger.«

Kim sparte sich den Atem, die beiden Streithähne zur Ord-

nung zu rufen. Wahrscheinlich waren sie genauso nervös wie er und das war eben ihre Art damit fertig zu werden.
Sie folgten dem Faden, der sich straff gespannt neben ihnen entlang zog. Nach einer Weile erkannte Kim einen großen, unregelmäßig geformten Umriss vor ihnen. Der Felsen, um den Twix das Führungsseil geschlungen hatte. Seine Form erinnerte ihn an etwas. Aber er wusste nicht, woran.
Nach zwei weiteren Schritten blieb er stehen. Seine Augen wurden groß.
»Dieses Wort auf der Tür«, murmelte er. »Bist du sicher, dass es *Dach* hieß?«
»Nein«, flüsterte die Spinne. »Wenn ... wenn ich es mir recht überlege ...«
Kim beendete den Satz für sie: »Könnte es vielleicht auch Drache bedeuten.«
Nichts anderes blockierte den Tunnel vor ihnen.
Der Drache war riesig – vielleicht nicht ganz so groß wie Rangarig, aber viel hässlicher, ein bizarres Geschöpf, das nur aus Stacheln und Klauen und schuppigen Panzerplatten zu bestehen schien. Er hatte sich zum Schlafen zusammengerollt, sodass seine ganze Größe nicht genau zu erkennen war – aber darauf legte Kim eigentlich auch gar keinen Wert. Es war ein Drache. Selbst der kleinste Drache war immer noch *groß*.
»Sollten wir das hier überleben, dann schlage ich vor, dass du Sprachunterricht bei einem netten Zwerg nimmst«, sagte Twix.
»Es gibt keine netten Zwerge«, antwortete die Spinne. »Und deine Vorschläge kannst du dir meinetwegen –«
»Still!«, zischte Kim. »Er schläft! Wollt ihr ihn aufwecken?«
»Das wird kaum nötig sein«, unkte die Spinne. »Das ist ein Zwergendrache. Sie riechen Menschenfleisch meilenweit!«
Wie um seine Worte zu bestätigen regte sich der Drache im Schlaf. Seine gewaltigen Klauen scharrten über den Fels. Der Boden unter ihren Füßen zitterte spürbar. Kim und die anderen erstarrten für die Dauer von zwei-, drei Herzschlägen zur Reglosigkeit. Aber der Drache wachte nicht auf, sondern

drehte sich nur ein kleines Stück auf die Seite und schlief weiter. Der Spinnfaden neben Kim summte wie ein straff gespannter Draht, aber er maß der Beobachtung keine Bedeutung bei.

»Vorsichtig«, flüsterte er. »Keinen Laut!«

Buchstäblich auf Zehenspitzen schlichen sie weiter. Der Drache blockierte fast den gesamten Gang vor ihnen, sodass nur ein schmaler Spalt blieb. Kim schob sich eng mit dem Rücken gegen den Fels gepresst an dem schlafenden Koloss vorbei. Trotzdem befand sich sein Gesicht nur Zentimeter von der schuppigen Flanke des Giganten entfernt.

Wieder regte sich der schlafende Drache. Der Spinnfaden gab ein Geräusch wie eine angeschlagene Gitarrensaite von sich und der Drache knurrte unwillig. Kim blieb stehen. Sein Herz hämmerte. Aber der Drache wachte auch diesmal nicht auf.

Der gefährlichste Moment kam, als er am Kopf des schlafenden Drachen vorbeimusste. Der gepanzerte Riese hatte den Kopf auf die Vorderpfoten gelegt. Seine gewaltigen Nüstern blähten sich, wenn er ausatmete, sodass Kim das Haar aus der Stirn geblasen wurde. Sein Kopf war so groß wie eine Droschke und er hatte ein Paar riesiger, gebogener Hauer, die aus seinem Unterkiefer wuchsen und ihm fast das Aussehen eines schlecht gelaunten Wildschweins gaben. Und an einem dieser Hauer ...

»O nein«, murmelte Kim. »Twix!«

»Was ist denn?«, erkundigte sich die Elfe harmlos. »Ich denke, wir sollen ruhig sein?«

Der Drache bewegte sich erneut im Schlaf. Der straff gespannte Spinnfaden, den die Elfe an einem seiner mächtigen Hauer befestigt hatte, jaulte nun regelrecht, vibrierte immer heftiger – und zerriss mit einem peitschenden Knall! Kim stockte der Atem.

Eine, zwei Sekunden lang geschah gar nichts und Kim begann schon zu hoffen, dass sie doch noch einmal davonkommen würden. Dann öffnete der Drache langsam ein Auge und Kim starrte in eine Pupille, die ein gutes Stück größer als sein Gesicht war.

»Hal ... lo«, sagte er stockend. »Schlaf ruhig weiter. Wir ... wir wollten dich nicht wecken.«

»Oh«, grollte der Drache. »Frühstück.«

Und damit riss er das Maul auf, stieß ein ungeheuerliches Brüllen aus und versuchte Kim auf der Stelle zu verschlingen. Kim duckte sich blitzschnell. Die Schnauze des Drachen krachte über ihm mit solcher Gewalt gegen den Felsen, dass Funken und Steinsplitter flogen, und Kim ließ sich zur Seite fallen, kam mit einer Rolle wieder auf die Füße und rannte los, was das Zeug hielt.

Der Drache wirbelte mit einem noch lauteren, zornigen Brüllen herum und setzte zur Verfolgung an. Er bewegte sich nicht besonders schnell, aber bei seiner ungeheuerlichen Größe musste er das auch nicht. Wenn Kim zehn Schritte machte, dann machte er einen. Und er holte damit auf ...

Kim warf einen Blick über die Schulter zurück und sah, dass die Spinne einen Lassofaden gewoben hatte, den sie mit erstaunlicher Zielsicherheit um einen der Vorderläufe des Drachen warf.

Leider auch mit einem noch erstaunlicheren Ergebnis.

Der Drache bemerkte das Hindernis gar nicht und die Spinne wurde einfach mitgerissen und hüpfte wie ein pelziger Ball hinter dem Drachen her. Der Pack wiederum hatte sich an den schuppigen Schwanz des Drachen geklammert und schlug vollkommen sinnlos mit den Fäusten darauf ein und Twix umkreiste den Kopf des Kolosses und ließ ununterbrochen goldenen Elfenstaub auf ihn herabregnen. Nichts von alledem irritierte den Drachen. Er stampfte weiter, holte Kim nach zwei oder drei Schritten ein und warf ihn mit einem fast spielerischen Prankenhieb zu Boden.

Kim schlitterte noch ein paar Meter weiter, rollte auf den Rücken und wollte aufstehen, aber der Drache drückte ihn mit einer gewaltigen Tatze wieder herab und senkte den Schädel. »Ich mag es, wenn mein Essen sich wehrt«, grollte er.

»Das spart mir den Verdauungsspaziergang.«
Kim schlug mit beiden Fäusten auf die gigantische Pfote ein, die ihn zu Boden presste, aber genauso gut hätte er auch versuchen können den ganzen Berg mit bloßen Händen einzureißen. Der Drache spürte seine Hiebe wahrscheinlich nicht einmal. Seine gigantischen Kiefer senkten sich.
»Halt still!«, grollte er. »Oder willst du, dass ich dir wehtue?«
Kim dachte natürlich nicht daran, still zu halten, sondern zappelte und schrie aus Leibeskräften. Der Drache legte den Kopf auf die linke Seite, dann auf die rechte und dann wieder auf die linke, als überlege er, aus welcher Richtung er sein Opfer am besten packen konnte, und der Pack, der noch immer mit beiden Fäusten auf seinem Schwanz herumhämmerte, kreischte schrill – und biss kräftig zu.
Anscheinend schien der Drache das doch zu spüren, denn er grunzte unwillig, drehte mit einem Ruck den Kopf und schlug den Schwanz dann mit solcher Gewalt gegen die Decke, dass der gesamte Berg zu dröhnen schien. Der Pack ließ seinen Halt los, stürzte aber nicht zu Boden, sondern kugelte hilflos über den Drachenschwanz und seinen stacheligen Rücken, weiter hinab über Nacken und Schädel, bis er genau auf der Nase des Drachen landete.
Der Drache sah für einen Moment regelrecht verwirrt drein. Offensichtlich wusste er nicht so recht, was er von diesem neu aufgetauchten Winzling halten sollte. Als sich der Pack aufrichtete und langsam über seinen Nacken nach oben zu marschieren begann, begann er zu schielen um ihn mit beiden Augen im Blick zu behalten.
»Wer bist denn du?«, grollte er.
Der Pack machte einen weiteren Schritt, schnatterte aufgeregt und betrachtete erst das rechte, dann das linke Auge des Drachen, dann wieder das rechte und wieder das linke ... und piekste dem schuppigen Riesen plötzlich mit dem Zeigefinger mitten in die Pupille!
»Auaaah!«, brüllte der Drache. »Na warte! Das hast du nicht umsonst getan! Dann fresse ich dich eben zuerst!«

Der Pack stach ihm auch noch in das andere Auge und der Drache brüllte noch lauter und begann den Kopf hin und her zu werfen. Der Pack wurde fast abgeworfen, klammerte sich aber im letzten Moment mit einer Hand und beiden Füßen an eine der riesigen Nüstern und begann mit den Fingernägeln der freien Hand das empfindliche Naseninnere zu bearbeiten. Der Drache heulte vor Schmerz, warf den Kopf in den Nacken und immer heftiger hin und her, war aber einfach nicht in der Lage den kleinen Quälgeist abzuschütteln. Er versuchte sogar mit der Pfote nach dem Pack zu angeln, erwischte ihn aber nicht. Unglücklicherweise versuchte er es nur mit einer Pfote. Mit der anderen drückte er Kim unbarmherzig weiter zu Boden.

Plötzlich schrie der Drache noch lauter, riss das Maul auf und angelte mit der langen, gespaltenen Schlangenzunge nach dem Pack. Nur eine Sekunde später schlossen sich die Kiefer mit einem krachenden Laut und der Drache schluckte hörbar.

»So«, knurrte er. »Und jetzt zu dir!« Sein riesiger Schädel senkte sich wieder auf Kim herab. »Ich hoffe, du machst nicht auch so viel Ärger wie dein ...«

Er stockte. Ein überraschter, aber nicht besonders erfreuter Ausdruck erschien auf dem faltigen Drachengesicht. Eindeutig verwirrt legte er den Kopf auf die Seite und verdrehte die Augen, als versuche er seinen eigenen Hals zu betrachten.

Etwas bewegte sich darin.

Hätte Kim nicht mit aller Kraft darum kämpfen müssen, überhaupt noch Luft zu bekommen, dann hätte er den Anblick wahrscheinlich sogar komisch gefunden. Für einen Moment sah der Drache aus wie eine Schlange, die ein zu großes Ei geschluckt hatte und nun drauf und dran war daran zu ersticken. In seinem Hals war eine regelrechte Beule entstanden, die sich wild hin und her bewegte, zitterte und zuckte.

Der Drache begann zu würgen. Er bewegte den Kopf, versuchte zu schlucken und hatte ganz offensichtlich mit einem Mal Mühe überhaupt noch zu atmen. Die Beule in seinem Hals zuckte immer heftiger. Kim glaubte den Abdruck einer

Faust darin zu erkennen, dann den eines kleinen, glubschäugigen Gesichts.
Schließlich riss der Drache keuchend das Maul auf und der Pack kletterte mit hektischen Bewegungen aus seinem Rachen heraus. Seine Hände angelten nach der gespaltenen Schlangenzunge des Drachen und gruben sich tief hinein. Der Drache quiekte vor Schmerz und der Pack schwang sich wie Tarzan an einer Liane ins Freie.
Praktisch im selben Moment kam die Spinne herangerast. Sie produzierte einen Faden, den sie mit Hilfe des Pack drei-, vier-, fünfmal um die Zunge des Drachen wickelte um ihn anschließend noch sorgfältiger an einem der riesigen Hauer zu verknoten. Damit nicht genug, rannte sie kreuz und quer über das Maul des Drachen, wobei sie einen glitzernden Faden hinter sich herzog, den der Pack immer straffer spannte. Auf diese Weise verging nicht einmal eine Minute, bis das Maul des Drachen eingewickelt war wie ein Weihnachtspaket.
Endlich gelang es Kim, sich unter der riesigen Pfote hervorzuarbeiten. Hastig sprang er hoch, stolperte ein paar Schritte zurück und sah sich nach dem Pack und der Spinne um. »Alles in Ordnung?«
»Klar«, antwortete die Spinne. »Da muss schon mehr kommen als so eine altersschwache Eidechse um mich zu beeindrucken!« Sie deutete kichernd auf den Pack. »Und der Knirps da ist sowieso unkaputtbar. Wenn ich es mir recht überlege, dann bist du der Einzige hier, der –«
Der Drache brüllte, bäumte sich mit solcher Gewalt auf, dass er mit dem Kopf gegen die Höhlendecke krachte, und fiel benommen auf die Seite. Kim kam zu dem Schluss, dass es vermutlich klüger war, die Diskussion an einem anderen Ort fortzusetzen. Sie begann ihm ohnehin unangenehm zu werden.
»Los!«, befahl er. »Nichts wie weg.«
»Nawatetnu, bissicheuch kriege!«, nuschelte der Drache. »Dmit kommih nichduch! Dshtsich noch keinergwagt!« Seine Worte waren kaum zu verstehen. Mit zugebundenem Maul

redete es sich anscheinend nicht besonders gut. Er lag auf der Seite und riss und zerrte mit beiden Vorderläufen an den klebrigen Fäden herum, die sein Maul zusammenhielten, erreichte damit aber nicht mehr als sich immer tiefer in das seidige Gespinst zu verstricken.

»Diesacheis nochnich vbei!«, dröhnte er. »Chkriegeeuchnoch!«

Kim, der Pack und die Spinne rannten in respektvollem Abstand an ihm vorüber, während Twix die Gelegenheit nutzte, noch einmal zurückzufliegen und dem Drachen einen kräftigen Boxhieb auf die Nase zu versetzen, ehe sie ihnen folgte. Sie rannten an der Stelle vorbei, an der sie auf den schlafenden Drachen gestoßen waren, stürmten weiter und hielten erst an, nachdem sie durch zwei oder drei Felsspalten geklettert waren, durch die ihnen ein Wesen von der Größe des Drachen niemals folgen konnte.

Schwer atmend sah sich Kim um. Sie befanden sich in einer unregelmäßig geformten, mit Zwergenrunen geschmückten Höhle, von der zwei oder drei weitere Gänge abzweigten. Sie waren allerdings eindeutig für Zwerge gemacht, sodass mit Ausnahme der Spinne alle weit geduckt darin gehen mussten.

»Und wohin jetzt?«, fragte Twix.

Kim konnte nur unschlüssig mit den Schultern zucken, aber die Spinne kroch sofort an einer der Wände hoch und begann die Runenschrift zu studieren.

»O nein!«, keuchte Twix in gespieltem Entsetzen. »Lass es lieber sein!«

»Halt die Klappe!«, fauchte die Spinne. »Ich muss mich konzentrieren.«

»O ja!«, höhnte Twix. »Wir haben ja alle gesehen, was das letzte Mal passiert ist, als du dich auf etwas konzentriert hast!«

Kim glaubte eine Bewegung in einem der Gänge zu erkennen, war aber nicht ganz sicher, und Twix fuhr in höhnischem Ton fort: »Wir wären um ein Haar gegrillt worden! Anschließend hätte uns fast die Erde verschlungen –«

Kims Herz machte einen erschrockenen Satz. Aus dem Tunnel

trat eine kleine, in einen schwarzen Kapuzenumhang gehüllte Gestalt. Ein Zwerg!
»– und am Schluss wären wir fast von einem Drachen gefressen worden!«, schloss Twix. Der Zwerg trat mit einem Schritt vollends aus dem Stollen heraus, schlug die Kapuze zurück und sah sich verwirrt um. Er hatte ein hässliches, finsteres Gesicht, das nur aus einer riesigen Hakennase, tückisch blitzenden Augen und Tausenden von Falten und Runzeln zu bestehen schien.
»Ähm ... Entschuldigung ...«, begann er.
Die Spinne fuhr mit einem Zischen herum und funkelte Twix an. »Was das angeht, würde ich an deiner Stelle ganz still sein!«, schnappte sie. »Wer von uns war denn so schlau, den Faden an einem Drachenzahn festzubinden?«
»Entschuldigt bitte«, sagte der Zwerg noch einmal.
»Du hast gesagt, ich soll ihn *irgendwo* festmachen!«, sagte Twix schnippisch. »Du hast nicht gesagt, dass ich ihn irgendwo *nicht* festbinden soll!«
»He!«, sagte der Zwerg. Er begann unruhig mit dem Fuß zu wippen.
»Niemand bindet einen Faden an einen Drachenzahn!«
»Ich unterbreche euch ja nur ungern«, sagte der Zwerg, »aber –«
»Und woher sollte ich wissen, dass ein Drache hier ist?«, fragte Twix. »Du hast von einem Dach gesprochen, wenn ich mich recht erinnere. Ich habe nach Dachbalken gesucht und Ziegeln. Daran hätte ich ihn bestimmt nicht festgemacht!«
»Hallo!«, brüllte der Zwerg mit vollem Stimmaufwand. »Würdet ihr mir vielleicht verraten –«
Die Spinne fuhr mit einem wütenden Zischen zu ihm herum. »WAS?!«
Der Zwerg prallte entsetzt zurück, fand seine Fassung nur mühsam wieder und stotterte: »– was ... was ihr hier tut ...«
»Wir streiten uns«, blaffte die Spinne. »Misch dich gefälligst nicht ein!«
»Und was habt ihr hier zu suchen?« Der Zwerg starrte die

Spinne einen Moment lang an, bekam aber keine Antwort und wandte sich an den Pack.

»Du! Antworte!«

»Er kann nicht sprechen«, sagte Kim. »Jedenfalls nicht in deiner Sprache.« Gleichzeitig versuchte er die Dunkelheit hinter dem Zwerg mit Blicken zu durchdringen. Er konnte jedoch nichts erkennen. Der Gang schien leer zu sein. Offensichtlich war der Zwerg allein gekommen. Aber man konnte ja schließlich nie wissen ...

»Aber du kannst es«, sagte der Zwerg misstrauisch. »Also, antworte gefälligst: Was habt ihr hier zu suchen?«

Auch Kim sagte nichts – er konnte es gar nicht, denn ihm fiel beim besten Willen keine passende Ausrede ein – und so wandte sich der Zwerg erneut an die Spinne.

»Also?«

»Tut mir Leid«, sagte die Spinne. »Aber ich fürchte, ich darf nicht mit dir reden.« Sie deutete auf Kim. »Er kann es dir erklären.«

»Na, da bin ich ja mal gespannt«, sagte der Zwerg misstrauisch. »Also?«

»Nun, das ... hat etwas mit ihren Tischmanieren zu tun«, sagte Kim. »Aber das kannst du nicht wissen. Es ist auch wirklich nicht wichtig.«

»Und was *ist* wichtig?«, fragte der Zwerg. Er klang ein bisschen irritiert. Auch das war etwas, was Kim noch von den Zwergen wusste: Sie waren nicht besonders helle.

Diese Erinnerung brachte ihn auf eine Idee. »Wir müssen mit eurem Anführer sprechen«, sagte er. »Kannst du uns zu ihm bringen?«

»Sicher«, antwortete der Zwerg. »Aber das ist immer noch keine Antwort auf meine Frage: Was habt ihr hier verloren? Diese Höhlen sind nur für uns. Ihr großen Tölpel dürftet gar nicht hier sein!«

»Ich weiß«, zischelte die Spinne. »Wir haben eure gemeinen Fallen über –«

»Gesehen«, fiel ihr Kim hastig ins Wort. »Sie meint, wir haben eure Sicherheitsvorkehrungen bemerkt und entsprechend gewürdigt. Mein Kompliment.«

»Es war auch eine Menge Arbeit«, sagte der Zwerg geschmeichelt. »Eigentlich sollte niemand daran vorbeikommen.«

»Na, das ist doch der Beweis, dass wir hier sein dürfen«, sagte Kim.

»Wieso?«

»Niemand, der nicht dazu berechtigt ist, hätte die Feuergrube überlebt oder den Abgrund überwunden«, antwortete Kim. »Ganz zu schweigen von dem Drachen! Wenn wir also trotzdem hier sind, dann nur aus dem einzig möglichen Grund: Weil wir es dürfen.«

»Also, ich weiß nicht ...« Der Zwerg kratzte sich am Kopf. Es klang, als scharrten Nägel über einen Topfboden. Er überlegte einen Moment angestrengt, aber dann schüttelte er zögernd den Kopf.

»Nein«, sagte er. »Das scheint mir nicht sonderlich einleuchtend.«

Kim seufzte. »Also gut«, sagte er. »Vielleicht überzeugt dich ja das.«

Und damit verpasste er dem Zwerg einen Kinnhaken, der ihn im wahrsten Sinne des Wortes aus den Stiefeln hob und ihn dann stocksteif und bewusstlos nach hinten fallen ließ.

»Saubere Arbeit«, kommentierte die Spinne. Der Pack sah ihn eindeutig bewundernd an und selbst die Elfe kicherte leise.

Kim massierte sich seine schmerzende Hand. »Fesselt ihn«, sagte er. »Aber gründlich. Nicht dass er sich losreißt und den Rest der Bagage alarmiert.«

Die Spinne wickelte den bewusstlosen Zwerg in ein engmaschiges Netz und Kim wartete, bis Twix seine pochende Hand mit Elfenstaub bestäubt und den Schmerz damit besänftigt hatte. Dann zog er sein Schwert und drang geduckt als Erster in den Stollen ein.

Der Gang zog sich endlos dahin. Der Boden führte in sanfter Neigung nach unten und nach einer Weile glaubte Kim einen kühlen Lufthauch zu spüren, der ihnen aus der Tiefe entgegenschlug. Sie marschierten gute zehn Minuten ohne auf weitere Zwerge zu treffen, dann noch einmal ebenso lange und plötzlich sagte Twix leise und in fast erschrockenem Ton: »Magie!«

Kim blieb stehen. »Wie bitte?«

»Magie!«, wiederholte Twix. Sie begann aufgeregt mit den Flügeln zu schlagen. »Ich spüre Magie! Ein Quell großer magischer Kraft! Nicht mehr weit vor uns!«

Kim hatte gewusst, dass es einen Grund geben musste, aus dem die Zwerge den Eingang zu diesen Höhlen so ganz besonders gesichert hatten.

»Weiter«, flüsterte er. »Aber vorsichtig!«

Seine Warnung war keinesfalls unnötig. Der Gang führte noch ein kurzes Stück geradeaus und endete dann vor einer lotrechten Wand, in der eine halbrunde Tür in Zwergengröße war. Dahinter konnte Kim einen schmalen, von einem kniehohen Geländer begrenzten Balkon erkennen.

Und die Silhouetten von zwei bewaffneten Zwergen.

Kim erstarrte für einen Moment. Hinter der Balkonbrüstung schien sich eine Höhle von enormem Ausmaß zu befinden, aus der ein dumpfes Raunen und Murmeln heraufdrang. Irgendetwas in der Tiefe nahm die volle Aufmerksamkeit der beiden Zwerge in Anspruch, sodass sie im Moment gar nicht in Gefahr waren entdeckt zu werden.

Vermutlich hätten sie sich einfach wieder zurückziehen können, ohne von den beiden Wächtern auch nur zur Kenntnis genommen zu werden.

Aber der Weg führte nur in diese eine Richtung.

Kim gab den anderen ein Zeichen, nur ja keinen Mucks von sich zu geben, schob sein Schwert lautlos in die Scheide zurück und schlich auf Zehenspitzen weiter. Als er die Tür erreichte, ließ er sich auf die Knie herabsinken, streckte vorsichtig die Arme aus und tippte den beiden Zwergen gleichzeitig von hinten auf die Schultern.

Die Zwerge reagierten genauso, wie er es gehofft hatte: Sie drehten sich gleichzeitig und blitzschnell herum und auf ihren

faltigen Gesichtern erschien ein so verblüffter Ausdruck, dass er am liebsten laut aufgelacht hätte.
»Was –?«, begann einer der Zwerge.
Weiter kam er nicht. Kim packte sie beide zugleich an der Brust, zerrte sie mit einem einzigen, derben Ruck zu sich herein und hielt einem der Knirpse den Mund zu, während sich der Pack bereits auf den anderen hockte. Nur einen Moment später sank auch der zweite Zwerg bewusstlos zu Boden und die Spinne begann sie hastig zusammenzubinden.
»Das geht ja fast zu leicht«, maulte sie. »Wo bleibt denn da der Spaß?«
»Unterschätzt die Zwerge lieber nicht«, warnte Kim. »Sie wirken harmlos, aber sie sind es nicht. Sie schneiden dir die Kehle durch, noch während du dabei bist, über sie zu lachen.«
Er überzeugte sich, dass die beiden Zwerge sicher gefesselt und geknebelt waren, dann schob er sich auf Händen und Knien wieder durch die Tür und spähte nach rechts und links. Was er sah, stimmte ihn nicht gerade fröhlich.
Die Tür führte nicht auf einen Balkon, sondern auf eine Galerie hinaus, die zur Gänze um eine Höhle mit wahrhaft zyklopischen Ausmaßen herumlief. In regelmäßigen Abständen gab es weitere Türen und vor jeder einzelnen stand ein Zwergenpaar und hielt Wache. Wie die beiden, die er gerade überwältigt hatte, blickten sie jedoch so konzentriert in die Tiefe, dass sie nicht einmal Notiz von ihm nahmen. Das würde sich jedoch garantiert ändern, sobald er auf den Balkon hinaustrat. Im Vergleich zu den Zwergen war er ein Riese, der allein durch seine Größe einfach auffallen *musste*.
Er hätte gerne gewusst, was sich unten in der Höhle abspielte, aber er beherrschte seine Neugier noch und zog sich rasch in den Gang zurück. Nach kurzem Zögern bückte er sich zu einem der bewusstlosen Zwerge, schälte ihn aus seinem Umhang und schlang sich den schwarzen Mantel um die Schultern. Es sah vollkommen lächerlich aus. Selbst der Pack grinste. Aber einem sehr flüchtigen Blick aus sehr großer Entfernung mochte es Stand halten.

Vorsichtig kroch er wieder auf die Galerie hinaus und beugte sich über das Geländer.
Im ersten Moment schwindelte ihm, so tief war die Höhle, über die sich die Galerie spannte. Auf den allerersten Blick sah er nichts als ein Durcheinander aus Formen und Bewegung.
Dann hätte er fast aufgeschrien.
Unter ihm erstreckte sich etwas wie ein gewaltiges Amphitheater. Die Ränge bestanden aus schwarzem Fels, der über und über mit magischen Runen und Symbolen bedeckt war, und Kim sah buchstäblich Tausende von Zwergen, wenn nicht gar Zehntausende. Es musste ein Gutteil des gesamten Zwergenvolkes sein, das sich hier versammelt hatte.
Sie waren zusammengekommen um einer Hinrichtung beizuwohnen.
Neben ihm raschelte etwas. Kim wandte kurz den Blick und gewahrte einen schwarzen Zwergenumhang, der auf acht Beinen herangetrippelt kam und sich neben ihm an der Brüstung aufrichtete.
Er konzentrierte sich wieder auf das Bild des Schreckens, das sich unter ihm bot.
Hatte er noch vorhin geglaubt, die Feuerfalle vor dem Eingang des Zwergenreichs wäre die teuflischste Konstruktion, die er jemals zu Gesicht bekommen hatte, so musste er seine Meinung nun revidieren.
Ungefähr auf halber Höhe der Kuppelhöhle spannte sich etwas, das fast wie ein Spinnennetz aus Ketten und geflochtenen Stahlseilen aussah. Genau im Zentrum dieses Netzes war eine menschliche Gestalt angebunden. Die Ketten und Seile wiederum waren an ein kompliziertes System von Rollen, Zahnrädern und Flaschenzügen mit mehr als einem Dutzend großer, in hölzernen Rahmen befestigter Segel verbunden, die für Kim im allerersten Moment gar keinen Sinn zu ergeben schienen. Dann aber bewegte sich eines der Segel leicht. Die Kette, an der es hing, spannte sich klirrend und die Gestalt im Zentrum des stählernen Netzes schrie vor Schmerz auf.

»Das Pickelgesicht!«, keuchte die Spinne. »Das ... das ist der Windbeutel!«
Kim nickte stumm. Die rothaarige Gestalt im Zentrum des stählernen Netzes war niemand anderer als Sturm. Und nun verstand er auch den Zweck der auf dem ersten Blick so sinnlos anmutenden Konstruktion. Die Segel waren in allen nur denkbaren Winkeln angebracht. Wenn Sturm seine unheimlichen Kräfte entfesselte, so musste er immer mindestens zwei oder drei davon in Bewegung versetzen – mit dem Ergebnis, dass er buchstäblich in Stücke gerissen würde!
»Das ist teuflisch«, murmelte er.
»Ja«, pflichtete ihm die Spinne bei. »Ein reizendes kleines Völkchen, nicht? Und was tun wir jetzt?«
Kim überlegte angestrengt. Sie hatten nicht sehr viel Zeit, das war ihm klar. Selbst wenn sich Sturm beherrschte und darauf verzichtete, seine magischen Kräfte einzusetzen, würde er nicht ewig durchhalten. Er war in einer Position auf dem Kettengeflecht festgebunden, die ihm heftige Schmerzen bereiten musste. Und in der Höhle herrschte ein leichter Luftzug, der die Segel sich manchmal sacht bewegen ließ.
Konzentriert betrachtete er die Konstruktion aus Seilzügen und Zahnrädern. Sie wirkte kompliziert, war es im Grunde aber gar nicht. Es gab zwei Punkte, an denen alle Ketten und Stahltrossen zusammenliefen um sich dann wieder zu verlieren.
Er deutete in die entsprechende Richtung. »Siehst du das? Wenn wir die Flaschenzüge blockieren, funktioniert die ganze Maschinerie nicht mehr ... hoffe ich.«
»So«, sagte die Spinne. »Hoffst du.«
»Ich bin kein Ingenieur«, sagte Kim zornig.
»Und wenn du dich irrst, ist der Windbeutel tot.«
»Wenn ich nichts tue, auch«, sagte Kim. »Hast du eine bessere Idee?«
»Nein«, gestand die Spinne. »Ich habe nicht einmal eine Idee, wie wir die Flaschendingsbumse blockieren sollen. Ich kann es jedenfalls nicht. So weit kann ich nicht springen.«

»Das musst du auch nicht.« Kim löste den Bogen von seiner Schulter und legte einen Pfeil auf die Sehne. Einen zweiten legte er sorgsam vor sich auf den Boden. Mit aller Macht konzentrierte er sich auf das Bild des Flaschenzuges. Der Pfeil in seiner Hand begann zu zittern.

»Twix!«

Die Elfe kam gehorsam herbeigeflogen. Kim erschrak, als er sah, wie hell der goldene Schimmer ihrer Flügel geworden war. Die Nähe der gewaltigen magischen Kraft, von der Twix gesprochen hatte, blieb nicht ohne Wirkung. Die Elfe leuchtete wie eine 1000-Watt-Birne.

Kim sah erschrocken nach rechts. Mindestens einer der Zwerge war auf sie aufmerksam geworden und blickte misstrauisch in ihre Richtung. Kim verbarg die Elfe hastig unter seinem Umhang, aber es war zu spät. Der Zwerg tippte seinem Kameraden auf die Schulter und wechselte ein paar Worte mit ihm und die beiden setzten sich in Bewegung.

Nun hatten sie gar keine Wahl mehr.

Kim richtete sich hinter der ohnehin nur kniehohen Brüstung auf und hob den Bogen und Twix und die Spinne reagierten, ohne dass er auch nur ein einziges Wort zu sagen brauchte. Noch während er den Bogen spannte, schoss die Spinne einen Faden ab, der sich zielsicher um Twix' Hüften wickelte. Die Elfe jagte wie ein Funken sprühendes Geschöpf aus Licht los und Kim feuerte seinen ersten Pfeil ab und bückte sich hastig nach dem anderen. Er musste dem Geschoss nicht mit Blicken folgen um sicher zu sein, dass es sein Ziel traf.

Unter ihnen erhob sich ein vielstimmiges, wütendes Gebrüll und auch die beiden Zwerge rechts von ihnen schrien auf und begannen zu rennen. Kim sah aus den Augenwinkeln, wie der Pack hinter ihm aus der Tür gestürmt kam und sich ihnen entgegenwarf.

Er achtete auf nichts von alledem, sondern spannte seinen Bogen. Unter ihm hämmerte der erste Pfeil zielsicher in den Flaschenzug, und spätestens in diesem Moment wurde klar, dass es sich wahrhaftig um eine Zauberwaffe handelte. Der

Pfeil blockierte die Maschine nicht einfach, wie Kim gehofft hatte, sondern zertrümmerte sie regelrecht.
Jetzt hatte die Elfe das eiserne Netz erreicht und begann den Faden daran festzubinden und die Spinne flitzte mit affenartiger Geschwindigkeit los. Kim schoss seinen zweiten Pfeil ab und der Pack erreichte die Zwerge, packte einen von ihnen an den Füßen und begann mit ihm auf seinen Kameraden einzudreschen.
Die gewaltige Konstruktion unter ihnen setzte sich in Bewegung. Ein Teil der Holzgestelle und Segel zerbarst und stürzte in die Tiefe, als der Gegendruck, den sie auslösen sollten, plötzlich nicht mehr da war, aber gut die Hälfte tat noch immer seinen Dienst. Sturm begann vor Schmerz und Todesangst zu brüllen, als sich die Ketten und Stahlseile spannten und seine Arme und Beine mit erbarmungsloser Kraft in verschiedene Richtungen gezerrt wurden.
Dann traf der zweite Pfeil sein Ziel. Zahnräder, Flaschenzüge und Ketten zerbarsten in einem Hagel von Metalltrümmern und Holzsplittern und Sturm hörte auf zu schreien.
Für ungefähr eine halbe Sekunde. Dann brüllte er umso lauter, als sich das gesamte geflochtene Netz von seinem Platz zu lösen begann und in die Tiefe stürzte. Die Spinne sprang ihm mit einem gewaltigen Satz hinterher, bekam ihn buchstäblich im allerletzten Moment zu fassen und hielt ihn mit drei oder vier Beinen fest.
Mittlerweile waren weitere Zwergenkrieger auf sie aufmerksam geworden. Der Pack schwang seine lebende Keule tapfer und hielt die Angreifer auf seiner Seite damit wirkungsvoll auf Distanz, aber auch aus der anderen Richtung stürmten nun Zwerge heran, die Speere, Keulen und Schwerter schwangen.
Unter ihnen kreischte die Spinne. Kim beugte sich hastig vor und sah, dass sie immer mehr Mühe hatte Sturm zu halten. Es war nicht nur sein Gewicht, das an ihren Beinen zerrte, sondern vor allem das der Ketten und Stahltrossen, die ja noch immer an Sturms Armen und Beinen befestigt waren.
»Zieh mich rauf!«, kreischte sie.

»Pack!«, brüllte Kim.

Er warf sich vor, griff nach dem Spinnfaden und begann mit aller Kraft daran zu ziehen. Es gelang ihm nur, ihn zentimeterweise nach oben zu ziehen, und der dünne Seidenfaden schnitt dabei so tief in seine Hände ein, dass sie zu bluten begannen.

Erst als der Pack heran war und ebenfalls mit zupackte, wurde es ein wenig besser. Der haarige Kobold konnte ihm jedoch nicht lange helfen, denn schon waren die Zwerge heran, sodass er sich herumdrehen musste um sie abzuwehren. Trotzdem bekam Kim etliche derbe Schläge in Rücken und Kniekehlen, ehe es dem Pack gelang, die Zwerge wieder ein wenig zurückzutreiben.

Er ignorierte sie, stemmte die Füße gegen den Boden und zog und zerrte mit aller Kraft. Zentimeter für Zentimeter, wie es ihm schien, hievte er Sturm und die Spinne zu sich in die Höhe, und als er glaubte, sein Rücken und seine Arme müssten bei der nächsten Anstrengung einfach in Stücke brechen, erschienen die dünnen Beine der Spinne endlich über der Brüstung. Mit einer letzten, verzweifelten Anstrengung zog er sie vollends zu sich herauf, fiel auf die Knie und überließ es der Spinne, auch Sturm auf die Galerie in Sicherheit zu bringen.

Falls man überhaupt noch von Sicherheit reden konnte.

Kim konnte sich nur wenige Sekunden Pause gönnen. Sämtliche Zwergenwächter, die auf der Galerie postiert gewesen waren – gute zwei Dutzend, schätzte Kim –, waren mittlerweile herangestürmt. Der Pack tat sein Möglichstes um sie zurückzuhalten, aber die Übermacht war einfach zu gewaltig. Er wurde Schritt für Schritt zurückgedrängt. Wäre er ein sterbliches Wesen gewesen, dann wäre es längst um ihn geschehen, denn die Zwerge machten rücksichtslos von ihren Waffen Gebrauch. Und sie kamen immer näher.

Kim taumelte auf die Füße, zog sein Schwert und schlug zwei der Zwerge mit der flachen Seite der Klinge nieder und auch die Spinne stand ein wenig wackelig wieder auf. Kim konnte nicht genau erkennen, was sie tat: Sie wob einen Faden, um wer weiß was daraus zu flechten. Nur Sturm blieb reglos und leise stöhnend liegen. Seine Hand- und Fußgelenke bluteten. Kim schwang seine Waffe und streckte einen weiteren Zwerg nieder, aber es war wie verhext: Die kleinen Kerle gingen leicht zu Boden, aber sie waren zäh genug um immer wieder aufzustehen. Wahrscheinlich musste man sie umbringen, damit sie endgültig liegen blieben, und das wollte Kim trotz allem nicht.

Die Zwerge hatten umgekehrt weitaus weniger Hemmungen. Kim bekam einen zwar ungefährlichen, aber reichlich schmerzhaften Stich in die Seite und ein weiterer Zwerg gab sich alle Mühe, mit einer gewaltigen Stachelkeule seinen linken Fuß zu löchern. Kim schickte sie beide ins Land der Träume und auch der Pack verpasste einem weiteren Zwerg eine Kopfnuss, die ihn stocksteif zu Boden fallen ließ. Dann schrie die Spinne: »Hinlegen!«

Kim – und zu seiner Überraschung auch der Pack – gehorchte instinktiv.

Die Zwerge nicht.

So kam es auch, dass sie allesamt von dem kunstvoll geflochtenen Netz ergriffen wurden, das die Spinne über ihren Köpfen ausbreitete. Kreischend und johlend versuchten die Zwerge sich zu befreien oder das Netz zu zerreißen, verstrickten sich auf diese Weise aber nur noch tiefer in den engen Maschen. Der Kampf war vorüber.

Wenigstens für den Moment. Kim ließ sein Schwert sinken, drehte sich erschöpft herum und erblickte genau das, was er befürchtet hatte: Eine gewaltige Armee aus Zwergen hatte sich von den Sitzen des Amphitheaters erhoben und stürmte den Ausgängen entgegen. Und bestimmt nicht um nach Hause zu gehen oder ein Mittagsschläfchen zu halten ...

Mühsam schleppte er sich zu Sturm hin, ließ sich neben ihm auf die Knie sinken und berührte ihn an der Schulter. Sturm wimmerte leise und öffnete die Augen, aber sein Blick war verschleiert. Kim erschrak, als er die tiefen, noch immer heftig

blutenden Wunden sah, die die stählernen Fesseln in seine Hand- und Fußgelenke gescheuert hatten.
»Twix!«, rief er.
Die Elfe kam sofort herbeigeflogen und Kim deutete auf Sturms Hände. Während sich Twix daranmachte, seine Wunden zu versorgen, wandte sich Kim wieder direkt an Sturm.
»Ich weiß, es ist viel verlangt«, sagte er, »aber wir müssen weiter. Die Zwerge sind auf dem Weg hierher. Kannst du gehen?«
»Kein Problem«, antwortete Sturm. Um seine Behauptung unter Beweis zu stellen, richtete er sich auf, machte einen schwankenden Schritt und fiel prompt auf die Nase.
»Ja«, seufzte Kim, »genau so habe ich mir das vorgestellt. Pack! Hilf mir, bitte!«

Eine Stunde später begann sich Kim einzugestehen, dass sie sich verirrt hatten. Sie waren anfangs demselben Weg gefolgt, der sie hier herunter geführt hatte, dann aber ziemlich wahllos in einen der Seitengänge eingedrungen – keiner von ihnen hatte Lust, dem Drachen noch einmal zu begegnen, und außerdem war Kim fast sicher, dass sie das Fallgitter vor dem Ausgang ohnehin nicht aufbekommen würden. So hatten sie immer wieder die Tunnel gewechselt, bewegten sich aber nach wie vor *bergauf.* Irgendwann, so dachte Kim, würden sie auf diese Weise zwangsläufig auf einen Ausgang stoßen.
Sturm hatte sich weit genug erholt um aus eigener Kraft laufen zu können – wenigstens solange Kim und der Pack ihn abwechselnd stützten. Die Elfe hatte ein kleines Wunder vollbracht. Seine Wunden sahen noch immer schlimm aus und sie bereiteten ihm auch noch große Schmerzen, aber sie bluteten nicht mehr und hatten bereits sichtbar zu heilen begonnen.
Sie hatten eine weitere Gangkreuzung erreicht und waren dem nach oben führenden Weg ein Stück weit gefolgt, als Kim einen schwachen, kühlen Lufthauch auf dem Gesicht spürte. Er blieb stehen, sah konzentriert nach vorne und erblickte nichts als Dunkelheit. Aber der Luftzug war da, ganz eindeutig.

»Ich merke es auch«, sagte Twix. »Ich fliege voraus und sehe nach.«

Sie verschwand, noch bevor einer von ihnen etwas sagen konnte, und Kim löste sanft Sturms Arm von seiner Schulter und ließ ihn behutsam zu Boden sinken.

»Es wird sowieso Zeit für eine Pause«, sagte er.

Sturm blickte ein wenig schuldbewusst drein. »Ich kann versuchen aus eigener Kraft weiterzugehen«, sagte er.

»Du sagst es«, murmelte Kim erschöpft. »Du kannst es *versuchen*.«

»Es tut mir Leid«, sagte Sturm niedergeschlagen. »Ich weiß, dass ich euch große Mühe bereite. Ihr habt mir das Leben gerettet ... Wie kommt ihr überhaupt hierher?«

»Das beantworte ich dir, sobald du uns verraten hast, wie *du* hierher gekommen bist«, sagte Kim. Er deutete mit einer müden Geste auf die Spinne. »Sie hat erzählt, dass du dich mit uns treffen wolltest. Aber das ist drei Tage her.«

»Das wollte ich auch«, sagte Sturm. »Aber dann wäre ich fast auf Kais Heer gestoßen. Ich musste einen großen Umweg machen um ihnen nicht geradewegs in die Arme zu laufen. Unterwegs hörte ich dann von den Zwergen.« Seine Stimme wurde leiser. Ein Ausdruck von Trauer trat auf seine Züge. »Sie stehlen überall auf der Welt magische Dinge, wisst ihr? Ich dachte, wenn ich einen Teil davon erbeute und zu Themistokles zurückbringe, dann könnte das vielleicht den Schaden wieder wettmachen, den ich in meinem Leichtsinn angerichtet habe.«

»Aus demselben Grund sind wir auch hier«, sagte Kim. Er deutete in die Richtung, in der die Elfe verschwunden war. »Twix hat die Magie gespürt, die an diesem Ort versammelt ist. Aber es nutzt nichts, weißt du? Die Zwerge werden uns nie helfen. Und wir sind nicht stark genug ihnen ihren Schatz mit Gewalt wegzunehmen.«

»Hätte auch nichts genutzt«, fügte die Spinne hinzu. »Sie ist verdorben, jetzt, wo hundert Zwergenhintern darauf herumgerutscht sind.«

Der Pack meckerte zustimmend und selbst Kim nickte noch einmal. Er hätte es sicher etwas weniger drastisch ausgedrückt, aber in der Sache hatte die Spinne Recht. Selbst er hatte gespürt, dass die Zwerge die Magie zu etwas ... anderem gemacht hatten. Vielleicht nicht einmal etwas Schlechtem, wie die Spinne annahm, aber auf jeden Fall zu etwas, was ihnen nicht mehr helfen würde.

»Wie konnten sie dich überhaupt fangen?«, fragte er.

Sturm senkte unbehaglich den Blick. »Sie haben mich ... überrumpelt«, gestand er. »Anscheinend kann ich überhaupt nichts richtig machen.«

Kim spürte, wie unangenehm Sturm das Thema war, aber er zog es vor, gar nicht darauf zu antworten. Jeder Versuch, Sturm irgendwie zu trösten, hätte die Situation für ihn nur noch schlimmer gemacht.

Zu seiner Erleichterung kam in diesem Moment Twix zurück. »Du hattest Recht«, piepste sie. »Da oben geht es raus.«

Kim wollte unverzüglich aufstehen, aber die Elfe winkte ab. »Der Weg ist nicht leicht für euch. Ihr müsst ein gutes Stück klettern. Ruht euch lieber noch einen Moment aus. Ich schaue nach, ob die Luft rein ist!«

Sie verschwand in dem Gang, durch den sie gekommen waren, und Kim ließ sich wieder zurücksinken. Selbst wenn sie hier heraus waren, lag noch ein anstrengender Weg vor ihnen. Immerhin befanden sie sich mitten im unwegsamsten Teil des Schattengebirges.

»Und was tun wir jetzt?«, fragte Sturm. »Ich meine, wenn wir hier heraus sind? Märchenmond ist verloren und es ist alles meine Schuld. Warum habt ihr mich nicht bei den Zwergen gelassen? Das wäre nur gerecht gewesen.«

»Heulsuse«, sagte die Spinne.

»Märchenmond wird untergehen und es ist alles meine Schuld!«, beharrte Sturm.

»Es gibt immer einen Weg«, beharrte Kim. »Ich war schon mehr als einmal in einer Situation, die völlig aussichtslos erschien. Und es hat immer einen Ausweg gegeben.«

»Irgendwann ist immer das erste Mal«, unkte Sturm. »Du kannst es nicht wissen, denn du warst ja schon fort, aber Gorywynn ist so gut wie ausgestorben. Fast alle seine Bewohner sind gegangen um sich dem einen oder anderen Heer anzuschließen. Themistokles sind nur eine Hand voll Verbündete geblieben. Und seine Kräfte schwinden von Tag zu Tag, während die des Magiers der Zwei Berge im gleichen Maße zuzunehmen scheinen.«

»Der Magier der Zwei Berge.« Kim schüttelte den Kopf. »Immer wieder er! Wieso folgen Kai und die anderen ihm eigentlich, wenn sie jede Art von Magie doch angeblich so verabscheuen?«

»Er ist kein richtiger Magier«, antwortete Sturm. »Er nennt sich nur so. Aber er ist ein uralter und sehr, sehr böser Mann. Und er hat großen Einfluss auf Menschen. Vor allem auf junge Menschen.«

»Woher weißt du so viel über ihn?«, fragte Kim.

Sturm hob die Schultern. »So viel ist es nicht«, sagte er. »Nicht viel mehr, als ich gerade erzählt habe. Es heißt, er besitzt die Gabe, sich in die Herzen und Köpfe der Menschen zu schleichen und ihre Gedanken zu verdrehen – was immer damit auch gemeint sein mag. Er ist unsterblich und kann sein Aussehen verändern, aber damit hören seine magischen Kräfte auch schon auf. Allerdings soll er in der Lage sein sich die Magie anderer zunutze zu machen. Das war wohl auch der Hauptgrund, aus dem Themistokles all seine Zauberkraft in die Kugel gebannt hat – um sie vor seinem Zugriff zu schützen.«

»Wenn er so gefährlich ist, wieso habe ich dann noch nie von ihm gehört?«, wunderte sich Kim.

»Er ist uralt«, antwortete die Spinne an Sturms Stelle. »Er wurde schon vor langer, langer Zeit von Themistokles und einigen anderen Magiern überwältigt und eingesperrt. Es heißt, er wäre jahrhundertelang eingesperrt gewesen.«

Kim beschlich ein seltsames Gefühl, das er gar nicht genau begründen konnte. »Und dann?«, fragte er.

»Und dann ist er wohl aus seinem Gefängnis entkommen, sonst wäre er kaum hier«, antwortete die Spinne patzig.
»Aber wie? Ich meine ...«
»Zwerge!« Twix kam lauthals kreischend aus dem Tunnel herausgeflogen. »Zwerge! Hunderte, wenn nicht Tausende! Verschwindet!«
Hastig sprangen sie auf die Füße und stürmten los. Kaum hatten sie es getan, da hörten sie auch schon das Trappeln zahlreicher Schritte hinter sich, aufgeregtes Stimmengewirr und das Klappern von Metall. Es waren sicher nicht Tausende von Zwergen, wie Twix behauptet hatte, aber vermutlich mehr als genug.
Schrecken und Furcht verliehen selbst Sturm zusätzliche Kräfte, sodass sie ihn nicht mehr stützen mussten. Die Spinne fiel ein kleines Stück zurück um ein paar Stolperdrähte zu spannen.
Nur wenige Augenblicke später verkündete ein gewaltiges Scheppern und Krachen und ein Chor wütender Stimmen hinter ihnen, dass sie ihre Wirkung getan hatten. Die Spinne wiederholte ihr Manöver, aber die Zwerge fielen offensichtlich nicht noch einmal darauf herein.
Sie rannten, so schnell sie nur konnten. Der Weg führte immer steiler nach oben und es vergingen nur noch wenige Augenblicke, bis es vor ihnen hell wurde. Das musste der Ausgang sein, von dem Twix gesprochen hatte.
Der Anblick gab Kim noch einmal zusätzliche Kraft. Er sprintete ein Stück voraus –
und blieb enttäuscht stehen.
Der Tunnel endete in einer großen, halbrunden Höhle. Es gab keinen zweiten Augsgang, sondern nur ein rundes, vielleicht einen Meter messendes Loch in der Decke unmittelbar über ihren Köpfen, durch das helles Sonnenlicht hereinfiel. Das also hatte Twix gemeint, als sie sagte, es würde eine anstrengende Kletterei werden.
Auch die anderen stürmten herein. Die Spinne keuchte entsetzt, als sie die Falle sah. »Das war's dann wohl«, sagte sie.

»Nicht für dich.« Kim deutete nach oben. »Twix und du, ihr könnt verschwinden.«
»Vergiss es«, sagte Twix. Die Spinne würdigte ihn nicht einmal einer Antwort und auch Kim sagte nichts mehr.
Ihm wäre auch gar keine Zeit dazu geblieben. Aus dem Gang, durch den sie selbst gekommen waren, stürmten Zwerge. Fünf, sechs, ein Dutzend ...
Kim zog sein Schwert, Sturm hob die linke Hand und plötzlich fauchte aus dem Nichts eine Windböe über die Zwerge hinweg und wirbelte sie wie trockenes Herbstlaub durcheinander. Etliche verschwanden wieder in dem Stollen, aus dem sie gerade erst herausgestürmt waren, andere wurden gegen die Wand geschleudert und sanken benommen zu Boden.
Aber Kims Freude über diese unerwartete Hilfe währte nicht lange. Die Böe verschwand ebenso plötzlich wieder, wie sie gekommen war, und Sturm taumelte mit einem erschöpften Seufzer zurück.
»Es tut mir Leid«, murmelte er. »Meine Kräfte sind erschöpft.«
Kim packte mit grimmiger Entschlossenheit sein Schwert fester. Aus der Tunnelöffnung stürmten immer mehr und mehr Zwerge, die aber nicht sofort angriffen, sondern sich vor der gegenüberliegenden Wand zusammenrotteten, vermutlich, um sich alle gemeinsam auf sie zu stürzen. Kim schätzte, dass es mindestens dreißig waren. Keine Chance. Aber er würde sein Leben so teuer wie möglich verkaufen.
Endlich hörte der Zustrom an Zwergen auf, aber sie griffen immer noch nicht an, sondern gruppierten sich umständlich ein paar Mal um, wobei sie ununterbrochen stritten; wie Kinder, die ein kompliziertes Spiel spielten, sich über die Regeln aber nicht einigen konnten. Schließlich hatten sie eine Art wackelige Schlachtformation eingenommen, bei der ungefähr die Hälfte ihrer Speere auf Kim und die anderen, der Rest auf ihre eigenen Kameraden wies.
Dann spürte Kim, dass die Zwerge endlich bereit waren anzugreifen. Doch bevor es dazu kam, begann der Boden unter

ihren Füßen zu zittern. Ein unheimliches Grollen und Knirschen erklang –

und plötzlich zerbarst die Wand direkt hinter den Zwergen wie unter einem Hammerschlag. Tonnen von Felsen und Steintrümmern regneten herab und begruben den größten Teil der Zwerge unter sich. Die wenigen, die davonkamen, ließen ihre Waffen fallen und suchten ihr Heil in der Flucht. Ein ungeheueres, zorniges Brüllen erklang und inmitten einer Wolke aus wirbelndem Staub und noch immer herabregnenden Steinen erschien der Drachenschädel in der Öffnung, die er selbst in die Wand gebrochen hatte.

»Hab ich euch endlich!«, brüllte er. »Ich habe euch gesagt, dass ihr damit nicht davonkommt. Jetzt seid ihr dran!«

Er warf sich mit einem neuerlichen, noch wütenderen Brüllen vor. Seine Kiefer schlugen mit einem dumpfen Laut nur eine Handbreit vor Kims Gesicht aufeinander und der gesamte Berg schien in seinen Grundfesten zu erbeben, als der Drache gegen den Felsen anrannte um das von ihm selbst geschaffene Loch noch mehr zu erweitern.

Es gelang ihm nicht, aber in der Decke über ihren Köpfen entstand ein breiter, gezackter Riss, der in rasender Geschwindigkeit wuchs und schmalere, fein verästelte Seitentriebe in alle Richtungen sandte wie ein gewaltiger Blitz, der den gesamten Nachthimmel spaltete.

Der Drache rannte noch einmal gegen den Felsen an und ein einzelner Stein löste sich von der Decke und prallte von seiner Nase ab.

Einen Moment später folgte ihm der Rest der Höhlendecke nach und begrub den Drachen unter sich.

Kim riss schützend die Hände vor das Gesicht und drehte sich zur Seite. Der Staub wirbelte so dicht, dass er kaum noch Luft bekam und gegen den qualvollen Hustenreiz ankämpfte, und die Höhle war plötzlich voller hellem Sonnenlicht, das den hochgewirbelten Staub aufleuchten ließ und ihre an stundenlanges Halbdunkel gewöhnten Augen für einen Moment fast blind machte. Praktisch die gesamte Höhlendecke war einge-

stürzt. Die Felstrümmer hatten nicht nur den Drachen unter sich begraben, sondern bildeten auch einen schrägen Geröllhügel, über den sie beinahe bequem nach oben klettern konnten.
Kim war der Letzte, der ins Freie kroch. Während er sich erschöpft auf einen Felsen sinken ließ, sah er sich nach den anderen um. Abgesehen von Twix waren sie allesamt von einer grauen, puderigen Staubschicht bedeckt. Aber allem Anschein nach waren sie wohl alle mit dem Schrecken davongekommen, sah man von ein paar Kratzern und Schrammen ab.
»Weiter!«, sagte die Spinne. »Nichts wie weg hier!«
»Bitte!«, stöhnte Kim. »Nur fünf Minuten! Ich brauche einfach eine kleine Pause.«
»Warum wirfst du nicht einen Blick hinter dich?«, schlug die Spinne vor. »Ich bin sicher, das muntert dich auf.«
Mit einem ziemlich unguten Gefühl tat Kim, was die Spinne vorgeschlagen hatte.
Es erwies sich als nur zu berechtigt.
Inmitten der Felstrümmer richteten sich immer mehr und mehr kleine Gestalten in schwarzen Umhängen auf, die wütend durcheinander schnatterten und zerbrochene Waffen in ihre Richtung schüttelten. Die Spinne hatte Recht: Dies war eindeutig *nicht* der Moment um eine Rast einzulegen.
Er blickte in die andere Richtung – und erlebte eine Überraschung. Obwohl sie eine gute Stunde ununterbrochen bergauf gelaufen waren, befanden sie sich nun wieder fast am Fuße des Schattengebirges. Unter ihnen lag ein aus Felsspat und Stein gebildeter steiler Hang, der nach wenigen hundert Schritten in die geröllübersäte Ebene überging, die dem eigentlichen Gebirge vorgelagert war. Die Hinrichtungshöhle der Zwerge musste sich tief unter der Erde befinden. Und es war früher Morgen. Es war nicht das erste Mal, dass Kim erlebte, wie gründlich die Zwergenwelt sein Empfinden für Raum und Zeit durcheinander brachte, aber das Gefühl war jetzt so unheimlich wie beim allerersten Mal.

Sie standen auf und begannen in raschem Tempo den Hang hinunterzulaufen. Kim musste gegen den Impuls ankämpfen loszurennen, so schnell er konnte. Das Gehen auf dem abschüssigen Boden war schwer genug. Rennen würde nicht viel nutzen, ihnen aber auch noch das letzte bisschen Kraft nehmen.

Immer wieder drehte er den Kopf und sah in die Richtung zurück, aus der sie gekommen waren. Der Anblick wurde jedes Mal schlimmer. Der Berghang war übersät mit Gestalten in schwarzen Umhängen. Es mussten jetzt schon weit über hundert sein und ihre Zahl nahm immer noch zu. Offenbar wollten die Zwerge dieses Mal auf Nummer sicher gehen. Sie würden erst angreifen, wenn sie genügend waren um sie gleich beim ersten Mal einfach zu überrennen.

»Das gefällt mir nicht«, sagte Sturm neben ihm. »Warum verfolgen sie uns nicht?«

»Nur keine Sorge«, sagte die Spinne. »Das kommt schon noch früh genug. Du kannst es wohl gar nicht abwarten, deine kleinen Freunde wieder zu sehen, wie? Hast du sie so sehr ins Herz geschlossen?«

Kim musste Sturm jedoch insgeheim beipflichten. Die Zwerge warteten möglicherweise auf Verstärkung, denn sie waren mindestens ebenso feige wie gemein, aber sie waren jetzt schon mehr als genug um es mit ihnen aufnehmen zu können. Und ihre Chancen sie einzuholen, sanken mit jedem Schritt, den sie sich von ihnen entfernten. Hatten sie erst einmal die Geröllebene erreicht, so waren ihre Aussichten tatsächlich gar nicht so schlecht davonzukommen. Die Zwerge waren in großer Anzahl, aber auf ihren kurzen Beinen konnten sie nicht besonders schnell laufen. Trotzdem wuchs das Zwergenheer zwar immer weiter, rührte sich aber nicht von der Stelle. Unbehelligt erreichten sie die Ebene und stürmten weiter.

Als sie zwanzig oder dreißig Schritte zurückgelegt hatten, begann der Boden unter ihren Füßen zu zittern. Ein dumpfes, immer lauter werdendes Grollen erklang.

Kim sah sich erschrocken um. Die Ebene war mit Felstrümmern und Steinen übersät, die von der Größe einer Kinderfaust bis zu der eines kleinen Fässchens schwankten. Und sie alle hatten zu zittern begonnen. Das Beben war jetzt so stark, dass sie sich kaum noch auf den Füßen zu halten vermochten. Dann brach der Boden zwanzig Meter vor ihnen ein und in der Öffnung erschien der geschuppte Schädel eines alten Bekannten.

»Jetzt seid ihr dran!«, brüllte der Drache. »Jetzt ist Schluss mit lustig! Jetzt wird abgerechnet!« Gleichzeitig hörte Kim hinter sich das johlende Gebrüll aus Hunderten von Zwergenkehlen. Er sah sich erschrocken um und registrierte, dass sich das Zwergenheer wie ein Mann in Bewegung gesetzt hatte. Über die große Entfernung betrachtet sah es aus, als strömten Ameisen den Hang herab. Aber es waren entsetzlich viele Ameisen und sie hatten Speere, Keulen und Schwerter ...

Der Pack brüllte wütend und stürzte sich mit erhobenen Fäusten auf den Drachen, aber der geschuppte Gigant hatte aus seiner ersten Begegnung gelernt: Er fegte den Pack mit einem Prankenhieb zur Seite, stemmte sich weiter aus dem Loch heraus und drehte sich blitzschnell, als die Spinne ein hastig geflochtenes Netz nach ihm warf. Das Netz ging vorbei und der Pack landete fünfzig Meter entfernt zwischen den Felsen und blieb benommen liegen. Der Drache brüllte triumphierend, stemmte sich mit beiden Vorderpfoten gegen den Rand des Loches, das er in den Boden gebrochen hatte, und arbeitete sich weiter heraus.

Das hieß – er versuchte es ...

Irgendetwas hielt ihn fest.

Der Drache grunzte, wandte unwillig den Kopf, um hinter sich zu blicken, und stützte sich mit noch größerer Kraft auf. Der Boden zitterte wieder. Kim konnte das Knirschen und Bersten gewaltiger Felsen tief unten in der Erde hören und der Drache keuchte nun vor Anstrengung und stemmte sich zentimeterweise weiter aus der Erde heraus. Vielleicht hing er ja irgendwo fest.

Dann begriff Kim, was es wirklich war.

»O nein«, flüsterte er.
»Was hast du?«, fragte Sturm erschrocken.
Kim kam nicht mehr dazu, zu antworten. Der Drache stieß ein ungeheuerliches Brüllen aus und stemmte sich in einer letzten, gewaltigen Anstrengung ins Freie und in derselben Sekunde schrien sie alle ebenfalls vor Schreck laut auf.
Der Drache hatte sich nicht zwischen den Felsen verkeilt. Etwas hatte ihn tatsächlich festgehalten und es hing nun an seinem Schwanz, hässlich, bleich und nur unwesentlich kleiner als der Drache selbst. Der eisige Atem der Hölle schien Kims Seele zu berühren.
Der Skull stieß eine Folge zischender, unheimlicher Laute aus, als der Drache mit dem Schwanz zu schlagen begann, wodurch er immer wieder hoch in die Luft gewirbelt und dann mit unheimlicher Gewalt auf den Boden geschmettert wurde. Die Erschütterungen waren so heftig, dass Kim und Sturm von den Füßen gerissen wurden und selbst die Zwerge auf dem entfernten Berghang ihren Halt verloren und den Rest des Weges auf eine weit unsanftere Art fortsetzten, als sie sich vorgestellt hatten, nämlich stürzend und übereinander kugelnd. Doch selbst das Auftauchen des Ungeheuers hinderte sie nicht daran, sich sofort wieder aufzurappeln und johlend weiterzustürmen.
»Fleisch!«, krähte die Spinne.
Kim verstand im ersten Moment nicht, was sie meinte. Erst als er sich mühsam hochstemmte und sah, dass sie aus weit aufgerissenen Augen den Skull anstarrte und vor lauter Gier zu sabbern begonnen hatte, wurde es ihm klar.
»Das würde ich an deiner Stelle nicht versuchen«, sagte er. »Du könntest dir den Magen verderben.«
Gehetzt sah er sich um. Das Zwergenheer stürzte am Fuße des Berges zu einem gewaltigen Knäuel aus Gliedmaßen und Leibern zusammen und auf der anderen Seite war es dem Drachen endlich gelungen den Skull abzuschütteln. Unverzüglich fuhr er herum und stürzte sich mit Zähnen und Klauen auf die fahle Kreatur. Es gelang Kim immer noch nicht, den Skull

wirklich zu erkennen. Er sah nur etwas Großes, Bleiches, das irgendwie insektenhaft zu sein schien und sich seinen Blicken auf geheimnisvolle Weise immer wieder entzog.
»Den Kerl kauf ich mir!«, piepste Twix. »Den mach ich fertig!«
»Nein!«, schrie Kim. »Twix! Tu das –«
Es war zu spät. Die Elfe flog los, wobei sie vor lauter Aufregung bereits einen Schweif aus goldschimmerndem Staub hinter sich herzog.
Sie erreichte den Skull jedoch nicht. Der Drache und sein unheimlicher Gegner hatten sich regelrecht ineinander verkeilt und hieben mit Zähnen, Krallen und Scheren aufeinander ein. Als Twix über die Kämpfenden hinwegflog, schlug der Drache mit dem Schwanz aus und traf die Elfe. Twix wirbelte kreischend und sich überschlagend davon und schlug wie ein Funken sprühender Meteor weit entfernt zwischen den Felsen auf. Auf der anderen Seite hatten sich die Zwerge wieder zu einer schiefen Schlachtreihe formiert und begannen vorzurücken.
»Sturm«, sagte Kim nervös. »Jetzt wäre vielleicht der passende Moment um auszuprobieren, ob deine Kräfte wieder zurückgekehrt sind.«
Sturm antwortete nicht. Als sich Kim zu ihm herumdrehte, sah er, dass er sich aufgerichtet hatte und aus weit aufgerissenen Augen in den Himmel starrte. Über ihnen waren Wolken aufgezogen, graue, bauchige Gebilde, in denen es ununterbrochen brodelte und wogte.
Auf der anderen Seite tobte der Kampf der Giganten weiter. Die Erde bebte. Steinsplitter, Funken und Staub spritzten in alle Richtungen, während die beiden Riesen mit der Kraft entfesselter Naturgewalten aufeinander einschlugen. Der Drache kämpfte brüllend, der Skull mit stummer, unheimlicher Verbissenheit. Es war nicht zu erkennen, welches der beiden Ungeheuer die Oberhand gewann. Aus der entgegengesetzten Richtung rückten die Zwerge näher. Kim konnte nicht einmal mehr schätzen, wie viele es waren. Was sich da schwankend

auf sie zubewegte, das schien eine einzige, kompakte Mauer aus keifender Schwärze zu sein, aus der ein ganzer Wald von Speerspitzen und Schwertern ragte.

»Sturm!«, sagte er nervös.

Der Junge rührte sich noch immer nicht, sondern starrte nur weiter konzentriert in den Himmel hinauf. Die Wolken waren dunkler geworden, beinahe schwarz. Ihre Schatten lasteten wie riesige unregelmäßige Flecken ewiger Dämmerung auf der Ebene und tief in ihrem Inneren blitzte es unheimlich auf. Es wurde spürbar kälter.

»Sturm!«, schrie Kim.

Er bekam keine Antwort und ihm blieb auch keine Zeit sich noch einmal zu Sturm umzudrehen.

Die Zwerge waren heran und der Kampf brach los.

Die Spinne schleuderte den Zwergen ein Fangnetz entgegen, bückte sich blitzschnell nach den Waffen, die die erschrockenen Zwerge fallen ließen, und drosch plötzlich mit drei Schwertern, zwei Keulen und etwas, das wie eine zu groß geratene Fliegenklatsche mit eisernen Dornen aussah, auf ihre völlig überraschten Gegner ein. Kim schwang sein Schwert und kappte mit einem einzigen Hieb vier oder fünf Speere, die in seine Richtung stocherten, und auch der Pack ließ die Fäuste fliegen. Er schien als Einziger wirklich Spaß an der ganzen Sache zu haben.

Im ersten Moment schienen sie sogar tatsächlich in der Lage den Ansturm der Zwergenarmee aufzuhalten, denn die Angreifer hatten ganz offensichtlich nicht mit einem so entschlossenen Widerstand gerechnet. Aber es nutzte nichts. So viele Zwerge Kim und die anderen auch niederstreckten, von hinten drängten immer mehr und mehr nach und sie mussten zurückweichen, zwar nur Schritt für Schritt, aber unaufhaltsam.

Kim wehrte einen weiteren, gemeinen Speerstoß ab, hatte seine eigene Kraft aber unterschätzt und wurde nach vorne gerissen. Mit einem hastigen Schritt zurück versuchte er sein Gleichgewicht wieder zu finden, stolperte über einen Stein und fiel auf den Rücken. Sofort waren die Zwerge über ihm. Ein Speer mit einer langen, rasiermesserscharfen Spitze stieß auf seine Kehle herab und zwei oder drei Schwerter gleichzeitig versuchten sich in seinen Leib zu bohren. Kim schrie gellend auf.

Und dann waren die Waffen, die nach ihm stießen, plötzlich nicht mehr da – zusammen mit den Zwergen, die daran gehangen hatten.

Wo sie und ein Großteil der restlichen Zwergenarmee gewesen waren, da tobte eine graue, kochende Wand, in der Eiskristalle und faustgroße Hagelkörner schimmerten. Ein ungeheures Brüllen und Dröhnen marterte Kims Ohren und die Luft war plötzlich so kalt, dass selbst das Atmen wehtat.

Kim richtete sich benommen auf. Wohin er auch blickte, er sah überall dasselbe: Eine graue, tosende Wand, in der Schatten und blitzendes Eis durcheinander wirbelten und die aus Hunderten und Aberhunderten kleiner Windhosen zu bestehen schien, die ineinander griffen und so einen gewaltigen Orkan bildeten, dem nichts widerstehen konnte. Sturms Kräfte waren endlich zurückgekehrt. Und er machte reichlich Gebrauch davon.

Kim stemmte sich weiter hoch und sah sich nach den anderen um.

Nur noch ein einziger Zwerg war zu sehen – und der hätte in diesem Moment wahrscheinlich gerne mit seinen Kameraden getauscht, die der Sturm davongewirbelt hatte: Der Pack hielt seinen dürren Hals mit der einen Hand umklammert und versetzte ihm mit der anderen eine Backpfeife nach der anderen und das mit sichtlichem Vergnügen. Selbst der Drache und sein unheimlicher Gegner waren nicht mehr zu sehen. Wo sie gewesen waren, war nur noch ein riesiger, verschwommener Schatten zu erkennen. Sturm stand noch immer reglos und mit weit in den Nacken gelegtem Kopf da und starrte in den Himmel. Auf seinem Gesicht lag ein Ausdruck allerhöchster Konzentration.

Der Wirbelsturm nahm immer noch an Gewalt zu. Kim und

die anderen befanden sich in einem kleinen Bereich vollkommener Ruhe, dem Auge des Orkans, aber rings um sie herum tobten die entfesselten Elemente mit unvorstellbarer Gewalt. Kim sah Felsbrocken von der Größe eines kleinen Hauses, die wie Spielzeuge herumgewirbelt wurden, und der Boden zitterte immer heftiger. Es wurde auch immer kälter. Die Luft, die er atmete, schien nur noch aus Eis zu bestehen und das Fell des Pack war plötzlich weiß.

»Sturm«, sagte Kim. »Ich glaube, das reicht.«

Sturm reagierte nicht. Er starrte weiter in den Himmel hinauf, der mittlerweile fast schwarz vor brodelnden Gewitterwolken war. Dann fuhr ein erster, grellweißer Blitz nieder. Er traf die Spitze des Berges hinter ihm und ließ sie für den Bruchteil einer Sekunde in blauem, unheimlichem Licht aufleuchten. Kim konnte spüren, wie sich der Boden unter ihnen mit knisternder elektrischer Spannung auflud. Ein zweiter Blitz hämmerte in den Berg, dann ein dritter, vierter ... Die Bergspitze wurde ununterbrochen von Blitzen getroffen und begann allmählich rot, dann gelb und schließlich weiß zu glühen. Der Boden knisterte jetzt ununterbrochen vor elektrischer Spannung und Kim sah, dass winzige, blaue Flämmchen über das Fell des Pack und der Spinne liefen und dann zu Boden sprangen.

»Sturm!«, sagte er noch einmal. »Das reicht jetzt wirklich.«

Wie zur Antwort fuhr ein noch heftigeres Bombardement von Blitzen in den Berggipfel. Plötzlich lag ein scharfer, durchdringender Geruch in der Luft und Kim sah, wie sich dünne Ströme aus weiß glühendem, geschmolzenem Stein vom Gipfel zu lösen begannen um auf scheinbar willkürlichen Bahnen zum Tal zu rasen. Mehr als eine von ihnen deutete in ihre Richtung.

»Sturm!«, keuchte er. »Bist du verrückt geworden?!«

Er fuhr entsetzt herum. Sturm stand noch immer in derselben Haltung wie bisher da, scheinbar erstarrt, aber der Ausdruck auf seinem Gesicht hatte sich vollkommen verändert. Es war nun eindeutig der Ausdruck von Furcht.

»Sturm!«, schrie Kim und diesmal mit vollem Stimmaufwand. Endlich erwachte der rothaarige Junge aus seiner Erstarrung. Mit sichtlicher Mühe riss er sich vom Anblick des brodelnden Chaos am Himmel los und wandte sich zu Kim um. »Ich ... ich bin das nicht«, sagte er zögernd.

Kim starrte ihn ungläubig an. »Du bist das nicht? Was soll das heißen?«

Sturm antwortete nicht. Vielleicht tat er es doch, aber das Heulen des Orkans hatte sich mittlerweile zu einem wahrhaftigen Weltuntergangsgetöse gesteigert, das jeden anderen Laut einfach verschluckte. Die gesamte Bergspitze glühte mittlerweile in einem düsteren, schmutzigen Gelb und immer mehr und mehr Blitze hämmerten nun auch in die Flanke des Berges, ließen Steine explodieren und ganze Felsplatten einfach verdampfen. Hier und da flogen dunkle, zappelnde Umrisse durch die Luft; Zwerge, die dem Toben der entfesselten Naturgewalten nichts entgegenzusetzen hatten.

Nach Minuten, die Kim wie Stunden vorgekommen waren und die sie angstvoll zusammengekauert im Schutze einiger Felsen verbracht hatten, ließ das Toben des Gewitters allmählich nach. Immer weniger Blitze schlugen in den Berg ein und schließlich hörte das blaue Flackern und Glühen ganz auf. Auch der Wirbelsturm büßte ein wenig an Kraft ein und zerfiel schließlich in zwei gewaltige, sich in rasendem Tempo um sich selbst drehende Luftsäulen, die bis zu den Wolken hinaufzureichen schienen und alles zertrümmerten, was in ihre Bahn geriet. Eine der beiden Windsäulen raste den Hang hinauf, raste nach links, rechts, vor und zurück – es dauerte eine geraume Weile, bis Kim wirklich begriff, was er da sah: Der Sturm *machte Jagd auf die Zwerge*!

Der zweite Tornado wechselte plötzlich seine Richtung, raste kaum einen Meter an Kim und dem Pack vorbei und ergriff den Skull. Das unheimliche Geschöpf wurde blitzartig in die Höhe gerissen und verschwand in den Wolken. Nur einen Augenblick später wechselte der Wirbelsturm abermals seine Richtung, steuerte das Loch an, aus dem der Drache und der

Skull hervorgebrochen waren, und verschwand darin. Die Erde begann wieder zu beben.

Der Berg und die vorgelagerte Ebene sahen aus wie nach einer Generalprobe für den Weltuntergang. Ein Großteil der Bergspitze war regelrecht weggeschmolzen und auch auf der Flanke des Berges glühte der Fels noch an zahllosen Stellen in einem dunklen, unheimlichen Rot. Bizarrerweise war der Fels da, wo er nicht geschmolzen oder von den Blitzen zu schwarzer Schlacke verkohlt worden war, von Schnee und glitzerndem Eis bedeckt.

Der Boden bebte noch immer und Kim konnte regelrecht hören, wie tief unter ihren Füßen Gänge und gewaltige Höhlen zusammenbrachen.

Ein dunkles, qualvolles Stöhnen ließ ihn sich herumdrehen. Der Skull war verschwunden, aber der Drache lag noch immer dort, wo er gegen das Ungeheuer gekämpft hatte. Er war auf die Seite gefallen und blutete aus einem Dutzend schrecklicher Wunden und ein einziger Blick machte Kim klar, dass er sich von seinen Verletzungen nicht mehr erholen würde.

Ohne auch nur eine Sekunde darüber nachzudenken, setzte er sich in Bewegung und lief auf ihn zu. Die Spinne kreischte entsetzt und der Pack stieß ein erschrockenes Schnattern aus, aber Kim achtete weder auf das eine noch auf das andere. So laut er konnte, rief er nach der Elfe. Er bekam keine Antwort, glaubte aber ein flüchtiges Aufblitzen von Gold hinter einem Felsbrocken nicht sehr weit entfernt wahrzunehmen.

Der Drache öffnete stöhnend ein Auge, als Kim ihn erreichte. Es war blutunterlaufen und sein Blick trüb. Er musste große Schmerzen haben.

»Was ... willst ... du?«, fragte er mühsam. Er konnte kaum sprechen. Einer seiner gewaltigen Hauer war abgebrochen und jeder Atemzug wurde von einem schrecklichen Rasseln begleitet. Trotzdem fuhr er fort: »Bist du gekommen um dich an meiner Niederlage zu weiden?«

Twix kam herangeflattert. Sie sah ziemlich mitgenommen aus. Ihre Flügel hatten fast ihren gesamten goldenen Glanz eingebüßt und waren zerknittert und ihr Gesicht und ihre Glieder waren zerschunden. »Du hast gerufen?«

Kim deutete auf den Drachen. »Kannst du etwas für ihn tun?«

Twix bedachte den Drachen nur mit einem einzigen Blick und schüttelte dann traurig den Kopf. »Nicht einmal, wenn ich noch meine ganze Kraft hätte«, sagte sie. »Die Wunden, die der Skull schlägt, heilen nicht. Aber ich kann seine Schmerzen ein wenig lindern.«

»Dann tu das«, bat Kim.

Die Elfe flatterte gehorsam davon. Der Drache versuchte den Kopf zu heben um ihr nachzublicken, doch seine Kraft reichte dazu nicht aus. Stöhnend ließ er den Kopf wieder sinken und sah Kim an.

»Warum tust du das?«, fragte er. »Wir sind Feinde!«

»Nein«, sagte Kim. »Das sind wir nicht. Genau das wollte ich dir ja die ganze Zeit über sagen. Wir müssen keine Feinde sein.«

»Du bist ein Mensch«, antwortete der Drache. »Alle Menschen hassen Drachen – oder fürchten sie, was auf dasselbe hinausläuft.«

»Nicht alle«, beharrte Kim. »Einer meiner besten Freunde ist ein Drache. Rangarig, der Golddrache aus Gorywynn. Hast du schon einmal von ihm gehört?«

»Ob ich schon einmal von Rangarig gehört habe? Was für eine Frage.« Der Drache schwieg einen Moment, dann fuhr er leiser und in verändertem Ton fort: »Jetzt weiß ich, wer du bist. Und ich hätte dich ohne zu zögern getötet!«

»Du hast es ja nicht getan«, sagte Kim. »Und es spielt auch keine Rolle mehr. Der Kampf ist vorbei.«

»Es scheint wohl wahr zu sein, was man sich über dich erzählt, kleiner Held«, sagte der Drache. »Es ist mir eine Ehre, dich vor meinem Tode noch kennen gelernt zu haben. Mit mir geht es zu Ende.«

»Ich weiß«, sagte Kim. Plötzlich war ein bitterer Kloß in seinem Hals und er musste ein paar Mal schlucken. Obwohl dieses Wesen noch vor wenigen Minuten versucht hatte ihn und seine Freunde zu töten, verspürte er doch nicht den mindesten Groll. Alles, was er empfand, war ein tiefes, ehrliches Mitleid. »Und es tut mir Leid.«

»Das muss es nicht«, sagte der Drache. »Es ist gut so. Ich bin alt. Sehr alt, selbst für einen Drachen. Ein Jahrhundert mehr oder weniger in den finsteren Höhlen der Zwerge macht keinen Unterschied. Ich fühle mich geehrt dich kennen gelernt zu haben.« Er schloss die Augen. Seine Stimme wurde leiser und sank schließlich zu einem Flüstern herab. »Wenn du Rangarig triffst, dann grüße ihn von mir.«

Und damit starb er.

Es ging ganz schnell und auf sonderbare Weise undramatisch. Kim konnte spüren, wie sein gewaltiges Herz aufhörte zu schlagen. Seinem letzten Atemzug folgte kein weiterer mehr und plötzlich wurde es still, unheimlich still. Das Heulen des Sturmes hatte aufgehört. Unter ihren Füßen stürzten keine Höhlen mehr zusammen.

Für ein paar Sekunden musste Kim mit aller Macht gegen die Tränen ankämpfen. Selbst im Tode und mit all seinen schrecklichen Verletzungen erschien ihm der Drache mit einem Male unglaublich schön; ein gewaltiges, majestätisches Geschöpf, vielleicht das edelste, das die Natur jemals hervorgebracht hatte. Dass dieses Wesen von einer seelenlosen Kreatur wie dem Skull getötet worden war, erschien ihm einfach nicht gerecht. Es durfte nicht sein. Und es durfte sich nie, nie wiederholen.

Er fuhr sich mit dem Handrücken über die Augen, zog geräuschvoll die Nase hoch und drehte sich herum.

Sie waren nicht mehr allein.

Nachdem die beiden Wirbelstürme verschwunden waren, waren ein Mann und eine Frau neben ihnen aufgetaucht und es bedurfte nur eines einzigen Blickes, um Kim davon zu überzeugen, dass es sich um Sturms Eltern handelte.

Der Mann war ein Riese, mindestens so groß wie Gorg, wenn nicht größer, und mit silbernem Haar, in dessen Spitzen winzige, elektrische Funken tanzten. Seine ganze Kleidung bestand aus geflochtenen Silberfäden, in denen es ebenfalls ununterbrochen blitzte und knisterte, und er hatte ein schmales, eben geschnittenes Gesicht mit intensiv blau leuchtenden Augen.

Die Frau schien das genaue Gegenteil zu sein. Sie war eher klein, hatte ein gutmütiges, rundes Gesicht und eisgraues Haar und gleichfarbige Kleidung. Sie war über und über mit Eiskristallen und Schnee bedeckt. Dampfende graue Kälte stieg von ihrer Gestalt auf.

»Das ist sonderbar«, sagte der Mann. Seine Stimme war leise, aber so machtvoll wie ein entferntes Gewittergrollen. »Dieses Wesen war dein Todfeind und doch sehe ich Tränen der Trauer in deinen Augen.«

»Es ist niemals schön, wenn ein lebendes Wesen stirbt«, antwortete Kim. Sein Blick wanderte über die verwüstete Flanke des Berges. Schwarze, reglose Gestalten bedeckten den Fels wie verbranntes Herbstlaub.

»Ihr hättet sie nicht zu töten brauchen«, sagte er.

»Sie haben versucht unseren Sohn zu töten«, antwortete der Mann.

»Ich weiß«, antwortete Kim. »Ich war dabei.«

»Und du hast ihn gerettet.« Nun war es die Frau, die sprach. Ihre Stimme war so leise wie die ihres Mannes und so frostig wie das Heulen des Nordwindes in einer mondlosen Novembernacht. »Dafür schulden wir dir auf immer Dankbarkeit.« Sie tauschte einen Blick mit ihrem Mann und fuhr erst fort, nachdem er mit einem fast unmerklichen Nicken darauf geantwortet hatte. »Wir werden dir einen Wunsch erfüllen. Was es ist, es sei dir gewährt, solange es in unserer Macht steht.«

»Dann beendet das alles hier«, sagte Kim. »Den Krieg! Das Töten und Zerstören muss ein Ende haben.«

»Du verlangst das Unmögliche«, antwortete der Mann, »und du weißt es. Wir könnten es tun. Es wäre ein Leichtes für uns, ihre Armeen zu zerstreuen und ihre Festungen zu zerstören, so wie wir das Reich der Zwerge zerstört haben. Aber waren es nicht deine eigenen Worte, dass der Frieden nicht befohlen werden kann?«

»Ich weiß«, murmelte Kim. »Aber ich musste es wenigstens versuchen.«

Sturms Mutter lächelte und trotz ihres eisigen Äußeren und des Frostes in ihrer Stimme war es ein warmes und sehr wohl tuendes Lächeln. »Hast du sonst einen Wunsch?«

»Nein«, sagte Kim leise. »Ihr habt uns gerettet. Damit sind wir quitt.«

»Dann wird es Zeit, zu gehen«, sagte Sturms Vater. Er wandte sich an seinen Sohn. »Verabschiede dich von deinen Freunden.«

Sturm senkte den Blick und begann unbehaglich mit dem Fuß zu scharren. »Ich bleibe hier«, sagte er leise.

Sein Vater zog die Augenbrauen zusammen. Die elektrischen Funken in seinem Haar knisterten heller. »Wie?«

Mit großer Überwindung hob Sturm den Kopf und sah seinem Vater in die Augen. »Ich ... möchte bei ihnen bleiben«, sagte er noch einmal mit sehr leiser, aber jetzt fester Stimme.

Sein Vater schüttelte den Kopf. Die Luft schien plötzlich vor elektrischer Spannung zu knistern. »Es ist uns verboten, uns in die Angelegenheiten der Menschen zu mischen«, sagte er, »und das mit gutem Grund. Hast du noch nicht genug Schaden angerichtet?«

»Mehr als genug«, antwortete Sturm niedergeschlagen, aber trotzdem in entschlossenem Ton. »Deshalb will ich ja bleiben. Vieles von dem, was hier geschehen ist, ist meine Schuld. Ich will mithelfen es wieder gutzumachen.«

Sein Vater wollte auffahren, aber seine Frau legte ihm rasch die Hand auf den Unterarm und antwortete ruhig: »Wir könnten dich zwingen uns zu begleiten. Aber wir werden es nicht tun. Wenn es dein fester Wille ist, mit deinen neuen Freunden zu gehen, dann kannst du es tun.«

»Doch du weißt, was es bedeutet«, fügte ihr Mann hinzu. »Wenn du bleibst, so als ganz normaler Mensch. Du wirst sterblich sein, so verwundbar und schwach wie sie.«

»Ich weiß«, antwortete Sturm. »Aber ich bin es ihnen schuldig.«
»Zu sterben?«, mischte sich Kim ein. »Sei kein Narr!«
Sturm schüttelte entschlossen den Kopf. »Ich bleibe.«
»So sei es«, sagte sein Vater. Sturms Mutter schien noch etwas hinzufügen zu wollen, ließ es dann aber bei einem wortlosen Seufzer und schloss ihren Sohn zum Abschied kurz und heftig in die Arme. Als sie sich wieder voneinander lösten, hatte Kim den Eindruck, dass Sturm irgendetwas rasch in der Tasche verschwinden ließ, war aber nicht sicher.
Sturms Eltern traten zwei, drei Schritte zurück. Plötzlich kam Wind auf, ein so eisiger, schneidender Wind, dass Kim erschrocken den Kopf senkte und schützend die Hände vor das Gesicht hielt.
Die Böe verschwand so schnell, wie sie gekommen war. Als Kim die Hände wieder herunternahm, waren Sturms Eltern verschwunden.
»Das war ziemlich tapfer von dir«, sagte Kim.
Sturm deutete ein verlegenes Achselzucken an und die Spinne sagte in keifendem Ton: »Das war unbeschreiblich dämlich! Kannst du mir sagen, was er uns nutzen soll ohne seine Kräfte? Selbst mit ihnen war er bisher keine besondere Hilfe. Kannst du dir vorstellen, was für ein Klotz am Bein er *ohne* sie ist?«
Sturm fuhr unter diesen Worten sichtbar zusammen und Kim warf der Spinne einen bösen Blick zu und sagte: »Nimm sie nicht ernst! Sie meint es nicht so.«
»Und ob ich es so meine!«
Kim wollte auffahren, aber Sturm hob rasch die Hand und schüttelte den Kopf. »Sie hat ja Recht«, sagte er. »Bisher habe ich mehr Schaden als Nutzen verursacht, und nun, ohne meine Kräfte ...« Er hob die Schultern. »Aber etwas gibt es noch, was ich vielleicht für euch tun kann.«
»Was?«, fragte Kim.
»Willst du immer noch die Zauberkugel zu Themistokles zurückbringen?«, fragte Sturm.
»Natürlich.«

»Dann zeige ich euch, wo ich sie verloren habe«, sagte Sturm. »Es ist nicht einmal sehr weit von hier. Ein Tag mit einem schnellen Pferd. Drei oder vier zu Fuß.«
»Bis zum Ende der Welt?« Kim schüttelte den Kopf. »Du musst dich täuschen. Ich war schon einmal dort. Es liegt in der anderen Richtung. Viele, viele Tagesreisen entfernt.«
»Dann muss es wohl ein anderes Ende der Welt sein als das, von dem ich rede«, beharrte Sturm und deutete über die Ebene nach Westen. »Es liegt dort. Ich kann euch hinführen.«
»Auf jeden Fall solltest du uns von hier wegführen«, sagte die Spinne. »Im Moment haben die Zwerge wahrscheinlich alle Hände voll zu tun, aber sobald sie die größten Trümmer zur Seite geräumt haben, tauchen sie garantiert hier auf.«
Natürlich hatte die Spinne damit Recht, aber Kim glaubte nicht, dass sie so schnell hier auftauchen würden. Er hatte das unheimliche Dröhnen und Bersten, das aus der Tiefe heraussprang, nicht vergessen. Ein großer Teil der Zwergenhöhlen musste zusammengebrochen sein. Trotzdem war es besser, wenn sie auf der Hut blieben.
Sein Blick tastete misstrauisch in die Runde, aber er sah keine Zwerge mehr – mit Ausnahme des einen, den der Pack noch immer mit der linken Hand festhielt um ihn mit der anderen Hand zu ohrfeigen.
»Pack, lass ihn los!«, sagte er scharf.
Der Pack ließ den Zwerg nicht los, hörte aber wenigstens auf, ihn zu ohrfeigen. Einen Moment lang wirkte er ziemlich unentschlossen – dann hielt er Kim mit einer Hand den Zwerg hin, machte mit der anderen eine eindeutige Geste und gab kleine, bettelnde Laute von sich.
»Nein«, sagte Kim kopfschüttelnd. »Du kannst ihn nicht mitnehmen.«
Der Pack wimmerte geradezu herzzerreißend, aber Kim blieb hart. »Bitte, lass ihn los«, sagte er.
»Du kannst dir ja einen anderen fangen«, unkte die Spinne. »Wir werden bestimmt noch vielen begegnen. Mehr, als uns lieb ist!«

Der Pack sah Kim noch einmal bittend an, aber Kim blieb bei seinem Kopfschütteln und schließlich setzte der Pack den Zwerg grob zu Boden – wenn auch nicht ohne ihm vorher noch eine kräftige Kopfnuss verpasst zu haben.
Der Zwerg taumelte kraftlos und wäre gestürzt, hätte Kim ihn nicht aufgefangen.
»Verstehst du mich?«, fragte Kim.
Er bekam nicht sofort eine Antwort. Der Zwerg war nur noch halb bei Bewusstsein. Erst als Kim ihn ein paar Mal schüttelte, öffnete er mühsam die Augen und sagte: »Nicht mehr schlagen!«
»Das habe ich auch nicht vor«, sagte Kim. »Aber ich gebe dich an den Pack zurück, wenn du nicht tust, was ich von dir verlange. Hast du das verstanden?«
Der Zwerg nickte wortlos. In seinen Augen flackerte die nackte Panik.
»Gut«, sagte Kim. »Dann hör mir zu: Du wirst jetzt zu deinem König oder Häuptling oder wie auch immer ihr euren Anführer nennt, zurückgehen und ihm erzählen, was hier passiert ist. Und du wirst ihm sagen, dass das nur ein kleiner Vorgeschmack auf das war, was passiert, wenn ihr uns noch einmal in die Quere kommt! Hast du das verstanden? Wenn ihr uns verfolgt, uns angreift oder eine Falle stellt oder wir auch nur den Schatten eines Zwerges sehen, dann bekommt ihr gewaltigen Ärger. Noch einmal kommt ihr nicht so glimpflich davon!«
Er ließ los. Der Zwerg taumelte, drohte zu stürzen und fand im letzten Moment sein Gleichgewicht wieder. Zuerst langsam und heftig torkelnd, dann immer schneller werdend entfernte er sich und war plötzlich zwischen den Felsen verschwunden.
»Glaubst du, dass das eine gute Idee war?«, fragte Sturm.
Kim hob die Schultern. »Was sollte ich tun? Ihn umbringen?« Er schüttelte den Kopf. »Kommt. Verschwinden wir von hier.«

Den ganzen Tag über marschierten sie in die Richtung zurück, aus der sie gekommen waren. Eine sehr niedergeschlagene, trübe Stimmung hatte von der kleinen Gruppe Besitz ergriffen. Die meiste Zeit liefen sie schweigend nebeneinander her und jeder hing seinen eigenen düsteren Gedanken nach. Kim, Sturm und die Spinne bildeten eine kleine Gruppe, die dichter beieinander blieb, als nötig war, fast als suchten sie wie zur Antwort auf die unendliche Weite der Felsebene ringsum nun umso mehr die Nähe der anderen. Twix flog dann und wann ein Stück voraus um das Gelände zu erkunden und nach eventuellen Fallen und Hinterhalten Ausschau zu halten und der Pack, der noch immer beleidigt war, dass er sein Spielzeug nicht hatte mitnehmen dürfen, trottete ein gutes Stück hinter ihnen her.

Da sie durch die unheimliche Zeitverschiebung im Reich der Zwerge einen unnatürlich langen Tag hinter sich hatten, machten sie mit dem ersten Anzeichen der Dämmerung Halt. Der Pack verschwand, um sich auf die Suche nach etwas Essbarem zu machen, kam aber nach einer halben Stunde mit leeren Händen zurück, sodass sie an diesem Abend mit knurrenden Mägen einschliefen – und frierend dazu, denn so unerträglich heiß die Tage hier am Fuße des Schattengebirges sein mochten, so grausam kalt wurden die Nächte. Sie kuschelten sich eng aneinander, um sich gegenseitig mit ihrer Körperwärme zu helfen.

Selbst Twix überwand ihr Misstrauen gegen die Spinne und vergrub sich halb in das seidige Fell in ihrem Nacken – wenn auch erst, nachdem die Spinne einen heiligen Eid geschworen hatte sie unbehelligt zu lassen. Kim achtete streng darauf, dass die Spinne dabei nicht etwa die Beine hinter dem Rücken kreuzte.

Tief in der Nacht wachte er auf. Er hatte schlecht geträumt. Themistokles war an seinem Lager erschienen und hatte lange und schweigend auf ihn herabgeblickt und obwohl an seiner Gegenwart etwas ungemein Wohltuendes und Beschützendes war, hatte sie ihn zugleich doch zutiefst beunruhigt. Wenn Themistokles Gorywynn verließ, die Stadt, deren Einwohner er zu beschützen versucht hatte, so musste dort etwas Schreckliches geschehen sein.

Kim versuchte den Gedanken zu verscheuchen. Wahrscheinlich lag es nur an dem, was Sturm erzählt hatte. Von ihm wusste er ja, dass die meisten Menschen Gorywynn bereits verlassen hatten, und in seinem Traum hatte er den Gedanken zu Ende gesponnen und seinen geheimen Wunsch wahr gemacht, nach dem Themistokles ihnen gefolgt war um ihnen beizustehen.

Aber war es überhaupt ein Traum gewesen?

Kim sortierte behutsam drei lange Spinnenbeine von seiner Brust, setzte sich auf und sah sich mit klopfendem Herzen um. Es war vollkommen still (sah man von dem gewaltigen Schnarchen des Pack ab) und auch die Dunkelheit war beinahe vollkommen. Alles, was weiter als drei oder vier Schritte entfernt lag, war hinter einem Vorhang aus Schatten und lastender Schwärze verborgen.

Trotzdem – bewegte sich da nicht etwas? Schlich nicht eine Gestalt durch die Dunkelheit, ein Umriss aus noch tieferem Schwarz vor dem Hintergrund der Nacht?

Kim griff nach seinem Schwert, zog die Waffe aber nicht aus dem Gürtel, sondern ließ die rechte Hand griffbereit auf dem Knauf liegen, während er aufstand und vorsichtig ein paar Schritte in die Dunkelheit hinein machte. Er hörte noch immer nichts. Seine zum Zerreißen angespannten Nerven begannen ihm einen bösen Streich nach dem anderen zu spielen. Er wusste nicht, was wahr war und was Illusion.

»Themistokles?«, rief er.

Keine Antwort. Die Dunkelheit schien den Klang seiner Stimme einfach aufzusaugen. Nicht das geringste Echo kam zurück.

Er rief noch einmal nach Themistokles und bekam auch jetzt keine Antwort, aber nach zwei oder drei Sekunden sagte Sturm hinter ihm: »Du hast auch von ihm geträumt, wie?«

Kim drehte sich halb zu ihm herum. »Ich wollte dich nicht wecken«, sagte er.

»Das hast du nicht.« Sturm winkte ab und kam mit langsamen Schritten näher. »Ich war schon vor dir wach. Ich bin nur nicht aufgestanden um euch nicht zu stören.«

»Was für ein löblicher Vorsatz«, nuschelte die Spinne verschlafen. »Dann wäre es doch nett, wenn ihr zwei Quatschköpfe euren Kaffeeklatsch woanders halten könntet, damit wenigstens *einer* von uns ausschlafen kann.«

Absurderweise richtete sie sich nach diesen Worten auf und gähnte ausgiebig. Twix rutschte von ihrem Rücken und landete mit einem erschrockenen Piepsen auf dem felsigen Boden und die Spinne fuhr gähnend fort: »Nur falls es euch interessiert: Ich habe auch von ihm geträumt.«

»Ich bin nicht sicher, dass es ein Traum war«, sagte Kim. Er blickte weiter konzentriert in die Dunkelheit hinein, konnte aber noch immer nichts als Schatten erkennen. Sie schienen tiefer geworden zu sein; als zöge sich die Nacht zu einem Belagerungsring um sie herum zusammen.

»Es war ein Traum«, beharrte die Spinne. Mit einem Bein hob sie die Elfe auf, schnüffelte prüfend an ihr und setzte sie dann mit einem enttäuschten Seufzer wieder zu Boden. Twix trat ihr wütend vors Bein und stolzierte mit in den Nacken geworfenem Kopf davon und die Spinne fuhr fort: »So verrückt, freiwillig hierher zu kommen, ist er nicht. Ich kenne nur einen ...« Sie verbesserte sich. »... vier, die so bekloppt sind.«

»Fünf«, verbesserte sie Twix aus der Dunkelheit heraus.

»Vier, Schätzchen«, säuselte die Spinne. »Ich bin nicht freiwillig hier. Ich passe auf mein Essen auf.«

Ein daumennagelgroßer Stein kam aus der Nacht geflogen und traf zielsicher zwischen die Augen der Spinne und Kim sagte hastig: »Es kann kein Zufall sein, dass wir alle den gleichen Traum geträumt haben, oder?«

»Wohl kaum«, murmelte Sturm. »Vielleicht hat uns Themistokles auf diese Weise eine Warnung geschickt?«

»Und wovor?«, fragte Kim. Schaudernd strengte er die Augen an, um die Dunkelheit zu durchdringen. Er konnte noch immer nichts sehen, aber da war irgendetwas.

Der Skull?
Nein. Das Gefühl war ... ähnlich. Aber nicht dasselbe.
»Wenn wir sowieso schon wach sind«, schlug die Spinne vor, »können wir genauso gut auch weitergehen. Ich kann sowieso nicht mehr einschlafen. Ich bin zu hungrig dazu.«
Sie klang ein bisschen nervös, fand Kim. Möglicherweise war er nicht der Einzige, der den unheimlichen Hauch spürte, der durch die Nacht zu ihnen wehte.
»Einverstanden«, sagte Sturm. »Je eher wir weitergehen, desto schneller erreichen wir unser Ziel.«
»Was für eine scharfsinnige Feststellung«, spöttelte die Spinne und Twix fügte hinzu: »Das sagt er ja nur, damit sogar *du* es verstehst.«
»Also gut«, sagte Kim. »Aber seid vorsichtig. Ein einziger Fehltritt kann hier üble Folgen haben.«
»Und erst acht!«, kicherte Twix.
Sie brachen auf. Das Gehen auf dem mit Steinen übersäten Boden war schon tagsüber schwierig genug gewesen. Bei Dunkelheit wurde jeder Schritt zu einem unkalkulierbaren Risiko. Aber sie hatten großes Glück. Mit Ausnahme der Elfe machten sie zwar alle mehrmals unliebsame Bekanntschaft mit dem Boden, kamen aber auch alle mehr oder weniger glimpflich davon. Und nach endlos erscheinenden Stunden begann sich der Himmel über ihnen langsam wieder grau zu färben.
Ihre Umgebung hatte sich zu verändern begonnen, während sie durch die Nacht marschiert waren. Nun, als es hell wurde, sah Kim, dass sie das Schlimmste hinter sich hatten. Zwischen den Felsen lugte hier und da ein blasser Grashalm hervor, manchmal ein Busch oder eine stachelige Blume und vor ihnen, allerhöchstens noch eine halbe Stunde entfernt, erhob sich eine sanft gerundete, baumbestandene Hügelkette.
Der Anblick spornte sie noch einmal an. In raschem Tempo legten sie das letzte Stück Weg zurück, liefen den ersten Hügel hinauf und ließen sich zwischen den Bäumen niedersinken. Kim war nicht einmal sonderlich müde, aber es tat ungemein

wohl, wieder einmal Bäume und lebendes Grün zu sehen, statt steinigen Boden und harten Fels.
Der Pack verschwand augenblicklich, wohl um etwas Essbares aufzutreiben, und Kim bat Twix vorauszufliegen, um die nähere Umgebung zu erkunden. So angenehm ihm diese veränderte Landschaft auch war, hatte er noch immer das unheimliche Gefühl, dass etwas da war, was nicht hierher gehörte.
Sie gönnten sich eine wohlverdiente Rast, während sie auf die Rückkehr der Elfe und des Pack warteten. Kim schlief sogar für einen Moment ein, spürte aber sofort das Nahen eines Albtraums und schrak wieder hoch. Er stand auf und ging ein paar Schritte. Zwischen den letzten Bäumen blieb er stehen und sah nach Osten, zu den Bergen hin.
Er konnte sie jetzt nur noch als bloße Schatten erkennen, verschwommene Schatten, die wie ein düsteres Versprechen auf kommendes Unheil vor dem Horizont lasteten und viel weiter entfernt schienen, als sie in Wirklichkeit waren. Es war nicht das erste Mal, dass Kim die Berge so sah. Genau diesem unheimlichen Effekt hatten sie ihren Namen zu verdanken. Aber man konnte sie ansehen, so oft und so lange man wollte – das Bild verlor nichts von seinem Schrecken.
Die Ebene davor schien eine sonnendurchglühte, endlose Einöde aus verbranntem Fels, über der die Luft vor Hitze flimmerte. Es erschien Kim plötzlich fast unglaublich, dass es ihnen gelungen sein sollte, diese Felswüste in einem einzigen Tag und einer Nacht zu durchqueren.
Weit entfernt, vielleicht auf halber Strecke zwischen ihm und den Bergen, bewegte sich etwas. Im ersten Augenblick dachte Kim, es wäre nur eine Täuschung, hervorgerufen durch die hitzeflimmernde Luft und die Entfernung, aber schon beim zweiten Hinsehen erkannte er, dass das nicht so war. Etwas bewegte sich tatsächlich dort draußen. Etwas unvorstellbar Großes ...
»Sturm!«, rief er.
Der sommersprossige Junge stand auf und kam mit schnellen

Schritten näher und auch die Spinne trippelte herbei. Kim sagte nichts, sondern deutete nur schweigend nach Osten und für eine Weile blickten sie alle wortlos und besorgt zu den näher kriechenden Schatten hin.
»Zwerge«, sagte Sturm schließlich.
»Bist du sicher?«, fragte Kim. Auf der Ebene war immer noch nichts als eine gewaltige dunkle Masse zu erkennen. »Ganz sicher«, sagte Sturm düster. »Wer die Gastfreundschaft der Zwerge einmal so ausgiebig genossen hat wie ich, der vergisst sie nie wieder.«
Kim blickte auf Sturms Handgelenke. Dank der Elfe waren die Wunden fast vollkommen verheilt, aber er würde wahrscheinlich immer in Erinnerung behalten, was die bösartigen Gnome ihm angetan hatten.
»Aber es sind so ... so viele«, murmelte er.
»Ich schätze, es sind *alle*«, sagte Sturm. »Sie sind zornig. Meine Eltern haben den größten Teil ihres Reiches zerstört. Sehr viele sind tot. Die Überlebenden sinnen auf Rache.«
»Und wahrscheinlich wissen sie, wer ich bin«, fügte Kim leise hinzu. Er sah die Spinne an. »Du hattest Recht. Es war ein Fehler, den Zwerg laufen zu lassen. Er muss gehört haben, was der Drache gesagt hat.«
»Wir sollten von hier verschwinden«, sagte die Spinne.
Nichts hätte Kim in diesem Moment lieber getan. Trotzdem schüttelte er nach einem kurzen Augenblick den Kopf. »Nein. Wir brauchen eine Pause. Und wir müssen essen.«
»Stimmt«, sagte die Spinne. »Wo ist die Elfe?«
»Wir werden nicht sehr weit kommen, wenn wir vor Erschöpfung zusammenbrechen«, fuhr Kim ungerührt fort. »Außerdem sind die Zwerge nicht besonders schnell. Und die Hitze macht ihnen garantiert noch mehr zu schaffen als uns.«
So geduldeten sie sich, bis der Pack und wenige Augenblicke darauf auch die Elfe zurückkamen. Der Pack brachte ein wenig Obst und eine Hand voll Beeren, eine Mahlzeit, die kaum ausreichte um ihren Hunger zu stillen. Die Elfe allerdings brachte ausnahmsweise gute Nachrichten. Nur zwei

oder drei Stunden entfernt, so verkündete sie, gäbe es ein großes Gehöft, das zwar von seinen Bewohnern verlassen, ansonsten aber unbeschädigt war. Dort würden sie Pferde und auch alles andere an Ausrüstung finden, was sie benötigten.
Bevor sie aufbrachen, warfen sie noch einen Blick auf das Zwergenheer. Es schien noch nicht sichtbar näher gekommen zu sein, war aber größer geworden. Es mussten buchstäblich unzählige Zwerge sein, dachte Kim schaudernd. Sturm hatte Recht. Die Zwerge hatten tatsächlich jeden Krieger aufgeboten, den sie besaßen, um ihrer habhaft zu werden.
Der Einzige, den der Anblick nicht vor Schrecken erstarren ließ, war der Pack. Er klatschte vor Freude in die Hände und begann aufgeregt auf und ab zu hüpfen, was die Spinne zu einer spöttischen Bemerkung und Sturm zu einem stummen Kopfschütteln veranlasste.
Wortlos drehten sie sich herum und brachen auf. Sie legten ein scharfes Tempo vor um das Gehöft zu erreichen.
Nicht einmal eine Stunde später liefen sie in die Falle, die die Zwerge für sie vorbereitet hatten.

Das Gelände war immer unwegsamer geworden. Das wuchernde Grün, das ihnen am Anfang wie ein Labsal für Auge und Seele vorgekommen war, begann bald hinderlich zu werden. Die Bäume rückten immer enger zusammen und immer mehr und mehr düsteres Unterholz begann die Zwischenräume zu blockieren, sodass sie sich bald nur noch mühsam hindurchzuzwängen vermochten und sich ihren Weg auf dem letzten Stück mit roher Gewalt bahnen mussten.
Nicht nur Kim atmete erleichtert auf, als sie plötzlich aus dem Wald heraustraten und sich vor ihnen eine weite, an drei Seiten von Gebüsch und an der vierten von einer steil aufragenden, fünf Meter hohen Felswand begrenzte Lichtung auftat. Er schätzte, dass sie nahezu die halbe Strecke bis zu dem Gehöft, von dem Twix berichtet hatte, bereits hinter sich gebracht hatten. Die Sonne war höher gestiegen und selbst im Wald war es bereits sehr warm. Draußen auf der Ebene muss-

te es unerträglich heiß geworden sein. Die Zwerge in ihren schwarzen Umhängen mussten demnach gerade gekocht werden. Sie konnten es sich leisten, eine kleine Rast einzulegen. Keiner der anderen erhob Einwände, als Kim einen entsprechenden Vorschlag machte. Sie suchten sich eine schattige Stelle am Waldrand und ließen sich ins niedrige Gras sinken und Kim schloss für einen Moment die Augen. Er wollte nicht schlafen, nur einen Moment ausruhen.

»Es ist jetzt nicht mehr weit«, murmelte Sturm, fast als hätte er seine Gedanken gelesen. Auch seine Stimme klang müde und Kim fragte sich, ob er vielleicht mehr darunter litt, plötzlich ein sterblicher Mensch mit allen seinen Fehlern, Unzulänglichkeiten und Schwächen zu sein, als er selbst zugeben mochte.

Träge öffnete er ein Auge und sah Sturm an. Der Junge hatte sich nicht weit entfernt ins Gras gesetzt und den Kopf gegen einen Baumstamm gelehnt. Er war sehr blass. Ohne Kim anzusehen fuhr er fort: »Wenn wir dort Pferde finden, sind wir heute Abend am Ziel. Spätestens morgen früh.«

»Und dann?«, fragte die Spinne. Sie saß nur ein paar Meter entfernt im Gras und kaute auf irgendetwas herum. Kim sah erschrocken hoch, entdeckte Twix aber dann nicht weit entfernt auf einem niedrig hängenden Ast sitzen und ließ sich beruhigt wieder ins Gras sinken.

Sturm hob die Schultern. »Wir müssen versuchen die Zauberkugel wieder zu finden«, sagte er.

»Reizend, wie du immer *wir* sagst! Wo *wir* sie doch auch verloren haben, nicht wahr?« Sie spuckte den Stock aus, auf dem sie bisher herumgekaut hatte, und warf einen sehnsüchtigen Blick zu Twix hinauf.

»Und wenn *wir* sie wieder gefunden haben, was tun wir dann damit?«, fuhr sie fort.

»Wir bringen sie zu Themistokles«, antwortete Kim rasch. »Er wird schon wissen, was er damit anzufangen hat.«

»Was für eine tolle Idee«, sagte die Spinne hämisch. »Habt ihr beiden Meisterstrategen dabei nicht nur eine Kleinigkeit vergessen? Ich meine: Wenn mich meine Erinnerung nicht täuscht, dann war es doch Themistokles selbst, der seine Zauberkraft überhaupt erst in die Kugel gebannt hat, damit sie dort sicher ist, oder?«

»Damals hat er aber noch nichts von dem Skull gewusst«, sagte Sturm. »Ohne seine Zauberkraft sind wir alle verloren.«

»Der Skull wird ganz Märchenmond zerstören«, stimmte Twix zu. »Ganz gleich, welche Seite gewinnt.«

Der Pack setzte sich auf, drehte mit einem Ruck den Kopf und starrte aus zusammengekniffenen Augen in den Wald hinein. Kim sah ihn einige Augenblicke lang aufmerksam an, ehe er fortfuhr: »Twix hat Recht. Es ist mittlerweile gleich, welche Seite den Sieg davonträgt. Auch die Sieger werden untergehen, wenn der Skull ...«

Er sprach nicht weiter. Auch die Elfe hatte den Kopf gedreht und starrte konzentriert in die gleiche Richtung wie der Pack.

»Was ist?«, fragte Kim. »Was habt ihr?«

»Ich weiß nicht«, murmelte Twix. »Aber etwas stimmt hier nicht ...«

Noch bevor Kim eine weitere Frage stellen konnte, stieß der Pack einen zischenden Laut aus, griff plötzlich mit beiden Händen in das Gebüsch hinter sich und zerrte ein zappelndes, grün und braun geflecktes Bündel heraus.

Es war ein Zwerg. Statt eines schwarzen Umhanges trug er jedoch gefleckte Tarnkleidung. Sein Schädel war kahl geschoren – was den Pack jedoch nicht daran hinderte, die geballte Faust darauf niedersausen zu lassen. Der Zwerg quietschte, verdrehte die Augen und erschlaffte in Packs Griff.

»Dummkopf!«, schimpfte die Spinne. »Was nutzt er uns jetzt noch? Wir hätten ihn verhören sollen! Falsche Reihenfolge, verstehst du? *Erst* verhören, *dann* verprügeln, nicht umgekehrt!«

»Lass ihn«, sagte Kim besorgt. »Er hätte sowieso nichts gesagt.«

»Da wäre ich nicht so sicher«, sagte die Spinne. »Ich habe da so meine Methoden ...«

»Seid still!«, sagte Sturm hastig. »Das gefällt mir nicht! Wo einer ist, da sind bestimmt auch noch mehr!«
Seine Worte wären kaum nötig gewesen, so wenig wie seine Warnung. Überall rings um sie herum raschelte und knisterte es plötzlich. Kim konnte keine Einzelheiten erkennen, aber es war fast, als wäre der gesamte Wald rings um sie herum plötzlich zum Leben erwacht. Überall bewegte es sich, huschten gefleckte Schatten hin und her. Die Zwerge waren in ihrer Tarnkleidung beinahe unsichtbar, aber es mussten viele sein.
»Nichts wie weg hier!«, kreischte die Spinne.
Ihre Warnung wäre beinahe sogar für sie selbst zu spät gekommen. Aus den Baumwipfeln über ihr fiel ein mit Steinen beschwertes Netz, in das sie sich augenblicklich verstrickte. Während die Spinne empört aufschrie und vergeblich versuchte sich aus den engen Maschen zu befreien, zog Kim sein Schwert und sprang auf. Twix und Sturm eilten sofort zu der Spinne, um sie aus ihrer misslichen Lage zu befreien, während er selbst und der Pack sich gegen den erwarteten Ansturm wappneten.
Der ganze Wald hinter ihnen schien mit einem Schlag zum Leben zu erwachen. Mindestens ein Dutzend Zwerge in gefleckten Anzügen brachen johlend aus dem Unterholz hervor und griffen Kim und den Pack mit Speeren, Schwertern und Keulen an. Kim und der Pack hielten dem ersten Ansturm stand, aber es wurde nur zu schnell klar, dass sie nur wenige Augenblicke erfolgreich sein konnten. Immer mehr und mehr Zwerge sprangen aus den Büschen hervor und auch überall sonst raschelte und huschte es.
»Sturm!«, keuchte Kim. »Beeilt euch!«
Sturm antwortete etwas, das er nicht verstand, und ihm wäre auch gar keine Zeit geblieben, auf seine Antwort zu achten, denn die Zwerge verdoppelten nun die Wucht ihres Angriffs. Drei, vier Speere stocherten gleichzeitig nach ihm und ein Schwert zog eine brennende Linie über seine Wade. Kim kappte die Speere mit einem einzigen, weit ausholenden Schlag, entriss dem Zwerg das Schwert und schlug ihn mit der

flachen Seite seiner eigenen Waffe nieder. Neben ihm verteilte der Pack Nasenstüber und Maulschellen, die die Zwerge durcheinander taumeln ließ. Trotzdem mussten sie Schritt für Schritt zurückweichen.

Endlich war es Sturm und der Elfe gelungen, die Spinne aus dem Netz zu befreien, und sie konnten sich hastig in die Mitte der Lichtung zurückziehen. Sonderbarerweise verzichteten die Zwerge darauf, den strategischen Vorteil auszunutzen und ihnen zu folgen. Nur der Pack schleifte den Zwerg, den er am Anfang aus dem Gebüsch gezerrt hatte, weiter an einem Fuß hinter sich her, warf ihn dann aber in hohem Bogen zurück in den Wald, als Kim ihn drohend ansah.

Rücken an Rücken nahmen sie in der Mitte der Lichtung Aufstellung. Sie waren umzingelt. Dutzende und Aberdutzende von Zwergen waren aus dem Wald herausgetreten und schüttelten drohend ihre Waffen, griffen sie aber noch immer nicht an.

»Mich mit einem Netz zu fangen!«, keifte die Spinne. »Das ist ja wohl das Letzte! Ich habe ja schon viel erlebt, aber eine solche Unverschämtheit ist mir ja noch nie untergekommen! Wenn ich die Kerle zu fassen kriege, dann können sie was erleben, das schwöre ich!«

»Nur keine Bange«, sagte Sturm grimmig. »Dazu bekommst du gleich Gelegenheit.«

Er deutete auf den Waldrand. Die Spinne keifte unbeeindruckt weiter, folgte seiner Geste mit Blicken und brach dann plötzlich ab.

»Oh«, sagte sie.

»Treffender hätte ich es auch nicht ausdrücken können«, kommentierte Twix.

»Ich verstehe nicht, warum sie nicht angreifen!«, sagte Sturm. »Worauf, zur Hölle, warten sie denn noch?«

Kim hob die Schultern. Immer wieder sah er sich um, aber wohin er auch blickte, es war überall dasselbe: Vor dem Waldrand war eine massive Mauer von Zwergen erschienen. Sie waren an drei Seiten eingekreist. Und genau in diesem

Moment erschienen auch auf der Felswand, die das letzte Viertel der Lichtung begrenzte, zahlreiche Gestalten.
»Da hast du deine Antwort«, murmelte er mit einer entsprechenden Geste. »Darauf.«
Sturm sog erschrocken die Luft ein. Die meisten Gestalten oben auf dem Fels waren Zwerge, aber vier von ihnen waren etwas größer und trugen schwarze, zerbeulte Eisenrüstungen.
»Die Schwarze Garde«, murmelte Kim.
»He, Leute!«, brüllte die Spinne. »Habt ihr Lust auf eine zweite Runde?«
Die vier schwarzen Krieger reagierten nicht, sondern starrten weiter drohend auf sie herab. Sturm fragte: »Wer ist das?«
»Die Schwarze Garde«, sagte Kim noch einmal. »Wo sie sind, da ist Kai auch nicht weit.«
»Kai?«, fragte Sturm ungläubig. »Du meinst, er hat sich mit den Zwergen zusammengetan? Das kann ich mir nicht vorstellen!«
Im Grunde konnte Kim das auch nicht. Die Zwerge waren – wenn auch auf vollkommen andere Weise als zum Beispiel Twix oder Themistokles – magische Wesen und versinnbildlichten somit alles, was Kai und seine Anhänger verabscheuten. Es erschien ihm geradezu unmöglich.
Aber vielleicht gab es ja auch noch eine andere Erklärung. Genau genommen stellte die Schwarze Garde ja nicht Kais Leibwache dar, sondern die des ...
Die vier eisernen Krieger traten paarweise auseinander, um Platz für eine fünfte Gestalt zu machen.
Es war nicht Kai.
Kim war nicht einmal sicher, ob es ein Mensch war.
Die Gestalt war gut zwei Meter groß und trug dieselbe Art von schwarzem, bis zum Boden reichenden Mantel wie das Kleine Volk. Ihr Gesicht verbarg sich im Schatten der weit nach vorne gezogenen Kapuze. Aber das war nicht der einzige Grund, aus dem Kim es nicht genau erkennen konnte. Etwas wie eine körperlose Dunkelheit hüllte sie ein.
»Wer ... ist das?«, flüsterte Sturm.

»Das«, antwortete Kim mit belegter Stimme, »ist der Magier der Zwei Berge. Habe ich Recht?«
Die letzten drei Worte hatte er mit erhobener Stimme zu der Gestalt oben auf dem Felsen gerufen.
Zwei, drei Sekunden lang geschah gar nichts, dann nickte der schwarze Riese. »Du bist klug, Kim. Aber das habe ich erwartet.«
Seine Stimme klang unheimlich. Kim konnte nicht sagen, ob sie einem Mann oder einer Frau gehörte, alt oder jung war, fremd oder vertraut.
»Und was willst du?«, fragte er.
»Dich«, antwortete der Magier der Zwei Berge.
»Mich?« Kim blinzelte verwirrt. »Aber was –«
»Ich brauche deine Hilfe«, unterbrach ihn die schwarze Riesengestalt.
»Meine Hilfe.« Kim hätte um ein Haar laut aufgelacht. »Wie kommst du denn auf die Idee, dass ich dir helfen würde – ganz egal, wobei?«
»Du möchtest doch das Leben deiner Freunde retten, oder?«
Eines konnte man dem Magier der Zwei Berge nicht nachsagen, dachte Kim: Dass er lange um die Dinge drum herumredete.
»Dabei haben wir aber auch noch ein Wörtchen mitzureden, oder?«, fragte Sturm.
Der Magier der Zwei Berge würdigte ihn keiner Antwort. »Du hast meine Pläne gestört, Kim«, fuhr er fort. »Nun wirst du mir helfen, den Schaden wieder gutzumachen, den du angerichtet hast – oder deine Freunde bezahlen mit dem Leben dafür.«
»Schaden angerichtet?«, zischelte die Spinne. »Du hast ja keine Ahnung! Wir haben noch nicht einmal richtig damit *angefangen*, Schaden anzurichten!«
Kim starrte den schwarzen Giganten durchdringend an. Obwohl er mitten im hellen Sonnenlicht stand, schien er trotzdem von einer Aura der Düsternis und Kälte eingehüllt zu sein. Es gelang Kim immer noch nicht, einen Blick unter die

schwarze Kapuze zu werfen. Es war, als ... als wäre gar kein Gesicht darunter.

»Wissen Kai und seine Krieger, dass du dich mit den Zwergen zusammengetan hast?«, fragte er.

»Nein«, antwortete der Magier. »Doch selbst wenn, wäre es gleich. Ich brauche die Zwerge nicht mehr. Jetzt, wo ich dich habe.«

Und endlich verstand Kim. »Du warst es«, murmelte er. »Die Zwerge haben all diese magischen Dinge in deinem Auftrag gestohlen, nicht wahr?«

Der Magier der Zwei Berge lachte anerkennend. »Ich sagte doch bereits: Du bist klug. Klug und mutig. Es ist besser, dich nicht zum Feind zu haben.«

Kim konzentrierte sich auf die Schwärze unter der Kapuze. Gleichzeitig versuchte er, seine rechte Schulter unauffällig ein wenig herabsinken zu lassen. Im ersten Moment geschah gar nichts, dann jedoch spürte er, wie der Bogen, den er darüber trug, ganz allmählich ins Rutschen kam.

»Was willst du von mir?«, fragte er laut. Er ahnte die Antwort, aber er musste irgendwie Zeit gewinnen. Turocks Zauberbogen rutschte Millimeter um Millimeter weiter.

»Durch eure Schuld wurde das Zwergenreich zerstört«, antwortete der Magier der Zwei Berge, »und mit ihm die Magie, die das Kleine Volk in meinem Auftrag gesammelt hat. Nun wirst du zu dem Ort gehen, an dem Themistokles' Zauberkugel liegt. In ihr ist alle magische Macht des alten Mannes gefangen. Wer sie besitzt, der besitzt die Macht über die Welt.«

»Ich verstehe«, sagte Kim. Noch ein winziger Ruck und er würde den Bogen in der rechten Hand halten. Jetzt musste er nur noch irgendwie an den einzigen verbliebenen Pfeil in seinem Köcher herankommen. »Und danach brauchst du auch Kai und seine nützlichen Krieger nicht mehr.«

»Ich habe mit dem Aufstand der Jungen nichts zu tun«, antwortete der Magier der Zwei Berge. Seltsamerweise glaubte Kim ihm. »Ich bin selbst alt, kleiner Held. Älter, als du dir

auch nur vorstellen kannst. Warum sollte ich einen Aufstand der Jungen gegen die Alten unterstützen? Es spielt keine Rolle, wer siegt. Am Schluss werde *ich* der Sieger sein.«
»Dann kannst du dir deine Zauberkugel ja auch selbst holen«, knurrte Kim.
»Nein, das kann ich nicht«, antwortete der Magier der Zwei Berge. »Kein Bewohner dieser Welt kann den Ort erreichen, an dem die Kugel liegt. Nur du allein kannst es. Und du wirst es tun!«
»Und wenn nicht?«, fragte Kim. »Was bringt dich auf die Idee, dass wir alle hier ohne zu zögern unsere Leben opfern würden, um Märchenmond zu retten? Ich?« Er deutete auf sich. »Sie?« Seine Hand wies auf die Spinne. »Er und er?« Er deutete nacheinander auf Sturm und den Pack. »Und sogar sie?« Damit hob er die Hand und wies auf die Elfe, die auf seiner Schulter saß. Aber damit führte er die Bewegung fort, griff nach dem gefiederten Ende des Pfeiles in dem Köcher auf seinem Rücken und zog ihn heraus. Gleichzeitig ließ er die rechte Schulter fallen. Der Bogen verlor endgültig seinen Halt, fiel zielsicher in seine geöffnete Rechte und Kim riss den anderen Arm in die Höhe und legte den Pfeil auf die Sehne, alles in einer einzigen, fließenden Bewegung, so schnell, dass das Auge ihr kaum folgen konnte. Noch während Sturm neben ihm ein überraschtes Keuchen ausstieß, spannte er den Bogen und ließ den Pfeil fliegen.
Der Magier der Zwei Berge machte nicht die kleinste Bewegung um dem Geschoss auszuweichen. Der schwarze Pfeil raste mit tödlicher Präzision auf die Dunkelheit unter der Kapuze zu –
und hindurch!
Der Pfeil schien auf keinen Widerstand zu treffen. Lautlos und ohne auch nur an Geschwindigkeit zu verlieren, durchschlug er den schwarzen Mantel des Magiers, raste noch ein Stück weiter und *kehrte nach einer weit geschwungenen Schleife zurück*!
Seine Spitze wies genau auf Kims Herz.

Kim wollte sich zur Seite werfen, aber er war wie gelähmt. Seine Muskeln versagten ihm einfach den Dienst. Hilflos musste er zusehen, wie der Pfeil genau auf ihn zuschoss. In der nächsten Sekunde musste er ihn erreichen und sein Herz durchbohren.

Der Pack schrie gellend, warf sich mit weit ausgebreiteten Armen vor und fing den Pfeil mit seinem eigenen Körper auf. Der Schlag war so gewaltig, dass der Pack gegen Kim geschleudert wurde und ihn mit sich zu Boden riss. Die Pfeilspitze, die zwischen seinen Schulterblättern hervorragte, verletzte Kim an der Schulter, sodass er nicht nur vor Schreck, sondern auch vor Schmerz aufschrie, als sie beide zusammen rücklings in Gras geschleudert wurden.

»Was für eine noble Geste«, sagte der Magier der Zwei Berge abfällig. »Und wie sinnlos! *Packt sie!*«

Die beiden letzten Worte, die er geschrien hatte, galten den Zwergen. Während seine vier in Eisen gehüllten Leibwächter ohne zu zögern von der fünf Meter hohen Felswand heruntersprangen, setzten sich die Zwerge johlend in Bewegung.

Kim wälzte den wimmernden Pack von sich herunter, ergriff den Pfeil und brach die Spitze mit einem entschlossenen Ruck ab. Er wusste ja, dass der Pfeil den kleinen Kobold nicht töten konnte, aber er musste ihm große Schmerzen bereiten. Trotzdem zögerte er keine Sekunde, nach dem abgebrochenen Ende zu greifen und mit einem einzigen, harten Ruck herauszuziehen. Der Pack kreischte und fiel in Ohnmacht und Kim hob sein Schwert auf und wandte sich den Angreifern zu.

Die Schwarze Garde war nahezu heran und das galt auch für die Zwerge. Die Spinne hatte sich kampfeslustig auf die Hinterbeine erhoben und selbst Twix summte wie eine gereizte Hornisse.

Nur Sturm hatte seine Waffe nicht wieder aufgehoben. Stattdessen griff er in die Tasche, zog etwas Kleines, Glitzerndes heraus und schrie plötzlich: *»Augen zu!«*

Kim gehorchte ganz instinktiv – er presste die Augen zusammen und warf die Hände vor das Gesicht.

Trotzdem schrie er vor Schreck und Schmerz wie alle anderen schrill auf, als ein unerträglich heller, gleißender Blitz über ihnen aufflammte. Ein gewaltiges Dröhnen und Heulen erklang und im Bruchteil einer Sekunde wurde es fast unerträglich kalt.
Als Kim vorsichtig die Hände herunternahm und die Augen öffnete, bot sich ihm ein schier unglaubliches Bild.
Die Lichtung war weiß geworden. Gras, Büsche und selbst die Bäume am Waldrand waren geknickt und mit einem schimmernden weißen Eispanzer überzogen, als wäre der Urvater aller Polarstürme über sie hinweggefaucht. Die Zwerge, die Schwarze Garde und selbst der Magier der Zwei Berge oben auf seinem Felsen waren zu bizarren weißen Eisstatuen geworden, mitten in der Bewegung erstarrt und unter schimmerndem weißen Eis verborgen. Nichts regte sich. Die Luft knisterte vor Kälte.
»Hö?«, machte die Spinne.
»Was ... wie hast du das gemacht?«, fragte Kim stockend.
»Eine kleine Überraschung, die mir meine Mutter zugesteckt hat, ohne dass mein Vater es merkte«, sagte Sturm grimmig. »Ich war nicht sicher, ob es funktioniert ... aber manchmal muss man eben ein Risiko eingehen.«
Plötzlich grinste er über das ganze Gesicht, drehte sich herum und verpasste dem nächsten Zwerg einen Tritt, der ihn sich zweimal überschlagen und dann in den Schnee stürzen ließ.
Kim grinste ebenfalls, schüttelte aber trotzdem den Kopf und sagte: »Tu das nicht. Bitte.«
»Bist du verrückt?«, fragte Sturm. »Sie hätten uns ohne zu zögern in Stücke gerissen. Um genau zu sein: Sie *wollten* mich in Stücke reißen!«
»Ich weiß«, antwortete Kim. »Aber es ist nicht ihre Schuld.« Er deutete zu der erstarrten Gestalt des Magiers der Zwei Berge hinauf. »Erinnerst du dich, was du mir über ihn erzählt hast? Er kann anderen seinen Willen aufzwingen. Und nach allem, was ich bisher erlebt habe, nehme ich an, dass er ziemlich gut darin ist.«

Sturm starrte den Magier an. In seinen Augen blitzte es regelrecht hasserfüllt auf. Aber er sagte nichts mehr und nach ein paar Sekunden wandte sich auch Kim um und ließ sich neben dem Pack in die Hocke sinken.

Das kleine Wesen lag auf der Seite und wimmerte leise. Der Anblick brach Kim fast das Herz. Er wusste, dass der Pack nicht sterben würde, weder an dieser noch an irgendeiner anderen Verletzung, aber das änderte nichts daran, dass er sein Freund war und dass er litt. Er hätte viel darum gegeben, seine Schmerzen zu lindern, aber das konnte er nicht.

»Twix!«

»Ich weiß, was du sagen willst.« Die Elfe schüttelte bedauernd den Kopf. »Ich kann ihm nicht helfen. Meine Magie hilft nur Geschöpfen aus unserer Welt. Bei ihm ist sie wirkungslos. Aber er wird sich bald erholen.«

»Mir hast du doch auch geholfen.« Kim deutete auf Sturm. »Und ihm!«

»Das war etwas anderes«, behauptete Twix. »Er ist ein Geschöpf jeder Welt. Und du bist ...« Sie suchte nach Worten. »... eben du«, sagte sie schließlich.

»Der kleine Knirps kommt schon durch«, sagte auch die Spinne. Sie kam näher und stieß den Pack fast zärtlich mit einem ihrer langen Beine an. »Er hat dir das Leben gerettet. Das hätte ich nicht gedacht.« Sie seufzte, dann drehte sie sich zu einem der erstarrten Zwerge herum und musterte ihn nachdenklich.

»Wenn man einen dieser Speere benutzt ...«, murmelte sie. Fragend sah sie zu Kim hoch. »Was meinst du, wie Zwerg am Stiel schmeckt?«

»Bestimmt nicht gut«, antwortete Kim. Gegen seinen Willen musste er grinsen. Kopfschüttelnd drehte er sich um, zögerte einen Moment und ging dann zu den vier gepanzerten Gestalten der Schwarzen Garde hinüber.

»Was hast du vor?«, piepste Twix.

»Ich will endlich wissen, was unter diesen Rüstungen ist«, sagte er. Er versuchte auch unverzüglich seine Worte in die Tat

umzusetzen, aber das erwies sich als gar nicht so einfach. Die Helmvisiere der Ritter waren so festgefroren, dass er eine Brechstange gebraucht hätte um sie zu öffnen.
Kim versuchte einen Teil der Rüstungen zu entfernen, doch das war ebenso unmöglich. Die ledernen Riemen, mit denen die einzelnen Rüstungsteile aneinander befestigt waren, waren selbst zur Härte von Stahl erstarrt. Aber er *musste* wissen, was unter diesen Rüstungen war!
»Sturm!«, rief er. »Ich könnte ein wenig Hilfe gebrauchen!«
Er bekam keine Antwort, zerrte noch einen Moment vergebens an der Rüstung herum und drehte sich schließlich fast verärgert zu Sturm herum.
Sturm war nicht mehr da.
Kim blickte nach rechts, nach links, drehte sich schließlich einmal im Kreis – und sog erschrocken die Luft ein.
Sturm war die Felswand hinaufgeklettert und richtete sich genau in diesem Moment neben der riesigen Gestalt des Magiers der Zwei Berge auf. In beiden Händen hielt er einen Felsbrocken, der so schwer war, dass er ihn kaum hochzustemmen vermochte.
»Sturm!«, schrie Kim. »Nein! *Tu das nicht!*«
Sturm musste seine Worte hören, aber er reagierte nicht. Mühsam und mit vor Anstrengung verzerrtem Gesicht stemmte er den Felsbrocken höher.
»Haltet ihn auf!«, schrie Kim.
Twix raste wie der Blitz los und die Spinne schoss einen Faden in Sturms Richtung, aber es war zu spät: Der Felsbrocken krachte auf den Magier der Zwei Berge herab und ließ seine Gestalt wie Glas zerbersten.
Kim keuchte vor Entsetzen. Der schwarze Mantel explodierte regelrecht. Schwarze, eisverkrustete Splitter flogen in alle Richtungen, prasselten wie Hagel in den Schnee hinab und bohrten sich wie gefährliche, rasiermesserscharfe Glasscherben in den Boden. Aber es waren nur die Scherben des steinhart gefrorenen Mantels.
Der Umhang war vollkommen leer gewesen!

Kim bückte sich nach einem der schwarzen Splitter und drehte ihn hilflos in den Händen. Es war tatsächlich nur das Kleidungsstück gewesen, sonst nichts!
Sturm kletterte von seinem Felsen herunter und kam mit trotzig versteinertem Gesicht auf ihn zu.
»Warum hast du das getan?«, fragte Kim.
»Aus demselben Grund wie du«, antwortete Sturm. »Ich wollte sehen, was darunter ist.«
»Du hättest ihn umgebracht!«
»Und?«, fragte Sturm kalt. »Hast du dich etwa nicht gewehrt, als die Zwerge uns angegriffen haben?«
»Das war etwas anderes!«, verteidigte sich Kim.
»Wieso?«
»Du hast es selbst gesagt: Ich habe mich *gewehrt*. Sie haben uns angegriffen!«
»So wie er«, sagte Sturm grimmig. »Es gibt mehr Arten, jemanden anzugreifen, als mit dem Schwert auf ihn loszugehen. Außerdem ist nichts passiert, oder? Er war nicht einmal da.« Sein Gesicht verdüsterte sich. »Es sieht ganz so aus, als hätten wir uns mit einem *Mantel* gestritten.«
»Ja«, stimmte ihm Kim zu. »Anscheinend hast du bei seiner Beschreibung noch etwas vergessen. Er ist ein Meister der Illusion.«
Ein Wassertropfen fiel in Kims Nacken und lief eisig seinen Rücken hinunter. Kim fuhr schaudernd herum und sah einen zweiten Tropfen auf seine Schulter herunterfallen.
»Das Eis schmilzt«, sagte er besorgt.
»Ja. Wir sollten nicht mehr zu lange hier bleiben«, sagte Sturm. »Früher oder später werden die Zwerge aufwachen.«
Ein weiterer Wassertropfen fiel auf Kims Schulter. Und noch einer. »Ich fürchte, eher früher«, murmelte er. »Hilfst du mir den Pack zu tragen?«

Die Spinne hatte etwas geflochten, was wie eine Mischung aus einer Trage und einer Hängematte aussah, aber weitaus stabiler war, sodass sie den Pack einigermaßen bequem transportiert hatten. Es war allerdings nur während der ersten halben Stunde nötig. Der Pack erholte sich mit zwar schon gewohnter, aber trotzdem unheimlicher Schnelligkeit und war schon bald wieder in der Lage aus eigener Kraft zu gehen.

Nach einer weiteren Stunde erreichten sie das Gehöft, von dem Twix gesprochen hatte. Ganz wie es die Elfe behauptet hatte, war es offensichtlich schon vor geraumer Zeit von seinen Bewohnern verlassen worden, aber noch in gutem Zustand. Sie fanden ausreichend Nahrungsmittel, um sich zum ersten Mal seit langem wieder satt zu essen, und auf den Koppeln Dutzende von kräftigen Pferden, dazu Zaumzeug und Sättel in ausreichender Zahl, um eine kleine Armee auszurüsten. Das Verlockendste aber waren die frisch bezogenen Betten in dem halben Dutzend Schlafzimmern des großen Haupthauses.

Kim hätte eine Menge darum gegeben, einmal wieder in einem richtigen Bett zu schlafen. Und für einige Augenblicke war er sogar tatsächlich versucht diesem Wunsch nachzugeben, und sei es nur für zwei oder drei Stunden. Von Twix wussten sie, dass die Armee der Zwerge zwar immer noch näher kam, aber nur sehr langsam vorrückte. Das Kleine Volk war wirklich nicht sehr gut zu Fuß und die Hitze auf der Ebene musste ihnen zusätzlich zu schaffen machen. Dazu kam, dass sie nun über Pferde verfügten und den Zwergen einfach davonreiten konnten. Zumindest aus dieser Richtung also drohte ihnen keine unmittelbare Gefahr mehr. Allerdings waren die Zwerge auch ihre kleinste Sorge.

Auch Sturm, mit dem er darüber sprach, schüttelte nur den Kopf. »Wir haben weniger Zeit denn je«, sagte er. »Der Magier hat eine Niederlage erlitten, aber er ist nicht besiegt. Und er weiß jetzt, wohin wir wollen. Schließlich hat er es uns selbst gesagt. Er wird alles in seiner Macht Stehende tun um vor uns am Rande der Welt zu sein.«

»Wenn er nicht schon da ist«, fügte die Spinne hinzu.

Sturm schüttelte den Kopf. »Der Weg ist sehr weit. Selbst wenn wir sofort aufbrechen und ohne Pause durchreiten, könnten wir frühestens beim nächsten Sonnenaufgang dort sein. Er ist kein wirklicher Magier, vergesst das nicht. Er ist ein Meister der Lüge, aber er kann nicht zaubern. Wir haben eine gute Chance, vor ihm dort zu sein. Wenn wir sofort aufbrechen.«

Damit war die Entscheidung gefallen. Sie diskutierten zwar noch eine Zeit lang, suchten sich schließlich aber die beiden besten Pferde heraus und sattelten sie. Nicht einmal eine Stunde, nachdem sie den Gutshof erreicht hatten, brachen sie wieder auf.

Für den Rest des Vormittags ritten sie geradewegs nach Westen, dann legten sie eine weitere kleine Rast ein und änderten ihren Kurs ein wenig in südliche Richtung, als sie weiterzogen – also genau in die entgegengesetzte Richtung zu der, die Kim eingeschlagen hatte, als er damals zum Rande der Welt gereist war.

Und noch etwas wurde Kim allmählich fast unheimlich: Je weiter sie ritten, desto *bekannter* kam ihm ihre Umgebung vor. Sie ritten geradewegs den Weg zurück, den er genommen hatte, als er von Kais Heer in Richtung Caivallon geflohen war.

Twix brachte es auf den Punkt, als sie am späten Nachmittag eine weitere Rast einlegten.

»Wir sind fast zu Hause«, sagte sie. »In dem Wald, in dem du mich damals ...« Sie warf einen schrägen Blick auf die Spinne. »... gefunden hast.«

»Ich weiß«, sagte Kim unbehaglich. Er wandte sich an Sturm. »Und du bist ganz sicher, dass wir auf dem richtigen Weg sind?«

Sturm sah sich mit gerunzelter Stirn eine Weile um, nickte aber dann umso überzeugter.

»Ich bin damals auf ... einem anderen Weg hierher gekommen«, sagte er zögernd. »Aber ich bin trotzdem sicher, ja. Ich kann es schon spüren. Du nicht?«

Kim verneinte. »Wovon sprichst du?«

»Du wirst es verstehen, wenn wir da sind«, sagte er und stand auf. »Kommt. Wir haben noch einen weiten Weg vor uns.«

Auch Kim stieg wieder in den Sattel. Er bedauerte mittlerweile fast, Sturm diese Frage gestellt zu haben. Die Antwort hatte ihn sehr viel mehr beunruhigt, als sie seine Neugier besänftigt hatte. Und schlimmer noch: Er hatte immer mehr und mehr das Gefühl, dass Sturm ihm etwas verheimlichte.

Aber was?

Sie ritten bis weit in die Nacht hinein. Zwei, wenn nicht drei Stunden, nachdem es dunkel geworden war, kam Twix von einem ihrer regelmäßigen Erkundungsflüge zurück und erklärte eine große Anzahl von Kais Reitern entdeckt zu haben, die zwar noch sehr weit entfernt waren, aber unmittelbar auf sie zuhielten.

»Anscheinend hast du Recht«, wandte er sich an Sturm. »Der Magier der Zwei Berge versucht alles um uns aufzuhalten. Er schickt seine besten Männer. Ich wette, Kai selbst ist auch dabei.«

»Ich hätte ihn fressen sollen, als ich die Gelegenheit dazu hatte«, maulte sie Spinne.

»Vielleicht«, murmelte Kim. Er schüttelte den Kopf. »Ich verstehe immer weniger, was für ihn so wichtig an der Zauberkugel ist. Er kann doch überhaupt nichts damit anfangen. Ich meine, er ist nicht einmal ein richtiger Magier!«

»Vielleicht hofft er ja, es zu werden«, sagte Sturm.

»Man kann nicht lernen Zauberer zu sein«, sagte die Spinne.

»Vielleicht will er ja nur verhindern, dass Themistokles seine alte Macht zurückbekommt. Wenn die Magie erlischt, dann wird bald niemand mehr da sein, der sich seinen Lügen und Täuschungen widersetzt.«

Kim schwieg. Es hatte keinen Sinn, wild herumzuraten. In wenigen Stunden würden sie die Wahrheit wissen.

Oder tot sein.

»Gibt es noch einen anderen Weg?«, fragte er.

Sturm schüttelte erst den Kopf, nickte aber dann. »Ja«, sagte er. »Er ist ein wenig weiter. Und ...«

»Ja?«, fragte Kim, als Sturm nicht weitersprach.

»Wir müssen ein Stück zurück«, sagte Sturm unbehaglich.

»Wir könnten den Zwergen nahe kommen. Ich weiß nicht, wie groß unser Vorsprung noch ist.«
»Nicht allzu groß«, sagte Twix. »Sie haben aufgeholt. Wenigstens einige.«
»Und was genau heißt *einige*?«, erkundigte sich Kim.
»Oh, nicht viele. Kaum ein paar hundert.«
»Wie beruhigend«, murmelte Sturm. »Also los, worauf warten wir noch?«

Sie verfielen in einen schnellen Trab, dann in einen gleichmäßigen, schließlich immer rascheren Galopp, was angesichts der herrschenden Dunkelheit und des immer unwegsamer werdenden Geländes nicht nur riskant war, sondern schier an Wahnsinn grenzte. Trotzdem spornten Kim und Sturm ihre Pferde zu immer größerer Schnelligkeit an. Twix flog ihnen wieder voraus um nach den Zwergen Ausschau zu halten und sie brachte keine guten Nachrichten: Ihre Feinde kamen immer schneller näher, jetzt, wo sie ihnen zu allem Überfluss auch noch entgegenritten. Sturm behauptete zwar nach wie vor, dass sie nun nicht mehr weit von ihrem Ziel entfernt seien, aber Kim blieb skeptisch. Möglicherweise würden sie es schaffen, aber es würde knapp werden, entsetzlich knapp.
Sie sprengten durch ein dichtes Waldstück, setzten in gestrecktem Galopp über einen Bach hinweg und rasten eine mit hüfthohem Gras und Buschwerk bestandene Böschung herab, an deren unterem Ende eine Felsgruppe von bizarrer Form aufragte.
»Die erkenne ich wieder!«, schrie Sturm und begann gleichzeitig aufgeregt zu gestikulieren. »Es ist jetzt nicht mehr weit!«
Ohne ihr Tempo auch nur einen Deut zurückzunehmen, hielten sie auf eine schmale Lücke zwischen den Felsen zu und sprengten hindurch.
Die Ebene auf der anderen Seite war schwarz vor Zwergen.
Kim riss sein Pferd mit einem so harten Ruck zurück, dass das Tier wiehernd auf die Hinterläufe stieg und ihn um ein Haar

abgeworfen hätte. Neben ihm brachte Sturm sein Pferd mit einem kaum weniger rüden Manöver zum Stehen und selbst Twix, die bisher genau zwischen ihnen geflogen war, bremste so schnell ab, dass sie ins Taumeln geriet und sich zweimal in der Luft überschlug, ehe es ihr gelang, anzuhalten.

»Ups!«, sagte sie, während sie hastig zu ihnen zurückgeflattert kam. »Da habe ich mich wohl kräftig verschätzt.«

Kim biss die Zähne zusammen und schluckte die scharfe Antwort hinunter, die ihm auf der Zunge lag. Ihm war nicht nach Scherzen zumute. Im schwachen Sternenlicht war es schwer, die Anzahl der Zwerge auch nur zu schätzen, aber es musste wohl so sein, wie Twix gesagt hatte: Es waren *nur ein paar hundert*. Ein paar hundert zu viel, um es mit ihnen aufzunehmen ...

»Zurück«, sagte er. »Wir müssen einen anderen Weg finden.«

»Ich fürchte, das ... geht nicht«, sagte Sturm gepresst.

Kim drehte sich verwirrt im Sattel um –

und erstarrte.

Auch vor dem Waldrand waren Reiter erschienen. Ihre Zahl war noch schwerer zu schätzen als die der Zwerge, da sie mit dem dunklen Hintergrund regelrecht zu verschmelzen schienen, aber es mussten viele sein; vermutlich nicht sehr viel weniger als die Zwerge auf der anderen Seite.

Neben ihnen raschelte es im hohen Gras, dann tauchten ein pelziges Gesicht und ein Stück daneben ein Durcheinander schlanker haariger Beine auf. Der Pack und die Spinne hatten mit ihnen Schritt gehalten, obwohl sie ein wahrhaft mörderisches Tempo vorgelegt hatten. Kim fragte sich für einen Moment vergeblich, wie.

»Was ist?«, fragte die Spinne. »Ich dachte, ihr hättet es eilig. Worauf warten wir?«

Kim deutete auf die Zwerge, die zwei- oder auch dreihundert Meter vor ihnen zu einer erstaunlich geraden, vielfach gestaffelten Schlachtenreihe Aufstellung genommen hatten. Ein ganzer Wald von Speeren deutete in ihre Richtung. »Wir überlegen nur, von wem wir uns lieber umbringen lassen wollen«, sagte er. Von denen da –« Er drehte sich im Sattel herum und wies zum Waldrand hinauf. »– oder lieber von denen.«

»Oh«, sagte die Spinne. Dann gab sie einen überraschten Laut von sich. »He, Moment mal! Das sind keine –«

Der Rest ihrer Worte ging in einem dröhnenden Kriegsgeschrei aus Hunderten rauer Zwergenkehlen unter. Kim fuhr abermals im Sattel herum und sah, dass sich die Zwerge in Bewegung gesetzt hatten und wie eine einzige, gewaltige Masse aus Stahl und Dunkelheit auf sie zugestürmt kamen.

Eine Sekunde später begann die Erde unter ihnen zu zittern, als auch die Reiter in kampflustiges Geschrei einfielen und losgaloppierten.

»Das war's dann wohl«, sagte Sturm. »Es hat mich gefreut, dich kennen gelernt zu haben.«

»Gleichfalls.« Kim zog sein Schwert und drehte sein Tier herum. Die Reiter galoppierten in scharfem Tempo heran. In der Nacht waren sie immer noch nicht klar zu erkennen, aber immerhin sah er, dass ihre Reihen nicht annähernd so tief gestaffelt waren wie die der Zwerge; vielleicht vier oder fünf hintereinander. Und wenn die Ehrfurcht der jungen Krieger vor dem Helden aus der Schlacht um Gorywynn nur noch ein wenig anhielt ... wer weiß ...

»Bleibt dicht bei mir!«, rief er. »Vielleicht können wir durchbrechen!«

Sturm starrte ihn verdutzt an, zog aber gehorsam sein Schwert und schloss sich ihm an. In gestrecktem Galopp sprengten sie den Angreifern entgegen.

Als sie noch fünfzig Meter von den Reitern entfernt waren, hoben die Männer in der ersten Reihe ihre Bogen und feuerten eine ganze Wolke von Pfeilen auf sie ab. Kim duckte sich so tief über den Hals seines Pferdes, wie es nur ging, biss die Zähne zusammen und wartete darauf, getroffen zu werden.

Die Salve flog in hohem Bogen über sie hinweg und senkte sich auf das Zwergenheer hinab. Aus dem johlenden Kriegsgebrüll der Zwerge wurde ein Chor gellender Schmerz- und Schreckensschreie.

Kim richtete sich verwirrt im Sattel auf, zügelte sein Pferd und brachte es irgendwie zum Halten. Neben ihm hielt Sturm an und auch auf seinem Gesicht erschien ein Ausdruck tiefster Verwirrung.

Zwanzig Meter, bevor sie sie erreicht hätten, feuerten die Reiter eine zweite Pfeilsalve auf die Zwerge ab, die in noch höherem Bogen über Kims und Sturms Köpfe hinwegflog. Dann ließen sie wie ein Mann ihre Bogen fallen und brachten stattdessen überlange Lanzen in Anschlag, die bisher an ihrem Sattelzeug befestig gewesen waren. Die Reiter in der zweiten Reihe hoben Schwerter und Schilde, während die hinter ihnen Folgenden eine letzte Pfeilsalve auf die Zwerge abschossen, die diesmal tief in den hinteren Reihen der Zwerge niederging und dort verheerenden Schaden anrichtete. Der Angriff war offenbar hervorragend geplant und bis ins Kleinste hinein koordiniert.

Die Reiter sprengten weiter heran. Vielleicht eine Sekunde, bevor sie sie endgültig erreicht hätten, teilten sich ihre Reihen und sie galoppierten rechts und links an Kim und seinen Freunden vorbei. Um weiter auf das Zwergenheer zuzuhalten.

Und erst in diesem Moment begriff Kim seinen Irrtum.

Keiner der Reiter war jünger als zwanzig Jahre. Es war nicht Kais Heer.

Es waren Wolf und seine Männer!

Hundert Meter hinter ihnen prallten die beiden Heere zusammen, dass die Erde erzitterte.

Die Zwerge hatten gegen die anstürmenden Reiter nicht die geringste Chance.

Es war, als schlüge eine gepanzerte Faust in eine Wand aus Glas. Das Zwergenheer zersplitterte regelrecht. Die langen Lanzen der Reiter mähten sie gleich reihenweise nieder und wer ihnen entging, der wurde von den Pferden niedergetrampelt oder fiel unter den Schwerthieben der nachdrängenden Krieger. Die Zwerge kamen nicht einmal dazu, irgendeine geordnete Form des Widerstandes zu leisten. Der Schwung des angreifenden Heeres war so gewaltig, dass die Zwergenarmee nahezu in zwei Hälften gespalten wurde, ehe die Reiter in der wimmelnden schwarzen Masse stecken blieben und ihre Lanzen wegwarfen um mit Schwertern und Keulen weiterzukämpfen.

Kim wandte sich schaudernd ab. Zwerge waren hinterlistige und durchaus gefährliche Gegner, wie sie es ja schon am eigenen Leibe gespürt hatten, aber gegen eine Armee schwer gepanzerter Reiter waren sie chancenlos, ganz gleich, wie viele sie auch sein mochten.

Ein einzelner Reiter näherte sich ihnen. Er war sehr groß, trug einen schwarzen Vollbart und hatte ein gewaltiges Schwert auf den Rücken geschnallt. Wolf.

»Mir scheint, wir sind gerade noch im richtigen Moment gekommen«, sagte er grinsend. »Wärt ihr nicht vor uns davongelaufen, hätten wir uns alle eine Menge Ärger erspart.«

»Ruf deine Männer zurück«, sagte Kim.

Wolf machte ein überraschtes Gesicht, bildete dann aber mit beiden Händen einen Trichter vor dem Mund und schrie: »Rückzug!«

Natürlich reagierte niemand. Seine Krieger waren viel zu weit entfernt und seine Stimme ging einfach im Schlachtenlärm unter.

Mit einem noch breiteren Grinsen nahm er die Hände wieder herunter. »Du siehst, ich habe es versucht«, sagte er, »aber sie hören nicht auf mich.«

»Ihr habt gewonnen«, sagte Kim. »Dieses Gemetzel ist nicht nötig.«

Wolfs Grinsen verschwand wie weggeblasen. »Vielleicht nicht«, sagte er. »Aber ich kann sie nicht aufhalten, selbst wenn ich es wollte. Wir haben zu lange darauf gewartet, dass sich die Zwerge endlich aus ihren unterirdischen Rattenlöchern hervorwagen. Unter meinen Kriegern ist nicht einer, der nicht einen Familienangehörigen oder einen Freund an die kleinen Teufel verloren hätte. Wir haben eine Rechnung mit ihnen zu begleichen.«

»Dann solltet ihr eure Kräfte lieber aufsparen«, sagte Sturm.

»Das hier ist nämlich nur die Vorhut. Es kommen noch mehr. Noch viel mehr.«
Wolf sah den rothaarigen Jungen einen Herzschlag mit ausdruckslosem Gesicht an, dann zuckte er mit den Schultern. »Sie werden es sich zweimal überlegen, ob sie uns angreifen nach dieser Niederlage«, sagte er. »Und selbst wenn – wir sind vorbereitet. Vielleicht ist es an der Zeit, endgültig mit dieser Plage aufzuräumen.«
Seine Worte ließen Kim frösteln. Er konnte den Hass spüren, der an Wolf fraß, und fast zu seinem eigenen Erschrecken konnte er ihn sogar verstehen. Gleichzeitig spürte er auch, wie falsch dieses Gefühl war und wie gefährlich. Hass und Zorn hatten dieser Welt schon einmal fast den Untergang gebracht. »Meinst du nicht, dass du im Moment andere Probleme hast?«, fragte er.
Wolf nickte mit düsterem Gesicht. »Ja«, sagte er. »Wie zum Beispiel, dir und deinen sonderbaren Freunden das Leben zu retten. Begreifst du nun endlich, zu wem du gehörst?«
Kim wollte widersprechen, aber Wolf schnitt ihm mit einer herrischen Geste das Wort ab und deutete dorthin, wo seine Krieger noch immer Jagd auf die flüchtenden Zwerge machten. »Du beklagst dich darüber? Du hast Recht! Es ist grausam und vielleicht sogar unnötig, aber es wäre nicht geschehen, wenn du gleich mit uns geritten wärst!«
Seine Worte taten weh, zumal sie einen größeren Kern an Wahrheit enthielten, als Kim sich selbst eingestehen wollte. Trotzdem schüttelte er den Kopf. »Wir werden nicht mit euch reiten, Wolf«, sagte er. »Ich bin dir dankbar, dass du uns gerettet hast, aber –«
»Du schuldest uns etwas!«, unterbrach ihn Wolf. »Viele meiner Männer sind tot und noch mehr verwundet. Und alle haben ohne zu zögern ihr Leben riskiert um euch zu retten. Zählt das etwa nicht?«
»Wir wären erst gar nicht in diese Situation geraten, wenn wir nicht vor euch hätten fliehen müssen«, giftete die Spinne.
Wolf blickte einen Moment lang stirnrunzelnd auf sie hinab,

als bemerke er sie erst jetzt und überlege, ob sie einer Antwort würdig sei. Dann zuckte er mit den Schultern, als wäre er in Gedanken zu einem klaren *Nein* gekommen, und sagte in Kims Richtung: »Nun gut. Aber vielleicht stimmt dich *das* ja um.«

Er hob die Hand. Vier weitere Reiter näherten sich aus der Dunkelheit und Kim erschrak bis ins Mark, als er sie erkannte. Zwei von ihnen gehörten zu Wolfs Kriegern, finstere, bärtige Gestalten in zerschrammten Kettenhemden und Helmen, der dritte überragte seine Begleiter gleich um mehrere Haupteslängen, hatte verfilztes graues Haar und einen ebensolchen, bis auf die Brust reichenden Bart. Seine Hände waren mit Ketten aneinander gefesselt. Es war Gorg.

Bei dem vierten Reiter handelte es sich um niemand anderen als Themistokles. Anders als Gorg war er nicht gefesselt, blickte aber mit einem Gesichtsausdruck in die Runde, als begreife er gar nicht, was mit ihm geschah.

Kim hätte um ein Haar nach seinem Schwert gegriffen. »Ihr habt sie ... gefangen genommen?«, murmelte er ungläubig. »Ihr habt den Palast angegriffen?«

»Da war nicht mehr viel anzugreifen«, sagte Wolf. »Der Palast war leer, als wir eintrafen. Alle Bewohner der Stadt haben sich endlich entschieden, zu welcher Seite sie gehören. Nur dieser alte Mann und sein tölpelhafter Beschützer waren noch da. Wir kamen nicht als Feinde.«

»Und warum ist Gorg dann in Ketten?«, fragte Kim zornig.

»Weil dieser Tölpel zwei Dutzend meiner Männer grün und blau geschlagen hat, bevor wir ihn endlich überwältigen konnten!«, antwortete Wolf. »Themistokles wollte die Stadt nicht verlassen und er hat geschworen, bei ihm zu bleiben.«

»Und warum habt ihr ihn nicht gelassen?«

»Weil Gorywynn untergeht, du Narr!« Wolf schrie fast.

»Er hat Recht«, sagte Gorg leise. »Die Stadt lebt vom Lachen und der Fröhlichkeit der Menschen. Nun, wo sie fort sind, kann auch sie nicht überleben.«

»Es ist eine hübsche Stadt«, sagte Themistokles. Kim

erschrak, als er seine Stimme hörte. Sie war zu einem albernen Kichern geworden, die Fistelstimme eines alten Mannes. »So groß! So viele leere Häuser. Man könnte Blumen darin züchten. Oder Fische.«

Er schnippte mit den Fingern. Ein blaues Funkeln erschien vor ihm in der Luft, dann stürzten ungefähr fünfhundert Liter Wasser aus dem Nichts zur Erde, in denen Dutzende von silbernen Fischen zappelten. Twix piepste entsetzt und brachte sich in letzter Sekunde in Sicherheit, aber der Pack und die Spinne bekamen den ganzen Guss ab. Die Spinne krabbelte lauthals schimpfend davon, während sich der Pack einen der Fische schnappte und ihn schmatzend herunterschlang.

In Wolfs Augen blitzte es amüsiert auf, aber Kim war ganz und gar nicht zum Lachen zumute. Im Gegenteil. Er musste plötzlich fast gegen die Tränen ankämpfen. Themistokles, das war bisher der Inbegriff von Alter und Weisheit gewesen, ein uralter, gütiger Magier, der die Macht hatte, das Schicksal ganzer Welten zu lenken.

Jetzt war er eine Witzfigur. Ein vertrottelter alter Zauberer, der noch zu ein paar billigen Tricks imstande war und nicht einmal mehr das wirklich gut.

»Verstehst du jetzt, warum wir dich brauchen?«, fragte Wolf, jetzt in ruhigem Ton. »Wir brauchen dich, Kim. Nicht dein Schwert. Nicht die übermenschlichen Kräfte, die man dir zuspricht. Aber wir brauchen jemanden, dem wir folgen können. Bisher war Themistokles stets der Garant für unsere Sicherheit. Aber du siehst selbst, was aus ihm geworden ist. Er kann uns nicht mehr beschützen.«

»Und ich noch weniger«, sagte Kim. »Aber ich kann –«

»Wir sind dabei diesen Krieg zu verlieren«, fiel ihm Wolf ins Wort. »Es wird zur Entscheidungsschlacht kommen, Kim. Kai hat all seine Krieger zusammengezogen und ist auf dem Weg hierher. Nichts kann den Zusammenstoß noch verhindern. Wir aber sind nur noch wenige. Wir werden ihnen nicht standhalten. Die meisten meiner Krieger haben die Waffen niedergelegt und sind gegangen. Sie ziehen es wohl vor, in

Ruhe das Ende abzuwarten, statt die Waffen gegen ihre eigenen Kinder zu erheben. Wir können diesen Kampf nicht gewinnen.«

»Warum verheizt du deine Männer dann in diesem sinnlosen Krieg gegen die Zwerge?«, fragte Sturm.

»Es ist nicht sinnlos«, antwortete Wolf. »Die Zwerge waren eine Bedrohung für uns, solange wir denken können. Vielleicht ist das Letzte, wozu wir noch imstande sind, das, diese Gefahr zu beseitigen. Als letztes Geschenk an unsere Kinder.«

»Der Mord an einem ganzen Volk?«, ächzte Kim.

»Niemand hat sie gezwungen, hierher zu kommen«, antwortete Wolf hart. »Wir haben diesen Krieg jedenfalls nicht angefangen!«

»Aber ihr könnt ihn beenden«, sagte Kim. »Reite zurück zu Kai und sag ihm, dass du diesen Krieg nicht willst!«

»Glaubst du denn, das hätten wir nicht schon versucht?«, fragte Wolf zornig. Er ballte die Faust und öffnete sie mit einem Ruck wieder. »Ich habe ein Dutzend Boten zu ihm geschickt. Keiner von ihnen ist auch nur zurückgekommen! Kai will diesen Kampf. Er will uns nicht besiegen – er will uns auslöschen!«

»So wie ihr die Zwerge«, sagte Sturm.

Wolfs Gesicht verdüsterte sich noch weiter, aber bevor er etwas sagen konnte, mischte sich Gorg ein:

»Auch wenn es mir schwer fällt – aber ich muss Wolf Recht geben«, sagte er. »Kai ist völlig verrückt geworden. Er hat seinen Kriegern eingeredet, dass sie ihre schöne neue Welt nur gründen können, wenn sie alles Alte hinter sich zerstören. Und dazu gehören auch seine Anhänger.«

»Kai?«, murmelte Kim. »Da wäre ich nicht so sicher.«

»Wie meinst du das?«, fragte Wolf.

Kim winkte ab. »Nichts. Ich verstehe euch gut, Wolf. Und ich würde auch lieber als alles andere auf der Welt helfen. Ich werde –«

»Dann reite mit uns!«, unterbrach ihn Wolf. »Ich verlange nicht, dass du an der Schlacht teilnimmst. Wenn du das

Schwert nicht gegen deinesgleichen erheben willst, so verstehen wir das. Reite einfach mit uns!«
»Sie sind nicht *meinesgleichen*«, sagte Kim scharf. »Und dieses Gespräch haben wir schon einmal geführt, wenn ich mich nicht irre.« Er hob die Hand. Diesmal schnitt er Wolf das Wort ab. »Ich werde euch helfen. Wenn es in meiner Macht steht, heißt das. Aber ich werde nicht an der Seite eines Heeres in eine Schlacht reiten. Ganz egal, auf welcher Seite.«
»Nein«, warf Wolf dazwischen. »Das überlässt du lieber anderen, wie?«
»Hör doch, was er zu sagen hat«, sagte Gorg. »Was hast du vor, Kim?«
»Was wir vom ersten Moment an hätten tun sollen«, sagte Kim. Er machte eine Kopfbewegung auf Sturm. »Wir holen die Zauberkugel zurück. Mit ihrer Hilfe wird Themistokles vielleicht wieder der Alte.«
»Dann begleite ich euch«, sagte Gorg, hob die Hände und riss die daumendicken Ketten durch, ohne auch nur mit der Wimper zu zucken. Wolf riss ungläubig die Augen auf, aber er machte gleichzeitig eine abwehrende Geste, als die beiden Reiter rechts und links neben Gorg nach ihren Waffen greifen wollten.
»Ich wollte, du könntest es«, sagte Kim traurig. »Aber kein Bewohner dieser Welt kann dort hingehen.«
»Ich weiß«, sagte Gorg. »Aber ich war es dir wenigstens schuldig, dir das Angebot zu machen, oder?«
Kim lachte, wurde aber sofort wieder ernst und wandte sich an Wolf. »Lässt du uns gehen?«
»Welche Wahl habe ich denn?«, grollte Wolf. Er schüttelte zornig den Kopf. »Also gut. Reitet los und versucht euer Glück. Aber lasst euch nicht zu viel Zeit damit. Kais Heer ist uns dicht auf den Fersen und ich weiß nicht, wie lange wir sie aufhalten können.«

Sturm hatte nicht übertrieben. Der Weg war nicht mehr besonders weit. Sie hatten das Schlachtfeld vor vielleicht einer halben Stunde hinter sich gelassen, als der Boden leicht, aber beständig anzusteigen begann. Die Nacht wurde kühler und auf eine schwer greifbare Weise düsterer. Ihre Pferde trabten gehorsam weiter, aber Kim konnte ihnen ansehen, wie unwohl sie sich in dieser fremdartig werdenden Umgebung fühlten, und insbesondere der Pack wurde zusehends nervöser. Die Anzahl der Bäume nahm beständig ab und zwischen den kahlen Stämmen wogte jetzt ein grauer, das Atmen schwer machender Nebel.

»Es ist jetzt nicht mehr weit«, sagte Sturm. Sein Atem ging schwer. Der Nebel dämpfte seine Stimme; nicht in der Lautstärke, aber in der Tonlage, sodass sie sich viel älter, zugleich aber auch kraftvoller anhörte, als Kim es gewohnt war.

»Ich weiß«, murmelte Kim. Er deutete auf eine Reihe verkrüppelter Bäume, die wie die gichtigen Hände uralter Männer aus dem Nebel vor ihnen herausgriffen. »Gleich dort, nicht wahr?«

Sturm blickte ihn erstaunt an. »Aber woher –?«

»Ich war doch schon einmal hier«, antwortete Kim. Sturm blickte ihn einen Moment lang zweifelnd an, zuckte dann mit den Schultern und beließ es dabei.

Kim blickte verstohlen auf den Pack hinab. Der pelzige kleine Kerl war jetzt nicht mehr nervös – er zeigte alle Anzeichen von *Angst.*

Sie erreichten den Waldrand. Obwohl es noch aus zwei Metern den Anschein gehabt hatte, dass vor ihnen eine undurchdringliche Mauer aus Blättern und dornigem Gebüsch aufragte, fanden die Pferde doch eine schmale Lücke, durch die sie hintereinander hindurchreiten konnten.

»Sei vorsichtig«, sagte Sturm nervös. »Es kann jetzt wirklich nicht mehr weit sein.«

»Ich weiß«, sagte Kim noch einmal. Sein Herz hämmerte. Er betete, dass er sich täuschte. »Noch fünf Schritte.«

»Fünf ... Woher willst du das wissen?«

Kim antwortete nicht. Das Pferd machte noch drei Schritte, vier, fünf – und dann hörte der Wald wie abgeschnitten auf.

Vor ihm lag noch ein knapp meterbreiter Streifen felsigen, vegetationslosen Bodens und dann nichts mehr.
Kim schloss mit einem nicht mehr vollkommen unterdrückten Stöhnen die Augen. So grausam *konnte* das Schicksal einfach nicht sein!
Aber es konnte!
Nach einer Weile öffnete er die Augen wieder und sah sich um und er erblickte dasselbe, furchtbare Bild wie zuvor.
Über ihm spannte sich ein Himmel, der keiner war. Nicht ein einziger Stern funkelte am Firmament. Der Himmel hätte ebenso gut ein Gewölbe aus schwarzem Eisen sein können, auf dem sich das rote Licht der Tiefe widerspiegelte.
Kim stieg aus dem Sattel und trat schaudernd an den gewaltigen Abgrund heran, der vor ihnen klaffte. Er war buchstäblich bodenlos. Wenn er einen Grund hatte, dann war er nicht zu erkennen. Alles, was er sah, war blutrotes, waberndes Licht, als blicke er direkt in den tiefsten Schlund der Hölle hinab.
Mühsam riss er sich von dem unheimlichen Bild los und sah nach vorne. Auf der anderen Seite des Abgrundes gähnte das Nichts, eine saugende, schwarze Leere, die etwas in seiner Seele zu berühren und mit eisiger Kälte zu verbrennen schien. Nur weit, unendlich weit entfernt, wuchs eine Säule aus rotem, wie geronnenes Blut schimmerndem Fels in die Höhe. Auf dem flachen Plateau, das ihre Spitze bildete, erhob sich ein wuchtiger Turm aus schwarzen Felsquadern, der von einem schmalen Ring dicht wuchernder Bäume umgeben war. Diesmal gab es keine Felsbrücke, die über den Abgrund führte.
Kim stand da wie erstarrt. Er fühlte sich vom Schicksal betrogen, auf die schlimmste nur denkbare Art an der Nase herumgeführt. Benutzt. Gegen seinen Willen.
Sturm deutete seine Erstarrung falsch. »Ein furchtbarer Ort, nicht wahr?«
Kim nickte. Er brauchte all seine Kraft um zu fragen: »Erzähl mir noch einmal, was du über den Magier der Zwei Berge weißt. Das Gefängnis, in den die anderen Zauberer ihn verbannt haben ... war das ein Ort ... ein Ort jenseits der Welt?«

Sturm nickte verblüfft. »Aber das habe ich dir doch gar nicht ...« Er brach ab, sah mit einem Ruck auf und starrte die Felsnadel an, die vor ihnen in der Unendlichkeit zu schwimmen schien.

»Du meinst ...?«

»Nein«, verbesserte ihn Kim. »Ich meine nicht. Ich *weiß*.« Er zögerte einen Moment, drehte sich herum und fügte ganz leise und bitter hinzu: »Und ich kann dir jetzt sogar sagen, wer ihn aus seinem Gefängnis befreit hat. Und *du* glaubst, du hättest Schaden angerichtet?!«

Sturm starrte ihn nur an. Kim war nicht sicher, ob er wirklich begriff, was er gerade gehört hatte, und wenn, ob er es überhaupt verstehen *wollte*. Er gab ihm auch keine Gelegenheit, eine weitere Frage zu stellen, sondern ließ sich auf die Knie herabsinken und betrachtete konzentriert die Felswand unter sich. Der Stein war so glatt wie poliertes Glas und schimmerte unheimlich in dem roten Licht. Kim spürte einen sachten, aber unheimlichen Hauch trockener Hitze auf dem Gesicht. Dort unten war die Hölle.

»Du willst nicht wirklich dort hinunter, oder?«, fragte Sturm nervös.

»Nein«, antwortete Kim. »Ich bin nur hergekommen um die Aussicht zu genießen.« Er sah sich nach dem Pack um. Das kleine Wesen war am Waldrand zurückgeblieben und zitterte am ganzen Leib. Als Kim jedoch die Hand hob und winkte, kam er gehorsam, wenn auch zögernd, herangetrippelt.

»Keine Angst«, sagte Kim. »Ich verlange nicht von dir, dass du mich begleitest. Aber jemand muss mir schließlich den Weg zeigen.«

Der Pack gab leise, wimmernde Laute von sich, und auch wenn Kim sie nicht verstand, so war ihm doch die Bedeutung dieser Laute ohne den mindesten Zweifel klar. Der Pack war schon dort unten gewesen, vermutlich unzählige Male. Er war dort unten geboren worden, in dem brodelnden roten Chaos des Ungeformten, und er wollte um nichts auf der Welt noch einmal dort hinab.

Kim verlangte es auch nicht. Wo immer die Zauberkugel auch lag, es musste ein Ort sein, der selbst für den Pack unerreichbar war. Wäre es anders gewesen, so hätte der Magier der Zwei Berge seine Schwarze Garde losgeschickt um sie zu holen.
Kim spürte abermals ein Frösteln, diesmal aber begleitet von einer deutlichen Aufwallung von Zorn, die dem Magier galt, zu einem Gutteil aber auch ihm selbst. Er hatte ihn praktisch mit der Nase darauf gestoßen und er hatte es einfach nicht gemerkt! Der Magier der Zwei Berge! Turock! Was für ein Narr war er doch gewesen!
Etwas landete weich wie eine Feder auf seiner Schulter und ein goldenes Schimmern blendete für einen Moment seine Augenwinkel.
»Keiner von uns kann dir dorthin folgen, wohin du gehst, kleiner Held«, sagte Twix.
»Und wir hätten übrigens auch gar keine Lust dazu«, fügte die Spinne hinzu. Kim wusste, dass das gelogen war. Ein einziges Wort hätte gereicht und sie alle wären ihm freiwillig in den Abgrund gefolgt, selbst wenn es ihren sicheren Tod bedeutete. Der Pack winselte wie ein verängstigtes Hündchen. Er ergriff ihn am Arm und zupfte an seinem Hemd um ihn von dem furchtbaren Abgrund fortzuziehen, aber Kim streifte seine Hand mit sanfter Gewalt ab.
»Ich weiß«, sagte er. »Und ich danke euch, dass ihr mir so weit gefolgt seid. Ohne euch hätte ich es nie so weit geschafft.«
»Schnief«, sagte die Spinne. »Was für eine herzzerreißende Abschiedsszene! Oh, wie ich so etwas liebe! Engelschöre!«
Kim lächelte. »Ich muss jetzt los. Wenn ich nicht zurückkomme, dann ... passt auf euch auf.«
»Überlege es dir gut«, sagte die Elfe. »Niemand weiß, was dort unten ist. Schreckliche Gefahren könnten dort auf dich lauern! Das Unbekannte!«
»Wahrscheinlich«, antwortete Kim. Dann schüttelte er den Kopf. »Aber so schlimm wird es schon nicht werden. Wisst ihr – ihr könnt es nicht verstehen, aber das alles hier ist ... irgend-

wie Teil von mir. Diese Welt, ihr ... selbst ich, in der Gestalt, in der ich euch hier erscheine. Und auch alles, was dort unten sein mag.«

Aber vielleicht stimmt das auch nicht, flüsterte eine Stimme hinter seiner Stirn. Was, wenn er sich irrte? Wenn er mit dem, was Sturm als das Ende der Welt bezeichnet hatte, auch das Ende seiner Vorstellungskraft erreicht hatte und nun in eine vollkommen fremde, unverständliche und tödliche Fantasiewelt eindrang, die nicht die seine war, eine Welt, in der Kreaturen wie der Skull herrschten?

Dann kam ihm noch ein schrecklicherer Gedanke: Was, wenn es *nicht* so war und auch der Skull seiner Vorstellung entsprang? Welche anderen, womöglich noch unbeschreiblicheren Schrecken mochten dann noch dort unten auf ihn warten?

»Das sagst du nur, um dir selber Mut zu machen«, behauptete die Spinne.

Kim seufzte. »Wenn du Gedanken lesen könntest«, sagte er, »dann hättest du *das* jetzt nicht gesagt.«

Er drehte sich herum, und kaum hatte er es getan, da erschienen vor ihm wie aus dem Nichts die ersten Stufen einer schmalen, steil in die Tiefe führenden Treppe.

Vor ihm waren immer genau vier Stufen und hinter ihm auch. Machte er einen Schritt, so löste sich eine der Stufen hinter ihm auf und vor ihm erschien wie aus dem Nichts eine neue. Wenn er zwei Stufen auf einmal nahm, dann waren es jeweils zwei und der Vorgang wiederholte sich sogar in umgekehrter Richtung, wenn er wieder nach oben lief. Kim hatte es ausprobiert, schon um sicher zu sein, dass er nicht etwa sein Ziel erreichte nur um festzustellen, dass es keinen Rückweg mehr gab. Er hatte auch versucht die Stufen zu zählen, war aber schon nach wenigen Augenblicken durcheinander gekommen und hatte es aufgegeben. Wie tief war die Treppe bis ans Ende der Fantasie?

Das Gehen auf diesen unheimlichen Stufen, auf denen er sich mehr und mehr vorkam wie ein Hamster in einem bizarren

Laufrad, kostete enorme Kraft. Die Treppe war so schmal, dass er mit der linken Schulter am rauen Fels entlangschrammte, während sein rechter Fuß mehr als einmal fast ins Leere getreten war. Und es wurde immer heißer. Längst war er am ganzen Leib in Schweiß gebadet und selbst das Atmen bereitete ihm Mühe. Unter ihm loderten die Feuer der Hölle. Kim bedauerte es längst, den Pack nicht mitgenommen zu haben. Vielleicht hätte er ihn nicht bis zu seinem Ziel begleiten können, aber doch wenigstens ein Stück weit. Das Schlimmste auf seinem Weg war nicht die Anstrengung des Laufens oder die erstickende Hitze. Es war die Angst. Und selbst die größte Furcht ließ sich leichter ertragen, wenn jemand da war, mit dem man sie sich teilen konnte.

Er hätte viel darum gegeben, eine Pause zu machen. Der Gedanke, sich auf die Stufen zu setzen, den Kopf gegen die Wand zu lehnen und die Augen zu schließen, und sei es nur für einen Moment, war ungemein verlockend. Aber er widerstand ihm. Er hatte Sturm und den anderen versprochen, so schnell wie möglich zurückzukommen. Außerdem bestand die Gefahr, dass er tatsächlich einschlafen und auf den schmalen Stufen die Balance verlieren würde. Kim zweifelte nicht daran, dass sich die Treppe auch dann noch treu und brav vor ihm abspulen würde, wenn er sie kopfüber hinunterfiel, statt zu gehen, aber was würde passieren, wenn er *neben* die Treppe fiel? Rechts von ihm war nichts, eine ganze Menge Nichts. Er verspürte keine besondere Lust auszuprobieren, was geschah, wenn er in dieses *Nichts* hineinfiel.

Während dieser Gedanken waren seine Schritte immer schneller geworden und plötzlich glaubte er tief unter sich eine Veränderung wahrzunehmen, etwas wie ein vielleicht erst im Entstehen begriffenes, aber schon spürbares Muster in dem roten Chaos. Er beschleunigte seine Schritte noch weiter und die Veränderung hielt an. Er konnte noch immer keine Einzelheiten erkennen, aber unter ihm *war etwas*.

Kim rannte die Stufen mittlerweile fast hinunter, wobei er mit der linken Hand an der Wand entlangstrich, vielleicht nur um das Gefühl zu haben, dass da überhaupt so etwas wie ein fester Halt war. Weit unter ihm war nun etwas wie ein verschwommener Schatten zu erkennen, wie ein schmaler Sims, der sich an der gesamten Felswand entlangzog. Er wagte es nicht, seine Schritte noch weiter zu beschleunigen, aber nun, nachdem er einmal ein Ziel vor Augen hatte, schien es immer rascher Gestalt anzunehmen. Der schmale Sims wuchs an, gewann an Form und Substanz und begann das unheimliche rote Licht aus der Tiefe allmählich zu verdrängen. Es verschwand nicht ganz, doch als Kim schließlich am Ende der bizarren Treppe angekommen war, da war es zu einem fingerbreiten, düsterrot leuchtenden Streifen rechts von ihm geworden, wie ein ferner Sonnenaufgang.

Er war enttäuscht, als die Stufen endlich aufhörten unablässig unter seinen Füßen zu verschwinden und neu aufzutauchen und er endlich wieder festen Boden spürte.

Links von ihm erhob sich immer noch die gewaltige Wand, die jetzt nicht mehr rot schimmerte, sondern in dem tiefsten Schwarz, das man sich nur vorstellen konnte. Auf der anderen Seite, aber auch vor und hinter ihm, erstreckte sich eine unvorstellbar weite, vollkommen leere Ebene aus demselben Material, das vielleicht Felsen war, vielleicht auch nur zu schwarzer Härte erstarrtes Nichts. Nirgends war auch nur die geringste Unterbrechung zu sehen, nicht die kleinste Unebenheit, nicht einmal die Andeutung einer Form.

Und schon gar keine Spur von Themistokles' Zauberkugel.

Kim sah sich unschlüssig nach allen Richtungen um und ging dann wahllos weiter. Eine Richtung erschien ihm so gut wie die andere. Wenn die Zauberkugel hier war, dann würde er sie auch finden und es war keine Frage der Entfernung.

Lange Zeit marschierte er an der himmelhoch reichenden Wand entlang. Dann und wann blieb er stehen und warf einen Blick in die Richtung zurück, aus der er gekommen war. Die Treppe war längst in der Entfernung verschwunden und hinter ihm erstreckte sich dasselbe, konturlose Nichts wie vor ihm. Aber Entfernungen spielten hier keine Rolle, das hatte er schon beim ersten Mal gelernt, als er über den Rand der Welt hinausgegangen war. So wenig wie Zeit. Er konnte eine Woche hier unten verbringen, ohne dass mehr als ein Augenblick verging, aber es mochte auch genau anders herum sein.

Er konnte nicht ewig über diese schwarze Ebene laufen!

Und kaum hatte er diesen Gedanken gedacht, da sah er sehr weit vor sich am Horizont einen verschwommenen Umriss. Kim atmete erleichtert auf – und blieb jäh wieder stehen.

War es das?

Als er sich nichts mehr gewünscht hatte als das Ende der Treppe zu erreichen, da war es unter ihm erschienen. Und als er sich mit aller Macht gewünscht hatte, das Ende seiner Wanderung zu erreichen, da war es vor ihm aufgetaucht. Musste er sich nur etwas wünschen, um es zu bekommen, hier, in diesem unheimlichen Reich zwischen der Realität und dem Ungeformten?

Kim konzentrierte sich auf die Zauberkugel, schloss für einen Moment die Augen und streckte die Hand aus.

Als er die Lider wieder hob, war seine Hand so leer wie zuvor. Dieser kleine Misserfolg entmutigte ihn jedoch nicht. Er wäre im Gegenteil wohl eher erstaunt gewesen, wäre es wirklich so einfach. Es war wohl eher so, wie er selbst vor ein paar Tagen erst gesagt hatte: In gewissem Sinne war dies alles hier seine Schöpfung. Märchenmond mit all seinen Geschöpfen, Rätseln und Wundern war die Welt *seiner* Fantasie, aber das bedeutete nicht, dass er die Macht eines Gottes hatte. Offensichtlich musste er sich nach seinen eigenen Spielregeln richten. Unheimlich war allenfalls, dass er sich mit einem Teil seiner eigenen Fantasie auseinander setzen musste, der ihm selbst fremd und unbekannt war.

Er ging weiter. Der Umriss am Horizont wuchs allmählich heran und wurde schließlich zu einer gut drei Meter hohen, moosbewachsenen Mauer aus schwarzen Steinquadern, über der die blattlosen Äste schwarzer, abgestorbener Bäume emporragten, die auf der anderen Seite standen. In der Mitte dieser Mauer befand sich ein gewaltiges Tor aus geschmiedeten Eisenstäben, an denen der Rost nagte. Das Tor wurde von zwei gewaltigen Steinstatuen flankiert, die Teufelsgestalten darstellten, wie man sie manchmal über den Türen alter Kirchen sah. Der Anblick erinnerte Kim mehr als alles andere an einen Friedhof.

Er fröstelte. *So* hatte er sich sein Ziel nicht vorgestellt. Er hatte mit großen Gefahren gerechnet, vielleicht mit einer Falle, die ihm der Magier der Zwei Berge stellte, vielleicht mit einem tödlichen Gegner, aber das hier ... Es machte ihm Angst, auf eine vollkommen neue, unbekannte Art. Es kostete ihn fast seine ganze Kraft, den Arm zu heben und das große Gittertor zu öffnen. Zögernd trat er hindurch.

Er hatte sich nicht getäuscht. Es war ein Friedhof.

»O Mann«, murmelte Kim. »Ich glaube, ich muss mir einen guten Psychoanalytiker suchen.«

Die Worte schienen in dem grauen Nebel zu versickern, der knöcheltief auf dem Boden lastete, und sie vertrieben die unheimliche Stimmung nicht, die von ihm Besitz ergriffen hatte, sondern schienen sie im Gegenteil nur noch zu verstärken. Mit klopfendem Herzen trat er vollends durch das Tor und sah sich um. Es war sehr kalt, so kalt, dass sein eigener Atem als grauer Dampf vor seinem Gesicht gefror. Vor ihm reihten sich graue, niedrige Grabsteine, flache Erdhügel und einfache Holzkreuze und weit, weit entfernt, fast mehr zu erahnen als wirklich zu sehen, erhob sich etwas wie eine gemauerte Gruft. Ein unwirkliches, graues Licht lag über der ganzen Szenerie, ein Licht, das alle Farben auslöschte und den Friedhof noch bizarrer aussehen ließ; als betrachte er einen uralten, in Schwarzweiß gedrehten Horrorfilm.

Aber wieso ein Friedhof? Wenn Themistokles wirklich seine ganze Zauberkraft, alles, was die Wunder und die Magie Märchenmonds ausmachte, an diesen Ort verbannt hatte, wieso dann ausgerechnet auf einen *Friedhof* – den traurigsten aller nur denkbaren Orte?

Langsam begann er zwischen den verfallenen Grabreihen entlangzugehen. Anfangs vermied er es, die Gräber allzu genau anzusehen. Trotzdem fiel ihm auf, dass sie ausnahmslos sehr alt zu sein schienen und in keinem guten Zustand waren. Niemand schien sich um diesen Friedhof zu kümmern. Er fragte sich, wer hier wohl begraben lag.

Schließlich überwand er seine Scheu und trat an eines der Gräber heran. Es war sehr klein, fast wie für ein Baby, und halb eingesunken. Graues, kränklich aussehendes Moos hatte sich wuchernd darauf ausgebreitet und die einfache Steinplatte, mit der es abgedeckt war, war geborsten. Weder ein Name noch ein Datum waren auf dem Grabstein zu lesen.

Kim beugte sich weiter vor. Durch die Risse in der Platte konnte er einen Blick in das eigentliche Grab werfen. Es war noch kleiner, als er erwartet hatte, allenfalls so groß wie ein Schuhkarton, und es enthielt keinen Sarg.

Kim riss ungläubig die Augen auf, ließ sich auf die Knie fallen und stemmte die zerbrochene Grabplatte mit einem Ruck zur Seite. Sein Atem stockte. Eine geschlagene Minute hockte er völlig reglos da und starrte in das geöffnete Grab hinab.

Unter ihm lag ein kleiner, abgegriffener Teddybär. Er hatte nur ein Ohr und sein Fell war an vielen Stellen so dünn, dass die Holzwolle, mit der er ausgestopft war, hier und da schon hervorschaute.

Und es war nicht irgendein Teddybär.

Es war *sein* Teddy. Er hatte Kim gehört, als er noch ein kleiner Junge gewesen war, und später hatte er ihn an seine Schwester Rebekka weitergegeben, auf deren Regal er noch heute seinen Platz hatte.

Kim verspürte ein neuerliches, kaltes Frösteln. Was bedeutete das?

Er stand auf, trat an das nächste Grab und öffnete es ebenfalls. Wie er erwartet hatte, enthielt auch dieses Grab keinen Sarg. Stattdessen fand er ein kleines, nicht besonders gut zusammengebautes Modell der ENTERPRISE, des Raumschiffes aus der STAR-TREK-Serie, deren Folgen er vor noch gar nicht einmal so langer Zeit regelrecht verschlungen hatte. Er hatte dieses Modell eigenhändig zusammengebaut, vor drei

oder vier Jahren. Es hatte eine Zeit gegeben, da war er in seinen Träumen mit der ENTERPRISE geflogen.
Kim öffnete das nächste Grab und fand einen Stapel zerfledderter Comic-Heftchen, die er auswendig kannte.
Und so ging es weiter.
In keinem der Gräber war das, was man in einem Grab zu finden erwartete. Er fand Spielzeug und Bücher, Fotografien und Videokassetten, selbst gemalte Bilder und alte Stofftiere und einmal sogar eine Fotografie seines Vaters. Es war kein Bild, das seinen Vater so zeigte, wie er wirklich war, sondern so, wie er ihn in einem gewissen Alter gesehen hatte: als einen gütigen, weisen Riesen, allwissend und unfehlbar. Alle Kinder sehen ihre Väter so für eine Weile, bis sie begreifen, dass auch sie Menschen sind und Fehler machen.
Am meisten aber schockierte ihn der Inhalt eines Grabes, das sich nahezu am Ende der langen Reihe befand. Es enthielt eine dreißig Zentimeter große Action-Figur, die einen Drachen mit weit gespreizten Flügeln darstellte. Er hatte ihn eigenhändig mit Goldbronze angemalt. Es war Jahre her und er erinnerte sich, dass er ihn weggeworfen hatte – vorgeblich, weil einer der Flügel abgebrochen war, in Wirklichkeit aber vielmehr, weil es ihm irgendwann peinlich geworden war, ein Kinderspielzeug auf seinem Schreibtisch stehen zu haben, wenn seine Freunde in sein Zimmer kamen.
Und endlich begriff Kim, wo er wirklich war.
Er dachte an den zerschlissenen Teddybären, den er im allerersten Grab gefunden hatte, und dann an Gorgs Worte, wonach Kelhim, der Bär, schon seit vielen Jahren tot sei.
Vor wie vielen Jahren hatte *er* aufgehört an Kelhim zu glauben?
Langsam ließ er den zerbrochenen Plastikdrachen wieder in sein Grab zurücksinken, richtete sich auf und sah über den Friedhof seiner Träume, bis sein Blick schließlich an der gemauerten Gruft am Ende der Grabreihen hängen blieb. Er machte einen Schritt und blieb wieder stehen. Sein Herz begann zu klopfen. Er wagte es nicht, weiterzugehen. Er hat-

te auf dem Friedhof alle seine vergessenen Träume wieder gefunden, Dinge aus seiner frühesten Kindheit, die er längst vergessen gehabt hatte, Märchen, die er geglaubt, Tiere, die er geliebt hatte. Träume lebten nicht ewig. Sie starben, wurden wahr oder vergingen einfach, und hier, an jenem unheimlichen Ort jenseits der Zeit, waren sie begraben. Während der letzten Minuten war er durch seine eigene Vergangenheit gewandert. Was würde ihn erwarten, wenn er die Gruft am Ende des Friedhofes betrat? Die Träume seiner Zukunft, gestorben, bevor sie auch nur geträumt werden konnten?

Immer langsamer werdend legte er die letzten Schritte zurück. Bevor er endlich die Hand ausstreckte, um die Tür zu öffnen, zögerte er sicherlich eine Minute. Sein Herz hämmerte und seine Finger zitterten wie die eines uralten Mannes. Er hatte fürchterliche Angst vor dem, was er sehen mochte.

Die Tür besaß keine Klinke und im Grunde genommen war es nicht einmal eine richtige Tür, eher eine gewaltige, aufrecht stehende Steinplatte, in deren Oberfläche unheimliche, verschlungene Symbole eingraviert waren. Sie musste eine Tonne wiegen, wenn nicht mehr.

Trotzdem bewegte sie sich leicht wie eine Feder, als Kim mit nur zwei Fingern dagegen drückte – was nichts daran änderte, dass sich das Geräusch, das dabei entstand, anhörte, als versuche jemand die Spitze der Cheops-Pyramide wegzuschieben.

Im Inneren der Gruft brannte ein halbes Dutzend rußender Fackeln, aber ihr Licht war weder rot noch gelb, sondern tauchte den asymmetrisch geformten Raum in tausend unterschiedliche Grauschattierungen auf. Er war in einer Schwarzweiß-Welt. Mit klopfendem Herzen drang er Schritt für Schritt weiter in die Gruft ein.

Ihr Inneres bot einen noch viel unheimlicheren Anblick als ihr Äußeres. Die Wände waren dick mit Spinnweben und Staub verkrustet. Spinnen, Asseln und anderes Ungeziefer huschten erschrocken davon, aufgescheucht vom Geräusch seiner Schritte, das die ewige Ruhe der Gruft störte, und in einer

Ecke verschwand eine Ratte piepsend in einem Loch. Soweit das unter all dem Staub und verkrusteten Schmutz überhaupt noch zu erkennen war, waren die Wände mit den gleichen sonderbaren Reliefarbeiten geschmückt wie die Tür. Ein seltsamer Geruch lag in der Luft: eine Mischung aus Staub, Moder, Alter und Feuchtigkeit, zudem durchdrungen vom harzigen Brandaroma der prasselnden Fackeln.
Genau in der Mitte der Gruft stand ein gewaltiger, steinerner Sarkophag. Kim näherte sich ihm vorsichtig, mit langsamen, kleinen Schritten. Seine Hände zitterten so stark, dass er sie gegen die Oberschenkel pressen musste, um sich zu beruhigen.
Der Deckel des Sarkophags lag zerbrochen auf dem Boden. Auch er war mit den gleichen Symbolen geschmückt wie alles hier und die Bruchstellen sahen ziemlich frisch aus, als wäre es noch nicht allzu lange her, dass ihn jemand heruntergestoßen hatte. Kim schenkte ihm jedoch nur einen flüchtigen Blick, ehe er sich vorbeugte und unsicher in den Sarkophag hineinsah.
Was immer er auch erwartet hatte, es war nicht darin. Der steinerne Sarkophag war fast zur Hälfte mit Laub, Ästen und Blättern gefüllt, in denen es hier und da raschelte; wahrscheinlich weiteres Ungeziefer, das sich schon durch seine Anwesenheit gestört fühlte. Kim wollte sich schon wieder abwenden, als ihm doch etwas auffiel: Unter all dem Laub und den Ästen schimmerte etwas.
Zögernd streckte er die Hand aus und grub in dem trockenen Laub. Seine Finger berührten etwas Hartes, Kühles. Er griff entschlossen zu, richtete sich auf und sah ohne die mindeste Überraschung auf eine schimmernde Glaskugel von der Größe eines Tennisballes hinab, die er in der Hand hielt. Sie wurde von einem stilisierten Drachen gehalten und in ihrem Inneren war eine winzige Nachbildung Gorywynns zu sehen. Es war die Glaskugel, die sein Vater Rebekka mitgebracht hatte an jenem Tag, als alles begann. Zum ersten Mal, seit er den Friedhof der Träume betreten hatte, sah er wieder Farben: der

Drache, der die Kugel umschlang, schimmerte in mattem Gold, und die winzige Nachbildung der gläsernen Stadt in ihrem Inneren in blassem Rosa, Blau und Grün, den auch in Gorywynn vorherrschenden Farben.

Es *war* Themistokles' Zauberkugel. Kim zweifelte keine Sekunde daran.

Mit einer entschlossenen Bewegung schob er die Glaskugel in die Tasche, drehte sich herum und verließ die Gruft. Nun, nachdem er gefunden hatte, was zu suchen er hierher gekommen war, wurde es Zeit, von hier zu verschwinden. Er verzichtete darauf, die Tür wieder hinter sich zu schließen, und ging mit schnellen Schritten den Weg zurück, den er gekommen war.

Kim hatte ungefähr die Hälfte der Strecke zurückgelegt, als er ein Geräusch hörte. Es war nicht besonders laut, in der vollkommenen Stille, die auf dem Friedhof herrschte, aber trotzdem nicht zu überhören. Und es war unheimlich: Ein helles Scharren und Kratzen, als führen Fingernägel über altes Holz oder mürbe gewordenen Stein.

Kim sah sich unsicher um, überlegte einen Moment und wandte sich dann nach rechts. Es war wohl so, wie Themistokles gesagt hatte: Das Geräusch machte ihm Angst, aber die schlimmste Furcht, die ein Mensch haben konnte, war noch immer die vor dem Unbekannten. Er musste einfach herausfinden, was diesen Laut verursachte.

Kim ging langsam weiter und nach einigen Augenblicken glaubte er zu wissen, woher das Geräusch kam.

Das unheimliche Kratzen drang aus einem der Gräber, die er noch nicht untersucht hatte.

Wie die meisten Grabstätten war auch diese mit einer schweren Steinplatte verschlossen. Sie war jedoch größer als die meisten und es kostete Kim all seine Kraft, sie zur Seite zu schieben. Er brauchte gute fünf Minuten dazu, und als er es geschafft hatte, sank er schwer atmend und vollkommen erschöpft neben dem Grab auf die Knie.

Abgesehen von seiner Größe unterschied sich das Grab auch

noch in anderer Hinsicht von allem anderen: In diesem Grab gab es einen Sarg. Er war uralt, schmucklos und aus schweren, groben Bohlen gefertigt ... als hätte jemand ganz sichergehen wollen, dass das, was darin begraben war, auch wirklich darin *blieb*.

Kim schauderte. Hatte er einen Fehler gemacht? Wenn dies hier der Friedhof der Träume war, wer sagte dann, dass hier nicht auch seine Albträume begraben waren, Dinge, die er mit gutem Grund vergessen hatte und an die er sich ganz bestimmt nicht mehr erinnern wollte?

Das Scharren und Kratzen hielt immer noch an und war jetzt, nachdem er die Grabplatte entfernt hatte, sogar deutlich lauter geworden. Es kam eindeutig aus dem Inneren des Sarges. Kim kam endgültig zu dem Schluss, dass er besser nicht wissen wollte, was die Ursache des unheimlichen Lautes war. Er setzte dazu an, sich aufzurichten und zu verschwinden, so schnell er nur konnte.

In diesem Moment traf ein gewaltiger Schlag den Sargdeckel. Holz splitterte. Ein fingernagelbreiter, gezackter Riss entstand in den Bohlen und Kim erschrak so sehr, dass er mitten in der Bewegung das Gleichgewicht verlor und nach hinten kippte.

Noch während er stürzte, ertönte ein zweiter, noch heftigerer Schlag. Der Sargdeckel zersplitterte endgültig und eine gewaltige, mit grauem Lehm verkrustete Faust schoss durch das Loch. Einen Moment später zog sie sich wieder zurück und schlug erneut von innen gegen den Sargdeckel.

Kim keuchte vor Entsetzen und kroch hastig auf Händen und Knien durch den Schlamm davon.

Immer mehr und heftigere Schläge trafen den Sargdeckel. Die Hand erschien erneut, flankiert von einer zweiten, nicht minder großen, die sich beide um den Rand des Risses krallten und das Holz mit einer gewaltigen Kraftanstrengung zerteilte. Kim versuchte verzweifelt schneller zu kriechen, aber der aufgeweichte Morast schien sich plötzlich regelrecht an ihm festzusaugen, als hätte sich sogar die Natur selbst gegen ihn verschworen und versuchte ihn mit aller Macht festzuhalten.

Vor ihm wurde der Rest des Sargdeckels in Stücke gerissen und dann richtete sich ein brüllender Gigant im Inneren des Sarges auf, der Schlamm und Holzsplitter in alle Richtungen schleuderte und mit schweren Schritten aus dem aufgebrochenen Sarg herausstampfte.

Kim schrie in schierer Todesangst auf, hob schützend die Hände vor das Gesicht – und riss verblüfft die Augen auf.

Die Gestalt vor ihm war kein Riese. Und schon gar kein zum Leben erwachter Toter ...

Seine Angst hatte die Proportionen verzerrt und ihm etwas vorgegaukelt, was nicht da war. Unter all dem Schmutz und Morast verbarg sich ein Gesicht, das Kim nur zu gut kannte ...

»Kai!«, murmelte er.

Obwohl er noch immer vor Wut und Anstrengung keuchte, schien Kai den vertrauten Klang seines Namens verstanden zu haben, denn er drehte sich herum und runzelte die Stirn.

»Woher –?«

Weiter kam er nicht.

Zorn und an Raserei grenzende Wut fegten Kims Furcht einfach beiseite. Mit einem einzigen Satz war er auf den Füßen und stürzte sich auf Kai.

Der junge Steppenreiter versuchte noch die Arme hochzureißen, aber er war viel zu langsam. Kim prallte gegen ihn, riss ihn einfach von den Füßen und begann mit den Fäusten auf ihn einzudreschen. Er traf Kai hart im Gesicht, im Leib und in den Rippen, aber sein Zorn kannte keine Grenzen. Er war nicht so weit gekommen, hatte nicht das Ende der Welt erkundet und sich nicht all seinen gestorbenen Träumen gestellt um sich jetzt noch im allerletzten Moment alles zunichte machen zu lassen!

Sein Angriff war so ungestüm, dass Kai in den ersten Sekunden nicht einmal auf die Idee kam, sich zu wehren. Dann aber musste er ihn wirklich hart getroffen haben, denn Kai heulte plötzlich vor Schmerz schrill auf – und in der nächsten Sekunde fühlte sich Kim gepackt und meterweit durch die Luft geschleudert.

Er landete hart auf dem Rücken und blieb eine oder zwei Sekunden liegen um wieder zu Atem zu kommen. Dann aber sprang er mit einem Schrei wieder auf die Füße und warf sich abermals auf seinen Gegner.
Kai, der die Gelegenheit genutzt hatte, ebenfalls aufzustehen, empfing ihn mit einer Bewegung, die Kim nicht einmal richtig *sah*, die aber zur Folge hatte, dass Kim zum zweiten Mal binnen weniger Sekunden den Boden unter den Füßen verlor und sich mehrmals überschlagend über Kais Kopf hinwegsegelte.
Diesmal war der Aufprall so hart, dass er buchstäblich Sterne sah und mehr als nur ein paar Sekunden benommen liegen blieb.
Als sich seine Sinne wieder klärten, kniete Kai mit einem Bein auf seiner Brust und schnürte ihm damit fast die Luft ab. Die linke Hand hatte er in sein Haar gekrallt und drückte seinen Kopf in den Nacken, die andere hatte er erhoben und auf sonderbare Weise zur Faust geballt. Kim zweifelte nicht daran, dass ein einziger Schlag damit reichen würde ihm das Genick zu brechen.
Kai zögerte aber. Sein Blick glitt über Kims Gesicht und ein nachdenklicher, gleichzeitig aber auch leicht verwirrter Ausdruck erschien auf seinen Zügen.
»Worauf wartest du?«, fragte Kim trotzig. Er hatte Mühe, überhaupt zu sprechen. »Mach endlich Schluss!«
Kai machte nicht *Schluss*. Ganz im Gegenteil. Er ließ plötzlich Kims Haar los, zögerte noch einen Moment und richtete sich dann auf. Kim sog erleichtert die Luft in die Lungen und Kai sagte nachdenklich: »Ich ... kenne dich ... oder?«
»Du wirst mich gleich richtig kennen lernen!«, knurrte Kim. Er trat nach Kai. Der junge Steppenreiter fing seinen Fuß mit einer fast spielerischen Bewegung auf und verdrehte ihn so, dass Kim vor Schmerzen aufschrie, bevor er ihn wieder losließ, und sagte: »Sei so gut und hilf mir auf die Sprünge. Wo haben wir uns schon einmal gesehen?«
Kim rappelte sich mühsam auf, starrte Kai finster an und

schoss eine rechte Gerade nach seinem Kinn ab, in die er all seine Kraft legte.

Diesmal landete er mit dem Gesicht voran im Morast und richtete sich hustend und spuckend wieder auf. Noch in der Bewegung wirbelte er herum und versuchte Kai die Handkante gegen den Kehlkopf zu schmettern, und noch während er durch die Luft segelte und betete, nicht mit dem Kopf gegen einen Stein zu prallen, sagte Kai: »He! Jetzt erinnere ich mich! Du bist der Junge, den wir an jenem Abend im Elfenwald gefunden haben, stimmt's?«

Kim richtete sich hustend und spuckend wieder auf, wischte sich den Schlamm aus den Augen und zog sein Schwert. Wenn Kai es auf die harte Tour haben wollte – nun gut!

Kai machte sich nicht die Mühe, sein eigenes Schwert zu ziehen. Stattdessen griff er blitzschnell nach Kims Schwert.

»Wieso bist du so schnell verschwunden?«, fragte er. »Ich hätte mich gerne noch ein wenig mit dir unterhalten, weißt du?« Er drehte das Schwert in den Händen. »Eine schöne Waffe. Aber sei vorsichtig damit. So etwas ist kein Spielzeug, weißt du? Man kann sich ziemlich übel damit verletzen.«

»Warum verhöhnst du mich auch noch?«, fragte Kim schwer atmend. »Wenn du mich umbringen willst, dann tu es! Aber mach dich nicht noch über mich lustig!«

»Dich umbringen?« Kai schüttelte den Kopf – und reichte ihm sein Schwert zurück! »Warum sollte ich das tun? Du hast mir nichts getan. Im Gegenteil ...« Er deutete auf das offene Grab, aus dem er herausgekommen war. »So, wie ich die Sache sehe, hast du mich gerettet.«

Kim griff verwirrt nach dem Schwert, drehte es einen Moment lang hilflos in den Händen und schob es dann in die Scheide an seinem Gürtel zurück. Spielte Kai nun ein besonders grausames Spiel mit ihm oder konnte es wirklich sein, dass ...

»Willst du mich verarschen?«, fragte er düster.

Kai sah ihn mit überzeugend gespielter Verwirrung an. »Ich weiß nicht, was dieses Wort bedeutet«, sagte er, »aber ich glaube, die Antwort lautet nein.«

Kim spuckte noch einen Rest Schlamm aus, bevor er fortfuhr: »Wie kommst du hierher?«
»Wenn ich das wüsste!«
»Dann erzähl mir bitte noch einmal, was das Letzte ist, woran du dich erinnerst«, verlangte Kim.
»Erzähl du mir doch erst einmal –«
Kim hob die Hand. »Es ist einfacher so herum«, sagte er. »Glaub mir. Du kannst dich nicht erinnern, dass wir uns noch ein paar Mal begegnet sind? Am Fluss und später in Gorywynn, in Themistokles' Palast?«
»In Gorywynn?« Kai sah ihn mit schräg gehaltenem Kopf fragend an. »Ich war in meinem ganzen Leben noch nie in Gorywynn.«
»Und du hast es auch nicht mit deinem Heer belagert?«
»Nein!«, sagte Kai heftig. »Die gläserne Stadt ist heilig! Sie hat mit unserem Krieg nichts zu tun! Niemand käme auf die Idee die Hand gegen die Zitadelle des Zauberers zu erheben!«
Kim starrte ihn eine geraume Weile einfach nur an. Dann drehte er den Kopf, sah sich nach einem halbwegs trockenen Platz um, an den sie sich setzen konnten, und machte eine auffordernde Geste. »Ich glaube, ich habe dir eine Menge zu erzählen«, sagte er. »Und ich fürchte, das meiste davon wird dir nicht gefallen ...«

»Und wer führt dann an meiner Stelle das Heer?«, fragte Kai, nachdem Kim zu Ende erzählt hatte. Seine Stimme bebte ganz leicht.
»Ist das so schwer zu erraten?«, fragte Kim.
Kais Miene verdüsterte sich noch weiter. »Das ist ... ungeheuerlich«, flüsterte er. »Sich vorzustellen, dass er in meinem Namen den Angriff auf Gorywynn befohlen hat! Dafür wird er bezahlen!«
Es waren die ersten Worte, die er überhaupt sprach, seit Kim mit seinem Bericht begonnen hatte – was bestimmt eine halbe Stunde her war. Er hatte schweigend zugehört, anfangs voller Skepsis, später dann mit wachsendem Entsetzen und Zorn im

Gesicht. »Dafür wird er bezahlen! Und all diese Dummköpfe, die ihm gefolgt sind, ebenso!«

»Es ist nicht ihre Schuld«, sagte Kim. »Und schon gar nicht deine! Der Magier der Zwei Berge ist ein Meister der Illusion und der Lüge. Wenn überhaupt jemanden die Schuld trifft, dann mich. Immerhin habe ich ihn aus dem Gefängnis befreit, in das die anderen Zauberer ihn gesperrt haben.«

»Du konntest nicht wissen, mit wem du es zu tun hattest«, antwortete Kai. »Ich an deiner Stelle hätte nicht anders gehandelt.« Er machte eine abwehrende Bewegung, als Kim etwas sagen wollte. »Es ist nicht besonders hilfreich, über einmal gemachte Fehler zu lamentieren. Viel wichtiger ist die Frage: Was tun wir jetzt?«

Kim schlug mit der flachen Hand auf die Tasche, in der er die Zauberkugel trug. »Damit wird es uns möglich sein, Themistokles einen Großteil seiner alten Macht zurückzugeben. Ich bin sicher, dass er den Magier der Zwei Berge aufhalten kann.«

Kai lachte hart. »Das wird kaum nötig sein«, sagte er. »Meine Krieger werden ihn in Stücke reißen, wenn sie begreifen, dass sie einem Betrüger aufgesessen sind. Ausgerechnet *ihm*! *Einem uralten Mann!*«

Kim sah ihn voller Trauer an. Nach allem, was in den letzten Stunden geschehen war, hatte er fast vergessen, dass es da noch immer ein anderes Problem gab ...

»Und dann?«, fragte er.

»Was – dann?«

»Ich meine: Selbst wenn wir ihn wirklich besiegen ... wollt ihr diesen sinnlosen Krieg fortsetzen?«

»Er ist nicht sinnlos!«

»Er nutzt niemandem«, widersprach Kim. Kai ließ ihn jedoch gar nicht zu Ende sprechen, sondern schnitt ihm mit einer herrischen Geste das Wort ab.

»Wir haben ihn nicht angefangen! Die Alten waren es, die uns ihre Art zu leben aufzwingen wollten! Wir verlangen nur die Freiheit so zu leben, wie wir es wollen! Das ist nichts Unrechtes!«

Er sprang mit einem Ruck auf. »Ich schlage vor, dass wir uns *darüber* später streiten. Plötzlich lachte er. »Und falls wir uns nicht einig werden, kannst du mich ja immer noch zu einem fairen Zweikampf herausfordern. Wir beide klären die Sache dann in einem ritterlichen Duell.«

»Sehr witzig«, maulte Kim und stand ebenfalls auf. Kai grinste, enthielt sich aber jedes weiteren Kommentars und sah stattdessen zum Ausgang hin.

»Nach allem, was du erzählt hast, haben wir nicht mehr sehr viel Zeit«, sagte er. »Wenn mein Doppelgänger auch nur halb so gut ist wie ich, dann ist er jetzt wahrscheinlich schon dabei, eine hübsche kleine Falle für deinen Freund Wolf aufzustellen.«

»Würdest du das tun?«, fragte Kim.

»Ich sagte: Wenn er *halb* so gut ist wie ich«, belehrte ihn Kai. »Ich würde in aller Ruhe abwarten, bis sie auf das Zwergenheer gestoßen sind, und mir dann die Überlebenden vorknöpfen.«

Ohne ein weiteres Wort brachen sie auf.

Sie verließen den Friedhof der Träume und marschierten eine ganze Weile in die Richtung zurück, aus der Kim gekommen war. Auf halber Strecke trafen sie auf einen schmalen, kristallklaren Bach, an dem sie sich waschen und ihre Kleider vom gröbsten Schmutz reinigen konnten. Er war auf dem Hinweg nicht da gewesen, aber was war *hier* schon logisch? Als sie weitergingen und Kim sich nach wenigen Schritten noch einmal umdrehte, war er wieder verschwunden.

Endlich stießen sie auf die Treppe. Kai staunte nicht schlecht, als er das knappe Dutzend Stufen sah, das vor ihnen aufragte und buchstäblich im Nichts endete, und noch mehr, als Kim ohne zu zögern hinauftrat. Aber er folgte ihm rasch – zumal die untersten Stufen zu verblassen begannen, kaum dass Kim die Mitte der Treppe erreicht hatte.

Hatte der Abstieg Stunden gedauert (wie es ihm vorgekommen war), so erlebte er eine Überraschung, als sie den Weg in umgekehrter Richtung hinaufgingen. Es vergingen nämlich nur wenige Minuten (wie es ihm vorkam), bis der obere Rand des Abgrundes vor ihnen auftauchte. Kim legte das allerletzte Stück mit einem Sprung zurück und stellte mit einem einzigen Blick fest, dass alle seine Weggefährten noch da waren, wo er sie zurückgelassen hatte: Der Pack und die Spinne hockten reglos im Gras und Sturm saß mit dem Rücken gegen einen Baum gelehnt da und kaute auf einem Grashalm. Twix hockte auf seiner Schulter, schien sich dort aber nicht besonders wohl zu fühlen, denn kaum hatte sie Kim erblickt, schwang sie sich mit einem erleichterten Piepsen in die Luft und flog auf ihn zu.

»Das wurde aber auch Zeit!«, rief sie. »Wir dachten schon, du –«

Sie brach mit einem erschrockenen Laut ab, als Kai dicht hinter Kim aus dem Abgrund kletterte. Die Spinne sprang mit einem Ruck auf und zischte drohend und auch der Pack erhob sich und kam mit gebleckten Zähnen und halb erhobenen Fäusten näher.

»Was macht denn *der* hier?«, zischelte die Spinne.

»Lasst ihn in Ruhe!«, sagte Kim hastig. Er drehte sich zu Kai herum und winkte. »Keine Angst. Ich werde ihnen alles erklären.«

»Na, da bin ich ja mal gespannt«, giftete die Spinne.

Kai kam zögernd näher. Sein Blick wanderte misstrauisch von einem zum anderen und blieb vor allem auf dem fußballgroßen Leib der Spinne immer wieder hängen. Auf seinem Gesicht war nicht die Spur von Furcht zu erkennen, aber er wirkte angespannt und seine rechte Hand lag griffbereit auf dem Schwert.

Kim sah aus den Augenwinkeln, dass auch Sturm aufgestanden war und langsam näher kam.

»Regt euch nicht auf«, sagte er rasch. »Er ist nicht der, nach dem er aussieht ... ich meine: Er ist schon der, nach dem er aussieht, aber ... aber der andere ist nicht der, wonach er aussieht, und ... also ... ähm ...«

»Aha«, sagte Twix.

»Danke für diese erschöpfende Auskunft«, fügte Sturm hinzu und die Spinne kroch näher, schnüffelte ausgiebig an Kais Bein und sagte schließlich: »Er riecht auch anders. Und besser.«

»Danke«, murmelte Kai.

»Ich glaube nicht, dass ich mit dir reden sollte«, sagte die Spinne. Kai wirkte nun vollends irritiert.

»Ich weiß, es ist schwer zu verstehen«, begann Kim von neuem, »aber wisst ihr: *Das* hier ist der *echte* Kai.«

»Der *echte*?« Twix legte den Kopf schräg. Der Pack kam näher, sah Kai einen Moment lang aus misstrauisch zusammengekniffenen Augen an und drehte sich dann wieder herum – allerdings nicht ohne Kim im Vorbeigehen noch einen kräftigen Tritt vor die Kniescheibe zu verpassen.

»Also, nach allem, was ich herausgefunden habe, ist er *wirklich* Kai«, sagte Kim noch einmal. »Er kann sich an nichts erinnern, was nach unserem allerersten Zusammentreffen geschehen ist.«

»Dann sollte er Möhren essen«, sagte Twix. »Möhren sind gut für das Gedächtnis.«

»Du verwechselst da etwas, glaube ich«, sagte Kai. Er wollte sich von der Kante entfernen, hatte aber Mühe zu gehen, weil sich die Spinne an sein rechtes Bein klammerte und allen Ernstes Anstalten machte daran herumzuknabbern. Aus seinem Gehen wurde ein ungeschicktes Hoppeln und Springen, bei dem er die Spinne hinter sich herzerrte.

»Bitte!«, sagte Kim. »Lass doch den Unsinn!«

»Unsinn?«, ächzte Kai. Er versuchte sein Schwert zu ziehen, aber die Spinne war schneller und schoss einen klebrigen Faden ab, der Kais Hand um den Schwertgriff und das Schwert zugleich um seine Leibesmitte wickelte.

»Was soll das heißen, er ist nicht der, der er zu sein scheint?«, fragte nun auch Sturm. Er sah Kim an, deutete aber auf Kai, der mühsam auf einem Bein balancierend um sein Gleichgewicht kämpfte und vergebens versuchte seine Hand vom Schwertgriff zu lösen. »Ich meine: Wenn *er* nicht *er* ist, beziehungsweise wenn *er* nicht der *er* ist, der das Heer anführt, wer ist dann der *er*, der an seiner Stelle die Armee anführt?«

Für eine Sekunde war es vollkommen still. Ausnahmslos alle starrten Sturm an.

»Kannst du das noch einmal sagen?«, fragte Twix schließlich.

Kai riss sich endgültig los, verlor auf einem Bein die Balance und schlug der Länge nach hin und die Spinne war mit einem einzigen Satz über ihm und ließ die Zähne blitzen.

»Aufhören!«, sagte Kim streng. »Verdammt, wir haben *wirklich* keine Zeit für diesen Quatsch!«

Die Spinne warf ihm einen herzzerreißenden Blick zu, hob aber dann alle Schultern auf einmal und machte sich langsam und vor sich hin grummelnd von dannen. Kai versuchte aufzustehen, was aber mit einer an die Hüfte gefesselten Hand gar nicht so einfach war, sodass Twix schließlich herbeiflatterte und seine Hand mit einem Nebel aus goldenem Elfenstaub befreite. Kai machte ein sehr erstauntes Gesicht.

»Tja, manchmal ist es ganz praktisch, ein magisches Wesen bei sich zu haben«, sagte Kim. Dann wandte er sich an Sturm. »Wie lange war ich weg?«

»Ziemlich lange«, antwortete Sturm. »Sieh selbst.« Er deutete nach Osten und Kim erschrak, als sein Blick der Geste folgte. Es begann zu dämmern. Er war die ganze Nacht über fort gewesen.

Wenigstens *hoffte* er, dass es nur eine Nacht gewesen war. Als er jedoch eine entsprechende Frage stellte, nickte Sturm nur beruhigend. »Es war nur eine Nacht«, sagte er, »aber sie war lang genug.« Er deutete auf Twix. »Sie hat ein paar Erkundungsflüge unternommen. Und sie hat keine guten Nachrichten gebracht.«

»Von welcher Seite?«, fragte Kim.

»Von keiner«, sagte Twix. »Wolf, dieser Narr, hat seine Drohung wahr gemacht und die Zwerge angegriffen.«

»Und?«, fragte Kim.

»Nichts und«, antwortete die Elfe. »Es war wohl nicht ganz so einfach, wie er es sich vorgestellt hat. Als ich vor einer Stunde

zurückgekehrt bin, war die Schlacht noch in vollem Gange. Keine Seite schien die Oberhand gewinnen zu können.«
»Die Zwerge haben Wolfs Lanzenreitern standgehalten?«, fragte Kim zweifelnd.
»Das wundert mich kein bisschen«, sagte Kai. »Die meisten unterschätzen die Zwerge. Mit dem Schwert in der Hand sind sie nicht einmal für ein Kind eine Gefahr –«
Kim blinzelte beleidigt, aber Kai fuhr mit einem bekräftigenden Nicken fort: »Sie sind verschlagene kleine Teufel. Sie beherrschen eine Menge gemeiner Tricks und sie haben mächtige Kriegsmaschinen. Ich würde es mir zweimal überlegen, sie anzugreifen.«
»Das hat sich dein Doppelgänger wohl auch gedacht«, sagte Twix. »Er hat seine Truppen zurückgezogen –«
»Und wartet in aller Ruhe ab um die siegreiche Partei anzugreifen«, führte Kai den Satz zu Ende. »Nichts anderes würde ich an seiner Stelle tun.«
»Worauf warten wir dann noch?«, fragte Sturm. »Nichts wie los!«
»Und wohin, wenn ich fragen darf?«, erkundigte sich Kai.
»Zu Wolf und Themistokles«, antwortete Kim. Er deutete auf Sturm. »Er hat Recht. Wenn sie die Wahrheit erkennen, dann geben sie diesen sinnlosen Kampf vielleicht auf.«
»Genau!«, krähte die Spinne. »Wir wollen doch mal sehen, was für ein Gesicht der falsche Kai macht, wenn er es plötzlich mit *beiden* Heeren zu tun bekommt.«
»Ich wüsste, was ich täte«, antwortete Kai gelassen.
»Schön«, sagte Twix. »Behalt es für dich.«
Kai runzelte die Stirn und Kim sagte hastig: »Wir haben ein Pferd zu wenig.«
»Das macht nichts«, sagte Kai. »Ich kann stundenlang laufen, wenn es sein muss.« *Und vermutlich schneller, als du reiten kannst.*
Das sagte er zwar nicht, aber Kim las die Worte so deutlich in seinen Augen, dass er die Zähne zusammenbiss und schweigend eine Faust in der Tasche ballte. Einen Moment lang

erfreute er sich an der albernen Vorstellung, dass Kai in den Sattel springen und prompt auf der anderen Seite wieder herunterfallen könnte.

Er vertrieb den kindischen Gedanken, ging schweigend zu seinem Pferd und stieg auf.

Sie ritten los. Kim war nicht im Geringsten überrascht, als Kai schon nach wenigen Schritten in einen schnellen, gleichmäßigen Trab verfiel, der ihn tatsächlich ohne besondere Schwierigkeiten mit dem Pferd mithalten ließ.

Er tröstete sich mit dem Gedanken, dass sie die volle Schnelligkeit der Pferde ja nicht ausspielen konnten, da sie auf die Spinne und den Pack Rücksicht nehmen mussten.

Eine geraume Weile bewegten sie sich auf diese Weise schnell nach Westen, fort von dem unheimlichen Schattenwald mit seinem Nebel, den abgestorbenen Bäumen, der gigantischen Schlucht und vor allem den *Erinnerungen*, die er beherbergte. Nachdem sich ihre Umgebung wieder einigermaßen normalisiert hatte, änderten sie ihre Richtung ein wenig um dorthin zu gelangen, wo Twix' Worten nach die Schlacht zwischen den Zwergen und Wolfs Lanzenreitern tobte.

Sie hörten den Lärm schon von weitem. Vor ihnen am Horizont wetterleuchtete es. Manchmal zuckten Flammen über die Baumwipfel und in fast regelmäßigen Abständen loderten grelle, bläuliche Blitze hinter dem Wald. Jedes Mal, wenn das geschah, glaubte Kim unmittelbar danach einen Chor gellender Schreie zu hören; Schreie, die eindeutig *nicht* aus Zwergenkehlen stammten. Er musste plötzlich wieder daran denken, was Kai über die Kriegsmaschinen der Zwerge erzählt hatte.

Twix tauchte vor ihnen aus der Dämmerung auf, schrie aus Leibeskräften und schwenkte hektisch beide Arme. »Zur Seite!«, brüllte sie. »Nach rechts! Sie kommen!«

Ganz egal, *wer* kam – Kim und Sturm rissen ihre Pferde nach rechts und auch Kai schwenkte in die entsprechende Richtung.

Twix' Stimme überschlug sich fast. »Seid ihr verrückt?!«,

kreischte sie. »Ihr lauft ihnen ja genau in die Arme! In die andere Richtung!«

Kim zügelte sein Pferd und blickte die Elfe an. »Das *ist* rechts«, sagte er betont.

»Von euch aus gesehen, vielleicht«, antwortete Twix. »Von mir aus betrachtet ist es links.«

Kim wollte antworten, doch in diesem Moment drang das dumpfe Hämmern zahlloser, eisenbeschlagener Hufe vor ihnen durch das Dickicht. Kai ließ sich erschrocken ins hüfthohe Gras sinken und auch Kim und Sturm glitten hastig aus den Sätteln und duckten sich hinter ihre Pferde – eine geradezu lächerliche Deckung, die aber trotzdem ihren Dienst tat. Vor ihnen brach ein Tross von etwa drei- oder vierhundert Reitern durch den Wald. Das gewaltige Reiterheer stampfte alles nieder, was in seinen Weg geriet: Büsche, Sträucher, Unterholz, ja, selbst kleine Bäume. Nicht einer der Reiter nahm auch nur Notiz von ihnen.

Dafür sog Kai hörbar die Luft ein, als er den Reiter erkannte, der das Heer anführte. Es war ebenfalls Kai. Der *falsche* Kai.

»Dieser verdammte ...!« Kais Hand fuhr zum Schwert, aber Kim drückte rasch seinen Arm herunter.

»Nicht jetzt!«, sagte er hastig. »Bitte, Kai – ich kann dich verstehen, aber wir haben nur diese eine Chance!«

Kai starrte ihn hasserfüllt an und kurz kreuzten sich ihre Blicke. Kais Augen schienen Flammen zu sprühen und Kim spürte den maßlosen Zorn, der in ihm kochte, während er dem Magier nachstarrte, der die Unverschämtheit besaß, sich in seiner Gestalt an die Spitze des Heeres zu setzen.

Dann aber entspannte er sich. »Du hast Recht«, murmelte er. »Aber ich kriege den Kerl, das verspreche ich dir.« Er deutete nach links. »Hinterher!«

Kim zögerte. »Was glaubst du, was er vorhat?«, fragte er.

»Ich *weiß*, was er vorhat«, antwortete Kai. »Er hat das Heer geteilt. Sie werden die Zwerge umgehen und sie von zwei Seiten gleichzeitig angreifen, gerade lange und ernsthaft genug, um Wolfs Vertrauen zu erringen.«

»Und dann wechseln sie die Seiten und greifen Wolf an?«, fragte Sturm.
»Nein.« Kai schüttelte den Kopf. »*Sie löschen sein Heer aus.* Mit einem einzigen Schlag. Glaube mir: Wolf und seine Reiter haben keine Chance.«
»Da wäre ich nicht so sicher«, sagte Kim, aber Kai schüttelte heftig den Kopf.
»Wolf und seine Männer mögen tapfer sein«, sagte er, »aber sie sind nur einfache Bauern und Handwerksleute, die sich bewaffnet haben. *Seine* Leute sind ausgebildete Krieger, die ihr Handwerk verstehen. Sie werden Wolfs Armee auslöschen und danach, wenn sie sich in eine gute Position gebracht haben und die Zwerge noch im Siegestaumel sind, werden sie die Kriegsmaschinen der Zwerge zerstören. Der Rest ist dann nur noch ...« Er zuckte mit den Schultern. »... Fleißarbeit.«
Kim schauderte vor der Kälte, die plötzlich aus Kais Stimme sprach.
»Lasst uns weiterreiten«, schlug Sturm vor.
Kai hob beruhigend die Hand. »Wir haben Zeit. Er wird mindestens eine Stunde brauchen, um sein Heer in Position zu bringen, und ich glaube nicht, dass er es damit sehr eilig –«
Das Gebüsch hinter ihm explodierte. Erdreich, Steine und zerfetztes Geäst und Blätter regneten auf sie herab. Kai wurde zu Boden geschleudert und hinter ihm richtete sich etwas Kolossales, Bleiches mit gewaltigen Zangen und riesigen starrenden Augen auf.
»Der Skull!«, brüllte Kim.
»Fleisch!«, kreischte die Spinne.
Sie wollte unverzüglich losrennen, aber Kim grub gedankenschnell die Hand in ihren Nacken und riss sie zurück. Einen Augenblick später landete er selbst reichlich unsanft auf dem Hinterteil, als sich sein Pferd erschrocken aufbäumte und in Panik mit den Vorderhufen ausschlug.
Sturms Pferd ging ebenfalls durch und riss seinen Besitzer zu Boden, während Kai sich hastig aufrichtete und auf Händen und Knien vor der grotesken Kreatur davonkroch. Einzig

Twix stieß ein kampflustiges Pfeifen aus und machte Anstalten sich unverzüglich auf den Skull zu stürzen.

Kim richtete sich umständlich auf, hielt mit der linken Hand die Spinne zurück und fischte mit der anderen die Elfe aus der Luft.

»Lass mich los!«, kreischte Twix. »Den Kerl kauf ich mir! Den mach ich fertig! Fix und alle mach ich ihn!«

»Nichts da!«, keifte die Spinne. »Du lässt die Pfoten von ihm! Er gehört mir! Fleisch!«

Kim riss die beiden unsanft zurück und sprang mit einem Ruck auf. »Seid still!«, sagte er streng. »Beide!«

Er wartete, bis sich Twix und die Spinne halbwegs beruhigt hatten, dann ließ er sie los und wandte sich vollends zu dem Skull um. Seine Hand glitt in die Tasche, in der er die Zauberkugel trug.

»So«, sagte er. »Ich glaube, es wird Zeit, dass wir zwei die Sache zu Ende bringen.«

Der Skull stieß ein tiefes, drohendes Knurren aus. Seine Kieferzangen näherten sich Kims Gesicht und der Blick seiner schwarzen, seelenlosen Augen bohrte sich tief in den von Kim, dass dieser für einen Moment erstarrte, als er der höllischen Kälte darin begegnete. Es kostete ihn enorme Kraft, sich aus dem hypnotischen Bann dieser unheimlichen Augen zu lösen und fortzufahren: »Du magst also keine Magie, wie? Na, dann wollen wir doch einmal sehen, wie dir *das* gefällt!«

Und damit zog er die Zauberkugel aus der Tasche und hämmerte sie dem Skull mit aller Gewalt auf die Nase.

Nichts geschah. Der Skull starrte weiter aus seinen kalten, gefühllosen Augen auf ihn herab und Kim seinerseits starrte fassungslos die Zauber kugel in seiner Hand an. Nach dem erstaunlichen Ergebnis, das Twix' erster magischer Angriff auf den Skull gehabt hatte, hatte er eigentlich damit gerechnet, dass sich das Ungeheuer vor seinen Augen in Rauch und Flammen auflöste oder etwas ähnlich Dramatisches geschah. Das unheimliche Geschöpf schien den Hieb jedoch nicht einmal *gespürt* zu haben.

Kim holte aus um es ein zweites Mal und mit noch größerer Kraft zu versuchen, und noch bevor er die Bewegung auch nur halb beendet hatte, versetzte ihm der Skull einen Hieb mit einer seiner Kiefernzangen, der ihn meterweit davonschleuderte.

Wie durch ein Wunder ließ er die Zauberkugel nicht fallen, aber als er die Augen wieder öffnete, war der Skull über ihm. Seine gewaltigen Kiefer blitzen. Kim konnte seinen eisigen, nach Alter und unwirklicher Kälte riechenden Atem spüren.

Dann traf ein goldener Funkenschauer die Augen des Skull und Twix stürzte sich mit einem lauthals hervorgestoßenen *»Bonsaiiii!«* auf die unheimliche Kreatur.

Der Skull bäumte sich in lautloser Agonie auf und schlug mit allen Gliedmaßen um sich, die er besaß. Eines davon musste wohl die Elfe getroffen haben, denn Twix segelte kreischend und Funken sprühend über ihn hinweg und verschwand irgendwo in der Dämmerung.

Die winzige Ablenkung hatte Kim jedoch gereicht. Er war zwei, drei Meter von dem Ungeheuer davongekrochen, hatte sich aufgerichtet und sprintete auf sein Pferd zu. Unterwegs las er noch mit einer Hand die Spinne auf, die tatsächlich schon wieder Anstalten machte, sich auf den Skull zu stürzen. Ohne auf ihr protestierendes Geschrei zu achten, warf er sie in den Sattel, sprang selbst hinterher und griff gleichzeitig nach den Zügeln.

Kim sah aus den Augenwinkeln, wie auch Sturm wieder in den Sattel sprang und selbst Kai auf das Pferd zulief und hinter ihm auf den Rücken des Tieres flankte.

Aber auch der Skull hatte sich bereits wieder in Bewegung gesetzt. Er raste mit einer Schnelligkeit heran, die seiner scheinbaren Größe und Schwerfälligkeit Hohn sprach. Die Elfe hatte sich wieder aufgerappelt und umkreiste den Skull wie ein Miniatur-Kampfflugzeug, wobei sie ununterbrochen goldenen Staub auf die Kreatur herunterregnen ließ; diesmal allerdings aus sicherer Entfernung.

Ihr Bombardement zeigte trotzdem Wirkung. Der Skull

bewegte sich immer noch schnell, taumelte nun aber sichtbar hin und her und ihr Abstand wuchs langsam, aber in zunehmendem Maße.

»Twix!«, schrie Kim. »Hör auf mit dem Vieh zu spielen und komm her!«

Twix bedachte den Skull zum Abschied noch einmal mit einer besonders ergiebigen Ladung Elfenstaub, schraubte sich aber dann in die Höhe und kam rasch heruntergeflogen.

Kim musterte den Skull noch einen Moment lang misstrauisch, ehe er sich im Sattel herumdrehte. Der letzte Angriff schien den Skull ernsthaft geschwächt zu haben. Er war noch immer schnell, torkelte nun aber immer deutlicher. Twix' Elfenstaub setzte ihm deutlich zu. Wieso also hatte ihn die ungleich stärkere Magie der Zauberkugel nicht einmal gestört?

Trotz dieses sichtbaren Erfolges wurden sie jedoch nicht langsamer, sondern legten im Gegenteil noch einmal kräftig an Tempo zu, als sie auf die Spur gerieten, die Kais Reiter durch das Unterholz gebrochen hatten.

»Es kann jetzt nicht mehr weit sein«, schrie Sturm. »Ich kann den Lärm der Schlacht schon hören!«

Tatsächlich drang immer lauter werdendes Schlachtgetöse durch den Wald zu ihnen und Kim sah es jetzt fast unmittelbar hinter den nächsten Bäumen aufblitzen. Er drehte sich noch einmal im Sattel um, stellte befriedigt fest, dass der Skull überhaupt nicht mehr zu sehen war, und deutete dann nach vorne. »Weiter!«, schrie er. »Wir müssen Wolf warnen!«

Sie folgten der Bresche, die die Reiter in den Wald gebrochen hatten, bis zur Kuppe des Hügels und auf der anderen Seite wieder hinab. Dann war der Wald plötzlich zu Ende und das Schlachtfeld lag unter ihnen. Die Spur der Reiter knickte plötzlich nach rechts ab, aber sie selbst sprengten geradewegs weiter den Hügel hinab und auf die beiden ineinander verbissenen Heere zu.

Selbst im blassen Licht des Morgens war der Angriff Furcht einflößend. Kim schätzte, dass Wolf mindestens fünf- bis sechshundert Krieger um sich geschart hatte, eine gewaltige Streitmacht.

Aber sie standen auch einer mindestens *zehnfachen* Übermacht gegenüber. Genauer gesagt: Sie waren nahezu von ihr eingeschlossen.

»Dieser Narr!«, schrie Kai. »Er ist auf den ältesten Trick der Welt hereingefallen! Die Zwerge haben ihm Platz gemacht, bis er genau da war, wo sie ihn haben wollten! Und dann haben sie die Falle zuschnappen lassen!«

»Dann wird es Zeit, dass wir Wolf ein paar Tipps geben!«, schrie Kim zurück. Zugleich fragte er sich aber, was an Wolfs Lage eigentlich so fatal war. Es stimmte zwar, dass sie von allen Seiten eingekreist waren, aber selbst über die große Entfernung und bei dem schwachen Licht konnte er erkennen, dass es sich mit den Zwergen ganz genau so verhielt, wie Kai gesagt hatte: Im Freien und bei einem fairen Kampf Mann gegen Mann hatten sie keine Chance gegen Wolfs Reiter! Die Krieger bildeten mit ihren Speeren einen nahezu undurchdringlichen Wall, den weder eine zehn- noch eine *fünfzigfache* Übermacht überwinden konnte. Die wenigen Zwerge, die dumm genug waren, es trotzdem zu versuchen, spießten sich einfach an der Barriere auf.

Trotzdem fiel Kim die große Anzahl reiterloser Pferde auf, die sich zwischen Wolfs Truppen bewegten; und auf den zweiten Blick eine fast ebenso große Anzahl regloser Gestalten, die zwischen ihnen am Boden lagen.

Nur einen Moment später erhielt er auch die Erklärung dafür. Auf dem Hügel auf der anderen Seite des Schlachtfeldes erklang ein dumpfer, sonderbar weicher Knall. Eine gewaltige Dampfwolke erhob sich zischend in die Luft und plötzlich erscholl ein schrilles, immer lauter und lauter werdendes Heulen, das dann ebenso jäh abbrach.

Zwischen Wolfs Reitern stob ein riesiger Pilz aus Staub, aufgewirbeltem Erdreich und Steinsplittern in die Höhe und fast ein Dutzend Reiter stürzten schreiend aus den Sätteln oder brachen mit ihren Tieren zusammen.

Die Zwerge hatten eine Kanone abgefeuert.
Als sich der Dampf auf dem gegenüberliegenden Hügel verzog, konnte Kim sie auch sehen. Es war eine fast groteske Konstruktion. Der Lauf war kurz, dafür übermäßig dick, wie eine jener albernen Kanonen, die man manchmal in Comic-Heftchen sieht, und mit zahlreichen Runen und Reliefarbeiten übersät. Und wenn Kim sich nicht sehr täuschte, dann brannte unter ihrem hinteren Ende ein *Feuer*!
Drei weitere dieser sonderbaren Konstruktionen standen neben dieser ersten Kanone, und bevor Kim auch nur ein Wort herausbringen konnte, stob eine weitere, zischende Dampfwolke auf und im nächsten Moment schlug eine zweite Kanonenkugel zwischen Wolfs Reitern ein!
»Dieser Dummkopf!« Kai heulte, als hätte *ihn* das Geschoss getroffen. »Wenn er seine Männer nicht verteilt, schießen sie sie in aller Ruhe aus den Sätteln!«
Kim erkannte bestürzt, dass das stimmte. Zwar hatten mittlerweile auch Wolfs Reiter die Gefahr erkannt, die ihnen von den Dampfkanonen der Zwerge drohten, und versuchten sich in ihre Richtung durch das Zwergenheer zu kämpfen, aber das konnten sie unmöglich schaffen. Sie hätten das gesamte Tal dazu durchqueren müssen – und so nebenbei die gesamte Zwergenarmee.
Sie galoppierten weiter. Auf halbem Weg kamen ihnen ein paar reiterlose Pferde entgegen. Kai stieß einen trällernden Laut aus, woraufhin sich eines der Tiere zu ihnen gesellte und in gestrecktem Galopp neben ihnen einhersprengte. Ohne auch nur eine Sekunde zu zögern, schwang sich Kai in vollem Galopp auf seinen Rücken und griff nach den Zügeln. Kim konnte sehen, wie Kai regelrecht aufblühte, als er endlich wieder einen Sattel unter sich spürte.
Einen Augenblick später hatten sie das Schlachtfeld erreicht. Die Zwerge, die nicht mit einem Angriff aus dieser Richtung gerechnet hatten, waren vollkommen überrascht und versuchten nicht einmal Widerstand zu leisten. Die, die ihnen nicht schnell genug ausweichen konnten, wurden einfach niederge-

ritten, aber der Großteil der kleinen, in schwarze Mäntel gehüllten Gestalten wich einfach vor ihnen zur Seite. Und warum sollten sie sie auch aufhalten? Sie ritten ja genau dorthin, wo sie sie haben wollten.

Ohne langsamer zu werden und ohne auch nur ein einziges Mal ernsthaft angegriffen zu werden, erreichten sie Wolfs Heer. Allein in dieser Zeit schlugen drei weitere Geschosse der Zwergenkanone inmitten von Wolfs Reiterschar ein.

Die letzten Zwerge sprangen vor ihnen zur Seite und dann hatten sie es geschafft. Auch der Wald aus Lanzen teilte sich, um sie passieren zu lassen, und Kim sah einen Ausdruck von Verblüffung, dann von freudigem Wiedererkennen auf den Gesichtern der Reiter unmittelbar vor sich. Kai duckte sich instinktiv im Sattel um nicht sofort erkannt zu werden und Kim war sehr erleichtert, dass er dies tat.

Nach allem, was sie gemeinsam durchgestanden hatten, wäre es nachgerade lächerlich, wenn er nun von einem ihrer eigenen Verbündeten erschlagen würde, der ihn für den anderen Kai hielt.

Jetzt näherten sie sich dem Zentrum des Heeres. Es war nicht zu übersehen: Gorg ragte wie ein Felsen aus der Brandung über den anderen empor und dicht bei ihm erblickte Kim Wolf und Themistokles' weiß gekleidete Gestalt.

Gorg, der neben ihm ritt, war nicht gefesselt, sondern trug einen gewaltigen Schild und ein noch gewaltigeres Schwert, machte aber ganz gegen seine Art keine Anstalten, an dem Kampf teilzunehmen, der unweit von ihm tobte, sondern folgte offensichtlich seinem Befehl, das Leben des Magiers zu beschützen.

»Wolf!«, schrie Kim. »Themistokles!«

Die beiden Angesprochenen, aber auch Gorg und ein gutes Dutzend weiterer Reiter, wandten sich überrascht in den Sätteln um. Gorg wirkte erleichtert, während Themistokles nur flüchtig lächelte; so als hätte er nichts anderes erwartet. Wolf hingegen riss ungläubig die Augen auf und begann dann regelrecht zu strahlen.

»Kim!«, rief er. »Du bist –«

Sein Lächeln gefror, als er Kai erblickte. Er wurde blass. »Kai ... «, murmelte er.

»Zieh keine voreiligen Schlüsse, Wolf«, sagte Kim rasch. »Das hier ist der *echte* Kai. Der Junge, der das Heer führt, ist ein Betrüger!«

»Er sagt die Wahrheit, Wolf«, sagte Themistokles.

Ein zischender Knall kam von den Hügeln zu ihnen herab und einen Augenblick später schlug eine weitere Kanonenkugel ein; diesmal so nahe, dass Kim sich erschrocken duckte. Gorg riss gedankenschnell seinen Schild in die Höhe und hielt ihn schützend über Kim und im selben Moment prasselte ein Hagelschauer aus Erdreich, Steinen und Splittern auf den hölzernen Schild herab. Fünf oder sechs Männer in ihrer unmittelbaren Nähe stürzten aus den Sätteln, Pferde bäumten sich auf und warfen ihre Reiter ab. Der Lärm war unbeschreiblich.

»Verteile deine Männer, du Narr!«, schrie Kai. »Sie sollen kleine Gruppen zu zehn oder zwölf bilden!«

»Damit sie uns aufreiben können?«, schrie Wolf.

»Ist es dir lieber, sie schießen euch in aller Gemütlichkeit zusammen?«, schrie Kai zurück.

Wie um seine Worte zu unterstreichen schlug wieder eine Kanonenkugel ein, diesmal weiter entfernt, aber begleitet von einem Chor gellender Schreie. Wolf überlegte noch einen Moment, dann nickte er. »Also gut. Wir –«

»Warte!«, unterbrach ihn Kim. Er löste den Bogen von der Schulter und streckte die Hand aus. »Ich brauche einen Pfeil.«

Mehr als ein Dutzend Pfeile wurden ihm hingehalten. Während Kim einen davon nahm und auf die Sehne legte, starrte ihn Kai aus großen Augen an. »Was hast du vor?«

»Die Kanonen«, antwortete Kim. »Es sind Dampfkanonen, stimmt's?« Kai nickte. »Erklär mir, wie sie funktionieren! Wie sind sie konstruiert? Schnell!«

»Es ist ein großer Kessel, in dem Wasser erhitzt wird«, antwortete Kai. »Wenn der Druck hoch genug ist, löst er ein Überdruckventil aus und die Kugel wird abgeschossen.«

»Ein Ventil?« Kim spürte, wie der Pfeil in seiner Hand zu vibrieren begann.
»Ja, zum Teufel, aber was hast du vor?«, antwortete Kai aufgebracht. »Du willst doch nicht auf sie schießen? Kein Bogen auf der Welt trägt so weit!«
»Dieser schon«, antwortete Kim. Eine weitere Kanonenkugel schlug in ihrer Nähe ein. Kim duckte sich, wartete mit zusammengebissenen Zähnen, bis der Regen aus Steinbrocken und Schrapnellsplittern aufhörte, richtete sich dann wieder auf und ließ den Pfeil fliegen praktisch ohne zu zielen.
»Was tust du da?!«, schrie Kai noch einmal.
Kim antwortete gar nicht, sondern legte rasch einen weiteren Pfeil auf die Sehne und ließ ihn fliegen.
Als er den dritten Pfeil abschoss, schlug eine Kanonenkugel so dicht neben ihm ein, dass sich sein Pferd aufbäumte und sicherlich durchgegangen wäre, hätte es nur genug Platz dazu gehabt. Kim wurde nach hinten und gleich darauf mit solcher Wucht nach vorne geworfen, dass er sich nur noch mit Mühe im Sattel halten konnte und den Bogen fallen ließ.
»Du Dummkopf!«, schrie Kai. Er hatte einen Splitter abbekommen und blutete aus einer kleinen Schnittwunde an der Stirn. »Was soll das? Wir verlieren nur Zeit!«
Ein gewaltiger Knall schnitt ihm das Wort ab. Sie alle fuhren in den Sätteln herum und sahen gerade noch, wie eine der Zwergenkanonen oben auf dem Hügel in einer gewaltigen Explosion auseinander flog. Kais Augen quollen vor Unglauben fast aus den Höhlen.
Kim grinste. »Dampfmaschinen sind eine praktische Sache«, sagte er. »Aber nicht ungefährlich. Vor allem, wenn das Ventil verklemmt ist.«
Er beugte sich im Sattel zur Seite, angelte nach seinem Bogen und ließ sich einen weiteren Pfeil reichen.
Kai starrte den schwarzen Bogen in seiner Hand an. Oben auf dem Hügel explodierte die zweite Kanone und Kim grinste noch breiter: »Sagte ich schon, dass Magie manchmal ganz nützlich sein kann?«

Die dritte Kanone explodierte und Kim spannte den Bogen und wollte sich auf das Bild des Überdruckventils konzentrieren, als er einen mahnenden Blick aus Themistokles' Augen auffing. Der Magier schüttelte fast unmerklich den Kopf. Verwirrt ließ Kim den Bogen wieder sinken.

»Worauf wartest du?«, fragte Kai. »Da ist immer noch eine Kanone!«

Bevor Kim antworten konnte, kam hinter ihnen ein gewaltiger Lärm auf. Hastig drehte er sich im Sattel herum.

Ein Trupp von gut hundert Reitern sprengte den gleichen Hügel herab, den auch sie vor gut zehn Minuten heruntergekommen waren. Die meisten von ihnen waren weiß gekleidet und nicht besonders groß. Eine weiße Fahne mit zwei schlichten, grünen Dreiecken flatterte über ihnen im Wind. Angeführt wurde die Truppe von Kais Doppelgänger, der seinerseits von vier in zerbeultes schwarzes Eisen gehüllten Gestalten flankiert wurde. Hatte der Magier der Zwei Berge erkannt, dass sein Plan nicht aufgehen würde, und versuchte die Situation nun in einem Verzweiflungsangriff zu retten?

Eine Sekunde später beantwortete Kim seine eigene Frage mit einem klaren *Nein*.

Kais Reiter kamen nicht freiwillig den Hügel herab. Sie griffen auch nicht an. Sie wurden *gejagt*.

Der Skull war hinter ihnen aus dem Unterholz gebrochen und raste wie ein zum Leben erwachter Albtraum hinter den Reitern her.

Der Anblick war so Grauen erregend, dass die gesamte Schlacht für einen Moment ins Stocken geriet. Dann erhob sich ein erschrockener Aufschrei aus Tausenden von Kehlen und aus der Schlacht wurde endgültig eine panische Flucht. Der Anblick der gigantischen, fahlen Bestie reichte aus, die Furcht selbst in die Herzen der Tapfersten zu tragen.

Die Reiter und das sie verfolgende Ungeheuer rasten weiter heran. Die Zwerge versuchten zur Seite zu weichen, um nicht einfach über den Haufen geritten zu werden, hatten aber auch dafür nicht den nötigen Raum. Kais Reiter krachten wie eine

einzige, kompakte Masse in das Zwergenheer und verkeilten sich regelrecht darin.
Nur einen Moment später war der Skull heran.
Das Ungeheuer machte keine Anstalten, sein Tempo zu mindern, sondern raste einfach in das Heer aus Reitern und Zwergen hinein, wobei es mehr als ein Dutzend von Kais jungen Kriegern und zahlreiche Zwerge zu Boden riss oder kurzerhand unter sich begrub. Dann brach am Fuße des Hügels ein verzweifelter, wenn auch hoffnungsloser Kampf aus. Zwerge und Reiter, die keine Möglichkeit zur Flucht mehr hatten, wandten sich um und griffen den Skull an.
Dutzende von Speeren und Pfeilspitzen zerbrachen an den gepanzerten Flanken des Skull. Schwerter zersplitterten wie Glas, Keulen prallten wirkungslos von der blassen Haut des Monsters ab. Die Zwerge warfen sich mit dem Mut der Verzweiflung auf den Koloss und strömten wie kleine, schwarze Ameisen über seinen gewaltigen Körper, versuchten mit Schwertern, Messerspitzen und Speeren eine Lücke in seiner Panzerung zu finden und wurden abgeworfen, als sich das Ungeheuer zischend aufbäumte. Oben auf dem Hügel feuerte die letzte Zwergenkanone, aber auch die Kugel prallte wirkungslos vor dem Ungeheuer ab, riss aber noch einige weitere Zwerge und zwei von Kais Reitern zu Boden.
Auch Kim hob seinen Bogen und schoss. Er hatte auf das linke Auge des Skull gezielt und der Pfeil traf auch, prallte aber ebenso ergebnislos ab wie alles andere. Der Skull arbeitete sich wütend und beharrlich durch das Heer, wobei er eine Spur der Vernichtung hinter sich herzog. Er wurde jetzt ununterbrochen angegriffen. Tausende von Pfeilen regneten auf ihn herab und die Dampfkanone der Zwerge schoss, so schnell es ihre Konstruktion zuließ. Nichts von alledem vermochte das Ungeheuer aufzuhalten.
Und endlich *begriff* Kim.
»Er kommt hierher«, murmelte er. »Er ... er will mich!«
Einen Moment lang fragte er sich verblüfft, wieso es ihm nicht gleich aufgefallen war. Der Skull war bisher stets nur dann auf-

getaucht, wenn er in der Nähe gewesen war. Was, so fragte er sich, wenn dieses Ungeheuer tatsächlich nur aus diesem einen Grund erschienen war, nämlich um ihn zu vernichten?

Die Antwort war ganz einfach, aber fürchterlich: Dann wäre das alles hier *seine* Schuld ...

»Nur über meine Leiche!«, grollte Kai. »Ich werde –«

»Gar nichts wirst du«, unterbrach ihn Themistokles. Kim sah überrascht auf, als er seine Stimme hörte. Jegliche Spur von Schwäche war daraus verschwunden, und als er sich zu Themistokles umdrehte und ihn ansah, da blickte er auch wieder ins Gesicht des alten, weisen Magiers, in dessen Händen das Schicksal ganzer Welten lag.

»Du wirst dich zurückhalten, Kai«, fuhr er ruhig fort. »Ein Schwert mehr oder weniger macht keinen Unterschied, aber du bist der Einzige, der den Betrüger entlarven kann. Wir kümmern uns um das Ungeheuer.«

»Du verlangst von mir, dass ich tatenlos zusehe, wie ihr in den Kampf zieht?« Kai klang empört. »Ich bin kein Feigling, alter Mann!«

»Manchmal gehört eine Menge Mut dazu, feige zu sein«, lächelte Themistokles. »Warte hier auf uns. Und ... du solltest dich tarnen. Viele unserer Krieger sind etwas irritiert, dich zweimal zu sehen.«

Kim blickte sich um. Themistokles hatte Recht. Kais Doppelgänger war mittlerweile nahe genug herangekommen um wirklich von jedermann in Wolfs Heer erkannt zu werden. Mochten die Krieger bisher noch geglaubt haben, dass sich Kai – warum auch immer – im letzten Moment doch noch auf ihre Seite geschlagen hatte, so musste sie der Anblick eines gleich *zweimal* vorhandenen Kai vollkommen verwirren.

Gorg beugte sich im Sattel vor, angelte mit seinen langen Armen am Boden und hob einen Zwergenumhang auf. Sein Besitzer hing noch darin. Gorg schüttelte ihn heraus und der Zwerg fiel zu Boden und rannte keifend davon. Noch bevor Kai recht wusste, wie ihm geschah, stülpte Gorg ihm den Umhang über und zog die Kapuze weit in sein Gesicht.

»Das ... das ist entwürdigend!«, beschwerte sich Kai.
»Stimmt«, grinste Kim. Kai hatte Recht – es *war* entwürdigend und es sah durch und durch lächerlich aus. Der Mantel bedeckte kaum seine Schultern.
»Ich finde, es steht dir«, sagte er.
»Es ist peinlich«, grollte Kai.
»Ich weiß«, sagte Kim. »Und weißt du: Ich kenne das Gefühl.« Er zwang sein Pferd herum. »Warte hier. Wir sind bald zurück.«
Sie sprengten los. Wolfs Reiter machten ihnen Platz, so gut es ging, und der Skull verkürzte den Weg noch, in dem er ihnen entgegenkam, noch immer attackiert von Zwergen, Steppenreitern und mittlerweile auch Wolfs Kriegern. Auch wenn alle diese Angriffe wenig bewirkten, so ließ allein der Anblick doch Kims Herz höher schlagen. Es war gleich, ob es etwas nutzte oder nicht – die drei unterschiedlichen Heere hatten ihre Feindschaft vergessen und sich zusammengetan, um einen gemeinsamen Feind zu bekämpfen, der sie alle drei bedrohte.
Kim sah sich verstohlen um. Die Spinne war irgendwann auf dem Weg zu Wolf von seinem Sattel gesprungen und verschwunden und den Pack hatte er schon eine geraume Weile nicht mehr gesehen. Vielleicht würden wenigstens diese beiden überleben, wenn es ihnen nicht gelang, den Skull zu besiegen. Der Gedanke hatte etwas Tröstliches.
Er ließ seinen Blick wieder über die gewaltige Menge aus Kriegern und Zwergen rings um sich herum wandern und plötzlich wurde ihm klar, dass sie eben nicht nur eine riesige Masse gesichtsloser, Schwert schwingender Gestalten waren, sondern viel, viel mehr. Jeder Einzelne von ihnen war ein denkendes, fühlendes Wesen, hatte ein Leben wie er, voll von Träumen und Wünschen, von Tränen und Enttäuschungen, aber auch von Lachen, von Momenten des Glücks und der Zufriedenheit, von Erinnerungen. Sie waren nicht einfach nur Krieger; Soldaten, die zum Sterben da waren und zu sonst nichts. Jeder Einzelne von ihnen hatte ein Leben, das so ein-

zigartig und erfüllt war wie sein eigenes. Wenn es sein Leben kosten mochte, all diese anderen zu retten, dann war das ein geringer Preis.

Und trotzdem hatte er unvorstellbare Angst vor dem Moment, an dem er ihn vielleicht würde zahlen müssen ...

Er spürte etwas, und als er sich im Sattel herumdrehte, da wurde ihm klar, dass es nichts anderes als Themistokles' Blick gewesen war. Der alte Zauberer ritt unmittelbar neben ihm, auf der anderen Seite flankiert von Gorg, dem Riesen. Das Gesicht des Magiers war wie Stein. Wenn er ebenfalls Angst hatte, so zeigte er es nicht. Aber in seinem Blick lag etwas, das Kim beunruhigte.

Sie hatten den Skull erreicht. Vor ihnen wichen die letzten Krieger zur Seite und dann standen sie dem Titanen Auge in Auge gegenüber.

Es gab kein Zögern, kein letztes Anstarren und Sich-Abschätzen. Der Kampf brach sofort und mit gnadenloser Kompromisslosigkeit los.

Wie Kim beinahe erwartet hatte, stürzte sich der Skull sofort auf ihn. Seine riesigen Scheren schnappten zu und hätten ihn vermutlich mit einer einzigen Bewegung sauber zweigeteilt, wäre Kim nicht gedankenschnell aus dem Sattel gesprungen und ein paar Schritte fortgerannt. Sein Pferd ging mit einem schrillen Kreischen durch und galoppierte davon und neben ihm sprangen auch Sturm und Themistokles aus den Sätteln, einen Moment später gefolgt von Gorg, der sein Schwert nun gegen eine gewaltige Stachelkeule getauscht hatte, die er mit aller Kraft gegen die gepanzerte Schnauze des Skull krachen ließ.

Das Wesen reagierte mit einem wütenden Zischen und schleuderte den Riesen zu Boden, aber in diesem Moment war auch Themistokles heran. Mit hoch erhobenen Händen trat er dem Koloss entgegen. Seine Lippen formten lautlose Worte und plötzlich sprühte blaues Feuer aus seinen Fingerspitzen, das den Kopf und die vorderen Gliedmaßen des Skull einhüllte.

Die bleiche Kreatur richtete sich mit einem ungeheuerlichen Brüllen auf. Einer ihrer langen, mit scharfen Widerhaken und Dornen bewehrten Gliedmaßen traf den Magier vor die Brust und schleuderte ihn meterweit davon, aber noch während Themistokles fiel, sprühten seine Fingerspitzen weiter blaue, knisternde Flämmchen, die in einem irrsinnig schnellen Hin und Her über die Panzerplatten des Skull sprangen und dem Wesen grausame Qual zu bereiten schienen, denn es bäumte sich immer weiter und weiter auf und schrie mit einer Stimme, die wie das Dröhnen eines Gewitters in einem schmalen Bergtal war.

Kim stemmte sich endlich auf die Füße, riss den Bogen von der Schulter und schoss ohne zu zielen. Er wusste, dass es sinnlos war: Der Pfeil musste einfach von den Panzerplatten abprallen wie alles andere zuvor.

Stattdessen durchschlug er sie und drang fast bis zu seinem gefiederten Schaft in den Hals des Ungeheuer ein.

Kim riss ungläubig die Augen auf und es dauerte noch fast eine Sekunde, bis er zu begreifen begann, was wirklich geschehen war: Themistokles' Hände hatten aufgehört Funken zu sprühen, aber das blaue Feuer lief noch immer über den Panzer des Skull.

Themistokles' Magie nahm dem Monster seine Unverwundbarkeit!

Oben auf dem Hügel krachte wieder die Zwergenkanone. Das Geschoss kam pfeifend herangeflogen und traf die Flanke des Skull.

Diesmal prallte es nicht davon ab, sondern zerschmetterte ein gewaltiges Stück der weißen Panzerplatten und der Skull bäumte sich noch weiter auf und schrie, vielleicht zum ersten Mal in seinem Leben, vor wirklichem Schmerz.

Im nächsten Augenblick schon ging das Gebrüll des Skull im Triumphgeschrei zahlloser Kehlen unter. Jedermann hatte gesehen, was Kims Pfeil und vor allem die Kanonenkugel dem Skull angetan hatten, und der Anblick gab dem schon in Auflösung begriffenen Heer noch einmal neuen Mut. Gorg schwang mit einem gewaltigen Brüllen seine Keule, Kim schoss Pfeil auf Pfeil auf den tobenden Giganten ab. Dutzende von Kriegern und Zwergen attackierten den Skull Schulter an Schulter. Die Dampfkanone feuerte wieder und schlug einen weiteren, gewaltigen Krater in die Panzerplatten und ein wahrer Hagel von Pfeilen und geschleuderten Speeren senkte sich auf das Ungeheuer herab.

Aber obwohl nun verwundbar, stellte der Skull noch immer eine schreckliche Gefahr dar. Er war so groß wie ein Drache und ungleich gefährlicher. Mehr als einer der Angreifer bezahlte mit einem fürchterlichen Hieb oder einem blitzartigen Zuschnappen gewaltiger Kiefer und Zähne dafür, dem Ungeheuer zu nahe gekommen zu sein. Und der Koloss kroch immer noch näher!

Kim feuerte einen weiteren Pfeil auf ihn ab, fuhr herum und war mit zwei, drei gewaltigen Sätzen bei Themistokles.

Der alte Magier lag reglos im niedergetrampelten Gras. Kim konnte auf den ersten Blick keine Verwundung erkennen und Themistokles war auch bei Bewusstsein. Aber seine Augen waren trüb, und nachdem Kim ihn halbwegs aufgesetzt hatte, musste er ein paar Mal an seiner Schulter rütteln, damit er überhaupt reagierte.

»Themistokles!«, schrie er. »Themistokles! Du musst uns helfen! Er ist zu stark für uns!«

Themistokles stöhnte. Er wäre wieder gestürzt, hätte Kim ihn nicht gehalten. »Ich ... kann nicht«, murmelte er. »Meine Kräfte ... sind erschöpft.«

Kim warf einen hastigen Blick über die Schulter zurück. Der Skull kam näher. Er war langsamer geworden und trotzdem schien er noch immer unaufhaltsam. Seine Panzerplatten waren zerschlagen. Er blutete aus zahllosen schrecklichen Wunden – und doch schien alles, was sie ihm anhaben konnten, ein paar oberflächliche Kratzer zu sein. Das Ungeheuer war einfach zu groß, als dass sie ihm ernsthaft Schaden zufügen konnten, geschweige denn, es aufzuhalten. Sie befanden sich in der Lage von Kindern, die versuchten, mit Kuchengabeln und Taschenmessern einen wütenden Elefantenbullen aufzuhalten.

»Mein Gott«, murmelte Themistokles. »Ich habe ihn unterschätzt! Es ... es tut mit so Leid! Was habe ich getan?«

Kim verstand nicht, was Themistokles damit meinte, und jetzt war auch nicht der Moment, sich darüber den Kopf zu zerbrechen. Hastig grub er die Zauberkugel aus der Tasche und reichte sie Themistokles.

»Hier«, sagte er. »Vielleicht reicht das, um deine Kräfte wieder zu erneuern!«

Themistokles blickte die Kugel einen Moment lang so verwirrt an, als wisse er überhaupt nicht, um was es sich dabei handle, geschweige denn, was er damit *anfangen* sollte.

»Oh«, sagte er dann, »du hast sie gefunden. Aber ich fürchte, so funktioniert das nicht.«

Und damit gab er dem vollkommen überraschten Kim die Kugel zurück.

Ein gewaltiger Schatten senkte sich über sie. Kim hob erschrocken den Kopf und sah, wie sich zwei gewaltige, weit geöffnete Kieferzangen auf ihn herabsenkten. Er schrie auf, ließ die Zauberkugel fallen und warf sich zur Seite. Aber er spürte selbst, dass die Bewegung viel zu langsam war.

Eine halbe Sekunde, bevor die Zangen zuschnappen konnten, schoss ein silberweißes Gespinst heran und klebte sie zusammen. Es bereitete dem Skull keine Mühe, die Fäden zu zerreißen, aber Kim gewann dadurch die eine kostbare Sekunde, um sich zur Seite zu werfen und den zuschnappenden Zangen zu entgehen. Er kam mit einer Rolle wieder auf die Füße, stolperte noch ein paar Schritte weiter und fuhr dann wieder zu dem Skull herum.

Die Kreatur war für einen Moment erstarrt. Sie wirkte fast irritiert, als verstünde sie nicht, wie ihr ein schon so sicher geglaubtes Opfer doch noch hatte entkommen können. Dann senkte sich sein gewaltiger Schädel langsam auf Themistokles hinab. Die schrecklichen Kiefernzangen öffneten sich. Themistokles riss schützend die Hände vor das Gesicht, aber alles,

was noch aus seinen Fingerspitzen kam, waren ein paar jämmerliche Funken. Seine Kräfte waren endgültig aufgebraucht.
»Nein!«, schrie Kim und dann mit vollem Stimmaufwand: »Nein, du Ungeheuer! Ich bin hier! *Nimm mich!*«
Der Skull wandte mit einem zischenden Knurren den Kopf. Sein Blick bohrte sich in den Kims und seine gewaltigen Kiefer öffneten sich. Ein tiefes, drohendes Knurren drang aus seiner Brust. Es verlor schlagartig das Interesse an Themistokles und begann sich auf Kim zuzubewegen.
Kim riss seinen Bogen in die Höhe und schoss. Auf dem Hügel stieß die Zwergenkanone eine weitere, zischende Dampfwolke aus und die Kugel traf den Schädel der Bestie und zerschmetterte einen weiteren Teil der Panzerplatten. Wolfs Krieger und Kais Steppenreiter attackierten die Bestie. Schulter an Schulter krochen Hunderte von Zwergen über den riesigen Leib des Skull und hackten und schlugen auf ihn ein. Twix tauchte wie aus dem Nichts auf und bombardierte den Skull mit goldenem Elfenstaub und die Spinne gesellte sich zu Kim und schoss dünne, klebrige Fäden ab, um seine Zangen zu fesseln oder ihn zum Stürzen zu bringen. Selbst der Pack war plötzlich wieder da und bewarf den Koloss mit Steinen und nur ein Stück entfernt schwang Gorg seine riesige Keule. Jeder Einzelne seiner gewaltigen Hiebe ließ Panzerplatten zerbersten und fügte dem Skull neue, fürchterliche Wunden zu, aber nichts, nichts von alledem vermochte das Ungeheuer aufzuhalten. Unerbittlich rückte er näher.
Kim wich Schritt für Schritt vor dem Monster zurück und verschoss dabei einen Pfeil nach dem anderen, bis sein Köcher leer war.
Ihm blieb keine Zeit, sich nach einem neuen Pfeil zu bücken. Er ließ den Bogen fallen und zog stattdessen sein Schwert und eine Gestalt in einem lächerlich kleinen Cape, dafür aber mit einem umso gewaltigeren Schwert in der Hand, erschien neben ihm.
»Ich bin hier! Nimm mich!«, äffte Kai seine Worte nach. »Wie edelmütig!«

»Was tust du hier?«, fragte Kim. »Willst du, dass er dich umbringt?«
»Wenn wir dieses Biest nicht besiegen, dann spielt das wohl kaum noch eine Rolle!«, knurrte Kai. »Also los! Versuch seine Augen zu treffen! Und nimm dich vor den Scheren in Acht!«
Der Skull raste heran. Kim und Kai hoben ihre Schwerter und eine Sturmböe fauchte zwischen ihnen hindurch und riss sie beinahe von den Füßen, gefolgt von einem so kalten, gleißenden Blitz, dass sie beide vor Schmerz aufschrien, die Hände vor die Gesichter schlugen und ein paar Schritte in entgegengesetzter Richtung davontaumelten.
Als Kim wieder sehen konnte, bot sich ihm ein erstaunlicher Anblick.
Dort, wo Kai und er gerade noch gestanden hatten, brodelte eine schwarzgraue Wolke, in der es ununterbrochen loderte und wetterleuchtete. Sie sah tatsächlich aus wie eine Gewitterwolke, nur dass sie nicht am Himmel schwebte und allerhöchstens zwei Meter maß.
Und aus dieser Wolke fuhr Blitz auf Blitz in den Skull. Wo sie die Panzerplatten der Kreatur trafen, da ließen sie sie regelrecht verdampfen. Das Ungeheuer schrie. Die Blitze brannten schwarze, gezackte Rußspuren in seinen Panzer, blendeten seine Augen und schmolzen seine Scheren zusammen. Eine ununterbrochene Folge rollender Donnerschläge mischte sich in das Zischen der Blitze und übertönte das Brüllen des Skull.
»Anscheinend ist dem alten Mann doch noch etwas eingefallen!«, schrie Kai über das Brüllen des Sturms und das Rollen der Donnerschläge hinweg.
Kim sah zu Themistokles hin. Der alte Magier hatte sich aufgerichtet und sogar die Zauberkugel aufgehoben, die Kim fallen gelassen hatte. Aber als sich ihre Blicke begegneten, hob er nur hilflos die Schultern. *Themistokles* war nicht für das verantwortlich, was mit dem Skull geschah.
Er drehte sich in die entgegengesetzte Richtung und erkannte Sturm, der nur wenige Schritte hinter der brodelnden Wolke

stand und so breit grinste, dass er sich wahrscheinlich mit Leichtigkeit in die eigenen Ohrläppchen hätte beißen können.
Kim lief geduckt und schräg gegen den Sturm gelehnt zu ihm. »Was ist das?«, schrie er über das Krachen der Donnerschläge und das unablässige Zischen der Blitze hinweg. »Noch ein Abschiedsgeschenk deiner Mutter, von dem dein Vater nichts weiß?«
»Nein!«, brüllte Sturm zurück. »Ein Abschiedsgeschenk meines Vaters, von dem meine Mutter nichts weiß!«
Noch immer fuhren Blitze in rascher Folge in den Panzer des Skull, so grell, dass Kim die Augen zukniff und sich abwandte. Es waren jetzt nicht mehr ganz so viele und ihre Intensität nahm immer deutlicher ab, aber der Kampf war entschieden. Nachdem der letzte Blitz verblasst war, wandte der Skull sich um und begann mühsam davonzukriechen, wobei er leise, wimmernde Seufzer hören ließ. Er hatte jedoch von seinen Gegnern nicht mehr Gnade zu erwarten, als er selbst hatte walten lassen. Unter gellendem Kriegs- und Hurragebrüll stürzten sich Hunderte von Zwergen auf den Skull, unterstützt von zahlreichen Steppenreitern und nicht weniger von Wolfs Kriegern. Auch Kims Begleiter wollten hinter der fliehenden Bestie herstürzten, aber Kim hielt sie mit einer raschen Bewegung zurück – alle mit Ausnahme der Spinne, die auf wirbelnden Beinen hinter dem Skull herflitzte.
Langsam kamen Themistokles, Gorg und der Pack auf ihn zu. Twix landete taumelnd auf seiner Schulter. Sie sah abgekämpft und reichlich mitgenommen aus. Ihre Flügel waren angesengt und ihr Gesicht schwarz vor Ruß. Trotzdem strahlte sie geradezu.
»Dem haben wir es gegeben, wie?«, piepste sie. »Dem Kerl haben wir richtig eingeheizt.« Sie blinzelte Sturm zu. »Gar nicht schlecht, Pickelgesicht!«
»Das war nicht allein mein Verdienst«, antwortete Sturm mit schlecht gespielter falscher Bescheidenheit.
»Wir haben es alle gemeinsam geschafft«, sagte Themistokles,

der langsam herankam. Er trug die Zauberkugel in der rechten Hand. »Keiner von uns wäre allein dazu in der Lage gewesen, mit dem Skull fertig zu werden. Weder ihr noch ich noch die Zwerge oder Wolfs oder Kais Reiter. Nur wir alle gemeinsam konnten es.« Und plötzlich geschah etwas fast Unheimliches: Themistokles hob weder die Stimme noch sprach er auch nur im Geringsten lauter. Und trotzdem war seine Stimme plötzlich überall auf dem Schlachtfeld zu hören und in allen Sprachen, welche die unterschiedlichen hier versammelten Völker auch sprechen mochten.

»Es ist genug!«, erklang die Stimme des Magiers. »Haltet mit dem sinnlosen Blutvergießen inne.«

So weit Kim sehen konnte, vergoss im Moment niemand Blut. Die Schlacht war zum Erliegen gekommen oder legte zumindest eine Atempause ein.

»Dieser Kampf ist sinnlos!«, fuhr Themistokles fort. »Es ist nicht nötig, dass wir uns gegenseitig töten! Diese Welt ist groß genug für uns alle! Und wir brauchen uns gegenseitig. Zu dringend, als dass wir uns bekämpfen dürften! Seht, was gerade geschehen ist! Wir haben einer gewaltigen Gefahr ins Auge gesehen, vielleicht der größten, die den Völkern Märchenmonds jemals gedroht hat!«

Kim konnte spüren, wie sich alle Aufmerksamkeit auf den alten, weiß gekleideten Magier richtete. Und dann spürte er ... noch etwas. Nicht das Vorhandensein, sondern im Gegenteil die *Abwesenheit* von etwas, das die ganze Zeit über unsichtbar und dräuend über dem Schlachtfeld gehangen hatte. Die Feindseligkeit war nicht mehr da – als wäre zusammen mit dem Skull auch jene unsichtbare böse Macht verschwunden, die jedermann auf dem Schlachtfeld gezwungen hatte das Schwert gegen seinen Bruder zu erheben.

Nachdem Themistokles geendet hatte, kehrte für Augenblicke ein fast unheimliches Schweigen ein. Dann ertönte hinter ihnen ein leises, regelmäßiges Klatschen.

Kim drehte sich herum.

Kai – der *falsche* Kai – war zusammen mit seiner Schwarzen

Garde und einem guten Dutzend weiterer Krieger hinter ihnen erschienen. Er lächelte Themistokles aus der Höhe des Sattels herab zu und klatschte dabei spöttisch in die Hände.
»Eine wirklich beeindruckende Rede, alter Mann«, sagte er hämisch. »Hättest du auch nur noch zwei Minuten weiter gesprochen, dann wären mir die Tränen gekommen. Nur war sie leider völlig umsonst, fürchte ich. Was für eine Verschwendung.«
Kim sah aus dem Augenwinkel, wie sich der richtige Kai neben ihm spannte und die Hand hob, um seine Kapuze zurückzuschlagen. Hastig drückte er seinen Arm herunter und flüsterte: »Noch nicht.« Kai ließ den Arm wieder sinken.
»Gib auf, Kai«, sagte Themistokles. »Es ist vorbei. Es gibt für keinen von uns mehr einen Grund, gegen den anderen zu kämpfen.« Während er sprach, hatte er sich unauffällig weiter an Kim angenähert. Und dann tat er etwas, was Kim nicht verstand: Er drückte ihm verstohlen die Zauberkugel wieder in die Hand.
Kim war so überrascht, dass er sie um ein Haar fallen gelassen hätte. Was um alles in der Welt *tat* Themistokles? Er verbarg die Zauberkugel hastig in der Hand, verstand aber immer weniger, was Themistokles zu diesem Austausch bewogen hatte. Hatte er die Zauberkräfte, die in der Zauberkugel gespeichert gewesen waren, gar schon wieder in sich aufgenommen?
»Es hat schon zu viele Tote gegeben, Kai«, sagte Themistokles.
Kai lachte. »Auf unserer Seite – sicherlich. Auf eurer ...?« Er hob die Schulter und lachte noch lauter. Kim spürte, wie der echte Kai neben ihm am ganzen Leib zu zittern begann. Er fragte sich, wie lange er sich noch beherrschen würde.
»Es ist vorbei, Kai«, sagte Themistokles noch einmal, wobei er den Namen auf so sonderbare Weise betonte, dass der Doppelgänger eigentlich hätte gewarnt sein müssen. »Sieh das endlich ein! Auch deine jungen Krieger sind des Kämpfens müde.«
Kim ließ seinen Blick über die Gesichter der Reiter rechts und links des vermeintlichen Kai schweifen. Was er sah, bestätigte

Themistokles' Worte nur zu sehr. Viele von ihnen waren verletzt und alle wirkten müde und auf eine Art erschöpft, die sich nicht nur auf ihre Körper bezog. Und in fast allen Gesichtern hatte sich eine Mischung aus Furcht und Grauen eingegraben, die vielleicht nie wieder ganz daraus verschwinden würde. Für viele – wenn nicht alle – dieser jungen Krieger war es die erste wirkliche Schlacht, an der sie teilgenommen hatten, und viele standen wohl noch immer unter dem Schock des Erlebten. Es mochte noch eine geraume Weile dauern, bis sie *wirklich* begriffen, was Krieg bedeutete: nämlich Furcht, Schreie, Blut und Schmerzen, Tränen und vor allem Tod. Und er hatte nichts, aber auch rein gar nichts mit heroischen Schlachten und ritterlichen Kämpfen zu tun.

»Vielleicht hast du sogar Recht«, sagte der falsche Kai. »Wie gut, dass ich nicht auf sie angewiesen bin, nicht wahr?«

Er hob seine Fahne und schwenkte sie zweimal und wie hingezaubert erschienen auf den Hügeln, die das Tal umgaben, die Silhouetten zahlloser Reiter. Ihre aufgestellten Lanzen waren wie ein dichter Zaun, der das gesamte Tal umgab. Es mussten Tausende sein. Der angebliche Kai hatte tatsächlich seine gesamte Armee mitgebracht. Er war wohl entschlossen, hier und jetzt eine Entscheidung zu erzwingen.

Kim schauderte vor Furcht. Neben ihm begann Kai immer heftiger zu zittern und selbst der Pack, den sonst nichts zu erschrecken vermochte, drückte sich aufgeregt schnatternd an ihn. Gorg stellte sich mit hoch erhobenem Schild und fest ergriffener Keule neben Themistokles.

Themistokles hob die Stimme, sodass sie nun wieder überall zu hören war; auch und vor allem oben auf den Hügeln. »Der Krieg ist vorbei!«, rief er. »Senkt die Waffen!«

Der angebliche Kai lachte leise. »Gib dir keine Mühe, alter Mann«, sagte er. »Sie werden nicht auf dich hören.«

»Das glaube ich auch«, sagte der echte Kai links neben Kim. »Aber vielleicht auf mich.«

Und damit schlug er die Kapuze zurück.

Zwei, drei Sekunden lang herrschte vollkommenes Schwei-

gen. Kim konnte sehen, wie sich auf den Gesichtern der jungen Krieger Schreck, Verwirrung und hier und da auch Zorn breit machte. Das überhebliche Lächeln blieb noch für einen Moment auf dem Gesicht des falschen Kai, aber es gefror und wurde dann zu etwas anderem, das Kim nicht richtig beschreiben konnte.
Schließlich nickte der falsche Kai. »Mein Kompliment, Themistokles. Ich gestehe es nicht gerne, aber ich habe Euch unterschätzt ... Und das, obwohl ich Euch nun wirklich lange genug kenne.«
»Ich muss Euch auch ein Kompliment machen«, sagte der echte Kai eisig. »Ihr habt meine Rolle wirklich perfekt gespielt. Selbst meine eigenen Leute sind auf Euch hereingefallen. Ihr wart eine würdige Vertretung.«
»Das war wahrlich nicht sehr schwer«, sagte der falsche Kai abfällig.
Kais Gesicht verfinsterte sich noch weiter. »Warum steigst du dann nicht von deinem Pferd und wir finden heraus, ob du auch in anderer Beziehung so gut bist wie ich?«
Er zog sein Schwert.
Augenblicklich zückten auch die vier schwarzen Ritter neben dem falschen Kai ihre Waffen, aber sie führten die Bewegung nicht zu Ende. Schwerter wurden gezogen, Lanzen gesenkt – und alle Waffen deuteten ausnahmslos auf die vier in schwarzes Eisen gehüllten Ritter und ihren Herrn.
»Aufhören!«, donnerte Themistokles. »Ich sagte, der Kampf ist vorbei! Und das gilt auch für euch!« Er wandte sich an Kai. »Steck dein Schwert ein.«
»Aber ich –«
»Du solltest froh sein, dass er deine Herausforderung nicht angenommen hat, Jungchen«, grollte Gorg. »Er hätte dich in Stücke gehauen!«
Kai senkte sein Schwert, steckte es jedoch nicht ein, sondern behielt es in der Hand und starrte den Riesen trotzig an und sein Ebenbild sagte: »Wenigstens einer, der meine Fähigkeiten noch zu schätzen weiß. Ich überlege, ob ich dich am Leben

lasse und dich zu meinem Leibwächter mache, wenn das alles hier vorbei ist. Würde dir das gefallen, mein großer, tölpelhafter Freund?«

Gorg knurrte vor Zorn und machte einen Schritt auf ihn zu, bevor Themistokles ihn mit einer raschen Handbewegung wieder zum Stehen brachte.

Kim war beunruhigt. Die Überheblichkeit des Doppelgängers war nicht gespielt. Er fühlte sich vollkommen sicher – obwohl seine Lage so aussichtslos schien, wie sie nur sein konnte.

»Lass es gut sein«, sagte Themistokles leise.

Kais Doppelgänger sah ihn noch einen Moment lang durchdringend an, dann seufzte er, hob langsam seinen Schild und senkte ihn einen Moment später wieder. Als Kim das nächste Mal in sein Gesicht blickte, war es nicht mehr das Kais.

Es war Turocks Gesicht.

Und zugleich auch wieder nicht. Es hatte sich verändert, auf eine unheimliche, schaudernd machende Art.

Zum einen war er nicht mehr alt. Er war auch nicht jung, doch es war ganz und gar nicht das Gesicht des uralten, mürrischen Mannes, als den Kim ihn auf der Lichtung im Zauberwald kennen gelernt hatte. Es wirkte auf eine fast unmöglich in Worte zu kleidende Weise ... zeitlos.

Aber es war auch noch etwas darin und *das* machte Kim *wirklich* Angst: Er hatte Bosheit in diesem Gesicht erwartet, vielleicht auch eine verschlagene Tücke, wie sie in den Augen der Zwerge funkelte – aber alles, was er sah, war ein tief eingegrabener Schmerz und eine uralte, quälende Verbitterung.

»Ahhh«, seufzte Turock. »Was für eine Wohltat, nach so langer Zeit wieder das eigene Gesicht tragen zu können. Manchmal läuft man Gefahr zu vergessen, wie es eigentlich aussieht.«

Ein ungläubiges Raunen und Murmeln ging durch die Reihen der jungen Steppenreiter, aber Kim sah auch schiere Wut in mehr als einem Augenpaar aufblitzen, als den jungen Kriegern klar wurde, wie sehr man sie getäuscht hatte.

Wolf, der sich mittlerweile ebenfalls zu ihnen gesellt hatte, fasste es in Worte: »Ihr dummen, dummen Kinder!«, sagte er böse. »Ihr führt einen Krieg gegen uns, weil wir *alt* sind! Und euer Anführer ist der Älteste von allen!«

»Älter als ihr alle zusammen, um genau zu sein«, sagte Turock mit ruhiger Stimme. Er machte eine knappe Geste mit der linken Hand und die vier Reiter der Schwarzen Garde nahmen ihre Helme ab.

Was darunter zum Vorschein kam, das waren nicht die Gesichter von Menschen.

Es waren Pack.

»Steigt von Eurem Pferd, *Zauberer*«, sagte Wolf kalt, »damit wir Euch in Ketten legen können.«

»Es sei denn, Ihr legt Wert darauf, dass wir Euch aus dem Sattel *schießen*!«, fügte Kai grimmig hinzu.

Turock lachte leise. »Nicht so hastig, meine Freunde«, sagte er. »Und um der Wahrheit die Ehre zu geben – ich bin kein Zauberer. Kein richtiger, jedenfalls.« Plötzlich wurden seine Augen hart. »*Noch* nicht.«

»Und das werdet Ihr auch nie«, sagte Themistokles. Seine Stimme klang traurig. »Zauberer zu sein bedeutet mehr, als nur ein paar Beschwörungsformeln aufsagen zu können. Manchmal ist es eine schwere Last ... Ich glaube nicht, dass Ihr sie tragen möchtet.«

Turock zuckte mit den Schultern. »Das kommt auf einen Versuch an, nicht wahr?«

Und damit riss er den Arm in die Höhe und deutete mit der ausgestreckten Hand auf Kim. »*Gib sie mir!*«

Und etwas ganz und gar Unglaubliches geschah:

Kim war darauf gefasst, sich gegen eine Art von hypnotischem Angriff zu wappnen, vielleicht gegen den Ansturm eines überlegenen Willens, der versuchte, seinen eigenen zu unterjochen. Stattdessen spürte er plötzlich ein heftiges – und ganz und gar körperliches Zerren und Reißen an der rechten Hand, in der er die Zauberkugel hielt, und als er erschrocken den Blick senkte, da sah er in die Augen des Pack, in denen plötzlich ein Ausdruck unsäglicher Qual und abgrundtiefer Verzweiflung erschienen war.

»Was ... tust du?«, hauchte er fassungslos.
Der Ausdruck von Schmerz in den Augen des Pack wurde noch tiefer. Aber nur für einen Moment. Dann griff er mit beiden Händen nach Kims Fingern und versuchte sie zurückzubiegen.
»Nein!«, keuchte Kim. »Pack! *Bitte!*«
Der Pack wimmerte, als litte er Höllenqualen – und biss Kim so heftig in die Hand, dass er mit einem Schmerzensschrei die Zauberkugel fallen ließ. Der Pack fing sie auf, schlüpfte mit einer geschickten Bewegung zwischen Kais gedankenschnell zupackenden Händen durch und raste auf Turock zu. Behände wie ein Affe kletterte er am Zaumzeug seines Pferdes empor.
Kurz bevor er Turock erreichte, hielt er noch einmal inne und warf Kim einen fast verzweifelten, um Vergebung flehenden Blick zu. Aber dann drehte er sich doch herum und drückte Turock die Glaskugel mit dem stilisierten Drachen in die Hand.
Kim spürte plötzlich einen harten Kloß im Hals. Er war nicht zornig, aber so enttäuscht, dass es wehtat.
»Warum tust du mir das an?«, murmelte er.
Der Pack wimmerte leise, während Turock mit der linken Hand seinen Nacken kraulte und mit der anderen die Zauberkugel hielt. »Nimm es ihm nicht übel«, sagte er lachend. »Was hast du geglaubt, warum ich dir den treuesten meiner Diener mitgegeben habe? Nur um dir Gesellschaft zu leisten? Gewiss nicht.«
»Hast du ihm deshalb einen Pfeil ins Herz geschossen?«, fragte Kim bitter. Der Pack wimmerte. Er hielt Kims Blick nicht mehr stand, sondern sah beschämt zu Boden.
Turock verzog die Lippen zu einem dünnen Lächeln. »Es musste doch überzeugend aussehen, oder?«
»Verdammtes Monster!«, flüsterte Kai. »Ich weiß nicht, wer schlimmer ist – Ihr oder der Skull.«
»Ich«, antwortete Turock. »Verlass dich darauf.« Er schnitt Kai mit einer wütenden Geste das Wort ab. »Genug jetzt! Ich

habe nicht alle Zeit der Welt! Ihr könnt euch jetzt entscheiden, wer von euch in meine Dienste treten will oder wer es vorzieht, hier und jetzt zu sterben, zusammen mit dem Zwergenvolk!«

Kai ächzte. »Seid Ihr ... verrückt? Nicht einer von meinen Kriegern wird Euch folgen, ganz egal, was Ihr ihnen androht!«

»Das ist auch nicht nötig, jetzt, wo ich *das* habe!« Turock hob triumphierend die Zauberkugel und deutete mit der anderen Hand auf Kim. »Dank der Hilfe deines naiven kleinen Freundes da!«

»Du hast das die ganze Zeit über geplant«, vermutete Kim.

»Vom ersten Moment an«, sagte Turock. Er wandte sich an Themistokles. »Es war ein geschickter Schachzug, all deine Macht an einen Ort zu bringen, den kein Wesen von dieser Welt betreten kann. Leider hat es nicht funktioniert. Jetzt besitze ich die Macht. *Die absolute Macht!*«

Themistokles blieb ganz ruhig. Es sah Turock nur an und in seinen Augen stand noch immer dieser Ausdruck sonderbarer Trauer. Er sagte nichts.

»Und Ihr werdet der Erste sein, der sie zu spüren bekommt, alter Narr!«, brüllte Turock. Er riss den Arm in die Höhe und deutete mit der Zauberkugel wie mit einer Waffe auf Themistokles.

Nichts geschah.

Turock blinzelte, betrachtete die Zauberkugel eine halbe Sekunde lang verwirrt und stieß sie dann noch einmal und mit größerer Wucht vor.

Mit demselben Ergebnis.

Weder tat sich die Erde auf um Themistokles zu verschlingen noch stürzte der Himmel auf den Magier herab oder fuhr ein sengender Blitz aus der Zauberkugel.

»Ihr habt immer noch nicht begriffen«, sagte Themistokles bedauernd. Er schüttelte traurig den Kopf, ging zu Turock hin und nahm ihm ruhig die Zauberkugel aus der Hand. Dann kam er zurück und reichte sie Kim.

»Bindet ihn«, sagte er, »aber tut ihm nichts zuleide. Er ist nur ein bedauernswerter, alter Mann.«

Kim drehte die Zauberkugel fassungslos in den Händen. Der stilisierte Drache, der sie hielt, glitzerte im ersten Licht der Morgensonne, als wolle er ihm zublinzeln. Dann drehte er die Kugel herum und betrachtete ihre Unterseite. Winzig klein, aber trotzdem deutlich lesbar, waren die Worte darin eingraviert: MADE IN TAIWAN.

Kim sah fassungslos auf und der Pack kreischte schrill, fuhr herum und versetzte Turock einen Tritt, der ihn rücklings aus dem Sattel stürzen ließ.

Spät am Nachmittag zogen die Zwerge ab. Das kleine Volk hatte seine Toten begraben und die Verwundeten versorgt, so gut es ging, und anschließend die Überreste der zerstörten Dampfkanonen auf große, von Ochsen gezogene Karren verladen, um ihrer Wege zu gehen. Kim hatte ein halbes Dutzend Mal versucht, mit den Zwergen zu reden, aber wo immer er auch hingegangen war, er war überall auf dasselbe gestoßen: Ablehnung und Hass. Der Gedanke tat weh, aber er musste sich wohl damit abfinden: Für die Zwerge Märchenmonds würde er nie der strahlende Held sein, den die anderen Völker dieser Welt in ihm sahen, sondern das Gegenteil: der, dessen Namen sie am meisten von allen hassten. Der für Furcht, Zerstörung und Untergang stand. Er verstand immer weniger, wie Männer wie Turock – aber auch alle anderen Herrscher, die ihr Reich auf Furcht und Terror gründeten – mit diesem Gefühl leben konnten. Während er dem abziehenden Zwergenvolk zusah, füllten brennende Tränen seine Augen. Er schämte sich ihrer nicht.

»Sei nicht traurig, kleiner Held«, sagte eine tiefe Stimme hinter ihm. »Man kann nicht immer gewinnen, weißt du?«

Kim drehte sich herum und erkannte durch einen Schleier von Tränen eine riesige, breitschultrige Gestalt hinter sich, die wie ein Berg gegen das Sonnenlicht aufragte.

Er fuhr sich mit dem Handrücken über die Augen und aus

dem kolossalen Schatten wurde die vertraute Gestalt des Riesen Gorg.
»Aber es wäre schön«, sagte er leise.
»Ja«, erwiderte Gorg. »Doch so ist das Leben nun einmal nicht. Du kannst nicht gewinnen, ohne dass ein anderer verliert ... Davon abgesehen: Wenn ich mich nicht sehr täusche, *haben* wir gewonnen.«
»Aber um welchen Preis!«
Gorg hob die Schultern. Es war, als bewege sich ein Berg am Horizont. Er antwortete nicht direkt, sondern wechselte das Thema. »Themistokles möchte dich sehen«, sagte er. »Er ist in seinem Zelt.«
Kim folgte ihm ohne ein weiteres Wort. Während sie durch die kleine Zeltstadt gingen, die die Krieger der beiden nunmehr wieder vereinten Heere aufgebaut hatten, ließ er seinen Blick in die Runde schweifen.
Wohin er auch blickte, er sah überall dasselbe: müde, verhärmte Gesichter, Augen, von denen der Schrecken Besitz ergriffen hatte, Hände, die vielleicht nie wieder aufhören würden zu zittern. Die Schlacht war vorbei. Sie hatten gesiegt, ganz egal, von welchem Standpunkt aus man es betrachtete, und ihre eigenen Verluste waren geradezu lächerlich, verglichen mit denen des Zwergenheeres.
Aber war ein Toter wirklich weniger schlimm als hundert?
Kim war regelrecht froh, als sie Themistokles' Zelt erreichten und eintraten.
Der Magier war nicht allein. Kims Augen, an das helle Sonnenlicht draußen gewöhnt, nahmen in ersten Moment nichts als Schatten wahr, aber nachdem sie sich erst einmal an die veränderten Verhältnisse gewöhnt hatten, erkannte er mehrere verschwommene Umrisse. Und was seine Augen nicht sahen, das verrieten ihm seine Ohren: Offenbar waren sie mitten in einen Streit hineingeplatzt.
»... bedeutet noch lange nicht, dass wir jetzt unsere Sachen packen und nach Hause gehen, als wäre nichts geschehen!«, sagte Kai gerade.

»Was für ein *nach Hause*?«, fragte Wolf böse. »Ihr habt kein Zuhause mehr, du dummer Bengel, wenn ich dich daran erinnern darf! Ihr habt es eigenhändig niedergebrannt!«
Kai wollte auffahren, aber Themistokles hob besänftigend, gleichzeitig auch auf eine zwingende Art befehlend die Hand und sagte: »Genug. Der Krieg ist vorbei. Niemand von uns wird ihn fortführen – auch nicht mit Worten.«
»Ihr habt gut reden, Themistokles!«, sagte Kai zornig.
Wenigstens, dachte Kim, nannte er ihn nicht mehr verächtlich *alter Mann*. »Ihr kehrt zurück in Euren Palast, wo Ihr der Herr seid und wo Ihr leben könnt, wie es Euch gefällt. Wir aber müssen zurück und leben –«
»– wie es richtig ist!«, fiel ihm Wolf ins Wort. »Du und deine Freunde, ihr wollt leben, wie es euch gefällt? Nur zu! Seht euch um! Tritt einen Schritt aus dem Zelt und wirf einen Blick in die Runde und du wirst sehen, was das Ergebnis ist! Chaos, Tränen und Tote!«
»Und du –«
»Hört auf!«, sagte Kim. Er hatte scharf, befehlend sprechen wollen, aber seine Stimme klang selbst in seinen eigenen Ohren nur müde.
Trotzdem verstummten sowohl Kai als auch Wolf mitten in ihrem Streit und sahen ihn fragend an. Kim trat langsam näher. Seine Augen hatten sich nun besser an das schwache Licht im Inneren des Zeltes gewöhnt und er sah, dass außer Themistokles, Kai und Wolf auch noch Turock anwesend war. Der Magier der Zwei Berge hockte mit angezogenen Knien und gefesselten Händen auf dem Boden und sah mit steinernem Gesicht zu ihm hoch. Der Pack saß neben ihm. Als er Kims Blick begegnete, senkte er ängstlich den Kopf und stieß ein leises Wimmern aus.
»Bitte, hört auf«, sagte Kim noch einmal. »Habt ihr denn gar nichts gelernt? Dieser Krieg hätte euch allen um ein Haar den Untergang gebracht!«
»Und du meinst, irgendetwas würde besser, wenn er vollkommen umsonst war?«, fragte Kai zornig.

»Kriege sind niemals umsonst«, antwortete Kim. »Sie zerstören Träume. Und sie verschwenden Leben!«
Wolf runzelte nur die Stirn, aber Kai verzog verächtlich das Gesicht. Turock lachte.
»Weise gesprochen, mein junger Freund«, sagte er. »Nur leider völlig umsonst, fürchte ich. Wenn er mit einem Philosophen reden wollte, würde er nach Gorywynn gehen und das Orakel befragen.«
»Schweigt, Turock!«, sagte Themistokles streng.
Turock zog eine Grimasse. »Und was, wenn nicht? Sperrt Ihr mich dann für weitere tausend Jahre ein?«
Kim sah erschrocken auf. »Ist das wahr?«
»Es ist ... nicht das erste Mal, dass Turock nach der Macht über Märchenmond greift«, antwortete Themistokles ausweichend. »Wir mussten uns schützen.«
»Indem ihr ihn für tausend Jahre eingesperrt habt?«, hauchte Kim entsetzt.
»Sieh dich um!«, antwortete Themistokles mit einer für ihn vollkommen untypischen Heftigkeit. »Dort draußen sind in der vergangenen Nacht mehr als tausend Jahre Leben ausgelöscht worden! Was hätten wir tun sollen? Ihn töten?«
»Glaubt mir, Themistokles«, sagte Turock düster, »ich hätte den Tod tausend Jahre der Einsamkeit vorgezogen! Aber nicht einmal diesen Ausweg habt Ihr mir gelassen! Ihr habt mich zu ewigem Leben verdammt, eingesperrt mit nichts als mir selbst und der Einsamkeit!«
»Und Ihr werdet weitere tausend Jahre dort verbringen«, sagte Themistokles hart, »und noch einmal tausend Jahre und noch einmal. Tausendmal tausend Jahre, wenn es sein muss – so lange, bis Ihr begreift, dass Ihr nicht der ganzen Welt Euren Willen aufzwingen könnt!«
»Nein!«, sagte Kim.
Nicht nur der Magier der Zwei Berge, sondern auch alle anderen sahen Kim erstaunt oder ungläubig an. Themistokles fuhr mit einer zornigen Bewegung herum. Für einen Moment loderte ein Ausdruck in seinen Augen, den Kim bisher nicht

nur noch nie darin gesehen, sondern nicht einmal für *möglich* gehalten hatte: Wut.

Aber wirklich nur für einen Moment. Dann machte er Bestürzung und Scham Platz.

»Du darfst das nicht tun«, fuhr Kim fort. Er deutete auf Kai und Wolf. »Du verlangst, dass sie aus ihren Fehlern lernen? Dann solltest auch du dasselbe tun. Lass ihn frei.«

»Frei?«, vergewisserte sich Themistokles. »Ist dir klar, was du da verlangst? Er ist der Meister der Lüge!«

»Ich bin sicher, auch er hat gelernt«, antwortete Kim, während er sich bereits wieder zu Turock herumdrehte. »Du magst ein Lügner sein, Turock. Du kannst die Menschen betrügen. Du kannst den Menschen Dinge vorgaukeln, die nicht da sind. Du kannst sie glauben lassen, was immer du willst – aber für wie lange? Irgendwann wird jemand kommen, der deine Lügen nicht mehr glaubt, und dann wird das Kämpfen und Morden von neuem beginnen. Wie oft, Turock? Wie viele Male, bis niemand mehr da ist? Was nutzt es dir, König zu sein, wenn du kein Volk mehr hast, über das du herrschen kannst?«

Turock starrte ihn an. Er sagte nichts. Und nach einer Weile drehte sich Kim wieder zu Themistokles herum und sagte: »Lass ihn gehen.«

Für einen endlosen, quälenden Augenblick schwieg auch Themistokles und starrte ihn auf eine Art an, die ihm beinahe Angst machte.

Doch dann nickte er. »So sei es. Geht, Turock. Die Welt ist groß genug für Euch *und* uns. Aber kehrt nicht zurück, bevor Ihr nicht gelernt habt, dass man Freundschaft und Vertrauen nur mit der Wahrheit erringen kann.«

Turock blickte ihn noch einen Moment lang eindringlich an, aber er sagte nichts mehr. Nach zwei oder drei Sekunden drehte er sich auf dem Absatz herum und verließ das Zelt. Der Pack wimmerte leise, folgte ihm aber nicht.

Kai starrte ihm mit finsterem Gesicht hinterher. »Das war ein schwerer Fehler«, murmelte er.

Kim schüttelte den Kopf. »Man kann nicht jedes Problem mit

Gewalt lösen«, sagte er. »So wenig wie ihr euer Problem mit Gewalt lösen könnt.«

»Das ist –«, begann Kai, aber Kim sprach rasch und mit leicht erhobener Stimme weiter:

»Denkt nicht etwa, dass eure Probleme dort, wo ich herkomme, nicht auch bekannt wären. Alt und Jung streiten miteinander, solange die Welt besteht! Ihr solltet einsehen, dass ihr nur gemeinsam überleben könnt.« Er deutete auf Wolf, fuhr aber an Kai gewandt fort: »Du glaubst, er wäre starrsinnig und unbelehrbar, nur weil er alt ist? Auch er war einmal jung. Denkst du, er hätte sich so geändert, nur weil er älter geworden ist? Und du, Wolf! Denkst du, er wäre dumm und alles, was er sagt, falsch, nur weil er jünger ist als du?« Er schüttelte heftig den Kopf. »Ihr braucht euch gegenseitig, ihr Narren! Die einen die Erfahrung und das Wissen der Alten und die anderen die Kraft und die Neugier der Jungen!«

»Worte!«, sagte Kai verächtlich. Das hieß – er *wollte* verächtlich klingen, aber eigentlich hörte er sich nur ziemlich verunsichert an.

Auch Wolf sah sehr nachdenklich drein, fast verwirrt.

»Es ist gut für jetzt«, sagte Themistokles. »Wir sind alle müde. Es war ein anstrengender Tag. Lasst uns ruhen und das Gespräch morgen fortsetzen. Kim und ich haben noch etwas zu erledigen.«

Kim hatte erwartet, dass Kai und Wolf nun gingen, doch stattdessen wandte sich Themistokles zum Ausgang und verließ das Zelt, sodass Kim ihm folgen musste. Der Pack trippelte hinter ihnen her, hielt aber einen gehörigen Abstand ein und mied auch weiter Kims Blick.

Nach einer Weile kam Twix herbeigeflogen und landete unsicher auf Kims Schulter. Sie war vollkommen erschöpft und zitterte am ganzen Leib. Kim hatte sie während des gesamten Tages nur zwei- oder dreimal gesehen. Die Elfe hatte mit ihrem heilenden Staub geholfen, wo sie nur konnte, aber auch ihre Kräfte waren begrenzt. Sie hatte sich kaum auf Kims Schulter niedergelassen und sich nach seinem Wohlbefinden erkundigt, da sank sie auch schon gegen seinen Hals und war eingeschlafen.

»Wohin gehen wir?«, fragte Kim, nachdem er Themistokles eingeholt hatte.

»Nur ein Stück.« Themistokles deutete zum Ende des Zeltlagers und den Hügel hinauf, auf dem noch am Morgen die Dampfkanonen der Zwerge gestanden hatten. »Es wird Zeit, einen guten Freund zu verabschieden. Ich dachte mir, dass du dabei sein möchtest.«

»Sturm?«

»Seine Eltern sind gekommen«, nickte Themistokles. »Sie wollen ihn nach Hause holen.«

»Ich hoffe, du bist nicht zu streng zu ihm gewesen«, sagte Kim.

»Zu streng? Aber warum ...?« Themistokles schüttelte lachend den Kopf. »Oh, ich verstehe. Du redest von seinem vermeintlichen Ungeschick am Ende der Welt?«

»Vermeintlich?« Kim blieb stehen.

Themistokles drehte sich zu ihm herum. Ein gutmütiges Lächeln erschien in seinen Augen. »Ich gestehe, dass ich zu einem kleinen ... Trick gegriffen habe«, sagte er. »*Ich* war es, der dafür gesorgt hat, dass ihm die Kugel entglitt und in den Abgrund fiel.«

»Und du hast ihn auch glauben lassen, dass es die echte Zauberkugel war?«, fragte Kim. Er griff in die Tasche und zog die Glaskugel hervor. »Nicht dieses ... Spielzeug.«

»Es *war* die echte Zauberkugel«, sagte Themistokles.

Kim blinzelte. »Wie?«

»*Turock* ist der Meister der Lüge, nicht ich«, antwortete Themistokles. »Ich musste ein einziges Mal zu einer List greifen und ich habe mich nicht wohl dabei gefühlt. Alles andere ist wahr.«

»Dann ... hast du deine Zauberkraft *wirklich* aufgegeben?«, fragte Kim fassungslos.

»Oh, nicht alles. Einen kleinen Rest habe ich behalten. Für den Hausgebrauch, sozusagen.« Themistokles streckte die

Hand aus und plötzlich erschien eine schimmernde Lichtkugel über seiner Handfläche, die gleich darauf zu einem wunderschönen Schmetterling wurde, der zweimal mit den Flügeln schlug und dann davonflatterte.

Kim blickte ihm nicht einmal nach. »Aber warum nur?«

Plötzlich wurde Themistokles sehr ernst. Auch die geringste Spur des Lächelns war aus seinen Augen verschwunden. »Damit sich so etwas wie heute niemals mehr wiederholt«, sagte er. »Magie bedeutet eine große Macht, Kim. Aber auch große Verantwortung. Sie ist ein Segen für die Menschen, doch in den falschen Händen vermag sie auch unermesslichen Schaden anzurichten. Nie wieder soll jemand in die Versuchung geraten, diese Macht an sich zu reißen. Deshalb habe ich entschieden, dass die Macht der Fantasie nicht mehr an diesem Ort aufbewahrt werden soll.«

»Aber ... aber ohne die Magie ist Märchenmond verloren!«, stammelte Kim. »Es ist eine magische Welt! Sie braucht den Zauber um zu existieren!«

Themistokles lächelte. »Oh, keine Sorge«, sagte er. »Die Magie ist noch da.«

»Und wo?«

»Am sichersten Ort des Universums«, antwortete Themistokles geheimnisvoll, und allein die Art, wie er das sagte, machte Kim klar, dass er keine genauere Auskunft von ihm bekommen würde, ganz egal, wie nachhaltig er es auch versuchte.

Als sie weitergehen wollten, hörte Kim ein leises Wimmern hinter sich und drehte sich noch einmal um. Der Pack war in drei oder vier Metern Abstand stehen geblieben und sah fast bettelnd zu ihm hoch, wagte es aber nicht, sich ihm weiter zu nähern.

»Du darfst ihm nicht böse sein«, sagte Themistokles. »Er konnte nicht anders, weißt du? Er wurde dazu geschaffen, seinem Herrn zu gehorchen.«

»Böse?« Kim schüttelte den Kopf. »Ich bin ihm nicht böse.« Er streckte die Hand aus und der Pack kreischte vor Freude und sprang ihm mit solchem Ungestüm auf die Arme, dass er um ein Haar sein Gleichgewicht verloren hätte und die Elfe von seiner Schulter fiel.

Während er lachend um seine Balance kämpfte und sich Twix schimpfend im Gras aufrichtete, schüttelte Themistokles nur den Kopf und betrachtete die Szene aus Augen, in denen ein gutmütiger Spott funkelte.

Nebeneinander gingen sie weiter den Hügel hinauf. Das Zeltlager und das Schlachtfeld des vergangenen Morgens fielen langsam hinter ihnen zurück und erneut ergriff ein sehr sonderbares Gefühl Besitz von Kim. Er konnte es nicht richtig in Worte fassen, aber es war, als ... fehle noch etwas. Themistokles hatte ihm noch nicht alles gesagt.

Er stellte jedoch keine Frage, sondern fasste sich in Geduld. Es gab keinen Grund mehr zur Eile. Nun, wo Turock besiegt und das Heer der Zwerge abgezogen war, hatten sie alle Zeit der Welt. Kim wusste ja aus Erfahrung, dass er so lange hier bleiben konnte, wie er wollte, ohne dass in der Welt, aus der er kam, auch nur mehr als eine einzige Sekunde verging.

Twix landete wieder auf seiner Schulter und sie marschierten schweigend den Hügel hinauf, wo Sturm und seine sonderbaren Eltern bereits auf sie warteten. Kim fiel auf, dass alle drei zwar lächelten, als sie ihn erblickten, aber irgendwie ... niedergeschlagen wirkten; als bedrücke sie etwas, was sie sich nicht anmerken lassen wollten.

»Hallo«, sagte Kim, an Sturm gewandt. »Es ist schön, dass wir uns noch einmal sehen.«

Sturm lächelte knapp zurück und warf einen fragenden Blick in Richtung des Magiers.

»Hallo«, antwortete er. Wieso wirkte er dabei verlegen?

Mit einer entschlossenen Bewegung drehte Kim sich herum um endlich Klarheit von Themistokles zu verlangen. Bevor er jedoch etwas sagen konnte, raschelte es neben ihnen im Gebüsch und die Spinne kam herbeigelaufen.

Genauer gesagt: Sie *schleppte* sich heran. Ihre Bewegungen hatten das meiste von ihrer natürlichen Eleganz und den

Großteil ihrer Schnelligkeit eingebüßt und sie wirkte reichlich mitgenommen. Kim erinnerte sich mit plötzlichem Schrecken daran, dass sie dem flüchtenden Skull am Morgen gefolgt war und er sie seither nicht mehr gesehen hatte.

»Bist du verletzt?«, fragte er besorgt.

»Verletzt?« Die Spinne schüttelte sich. »Wie kommst du denn darauf? Ich bin nicht verletzt – nur vollkommen außer Puste. O je, o je, o je, jetzt hätte ich doch beinahe das Beste verpasst. Ihr wisst doch, wie sehr ich Abschiedsszenen liebe!« Sie humpelte noch ein Stück weiter und ließ sich dann mit einem halb unterdrückten Rülpser ins Gras sinken.

»Abschiedsszenen?«

Themistokles machte ein unbehagliches Gesicht. »Ich habe Sturms Eltern um einen Gefallen gebeten, weißt du?«, sagte er umständlich. »Sie waren so freundlich, ihn mir zu gewähren, um unserer alten Freundschaft willen und weil ich mich bereit erklärt habe, mich ein wenig um die Erziehung ihres Sohnes –«

»Themistokles!«, sagte Kim.

Themistokles räusperte sich nervös. »Ja, du hast ja Recht«, sagte er. »Um es einfach auszudrücken, auch wenn es mir nicht leicht fällt und ich gestehen muss, dass –«

»Sie nehmen dich mit«, murmelte Twix müde.

Kim riss die Augen auf. »Was?!«

»Es ist wahr«, gestand Themistokles. »Sie haben sich bereit erklärt, dich nach Hause zu bringen, obwohl dies einen großen Umweg für sie bedeutet und sie –«

»Aber warum denn nur?«, begehrte Kim auf. »Ich meine, ich ... ich dachte, ich hätte noch ein wenig Zeit und ... und ...«

»Nein, Kim«, sagte Themistokles. »Das hast du nicht. Du bist schon viel zu lange hier. Und eigentlich hättest du gar nicht kommen dürfen. Ich war es auch nicht, der dich gerufen hat, sondern Turock, der die Kraft deiner Fantasie nutzen wollte, um aus seinem Gefängnis zu entkommen.«

»Aber ... aber warum denn?«, stammelte Kim.

Themistokles sah ihn traurig an. »Als du das erste Mal hier

warst«, sagte er, »da warst du ein Kind, und der Fantasie eines Kindes sind keine Grenzen gesetzt. Beim zweiten Mal waren wir es, die dich riefen, um unsere Welt vor dem Untergang zu retten. Diesmal ...«

»... wäre Märchenmond fast untergegangen, *weil* ich gekommen bin«, murmelte Kim. »Ist es nicht so?«

Themistokles antwortete nicht sofort darauf, aber sein Schweigen war im Grunde schon viel mehr Antwort, als Kim haben wollte.

»Da ist noch etwas«, sagte Themistokles nach einer Weile. »Du kannst nie wieder zurückkehren.«

»Warum?«, fragte Kim. Seine Stimme brach fast.

»Weil du jetzt fast erwachsen bist, Dummkopf«, sagte die Spinne und Twix fügte in verschlafenem Tonfall hinzu: »Und Erwachsene haben andere Träume.«

Kim dachte für einen Moment an jenen sonderbaren Ort weit unter dem Rand der Welt, den Friedhof der Träume. In Zukunft würde dort ein weiterer Grabstein stehen.

Ein kühler Wind kam auf und Kim wusste nun, dass es Zeit war, zu gehen. Er ließ sich in die Hocke sinken, umarmte den Pack und strich der Spinne zum Abschied mit der Hand über den Kopf. Dann nahm er die Elfe von der Schulter und wollte sie behutsam ins Gras setzen, aber Twix flatterte hastig in die Höhe, zog zwei oder drei taumelnde Runden um seinen Kopf – und landete dann im Nacken der Spinne!

»Ich wusste, dass ihr mir die ganze Zeit über etwas vorgemacht habt«, sagte Kim.

»Etwas vorgemacht?« Twix klang regelrecht empört. »Von wegen! Ich habe diesem vielbeinigen Scheusal Manieren beigebracht, das ist alles.«

Die Spinne hob die Schultern, wodurch sie Twix um ein Haar abgeworfen hätte. »Du hattest schon Recht«, sagte sie einsichtig. »Man isst nichts, mit dem man sich so lange unterhalten hat ...«

»Außerdem ist es manchmal ganz praktisch, reiten zu können, statt ständig selber fliegen zu müssen«, grinste Twix und die

Spinne führte ihren begonnenen Satz in übertrieben drohendem Ton zu Ende:
»... außer es wird unverschämt!«
Kim lachte, richtete sich auf und sah, dass hinter ihm ein wirbelnder grauer Nebel entstanden war. Das Tor zurück in die Wirklichkeit.
Aber was war schon Wirklichkeit?
Der Wind nahm zu und würde sich in wenigen Augenblicken zum Sturm steigern. Es wurde Zeit.
Doch bevor er in das graue Wirbeln hineintrat, drehte er sich noch einmal zu Themistokles um.
»Noch eine Frage, Themistokles«, sagte er. »Der Skull.«
»Er war meine Schöpfung«, gestand Themistokles. Es klang fast fröhlich. »Du hast es selbst erlebt: Manchmal bedarf es einer gemeinsamen Bedrohung, um aus Feinden Verbündete zu machen.«
»Aber er war stärker, als du denkst«, vermutete Kim.
»Ich allein hätte ihn nicht besiegen können«, sagte Themistokles, womit er sich geschickt um eine direkte Antwort herummogelte. »Nur die vereinten Kräfte aller haben dazu gereicht.«
»Und was ist aus ihm geworden?«, fragte Kim.
Themistokles antwortete nicht, aber die Spinne rülpste, dass der ganze Hügel zu wackeln schien.
»Fleisch«, flüsterte sie selig.

»Fleisch?« Kim öffnete die Augen und blinzelte in ein fast jugendhaftes Gesicht, das zu einem Mann in einer schwarzen Lederjacke und mit einer Polizeimütze gehörte. Im Moment hielt er sie allerdings in der linken Hand. Die andere brauchte er, um sachte, aber beharrlich, an Kims Schulter zu rütteln.
»Fleisch?«, murmelte Kim benommen. »Wieso Fleisch?«
»Das frage ich dich«, antwortete der junge Polizist. Wenn man es recht bedachte, dann hatte er ziemliche Ähnlichkeit mit Kai; einem Kai, wie er vielleicht in fünf oder sechs Jahren aussehen mochte. »Du hast die ganze Zeit *Fleisch* gemurmelt,

bevor du aufgewacht bist.« Er erhob sich ächzend aus der Hocke und machte eine abwehrende Bewegung, als Kim ebenfalls aufstehen wollte.

»Bleib liegen. Du hast vielleicht eine Gehirnerschütterung. Der Krankenwagen ist schon unterwegs.«

»Krankenwagen?« Kim richtete sich benommen auf und schüttelte den Kopf, was er aber schon in der nächsten Sekunde wieder bedauerte. Zwischen seinen Augen explodierte ein dumpfer Schmerz und er musste die Zähne zusammenbeißen, um nicht laut aufzustöhnen.

»Ich brauche keinen Krankenwagen«, murmelte er. »Twix bringt das schon wieder in Ordnung.«

Der junge Polizist sah ihn verstört an; dann aber begann er mit beiden Händen in den Jackentaschen zu graben und schüttelte den Kopf.

»Mit einem Schokoriegel kann ich dir leider nicht dienen«, sagte er, »aber wenn du stattdessen einen Kaugummi möchtest ...«

Kim starrte vollkommen verständnislos auf den in Silberpapier eingewickelten Kaugummistreifen, den der junge Beamte ihm hinhielt, und widerstand im letzten Moment der Versuchung den Kopf zu schütteln. Stattdessen machte er eine abwehrende Handbewegung. Während der junge Polizeibeamte seinen Kaugummi wieder einsteckte, versuchte er das Chaos hinter seiner Stirn zu ordnen. Er hatte bohrende Kopfschmerzen. Irgendwo hinter ihm war noch immer ein blaues, hektisches Flackern, als wäre die Schlacht zwischen dem Skull und Sturms Abschiedsgeschenk weiter in vollem Gange, und er hörte aufgeregte Stimmen, Rufe, schnelle Schritte, Geräusche wie von einem Kampf oder einem Handgemenge.

»Was ... ist passiert?«, fragte er zögernd.

Der junge Polizist beäugte ihn misstrauisch. »Du kannst dich nicht erinnern? Das sieht mir aber doch sehr nach einer Gehirnerschütterung aus! Bleib lieber liegen, bis der Krankenwagen hier ist.«

»Ich brauche keinen Krankenwagen, verdammt«, sagte Kim.

Um seine Behauptung zu beweisen, stand er ganz auf. Er schaffte es sogar, stehen zu bleiben, wenn auch ein wenig wackelig. Trotzdem fügte er hinzu: »Ich habe mir den Kopf gestoßen, das ist alles.«

»Du hast dir nicht den Kopf gestoßen«, antwortete der Beamte betont, »du bist vom Garagendach gefallen, aus zwei Metern Höhe!«

Kim drehte sich herum, legte den Kopf in den Nacken und stellte endgültig fest, was er im Grunde längst wusste: Er war wieder zurück.

»Oh«, sagte er.

»Anscheinend hast du versucht aus dem Fenster zu klettern, um dich vor den Kerlen in Sicherheit zu bringen.«

»Den Pack«, murmelte Kim.

Der Beamte unterdrückte ein Grinsen. »Nun ja, so ... könnte man sie nennen. Jedenfalls haben die Kerle da drinnen ganz schön gehaust. Aber keine Sorge – wir haben sie alle erwischt. Dank eures Nachbarn. Er hat beobachtet, wie die Burschen ins Haus eingestiegen sind, und hat uns sofort alarmiert.«

Er deutete in die entgegengesetzte Richtung, und als Kims Blick der Geste folgte, sah er gerade, wie zwei Beamte den Punker mit der Piratenbluse in einen Polizeibus bugsierten, auf dessen Dach sich ein flackerndes Blaulicht drehte. Daneben, fest im Griff zweier weiterer Beamten, befanden sich noch der Gepiercte und der Punker mit dem Irokesenschnitt.

»Den nicht«, sagte Kim.

Der Polizist sah ihn fragend an. »Wie meinst du das?«

Kim deutete auf den Irokesen. »Der Junge da«, sagte er. »Sie brauchen ihn nicht festzunehmen. Er gehört nicht dazu.«

Im Gesicht des Polizeibeamten erschien eine Spur von Misstrauen. »Wir haben ihn festgenommen, als er gerade aus dem Haus gekommen ist.«

»Das ... mag ja sein«, sagte Kim vorsichtig. »Ich meine: Er war schon dabei, aber er ist anders als die anderen.«

»Wieso?«

»Er hat mir geholfen«, behauptete Kim. »Die anderen haben

mir ziemlich übel mitgespielt. Sie hätten mich fertig gemacht, wenn er nicht gewesen wäre. Er hat mir zur Flucht verholfen.«
Das Misstrauen in den Augen des Polizisten war noch lange nicht verschwunden. Trotzdem hob er nach einem Moment sein Funkgerät an die Lippen und sagte: »Wolf, bring doch mal den Typen mit den grünen Haaren her.«
Sie warteten, bis ein Beamter den Punker herangebracht und seinen Arm losgelassen hatte, dann sagte der Polizist: »So, und jetzt noch mal. Das ist also der Junge, der dir geholfen hat aus dem Haus zu entkommen?«
Kim nickte und auf dem Gesicht des Punkers zeigte sich nichts anderes als fassungsloses Staunen. Gerade als Kim jedoch etwas sagen wollte, fiel ihm ein sanftes Glitzern im Gras auf: sein Schlüsselbund, der ihm offensichtlich beim Sturz vom Garagendach aus der Tasche gefallen war.
Er wollte sich danach bücken, aber der Punker kam ihm zuvor: So schnell, dass die beiden Polizeibeamten erschrocken zusammenfuhren und die Hände nach ihm ausstreckten, bückte er sich nach dem Schlüsselbund und hob ihn auf. Danach ließ er ihn in Kims ausgestreckte Hand fallen – wobei er ein so verblüfftes Gesicht machte, dass Kim beinahe laut losgelacht hätte. Der arme Bursche verstand offenbar weder, was er gerade getan hatte, noch warum.
Kim grinste über das ganze Gesicht. »Das macht nichts«, sagte er. »Gewöhn dich daran.«

Eine Stunde später kamen seine Eltern und Rebekka zurück. Die Punker waren längst weggebracht worden und Kim hatte seine Aussage, dass der Irokese ihm geholfen hatte, noch einmal bekräftigt.
Kim vertrieb die Zeit bis zur Rückkehr seiner Eltern damit, sich mit dem Fahrer des Krankenwagens, der natürlich doch gekommen war, darüber zu streiten, ob er nun eine Gehirnerschütterung hatte oder nicht und infolgedessen ins Krankenhaus gehörte oder nicht.
Natürlich war die Aufregung groß, als seine Eltern schließlich

eintrafen und statt eines friedlich schlafenden Sohnes in seinem Bett eine ganze Abordnung aus Polizei und Krankenwagen, neugierigen Nachbarn und Gaffern auf der Straße vor ihrem Haus fanden. An Schlaf war in dieser Nacht kaum noch zu denken.

Doch am frühen Morgen, nachdem sich die ärgste Aufregung gelegt hatte, nachdem die Polizisten gegangen waren und sich die letzten Neugierigen zerstreut hatten und nachdem endlich auch seine Eltern zu Bett gegangen waren, um wenigstens noch ein paar Stunden Schlaf zu finden, schlich Kim noch einmal in Rebekkas Zimmer hinauf und trat auf Zehenspitzen an ihr Bett heran.

Rebekka schlief. Sie war den Abend über ungewöhnlich still gewesen. Ganz gegen ihre sonstige Art hatte sie Kim nicht mit Fragen gelöchert noch darauf bestanden, dass er seine Geschichte immer und immer erzählte, sondern ihm ganz im Gegenteil mit eher gelangweiltem Gesichtsausdruck gelauscht. Fast als wisse sie längst, was *wirklich* geschehen war, und amüsiere sich im Stillen über die Dummheit der Erwachsenen, die diese alberne Geschichte von den jugendlichen Einbrechern glaubten.

Kim blickte nachdenklich auf seine schlafende Schwester hinab. Rebekka hatte die Glaskugel, die Vater ihr mitgebracht hatte, von ihrem Platz auf dem Nachttisch genommen und im Schlaf fest an sich gedrückt.

Und für einen Moment, einen winzigen Moment nur, schien sie sich zu verändern. Das billige Kunstglas schimmerte wie purer Diamant und die Miniatur-Nachbildung Gorywynns darin schien zu funkeln wie eingefangenes Sternenlicht. Die plumpe Drachenfigur schimmerte plötzlich wie reines Gold. Sie *lebte*. Nun wusste er, wo Rangarig war.

Und er wusste noch etwas: Nämlich, dass seine Furcht unbegründet gewesen war. Auf dem Friedhof der Träume in seinem Herzen würde niemals ein Grabstein mit der Inschrift *Märchenmond* stehen.

Er blinzelte. Als er die Augen wieder öffnete, waren das goldene Schimmern und das Funkeln von eingefangenem Sternenlicht verschwunden, die Kugel war wieder zu dem geworden, als was sein Vater sie gekauft hatte: ein billiges Spielzeug. Aber er wusste, das er sich nicht getäuscht hatte.

Gerade als er sich umwenden wollte, krabbelte eine winzige weiße Spinne unter der Kugel hervor und begann Rebekkas Arm zu erklimmen. Kim beugte sich lautlos vor, streckte die Hand aus und wartete, bis sie auf seinen Finger gekrabbelt war. Dann drehte er sich rasch herum, ging zum Fenster und öffnete es. Behutsam setzte er die Spinne auf das Fensterbrett.

»Geh, Kleine«, flüsterte er. »Such dir ein Stück Fleisch, das deiner Größe entspricht.«

Hinter ihm drehte sich Rebekka auf die Seite und murmelte im Schlaf: »Aber sprich nicht mit ihm.«

Kim lächelte. Nun wusste er, wo Themistokles die Magie Märchenmonds hingebracht hatte.

Sie war am sichersten Platz, den es für die Macht der Träume nur geben konnte:

Im Herzen eines Kindes.